愛拉傳奇 5

石造庇護所（下）

The Shelters of Stone

珍奧爾◎著

何修瑜◎譯

愛拉傳奇5

石造庇護所（下）

作　　者　珍奧爾（Jean M. Auel）
譯　　者　何修瑜
企畫選書　陳穎青
責任編輯　陳怡琳
特約編輯　孫正欣
校　　對　魏秋綢
美術編輯　謝宜欣
封面設計　林敏煌
封面繪圖　崔永嬿
系列主編　陳穎青
行銷業務　楊芷芸　林欣儀　鍾欣怡
總 編 輯　謝宜英
社　　長　陳穎青
出 版 者　貓頭鷹出版
發 行 人　涂玉雲
發　　行　英屬蓋曼群島商家庭傳媒股份有限公司城邦分公司
104台北市民生東路二段141號2樓
劃撥帳號：19863813；戶名：書虫股份有限公司
購書服務信箱：service@readingclub.com.tw
購書服務專線：02-25007718~9（周一至周五上午09:30-12:00；下午13:30-17:00）
24小時傳眞專線：02-25001990~1
香港發行所　城邦（香港）出版集團　電話：852-25086231／傳眞：852-25789337
馬新發行所　城邦（馬新）出版集團　電話：603-90563833／傳眞：603-90562833
印　　刷　成陽印刷股份有限公司
初　　版　2009年12月
定　　價　新台幣330元／港幣110元
ISBN　978-986-6651-99-1

讀者意見信箱　owl@cph.com.tw
貓頭鷹知識網　http://www.owls.tw
歡迎上網訂購；大量團購請洽專線
（02）2500-7696轉2729

城邦讀書花園
www.cite.com.tw

國家圖書館出版品預行編目資料

石造庇護所（下）／珍奧爾（Jean M. Auel）著；
何修瑜譯. -- 初版.-- 臺北市：貓頭鷹出版：
家庭傳媒城邦分公司發行, 2009.12
面；　公分 .-- (愛拉傳奇；5)
譯自：The shelters of stone
ISBN 978-986-6651-98-4（上冊：平裝）
ISBN 978-986-6651-99-1（下冊：平裝）
874.57　　98021051

第二十章

「她來了。」波樂娃說。她到住處外去找愛拉，看到她來時很高興。她怕自己邀請的女人雖然帶著好奇心而來，但很快就會覺得無聊，想找藉口離開。她只告訴她們愛拉有話想跟她們說。頭目的配偶邀請她們到她家裡，只不過是附加的誘因。波樂娃拉開門簾，招手示意愛拉和女孩進來；愛拉以手勢叫沃夫回家，然後催促拉諾卡和小寶寶先走。

屋子裡有九個女人，讓人覺得這住處又小又擠。其中六個抱著嬰兒，每個都是初生兒或再大一點點；另外三個女人還在懷孕後期。此外地上還有兩個幼兒在玩耍。她們或多或少都彼此認識，有些人只是點頭之交，不過有兩個是姊妹。她們很容易就聊開了。這些女人比較彼此的寶寶，討論生產、哺乳、學習如何與家中這個需要密切照顧的新成員共同生活等私密話題。她們停止交談，看著剛走進來的人，各個露出驚訝的表情。

「妳們都知道愛拉是誰，我就不做正式介紹了。」波樂娃說：「等會兒妳們可以向她介紹自己。」

「那女孩是誰？」有個比較年長的女人說。聽到她的聲音，其中一個幼兒站起來走向她。

「還有那個小寶寶呢？」另外一個女人說。

波樂娃看著愛拉。剛走進房裡時，這麼多個母親讓她頓時不知如何是好，而且她們顯然並不羞怯。不過她們的問題幫她的發言起了個頭。

「她是拉諾卡，楚曼達的長女。這個小寶寶是她最小的孩子，蘿蕾拉。」愛拉說。有些人一定認識這兩個孩子。

「楚曼達！」年長的女人說。「她們是楚曼達的孩子嗎？」

「是的。妳認不得她們嗎？她們是第九洞穴的人。」她說。底下傳來竊竊私語聲，這幾個女人彼此低聲交談。愛拉無意聽她們談論孩子們，還有她特殊的口音。

「拉諾卡是她第二個孩子，絲帖洛娜。」波樂娃說：「妳一定還記得，她出生時妳幫了忙。拉諾卡，妳何不帶著蘿蕾拉過來這裡，坐在我旁邊。」現場的女人看著這女孩把背在臀部的寶寶抱起來，走去坐在頭目配偶身邊，把蘿蕾拉放在她膝上。她不看其他女人，只注視對著她微笑的愛拉。

「拉諾卡去找齊蘭朵妮，因爲博洛根受傷了，他和人打架，頭部受傷。」愛拉開始說道。「那時候我們才發現一個更嚴重的問題。這寶寶只有幾個月大，她母親已經退奶了。拉諾卡在照顧她，但只知道怎麼餵她吃糊狀的根。我想妳們都很清楚，沒有哪個嬰兒只吃煮熟的根就能活下去或長得好。」愛拉注意到這些女人把懷裡的嬰兒抱得更緊。現在她們開始明白愛拉接下來要說些什麼。

「我來自於離齊蘭朵妮氏人土地很遙遠的地方，然而無論妳我生長在哪裡，或者是被誰撫養長大，有一件事情是眾所皆知的：嬰兒需要奶水。當我的族人知道有女人的奶水沒了時，其他女人都會幫忙餵她的孩子。」她們都知道愛拉說的是她們稱做扁頭、被大多數齊蘭朵妮氏人當作動物的人。「即使是那些孩子比較大了、奶水所剩不多的母親，也會不時幫嬰兒餵奶。曾經有一次，有個年輕女人退奶了，另一個女人的奶水餵她自己的孩子還綽綽有餘，她還幾乎把另一個寶寶當成自己的來哺餵，就好像兩個孩子是一起出生似的。」愛拉說。

「那自己的寶寶怎麼辦呢？如果她沒有足夠奶水給他喝呢？」其中一個懷孕女人說。她年紀很輕，這可能是她第一個孩子。

愛拉對她微笑，然後看著其他女人，對所有人說：「母親的奶水會隨著嬰兒的需要而增加，這豈不是很棒嗎？妳餵得愈多，就會有愈多奶水。」

「完全正確，尤其是在一開始的時候。」某人的聲音從入口處傳來。愛拉轉身對著正走進來的這位高大肥胖的女人微笑。「抱歉我不能早點來，波樂娃。勒拉瑪來看博洛根，然後開始質問他。我不贊同他的處理方式，就去找約哈倫。不過他們的確從這年輕人口中問出了一些事情的原委。」

在場的女人開始興奮地低聲交談。她們很好奇，希望齊蘭朵妮多透露一些，但她們知道問也沒用。她只會說她希望她們知道的，不多也不少。波樂娃把裝著半滿熱茶的防水高籮筐從石塊上移到一旁，放了個膨鬆的坐墊在上面；這是齊蘭朵妮在頭目家裡的固定座位，她不在時就移做他用。朵妮侍者坐下後，波樂娃遞給她一杯飲料。她接了過來，然後對所有人微笑。

如果之前這裡的空間顯得很擁擠，那麼加上這龐大的女人之後絕對是更擠了，不過看來沒有人介意。參加頭目配偶和首席大媽侍者都在場的聚會，讓這些女人覺得自己很有地位。愛拉感受到這氣氛，但她和她們住得不夠久，無法完全了解這場合對她們的感覺。她把波樂娃和齊蘭朵妮當成喬達拉的親戚和朋友。朵妮侍者看著愛拉，鼓勵她繼續往下說。

「波樂娃告訴我，齊蘭朵妮氏人共享所有食物。我問她齊蘭朵妮氏女人是否願意分享她們的奶水。她告訴我，她們常常在親朋好友間這麼做，但就大家所知，楚曼達沒有任何親人，肯定也沒有正在哺乳的姊妹或表親。」愛拉說。她甚至沒提到好友。愛拉向拉諾卡招手，她帶著小寶寶緩緩走向她。

「雖然十歲大的女孩能照顧小寶寶，她卻不能哺乳。我開始教拉諾卡製作根糊以外的食物。她很能幹，只是需要有人教她。不過這些食物是不夠的。」愛拉停下來，看著在場的每一個女人。

「也是妳幫她們清洗乾淨嗎？」年長的女人絲帖洛娜問。

「對。我們去主河洗澡，跟妳們一樣。」愛拉說著，然後又加了句：「我後來才曉得楚曼達有時並沒有尋求他人善意的幫助，或許她有她的理由，但這小寶寶不是楚曼達，她只是一個需要奶水的嬰兒，至少有一些奶水也好。」

「說老實話，」絲帖洛娜說。事實上她已經變成了這群女人的發言人。「我不介意偶爾餵餵她，不過我不想到那個住處去，我也沒太大興趣去探望楚曼達。」

波樂娃把臉轉向一邊，藏住微笑。愛拉成功了，她想。有個人答應了，其他人也會跟著加入，或至少大部分的人會。

「妳不必多花力氣，我已經跟拉諾卡說了。她會把她妹妹帶去給妳，我們可以安排一個固定的時間表。有了許多人幫忙，就沒有哪個女人的奶水會不夠喝。」愛拉說。

「好吧，把她帶過來。」這女人說：「讓我們看看她是不是還知道怎麼吸奶。她多久沒喝奶了？」

「大約從春天開始。」愛拉說：「拉諾卡，把小寶寶抱給絲帖洛娜。」

拉諾卡走向年長女人，避免直視其他女人。絲帖洛娜把睡在她膝頭的嬰兒交給身旁的懷孕女人。絲帖洛娜駕輕就熟地將乳房湊到蘿蕾拉面前，她磨蹭了一會兒，似乎很心急，卻已經不太熟悉喝奶的姿勢。不過當她張開嘴時，絲帖洛娜就把她的乳頭放進小寶寶嘴裡。她含了一下子，終於開始吸吮。

「妳看，她會了。」絲帖洛娜說。眾人放鬆心情，齊聲吐了口氣，紛紛露出微笑。

「謝謝妳，絲帖洛娜。」愛拉說。

「我想這是我起碼能做的。畢竟，她是第九洞穴的一份子。」絲帖洛娜說。

「她不算是利用她們的羞愧感，去說服她們幫忙。」波樂娃說：「不過她讓她們覺得，如果不幫忙的話，她們就連扁頭都不如。現在，她們都能因爲做了該做的事而產生道德感。」

約哈倫用手肘撐起上半身，看著他配偶。「妳會幫楚曼達的寶寶餵奶嗎？」他問。

波樂娃翻身躺到床的另一側，把獸皮被拉到肩上。「我當然會，」她說：「如果有人叫我餵的話。但我可能想不到要安排固定時間表，讓大家分擔餵奶的工作，我也很慚愧我不曉得楚曼達退奶了。愛拉說拉諾卡很能幹，只是需要有人教導她。愛拉說得沒錯，這女孩是能幹。她讓這嬰兒活了下來，對其他孩子來說，她比楚曼達更像個母親，但一個只有十歲大的女孩不應該當那一大群孩子的母親。她連初夜禮都還沒有過。最好是有人能領養那個小寶寶，或許還有其他幾個年紀小的孩子。」波樂娃說。

「或許妳可以在夏季大會上找到願意領養他們的人。」約哈倫說。

「我想我會試試看，但我不認爲楚曼達會停止生孩子。大地母親似乎總會給已經有孩子的母親更多小孩，而且通常會等到這母親的前一個孩子斷奶，才會給她另一個。現在她沒在餵奶了，齊蘭朵妮說楚曼達很可能在一年內再次懷孕。」

「說到懷孕，妳覺得怎麼樣？」約哈倫欣喜地注視著她，以充滿愛意的微笑對她說。

「很好，」她說：「我好像已經過了晨吐的階段了，而且在炎熱的夏天我肚子還不至於太大。我想我會開始把這消息告訴大家。愛拉已經猜到了。」

「我還看不出任何跡象，除了妳變得更漂亮以外。」他說：「如果懷孕會讓人美麗的話。」

波樂娃對她的配偶露出溫暖的微笑。「愛拉在我準備宣布之前就提起這件事，她還爲此道歉，她只是說溜嘴罷了。她說她是女巫醫，有時候也會用醫治者這個詞，所以才知道懷孕的徵兆。她好像眞的是位醫治者，只是很難相信她的豐富知識是來自於……」

「我知道。」約哈倫說：「養育她的人眞的和這附近的那些人一樣嗎？果眞如此，那我就要擔心了。我們沒有善待他們，我納悶他們怎麼還沒報復？如果有一天他們決定反擊，我們又該怎麼辦？」

「我不認爲此刻有什麼好擔心的。」波樂娃說：「我確信，等我們和愛拉更熟的時候，就會更了解他們。」她停頓了一會兒，轉頭望向傑拉達爾睡覺的地方，側耳傾聽。她聽到他發出聲音，不過現在又安靜下來了。或許只是作夢，她想著，然後轉頭對她的配偶說：「你知道，他們想在離開前讓她成爲齊蘭朵妮氏女人，這儀式會在她和喬達拉配對前完成。」

「沒錯，我知道。妳不認爲有點太快了嗎？雖然感覺上我們好像已經認識她好一段時間了，但他們其實才剛到不久。」約哈倫說：「通常我不在意照著我母親建議的去做。儘管她還是個很有影響力的女人，卻不常提出意見。當她發言時，通常是我沒想到但卻合情合理的事。在領導權轉移給我的時候，我懷疑她是否眞能放手，但她和其他人一樣想讓我接手，而且她一直很小心地不來干預我。然而我看不出這麼快接受愛拉的理由。她和喬達拉配對後，不管怎樣都會變成我們的一份子。」

「但不是以她自己的名義，而是喬達拉配偶的名義。」波樂娃說：「你母親考慮的是地位的問題。還記得夏佛納的喪禮嗎？愛拉是個外人，應該走在最後面，但喬達拉堅持不管她的位置在哪，都要跟她走在一起。你母親不希望她走在勒拉瑪後面，那會讓人覺得他要配對的女人地位很低。後來齊蘭朵妮說她屬於醫治者的位階，那就是她走在前面的原因，但勒拉瑪不喜歡這種安排，他讓瑪桑那難堪。」

「我不知道這件事。」約哈倫說。

「問題在於我們不知道該如何評斷愛拉的地位。」波樂娃說：「她顯然是被馬木特伊氏高位階的人所收養，但我們對他們所知多少？他們不像蘭薩朵妮或甚至是蘿莎杜那。雖然有些人聲稱之前曾聽過他們，但我是從來沒聽說過。更何況她是被扁頭養大的！那會讓她擁有何種地位！如果沒有人承認她位居高位階，那會使喬達拉的地位往下降，因而影響我們所有人的『名稱與關係』，瑪桑那的，你的，我的，以及他所有親屬。」

「我從來沒想到這一點。」約哈倫說。

「齊蘭朵妮也極力促使她認定身分。她把愛拉當成齊蘭朵妮亞看待。我不確定她的理由是什麼，但她似乎也打定主意讓她被視爲高位階的女人。」聽到她兒子發出聲音，波樂娃再次轉頭往他的方向看去。他一定做了很逼眞的夢，她想。

約哈倫思忖著她的一番話，他很高興自己的女人精明又能幹。她對自己眞的很有幫助，約哈倫相當重視她的才能。此刻她釐清他母親的動機，展現了他所欣賞的才幹。他善於聆聽，也是個有個人風格的優秀溝通者，這是他成爲手腕巧妙的頭目其中的原因之一。然而他卻欠缺波樂娃天生對某種狀況所造成影響的判斷力或委婉提出異議的智慧。

「只有我們幾個人宣布接受愛拉，人數夠嗎？」瑪桑那傾身向前問道。

「約哈倫是頭目，妳是前任頭目與顧問，威洛馬是交易大師……」

「而妳是首席大媽侍者，」瑪桑那說：「但撇開位階不談，我們都是親人，除了妳之外，齊蘭朵妮，而且每個人都知道妳是我們家族的朋友。」

「誰會反對？」

「勒拉瑪。」勒拉瑪逮到她壞了禮節，瑪桑那還在爲此事不愉快，也有點尷尬，她的惱怒全寫在臉上。「他會針對此事大做文章，只爲了製造問題。他在葬禮上就鬧過了。」她說。

「我沒發覺。他做了什麼？」這身軀龐大的女人說。這兩個女人在她住處靜靜地喝茶閒聊。朵妮侍者很高興她最近的那個病人終於回家了，把她獨自冥想與談私事的個人空間還給了她。

「他要我知道愛拉應該在隊伍的最後面。」

「但她是醫治者，她屬於齊蘭朵妮亞。」朵妮說道。

「她或許是醫治者，但她還不是齊蘭朵妮亞，不管她屬不屬於那裡，而他曉得這一點。」

「但他能做什麼呢？」

「他可以把這問題提出來，他是第九洞穴的成員。或許有其他人也和他有同樣感覺，只是遲遲沒有開口。如果他眞的說了，其他想法一樣的人或許會附和他。我想我們應該找更多人來同意接受愛拉。」瑪桑那以決定性的口吻說。

「或許妳說的對。妳建議找誰？」齊蘭朵妮說。她啜了口茶，皺著眉頭陷入思考。

「絲帖洛娜和她家人是不錯的可能對象。」這位前頭目說：「波樂娃說，她是第一個同意餵楚曼達寶寶的人。她受人尊敬、討人喜歡，和我們也沒有親戚關係。」

「誰要去問她？」

「約哈倫可以去，或者我應該去，以女人對女人談話的方式。妳覺得怎麼樣？」瑪桑那說。

齊蘭朵妮放下杯子，她的眉頭皺得更厲害。「我想妳應該先跟她談談，弄清楚她的想法，」她說：「接著，如果她看上去像是同意的樣子，應該要換約哈倫問她，不過是以你們家庭成員的身分，不是以頭目的身分。如此一來，就不會變得好像是他提出正式邀請，以他的領導權向她施壓，反而比較像是他請她幫個忙……」

「他的確是請她幫忙。」瑪桑那說。

「當然了。但他是頭目，這是不變的事實，頭目提出要求，會把職務上的影響力也帶進來。她或許認爲，頭目詢問她的意見是種恭維。妳和她有多熟？」首席大媽侍者說。

「當然了，我認識她。絲帖洛娜來自值得信任的家庭，但我們沒有私下交往的機會。波樂娃和她比較熟。當愛拉想和幾個女人談談楚曼達的寶寶時，是她請絲帖洛娜來的。我知道不管是安排聚會或準備食物時，她都非常配合，每當有工作要忙時，我總是看到她在幫忙。」年長女人說。

「那麼妳應該把波樂娃也算在內，去見絲帖洛娜時帶她一起去。」齊蘭朵妮說。「查明她的想法是讓她同意的最好辦法。如果她想合作，也願意幫忙，妳應該求助於她。」

兩個女人沉默了一陣，一邊啜著茶一邊思考。接著瑪桑那問：「妳想讓接受儀式維持簡單的形式，或是辦得比較誇大？」

齊蘭朵妮看著她，明白她提這個問題是有理由的。「爲什麼這麼問？」她說。

「愛拉給我看了樣東西，我認爲會造成很大的影響力，如果處理得當的話。」瑪桑那說。

「她給妳看什麼？」

「妳看過她生火嗎？」

身軀龐大的女人只猶豫了一下，然後露出微笑，身體往後躺。「威洛馬回家時發現索諾倫的意外，她生火煮水，泡有鎮靜作用的茶給他喝，只有那次。她說要示範怎麼快速生火給我看，但我得承認，因爲準備葬禮、籌畫夏季大會，還有其他正在進行的事，讓我把這件事拋在腦後了。」

「有天晚上我們回家時火熄了，她和喬達拉示範給我們看。從那之後威洛馬、弗拉那和我就用她的方式生火。妳得用一種她稱爲打火石的東西，他們在附近找到一些。我不知道有多少，但足夠分給一些人。」瑪桑那說。「妳何不今晚來我們家？我知道他們早就打算做給妳看，今晚就可以了。來和我們共進晚餐吧。我還剩下一些最後一批釀的酒。」

「我很樂意。好的，我會去。」

「瑪桑那，妳做的菜和往常一樣那麼美味。」齊蘭朵妮說著，把空杯子放在一個吃得乾乾淨淨的碗旁邊。他們圍著矮桌，坐在坐墊和塞了襯裡的墊子上。吃飯的時候喬達拉一直偷瞄每個人，對大家微笑，彷彿在期待某件特別有趣的事。雖然不想表現出來，但朵妮侍者必須承認她的好奇心被挑起。

她慢條斯理用著餐點，以故事趣聞娛樂眾人，也鼓勵喬達拉和愛拉聊聊他們的旅行見聞，勸威洛馬說些他旅途中的冒險故事。每個人都度過了一個非常愉快的夜晚，除了弗拉那看起來好像已經無法按捺住期待的心情，而喬達拉洋洋得意的模樣不禁讓齊蘭朵妮想笑。

威洛馬和瑪桑那比較習慣於等候適當的時機，因爲等待是交易協商以及與其他洞穴交涉時的策略。愛拉也甘於等待，不過首席大媽侍者很難揣測她眞正的感覺。她對這外地女人的認識還不夠深，她是一個謎，但這令她想一探究竟。

「如果各位吃飽了，請往火堆邊靠近。」心急的喬達拉笑著說。身軀龐大的女人從她坐著的一堆軟墊上吃力地站起來，走向煮食火堆。喬達拉趕忙拿起坐墊放在靠近火堆的地方，但齊蘭朵妮還是站著。

「妳可能坐下比較好，齊蘭朵妮，」喬達拉說：「我們要把所有的火熄滅，這裡會像個洞穴一樣黑。」

「如果你覺得這樣比較好的話。」她說著坐在坐墊上。

瑪桑那和威洛馬也拿著他們的坐墊坐了下來，此時幾個年輕人把所有的油燈拿來放在火堆周圍。齊蘭朵妮訝異地發現，連在壁龕裡朵妮像前面那盞燈也拿走了。把所有油燈集合起來，使得住處其餘地方顯得格外黑暗。

「每個人都準備好了嗎？」喬達拉說，三位等待的年長者點點頭，其他人開始把燈芯捏熄。油燈逐一熄滅，大家不發一語。陰影逐漸加深，最後黑暗蔓延開來，蓋過每一寸微弱的火光，滲透整個空間，在朦朧的空氣中製造出封閉、無法穿透的詭異感。住處裡黑得像個洞穴，然而這裡沒多久前才充滿溫暖的金黃色光芒，因此黑暗形成毛骨悚然、令人膽寒的效果，竟然奇怪地比冰冷的洞穴還嚇人。洞穴中的黑暗是可以預期的。倒不是住處裡的火不會熄滅，而是一般不會將所有的照明來源故意弄熄。感覺上他們好像在冒險似的，不過這神祕的氣氛對首席大媽侍者毫無作用。

然而不多久以後眼睛適應了黑暗，齊蘭朵妮注意到黑暗已不再深沉。她還是看不到眼前自己手的形狀，不過在懸頂下方和沒有屋頂的住處上方之間，其他火光微弱地反射到鄰近的空間。光線不亮，但室內不像洞穴那麼黑。她得記住這點，她想。

她的思緒被一旁的一道亮光打斷，已經適應無邊黑暗的眼睛嚇了一跳。這道照亮愛拉臉龐的光持續了一會兒後熄滅，但沒多久一小團火焰燃燒起來，很快就出現熊熊火光。

「你是怎麼做的？」她問。

「做什麼？」喬達拉笑得合不攏嘴。

「那麼快把火點起來。」現在齊蘭朵妮看到大家都在笑。

「用打火石！」喬達拉說著拿出一塊石頭給她看。「當妳用燧石敲它，就會產生持久高溫的火花，只要對準乾火絨，就可以讓火絨著火，生起火焰。來，讓我告訴妳怎麼做。」

他用柳葉菜和包在乾草裡的木屑做出一束火絨。首席大媽侍者從坐墊上站起來，坐在靠近火堆旁的地板上。她比較喜歡坐在高起的座位或椅子上，因爲這樣才容易站起來，但這不表示她想坐或覺得有要事的時候不能坐在地板上。這點火的把戲就很重要。喬達拉示範了一次，然後把石頭給她。她試了幾次都沒成功，每試一次眉頭就鎖得更緊。

「妳會掌握住要領的，」瑪桑那鼓勵她。「愛拉，妳做給她看吧。」

愛拉拿了燧石與黃鐵礦，把火絨弄妥，然後仔細對齊蘭朵妮示範自己手的位置。然後她敲出火花，火花落在火絨上。敲擊產生了一縷煙，她把煙吹開，然後把石頭還給齊蘭朵妮。

這女人把兩顆石頭舉在眼前開始敲，但愛拉打斷她，修改她手的位置。她又試了一次，這次她看到灼熱的火花落在火絨旁，因此她稍微調整手的位置再敲。這一次火花落在火絨上，這下子她知道該怎麼做了。她把火絨拿近自己的臉，對著它吹了口氣。最初的微弱火光變得又紅又亮。她吹的第二口氣把柳葉菜燒成一小團火焰，第三口氣讓木屑著了火。朵妮侍者放下火絨，加入小片木頭，再加入大塊木頭。之後她笑著往後靠，對她的成果很滿意。

每個人都笑了，而且同時對她表示讚許。「妳很快就點起來了。」弗拉那說。「我知道妳辦得到。」喬達拉說。「我跟妳說過，這只是技巧問題。」瑪桑那說。「幹得好！」威洛馬說。「現在妳再試一次。」愛拉說。「對，這是個好主意。」瑪桑那說。

首席大媽侍者照著做了。她第二次將火生起，但第三次卻生不起來，直到愛拉告訴她敲出的火花不夠大，並且示範如何換個角度敲擊石頭後，她才成功。第三次生起火後，她停止生火站起來，重新坐回軟墊上看著愛拉。

「我回家以後再練習。」她說：「我希望第一次在公開場合點火時，能和妳一樣有把握。不過請妳告訴我，妳是怎麼學會用打火石點火的？」

愛拉告訴她，自己是如何在她住的山谷裡那個布滿石頭的岸邊，無意中揀起一顆石頭，她本來要找的是製作新工具好用來替換舊工具的鎚石。因爲她的火熄了，眼前的灼熱火花和一股煙，讓她起了用這方法重新點火的念頭。令她吃驚的是，這方法管用。

「這附近眞的有打火石嗎？」朵妮侍者問。

「是的。」喬達拉興奮不已地回答。「我們撿了她山谷裡所有找到的石頭，希望在旅途中還能發現一些。我們一直沒有找到，但愛拉在木河河谷的小溪邊停下來喝水時找到些打火石。數量不多，但如果那裡有一些，一定還找得到更多。」

「這很合理，希望你是對的。」齊蘭朵妮說。

「打火石會是很棒的交易品。」威洛馬說。

齊蘭朵妮微微皺眉。她一直在思考如何將各種儀式辦得更戲劇化，但前提是除了齊蘭朵妮亞外，其他人無法取得打火石，然而現在已經來不及了。「或許你說的對，交易大師，但可能不是現在。」她說。「我希望這些石頭的消息能夠暫時保密。」

「爲什麼？」愛拉問。

「打火石在某些儀式時可能會很有用。」齊蘭朵妮說。

愛拉突然想起塔魯特召開集會，提出讓馬木特伊氏收養愛拉的想法。塔魯特和圖麗這對獅營的兄妹頭目都支持愛拉，但令他們訝異的是有一個人反對。唯有在他們臨時起意示範了充滿戲劇效果的打火石點火法，並承諾給弗里貝克一顆打火石後，他的態度才軟化。

「我認爲會的。」她說。

「可是我要何時才能做給我朋友看呢？」弗拉那懇求道。「母親要我答應暫時不要告訴任何人，但我好想讓她們看。」

「妳母親很明智。」齊蘭朵妮說：「我答應妳會有機會示範給她們看，然而不是現在。此事太重要，必須以適當的方式呈現在眾人眼前。妳再等等會比較好。好嗎？」

「當然，如果妳希望我這麼做，齊蘭朵妮。」弗拉那說。

「自從他們來了之後，這幾天內的慶典、儀式和聚會好像比去年整個冬天還多。」索拉邦說。

「波樂娃請我幫忙，你知道我不會拒絕她，」羅瑪拉說：「就好像你不會拒絕約哈倫。反正傑拉達爾和羅貝南總是玩在一起，我不介意看著他。」

「我們這一兩天就會出發去夏季大會，爲什麼不等到那裡再說呢？」她配偶抱怨。

一大堆東西攤在住處的地板上，他正試著決定該帶哪些東西。他不喜歡這項工作。他總是把前往夏季大會的這部分差事拖延到最後一刻，現在終於要開始進行，他希望趕快結束，不要有小孩子在旁邊玩耍，弄亂東西。

「我想這和他們的配對禮有關。」羅瑪拉說。

她想起自己的配對禮，同時望向她深色頭髮的配偶。他的頭髮可能是第九洞穴裡顏色最深的。當她遇見他時，她很喜歡他的髮色和她自己淡金色頭髮的對比。雖然索拉邦有藍眼睛，但他的頭髮幾乎是黑色的，他的皮膚特別白皙，所以他常被曬得通紅，尤其在初夏時。她還覺得他是第九洞穴最英俊的男人，即便是和喬達拉相比。她了解那有著獨一無二藍眼睛的高個子金髮男人的魅力。年紀還輕時，她和大多數女人一樣瘋狂迷戀喬達拉，但在遇見索拉邦以後，她學會什麼是愛。喬達拉回來後似乎沒有那麼迷人了，或許是因爲他全副精神都在愛拉身上。此外，她相當喜歡那女人。

「爲什麼他們不能像其他人一樣配對呢？」索拉邦說。他顯然心情不佳。

「這個嘛，他們和其他人不一樣。喬達拉才剛從漫長的旅途中歸來，沒有人預期他會回來，而愛拉甚至不是齊蘭朵妮氏人，但她眞的很想成爲我們的一員。至少我是這麼聽說的。」羅瑪拉說。

「反正等他們配對，她就會和齊蘭朵妮氏人一樣了。」索拉邦說。「爲什麼他們要多此一舉幫她舉行接受儀式？」

「那不一樣。她不會是齊蘭朵妮氏，而是『馬木特伊氏的愛拉，與齊蘭朵妮氏的喬達拉配對』。每當她被介紹給人認識時，每個人都會知道她是外地人。」她說。

「反正她一開口說話，所有人都會知道。」他說：「把她變成齊蘭朵妮氏人也改變不了這點。」

「可以的，或許她說起話來像個外地人，但當別人和她見面時，他們會知道她已不再是外地人。」羅瑪拉說。

羅瑪拉看著攤在每一塊平坦地面上的工具、武器和衣服。她了解她的配偶，知道他惱怒的眞正原因和愛拉或喬達拉一點關係也沒有。她自顧自笑著說：「如果沒下雨，我會帶兩個男孩子到木河河谷去看馬兒，沒有一個孩子不喜歡的。他們很少有機會這麼近距離看動物。」

索拉邦眉頭皺得更緊。「我想這表示他們必須待在這裡。」

羅瑪拉臉上閃過一絲戲弄的笑意。「不會的。我想我會到庇護所另一端，所有人都在那裡烹煮，準備事情，還有些人幫忙看孩子，好讓母親能夠工作。波樂娃請我看著傑拉達爾時，她的意思是希望我特別留意他。所有母親都是這樣的。臨時保母必須知道她們負責的是哪個孩子，特別是到了羅貝南這個年紀的小孩。他們變得更獨立，有時會嘗試自己行動。」羅瑪拉說完，看到她配偶的眉頭逐漸舒展。「不過你該在儀式前弄完。在那之後我可能要把男孩們帶回家。」

索拉邦看著四周排列整齊、分門別類的個人用品，還有成排的鹿角、骨頭和修飾成同樣大小的象牙，然後他搖搖頭。他還是不確定到底該帶哪些東西去，但每年都是這樣子。「我會的。」他說：「等我把每樣東西排出來，就知道我想帶什麼去參加夏季大會，還有進行交易。」除了身為約哈倫的左右手之外，索拉邦還是製作把手的工匠，特別擅長製作刀子的柄。

「我想大部分人都在這兒了。」波樂娃說：「而且雨停了。」

約哈倫點點頭，從遮蔽烏雲的懸頂下走了出來，跳上庇護所遠端的平台。他看著逐漸聚攏的人群，然後對愛拉微笑。

愛拉也對他微笑，不過她很緊張。她瞥了一眼喬達拉，他正看著向高聳巨石旁聚集的群眾。

「我們不是沒多久前才在這裡聚會的嗎？」約哈倫帶著嘲諷的笑容說：「當我一開始把她介紹給你們的時候，大家還不太了解愛拉，只知道她和我弟弟喬達拉一起來到這裡，以及她對待動物的方式很特殊。在她來了之後，我們在很短的時間內對這位馬木特伊氏的愛拉有更進一步的認識。」

「我想我們全都猜測喬達拉打算和他帶回家的這個女人配對，我們想得沒錯。他們會參加夏季大會的第一場配對典禮。一旦配對後，他們就會和我們一起住在第九洞穴，我以個人的名義歡迎他們。」

群眾中傳來陣陣表示贊同的聲音。

「但愛拉不是齊蘭朵妮氏人。當齊蘭朵妮氏人與非齊蘭朵妮氏人配對時，我們通常必須和其他族的人進行溝通協調，以及解決其他習俗慣例的問題。然而以愛拉的情形來說，馬木特伊氏人住得太遠，我們必須走一整年才能見到她的族人，而且說實在的，我已經老得沒辦法長途旅行了。」

台下的笑聲與附和聲回應了他的玩笑話。「年紀大了是嗎，約哈倫？」一個年輕男人喊著。

「等你活到跟我一樣歲數時再說吧。那時候你才知道什麼叫老。」一個白髮男子說。

待眾人喧嘩聲平息後，約哈倫繼續說道：「一旦他們配對後，大多數人會把她當成是齊蘭朵妮氏第九洞穴的愛拉，但喬達拉建議第九洞穴應該在配對禮之前接受她成爲齊蘭朵妮氏人。事實上，他請求我們領養她，這會使配對儀式更容易、單純。如果在走之前舉行儀式，我們就不必在夏季大會上特別去取得每個人的同意。」

「她想怎麼樣？」一個女人問。

每個人都轉頭看她。愛拉用力嚥了口口水，然後集中精神盡可能正確地遣詞用字，她說：「我想成爲齊蘭朵妮氏女人，與喬達拉配對。這是我這輩子最想得到的。」

雖然盡力嘗試，但她還是無法避免說話時的特殊口音，聽到她聲音的人都很清楚她來自外地，但她這誠心誠意的簡單陳述，贏得大多數人的心。

「她的確大老遠來到這裡。」「反正她遲早會跟齊蘭朵妮氏人一樣。」

「但是她的地位是什麼？」勒拉瑪問。

「她的地位和喬達拉一樣。」瑪桑那說。她已經預料到他會找麻煩，這一次她有所準備。

「喬達拉在第九洞穴的地位很高，那是因爲妳是他母親，但我們對這個女人一無所知，只知道她是被扁頭養大的。」勒拉瑪大聲說。

「她還被馬木特伊氏地位最高的馬木特收留，馬木特是他們對齊蘭朵妮的稱謂。如果不是馬木特出面發言，她本來會被他們的頭目收養。」瑪桑那說。

「爲什麼好像總會有一個人反對？」愛拉用馬木特伊語跟喬達拉說：「我們是不是要像說服獅營的

弗里貝克一樣，用打火石生火，然後再給勒拉瑪一顆打火石以便說服他？」

「我們後來發現弗里貝克其實是個好人，然而我不認爲勒拉瑪會變好。」喬達拉低聲回答。

「那是她自己說的，我們怎麼知道？」勒拉瑪繼續大聲反對。

「因爲我兒子當時在那裡，他也這麼說。」瑪桑那回答：「頭目約哈倫並不懷疑他們。」

「約哈倫是你們的家人。當然喬達拉的哥哥不會懷疑她，因爲她也會成爲你們家庭的一份子，妳當然希望她的地位也很高。」勒拉瑪說。

「勒拉瑪，我不知道你爲什麼要反對。」從另一區傳來某人的聲音。大家轉過頭，看到那是絲帖洛娜時非常驚訝。「要不是愛拉，你配偶最小的女兒可能已經餓死了。你沒告訴我們楚曼達病了，沒有奶水，還有拉諾卡一直用根莖菜泥餵她。是愛拉告訴我們的，我懷疑你甚至根本不知道。齊蘭朵妮氏人不會讓自己的族人餓死。我們幾個母親輪流餵蘿蕾拉，這個小寶寶已經愈來愈強壯了。我非常願意爲愛拉做擔保，如果她需要的話。能宣稱這樣一個女人是我們的族人，齊蘭朵妮氏人會感到很驕傲。」

其他幾個女人也公開發言爲愛拉辯護，她們都是懷裡抱著小嬰兒的母親。愛拉與楚曼達寶寶的事蹟已經流傳開來，但不是每個人都知道，或都知道得鉅細靡遺。大多數人都了解楚曼達生的是什麼「病」，但無論如何她的奶水退了，他們很高興有人能餵嬰兒。

「勒拉瑪，你還有任何異議嗎？」約哈倫說。這男人搖搖頭往後走。「還有其他人對接受愛拉加入齊蘭朵妮氏第九洞穴有異議嗎？」台下一陣竊竊私語，但沒有人發言。他往下對愛拉伸出手，幫她爬上平坦的岩石，然後兩人轉頭面向眾人。「既然有幾個人願意擔保她，沒有人反對，那麼就讓我來介紹齊蘭朵妮氏第九洞穴的愛拉，前馬木特伊氏獅營成員，猛獁象火堆地盤的女兒，被穴獅靈選中，受穴熊保護，馬兒嘶嘶和快快以及四腳獵人沃夫的朋友。」他先前問過喬達拉，確認自己能正確無誤說出她的名稱與關係。「並且她不久後就要和喬達拉配對。」他加了句。「現在讓我們來享用大餐吧！」

他們倆從發言石上下來，走向餐點，一路上都有人再次向愛拉介紹自己，閒聊楚曼達的寶寶。大致上這些人都是來歡迎她的加入。

但有一個人無意歡迎她。勒拉瑪不是個容易受窘的人，但他被徹底責備了一頓，感到很不高興。勒拉瑪在離開人群之前，以怒不可遏的眼神瞪視愛拉，讓她不寒而慄。他不知道齊蘭朵妮也看到這一幕了。到達供應餐點的地方時，他們發現勒拉瑪的巴瑪酒已經拿出來了，但倒酒的人是他配偶最大的兒子博洛根。

大家開始用餐時，天上又下起雨來了。他們在深長的懸頂下方各自找地方享用食物，有人坐在地上，有人坐在圓木或石塊上，這些東西在不同時間被拿出來，留待之後使用。愛拉走向喬達拉家人時，齊蘭朵妮趕上她。

「恐怕勒拉瑪成為妳的敵人了。」她說。

「我很遺憾。」愛拉說：「我無意找他的麻煩。」

「妳沒有找他麻煩，是他想找妳麻煩，或者不如說是，他想要羞辱瑪桑那和她的家人，但反而給自己惹了麻煩。但現在，我想他會怪罪於妳。」朵妮侍者說。

「為什麼他想找瑪桑那的麻煩？」

「因為他是第九洞穴地位最低的成員，而瑪桑那和約哈倫是地位最高的，前幾天他還抓她的小辮子。或許妳早就曉得，那很不容易。我想他因此暫時產生了勝利的幻覺，他太喜歡這種感覺，想要再試一次。」朵妮侍者說。

她解釋時，愛拉的眉頭愈皺愈緊。「他想贏過的或許不只是瑪桑那，」愛拉說：「我想前兩天我也犯了個錯誤。」

「什麼意思？」

「我去他家告訴拉諾卡如何準備小寶寶的食物以及幫她洗澡的那天，勒拉瑪回家了。我確信他不知道嬰兒沒奶喝了，他甚至連博洛根受傷的事也不知道。因此我很生氣，我不喜歡他。沃夫和我在一起，我知道勒拉瑪看到牠時會害怕。他試圖掩飾他的恐懼，而我發現自己像隻狼群首領一樣，想讓一隻地位低的狼知道自己的地位在哪裡。我知道我不該這麼做，這只會讓他對我產生惡意。」愛拉說。

「狼群首領通常會教訓地位低的狼嗎？」齊蘭朵妮說：「妳怎麼知道的？」

「在學打獵之前，我先學獵肉食動物。」愛拉說：「我花整天時間觀察牠們。這就是沃夫能和人住在一起的原因，牠們的社會和我們沒有太大不同。」

「太神奇了！」齊蘭朵妮說：「恐怕妳是對的。妳製造了惡意，但這不全是妳的錯。在葬禮上妳居於第九洞穴地位最高的位置，我認為妳屬於那裡，瑪桑那和我都同意。但勒拉瑪想要妳走在他認為妳該在的位置，也就是在他身後。傳統上來說，他是對的。」

「在葬禮上，所有洞穴成員都應該走在訪客的前面。但妳不算是訪客。首先妳是醫治者，所以和齊蘭朵妮亞走在一起，他們向來走在前面。然後妳和喬達拉與他的家人走在一起，妳也同樣屬於那裡，這是今天在場每個人都同意的。但在葬禮上，他趁瑪桑那沒提防，提起這件事，所以他才覺得自己大獲全勝。接著在他還沒回過神來，妳就教訓了他一頓。他以為可以藉由瑪桑那同時報復妳們兩個，但是他大大低估了她。」

「原來妳在這裡。」喬達拉說：「我們剛才正談到勒拉瑪。」

「我們也是。」但她懷疑從他們兩人的談話是否得出同樣的看法。部分是因為她自己的作為，部分是因為有些狀況她沒有意識到，結果她樹立了一個敵人。又多了一個，她發現到。他並不想在喬達拉族人心裡留下壞印象，但在她抵達後的這段短時間裡，已經有兩個人生她的氣。瑪羅那也恨她。她忽然發現有好一陣子沒看到這個女人了，不禁納悶她在哪裡。

第二十一章

從去年夏季大會回來後，第九洞穴的人就一直在為今年前往齊蘭朵妮氏夏季大會的長途旅行做準備，只是離出發時間愈近，種種活動就更密集進行，眾人期待的心情也就更強烈。他們必須為了要帶什麼、要留下什麼而做最後決定，然而夏天關閉住處的過程，每每讓他們意識到自己快要離開，直到冷風來襲時才會回來。

有幾個人會因為一些原因而留下來：臨時的或嚴重的疾病、將工作完成、等待某人。其他人偶爾會回到他們冬天的家，但大多數人會離開一整個夏天。有些人會一直在他們選擇度過夏季大會的地方附近，但很多人基於各式各樣的理由，整個溫暖的夏季都會到不同的地方旅行。

他們會為打獵而去短途旅行、長途跋涉採集食物、拜訪親戚，或在其他齊蘭朵妮氏人的聚會上短期逗留。有些人會想要採取遠離家鄉的冒險行動，因而出去長途旅行。喬達拉回來時帶著新的發現與發明，以及刺激的故事，還有充滿異地情調、具有罕見才能的美麗女子，這鼓勵了幾個一直想出門的年輕人，使得他們決定踏上自己的旅程。有些母親知道喬達拉的弟弟死於遠方，她們不高興喬達拉回來後帶來了那麼多讓人興奮的事。

預計出發的前一天晚上，整個第九洞穴既期盼又忙碌。每當想到她和喬達拉要在夏季大會上配對，愛拉幾乎不能相信這是事實。有時她早晨醒來幾乎不敢睜開眼睛，深怕這只是一場美夢，她會發現自己又回到了獨居山谷的小洞穴裡。愛拉常想到伊札，她希望這位被自己視為母親的女人能知道她即將有配偶，而且也終於找到了她的族人——至少是她所選擇的族人。

愛拉很久以前就已經接受永遠不會知道是哪一族人生下她的事實。當她和穴熊族住在一起時，她希望自己是他們的一份子，是穴熊族女人，哪個部落並不重要。但當她終於明白她不是穴熊族人，也永遠當不成穴熊族人時，唯一重要的區別就是她是異族，在她心裡自己和所有異族都是同類。她曾經很高興能當馬木特伊氏人，他們領養了她；能當夏拉木多伊氏人她也很滿意，這些人曾請她和喬達拉留下來和他們一起生活。她想當齊蘭朵妮氏人只是因為他們是喬達拉的族人，不是因為他們比其他異族好，或是有什麼差別。

在漫長的冬天裡，大多數人都不會遠離洞穴。許多人會花時間製作禮物，送給來年夏季大會上再次見到的親友。當愛拉聽到別人聊到禮物時，她決定也做些禮物。雖然她的時間很短，她還是做好了小紀念品，打算送給對她特別和善、還有她已經知道會送喬達拉和她配對禮禮物的那些人。她還準備了一份驚喜給喬達拉，是她大老遠從馬木特伊氏的夏季大會帶來的。她不顧旅途中一切艱辛困苦，堅持將這份禮物帶在身邊。

喬達拉也策畫了一份驚喜的禮物給愛拉。他和約哈倫討論出一個最適合的地方，用來為他和愛拉在齊蘭朵妮氏第九洞穴的岩洞裡建立一個家，他想在秋天回來時能為愛拉把家準備好。他一直為了這個目標而準備。他和製作外牆壁板的人、最擅於建造石頭矮牆的人、鋪石板的技術最熟練的人、做室內分隔板的人以及建造住處所需一切建材的專家都一一談過。

規畫他們未來的家牽涉到複雜的交易與協商。首先，喬達拉同意用幾把很好的石刀跟幾個人交換生皮革，這些皮革大多是來自最近那場巨角鹿與野牛的狩獵。他會製作刀刃，但這些刀子裝的是索拉邦精心製作的刀柄，喬達拉最推崇他的手藝。為了回報他的刀柄，喬達拉同意依照這位製作把手的工匠的特殊需求，製作幾把雕刻刀——這是如鑿子般的燧石雕刻工具。這兩個男人討論了許久，還用炭將草圖畫在樺樹皮上，才使彼此了解對方的需求。

喬達拉換來的一些皮會用來製作住處所需的生皮革壁板，還有些會做爲壁板匠夏芙拉的報酬，補償她花費的時間精力。他也答應幫她做幾把切割皮革的刀，幾把皮革刮削器，還有切木頭的工具。

他和齊蘭朵妮的助手、也就是藝術家喬諾可達成了類似的協議，請他繪製壁板，上面的圖案綜合了喬諾可自己的設計與構圖概念，使用的元素是所有齊蘭朵妮氏人一般而言都會使用的象徵符號與動物，再加上一些喬達拉自己的想法。喬諾可也想要一些特殊的工具。他有些在石灰岩上雕刻浮雕的構想，但他欠缺敲擊燧石的技術，無法將腦海中想像的特殊尖嘴雕刻刀，轉換爲實際上他想要的工具，必須要由很有經驗與技巧的燧石匠才能製作出很好的工具。

一旦準備好各種原料與建材，就能在相當短的時間內將住處蓋好。喬達拉已經說服幾位親友從夏季大會和他一起帶著幾位熟練的工人回到第九洞穴幫忙蓋房子，不過其中沒有愛拉。他常想著，等他們秋天回來，她發現已經有個自己的家時，她該有多開心。一想起這景象他就自顧自地微笑。

雖然喬達拉以製作燧石工具的技術和其他人進行交易，換取建造住處所需的建材，花去他好幾個漫長的下午，但討價還價的過程通常很愉快。他們往往以輕鬆幽默的話題開頭，再來是聽起來像是激烈爭吵或帶有侮辱言詞的友善爭執，但最後往往在一杯茶、巴瑪酒或甚至是一餐飯中，以笑聲結束議價。喬達拉再三確認他在爲住處的材料進行交易時愛拉不在現場，但那並不表示她沒有看到交易過程。

第一次聽到有人議價時，她還不了解兩造這扯開嗓門、比手畫腳、語帶誹謗的爭執意義何在。那是發生在波樂娃和盧夏瑪的配偶莎蘿娃之間的對話，莎蘿娃的手藝是製作籮筐。愛拉以爲她們非常生氣，她趕忙跑去找喬達拉，希望他能出面阻止她們爭吵。

「你說波樂娃和莎蘿娃吵得很厲害？她們在說什麼？」喬達拉問。

「波樂娃說莎蘿娃的籮筐又醜、編得又差，但那不是眞的。她的籮筐很漂亮，波樂娃一定也那麼想，因爲我在她住處看到幾個。她爲什麼要對莎蘿娃說那種話？」愛拉說。「你可不可以阻止她們爭吵？」

喬達拉了解她是眞的很擔心，但要他忍住不笑實在很難。最後他再也忍耐不住，放聲大笑。「愛拉，愛拉。她們不是在吵架，她們樂在其中。波樂娃想要幾個莎蘿娃的籮筐，她們就是用那種方式達到目的。她們會達成協議，皆大歡喜。那叫做議價，我沒辦法阻止她們。如果我去干涉，她們會覺得我奪走她們的樂趣。何不回去看看她們？妳就會了解她們在做什麼。沒多久她們就會面帶微笑，爲做成一筆好交易而感謝對方。」

「你確定嗎，喬達拉？她們看起來好生氣。」愛拉說。她很難相信波樂娃只是想跟莎蘿娃要幾個籮筐，而這是她們交易的方式。

她回去在附近找了個地方坐下來看，聽聽她們在說些什麼。如果喬達拉的族人都是這麼交易的，她希望自己也能夠討價還價。沒多久，她注意到有幾個人也在看這場兩個女人的對峙，邊看邊對彼此點頭微笑。她很快就明白她們不是眞的生氣，但她懷疑如果自己相信那籮筐很漂亮，她能不能說出那麼難聽的話。她搖搖頭，嘖嘖稱奇。眞是怪異的行爲！

議價結束後，她去找喬達拉。「爲什麼大家會喜歡說些言不由衷的惡劣言語呢？我不知道自己是否學得會這種『議價』方式。」

「愛拉，波樂娃和莎蘿娃兩人都知道對方沒有那個意思。她們在和對方玩遊戲。既然雙方都知道這是場遊戲，那就無傷大雅。」喬達拉說。

愛拉思考這件事。它不只是表面上看起來的那樣，她想著，但想不出來到底是怎麼回事。

他們離開的前一晚，行李已經捆好了，帳篷也檢查、修理過，旅行裝備也準備妥當，瑪桑那家裡的每個人都非常興奮，不想上床。波樂娃和傑拉達爾過來看看有什麼事情需要幫忙。瑪桑那邀請他們進來坐一會兒，愛拉自願泡好喝的茶給大家。在入口傳來第二次敲門聲響之後，弗拉那開門讓約哈倫和齊蘭朵妮進來。他們從不同方向過來，同時到這裡，兩人都帶著問題而來，並且提議幫些忙，但其實他們只是想來拜訪閒聊。愛拉在茶裡又多加了些水和藥草。

「旅行帳篷還需要修理嗎？」波樂娃問。

「不多，」瑪桑那說。「愛拉幫忙弗拉那修好了。她們用愛拉發明的拉線器修的。」

每晚搭起的旅行帳篷可以容納好幾個人，所有家人都共用瑪桑那的家用帳篷：瑪桑那、威洛馬和弗拉那；約哈倫、波樂娃和傑拉達爾；喬達拉和愛拉。齊蘭朵妮也會和他們同行，愛拉知道了很開心。她彷彿是這個家庭裡的一員，就像一位沒有配偶的阿姨。帳篷還有另一個使用者——四隻腳的獵人，沃夫，兩匹馬也會在帳篷附近。

「你準備帳篷支架的時候有沒有問題？」約哈倫問。

「我砍樹時弄壞了一把斧頭。」威洛馬說。

「你能夠再把它磨利嗎？」約哈倫問。高大筆直的樹已經被砍下來當作帳篷的支架，不過在旅行途中以及到達夏季大會的紮營處時還是需要生火的木頭，以及砍樹的斧頭，雖然沒有磨利的石斧一樣有獨特的用途。

「我把斧頭給敲碎了，沒辦法磨利，連做成刀片也不行。」威洛馬說。

「那塊燧石不好，」喬達拉說：「裡面都是小雜質。」

「喬達拉做了把新斧頭，把其他斧頭也磨利了。」威洛馬說：「他能回來真好。」

「只不過這下子我們又要看到燧石碎片到處亂飛了。」瑪桑那說。愛拉注意到瑪桑那在微笑，知道她不是真的抱怨，她也很高興喬達拉回家了。「他的確把磨利斧頭時敲下來的碎片清理乾淨，不像他小時候。我連一片石頭碎片也沒看到。當然啦，我的視力也沒以前那麼好就是了。」

「茶泡好了，」愛拉說：「有人需要杯子嗎？」

「傑拉達爾沒有杯子。傑拉達爾，你應該每次都記得帶自己的杯子。」波樂娃提醒她年幼的兒子。

「我不必帶自己的杯子來這裡，祖母有準備我的杯子給我用。」傑拉達爾說。

「他說得沒錯。」瑪桑那說：「傑拉達爾，你還記得杯子在哪裡嗎？」

「記得，桑那。」他說著站起來跑向一個矮架子，拿了個用木頭挖空的小杯子回來。「在這裡。」他把杯子舉高給大家看，逗得一群人都開心地笑了。愛拉發現沃夫從入口附近牠那塊熟悉的角落走出來，高高翹起尾巴匍匐著朝小男孩接近，每個肢體動作都表達牠有多渴望接近理想目標物。小男孩發現了這隻動物，他大口把茶喝光，然後向大家宣布：「現在我要跟沃夫玩。」不過他還是一邊注視愛拉，看看她有什麼反應。

傑拉達爾讓她想起杜爾克的種種，她禁不住笑了。小男孩走向這隻狼，沃夫發出嗚嗚的嚎叫聲，起身迎接他，接著舔起他的臉。愛拉看得出沃夫開始適應牠新認識的這一大群朋友，尤其是和這三代同堂大家庭裡的小男孩以及他的朋友在一起時更是如此。他們就快離開，她幾乎爲沃夫感到難過。她知道要面對那麼多即將遇到的新人類對牠來說有多麼不容易。對她自己來說也不容易。夏季大會帶來的興奮感因而染上了一層不安的陰影。

「愛拉，這茶非常好喝。」齊蘭朵妮說：「妳用甘草根增加了甜度，是嗎？」

愛拉笑了。「是的，它能使胃部舒服。大家要出門都很興奮，我想我應該泡些有鎮靜效果的茶。」

「而且味道很好。」齊蘭朵妮停頓了一會兒，斟酌她的用詞。「我突然想到，既然我們都在這裡，妳應該把妳生火的方式示範給約哈倫和波樂娃看。我知道我請大家暫時不要告訴任何人，但我們將要一起旅行，他們遲早會看到。」

喬達拉的哥哥和他的配偶以詢問的目光望向其他人，又看著彼此。

弗拉那笑著說：「我要不要把火熄滅？」

「好，請把火熄了吧。」朵妮說：「頭一次看的時候如果把火熄了，會更讓人印象深刻。」

「我不懂，這件事和火有什麼關係？」約哈倫說。

「愛拉發現了點火的新方法，」喬達拉說：「但是做給你看比用說的容易。」

「喬達拉，你何不示範給他們看？」愛拉說。

喬達拉請他哥哥和波樂娃到煮食火堆邊，弗拉那把火悶熄後，其他人也把靠近他們的石燈捻熄，喬達拉用打火石和燧石瞬間生起一小團火。

「你怎麼做的？」頭目問：「我從來沒見過這種事。」

喬達拉拿起打火石。「愛拉發現了這種神奇的石頭，」他說：「我本來打算告訴你，但最近發生太多事，我還沒時間說。我們才示範給齊蘭朵妮看過，不久前瑪桑那、威洛馬和弗拉那也看過。」

「你的意思是誰都能做得到？」波樂娃說。

「對，只要練習的話，誰都可以。」瑪桑那說。

「讓我告訴你們這些石頭要怎麼用。」喬達拉說。他從頭到尾做過一遍，約哈倫和波樂娃大為驚奇。

「其中一塊石頭是燧石，那另一塊石頭是什麼？」波樂娃說。

「愛拉叫它打火石。」喬達拉說，然後他解釋愛拉是怎麼碰巧發現這種石頭的特性。「我們在回來的路上找過，但沒發現打火石。我正想著它們可能只有在東邊才找得到，然後愛拉就在離這裡不遠的地方找到了。如果附近有，那應該還找得到更多。我們會繼續找。打火石夠我們大家用，而且可以當成很有意義的禮物，而且威洛馬認爲它很適合拿去交易。」

「喬達拉，我想我們得好好談一下了。我在納悶你還有什麼事沒告訴我。你離家遠行，回來時騎在馬背上，帶了一隻肯讓孩子扯牠毛的狼，還有力量強大的投擲武器、能瞬間生火的神奇石頭、有智慧的扁頭的故事，以及一個熟知扁頭語言、向他們學習醫治的美麗女人。你眞的沒有其他忘記告訴我的事情嗎？」約哈倫說。

喬達拉幽默地笑了。「此刻我想不起還有什麼。」他說：「你把所有事情一次說完，我想這聽起來倒眞是教人難以置信。」

「教人難以置信？聽聽他的口氣！」約哈倫說：「喬達拉，我有種預感，你那『教人難以置信』的旅行會被拿來說上好多年。」

「他的確有許多值得說的有趣故事。」威洛馬承認。

「這都是你的錯，威洛馬，」喬達拉咧嘴而笑，然後看著他哥哥說：「約哈倫，你還記得我們徹夜聽他說他的旅行和冒險故事嗎？我一直認爲他比許多雲遊四方的說書人還厲害。母親，妳有沒有給約哈倫看威洛馬不久前帶回來給妳的禮物？」

「沒有，約哈倫和波樂娃還沒看過。」瑪桑那說：「我去拿。」她走進睡房，拿了一塊掌狀鹿角平坦的部分給約哈倫看。鹿角被刻成兩隻流線型的動物，一看就知道牠們在游泳。這兩隻動物像魚，但不是魚。「威洛馬，你說牠們是什麼？」

「牠們叫做海豹，」他說：「海豹住在水裡，但會呼吸，而且還會到岸上來生產。」

「眞不可思議。」波樂娃說。

「可不是嗎？」瑪桑那說。

「我們在旅途中看過這種動物，牠們住在遙遠東方的內陸海裡。」喬達拉說。

「有些人認爲牠們是水的幽靈。」愛拉補充道。

「我在西方的大水中看過另一種生物，住在附近的人認爲牠是大媽特別的幽靈助手。」威洛馬說：

「這種動物比海豹更像魚，牠們在水裡生產，但據說牠們也呼吸空氣，替幼獸哺乳。牠們可以用尾巴站在水面上，我看過其中一隻這麼做。有人說牠們有自己的語言。住在那裡的人稱這種動物是海豚，有些人聲稱他們會說海豚的語言。他們發出高亢的尖叫聲，模仿海豚叫聲給我聽。」

「他們有許多關於海豚的故事與傳說。」威洛馬繼續往下說：「據說牠們會把魚趕進網子裡幫人捕魚，還曾經拯救遠離岸邊翻覆船隻上的人。根據古老的傳說，所有的人都曾經住在海裡。有些人回到陸地上，但留在海裡的就變成海豚。有些人稱海豚是他們的表親，他們的齊蘭朵妮說牠們和人類有親緣關係。就是她把這塊飾牌給了我。他們幾乎像崇拜大媽那樣崇拜海豚。每個家庭裡都有一尊朵妮像，然而每個人也都有屬於海豚的某樣東西，例如像那樣的雕像，或海豚的某個部位，一根骨頭或一顆牙齒。大家認為那會帶來好運。」

「你還說我的故事有意思呢，威洛馬。」喬達拉說。「會呼吸還會用尾巴站在水面上的魚，聽完你的故事後，我幾乎都想跟你一起去了。」

「或許明年我去交易鹽的時候，你可以跟我一起去。這趟旅行並不長，尤其是跟你的比起來。」威洛馬說。

「我以為你說你不想再旅行了，喬達拉。」瑪桑那說：「你看你，只到家這麼一會兒，就在計畫另一次旅行。你是不是旅行得上癮了，像威洛馬一樣？」

「嗯，交易任務算不上是旅行，」喬達拉說：「除了去夏季大會以外，現在的我還沒準備再次出門，不過一年以後還久得很。」

弗拉那和傑拉達爾蜷縮在弗拉那的床上，試著保持清醒。他們不想錯過任何事，但有沃夫在他們中間，聽著故事和輕柔的對話聲，他們倆都睡著了。

次晨黎明時分下著毛毛雨，但洞穴居民即將展開遠行，夏日的陣雨不能將他們的熱情澆熄。雖然前一天晚上熬夜，但瑪桑那一家人還是起了個大早。他們用前一天晚上準備好的食物做了頓早餐，然後把行李包好。雨漸漸變小，灼熱的陽光趕走烏雲，但前一晚的濕氣凝聚在樹葉上和水窪中，使空氣濕冷多霧。

等所有要去的人都在前廊聚集之後，他們就出發了。約哈倫領路，眾人從岩石前廊朝北方往木河河谷走去。根據愛拉的觀察，這是很大的一群人，比獅營去參加馬木特伊氏夏季大會的那群人還多。還有許多人愛拉不太熟，但是到目前為止，她至少大約知道每個人的名字。

愛拉很好奇約哈倫要往哪裡走。根據她騎馬兜風的經驗，她知道他們出發後，主河右岸的沖積平原相當寬闊，右岸就是第九洞穴那一邊。如果他們沿著主河彎彎曲曲但大致往東北的方向朝上游走，樹木會緊靠在岸邊，一片寬廣的綠草地將主河與兩側的高地分隔，以平緩的坡度往高地上攀爬。然而過了一小段距離，河水擁抱另一側——也就是左側——的陡峭岩壁，如果朝河水源頭走，就是在右手邊。「左岸」與「右岸」這兩個術語永遠是指河流往下游流去時，奔流河水的左邊或右邊。他們正朝上游走。

喬達拉告訴她，距離下一個最近的齊蘭朵妮氏聚落只有幾公里遠，但如果他們緊挨著主河走，就得靠木筏才能走完這段路，因為河流的方向會改變。再往上游會更往北彎，而地勢將河水逼往右岸的岩牆，也就是他們那一側，在它往北彎後甚至連容納一條狹窄小路的空間都沒有。河水最後在抵達下一個岩洞之前再度轉往東邊。第九洞穴的居民通常走陸路去拜訪他們最近的北方鄰居。

頭目走上木河支流邊的路，來到水淺的渡河口，然後直接穿越木河河谷。愛拉發現他們沒有沿著她和喬達拉剛到第九洞穴那天騎馬去的那條路，橫越狹窄河谷裡陡峭乾涸的河床。約哈倫走上一條與主河平行的小徑，通往右岸的平坦低地。他們向左轉穿過草地和灌木叢，爬上緩坡，然後以Z字形蜿蜒爬上高地表面。

愛拉以眼角餘光盯住跑在前面的沃夫，跟著牠嗅過的地方走。她認得大部分的植物，並將這些植物的用途和生長地牢記在心裡。主河那裡有幾株黑樺樹，她想著，黑樺樹的樹皮能防止流產，這裡有甜燈芯草，會導致流產。知道柳樹長在哪裡總是比較好，用柳樹皮煎茶能有效治療頭痛、老年人的筋骨痛以及其他病痛。之前我不知道這附近有馬鬱蘭。這不但能泡出好喝的茶，在肉類中增添香氣，也能治療頭痛和嬰兒腹絞痛。我得記住它的位置，以便將來使用。杜爾克不太有腹絞痛的問題，但有些嬰兒會。

他們抵達靠近頂端的陡峭斜坡時，小徑也變陡了，到了高海拔的平地時道路才逐漸開展。他們來到多風的高原上，她超前一段距離走到高原邊，然後停下來休息，等待喬達拉。他帶著快快和拖橇爬上有多處急轉彎的陡峭石頭路時不太順利。他們在等待時，嘶嘶咬著幾片新鮮的葉子。愛拉調整了母馬的拖橇，又檢查牠背上馱籃裡的東西，然後撫摸著母馬，用她的特殊語言對馬兒說話。愛拉往下眺望主河與沖積平原，以及長長一列賣力往前走的人群，其中有年輕的，也有年長的。然後她又望向更遠處。

隆起的高原上能看見三百六十度全景，以及腳下雲霧繚繞的飄渺景致，四周原野景色一望無際。幾抹霧氣依舊纏繞在河邊的樹上，輕柔的白色霧氣如簾幕般恰巧遮蔽了主河，但這層簾幕正好騰起，炙熱火球發散的光束照射下來，激流上閃耀著粼粼波光。越過主河，遠方的霧氣漸濃，石灰岩山丘隱沒在灰白色的天空裡。

喬達拉和快快到達後，他們一起橫越高原。和這長時間一起旅行的高個子男人走在一起，腳邊跟著一隻狼，馬兒拖著拖橇緊跟在後，愛拉心滿意足。愛拉幾乎不敢相信身旁這個她最心愛的男人很快就要成爲她的配偶。她和獅營也曾經像這樣遠行至夏季大會，她清清楚楚記得那時的感受。當時她覺得踏出的每一步，都使自己更接近她不想要、卻不可避免的命運。她曾答應和一個男人配對，她眞的很喜歡他，如果不是她和喬達拉相遇相戀在先，可能也會滿足於和這男人在一起。但是喬達拉那時和她疏遠，似乎不再愛她，而雷奈克毫無疑問不僅是愛她，更不計一切想得到她。

現在的愛拉已經沒有這種負面情緒了。全心歡喜的她，確切感受到滿盈的快樂，歡愉的感覺甚至充塞周圍的空氣，滲入腳下的土地。喬達拉也記得前往馬木特伊氏夏季大會的那趟旅程。他的問題在於自己的嫉妒心，以及害怕帶著無法被接受的女人返鄉去面對他的族人。他的問題已經解決，和她一樣內心充滿喜悅。當時他深信自己已經永遠失去愛拉，但現在她就在身邊，每次看著她，她也以充滿愛意的眼神回望自己。

他們順著小徑往前走，橫越平坦的高地，小徑將他們帶到岩壁邊緣另一個觀景點，他們必須停下來等其他人。越過小溪之前，他們停了一會兒，注視涓細的瀑布從崖邊落下，注入正下方的主河裡。第九洞穴的眾人在橫越高地時分散開來，有些人自己走出一條小路。這些走路的人只能帶他們帶得了的東西，有些人的行李很重，還有些人打算回去再帶第二批行李，這些通常是他們想用來交易的東西。

愛拉與喬達拉曾經向約哈倫提出用馬兒幫洞穴其他人搬運行李的建議。這位首領和幾個人談過，但他決定讓馬兒載運上一次獵到的鹿肉與野牛肉。起初在計畫打獵時，他預計有幾個人必須多走一趟回到第九洞穴，把肉帶到夏季大會的地點。

利用馬匹搬運解決了這個麻煩，他也頭一次明白訓練馬兒不只是新奇有趣的經驗。馬是很有用的動物。即便馬兒在打獵時提供了協助，而且喬達拉騎馬快速趕回第九洞穴告知齊蘭朵妮和夏佛納配偶發生了不幸的意外，這兩件事還沒有讓他完全意識到馬兒可能帶來的優勢，直到這時他和其他幾個人不用長途跋涉返回第九洞穴，才讓他有更深的體認。然而和馬兒這麼接近地走著，他也了解到管理這些動物需要額外的工作量。

嘶嘶已經習慣了拖桿，在他們的旅途中，牠大多數時間身後都拖著拖橇。快快比較不習慣拉重物，也更難控制。約哈倫看到他弟弟必須處理這匹馬，尤其在彎路上拖桿限制了牠的行動，他得耐心地讓這匹小公馬冷靜下來，引導牠越過障礙，同時不讓背上的重擔掉下來。從第九洞穴出發時，喬達拉和愛拉走在人群前面，然而等到他們渡過小溪、再次朝西北前進時，他們已經快接近人群中間了。

他們到達愛拉和喬達拉之前回頭的下坡處。這一次他們順著曲折而平緩的小徑向前走，迂迴繞過灌木叢、開闊的草地和長在避風窪地裡的樹木。他們來到一個相當接近水邊的岩石庇護所，它的一部分延伸在水面上方。他們實際上只走了不到三公里，然而陡峭的爬坡卻使路途顯得遙遠。

這個庇護所有個和主河河岸非常接近的前廊，人可以從這裡往下跳進水裡。這叫臨水岸的面南庇護所一路從西延伸到東，遇到主河轉向南方的彎道。折回的河道和之前的河道相當靠近，要不是中間有狹小的高地相隔，這兩條河水就會在彎曲的下方相接。雖然這庇護所看起來可供居住，但沒有哪個洞穴的人住在這裡。不過旅人有時會在此停留，尤其是乘木筏而來的人。由於河水離得太近了些，主河氾濫時河水有時候會湧進庇護所裡。

第九洞穴的人沒有在臨水岸停留，而是往庇護所後方的岩壁上爬。小徑繼續向北，然後又彎向東邊。臨水岸往前約一公里多的地方，小徑的坡度變得十分陡峭，往下通往一條小溪谷，這條小溪在夏天通常是乾涸的。越過泥濘的河床後，約哈倫停下來等愛拉和喬達拉，這時大家都停下來休息。有幾個人生起小火煮水泡茶，有些人拿出旅行乾糧吃起點心，尤其是那些帶著孩子的人。

「我們得在這裡做個選擇，喬達拉。」約哈倫說：「你認為我們該走哪邊？」

因為主河蜿蜒流經河谷，左右兩岸先後逼近兩側的岩牆，有時橫越高地、行經洞穴之間會比較好走。然而要到達下一個地點，還有另一條路可選。

「從這裡我們有兩條路可走，」喬達拉說：「如果我們沿著這條小徑越過岩壁頂端，我們必須爬過這個坡，跨越高地，距離大概是剛才已經走過的一半，接著再往下走到另一條小溪。溪裡通常有水，但水很淺，很容易涉水而過。接著我們要再爬上另一個陡坡，跨越俯瞰主河的岩壁正面，接著又往下走。在那裡主河流經一大片茂密的草地，那就是主河的沖積平原。我們會在那裡停留，造訪第二十九洞穴，或許在那裡過夜。」

「但是我們還有另一條路可以走。」約哈倫說：「第二十九洞穴叫做三巨岩，因爲他們有三個庇護所。這三個庇護所不是彼此相鄰，而是相隔一段距離圍繞著主河以及它廣大的沖積平原。其中兩個庇護所在主河這一邊，第三個在主河另外一邊。」

約哈倫指著前方的山坡說道：「我們可以不要爬這個坡，而是向東走到主河邊。主河在前方轉向北邊，我們必須渡河到對岸，因爲這一側的河水緊貼著岩壁，不過那裡有一段寬而淺的河道，很容易渡河。而且和我們在渡河點所做的一樣，第二十九洞穴在河裡放了踏腳石。我們沿著另一側走一段路，然後主河又向東走，緊貼另一側岩壁，因此我們必須再渡河回來，但這裡河水再度開展變淺，那個渡河點也有踏腳石。我們可以在這一側的兩個庇護所停留拜訪，不過得再次渡河才能到第三個、也是最大的一個庇護所，因爲我們可能會在那裡過夜，尤其是下雨的話。」

「如果我們走那條路，就必須爬坡；如果走這條，就必須渡河。」喬達拉替他做結論。「你覺得馬和拖橇比較適合走哪條路？」

「帶著馬兒渡河比較容易，但如果河水很深，拖橇上的肉會弄濕，如果不晾乾的話可能會壞掉。」愛拉說：「我們在旅途中曾經把拖桿固定在碗形船上，所以當我們不得已必須渡河時，碗形船就會浮在水上。但你不是說過，反正我們至少必須渡過主河一次嗎？」

喬達拉走在快快的拖橇後面。「我是這樣想的，約哈倫，如果我們可以找幾個人走在馬兒後面，把拖桿後端抬起來，剛好讓它離開水面，就能在不把任何東西弄濕的情況下渡河。」

「我們可以找人來抬拖橇，沒問題。不管怎樣，要渡河時總是有幾個年輕人喜歡在過程中把水花潑得到處都是。我來問問大家。」約哈倫說：「我想大家身上都背著行李，大多數人寧可儘量不要再爬坡。」

約哈倫走開後，喬達拉決定檢查快快的轠繩。他撫摸快快，將袋子裡的穀子拿出來餵牠。愛拉對他微笑。她正注意著沃夫，因爲牠跑過來看看他們爲什麼停下來。她感受到自己與喬達拉在他們的旅途中建立的特殊關係。然後她突然想到他們有另一層關係。只有他們倆能了解人和動物之間可以發展出聯繫。

「還有另一條往上游的路……嗯，其實有兩條。」在等待時喬達拉說。「其中一條是用木筏撐竿渡河，但我認爲帶著馬兒走那條路不太方便。另一條是越過主河另一側的岩壁頂端。這麼走必須經過渡河點，一路走到第三洞穴，再從那裡往前走，這條路其實比較容易。第三洞穴那裡有兩條很好走的路，通往雙河石頂，然後繼續走小徑橫越高地。那一側比這一側平坦，只有幾個坡度不陡的斜坡，支流也不像主河這一側那麼多，但如果我們打算在第二十九洞穴停留，就必須往下再次渡過主河。這就是約哈倫之所以決定走這一側的原因。」

休息時愛拉問喬達拉，他們將要去拜訪的是怎麼樣的一群人。喬達拉向她描述齊蘭朵妮氏第二十九洞穴奇特的配置情形。三巨石是由分散在三個岩壁上的三個分隔的庇護所組成，這三個庇護所圍繞蜿蜒河水的沖積平原構成一個三角形，庇護所之間的距離大約是在二點五公里以內。

「根據歷史，他們曾經是不同的洞穴，以二十九之前的數字編號，而且洞穴不只有三個，」喬達拉解釋道：「但所有人必須共用同樣的土地與河流，他們不停爲各自的權利而吵，爭辯哪個洞穴可以在何時使用什麼資源。我猜他們的衝突愈來愈激烈，有些人眞的和對方打了起來。後來南壁的齊蘭朵妮有了個想法，將他們結合成一個洞穴，一起工作、共同分享。如果一群遷徙的原牛經過，不會由來自不同洞穴的獵人分別獵捕，而是所有洞穴組成的狩獵隊伍一起合作完成。」

愛拉想了一會兒。「但是第九洞穴也和鄰近的洞穴合作，上次打獵時，來自第十一、十四、第二和幾個第七洞穴的獵人全都一起打獵，大家一起分享獵物。」

「是沒錯，但這些洞穴不需要共享每樣東西。」喬達拉說：「第九洞穴有木河河谷，動物有時候會沿著主河移動，經過岩廊正前方；第十四洞穴有小河谷；第十一洞穴可以乘木筏橫渡主河，抵達很大的一片土地上；第三洞穴有青草河谷；第二洞穴和第七洞穴共用甜河谷——回程時我們會去拜訪他們。願意的話我們可以合作，但卻不是必要。第二十九洞穴的這幾個洞穴結合在一起後，必須共用同一個獵場。現在他們稱它爲三巨岩河谷，但它其實是主河河谷和北河河谷的一部分。」

喬達拉解釋，主河轉向東邊，流經綠草如茵的廣大沖積平原，在北邊與一條豐沛的支流以及它的河谷相接。西邊和北邊的這兩個聚落在主河右岸，可以經由陸路從臨水岸到達。南邊的聚落在主河左岸，巨大岩壁上的岩石庇護所由許多層岩架構成。是少數幾個有人居住的面北岩石庇護所。

西邊的聚落，或稱做齊蘭朵妮氏第二十九洞穴西方領地，是由山丘一側上面的幾個小岩石庇護所組成。喬達拉告訴愛拉，他們或多或少也留有一些如斜遮棚、火爐和曬肉架等固定的營地設備，在夏天還有帳篷和其他西方領地附近的暫時庇護所。營地設在生長著石松、可供遮風避雨的河谷上開闊的林地，石松毬果裡滿滿的松子是蔬菜油的原料，它富含油脂，可以用來燒油燈。雖然這也十分可口，但卻很少用在烹調上。

所有三巨岩的居民和受邀協助、以共同分享松子做爲酬勞的其他人，齊聚一堂慶祝松子的採收，這就是宿營的主要目的，不過營地也接近一個很好的捕魚地點，很適合架設捕魚網和攔魚壩。在整個暖和的季節裡，聚落的居民經常使用營地，直到冬天主河河水凍結，營地才關閉。雖然各個岩石庇護所的居民一年到頭都住在西方領地，而搭建營地的主要原因是秋天的松子豐收季，不過夏季一開始，就有人搭起帳篷開始架設捕魚網，這時每個人都談論著要去「夏季營地」。漸漸地西邊的聚落就被人稱爲夏季營地。

「他們的齊蘭朵妮是一位傑出的藝術家。」喬達拉說：「她將動物刻在其中一個庇護所的岩牆上，或許我們有時間可以去拜訪她。她也雕刻隨身攜帶的小雕像。但無論如何我們會回到這裡參加松子豐收季。」

約哈倫帶了三個少年和一個少女，他們自願在渡河時走在拖橇後面，將拖桿抬離水面。他們似乎都很高興能被選來執行這項任務。約哈倫很順利就找到願意幫忙的人，但麻煩的是挑出人選。許多人都想接近馬兒和狼，同時進一步認識這位外地女子，好讓他們在夏季大會時多些有趣的話題可聊。

除了渡河的時候，愛拉和喬達拉都能在較平坦的地面牽著馬兒並肩而行。沃夫一如往常沒有跟得太緊。牠喜歡在旅行時到處探索，一會兒跑在前面，一會兒落在後面，追著牠感興趣的東西還有牠靈敏鼻子嗅出的味道。喬達拉利用這個機會，告訴愛拉更多有關他們今晚留宿地點的居民以及他們領土的故事。

他談起從北邊奔流而下、與主河在右岸匯聚的大支流，叫北河。北河河谷和主河本身持續擴展的上游河谷，使得綠草如茵的沖積平原北面更加開展。北邊的聚落是這個洞穴歷史最悠久的居住區，從主要河流與其支流之間的谷地中伸出來。它的正式名稱是齊蘭朵妮氏第二十九洞穴北方領地，但一般稱爲南面。他告訴她，有條路通往橫渡支流的踏腳石，利用這條路可以從夏季營地到達南面，但現在他們正沿著主河逐漸走近。

前方俯瞰開闊風景的小丘上有個三角形岩壁，三片面南的岩廊有如階梯一般層層相疊。雖然三巨岩聚落是由約二點五公里內的所有聚居地點所組成，然而目前有幾個非常接近的附屬地點，也把它們自己視爲第二十九洞穴北方領地的一部分。

他解釋，有一條經常使用的小徑，分成兩條Z字形的曲折山路，橫越平緩的山坡，到達山腰，南面的主要聚居地點就在這裡。幾乎可以俯瞰大河谷每個角落的最上層岩洞，被用來當作崗哨台，一般人稱它爲南面崗哨台，或簡稱崗哨台。最下層岩洞有一半在地面下，主要功用是儲藏而非居住。除了食物和生活用品，夏季營地採集的堅果也存放在這裡。其他同樣屬於南面綜合聚落的幾個岩洞，也都各自有描述它們特色的名稱，例如長岩、深河岸和優泉，後者指的是附近湧出的天然泉水。

「即使是儲物區也有名字，」喬達拉說：「它叫做禿岩。老年人說了這麼個故事，這故事是他們在年輕時聽來的，是歷史的一部分。它是說有一年經過了嚴寒的冬天後，春天仍然寒冷潮濕，他們用盡了所有存糧——最低的岩石儲物區就是禿岩。然後冬天最後一陣狂風呼嘯而入，帶來一場強勁的暴風雪，所有人好一段時間內都餓著肚子。讓他們免於餓死的唯一食物，就是松鼠在下層岩石庇護所儲藏的一大堆松子，那是個小女孩無意間發現的。小小的松鼠能堆出那麼高的松子，真叫人訝異。」

「但即使天氣放晴，能出去打獵，他們要獵捕的鹿和馬也餓了好一陣子。」喬達拉往下說：「這些動物的肉又瘦又硬，又過了許久，春天的第一根綠草和根莖類植物才長出來。第二年秋天，整個聚落的人從石松上收集了更多松子，以抵禦即將來臨的嚴寒冬天和飢餓的春天，也因此開始採集松子的傳統。」

幫助愛拉和喬達拉在渡河時保持食物乾燥的年輕人，也擠在一旁好聽喬達拉講述離第九洞穴最近鄰居的故事。他們也不太了解三巨岩的事，因此興致勃勃地聽他說。

大約二點五公里以外，渡過主河後就能看到第二十九洞穴的南方領地，這是該地區最大也最特殊的岩壁。雖然面北的場地很少被當作居住區，然而主河南面太有吸引力，讓人無法忽視。從主河上垂直聳立的岩壁高約七、八十公尺，正面長度約八百公尺，共有五層的岩壁上有將近一百個洞穴與凹洞，以及突出的岩石庇護所和岩廊。

從所有岩廊上都看得到河谷的壯麗景色，因此無須以某個特定的庇護所或洞穴當作崗哨台。但岩壁上的景致的確與眾不同。有一片位置較低的岩廊突出於靜靜流淌的逆流溪水上方，從這裡往下看，可以在靜止的水中看到自己的影像。

「它不是以岩石大小命名，這可能和妳想像的不同。」喬達拉說：「它的名稱來自於它獨特的景觀。它叫做鏡像石。」

岩壁太巨大，因此大部分可供居住的地點甚至沒有住人；如果都住滿了人，就會像土撥鼠住的小丘那麼擠。周遭的天然資源養不起那麼多人，動物會被獵捕殆盡，地表的植被也會變得光禿一片。不過龐大的岩壁是相當特殊的地貌，住在這裡的居民知道，光是他們家園的外表就足以令外地人和首次登門的訪客看得瞠目結舌、心存敬畏。

甚至連熟悉此地的人，面對岩壁都會嘖嘖稱奇，喬達拉注視著這非比尋常的天然構造時發覺到這一點。在第九洞穴宏偉的懸頂岩架的遮蔽下，產生下方寬廣舒適的空間，它的天然條件無疑十分優異，在各方面看來，它有更好的生活條件——面南的坐向是極大的優勢——但喬達拉必須承認，眼前雄偉壯麗的岩壁的確予人深刻的印象。

然而看到向岩壁逐漸接近的一行人，也讓站在最下層岩廊的人群心生敬畏。站在人群稍前的女人表示歡迎，但她歡迎的手勢卻不如往常那麼乾脆。她舉起雙手，掌心向著自己，但她招手示意的動作不是很明顯。她已經聽說瑪桑那在外遊歷的次子回到第九洞穴，還帶回來一個外地女人。她甚至還聽說他們帶著馬匹和一隻狼，但道聽塗說還不如親眼所見，而且親眼看到兩匹馬沉著地走在第九洞穴的居民中間，後面還跟著一隻狼——一隻很大的狼，和一位高挑、金髮的陌生女子，以及她認識的那個叫喬達拉的男人，無論如何，這一幕讓人感到不安。

雖然完全了解這女人的感覺，但看到她的表情，約哈倫還是把頭轉向一邊，掩飾他禁不住露出的微笑。沒多久以前，同樣一幅不可思議的景象讓他產生相同的震撼。想起來還眞讓人訝異，他這麼快就習慣此事，快到他甚至沒預期到鄰近洞穴的反應，他本該預料到的。他很高興他們在這裡停留，這多少能讓他知道，到達夏季大會之後，他們很有可能會對那裡的人帶來什麼樣的影響。

第二十二章

「如果約哈倫沒有打算在這片土地上搭帳篷，我想我還是會待在外面。」愛拉說：「旅行時我想陪在嘶嘶和快快身邊，我不想把牠們帶到岩洞裡。牠們不會喜歡進去的。」

「我想德娜娜也不怎麼喜歡。」喬達拉說：「她在動物旁邊時顯得特別緊張。」

他們騎著馬往上游走，經過叫做北河的支流河谷，好讓他們自己與動物在和那麼多人近距離接觸之後喘一口氣。他們已經和所有頭目正式見過面，愛拉仍在設法一一記住他們。德娜娜是南方領地鏡像岩的頭目，也是第二十九洞穴公認的頭目，不過西方和北方領地，也就是夏季營地和南面，也都有各自的頭目。只要有任何牽涉到所有三巨岩的決定，三位頭目就必須共同討論，達成共識，但這結論是由德娜娜所提出，因為其他齊蘭朵妮氏頭目堅稱，如果第二十九洞穴要稱自己是一個洞穴，那麼他們應該只有一個頭目為所有人發言。

齊蘭朵妮亞有另一套稍微不同的規定。西方、北方和南方領地都各有自己的齊蘭朵妮，然而這三個領地的齊蘭朵妮亞全都是第四位朵妮侍者的助手，這位朵妮侍者才是第二十九洞穴的齊蘭朵妮。因為各領地之間有一段距離，每個領地都想要有自己的齊蘭朵妮。而且他們需要的是優秀的醫治者，尤其是在寒冷、天候惡劣的季節。然而任何個別齊蘭朵妮之間的主要關係對齊蘭朵妮亞來說，都被當作一個整體看待，雖然他們所服務的洞穴幾乎是平等的，只是在某些方面來說比其他洞穴更重要或卓越。

鏡像岩的齊蘭朵妮是一位非常傑出的醫治者，因此甚至連分娩中的女人都很樂意找他幫忙。為了住在名義上的頭目附近，第二十九洞穴的齊蘭朵妮也住在鏡像岩，她的醫術不是特別好，但她是位優秀的調停人，能夠很圓滑地周旋於其他三位齊蘭朵妮亞和頭目之間，平息眾人偶發的敏感情緒。有些人認爲，要不是第二十九洞穴的齊蘭朵妮，這整個被稱爲第二十九洞穴的複合體是無法結合在一起的。

愛拉很高興可以以馬兒需要關照爲藉口，逃離其餘的問候、盛宴和其他儀式。在和第九洞穴往北的第一個鄰居見面之前，她已經和約哈倫與波樂娃談過，爲了嘶嘶和快快著想，她和喬達拉必須照顧牠們。頭目准許他們離開，而頭目的配偶則答應留些食物給他們。

他們解開馬兒身上的拖橇，卸下所有行李，愛拉仔細檢查兩匹馬兒，確認牠們沒有受傷或哪裡疼痛，同時她也意識到旁人的目光。他們幫兩匹馬按摩、梳毛後，喬達拉建議，嘶嘶和快快一整天都緩慢而小心翼翼地行走，現在應該放開牠們，讓牠們奔跑。看到馬兒離開，沃夫也往前一躍而起。

約哈倫也在人群中注視他們兩人和馬匹。之前他常看他們做同樣的事，但是這一次他了解到這是馬兒需要的其中一項照顧。和馬群在一起時，牠們顯然不需要這樣的關注，但當牠們做出人類要求的工作時，或許就會需要。沒錯，用馬匹幫助人類做各種工作的潛在優勢的確存在，但這是否值得投入所需的龐大工作量？看著愛拉和他弟弟下馬時，他反覆思考這個問題。

他們一離開，愛拉馬上就覺得很放鬆，只有他們倆騎馬離去讓她有種自由、解脫的感受。在漫長的旅途中，他們已經適應了只有動物陪伴的旅行，現在回到習慣的生活方式，兩人都得到短暫的喘息時間。到了北河河谷，看到前方長長的一片開闊草地時，他們倆相視而笑，然後催促著馬兒以全速向前急馳，越過田野。他們身邊經過了幾個正要回到第二十九洞穴的人，這些人去了夏季大會的地點，剛結束一趟短程旅行。愛拉和喬達拉沒看到這些人，但他們卻注意到騎在馬上的兩人。他們目瞪口呆地看著眼前這幅生平從未看過、也不確定將來是否想再看到的景象。人坐在馬背上奔馳令他們很不自在。

愛拉停在小溪旁，喬達拉跟著停下來。他們不發一語，很有默契地掉頭沿著溪水走。溪水的源頭是個注滿泉水的池子，池水上方有株大垂柳，彷彿在爲它自己和後代保護著擁有池水的權利；好幾株較小的柳樹緊緊挨在泉水滿溢的池邊。他們下了馬，從馬上取下馬墊鋪在地上。喝了溪水的馬兒，決定這是個打滾的好時機。看到馬兒背朝下腳朝上地扭動，覺得安全又舒服、想好好地抓抓背時，這對年輕男女忍不住哈哈大笑。

突然間愛拉伸手解開綁在頭上的拋石索，低頭望向水裡的石頭。她抓起幾顆圓形的卵石，放一顆到這投擲武器的袋中，將它射出去。她看也不看就又抓起拋石索的皮帶，將它拉到底，把兩端相接。第二隻鳥飛起來時她的另一顆石頭已經準備要發射了。她把石頭射出去，然後跑去撿拾她的獵物。

「如果只有我們兩個要在這裡紮營，我們的晚餐就有了。」愛拉舉起她的戰利品說。

「但現在不是只有我們兩個人，妳要這兩隻雷鳥做什麼？」喬達拉說。

「雷鳥的羽毛是最輕又最暖和的，而且牠的斑紋就屬一年的這個時節最漂亮。我可以幫小寶寶做幾件東西。」愛拉說：「不過我之後還有時間幫小寶寶做衣服。我想要把雷鳥送給德娜娜。畢竟這是她的地盤，而且她看到嘶嘶、快快和沃夫時好像很緊張。或許送個禮物會讓她覺得心情好些。」

「愛拉，妳的智慧是從哪裡學來的？」喬達拉以充滿溫柔與愛意的眼神看著她說。

「那不是智慧，只不過是常識罷了，喬達拉。」她抬起頭，感覺自己迷失在他雙眼的神奇魔力中。只有在冰川深邃的池水中，她才看得到和他眼珠子一樣的湛藍，但他的雙眼並非冰冷無情，而是溫暖而滿懷愛意。

他伸出手臂抱住她，她丟下一對雷鳥，迎上前去親吻他。他像這樣抱著她彷彿是很久以前的事了。接著她明白那的確是好久以前。不是他親吻她這件事，而是他們很久沒有在空曠的野外獨處，一旁伴著歡喜吃著草的馬兒，還有好奇地伸長鼻子嗅著每個灌木叢和地面小洞的沃夫，除此之外一個人也沒有。他們很快就要回去，繼續長途跋涉前往夏季大會，誰知道何時還會再有像這樣清靜的一刻？喬達拉開始用鼻子磨蹭她的頸子時，愛拉也急切回應他。

他溫暖的氣息和濕潤的舌頭引起她一陣顫抖，她任他擺布，讓此刻的感受傳遍她全身。他在她耳旁吹氣，輕咬她的耳垂，雙手伸向前握住她豐滿的乳房。現在更豐滿了，他想著，這提醒了他，此刻她正懷著一個新生命，她說這是他倆共同的結晶。起碼，這生命帶有他的靈，這一點他很肯定。在他們的旅途中，大多數時候他都是她身邊讓大媽取走精氣的唯一男人。

愛拉解開腰帶，這腰帶上掛著各式各樣東西和用勾環或繩結繫牢的小袋子。她把腰帶放在馬墊邊，確認所有掛在上面的東西都還在原來的位置。喬達拉坐在馬墊邊緣，皮革散發出馬兒強烈但並不難聞的氣味。他很習慣這味道，和隨之而來令人愉悅的聯想。他開始迅速解開腳套上的皮繩，把腳套脫下來，然後站起來，解開牢牢固定住裹腿在正面重疊的腰帶，把裹腿脫下來。

他抬起頭，看到愛拉也正在寬衣解帶。她的體態更加飽滿，不只是胸部，連腹部也是圓滾滾的，開始看得出新生命在她身體裡長大。他感覺到他的男性器官有所反應，他扯下束腰上衣，然後幫愛拉脫衣服。一陣涼風吹拂在他光溜溜的皮膚上，他看到她身上起了雞皮疙瘩，於是擁她入懷。

「我要去池子裡洗一洗。」她說。

他笑了。覺得那是她在邀請他以他喜歡的方式分享快感。「妳不必洗。」他說。

「我知道，但我想要。走路和爬山弄得我汗流浹背。」她說著走向池子。

池水很冷，但她經常在冷水裡洗澡，大多數時候她都覺得這種冰冷刺骨的感覺讓人精神為之一振。早晨的洗浴讓她清醒過來。這個池子除了遠端靠近泉水的地方之外都很淺。在那裡池底迅速下降，最後她已經踩不到布滿石頭與淤泥的池底。她踩著水離開較深的水域，往回走向岩石岸邊。

雖然喬達拉不像她那麼喜歡冰冷的水，他還是跟著她走進池子。他走進池水深及他大腿的地方，看到她走來，他用水潑她。她大叫一聲，胡亂拍打水面，讓水花四濺，接著又用雙手朝他潑水，不偏不倚噴到他臉上，把他肩膀以下都潑濕了。

「我沒料到這招。」他邊打著哆嗦，邊結結巴巴說道，然後又拍著水回潑她。馬兒抬起頭看著他們在水中的這場騷動。她對他咧嘴而笑，他上前抱住她，喧鬧的戲水聲陡然停止，他們站在一起，雙臂交纏，兩片唇緊壓在一起。

「或許我該幫妳洗澡。」他在她耳邊呢喃，雙手伸向她兩腿間，感到自己身上有反應。

「我才該幫你洗。」她說著，伸手探向他堅硬的男性器官，藉著潤滑的水用她的雙手來回搓動，拉起外皮，露出他男性器官的前端。冷水應該要澆熄他的狂熱，他想著，但在他溫暖男性器官上的冰冷雙手卻奇妙地使他極端興奮。接著她跪下來，含住他男人工具的前端，他覺得一陣灼熱。她來回移動，舌尖在他器官頂端上打轉，他的欲望高漲，令他驚訝不已。突然間他失去控制，一陣灼熱感湧起後噴發出來，一波波釋放的浪潮襲向他。

他將她輕輕推開。「我們離開這冷水吧。」他說。她吐出他的精液，漱了漱口，對他微笑。他牽著她的手，將她帶到岸上。他們到了馬墊旁坐下來，他讓她倒下，躺在他身旁，撐著一隻手臂注視著她。「妳讓我大吃一驚。」他說。他覺得很放鬆，但又有點慌張。這一切不在他的計畫當中。

她笑了。他不常這麼快就射精，他總是喜歡掌控自己。她的微笑變成開懷大笑。「你一定料不到自己早就準備好了。」她說。

「妳別這麼得意。」他說。

「我不常給你驚喜，」她說：「你那麼了解我，讓我吃驚，你總是讓我的快感那麼強烈。」看她那麼快樂，他禁不住對她報以微笑。他傾身吻她，她微啓雙唇欣然接受。不管怎樣他都喜歡撫摸她、擁抱她、親吻她時的感覺。他溫柔地嘗試探索她的嘴，她也一樣。高興的是，他又感受到一陣微微的欲望開始升起。他或許還沒有完全耗盡精力，而且他們也不急著回去。

他只是慢慢吻著她，接著他的舌頭游移到她嘴唇上。他來到她的頸項和喉頭上，吻著、輕咬著。他弄得她好癢，她得忍住不要往一旁躲。她的欲望已經被挑起，按捺欲火可以讓這次經驗更美好。當他的吻開始往下移，從肩膀和腋窩一路吻到手肘時，她簡直難以忍受，渴望他做的不只如此。她不知不覺呼吸急促。突然間他含住她一邊乳頭，她感覺體內有如迸出一道火光一般，發出嬌喘。

他的男人工具又漲大了。他感覺到她渾圓的乳房，然後又把另一邊緊縮、堅挺的乳頭含在嘴裡用力吸吮。他伸手捏住旁邊的乳頭，用手指捏擠玩弄著。她壓向他，感覺到強烈的欲望，她還要他更進一步。她聽不見吹拂柳樹的風聲，也感覺不到涼爽的空氣，她全副精神都在體內，在他挑起的感覺裡。

他也一樣，感覺體內熱度上升，男人工具充血。他往下移，停在她兩腿間，打開她的皺摺，俯身品嘗他的第一口。她身上還沾著水，他陶醉在冰冷潮濕、溫暖而帶著鹹味的熟悉味道，那是愛拉的味道，他的愛拉。他想要一次擁有她的全部，因此探索到她抖動的陰核同時，他又將手伸向她的乳頭。

他用舌頭吸吮玩弄著她時，她弓身向他。她沒有思考，只用身體感覺。接著她不知不覺就達到高潮，高漲的欲火突然間襲遍全身，他感覺到她的濕潤。她迎向他，輕聲呻吟表示需要，想要他在她體內的感覺。他起身找到她的洞穴，插入她，接著他把男人工具拉出來，又再次插入。

她迎合他，貼近他又遠離他，弓著身子、挪動身體，感覺她需要他的位置。他已經蓄勢待發，但不像有時候那樣有迫切的需求。他不刻意控制，而只是讓欲火累積，和她一起搖擺晃動，感覺情緒愈來愈緊繃，狂喜而放縱地深深戳刺。她縱情喊叫，沒有言語只有叫聲，音調逐漸拔高，強度逐漸增加。接著他們到達顛峰，在一連串言語和喊叫後，欲望一次漲滿，狂洩而出，他們感到徹底的釋放。兩人擁抱了一會兒，又進出了幾次，然後躺下來喘著氣調整呼吸。

愛拉躺在那兒閉上眼睛，聽著吹拂樹木的颯颯風聲和鳥兒呼喚配偶的叫聲，感覺涼爽的微風，和他壓在她身上的甜蜜感覺，聞著毯子上馬兒的氣味，還有他們交歡的味道，她想起他皮膚的滋味和他的吻。最後他起身望著她，她露出了如夢似幻、朦朧而又心滿意足的溫暖微笑。

他們終於爬起來，愛拉回到池邊，按照許久以前伊札教她的方式清洗身體。喬達拉也清洗了。他覺得如果她這麼做，他也應該照做，雖然他是遇到她以後才養成這個習慣。他不太喜歡冷水。然而當他在沖洗的時候，他想著如果有更多時候能像今天一樣，他就會學著喜歡洗冷水澡。

走回第二十九洞穴的南方領地時，愛拉發現她並不期待見到這些鄰人，他們似乎不太友善。儘管她覺得喬達拉的親人和第九洞穴的居民都已經接受了她，她覺得自己也不特別急著見到他們。雖然之前她很希望他們的旅程告一段落，有其他人能在她身邊，但她也漸漸習慣旅行時她和喬達拉建立起的生活模式，她想念那時的日子。他們和洞穴裡的人在一起時，總是有人想找他們說話，要不是找她，就是找喬達拉，或者兩個人都找。他們倆都很高興有他人的熱情相伴，但有時候年輕愛侶總希望能獨處。

當天晚上，所有人都一齊擠在家庭帳篷裡。這讓鋪蓋捲裡的愛拉想起馬木特伊氏土屋裡睡房的安置方式。第一眼看見獅營搭建的半地下長屋，她感到十分訝異。他們用猛獁象骨支撐草皮和茅草築成的厚牆，以黏土覆蓋，就能將大陸中部冰川周圍地區強勁的風和冰冷的冬季擋在屋外。她還記得，當時她認爲那就像是他們建造自己的洞穴似的。就某種意義上來說的確如此，因爲在他們那個地區沒有可供居住的洞穴，而她會驚訝也不足爲奇，長屋是項相當了不起的成就。

雖然住在獅營長屋裡的家庭都有分隔的生活空間，圍著火堆從中間延伸出去，排成一長條，而且他們也有門簾擋住床榻，不過所有人都還是共用同一個庇護所。兩個家庭之間只隔著不到一個手臂的長度，往來時必須經過其他人的居住空間。爲了住在這麼封閉的空間裡，他們以彼此心照不宣的禮節承認隱私權的存在，這是他們在成長過程中必須學習的。住在那裡時，愛拉並沒有感到土屋很小，只有當她開始睡在第九洞穴寬敞的庇護所時才這樣覺得。她還記得穴熊族也有各自的火堆地盤，但卻沒有牆，只有幾顆標示出界線的石頭。穴熊族人也在很小的時候就學會避免注視其他家庭的生活空間。對他們而言，隱私不但是社會公約，也代表對他人的尊重。

雖然齊蘭朵妮氏人的住處有牆，但他們當然也是無法隔絕聲音。他們的家園無須蓋得像馬木特伊氏人的土屋那麼堅固，因爲天然的石造庇護所能爲他們阻擋惡劣的天氣。基本上齊蘭朵妮氏人的房屋結構能保留室內的熱度，阻擋在懸頂下呼嘯而過的冷風。行經岩洞底下，常能聽見每個家庭談話內容的片段，但齊蘭朵妮氏人已經學會忽視鄰人的說話聲。正如學著不去注視鄰人火堆地盤的穴熊族人，還有馬木特伊氏人彼此心照不宣的隱私禮儀。想到這種種，愛拉發覺自從住在那裡的短暫時間裡，她已經學會不要去聽隔壁住處的說話聲——至少大多數時間是如此。

這對年輕伴侶依偎在一起，沃夫在他們身旁。聽著別的鋪蓋捲的悄聲耳語，愛拉說道：「喬達拉，我喜歡齊蘭朵妮氏人爲每個家庭建造分隔住處的方式，每個人的家和別人都是分開的。」

「很高興妳喜歡這種方式。」他說。他會在他們倆從夏季大會回來之後就替她把家準備好，而且還保守祕密，想給她一個驚喜，他對自己這樣的安排更加感到得意。

當愛拉閉上眼睛，她想著將來有個自己的住處，有牆的住處。對她來說，齊蘭朵妮氏人住處的牆所提供的隱私權，是穴熊族人，甚至馬木特伊氏人前所未聞的。室內的分隔空間更加強了隱私。當時雖然寂寞，但愛拉已經在她的山谷裡學會了享受孤獨，而和喬達拉一同旅行，又加強了她想分隔自己與其他人的渴望。然而封閉的住處給予她安全感，又讓她知道附近永遠有人。

如果豎耳傾聽，她還是可以聽到旁人準備就寢前教人安心的聲音，這聲音她聽了一輩子：低聲交談、嬰兒哭聲和男女交歡聲。當她獨自居住時，她渴望聽到這些聲音，但在第九洞穴裡，有個地方能擺脫他人而獨處。一旦進入每個住處的薄牆裡，就很容易忘卻周遭所有人，然而低聲交談的背景聲音給了她基本的安全感。她認爲齊蘭朵妮氏人的居住方式非常理想。

第二天早上出發時，愛拉發現他們的人數變多了。許多第二十九洞穴的人加入他們，不過她注意到其中沒有鏡像岩的人，至少沒有她認識的。她對約哈倫提到人數增加的事，他說大多數夏季營地的人、南面近半數的人還有一些鏡像岩的人會和他們一起走，其餘的人可能會第二天才出發。她想起喬達拉提到他們會回夏季營地幫忙採收松子，因此她認爲第九洞穴和西方領地之間的關係，比和第二十九洞穴其他領地還要來得密切。

如果他們從鏡像岩出發，沿著主河往上游前進，他們會先走到正北方一個寬闊彎道的起點，這個彎道先彎向東邊，然後再彎向南邊，接著又往東形成另一個大彎道，最後再往北邊走，構成一個巨大的S形。接著河水繼續以較平緩的彎道向東北邊蜿蜒流去。第一個彎道北端有幾個小型的岩石庇護所，它們只是旅行或狩獵的暫時歇腳處。下一個聚落在第二個彎道的最南端，此處有一條小溪流經老河谷後匯入主河，這裡是齊蘭朵妮氏第五洞穴的家園。

除非他們乘木筏撐竿逆流而上約十六公里，否則去老河谷比較好走的路，就是從鏡像岩直接橫越田野，而非沿著主河彎彎曲曲的河道往北又往南。這樣走的話，第五洞穴的家園不過在東邊偏北約五公里以外，只不過穿越層疊山巒的小徑取的是最好走的路，因此不是筆直的。

來到標示明顯的小徑起點後，約哈倫離開主河，走上一條穿過山脊側面的路，接著又越過圓形的山頂，與來自雙河石第三洞穴一條位於高處的小徑相接，然後往下走另一邊，又來到主河邊的平地。愛拉有興趣想進一步了解第五洞穴，她決定試著慫恿喬達拉談談他們。

「喬達拉，如果第三洞穴的獵人遠近知名，而第十四洞穴的人被認爲是優秀的漁夫，那麼第五洞穴以什麼聞名？」

「要問我的話，我會說第五洞穴的人以自給自足聞名。」他說。

愛拉發現前天自願抬拖橇渡過主河的那四個年輕人還走在他們附近，聽到她發問時都圍了過來。雖然他們生長在第九洞穴，也知道鄰近的齊蘭朵妮氏洞穴，他們卻未曾聽過有人將這些事形容給外人聽。他們對喬達拉如何描述洞穴的特色很感興趣。

「第五洞穴有技巧熟練的獵人、漁夫和各項技藝的專家，他們對此相當自豪。」喬達拉繼續說。「他們自己就能建造木筏，還說他們是頭一個造木筏的洞穴，雖然第十一洞穴不在此聲明之列。他們的齊蘭朵妮亞和藝術家也一向很受敬重。他們有幾個庇護所的牆上刻有深浮雕，還有些地方有繪畫或雕刻的飾板，上面的圖案大多是野牛和馬，因爲第五洞穴和這兩種動物的關係特殊。」

「爲什麼它叫做老河谷？」愛拉問。

「因爲這裡開始有人居住的時間比大多數聚落都早。光是他們洞穴的數字就能顯示他們的年代久遠，只有第二和第三洞穴比他們早。許多洞穴的歷史中都說到和他們之間的親緣關係。第五洞穴大多數的岩壁雕刻都很古老，連他們自己也不清楚是誰刻的。其中有五隻動物的雕刻是一位祖先在很久以前刻的，古老傳說裡有提到過，這是他們數字的象徵符號。」喬達拉說。「齊蘭朵妮亞說五是非常神聖的數字。」

「所謂神聖是什麼意思？」

「它對大地母親來說有特殊的意義。改天去問齊蘭朵妮，她就會告訴妳數字五的神聖之處。」喬達拉說。

「第一洞穴怎麼了？」愛拉停頓了一會兒，在心裡把數字數了一遍。「還有第四洞穴呢？」

「在歷史故事和古老傳說裡提到許多第一洞穴的事，或許妳在夏季大會上會聽到更多故事，但沒有人知道第四洞穴的遭遇。許多人認爲某種悲劇降臨在它身上。有些人認爲敵人利用一位邪惡的齊蘭朵妮引發疾病，讓所有人死亡。還有人認爲或許只是洞穴居民和差勁的頭目發生爭執，大部分人決定離開第四洞穴，加入其他洞穴。通常當新的居民加入洞穴時，這件事會成爲洞穴歷史的一部分，然而沒有任何一個洞穴的歷史曾提到第四洞穴，至少沒有在現今流傳下來的歷史裡，」喬達拉說。「有些人認爲數字四不吉利，但首席齊蘭朵妮說這和數字本身沒關係，不吉利的只是一些數字四引發的聯想。」

大約又走了六公里之後，他們爬上最後一段坡道，來到一個狹窄的河谷，一條湍急的小溪流經河谷中央，高大的岩壁矗立在溪流兩旁，上面是八個大小不一的岩石庇護所。約哈倫領頭的這一長列隊伍走入一條小徑，來到老河谷前端時，有兩男一女也從這條小徑走來迎接他們。在正式介紹之後，他們告訴這些旅人，第五洞穴大多數人都已經前往夏季大會。

「我們當然很歡迎你們留下來過夜，但現在還不到中午，我們認爲你們或許想要繼續往前走。」那女人說。

「還有誰在這裡？」約哈倫問。

「有兩位無法旅行的老人家，其中一位已經不能下床了。還有個快要臨盆的女人。齊蘭朵妮認爲旅行對她來說不安全，她之前就出過狀況。當然了，還有這兩個獵人，他們會待到新月。」

「我想妳是第五洞穴齊蘭朵妮的首席助手是吧？」首席大媽侍者說。

「對，我是。我留下來協助生產的女人。」

「我就覺得我認得妳。我們可以幫妳什麼忙？」

「我想不用。她還沒要生，還有幾天，她母親和阿姨也留下來了。她不會有事。」

約哈倫將第九洞穴和加入他們的其他洞穴居民集合起來，徵詢他們的意見。「最好的營地可能已經有人先占去了，」他說：「我想我們應該繼續前進，不要在這裡停留。」其他人立刻同意，眾人決定往前趕路。

主河河道在過了大S形彎道，朝東北邊流去之後，就變得比較直，沿著下一段河道兩旁有幾個庇護所，是一些規模較小的洞穴。除了其中一個洞穴之外，其他人都已經前往夏季大會，剩下的那個洞穴加入他們，走在隊伍最後面。約哈倫愈來愈擔心是否能替他人數眾多的洞穴找到滿意的紮營地點。

令愛拉訝異的是，這地區住了這麼多人，而且距離這麼近。齊蘭朵妮氏人和穴熊族人一樣，以索取自然資源滿足他們所有的需求。他們爲食物和衣服進行採集、打獵、捕魚的活動，住在他們找到的天然庇護所，或利用工具與打獵武器，以手邊的原料來建造擋風遮雨的住處。在內心深處，她直覺地了解到，如果住在某地區的人數多過天然資源所能供給的，資源就不敷所有人使用。她發覺齊蘭朵妮氏人的土地一定十分豐饒，才能養得起爲數眾多的人口，但在內心理性的一角不禁使她懷疑，如果情況有所改變，這些人將會如何。

這也就是爲什麼夏季大會每年都在不同地點舉行。大批人口集中在一起，將會耗盡當地資源，要好幾年的時間才能恢復原樣。今年的大會離第九洞穴庇護所不遠，貼近主河向上游走約三十多公里就到了，不過他們從第二十九洞穴到第五洞穴時直接橫越田野，因此縮短了一段路程。

他們正朝向離老河谷約十六公里的地方前進，約哈倫決定嘗試能否不要停下來過夜就到達目的地。他本想召開會議討論此事，看自己是否能鼓勵大家趕路，但同行的人太多，年齡與體力不一，整個隊伍的速度不可避免地會和走得最慢的人一樣。開會只會減低他們的速度。相反地，他會嘗試什麼也不說，只是更加把勁催促他們。如果有人抱怨，他再擔心是否要停下來休息。他們的確在中午時停下來吃午餐，但當約哈倫繼續出發時，大家就跟在他身後。

天色還沒黑，但太陽早已開始往下降，此時主河轉向右邊，靠近左岸也就是他們右手邊的一片山坡。他們背向河水往陸地走去，沿著一條常有人經過的路，爬上平緩的山坡。他們爬坡時，周圍的田野景致在他們眼前展開，遠方出現四面環繞的風景。

但當他們到達山頂時，眼前迥異的景象令愛拉屏息：下方的山谷裡有一大群人。她知道此刻這裡的齊蘭朵妮氏人已經比所有參加馬木特伊氏夏季大會的人還要多，而且人還沒到齊。即使計算每個她見過的人，她也絕對從來沒有見過這麼多人，更別提他們同時在一個地點。她唯一見過的類似景象就是每年聚集在一起的成千頭野牛或麋鹿群。雖然人的數目沒有動物來得多，不過這還眞是一大批熱鬧非凡、人聲鼎沸的人群。

從第九洞穴出發的這群人數目已經變得相當龐大，然而沿路加入他們的那些人立刻散開，找尋朋友、親戚和紮營的地點。齊蘭朵妮走向主要營區，齊蘭朵妮亞在會場中央有他們自己專屬的木屋。他們在夏季大會上的角色一向很重要。愛拉希望第九洞穴可以找一塊遠離主要活動地點的營地，帶動物出去運動比較方便，不必經過好奇的人群面前。

喬達拉已經和他哥哥談過動物的需求，以及牠們在這麼多人旁邊會很不安。約哈倫點頭同意，他說他會記住這點，但私底下他覺得第九洞穴居民的需要比那些動物的需求更重要。他想在主要活動地點附近紮營，希望能找到一個離河邊近的地方，提水時才不會太辛苦，也或許靠近幾棵樹以便遮蔭，但不能離提供木柴的樹林太遠。不過靠近營地的大片樹林在夏季之前就會被砍伐殆盡。大家都需要木柴。

然而當約哈倫和索拉邦與盧夏瑪開始尋找營地時，他立刻發覺靠近水源、在樹林附近被樹木包圍的合適營地已經都有人使用了。第九洞穴是規模很大的洞穴，比其他洞穴的人數要多，他們需要更大的空間紮營，而他想在天黑前找到一塊地方。不得已的情況之下，約哈倫只好去勘查夏季大會營地周圍的地區。廣闊的水道在前一個彎道轉彎時變窄，他發現營地靠近下游的那一邊河岸較陡，較不易到達河邊。

三個男人回到主河邊，開始朝上游走。走了一小段路之後，他們看到一條小溪流過茂盛的草地匯入主河，他們就轉彎沿著小溪走。在背對主河不遠處，他們發現一片開放的樹林。當他們接近時，看見樹木其實是在小溪兩邊排列成行。他們沿著小溪走入樹林時，約哈倫發覺這條溪繞著山丘底部蜿蜒前行，樹林愈來愈茂密，最後變爲一片森林，比一開始看到的樹林更廣更深。

沒多久他們走到小溪的源頭，那是一池從地底下湧出的泉水，從池水上方垂下枝條的柳樹周圍有樺樹、雲杉和幾株落葉松。泉水另一邊還有一個來自同一水源的深池。這整片區域都布滿天然泉水，它和其他泉水同樣形成主河的小支流。在池水另一邊的樹叢後方是一個散落著石子的陡坡，布滿大大小小的石頭，從小卵石到巨大的石塊都有。池子前方是一座長滿綠草的幽谷，谷底通往一個小小的空曠池畔，有土、細沙和被水流磨光的平滑石子，沿著靠近池子的那一側長出如屏風般茂密的灌木叢。

這是個景色宜人的地方，約哈倫想著，如果只有他一個人，或只有跟幾個人在一起，他會在這地方紮營，但一整個洞穴的人都和他一起，他們必須靠近主營區才行。三個男人沿著小溪往回走，他們到達主河旁的草地時，約哈倫停下腳步。

「你們認為如何？」他問。「這裡稍微偏僻了些。」

盧夏瑪將雙手浸在溪水裡，舀了些水嘗了一口，溪水冰涼又乾淨。「這裡一整個夏天都會有乾淨的水。你知道到了夏季結束時，流經主營區的溪水和營區前的主河與下游河水都不再乾淨。」

「而且所有人都會用那片大樹林裡的樹木當木柴，」索拉邦說：「這地區不會被過度使用，它的優點比表面上看起來更多。」

第九洞穴就在樹林和主河之間這塊靠近小溪的平坦綠草地上紮營。大多數人都同意這個營地夠理想。其他洞穴不太可能會將他們的木屋蓋在他們上游、污染他們的河水，這裡離主要活動地點太遠。他們的水會保持乾淨，可供游泳、洗澡和洗衣服。不管主河在幾百人用來滿足生活所需之後將變得如何髒污，這注滿泉水的小溪都能提供乾淨的飲用水。

樹林能遮蔭與供給木柴，而且它看起來很小，不會吸引太多人過來找尋相同的資源，至少暫時不會。大多數人會到更下游的大片樹林裡去。這片林子和草地也有許多野生植物——莓子、堅果、根莖和葉菜——以及體型小的獵物。河裡有數不清的魚和淡水貝類。這個營地有許多優點。

它最大的缺點就是所有人必須走上很長一段距離才能到達大多數活動舉行的場地。的確有些人認爲這裡太遠，他們大多是有家人或好友在其他洞穴，而他們認爲這些洞穴紮營的地方比較理想。其中有幾個人決定和其他洞穴的人一起紮營。在某方面來說，喬達拉很滿意。達拉納和蘭薩朵妮氏人來訪時這裡有足夠空間給他們住，如果他們不介意這裡地處偏遠。

對愛拉來說，這裡是絕佳的地點。動物可以有個地方遠離蜂擁而至的大批人群，還有草地讓牠們吃草。馬兒和狼已經逐漸成爲眾人注目的焦點，當然，這代表愛拉也是一樣。她還記得他們一到馬木特伊氏的夏季大會時，嘶嘶、快快和沃夫有多麼膽怯。不過現在牠們好像更能接受爲數眾多的人群，或許比她自己還能適應。有些人在公開場合大聲交談，愛拉忍不住要聽。他們似乎對於馬兒和狼之間能相安無事尤其感到驚訝，牠們看起來眞的就像朋友。還有，牠們都聽命於這外地女人和瑪桑那的兒子。

愛拉和喬達拉騎馬往上游走，他們發現這如詩如畫的幽谷和池水，正是他們喜愛的地方。這地方太理想了，讓他們覺得這裡屬於自己。當然了，雖然每個人都能使用這裡，喬達拉倒不認爲常會有人過來。大多數人是爲了團體活動才來夏季大會，他們對獨處的需要不比愛拉或動物，甚至他必須承認，也不比他自己來得多。她很開心地發現，濃密的灌木叢大多是榛果樹，這是她最喜歡的食物。樹上的榛果還沒成熟，但看起來這一批果子很不錯。喬達拉已經打算回到這裡看看池子遠端那片斜坡上的岩石和石頭裡有沒有燧石。

在大家安定下來，開始四處察看這個地點時，多數人都認爲這是個精心挑選的場地。約哈倫很高興能快速抵達此地，宣布第九洞穴在此紮營。他覺得要不是有第二條比較大的支流，蜿蜒流經環繞夏季大會地點的大片土地中央，這裡一定早就被選走了。多數較早抵達的洞穴已經在那條河流的河岸邊安頓下來，他們知道主河的河水很快就會因過度使用而被弄髒。那是約哈倫一開始找的地方，但現在他很高興他往更偏遠的地方找。

喬達拉認爲他和約哈倫的談話使他哥哥考慮找一個讓馬兒感到自在的地方，因此他向他哥哥表達他的感激。約哈倫沒有糾正弟弟。他知道自己關心的是洞穴居民的舒適，但或許有關動物的談話留在他腦海深處，有助於他找到這個地點。而且如果這使他弟弟覺得自己多少有恩於他，他也不介意。領導這樣龐大的洞穴已經夠艱難了，再說，誰知道他什麼時候可能必須尋求喬達拉的協助。

既然天色已晚，他們決定等到早上再搭起夏季木屋，當晚他們先住在旅行帳篷裡。營地一搭好，有些人就到主營區去，找尋從去年夏季大會起就沒見過面的朋友或親戚，看看第二天打算做什麼。但大多數人都累了，他們決定不要走遠。許多人仔細勘查附近，決定他們想紮營搭建自己獨立木屋的確切地點，同時找出各種植物生長的地方，特別是他們建造夏季住家所需的材料所在。

愛拉和喬達拉將馬兒拴在樹林和河流附近，兩人覺得最好將牠們拴緊，這不是爲了限制牠們的行動，而是保護牠們不受他人傷害。他們倆很想給馬兒更大的自由，但或許必須等到整個營地的人都熟悉馬兒，不會試圖獵殺牠們，這時愛拉和喬達拉才會讓馬兒像在第九洞穴附近那樣隨意遊蕩。

早晨愛拉和喬達拉已經確定將馬兒安頓好了，就伴隨約哈倫到夏季大會的主要活動區去找其他的頭目。這些頭目必須針對打獵、採集、分享這些短暫行程獲得的物品等事宜做出決議，同時還要計畫包括第一場夏季配對禮在內的活動與儀式。沃夫在愛拉身邊緩緩向前踱步。每個人都已聽說這個女人擁有控制動物的不可思議力量，但百聞不如一見。當他們大踏步走在各營地之間時，驚駭的瞪視目光尾隨在他們身後。如果有人剛好沒看到他們遠遠走來，而讓這人與狼同行的一幕突然間出現在眼前，這些人的第一個反應就是震驚與恐懼。即便是認識約哈倫和喬達拉的人都倒抽了口氣，而沒有出聲問候他們。

他們走在遮住這隻狼的幾棵低矮灌木叢後方時，有個男人靠近他們。「喬達拉，我聽說你旅行回來了，而且還帶回來一個女人，」他跑上前來喊著：「我想見見她。」他有種奇怪的發音障礙，愛拉說不上來是什麼，接著她發覺這男人說話方式有點像小孩子，但聲音卻是男人的。他咬字不清。

喬達拉抬頭看到他時皺起眉頭。這男人可不是他特別樂於見到的人。事實上，在所有齊蘭朵妮氏人當中，他最不想見的就是他，他不喜歡他虛情假意的友好態度，但他覺得自己別無選擇，只好介紹愛拉給他認識。

「馬木特伊氏的愛拉，這位是第九洞穴的拉卓曼。」他說。他沒發覺自己介紹的是愛拉之前的身分。他已經使聲音儘量不慍不火，但愛拉立刻察覺到他聲音裡不滿的意味，她瞥了他一眼。緊繃的下巴顯示他只差沒咬牙切齒，而他僵硬、不歡迎的姿勢進一步向她證明喬達拉不高興見到這個人。

這男人笑著伸出雙手向她走來，露出缺了兩顆門牙的嘴。她覺得自己知道這人可能是誰，不過他嘴前面的空洞更確認了他的身分。這就是跟喬達拉打架的那個人；喬達拉揍了這男人，打斷了他兩顆門牙。喬達拉因此必須離開第九洞穴，去和達拉納住一陣子，然而這或許變成事件發展的最好結果。這讓他有機會認識他的火堆地盤男人，從這位公認技術最好的工匠身上，學習他後來漸漸愛上的手藝——製作燧石。

愛拉已經有足夠知識辨認臉部刺青，她發覺這男人是接受成爲齊蘭朵妮訓練的助手。接著她很訝異地感覺到沃夫挨著她的腳向前移動，擋在她和那陌生人中間，她聽到牠低沉、示警的嚎叫聲。沃夫唯有覺得她遭受威脅時才表現出這種行爲。或許牠發覺喬達拉僵直和拒絕的肢體語言，她想，不過基於某種理由，沃夫也不喜歡這人。男人遲疑地向後退，他的眼睛因恐懼而瞪大。

「沃夫！退後，」她以馬木特伊語說道，同時向前走一步，回應他的正式問候。「我問候你，第九洞穴的拉卓曼。」她握住他潮濕的雙手。

「我已經不是拉卓曼，也不再屬於第九洞穴。我現在是齊蘭朵妮氏第五洞穴的馬卓曼，是齊蘭朵妮亞的助手。我歡迎妳，愛拉……那個名稱是什麼？木……木托尼？」他邊說邊看著這隻狼，沃夫的嚎叫聲逐漸增大。他立刻放開她的手。他注意到她的口音，但沃夫使他驚慌失措，根本沒辦法專心。

「她也已經不是馬木特伊氏的愛拉了，馬卓曼，」喬達拉更正他。「現在她是齊蘭朵妮氏第九洞穴的愛拉。」

「妳已經被齊蘭朵妮氏人接受了嗎？那好吧，不管是馬木托氏人或是齊蘭朵妮氏人，我很高興我們恰巧碰面，但我得走了……要去參加會議，現在就去。」他盡可能快速轉身向後退，幾乎用跑的往來時的方向離開。愛拉看著兩兄弟，他們咧嘴露出幾乎一模一樣的笑容。

約哈倫看到一群人，他正要找他們，齊蘭朵妮也在其中。她示意他們三個過去，然而第四個夥伴沃夫卻最受矚目。正式介紹時愛拉以手勢叫牠退後，因爲她不知道牠會不會像對待馬卓曼那樣對其他人。當這個有奇怪口音的外地女人被介紹爲齊蘭朵妮氏人、曾經是馬木特伊氏人的時候，有幾個人感到很驚訝，不過他們向其他人解釋，既然她與喬達拉配對後確定會住下來，因此第九洞穴就接受了她。

除了決定配對之外，另一個最重要的決定就是男人是否會和女人的親人一起住，或者女人會搬去和男人的親人一起住。無論是哪種情況，兩人都必須被雙方的洞穴接受，但最重要的是能夠被即將擁有新成員同住的洞穴居民接受。他們知道愛拉和喬達拉會住在哪裡，因此第九洞穴要接受她在該地定居才是最要緊的。

愛拉讓沃夫緊跟在她身旁，一邊和喬達拉聆聽著洞穴頭目和齊蘭朵妮亞討論各項計畫。他們決定明晚舉行儀式，以找出第一場狩獵最好該往那個方向去。如果一切順利，第一場配對禮很快就會舉行。愛拉已經知道每年夏天都有兩場配對禮。在第一場典禮上配對的男女通常來自同一地區，而且早在前一年冬天就已決定配對。第二場配對禮在秋天眾人離開前幾天舉行，其中大多數男女來自於相隔較遠的洞穴，他們在夏季大會上才決定配對，或許在那一年或一、兩季以前才剛認識。

「說到配對禮，」喬達拉說：「我想提出一項請求。既然達拉納是我的火堆地盤男人，他也打算要來，我想請問第一次典禮是否能延後，等他抵達時再舉行。我希望他能參加我的配對儀式。」

「我不反對延後幾天，但如果達拉納來得太晚呢？」一位齊蘭朵妮問。

「我比較希望能在第一場婚配典禮上配對，但如果達拉納拖得太久，我願意等到第二場配對禮。我希望我們結合時他能在場。」喬達拉說。

「我們可以接受這個請求。」首席齊蘭朵妮說：「但我想我們必須決定第一場配對禮到底能遲多久，這必須視其他想現在配對的人的狀況而定。」

一位臉上有齊蘭朵妮符號的年長女人突然插入他們的對話。「我聽說達拉納和蘭薩朵妮氏人今年會加入我們，」她對喬達拉說：「他傳了口信給第十九洞穴的齊蘭朵妮好讓所有人知道這件事，因爲第十九洞穴離夏季大會的營地最近。他配偶的女兒這個夏天將要配對，他想要爲她舉辦完整的配對禮。我知道他想替自己的族人找一位朵妮侍者。這對有經驗的助手或剛成爲齊蘭朵妮的人來說，是個很好的機會。」

「喬達拉已經跟我們說了，第十四洞穴的齊蘭朵妮。」約哈倫說。

「這就是今年他將蘭薩朵妮氏人帶來的原因之一。」喬達拉解釋道。「雖然潔莉卡有一些相關知識，但他們沒有醫治者，也沒有替他們舉行典禮的人。直到找到他們自己的朵妮侍者之前，他不認爲他們能舉行得體的配對禮。我們在回來這裡的路上拜訪了他們。我們在那邊時約普拉雅訂了婚約，她要和艾丘札配對……」

「達拉納准許約普拉雅和一個母親是扁頭的男人配對？一個混靈男人？」第十四洞穴齊蘭朵妮打斷他。「他怎麼能這麼做？她是他唯一的女兒！我知道達拉納接受一些不尋常的人到他的洞穴，但他怎麼能接受那些動物！」

「他們不是動物！」愛拉皺著眉頭，怒氣沖沖對那女人說。

第二十三章

女人轉過頭來看著愛拉。她很訝異這個剛來到齊蘭朵妮氏領土的人大聲發表意見，更過分的是她如此厚顏無恥頂撞自己。「這裡沒有妳說話的餘地，」她說：「我們在這會議上說的話與妳無關。妳甚至還不是齊蘭朵妮氏人，在這裡妳是訪客。」她知道這年輕女人將要成爲喬達拉的配偶，但看來必須有人糾正她，讓她學會什麼是適當的言行。

「第十四洞穴齊蘭朵妮，很抱歉，請容我說句話。」首席大媽侍者打岔道：「我們已經將愛拉介紹給其他人，妳剛到時我就應該將妳介紹給她。其實愛拉是齊蘭朵妮氏人。我們出發前第九洞穴已經接受她了。」

這女人轉向首席齊蘭朵妮，她的敵意顯而易見。愛拉看得出這仇恨由來已久，她想起有位齊蘭朵妮原本盼望被指派爲首席大媽侍者，但其他人支持第九洞穴齊蘭朵妮，無視於她得到這項職務的渴望。愛拉猜想或許就是這個女人。

「愛拉和喬達拉告訴我們扁頭是人類，不是動物。我想我們必須談談這件事，我打算提出來。」約哈倫說。他向前一步，試圖化解爭執場面。「但我不知道這是不是個好時機，我們有其他事情必須先討論。」

「我根本不知道爲什麼我們要談這件事。」這女人反駁他。

「我想這件事很重要，這是爲了我們的安危著想。」約哈倫說：「愛拉和喬達拉差不多已經說服我他們是有智慧的人類，如果眞是如此，而我們又一直把他們當作動物看待，爲什麼他們不反抗我們？」

「或許因爲他們是動物。」這女人說。

「愛拉說因爲他們選擇迴避我們。」約哈倫說：「而且在大多數時候，我們也迴避他們。不過如果我們只把他們想成動物，雖然不獵捕他們，但卻主張所有土地都是我們齊蘭朵妮氏人的領土——獵場、採集場、一草一木——萬一他們開始反擊怎麼辦？如果他們決定改變作法，開始要求某些土地的主權屬於他們呢？我想我們必須有所準備；至少我們應該討論這種可能性。」

「我認爲你太小題大作了，約哈倫。如果扁頭之前沒有宣稱領土的主權，爲什麼現在又要這麼做呢？」第十四洞穴齊蘭朵妮說道。她推翻了這整個想法。

「但他們的確擁有某些土地的主權，」喬達拉說：「根據冰川另一邊蘭薩朵妮氏人的了解，大媽河以北是扁頭的地界。除了一些惹是生非的年輕惡棍之外，蘭薩朵妮氏人在南邊活動。我擔心穴熊族人忍不了多久，尤其是他們的年輕人。」

「你這麼說有什麼根據呢？」約哈倫說。「你之前從沒提過此事。」

「就在我們出發後不久，我和索諾倫從冰川另一邊下來，越過高地到達東邊，我們遇到一群扁頭，也就是穴熊族男人，可能是一群獵人。」喬達拉說：「我們起了點小衝突。」

「什麼樣的小衝突？」約哈倫問。每個人都聚精會神聽他解釋。

「一個年輕人對我們丟石頭，我想那是因爲我們在大媽河屬於他們的岸邊，也就是在他們的領土上。看到他們躲藏的樹林裡有人移動時，索諾倫回敬了他們一根標槍，突然間所有人都從樹林裡現身。我們兩個人對上他們幾個，勝算不大。說實話，就算是一對一我也不認爲我們能打贏。他們矮歸矮，但力大無窮。我完全沒把握能脫身，最後還是靠他們的頭目出面解決。」

「你怎麼看得出來誰是頭目？再說，即使眞的有頭目，你怎麼知道他們不是像狼群一樣，只是一群有組織的動物？」另一個男人問。喬達拉覺得好像認得他，但又不確定他是誰。再怎麼說他也離開了五年。

「從那之後我又見過其他穴熊族，現在我很確定了。但即使是在當下情況也很明顯。他叫那些丟石頭的年輕人把索諾倫的標槍還給我們，把石頭拿回去，然後他們溜回樹林裡。」喬達拉說。「他使一切恢復原樣，認爲問題就此解決。既然沒有人受傷，我想這件事就這麼告一段落。」

「告訴那些年輕人？扁頭不會說話！」那男人說。

「事實上他們會說話，」喬達拉說：「只是他們的說話方式跟我們不同。他們大多用手勢。我學了一些，也曾經跟他們溝通過，但愛拉比我說得好多了。她懂他們的語言。」

「我覺得這令人難以置信。」第十四洞穴齊蘭朵妮說。

喬達拉笑了。「起先我也這麼覺得，」他說：「在那次衝突之前我從來沒靠近看過哪個扁頭。妳看過嗎？」

「沒有，我沒看過，也沒興趣看。」這女人說。「據我所知他們跟熊沒兩樣。」

「他們跟熊不一樣，就如同我們跟熊不一樣。他們長得像人，只是不同種類的人，但別把他們誤認爲熊。那些獵人攜帶標槍、身穿皮衣。妳看過這種熊嗎？」喬達拉問。

「所以他們是聰明伶俐的熊。」她說。

「不要低估他們，他們不是熊或任何一種動物。他們是人，是有智慧的人。」喬達拉說。

「你說你跟他們溝通過？什麼時候？」喬達拉記不起是誰的那男人說。

「那是我們和夏拉木多伊氏住在一起的時候，我在大媽河上遇到了麻煩。夏拉木多伊氏住在河邊，離大媽河匯入白倫海的河口不遠。剛離開冰川時，大媽河只是條潺潺小溪，但在夏拉木多伊氏居住的地方卻寬闊得幾乎像是個湖。雖然有時彷彿平靜無波，但其實深不見底、湍急洶湧。從夏拉木多伊氏居住的地方看去，有許許多多其他大小河流都投入她的懷抱，你這才知道爲什麼她會被稱做大媽河。」喬達拉這時轉爲說故事的語氣，所有人都聚精會神聽著。

「夏拉木多伊氏人很會做船，他們把大圓木挖洞，做成兩端收尖的船。當時我正在練習用槳控制一艘小船，結果卻失控了。」喬達拉露出不以爲然的笑容，懊惱的心情寫在臉上。「說老實話，這麼做多少有點賣弄的意味。通常他們隨時都會在船上準備一根一端繫在船上的繩索，還有一個勾著魚餌的魚叉。我想向他們證明我捕得到魚，問題是，河有多深魚就有多大，最大的就是鱘魚。水上人去捕大魚時不說他們去捕魚，而是說去獵鱘魚。」

「我曾經看過一條像人一樣高的鮭魚。」有人喊道。

「有些靠近大媽河口的鱘魚比三個高個子加起來的身高還長。」喬達拉說：「我注意到捕魚裝置在動，因此拋出一條繩索，但我運氣不好。我抓到一條魚了！或者我該說，一條大鱘魚抓住我了。因爲繩索被綁在船上，當魚往前游的時候，牠也帶著我走。我弄掉了槳，沒辦法控制船。我伸手拿刀子想切斷繩索，但船撞上某樣東西，刀子從我手中飛出去。大魚又強壯游得又快，有好幾次牠試圖潛到水底，差點把我給淹死。這條大鱘魚把我拖往上游，我也只能撐下去。」

「你怎麼辦？」「你被拖了多遠？」「後來是怎麼停下來的？」眾人的問題此起彼落。

「後來發現魚叉的確讓魚受傷流血，傷勢終於耗盡牠的力氣，但那時牠已經拖著我游過長長的水道，往上游了好一段路。當牠放棄搏鬥時，我們正好在一個回流河灣的淺灘上。我跳下船游向陸地，腳踏實地的感覺讓我心懷感激。」

「喬達拉，這故事眞是精彩，可是跟扁頭有什麼關係？」第十四洞穴齊蘭朵妮說。

他對她微笑，將全副注意力放在她身上。「我正要說。我上了岸，但是全身濕透，冷得發抖。我沒有刀子能鋸木頭，也沒有任何能生火的東西，地上的木頭大部分都是濕的，而我愈來愈冷。突然間我面前站著一個扁頭。他才剛冒出鬍鬚，因此一定還很年輕。他對我招招手，要我跟著他，不過一開始我不確定他是什麼意思。後來我注意到他去的方向有煙，所以我跟著他，他帶我到一堆火旁。」喬達拉說。

「跟著他走你不怕嗎？你不知道他想幹什麼。」另外一個人說道。喬達拉發現有更多人加入他們。愛拉也意識到人群逐漸聚集。

「那時候我實在太冷，管不了那麼多。我一心只想要那堆火。我蹲下來儘量靠近火邊，接著我感覺到一片毛皮披在我肩上。我抬頭看見一個女人，她一看到我就躲進矮樹叢後面把自己藏起來，我試著想看她卻看不到。從我瞥見她的那一眼來判斷，我想她年紀比較大，或許是年輕男人的母親。」

「我的身體終於暖活起來以後，」喬達拉繼續往下說：「他帶我回到離岸邊不遠的船和翻白肚的大魚旁邊。這條不是我見過最大的鱘魚，但也不小，至少有兩個男人的身高那麼長。年輕的穴熊族男人取出一把刀將魚切成兩半，是縱切。他對我做了些當時我並不了解的動作，接著把一半的魚用皮革包起來，甩到肩膀上帶走。就在那時，索諾倫和幾個水上人坐船往上游划過來，找到了我。他們看到我被拖往上游，因此前來找我。當我跟他們說那年輕扁頭的事時，他們跟妳一樣，第十四洞穴齊蘭朵妮，他們也不想相信我，但接著他們看到剩下的那半條魚。後來這幾個男人就拚命取笑我去捕魚卻只捕到了半條，不過他們三個大男人同心協力才能把另外那半條魚拖到船上，而那年輕扁頭卻一個人就把魚扛起來帶走。」

「好吧，這眞是個誇張的故事，喬達拉。」第十四洞穴齊蘭朵妮說。

喬達拉以他澄澈的藍眼睛目不轉睛地注視她。「我知道聽起來像是我在胡謅，可是我跟妳保證這是眞的，每一句話都是。」他眞心誠意說道，但隨即聳聳肩笑著加了句：「不過也難怪妳不相信。」

「那次泡了水之後我生了場大病，」接著他說：「躺在床上，在溫暖的火堆邊，讓我有時間思考關於扁頭的事。那個年輕傢伙可能救了我一命。至少他知道我很冷，需要保暖。或許他怕我正如我怕他一樣，但他給了我所需要的，拿走我半條魚做為交換。第一次看到扁頭，我很訝異他們拿著標槍穿著衣服。在遇見那個年輕人和他母親之後，我知道他們會用火，有尖銳的刀子，而且還身強力壯。但不只如此，他很聰明。他知道我冷，還幫助我；正因如此，他認為他有權分享我的獵物。我本來可以給他一整條魚，他也大可以拖走那條魚，但他沒有全部帶走，而是和我平分。」

「很有意思。」這女人笑著對喬達拉說。

語氣堅定的英俊男人所流露出不經意的魅力與果斷的氣質，開始在這年長女人心裡留下深刻的印象，而首席大媽侍者把這一切都看在眼裡。她牢記這一幕，或許將來派得上用場。如果她可以藉由喬達拉來緩和她和第十四洞穴齊蘭朵妮之間的關係，她會毫不遲疑這麼做。自從自己被選為首席大媽侍者之後，這女人對她來說簡直有如芒刺在背，她阻撓她每一個決定，妨礙她想執行的每一項政策。

「我還可以告訴妳一個被馬木特伊氏獅營頭目配偶收養的混靈男孩的故事，因為我就是這樣才學會穴熊族的語言，」喬達拉繼續說道：「但我想告訴你們當我們正準備橫越冰川回來時遇到的一對男女，他們的故事更重要，因為他們住在靠近……」

「我想這故事你該晚點再說，喬達拉。」加入談話的瑪桑那說。「你應該說給更多人聽。這個會議的目的是對配對禮做出相關決議，如果沒有任何人反對的話。」她加上最後這句話時，直視第十四洞穴的齊蘭朵妮，對她微笑。瑪桑那也見到了她那令人神魂顛倒的兒子對這年長女人的影響力，第十四洞穴齊蘭朵妮給首席大媽侍者帶來的麻煩她再清楚不過。她自己也曾經是頭目，很了解這種事。

「除非你們真的很想聽我們的討論和細節事項，」約哈倫對喬達拉和愛拉說，「否則此刻正適合找個地方示範你們的標槍投擲器。我希望你們能在第一場狩獵之前示範。」

愛拉不介意留下來，她想盡可能了解喬達拉的族人，他們現在也是她的族人了，不過喬達拉則是迫不及待聽從了約哈倫的建議。他想和所有齊蘭朵妮氏人分享他的新武器。他們訪遍夏季大會的營地，喬達拉和朋友打招呼，介紹愛拉。他們發覺自己因爲沃夫而成了眾所注目的焦點，但這早在他們意料之中。愛拉想盡早結束這最初的騷動。其他人愈快開始習慣看見動物，也就能愈快習以爲常。

他們決定了一塊適合示範標槍投擲器的場地，然後看見一個年輕人，他就是在他們渡河時爲了保持載運行李的乾燥，而找來幫忙抬起拖橇的其中一人。他來自第二十九洞穴西方領地的三巨岩，那裡也被稱爲夏季營地。之後的旅程他都和他們在一起。他們聊了一會兒，他的母親過來邀請他們一起吃頓飯。太陽還高掛空中，他們從一大早之後就沒再吃過東西，因此很感激地接受邀請，連沃夫也得到一塊肉骨頭。對方還特別邀請他們協助在秋天採收松子。

回到營地的路上，他們經過齊蘭朵妮亞的大木屋。首席齊蘭朵妮剛好走出來，她停下來告訴他們，目前所有和她談過、準備參加第一次配對禮的男女，都願意將儀式延後，等達拉納和蘭薩朵妮氏人到達後再舉行。他們被介紹給其他幾位齊蘭朵妮亞，第九洞穴的人興味盎然地觀察他們看到狼時種種不同的反應。

等他們開始走回第九洞穴的營地時，金黃色的太陽已經落到地平線上方，耀眼的光線穿透紅色的雲朵。他們來到光滑如鏡的主河岸邊，然後繼續往上游走，渡過流入主河的小溪。他們停了一會兒，觀賞向晚天空的色彩變化；燦爛奪目的金色光芒化爲豔紅色，然後又褪爲閃亮的紫色，最後逐漸變暗成爲深藍色，此時天空也出現了第一顆閃爍的星辰。沒多久煤煙四起的黑夜，成爲布滿夏日夜空點點繁星的布幕，密密麻麻的星星綿延而去，形成一條跨越蒼穹的道路。愛拉想起大地母親之歌裡的詞句：「大地母親滾燙的奶水在天空中鋪出一條路。」這句詞就是這麼來的嗎？他們轉向不遠處第九洞穴營地裡溫暖的火堆時，愛拉不禁這麼想著。

第二天早上愛拉醒來時，其他人好像都已經起床離開，她很少覺得這麼懶洋洋地。她的眼睛適應了房間內昏暗的光線。她一直躺在鋪蓋捲裡注視著中央堅固木頭柱子上的雕刻與繪畫圖案，和已經將排煙孔邊緣染黑的煤灰污跡，直到她必須去尿尿。最近她感覺尿意的次數又更頻繁了。她不知道聚落的如廁溝在哪裡，因此她用夜壺方便。她發現有其他人也用了。我會拿去倒掉，她想著。所有覺得自己有責任或注意到它有一陣子沒清理的人，會一起分擔這個討厭的日常瑣事。

走回去將鋪蓋捲抖開時，她更仔細地觀察夏季營地的木屋內部。前一天她和喬達拉一起進來時，就已經對蓋好的建築物大感驚訝。雖然早已注意到其他人設在營地主區附近的木屋，她還是期待見到旅行帳篷，不過大多數人在夏季大會營地裡都不會使用旅行時用的帳篷。在溫暖的季節裡，不同人在他們的領土上東奔西走，進行打獵、採集蔬果或拜訪親友的短途旅行時會用到旅行帳篷。夏季木屋是比較長期的住處，它是邊緣平直的圓形房屋，相當堅固耐用。雖然兩者蓋法不同，但愛拉知道這和馬木特伊氏夏季大會所使用的木屋功能類似。

室內很暗，僅有的光源來自敞開的入口和透過牆上木頭接合空隙照進來的陽光，不過愛拉還是看得見房屋中央用松樹做成的木柱旁有個室內的壁板牆，是用香蒲壓平的莖編織而成，上面畫有圖形和動物。壁板牆和環繞中央木柱的柱子內部相接，圍出一個相當大的空間，也可以敞開著，也可以用可移動的室內壁板分隔成小區域。地上鋪著用香蒲、蘆葦、貓尾草或野草做成的地墊，鋪蓋捲圍在略微偏離中央的火堆周圍。燒出的煙從上方靠近中央木柱的小洞飄出去。排煙洞的蓋子可以用連在上面的短棍子從裡面調整。

愛拉很好奇木屋的其他構造是如何建造的，因此踏出屋外察看。她先望了望四周，營地由幾個圍繞中央火堆的大型圓木屋組成。然後她繞著屋子周圍走一圈。捆在一起的木柱與捕捉動物的圍欄類似，但它不像圍欄是沒有支撐的可活動構造，當動物撞到或頂上去時會倒塌；夏季木屋的圍籬固定在插入地面、間距很大的赤楊木柱上。

以重疊的香蒲葉製成牢固的垂直牆板附著在木柱外面，可以使雨水往下流，讓外牆和內牆之間有空氣流動的空間，增加隔熱效果，天氣炎熱時可使室內更涼爽，而在較冷的夜晚讓生了火的室內更溫暖。它也能在戶外寒冷時防止累積的濕氣凝結在室內。木屋頂端是用層層疊疊的蘆葦做成的厚茅草屋頂，從中央木柱往下傾斜。這茅草屋頂做得不特別講究，但能防雨，而且反正只需要使用一季。

木屋的材料是他們帶過來的，特別是編織的墊子、壁板、內牆和一些柱子。一般來說，同住在一起的每個人都會各帶一部分材料，但大部分建材都是每年從營地周圍地區現成採集而來。秋天回家時，他們會拆掉部分建築物，回收可重複使用的材料，讓木屋剩下的部分維持原樣。在經歷冬季的大雪和狂風之後，木屋鮮少能留存下來，到了次年夏天只剩下損毀的廢墟，在同一地點再次用來當作夏季大會場地之前早已崩塌，回歸自然環境。

愛拉記得馬木特伊氏人使用和他們冬季住處不同的名字來稱呼夏季營地。例如獅營在夏季大會時是貓尾營，但卻是住在獅營裡的同一批人住在那裡。她問喬達拉第九洞穴是否有個不一樣的夏季營地名稱。他說，他們的營地就叫做第九洞穴營地，但齊蘭朵妮氏夏季大會的住處安排方式卻跟冬季在石造庇護所裡的不太一樣。

每個夏季木屋容納的人數，比平常共用的第九洞穴巨大懸頂之下寬敞的永久住處裡更多。一般來說，即使一家人在冬天住在不同的住處，但在夏天還是共用一間木屋，然而有些人甚至不住在相同的營地裡。相反地，夏天和其他親友同住的情形也很普遍。比方說，搬到配偶洞穴去的年輕已婚女子，夏天時總愛帶著孩子到她們的母親、兄弟姊妹或兒時玩伴那裡，而配偶通常會陪她們去。

此外，該年即將舉行初夜禮的年輕女子會住在另一個木屋裡，離齊蘭朵妮亞在營區中央的大木屋很近。她們至少會在此度過前半個夏天。附近的另一個木屋是給那年被選爲朵妮女的女人住的，方便接近青春期的年輕男人和她們在一起。

大多數已過了青春期的年輕男人——有些已經不年輕——每每選擇離開自家營地，聚在一起蓋他們自己的木屋。他們被要求住在營地外圍，盡可能遠離準備行初夜禮、魅力無窮的每一位年輕女人。在大多數時候，這些男人並不介意。他們愛和女人眉目傳情，但也寧可與其他人隔絕，享有隱私，這麼一來如果他們稍微喧鬧了些也沒人會抱怨。因此男人的住處被稱爲「偏屋」，又常簡稱爲「法洛吉」。住在法洛吉裡的通常是尚未配對或等著下一次配對的男人，至少他們希望如此。

她出門時沃夫沒有跑來跟她打招呼，因此愛拉猜想牠和喬達拉在一起。沒幾個人在屋外，大家大概都在主營地附近，那裡是夏季大會活動的重心。愛拉在營地的火堆旁找到一些剩下的茶。她注意到火堆的形狀不是大而圓的營火，比較像是一條溝。前一天晚上她已經發現這種延伸的火溝能讓更多人靠近火堆，也能放進較長的圓木和樹枝，不需要再把柴火劈成小塊。正當她喝著茶時，盧夏瑪的配偶莎蘿娃從她的木屋裡走出來，手裡抱著她的小女嬰。

「妳好，愛拉。」她說著把寶寶放在墊子上。

「妳好，莎蘿娃。」愛拉說，她走近看這個小寶寶。她伸出一根手指頭給嬰兒抓著，對她微笑。

莎蘿娃看著愛拉，猶豫了一會兒後問道：「能不能請妳幫我看著瑪索拉一下？我收集了些製作籮筐的材料，放在溪裡浸泡。我想去拿出來分好。我答應幫幾個人做籮筐。」

「我很樂意看著瑪索拉。」愛拉笑著對她說，然後轉頭去看小寶寶。

莎蘿娃在這外地女人身旁有點焦慮不安，她因爲太緊張而喋喋不休地叨念著：「我才剛餵過她，所以她應該不會吵鬧。我的奶水很多，分一些給蘿蕾拉一點也不麻煩。拉諾卡昨晚帶她來找我。現在的她又胖又可愛，而且還會笑，以前她根本不笑的。噢，妳還沒吃東西對不對？我有些昨晚剩下的湯，裡頭還有幾塊很好的鹿肉。妳願意的話歡迎享用，我早上就是吃這個，現在可能還是熱的。」

「謝謝妳，我想我喝點湯好了。」愛拉說。

「我馬上回來。」她說著匆忙離開。

愛拉在一個固定於木頭支架上的大原牛胃袋容器中找到了湯，湯在長形公用火堆邊緣的熱煤炭上方煨著，煤炭快要熄了，但湯還是燙的。附近有一疊不成套的碗，有的編得很密，有的用木頭刻成，有幾個淺的碗是用大骨頭做成。幾個用過的碗散落各處，就留在用餐的原地。愛拉用綿羊角刻出來的杓子舀了些湯，然後拿出她的餐刀。她看到湯裡也有些蔬菜，不過已經煮爛了。

她坐在坐墊上，身旁的小寶寶仰躺著，小腳一直向空中踢。幾塊鹿的前蹄綁在她腳踝上，她一踢鹿蹄就咯啦咯啦響。愛拉喝完了湯後抱起小寶寶，用手撐著她的頭，注視著她。莎蘿娃回來時手裡拿著個寬而平的籮筐，裡面全是各式各樣含纖維的植物，她看見愛拉在和她的小寶寶說話，把寶寶逗笑了。年輕的母親心裡一陣溫暖，這使她在這外地人身邊時感到比較放鬆。

「愛拉，很感謝妳照顧她，這樣我才有時間把這些東西準備好。」莎蘿娃說。

「這是我的榮幸，莎蘿娃。瑪索拉是個可愛的寶寶。」

「妳知道波樂娃的妹妹樂薇拉和妳一樣要在第一場配對禮上配對嗎？妳總會覺得和自己在同一場配對禮上的其他人有某種特殊的關係。」莎蘿娃說：「波樂娃想叫我做幾個特別的籮筐給她，當作她其中一項配對的禮物。」

「我可以看著妳做一會兒嗎？我也做籮筐，但我想知道妳是怎麼做的。」

「當然可以。我喜歡有人作伴，而且或許妳可以把妳的方法做給我看。我一向喜歡學習新方法。」莎蘿娃說。

兩個年輕女人並肩坐著聊天，比較製作籮筐的技術，小寶寶在她們身旁睡覺。愛拉很喜歡莎蘿娃使用不同顏色材質的製作方式，而且竟然還編得出動物圖案和各種不同的花樣。莎蘿娃則認爲愛拉以巧妙的技術將不同質感的材質運用在籮筐上，使她的籮筐看似簡單，卻是華麗高雅。兩人都因而更加欣賞彼此以及對方的技術。

不久之後愛拉站起來。「我得去如廁溝。妳可以告訴我在哪裡嗎？我也該去倒夜壺，還有把這些盤子洗一洗。」她加了句，拿起散放在地上用過的碗。「然後我應該去看看馬兒。」

「如廁溝就在那邊，」莎蘿娃說著指向小溪和營地的另一邊。「我們在小溪盡頭流進主河的地方洗碗和食物，那附近有些乾淨的沙子可以用來刷洗。至於馬兒在哪裡就不需要我來告訴妳了。」她笑著說。「昨天我和盧夏瑪去看馬，一開始我很緊張，但牠們看起來很溫和而快樂。母馬還吃了我手上的草。」她的微笑轉爲咧嘴而笑，但隨即又皺起眉頭。「希望這樣不要緊。盧夏瑪說喬達拉告訴他可以餵馬兒。」

「當然沒關係，認識周遭的人可以讓牠們感到更自在。」愛拉說。

她也沒那麼奇怪，注視愛拉離去的莎蘿娃心裡想。她的口音有點怪，但她人眞的很好。不知道她到底是怎麼認爲自己能讓動物聽她的？我根本想不到自己有一天會用手裡的草餵馬兒。

把碗洗好疊在火溝旁以後，愛拉心想將自己清潔一番應該不錯，於是去游了個泳。她回到木屋旁，對莎蘿娃和小寶寶笑了笑，然後溜進房裡。她從行李中拿出柔軟乾燥的皮革，然後把她的衣服打量過一遍。她的衣服不多，但比她帶來的多了幾件。雖然把那件在他們長途旅行時穿的衣服洗乾淨了，但除了當工作服外，她不想再穿這套破舊又有污痕的衣服。

在走來夏季大會的一路上穿的，是她留著和喬達拉族人見面時穿的衣服，但即使是這件也很舊了，沾上污痕。她還有那件瑪羅那和她朋友給她的男孩冬季內衣，但她知道這件不合適。當然了，還有她的婚禮服，但那件還不能穿，瑪桑那給她的那件也要留到正式場合才穿。剩下的就是瑪桑那和弗拉那給她的幾件衣服。她不大習慣這些衣服，但她想它們可能比較合穿。

離開木屋之前，她注意到她的馬墊摺好放在鋪蓋捲旁邊，因此決定也帶著去。然後她去看了馬兒，嘶嘶和快快很高興看到她，湊到她身邊想引起她的注意。兩匹馬都帶著籠頭，長長的韁繩繫在粗壯的樹上。她把繩子解下來放在背包裡，然後把馬墊綁在嘶嘶背上，騎著牠往上游走去。

馬兒興致高昂，拔腿飛奔，很高興能自由活動。牠們的感覺傳達給愛拉，她讓牠們自己控制步調。來到池邊的草原看到沃夫時她尤其開心，因爲那表示喬達拉就在附近。

愛拉離開後不久，約哈倫到營地去，問莎蘿娃是否看到愛拉。

「有啊，我們一起做籮筐。」她說：「我最後看到她時，她正朝馬兒走去。她說要去看看牠們。」

「我會去找她，但如果妳看到她，可以告訴她齊蘭朵妮有話想跟她說嗎？」

「沒問題。」莎蘿娃說，她猜想朵妮侍者有什麼事。然後她聳了聳肩，不可能有人告訴她首席大媽侍者想做什麼。

愛拉看見喬達拉臉上掛著驚喜的笑容，從灌木叢後面走出來。她停下來，滑下馬背，衝進他懷裡。

「妳在這裡做什麼？」他們熱情擁抱後他問她。「我沒告訴任何人要來這裡。我正往上游走，已經走到這裡了，想起池子後面的碎石子坡，就想去看看有沒有燧石。」

「有嗎？」

「有，品質不是最好的，但還算可以用。妳怎麼會來這裡？」

「我醒來時覺得很懶散，附近幾乎沒人，除了莎蘿娃和她的寶寶。她要去拿製作籮筐的材料，請我看著瑪索拉。她眞是個可愛的寶寶，喬達拉。我們聊了一會兒，一起編籮筐，然後我決定游泳，再帶馬兒去跑一跑。後來我就找到你了，眞教人驚喜。」她笑著說。

「我也很驚喜。或許我也跟妳去游泳，把石頭搬來搬去搞得我全身是灰，但我應該先去把找到的石頭拿來這裡，然後我們再看看要做什麼。」他帶著誘人的微笑說。他慢慢地吻她，舌頭在她嘴裡逗留。

「或許我可以待會兒再去搬石頭。」

「快去搬吧，這樣你就不必洗兩次澡。反正我也想洗頭，我們長途跋涉才走到營地，一路流了好多汗。」愛拉說。

約哈倫到了馬兒之前吃草的地方，顯然牠們已經離開了。或許騎馬去遠處了吧，他想。齊蘭朵妮必須見愛拉，威洛馬也想和他們倆個談談；喬達拉應該知道配對禮後他們倆會有很多時間獨處，我還以為他該知道夏季大會頭幾天會有重要的事要處理，約哈倫想著。找不到他們令他有點懊惱。朵妮侍者想叫個人去找他們時剛好看到他，約哈倫為此不太高興，畢竟他有比追著他弟弟後頭跑還重要的事，但他不太能拒絕齊蘭朵妮，至少他沒有什麼好藉口。

他望向地面，看見剛印上去的馬蹄印。他很善於追蹤，因此很快發現他們離去的方向，他知道他們離營地不遠。看起來他們是沿著小溪往上走。他想起小溪流源頭宜人的小幽谷，有一池泉水和青翠的綠草地，或許他們去了那裡，他自顧自微笑著想。既然齊蘭朵妮派他來找他們，他可不想無功而返。

他沿著小溪察看蹄印，確認他們沒有改變方向。看到馬兒在前方心滿意足地嚼著草，他知道他找到他們了。他來到一整排榛果灌木叢前，有的比樹還高。從樹叢縫隙看出去，他只看到愛拉，他納悶著他弟弟在哪裡。當他走到沙灘時愛拉剛好潛到水裡。他趁她浮上水面呼吸時出聲叫她。

「愛拉，我一直在找妳。」

愛拉把頭髮往後撥，揉揉雙眼。「噢，約哈倫，是你。」他不太認得她說話的語調。

「妳知道喬達拉在哪兒嗎？」

「知道，他之前去水池後面的岩石堆裡找燧石，現在他去拿找到的石頭，然後就會來跟我一起沐浴。」愛拉有點不好意思地說。

「齊蘭朵妮想見妳，威洛馬想跟你們兩個談談。」約哈倫說。

「喔。」她語氣中透露著失望。

約哈倫常見到沒穿衣服的女人。他大多是在主河邊看到的，夏天裡女人每天早上都會去那裡泡澡，冬天會去沖洗。裸體本身不會特別引人遐想。當女人想對男人示好或做出特定行爲，尤其是在榮耀大媽的慶典上時，會穿上有挑逗意味的衣服或飾品。但當愛拉從水中出來時，他忽然想到她和他弟弟想做的另一件事，但卻被他打斷。當她從水中出來向他走近時，這個念頭使他注意起她的軀體。

她身材高挑，有著窈窕的曲線和線條清楚的肌肉，以及年輕女人飽滿的大胸部。他一直覺得女人微微隆起的小腹很性感。瑪羅那向來被公認爲第九洞穴最美的女人，他想，難怪她打從一開始就那麼討厭愛拉。她穿上瑪羅那騙她穿的那件冬季內衣很漂亮，但她的裸體更是美麗，瑪羅那沒得比。我弟弟眞是個幸運的傢伙，他想著。愛拉是個美麗的女人。但她將會在大媽慶典上吸引眾人的目光，他可不確定喬達拉能否接受。

愛拉一臉困惑看著他，約哈倫這才發覺自己一直盯著她看。他微微紅了臉，將頭轉向一邊，這時他看到他弟弟拿著一大袋石頭走來，他上前去幫他。

「你在這裡做什麼？」喬達拉說。

「齊蘭朵妮想跟愛拉談談，而威洛馬想找你們兩個。」約哈倫說。

「齊蘭朵妮要做什麼？她不能等嗎？」喬達拉說。

「她好像不這麼認爲。我也不打算整天追著我弟弟和跟他訂婚約的女人，別擔心，喬達拉。」約哈倫咧開嘴露出意味深長的笑容。「她值得你等，對不對？」

喬達拉正要抗議，反駁他的諷刺，但他又輕鬆地笑了。「我的確等了好久才找到她。」他說：「好吧，既然你在這裡，你可以幫我拿些石頭回去。我想游個泳，把身體弄乾淨。」

「你何不把石頭先留在這裡？石頭又跑不掉，這樣你就有藉口晚一點回來，」約哈倫說：「我保證你一定有時間游泳……如果你只是要來游泳的話。」

愛拉、喬達拉和沃夫回到主營區時已經快要中午了，從他們身上散發出滿足又慵懶的氣氛，約哈倫懷疑他們在他離開之後不只游泳，還找時間做了其他事。他告訴齊蘭朵妮他找到他們，將她的口信帶到，他已經催促他弟弟快點回來。倒不是說他可以責怪他弟弟，但喬達拉拖拖拉拉可不是他的錯。

有幾個第九洞穴的人已經圍在靠近齊蘭朵妮亞木屋的長形火堆邊，正當愛拉走近入口，想讓朵妮侍者知道她來了的時候，身軀龐大的首席大媽侍者走了出來，後頭跟著其他幾個人，他們前額上的刺青是大媽侍者特有的圖案。

「愛拉，妳終於來了，」看到她時齊蘭朵妮說。「我整個早上都在等妳。」

「約哈倫找到我們時我們在營地上游，那裡有個很棒的湧泉池。我想讓馬兒跑一跑，幫牠們刷毛。這麼多人在牠們身邊，在習慣人群之前牠們會很緊張，刷毛能讓牠們鎮靜下來，而且在長途跋涉來到這裡之後，我也想游泳，順便將身體洗乾淨。」愛拉說。她說的一切都是事實，雖然不是她所有的活動都包括在內。

朵妮侍者仔細端詳愛拉，她乾乾淨淨，穿著瑪桑那給她的齊蘭朵妮氏服裝；她接著又看喬達拉，他看起來也很乾淨清爽。她抬起眉毛，一臉明白的表情。約哈倫注視著首席大媽侍者和他弟弟帶回家的女人，他發覺齊蘭朵妮對於耽誤他們的原因一清二楚，但愛拉對於她沒有匆忙趕來似乎不以爲意。他知道齊蘭朵妮帶有一股權威感，能震懾許多人，但她嚇不倒這外地女子。

「我們正要休息用餐。」齊蘭朵妮說著，走向大烹煮火堆，愛拉不得不跟在她身後。「波樂娃準備好餐點，她才剛通知我們可以用餐了。妳可以跟我們一起吃，這樣我也才有機會跟妳談談。妳身邊有帶打火石嗎？」

「有，我總是隨身攜帶打火工具。」愛拉說。

「我要請妳將新的生火技術示範給齊蘭朵妮亞看。我想我們也該將這方法介紹給其他人，但重要的是方式要恰當，要在合適的儀式上示範。」

「我不需要什麼儀式就能做給瑪桑那或妳看。一旦了解怎麼做，就知道其實並不難。」愛拉說。

「不，是不難，但這新技術力量強大，可能很令人不安，尤其是對那些不願意接受改變因而抗拒的人來說。」朵妮侍者說：「妳一定認識這一類人。」

愛拉想起穴熊族，想到他們的生活是如何倚賴傳統，如何拒絕改變，以及他們是如何難以適應新觀念。「是的，我認識這種人，」她說：「但我最近遇到的人好像都滿喜歡學習新事物。」

她遇到的其他人看來都能輕易適應生活中的改變，並藉由創新而成就許多事。她沒發現或許有人會對不同的做事方法感到不自在，他們竟然會抗拒。她突然間明白一件事，這令她皺起眉頭。這下子就能解釋她不明白的某些態度和事件，例如有些人何以那麼不願意接受穴熊族也是人的觀念。就像那位來自第十四洞穴的齊蘭朵妮一直說穴熊族是動物。即使喬達拉加以解釋，她還是一副不相信他的樣子。我覺得她並不想改變想法。

「的確如此。大多數人喜歡學習比較好或比較快的做事方法，但有時候要依事情如何呈現而定，」首席齊蘭朵妮說。「例如喬達拉離開了很長一段時間，他在外面時變得更成熟，學會了許多新事物，但認識他的人不在當場，所以有些人還是把他看成他離開時的樣子。現在他回來了，迫不及待想要分享他所學和所發現的，這一點很值得為他喝采，然而他不是一瞬間學會所有事。即使要用他那很有價值的打獵工具當作新武器，也必須經過練習。使用舊武器打獵很成功，而且用得很順手的人，或許不願意投入精力學習新武器，雖然我毫不懷疑終有一天所有獵人都會使用它。」

「是的，使用標槍投擲器的確需要多加練習，」愛拉說：「我們現在明白了，然而一開始我們是不斷地練習。」

「這只是其一，」朵妮侍者繼續說，同時她拿起鹿肩骨做成的盤子，放了幾片肉在上面。「這是什麼肉？」她問站在一旁的女人。

「那是猛獁象肉。有幾個第十九洞穴的獵人到北邊去打獵，獵到了猛獁象。他們決定分出一些。聽說他們還獵到毛犀牛。」

「我好久沒有吃猛獁象肉了。」齊蘭朵妮說：「我得好好品嘗這肉。」

「妳吃過猛獁象肉嗎？」那女人問愛拉。

「吃過。」她說：「之前和我住在一起的馬木特伊氏人也被稱爲猛獁象獵人，雖然他們也會獵別的動物。但我好一陣子沒吃了，我也要盡情享用。」

齊蘭朵妮想把愛拉介紹給這女人，但一介紹起來會沒完沒了，而她還是很想跟愛拉談談用火儀式的事情。她又加了些白色圓形的根、磨碎的堅果和煮過的青菜到盤子裡，以及她覺得是蕁麻和幾塊棕色蕈傘的柔軟蘑菇。

「喬達拉也帶了妳和妳的動物回來，愛拉。妳必須知道這有多麼令人訝異。人類向來將馬當作獵物而觀察馬群，但從沒有人見過哪匹馬像妳的馬那樣。剛開始看到妳叫牠們去哪牠們就去哪的時候，大家都嚇壞了；還有那隻狼會大搖大擺經過營地的人群面前，依妳的命令行事。」她說著，特別向沃夫打招呼。雖然她之前早已見過牠，但這是她第一次正式向牠致意。她看著沃夫時，牠輕吠了一聲。

沃夫和這女人培養出的習慣讓愛拉相當吃驚。齊蘭朵妮並沒有每次看到牠都跟牠打招呼，沃夫也對她視而不見。但如果朵妮侍者問候了牠，牠就會發出一聲短短的嚎叫回答她。她很少碰牠，只會偶爾摸摸牠的頭，不過在極少數的情況下，沃夫會把她的手咬住，但完全不留齒痕。她總會任由牠咬，只說這是他們之間的默契。在愛拉看來，齊蘭朵妮和沃夫的確以他們自己的方式了解彼此。

「我知道妳說任何人都做得到，如果在動物還幼小時就照顧牠。或許眞是如此，但其他人並不知道。他們只把這當成不屬於這個世界的非自然現象，因此它必定來自另一個世界，也就是靈的世界。坦白說我很訝異他們對這幾隻動物的接受度這麼高，但接受的過程並不輕鬆。那需要一段時間。現在我們想讓他們看看你們帶回來另一項前所未聞的東西。大家還不太認識妳，愛拉。我確信一旦見過打火石的用處，大家一定會想用它，但他們或許會害怕。我認爲打火石必須被其他人當作是大地母親的一項禮物。如果先讓齊蘭朵妮亞了解並接受這樣東西，然後再以適當的儀式呈現在其他人眼前，就能達到我們的目的。」

她的解釋聽起來合情合理，然而在愛拉內心深處寂靜的一角，她因此發覺齊蘭朵妮的強大說服力。「如果妳這麼解釋，我就明白了。」愛拉說。「當然我會將打火石的用法做給齊蘭朵妮亞看，並且協助妳進行一切妳認爲必要的儀式。」

喬達拉的家人和一些第九洞穴的人，正和其他洞穴的幾個人坐在一起，愛拉和齊蘭朵妮加入他們，一起用餐。吃完之後，齊蘭朵妮將愛拉帶到一邊。「妳可以把沃夫留在木屋外一會兒嗎？生火時我們必須全神貫注，這很重要，我怕牠會讓人分心。」她說。

「我想喬達拉一定願意看住牠。」愛拉說著轉頭望向他，喬達拉點了點頭。她起身離開時叫沃夫跟在他身邊，同時用手勢示意了一次，不過其他人多半沒注意到。正午的太陽很強烈，齊蘭朵妮亞的木屋內雖然點了許多盞燈，相形之下卻顯得黑暗，然而她的眼睛很快便適應了。正當首席大媽侍者站起來準備發言時，第十四洞穴的齊蘭朵妮出言反駁。

「爲什麼她會在這裡？」她說：「或許她已經是齊蘭朵妮氏女人，但她不是齊蘭朵妮亞。她是局外人，不能參加這次會議。」

第二十四章

首席大媽侍者無奈的嘆息。她可不會明白表現出她的惱怒，好讓第十四洞穴這位又高又瘦的齊蘭朵妮知道她成功惹惱了自己，因此稱心如意。然而這問題卻讓其他幾位齊蘭朵妮亞皺眉表示不滿，第五洞穴那個缺了門牙的助手則是一臉得意。

「妳說的沒錯，第十四洞穴的齊蘭朵妮。」首席大媽侍者說：「不屬於齊蘭朵妮亞的局外人通常不會受邀參加這些會議。這次聚會的成員包括對靈的世界有經驗、服侍大地母親的人，以及承諾將會服侍大地母親，也就是正在接受訓練的助手。這也就是我邀請愛拉的原因。你們都知道她是位醫治者，她幫了夏佛納很大的忙，也就是上次聚落出獵時被衝出來的野牛踩到的男人。」朵妮侍者說。

「夏佛納死了，我不知道她幫上了什麼忙，因爲我沒檢查他，」第十四洞穴齊蘭朵妮說：「有某種程度用藥知識的人多得是，比方說，幾乎所有人都知道柳樹皮能減緩輕微的疼痛症狀。」

「我向妳保證她知道的事情多得很，不只會使用柳樹皮。」首席大媽侍者說。「她之前的頭銜之一是猛獁象火堆地盤的女兒。馬木特伊氏的猛獁象火堆地盤就等於齊蘭朵妮亞，他們是大媽侍者。」

「妳的意思是說，她是馬木特伊氏的齊蘭朵妮？那她的刺青在哪裡？」這個問題是由一位上了年紀的女人提出的，她有著銀白色的頭髮和睿智的雙眼。

「妳是說她的刺青是嗎，第十九洞穴的齊蘭朵妮？」身軀龐大的女人問道。她心想有什麼事情是第十九洞穴齊蘭朵妮知道，而她自己不知道的呢？她是位經驗豐富、值得信賴的齊蘭朵妮，她在漫長的人生中學會了許多事。令人遺憾的是，過去幾年她一直爲關節炎的問題所苦。終有一天她將無法走到夏季大會的地點，而這一天就快到了。要不是這次夏季大會離第十九洞穴很近，或許今年她就無法參加。

「我知道馬木特伊氏。在蘭薩朵妮氏的潔莉卡還年輕時，曾經跟著她母親和她的火堆地盤男人長途旅行，那時她和他們住了一段時間。多年前的一個夏天，正懷著約普拉雅的她生產過程不順利，我在一旁照顧她。她跟我提過馬木特伊氏。他們的朵妮侍者臉上也有刺青，雖然跟我們的不太一樣。如果愛拉的身分和齊蘭朵妮一樣，那麼她的刺青在哪裡？」

「當時她還在接受訓練，她離開他們並和喬達拉回到這裡時訓練尚未結束。她和齊蘭朵妮不同，比較接近助手的身分，只是比大多數助手的醫治知識更豐富。此外她也被首席馬木特收養，成爲猛獁象火堆地盤的成員，因爲他看出她的潛力。」首席大媽侍者說。

「妳是否支持她成爲齊蘭朵妮亞的助手？」第十九洞穴齊蘭朵妮問道。平時很少發言的助手們，此時卻在一旁竊竊私語。

「不是此刻。我還沒問她想不想進一步接受訓練。」首席大媽侍者說。

聽到這番話，愛拉一陣錯愕。她不介意和他們討論醫治方面的話題，但她卻無意成爲齊蘭朵妮，只想和喬達拉配對生子。她注意到配對或有小孩的齊蘭朵妮亞少之又少；如果他們想配對倒也不是不行，但當他們侍奉大地母親時，有太多事情占據他們的時間與注意力，以至於他們沒有爲人母的時間。

「那麼她在這裡做什麼？」第十四洞穴齊蘭朵妮說。稀疏的灰髮在腦後鬆散地挽成髻，一邊頭髮比另一邊多，一頭蓬鬆亂髮使她看起來不修邊幅。好心的人應該要很有技巧的暗示她出門前先整理頭髮，不過首席齊蘭朵妮可是想都不敢想。這位好辯的齊蘭朵妮會把她說的每句話當成批評。

「我請她來是想讓她給你們看一樣東西，我想你們一定會很感興趣。」

「是和她控制的動物有關嗎？」另一位朵妮侍者問。

首席大媽侍者笑了。至少有人願意承認愛拉擁有足以與齊蘭朵妮亞相匹敵的過人技能。「不，第二十九洞穴南方領地的齊蘭朵妮。那或許是另一個會議的議題，但這次她有別的東西要給你們看。」雖然南方領地的齊蘭朵妮是第二十九洞穴首席齊蘭朵妮的助理，但這只是爲了代表整個三巨岩發言所做的安排；他本身就是一位經驗豐富的齊蘭朵妮，首席大媽侍者知道他是位優秀的醫治者。他和其他每一位朵妮侍者一樣有發言權。

愛拉注意到首席大媽侍者以齊蘭朵妮亞完整的頭銜稱呼他們，連他們洞穴的數字也包括在內，因此有些稱謂十分冗長，但聽起來非常正式而重要。她隨即想到，唯一區分他們的方式就是數字；他們已經放棄自己的名字，每一個人都是「齊蘭朵妮」。她發覺他們已經將名字換成數字。

住在山谷裡的時候，她每天都在樹枝上做記號。在喬達拉來到洞穴時，她已經有一大捆滿是記號的樹枝。他用數字計算刻痕後，就能告訴她到底她在山谷裡住了多久，在她看來這有如強大的法力一般，幾乎令她畏懼。當他教她數字時，她意識到數字非常重要，而且相當受到齊蘭朵妮氏人重視。現在她領悟到一件事，那就是至少對大媽侍者而言，數字比名字還重要，而齊蘭朵妮亞在使用時賦予這些符號力量強大的本質。

首席齊蘭朵妮召喚喬諾可。「第九洞穴首席助手，請用我要你拿來的沙子將火熄滅好嗎？第二洞穴首席助手，請將所有油燈熄滅好嗎？」

愛拉認得兩個被叫來幫忙的助手。她造訪噴泉石那個牆上畫有動物的深穴時，就是他們帶領她走進去。她聽到人群中傳來好奇的批評與疑問，這些人知道首席大媽侍者因爲某個戲劇性的表演而召集他們。大多數年長、有經驗的齊蘭朵妮亞都已經準備抱持批評挑剔的態度。他們深知誇張示範的技巧和影響力，因此打定主意不要輕易被任何小伎倆給欺騙或誤導。

當所有火焰都被熄滅，從各處流洩進入室內的陽光仍然亮得讓人看清楚四周，木屋裡不是全然的黑暗。愛拉四處張望，發現門雖然是關著的，但有光線滲入屋內，尤其是在入口邊緣的周圍，以及大約在它正對面另一個較不明顯的入口周圍。她想著，稍後或許她會繞著齊蘭朵妮亞寬敞的木屋走一圈，看看是否能找到第二個出入口。

首席大媽侍者知道，點火示範如果在夜晚完全的黑暗中舉行，會更讓人印象深刻，但對在場的這些人來說沒有影響。他們會立刻了解打火石的價值。「有誰想來這裡確認火堆裡的火是否完全熄滅？」

第十四洞穴齊蘭朵妮立刻自願上前。她仔細拍打沙子，用手指挖開幾處溫熱的地方，然後站起來宣布：「沙子很乾燥，有些地方還是溫熱的，但是火已經熄了，裡面也沒有熱煤炭。」

「愛拉，請妳告訴我妳需要用什麼起火？」首席齊蘭朵妮說。

「大部分東西都在這裡。」她說著，拿出旅行中頻繁使用的起火工具。「不過火絨是一定要的；幾乎所有能迅速點燃的東西都可以，像膨鬆的柳葉菜，或是老樹樁上腐爛的木頭，如果木頭還是乾燥的就行，或含有瀝青成分更好。其次如果手邊有引火柴就更好，當然還要有大塊的木頭。」

嘰嘰喳喳的輕聲談話此起彼落，首席大媽侍者聽到一些不滿的話語。他們說不需要有人教他們生火，這在每個人還很小時就知道了。很好，她非常高興地想著。讓他們去發牢騷吧。他們自認為生火就是如此而已。

「妳可以幫我們生個火嗎，愛拉？」首席大媽侍者說。

愛拉把一小撮膨鬆的柳葉菜頂弄散當作火絨，左手握著一塊黃鐵礦，右手拿著一塊敲擊燧石，但旁人看不清楚。她敲擊打火石後看到一顆很大的火花落在膨鬆的柳葉菜上。她吹了口氣把火吹旺，再加些引火柴。還沒來得及說明，她就生起了火。

幾位齊蘭朵妮不由得發出驚嘆聲和幾句「她是怎麼做的？」等等的評論，然後第三洞穴的齊蘭朵妮說：「可以請妳再做一次嗎？」

愛拉對第三洞穴齊蘭朵妮微笑。在她盡力幫助夏佛納時，這位年長男人給予她親切的支持，因此她很高興看到他。她移向附近另一處，在第一團火旁邊又點了第二團，兩團火都在以石頭圈出的火堆裡。接著，雖然沒有人開口要求，愛拉又點了第三團火。

「好吧，她是怎麼辦到的？」有個男人問首席大媽侍者，愛拉之前沒見過他。

「第五洞穴齊蘭朵妮，既然這是愛拉發現的，她會解釋她的技術。」首席大媽侍者說。

愛拉發覺這位就是當他們在老河谷停留時已經先去夏季大會的齊蘭朵妮。他是位年紀較輕的褐髮中年男子，圓臉是他的外形特徵，因此給人一種圓滾滾、柔軟的感覺。多肉的臉龐使他的眼睛相形之下顯得很小，但愛拉覺得他身上透露出一股精明銳利。他看得出她的生火技術可能會帶來些好處，因此願意不恥下問。她隨即想起喬達拉不喜歡、且遭到沃夫威脅的那個缺了門牙的助手也屬於第五洞穴。

「第二洞穴的首席助手，請妳把油燈再點起來，愛拉，可以請妳向齊蘭朵妮亞示範如何生火嗎？」這身軀龐大的女人說。她努力不露出得意的表情。她發覺她的助手喬諾可愉快地咧著嘴笑，他最愛看他的導師運用巧妙的策略凌駕於其他精明睿智、有智慧且意志堅強，然而有時卻驕傲自大的齊蘭朵妮亞。

「我拿像這樣的打火石，然後用一塊燧石敲它。」她舉起雙手露出兩手中的黃鐵礦和燧石。

「我看過這種石頭，」第十四洞穴齊蘭朵妮指著愛拉握住黃鐵礦的手說。

「希望妳記得在哪裡看過，」首席齊蘭朵妮說。「我們還不知道打火石到底很稀有還是很普遍。」

「妳在哪裡找到這些石頭？」第五洞穴齊蘭朵妮問愛拉。

「第一批石頭是在遙遠東方的一個山谷裡發現的。我和喬達拉在回來的路上也找過，但我們找的地方都沒有打火石，直到抵達這裡時才發現。幾天前我在第九洞穴找到一些。」愛拉解釋。

「妳會告訴我們怎麼使用嗎？」一個高大的金髮女人說。

「這就是她來這裡的目的，第二洞穴齊蘭朵妮。」首席大媽侍者說。

愛拉知道她沒見過第二洞穴的大媽侍者，但卻覺得她很眼熟。接著她想起喬達拉的朋友齊莫倫，那個身高和髮色使他們倆看起來很相像、和他共同度過成年禮的夥伴。他是第二洞穴的頭目，雖然這女人看起來年紀比較大，愛拉卻毫無疑問地看出他們容貌相仿。弟弟當頭目、姊姊當心靈領袖，這種安排令她想起馬木特伊氏兄姐或弟妹的領導慣例，不同的是他們分擔領導權，馬木特是他們的心靈領袖。

「我身邊只有兩顆打火石，」愛拉說：「但我們營地裡還有。如果喬達拉在附近，或許他可以帶過來，讓大家同時試試看。」身軀龐大的女人點點頭，愛拉繼續說：「用打火石生火不難，只要稍微練習一下，掌握訣竅就可以了。首先手邊一定要有好的火絨。然後，如果你敲擊方式正確，就能敲出不會立刻熄滅的火星，再將它吹成火焰。」

當愛拉向圍攏過來的眾人示範如何使用打火石的時候，首席大媽侍者派第十四洞穴的次席助手米可藍去找喬達拉。看著他們的齊蘭朵妮亞首領發現，沒有人裹足不前，也不再有人心存懷疑或提出疑問。這項生火的新技術不是什麼小把戲，而是快速生火的正確新方法，他們全都迫不及待想要學習，她早就知道他們會有這種反應。火的重要性使他們必須設法了解有關火的一切知識。

這些人住在冰川周圍古老又寒冷的地區，對他們來說，火是攸關生死的必要工具。他們必須知道如何生火、如何不讓火熄滅，以及如何攜帶火。這片廣袤無垠的土地圍繞著由北極往南邊一直延伸出去的成片巨大冰川，雖然某些時候氣候嚴寒，但這片土地上有著豐富的物種。冰冷無情而乾燥的冬季抑制了樹木的生長，但中緯度的天氣仍有分明的四季，夏天甚至會相當炎熱。溫暖氣候滋養的廣大草地上孕育出種類極多的成群食草動物，而牠們又成為肉食性和雜食性動物的高能量食物。

住在冰川附近的所有物種身上都長著濃密溫暖的毛皮，只有一種動物除外。皮膚光滑無毛的人類是熱帶動物，不能毫無保護地住在冰天雪地裡。較晚出現的人類在學會用火之後才被豐富的食物吸引而來。披上獵來當食物的動物毛皮，他們才能短時間暴露在惡劣的氣候中而不被凍死。但為了求生存，人類需要靠火才能在休息和睡覺時保暖，以及烹煮肉類和蔬菜，使食物更容易消化。當生火的原料容易取得時，他們或多或少把火的存在視爲理所當然，然而他們絕對不會忘記火是不可或缺的。當燃料稀少或氣候潮濕、下雪時，他們知道他們有多麼需要火。

有幾個人已經用其中一顆打火石生起火，然後把石頭給下一個等著生火的人，這時喬達拉帶著更多顆打火石來了。首席齊蘭朵妮親自到門口從他手中接過打火石，清點數目，然後才拿給愛拉。在這之後，生火的訓練速度就加快了。等每位齊蘭朵妮亞至少都生起一團火，他們就讓助手來學習這項技術。這時第十四洞穴齊蘭朵妮提出一個每個人都想問的問題。

「妳打算怎麼處理這些打火石？」她問。

「一開始喬達拉曾說要把石頭分給第九洞穴的人，」愛拉說：「威洛馬也提到要用打火石來進行交易，那要視我們能找到多少石頭而定。我想這不是我一個人能決定的。」

「當然，我們都去找找看，但妳認爲是否能分給參加這次夏季大會的每個洞穴至少一顆石頭？」首席齊蘭朵妮問。她數過石頭，因此知道答案。

「我不知道這次夏季大會有多少洞穴參加，但我想打火石應該夠分。」愛拉說。

「如果每個洞穴只能拿到一顆石頭，我認爲石頭應該交給各洞穴的齊蘭朵妮保管。」第十四洞穴齊蘭朵妮說。

「我同意，而且我認爲我們應該將使用打火石生火的方式保密。如果我們可以這樣把火生起來，可以想見我們會多麼受人敬畏。想想看洞穴的人看到齊蘭朵妮在一瞬間生起火時會有什麼反應，尤其是在一片黑暗中。」第五洞穴齊蘭朵妮說這句話時眼裡閃著熱切的光芒。「我們就能有更大的掌控權，而且還能有效地增強儀式典禮的意義。」

「你說的沒錯，第五洞穴齊蘭朵妮。」第十四洞穴齊蘭朵妮附和道。「這想法很好。」

「或許打火石該由齊蘭朵妮和洞穴首領共同保管。」第十一洞穴齊蘭朵妮說。「如此才能避免可能發生的衝突。卡拉雅如果不能掌控這項新技術，我知道她會不高興。」

愛拉記得這瘦小男人的握力很強，自信滿滿，她對他微笑。他忠於他的洞穴頭目，這一點讓愛拉覺得很值得欽佩。

「這些打火石的用途非常大，我們不能把這項技術保密。」首席齊蘭朵妮說。「我們的職責是侍奉大地母親。我們放棄了自己的名字，成為大媽侍者，我們永遠必須最先考慮洞穴的最大利益。將打火石私藏或許是件教人興奮的事，但整個齊蘭朵妮氏人的福祉遠在我們自己的願望之上。土地上的石頭是大地母親的骨，這是她的贈禮，我們不能占有。」

首席大媽侍者停下來，以搜尋的目光望向一個個在場的齊蘭朵妮亞。她知道即使不是已經將打火石分送出去，這項祕密也絕對保不住。幾個洞穴的朵妮侍者露出明顯的失望表情，或許還有些許抗拒的情緒。她確信第十四洞穴齊蘭朵妮已經準備反駁。

「我們沒辦法保密。」愛拉皺著眉頭說。

「為什麼？」第十四洞穴齊蘭朵妮說。「我想保密與否由齊蘭朵妮亞決定。」

「我已經把幾顆石頭給了喬達拉的家人。」愛拉說。

「真可惜，」第五洞穴齊蘭朵妮搖著頭說，他立刻認清此事已無法勉強。「但木已成舟。」

「就算沒有打火石，我們也已經擁有足夠的權力。」首席大媽侍者說：「我們還是可以依自己的方式使用打火石。首先，把打火石呈現在洞穴居民眼前時，我們可以舉行一場精彩的儀式。如果由愛拉點起明天的儀式火焰，我想效果會最好。」

「但是明天黃昏時是否夠暗，能看得見火花呢？或許最好能讓火熄滅，再由她重新點燃。」第三洞穴齊蘭朵妮說。

「這樣大家怎麼知道火是由打火石而不是由熱煤炭點燃的？」另一位年長男人說。他的髮色很淺，但愛拉不確定那是金髮或白髮。「這樣不行，我認爲我們需要一個沒有用過的新火堆，但關於亮度的問題你說得對，儀式火焰點燃時天色將暗卻未暗。只有在完全的黑暗中，才能使每個人的注意力集中在你預設的地方，如此一來，他們除了你想讓他們看的地方以外，其他什麼也看不到。」

「的確如此，第七洞穴齊蘭朵妮。」首席大媽侍者說。

愛拉發現他坐在第二洞穴高大的金髮女人身邊，他們倆面貌十分相像。他可能是她火堆地盤的長輩，或許是她祖母或外祖母的配偶。她回想起喬達拉曾告訴她，第二洞穴和第七洞穴有親戚關係，他們分別位於青草河與它河岸沖積平原的兩側。她記得很清楚，因爲第二洞穴是長者火堆，第七洞穴是馬首石，喬達拉答應她等秋天回程時，要帶她去看馬兒形狀的岩石。

「我們可以不點火就開始舉行儀式，然後等天黑再點燃火堆。」第二十九洞穴齊蘭朵妮建議。她是個容貌姣好的女人，臉上掛著帶有調解意味的微笑，但愛拉解讀肢體語言的能力，使她察覺出這女人的強勢性格與說服力。她們倆有過一面之緣，這位就是她聽說將第二十九洞穴的三巨岩各聚落結合在一起的那女人。

「但如果一開始沒有儀式火焰，大家會覺得奇怪，第二十九洞穴齊蘭朵妮。」第三洞穴齊蘭朵妮說。「或許我們最好將時間延後，等到天黑之後再開始。」

「在那之前能否先做什麼事？有的人早早就會聚集過來。如果我們拖延太久，他們會不耐煩。」另一個人說。她是個中年女子，幾乎和首席大媽侍者一樣胖，但沒有她那麼高大，而是相當矮小。首席大媽侍者的身高和體重賦予她威風凜凜的氣度，然而這女人看起來卻讓人感到溫暖，充滿母愛。

「我們來說故事如何呢？西方領地齊蘭朵妮。我們都擅長說故事。」坐在她身邊的年輕人建議。

「說故事會貶損儀式的莊重，北方領地齊蘭朵妮。」第二十九洞穴齊蘭朵妮說。

「當然如此，妳說得沒錯，三巨岩齊蘭朵妮。」那年輕人立刻說道。他似乎對第二十九洞穴爲首的

齊蘭朵妮必恭必敬。愛拉發覺第二十九洞穴的四個齊蘭朵妮以各自所在的地點而非以數字稱呼彼此。這

很合理，因爲他們都是第二十九洞穴齊蘭朵妮。這狀況眞把人給搞糊塗了，她想著，但看來他們自己對

此毫無問題。

「那麼我們請人來談談嚴肅的話題。」南方領地齊蘭朵妮說。

詢問首席大媽侍者愛拉是否爲了動物的事而出席會議的，就是這男人。南方領地就是鏡像岩，這裡

住著德娜娜領導的洞穴。愛拉——也或許是狼和馬兒——感受到她的憎惡態度。愛拉會繼續觀察。

「約哈倫想提出扁頭是不是人類的議題，」第十一洞穴齊蘭朵妮說。「這是個很嚴肅的話題。」

「但有些人不喜歡聽到這種論調，這話題容易引發爭議。我們可不希望夏季大會以爭吵做爲開端，

那會讓大家對於每件事都吵個不停。」首席齊蘭朵妮說：「在提出關於扁頭的不同想法之前，我們必須

營造出使人敞開心胸的氣氛。」

愛拉不知道她此時發言是否恰當。「齊蘭朵妮，」她終於說，「我可以提出建議嗎？」每個人都轉

頭看她，她覺得有些齊蘭朵妮亞很不高興。

「當然了，愛拉。」首席齊蘭朵妮亞說。

「我和喬達拉在回來的路上拜訪了蘿莎杜那氏。我們把幾顆打火石給了蘿莎杜那和他的配偶……讓

洞穴所有人使用……他們那麼善良，幫了我們很多忙……」愛拉呑呑吐吐。

「然後呢？」齊蘭朵妮鼓勵她往下說。

「他們在介紹打火石的儀式上準備了兩個火堆，」愛拉繼續說道：「一個已經準備好，但還是冷

的，另一個是已經在燃燒的。他們把已經燒起來的火完全熄滅，四周突然暗了下來，連坐在身旁的人都

看不到，而且很容易看出在第一個火堆裡沒有任何一塊煤炭露出一絲火光。然後我在第二個火堆起了

火。」

一時之間沒有任何人說話。過了沒多久齊蘭朵妮說：「謝謝妳，愛拉。我想這是個好主意。或許我們可以做類似的安排。這將會是一場令人印象深刻的示範。」

「對，我喜歡這方式。」第三洞穴齊蘭朵妮說：「這樣一來我們一開始就能點起儀式火焰。」

「準備點燃的冷火堆能引起大家的好奇心。他們會猜測這火堆的用途，因此升高期待的心理。」第二十九洞穴西方領地齊蘭朵妮說。

「我們該如何把火熄滅？用水澆熄，讓它煙霧瀰漫嗎？」第十一洞穴齊蘭朵妮說。「或者倒土上去讓火立刻熄滅？」

「還是倒泥巴？」另一個愛拉不認識的人建議。「會冒出一點煙，但炭火立刻就熄了。」

「我喜歡澆很多水讓火堆冒出一堆煙的點子，」另一個愛拉不認識的人說。「這樣更讓人吃驚。」

「不，我認爲立刻熄滅的效果比較好。先亮一會兒，接著就暗下來。」

愛拉之前沒見過在場的所有齊蘭朵妮亞，當討論愈來愈熱烈時，他們就不會每次都以正式名稱稱呼彼此，所以她也就不能藉此認識這些人。先前愛拉不清楚一場儀式需要多少計畫與協商。她總認爲儀式是自然發生的，齊蘭朵妮亞和其他涉足靈界的人只不過是這些無形力量的中介人。他們暢所欲言，她開始會意到爲什麼有些人反對她在場。當齊蘭朵妮亞討論起每個小細節時，愛拉的思緒逐漸飄向遠方。

她不禁想知道穴熊族的莫格烏爾是否也會計畫儀式的種種細節，接著她忽然明白，或許他們也是如此，但情形不會相同。穴熊族的儀式很古老，舉行儀式的方式一成不變，或盡可能遵從古老的方式。現在她更能了解莫格烏爾——也就是克雷伯——希望她在最神聖的儀式之一擔任重要角色時所面臨的兩難狀況。

她環顧齊蘭朵妮亞寬敞的圓形夏季木屋。這垂直壁板構成的圓形建築物有兩層牆，內部空間和第九洞穴營地的木屋類似，但卻更寬敞。將室內分隔成不同區域的活動壁板架在靠近外牆的睡房之間，騰出一個大房間。她注意到所有睡房都擠在一處，而且床都高於地面，她想起第九洞穴裡齊蘭朵妮住處的床也是升高的。起先她懷疑原因何在，接著又想到，或許因爲這些床是給必須帶到齊蘭朵妮亞木屋裡治療病人躺的，在高起的床上照顧病人比較方便。

地上鋪滿了織有複雜而美麗圖案的地墊。各式各樣的軟墊、枕頭和大小不一的凳子隨意放置在幾張矮桌旁，大多矮桌上都以沙岩或石灰岩做成的油燈裝飾。一般來說，在這沒有窗戶的木屋裡油燈不分晝夜地點著，裡面放了許多根燈芯。許多盞油燈都仔細地雕琢成形、磨光並加以裝飾，但正如瑪桑那住處裡的油燈一樣，也有些是採取天然的形狀，或粗略鑿出盛裝獸脂的凹痕。她看見許多盞油燈旁都擺著一小尊外表大同小異的女人雕像，擱在沙碗裡。她看過幾尊這樣的雕像，因此知道這是大地母親雕像，也就是喬達拉口中的朵妮像。

朵妮像的高度從十到二十公分不等，每個都是能握在手裡的大小，而且外貌都經過某種程度的抽象與誇大。手臂和手的形狀幾乎難以辨認，雙腳往下漸呈錐狀，以便能讓雕像垂直插在地上或裝了沙的碗裡。她不是某個特定人物的雕像，從五官無法辨認身分，不過她的身體或許約略看得出是藝術家認識的某個女人。她不是胸部堅挺、剛成年的適婚女人，也不是每天步行、必須時常四處遊蕩搜尋食物的瘦削女人。

朵妮像所刻的是個豐滿肥胖，生活經驗豐富的女人。她不是孕婦，但曾經懷孕。她肥大的臀部與垂掛在腹部前的巨大雙乳相稱，而從微微下垂的腹部看得出這女人生產過，也哺育過幾個孩子。她有著人生閱歷豐富的年長女人豐盈的體態，這是一個母親的身體，但體型暗示的不只是她的多產。女人要長得胖，必須要有豐盛的食物，而且她必須長時間久坐。這個小雕像刻意被雕成豐衣足食、哺育兒女的成功母親；她是富足與慷慨的象徵。

現實與朵妮像所象徵的相去不遠。有些年是豐年，有些則否，但多數時候齊蘭朵妮氏人的日子都過得很好。族人裡的確有胖女人；雕刻朵妮像的雕刻家必須知道胖女人的長相，才能將她描繪得如此傳神。晚春時可能較為匱乏；為過冬而儲藏的食物幾乎耗盡，而大多數植物的新芽也還沒有長出來。動物也是如此，春天的動物骨瘦如柴，牠們的肉質堅韌多筋，肥肉太少，即使是骨頭裡的骨髓也減少了。族人或許缺乏某些種類的食物，但沒有人會挨餓，至少不常如此。

對仰賴土地為生、以打獵與採集取得生存所需每樣事物的人類而言，大地就像是一位哺育她兒女的偉大母親。她供給他們所需。他們不用種植種子、照顧農作物、耕種或澆灌田地，也不用放牧動物、保護牠們免於遭受食肉動物攻擊，採集糧秣替牠們準備過冬。他們可以隨意取用每樣東西，只要知道去哪裡找、如何採收。但他們不能把這些食物視為理所當然，因為有時候大地母親也會將食物保留起來。

每個雕刻出來的朵妮像都是大地母親靈的容身處，並且清楚證明齊蘭朵妮氏人仰賴何種隱形力量來維持生命。她那充滿同情心的魔力，為的就是要讓大地母親知道他們想要什麼，然後從她身上設法取得。朵妮是希望的象徵，他們希望可食用的植物取之不盡，並且能輕易找到與採集；動物用之不竭，可以輕易獵捕。她象徵並祈求慷慨豐饒、盛產食物的大地以及美好的生活。朵妮像是個理想化的人物，她召來眾人迫切渴求的生活榮景。

「我想感謝愛拉……」

聽見有人喊她的名字，愛拉從她的白日夢中驚醒過來。她甚至記不得剛才在想什麼。

「我想感謝她願意為所有齊蘭朵妮亞示範新的生火方式，以及她對有些花較久時間才學會的人所付出的耐心。」首席齊蘭朵妮說。

齊蘭朵妮亞紛紛表示贊同，甚至連第十四洞穴的齊蘭朵妮顯然都真心誠意地感謝她。接下來她們開始討論揭開今年夏季大會的其他儀式細節，還有接下來的盛大慶典活動，特別是被稱為配對禮的配對儀式。愛拉希望他們能多談些，但他們主要談論的卻是何時再次開會進一步討論。接下來會議的重點轉移到助手身上。

首席齊蘭朵妮站起身來。「齊蘭朵妮亞負責保留人民的歷史。」她注視著接受齊蘭朵妮亞訓練的助手們，但愛拉覺得齊蘭朵妮似乎特別將她包括在內。

「助手的訓練過程包括記憶先人的傳說與歷史。這些故事說明齊蘭朵妮氏人是誰，以及他們來自何處。記憶有助於學習，助手必須學習許多事。且讓我們以她的歷史，也就是大地母親之歌，來結束這次聚會。」

說到這裡，她停了下來，她的目光彷彿望向內在靈魂，從內心深處挖掘出許久以前她承諾自己必須牢記的故事。這是所有先人傳說中最重要的一個，因爲這是訴說人類起源的故事。爲了使傳說容易記憶，故事是以押韻格律的方式說出。爲了更容易回想起必須記憶的故事，有作曲天分的人通常會加入讓人喜愛學習的旋律。有些歌曲古老而熟悉，通常靠旋律就足以使人記起故事。

然而首席齊蘭朵妮卻替大地母親之歌編出她自己的旋律，許多人也漸漸學著唱。她開始以清亮優美而又渾厚的嗓音清唱起來。

「在黑暗之中，一片渾沌之時，
莊嚴的大地母親誕生於一陣旋風之間。
甦醒過來的她，了解生命的寶貴，
一片空無的黑暗，哀悼大地母親。」

首席齊蘭朵妮開始唱，其他人加入齊蘭朵妮，同時或說或唱出最後一句。認出這首歌的愛拉打了個冷顫。

「自她誕生的塵土中，她創造了另一個人，
一位白皙、閃耀著光芒的朋友，一位同伴、一位兄弟。
他們一起長大，學習愛與關懷，
待她準備好時，他倆決定成雙成對。」

愛拉想起第二段最後一句，因此和其他人一起說出，接著她又往下聽了幾段，試著聆聽歌中的詞句，悄聲說出記得的句子。她想一字不差地背下來，因爲她喜愛這個故事，也喜歡首席大媽侍者吟唱的方式。光是聽她的聲音就幾乎使她熱淚盈眶。雖然知道自己絕對學不會怎麼唱，但她也希望學會歌詞。在旅途上她已經學會蘿莎杜那氏的大地母親之歌，但它的語言、格律與部分故事內容與齊蘭朵妮氏的不一樣。愛拉想以齊蘭朵妮氏語學這個故事，因此她豎耳傾聽。

「一片空無黑暗、廣袤貧瘠的大地，滿懷期待等候著誕生。
這生命飲她的血，從她的骨頭中呼吸。
它將她的皮膚分爲兩半，切開她的核心。」
「大地母親生產了，開始另一個生命。」

旅行時喬達拉曾說了幾句給她聽，然而她卻從未聽過像首席大媽侍者如此響亮又有戲劇張力的詮釋方式；而且她的用詞也不相同。

「她的分娩之水奔流而出，注滿河流與海洋，大量湧入土地，使樹木開始生長。
每一滴珍貴的水都使大地長出更多草與葉，
繁茂青翠的植物使大地煥然一新。」
「分娩之水滔滔湧出，新的植物冒出頭。」

「分娩的劇痛中噴發出火焰，
她在痛苦中奮力掙扎，只爲生下新生命。
她乾涸的血塊變成紅赭石土壤，
但這紅光滿面的孩子讓一切辛苦都値得。」
「這聰明耀眼的男孩，是大地母親至上的喜悅。」

「山峰從地表升起，火焰從山頂噴出，
她以高聳的雙乳哺餵她的兒子。
他用力吸吮，火花躍入高空，
大地母親滾燙的奶水在天空中鋪出一條路。」
「他的生命已經展開。她哺餵她的兒子。」

這是她特別喜愛的其中一段。使她憶起自己的經驗，尤其說到這一切辛苦都値得，因爲這可愛的小男孩是她最大的喜悅。

「他趁大地母親熟睡時將他從她身邊偷走，
就在黑暗漩渦般的空虛渾沌悄悄降臨時，
在黑暗的掩護下，試圖引誘他。
渾沌化做一陣旋風，抓住了她的孩子。」
「黑暗帶走她年輕靈巧的孩子。」

就像布勞德帶走她兒子一樣。齊蘭朵妮的故事說得太好，愛拉爲故事中的母親和她兒子感到焦急。她身體向前傾，不想錯過任何一個字。

「她耀眼的朋友準備迎戰，
對抗俘虜她孩子的竊賊。
他倆一起爲她鍾愛的兒子而戰，
他們的努力成功了，孩子重現光芒。」
「他的精力耗盡，但光彩回復。」

愛拉重重吐了口氣。深受故事吸引的不只是她而已。每個人都如癡如醉地注視這壯碩的女人。

「大地母親心懷傷痛度日，
她與她的兒子永遠分離。
她不願承認失去孩子的痛苦，

因此她體內的生命力又開始孕育。」
「她不甘心失去她的孩子。」

愛拉淚流滿面，想到她自己那被迫留給穴熊族的兒子時心頭一緊，大地母親的遭遇她感同身受，因此她深深爲她感到悲傷。

「她的誕生之水已經準備好，
她使綠色的生命重新出現在寒冷貧瘠的大地之上。
她喪子之痛的淚水滔滔奔流，
形成晶瑩的露珠與炫目的彩虹。」
「誕生之水帶來一片青翠，但她的臉上布滿淚水。」

愛拉深信，清晨的露珠和彩虹在她眼裡將會永遠不同。從現在開始，這些東西總使她想起大地母親的淚水。

「一聲巨響，她的核心裂成碎片，
從地底深處裂開的大洞穴裡，
她的穴狀空間中再次誕生生命，
從她子宮裡生出大地之子。」
「這孤注一擲的母親生下了更多孩子。」

第二部分不是那麼悲傷，但很有趣。它解釋大地爲何以及如何有了現在的面貌。

「牠們都是她的孩子，她爲牠們感到驕傲，
然而牠們卻耗盡了她內在蘊含的生命力。
她的力氣只夠創造最後一個生命，
是個記得誰創造了自己的孩子。」
「這孩子懂得尊重，學會保護自己。」

「世上的頭一個女人誕生了，她生下來便已完全長成，充滿活力，
大地母親賜與她賴以維生的贈禮。
生命是第一項贈禮，就如同大地母親
她睜開眼睛，便了解生命的無價。」
「第一個與她同類的女人已經成形。」

愛拉抬起頭，發現齊蘭朵妮正看著她。她瞥了一眼四周的人，當她又將視線移回來時，齊蘭朵妮已經轉移目光。

「大地母親想起她自己的寂寞，
以及她朋友的愛與無微不至的呵護。

用最後的力氣，她開始分娩，
她創造了第一個男人，與女人共享生命。」
「她再次生產，世上又多了一個生命。」

「她將大地賜給她生下的這對男女，當作他們的家園，
她賜給他們水、土地，以及所有她的創造物。
小心地使用這些資源是他們的責任。」
「大地是供他們使用的家園，他們卻不能濫用。」

「大地母親將生存的贈禮賜給大地之子，
接著她又決定，
賜給他們交歡恩典與彼此共享，
以配對的喜悅榮耀大地母親。」
「大地母親的贈禮是應得的。她的榮耀獲得回報。」

「大地母親很滿意她創造出的男女，
他們配對時，她教他們關愛與互相照顧。
她使他們渴望與對方結合，
交歡恩典來自大地母親。」
「在她完成之前，她的孩子已學會愛彼此。」

「大地之子受到祝福。大地母親終於得以安息。」

最後兩句令愛拉不解。它打破了原有的格式，她納悶著是否哪裡有問題或缺了什麼。她看著齊蘭朵妮，這女人也盯著她看，讓她渾身不自在。她低下頭，但當她再度望向她時，齊蘭朵妮依舊注視著她。

會議解散後，齊蘭朵妮邁開大步走在愛拉身旁。「我必須到第九洞穴營地去，我可以和妳一道走嗎？」她說。

「當然可以。」愛拉說。

一開始她們在友好的氣氛下沉默地走著。大地母親傳說帶來的震撼仍然揮之不去，齊蘭朵妮等著看愛拉會說些什麼。

「妳唱得眞悅耳，齊蘭朵妮，」愛拉終於開口道：「當我住在獅營裡時，有時候每個人都會一起演奏樂器與唱歌跳舞，有的人聲音很好聽，但沒有人的音色像妳的這樣優美。」

「這是大地母親的贈禮。我生來就有一副好歌喉，並不是因爲我刻意做了什麼。大地母親的傳說被稱爲大地母親之歌，是因爲大家喜歡將它唱出來。」齊蘭朵妮說。

「我們在旅行的時候，喬達拉跟我說了一點大地母親之歌的內容。他說他記不得全部，但他的詞句和妳的並不完全相同。」愛拉說。

「這並不奇怪，大地母親的傳說有許多大同小異的版本。他是從上一任的齊蘭朵妮那裡學來的，我是背誦我導師吟唱的歌。也有些齊蘭朵妮亞編造的內容稍有出入。只要意義不變，並且維持節奏和押韻，這些都無妨。如果感覺對了，大家就會想採納新詞句，如果不喜歡，他們就會忘記。我編了屬於自己的歌，因爲它聽起來順耳，但也有其他吟唱方式。」

「我想大多數人和妳唱的是同一首大地母親之歌。不過『節奏和押韻』是什麼意思呢？喬達拉好像沒有解釋給我聽。」愛拉說。

「我不認爲他會解釋。他最大的才能不在唱歌和說故事，不過他說起他冒險故事時的口才的確比以前好得多了。」

「那些也不是我擅長的。我可以記住故事，但我不會唱歌，只是很喜歡聽人唱。」愛拉說。

「節奏和押韻有助於記憶。節奏是一種律動感，妳會跟隨節奏而唱，就好比以固定不變的步伐行走一樣。押韻是發音類似的字，它加強節奏的效果，也有助於記憶接下來的詞語。」

「蘿莎杜那氏也有和大地母親之歌類似的傳說，但在背誦時帶給我的感受不一樣。」愛拉說。

齊蘭朵妮停下來看著愛拉。「妳把它背了下來？蘿莎杜那氏語是另一種語言。」

「對，但它和齊蘭朵妮氏語非常類似，並不難學。」

「沒錯，兩者的確類似，但不完全相同，有些人覺得它很難。妳和蘿莎杜那氏一起住了多久？」齊蘭朵妮問。

「沒多久，不到一個月亮周期。喬達拉急著在春天融雪前橫越冰川，否則會很危險。事實的確如此，最後一天就吹起了暖風，我們確實遇到了麻煩。」

「妳在一個月亮周期不到的時間就學會他們的語言？」

「沒有完全學會。我仍舊會犯許多錯誤，但我還是記住了一些蘿莎杜那氏的傳說。我一直嘗試用大地母親之歌來學習大地母親的傳說，說出妳唱的那首大地母親之歌。」

齊蘭朵妮注視她好一會兒，接著才又往營地走去。「我很樂意幫妳。」她說。

愛拉想著那傳說，尤其是令她回憶起杜爾克和她自己遭遇的那部分。她確信她一定了解大地母親必須接受她兒子永遠離她而去的感受。有時她也極爲渴望兒子在她身邊，並且十分期待另一個孩子——喬達拉的孩子誕生。她想起剛才聽到的韻文，因此一邊背誦著一邊配合韻文的旋律走著。

齊蘭朵妮注意到她們倆走路的步調稍微改變，她有種熟悉的感覺。她瞥了一眼愛拉，看到她全神貫注的表情。這年輕女人該成爲齊蘭朵妮亞，她心想。

到達營地後，愛拉停下腳步，問了個問題：「爲什麼這首歌的末尾有兩行，而不是一行？」

齊蘭朵妮仔細端詳了她一會兒，才回答道：「偶爾會有人提出這問題，」她說：「我不知道答案，它本來就是這樣子的。多數人認爲這樣能讓傳說有個明確的結尾；前一句代表最後一個段落的結束，第二句代表整個故事的結束。」

愛拉點點頭。齊蘭朵妮不確定她點頭的意思是接受她的解釋，或只是了解那句話。大多數助手甚至不討論大地母親的細節內容，她想。這女人絕對應該成爲齊蘭朵妮亞。

她們又往前走了一小段路，愛拉注意到太陽正往西方地平線下沉。天快要黑了。

「我認爲這次聚會很成功。」齊蘭朵妮說：「齊蘭朵妮亞對妳的生火技術大爲驚奇，我也很感謝妳願意示範給所有人看。如能找到足夠的打火石，每個人都能像妳一樣很快把火生起來。如果找不到很多……我不知道。或許最好只在點燃特殊儀式的火焰時使用。」

愛拉皺起眉頭。「那麼已經有打火石，或之後找到打火石的人呢？妳能叫他們不要用嗎？」她問。

齊蘭朵妮停下來，直視愛拉，接著她嘆了口氣。「不，我不能。我可以要他們同意不使用，但妳說得沒錯。我不能強迫他們，無論如何，總有人會想做什麼就做什麼。我大概只是不假思索地把理想狀況說出來，但事實上，在大家都知道新的生火技術之後，這樣的想法就行不通了。」她做了個自嘲的表情。「當第五洞穴和第十四洞穴齊蘭朵妮談到要將它當成齊蘭朵妮亞的祕密時，他們只不過是把我認爲大部分人的想法說出來而已，而且我必須承認我自己也在內。打火石這種工具能讓他人對我們產生敬畏，但我們不能將它藏起來。」她又繼續往前走。

「等到第一次狩獵後我們才會計畫配對禮。所有洞穴都會參加。」齊蘭朵妮說：「大家都很緊張。

他們相信如果第一次狩獵很成功，就會是一整年的好兆頭。但如果不成功，或許就意味著厄運。齊蘭朵妮亞會搜尋獵物所在，有時候會很有幫助。如果附近有獸群，優秀的搜探者就能找到牠們的地點，但如果沒有獸群，那麼就連最好的搜探者也是什麼都找不到。」

「我曾經協助馬木特搜探。第一次我好訝異，但我們彷彿有某種聯繫，所以在搜探時我隨後就趕上了他。」愛拉說。

「妳和妳那位馬木特一起搜探？」齊蘭朵妮驚訝地說。「感覺怎麼樣？」

「很難解釋，有點像是變成鳥兒飛越大地，但感覺不到一絲風。」愛拉說。「大地看起來不太一樣。」

「妳是否願意協助齊蘭朵妮亞？我們之中有幾位搜探者，但人多總是比較好。」朵妮侍者說。她看得出愛拉有些不願意。

「我很想幫忙……但是……我不想成爲齊蘭朵妮，只想和喬達拉配對生子。」愛拉說。

「妳不用成爲齊蘭朵妮，如果妳不想的話，沒人會逼妳，愛拉。但如果搜探的結果能使狩獵成功，就會爲配對儀式帶來好運，至少一般人是這麼認爲的，而且還能產生長久的配對關係和人丁旺盛的火堆地盤。」首席齊蘭朵妮說。

「是的。好吧，我想我可以試著幫幫看，但我不曉得能不能辦得到。」愛拉說。

「別擔心，這事情沒有人說得準。無論是誰都只能試試看。」齊蘭朵妮對自己很滿意。愛拉顯然很不情願，想拒絕成爲齊蘭朵妮亞，這方法可以讓她起個頭。她必須成爲齊蘭朵妮亞的一份子，首席大媽侍者想。她太有天分，有太多項技藝，她問的問題太聰明，得把她拉進我們的圈子，否則在圈外的她會和我們發生衝突。

第二十五章

她們靠近營地時，沃夫衝出來歡迎她。看到牠時愛拉站穩腳步，以防牠太激動跳到她身上。她示意牠坐下。牠停了下來，似乎只能這樣控制情緒。她蹲低到和牠一樣的高度，讓牠舔她的脖子，她抱著牠直到牠平靜下來爲止。然後她站起來。牠抬頭看她，愛拉覺得牠彷彿露出滿心期待的渴望表情。她點點頭，拍拍牠的肩膀。牠跳起來將爪子放在她示意的地方，發出呼嚕嚕的低沉嚎叫，咬住她的下巴。她也回咬牠，然後雙手捧起牠碩大無比的頭，凝視著牠閃耀金黃色斑點的眼睛。

「我也愛你，沃夫，但有時候我眞不明白你爲什麼這麼愛我。只因爲我是你的首領嗎？或者還有別的原因？」愛拉說著，用前額碰觸牠的前額，然後示意牠坐下。

「妳下令他人愛妳，愛拉。」首席齊蘭朵妮說：「對方不能拒絕妳喚起的愛意。」她說。

愛拉看著她，心想這眞是奇怪的說法。「我沒有對任何人下令。」她說。

「妳對那隻狼下令。牠感受到妳的愛，因此有了取悅妳的動機。妳並不是去迷惑或誘騙，而是將愛吸引來。那些愛妳的人，對妳愛之入骨。我在妳的動物身上看到這樣的愛，也在喬達拉身上看到這樣的愛。我了解喬達拉，他之前從未像愛妳那樣愛過其他人，以後也不會。或許是因爲妳全心奉獻，敞開心胸，也或許喚起他人的愛意是大地母親的禮物。他人會永遠如癡如狂愛著妳，但是對大地母親的賜禮我們必須戒愼恐懼。」

「爲什麼要這麼說呢，齊蘭朵妮？」愛拉問。「爲什麼我們要擔心收到大地母親的禮物呢？那不是件好事嗎？」

「或許因爲她的禮物太珍貴了，也或許是力量太強大。如果有人給了妳一樣非常貴重的東西，妳覺得如何？」朵妮侍者問。

「伊札告訴我禮物伴隨著義務，妳必須給予對方價值相同的東西。」愛拉說。

「我愈了解撫養妳長大的族人，對他們就愈尊敬。」首席齊蘭朵妮說。「大地母親賜予一樣禮物時，她或許期望得到某樣等值的東西做爲回報。她給妳的愈多，對妳的期待也愈多，但時機未到時，妳如何知道她向妳要什麼呢？所以我們才會不停地猜疑。有時她的禮物太多，多過我們想要的，但又不能把禮物退回。比起得到的不夠多，太多禮物不見得能獲得更多快樂。」

「即使是得到太多愛也一樣嗎？」愛拉問。

「最好的例子就是喬達拉。他毫無疑問受大地母親寵愛，」曾經是索蘭那的這女人說。「她太偏愛他，給了他太多。他英俊瀟灑，體格健美，很難不備受注目，連他眼珠的顏色都那麼特別，讓人不得不凝望著他。他天生迷人，旁人深受吸引，尤其是女人。我不認爲有哪個活生生的女人能拒絕他提出的要求，連大地母親自己也不能，而他也樂於取悅女人。他很聰明，尤其善於製作燧石。除此之外大地母親還給了他一顆溫柔體貼的心，但他在意太多事，有太多愛要給予。」

「即使是敲擊石頭、製作工具，他也付出了極大的熱情。但不管他愛的對象是什麼，他的情感太過強烈，不管是他或他關心的人都會因此不知所措。他努力控制自己的情感，但偶爾也會失去控制。愛拉，我不確定妳是否了解他感情的力量有多強。大地母親給他的所有贈禮都沒有使他快樂，至少之前都沒有，它們喚起的嫉妒比愛還多。」

愛拉點點頭，若有所思地皺著眉。「我曾經聽一些人說過，喬達拉的弟弟索諾倫也深受大地母親喜愛，因此他才那麼快被帶走。」愛拉說。「他是否特別俊美，並擁有許多贈禮？」

「不只大地母親，每個人都喜歡他。索諾倫是個長得很好看的男人，但他沒有喬達拉那種讓人透不過氣來的……我要說的是美，更確切地來說，是男性的美。但是他的天性熱情開放，走到哪裡都有人喜歡，男女都一樣。他能輕而易舉交到朋友，沒有人討厭他或嫉妒他。」齊蘭朵妮說。

她們一直站著說話，沃夫蜷伏在愛拉腳邊。等她們開始繼續往營火走時，愛拉還是皺著眉頭思考朵妮侍者說的話。

「現在喬達拉把妳帶回家，許多男人更嫉妒他，而許多女人嫉妒妳，因爲他愛妳。」齊蘭朵妮繼續說道。「也因此瑪羅那想讓妳看起來很蠢。她在吃醋，你們兩個她都嫉妒，我想是因爲你們讓彼此找到快樂。有些人認爲大地母親給瑪羅那的太多，然而從頭到尾她所擁有的就只是過人的美貌，而美貌本身是最虛幻的禮物，它不持久。瑪羅那是個不討人喜歡的女人，凡事只想著自己，沒什麼朋友，也沒有多少才能。當美貌褪去後，恐怕她將會一無所有，看來她甚至連孩子也不會有。」

她們又並肩走了幾步，然後愛拉停下來，轉頭對齊蘭朵妮說：「最近我沒看到瑪羅那，我們出發前幾天和來這裡的路上她都不在。」

「她和朋友回到第五洞穴，也和她們一起來這裡。她住在她們的營地裡。」朵妮侍者說。

「我不喜歡瑪羅那，但如果她不能有孩子，我很替她難過。伊札知道怎麼做才能讓女人更容易接受造成懷孕的靈。」愛拉說。

「我也知道一些方法，但她沒有找我幫忙，而且如果她眞的不能受孕，什麼也幫不了她。」這女人說。

愛拉聽出她語氣中的遺憾。如果瑪羅那不能有孩子，她也會覺得遺憾。接著她的皺眉被燦爛的微笑所取代。「妳知道我要有孩子了嗎？」她說。

齊蘭朵妮也對她微笑。她的猜測得到了證實。「我很替妳高興，愛拉。喬達拉知道妳的配對受到祝福了嗎？」

「知道，我告訴他了，他很開心。」

「那是當然的。妳告訴其他人了嗎？」

「只有瑪桑那和波樂娃，現在還有妳。」

「如果只有少數人知道，我們可以在配對禮上宣布妳的好消息，給大家一個驚喜，假使妳願意的話。」齊蘭朵妮說：「如果女人已經受到祝福，可以在典禮中使用特殊的詞語。」

「我想我要宣布。」愛拉說：「自從停止流血後我就不再記錄我的月亮周期，但我不知道該不該繼續計算，好知道寶寶誕生的時間。喬達拉教我使用數字，但我不知道要怎麼計算那麼多天。」

「妳覺得數字很難學嗎，愛拉？」

「噢，不會。我喜歡用數字，」她說：「不過喬達拉第一次使用數字時我大吃一驚。光是從我每天晚上在樹枝上做的記號，他就能知道我在山谷裡住了多久。他說因爲我在月亮周期開始時會在樹枝上多刻了一痕以便有所準備，他算起來就更容易。流血時去打獵比較麻煩，我想動物會聞到我的氣味。一陣子之後我注意到我總在月缺到達某個形狀時流血，這樣我就不必記錄，不過無論如何我還是記了。暴風雨或陰天時是看不到月亮的。」

齊蘭朵妮以爲自己已經習慣愛拉時常突如其來地令她訝異，好像她所做的不足爲奇。但一個人獨自想出流血時刻下可供計算的刻痕，並且與月亮盈缺的時間聯想在一起，是件相當令人驚訝的事。

「妳想多學些數字還有較難的計算方法嗎，愛拉？」這女人說。「舉例來說，妳可以在明顯看出季節變化之前，就已經知道季節何時將會改變，或者計算妳的寶寶出生前的天數。」

「是的，我想學。」愛拉開心地笑了。「我跟克雷伯學會用刻痕代表數字，不過我算出來時他很緊張。大多數穴熊族女人或甚至是穴熊族男人都沒辦法數到三。克雷伯可以用刻痕數數，因爲他是莫格烏爾，但他沒有使用數字。」

「我會告訴妳怎麼數比較大的數字。」首席齊蘭朵妮說。「我想現在生孩子對妳最合適，因爲妳很年輕，如此妳就不用擔心等妳年紀比較大的時候還得照顧幼小的孩子。妳無法知道將來可能會決定做些什麼事。」

「我沒那麼年輕，齊蘭朵妮。如果伊札說她找到我時的那個歲數是對的，我就是十九歲。」愛拉說。

「妳看起來眞的很年輕。」齊蘭朵妮臉上很快閃過皺眉的表情。「但這無所謂，妳的起步很早。」她幾乎自言自語地說道。最後她想著，愛拉已經是個很有技術的醫治者，在成爲齊蘭朵妮之前她無須再學習醫術。

「什麼事情的起步很早？」愛拉不解地問。

「嗯……妳建立家庭的起步很早，因爲小生命已經在妳肚子裡了。」齊蘭朵妮說。「但我希望妳不要有太多孩子。妳很健康，但生太多孩子會把女人的精力耗盡，讓她很快衰老。」

愛拉有種很強烈的想法，她覺得齊蘭朵妮不想讓她知道自己在想什麼，於是很快岔開話題，因爲她不想告訴愛拉。這是她的權利，愛拉想。如果她選擇這麼做，她可以避開不提她心裡所想的事，但她不禁納悶那到底是什麼。

她們接近營火時已是黃昏。到達火溝時大家都問候她們，拿食物給她們。愛拉這才發覺她餓了；她度過了一整個忙碌的下午。齊蘭朵妮和他們一起用餐，並打算當晚睡在第九洞穴的營地裡。她隨即與瑪桑那和約哈倫討論起即將舉行的狩獵以及齊蘭朵妮亞的搜探行動。她提到愛拉會參加搜探，他們也認爲沒有絲毫不妥，但這讓愛拉十分不安。她不想成爲大媽侍者，但情勢逼人，她不太樂意。

「我們應該早點到那裡。我必須先把靶架設起來，拉長距離。」次晨他們走出木屋時，喬達拉說。

他手裡拿著一杯愛拉幫他泡的薄荷茶，嘴裡嚼著愛拉不久前才削好皮、讓他清潔牙齒的冬青樹嫩枝尾端。

「我想先去看一下嘶嘶和快快。昨天一整天我幾乎都沒看到牠們。你何不先去把東西準備好，我帶著沃夫，晚點跟你會合。」愛拉說。

「別去太久。人群很快就會聚攏過來，我眞的很希望能讓他們見識妳的能耐。我標槍丟得遠是一回事，但等他們看到一個女人用標槍投擲器可以把標槍擲得比男人還遠的時候，他們會大感興趣。」喬達拉說。

「我會儘快趕到，但我想幫牠們刷毛，還有檢查快快的眼睛。牠的眼睛看起來紅紅的，好像有東西在裡面。我可能要治療牠。」愛拉說。

「妳覺得牠還好嗎？要不要我跟妳去？」他以擔心的口吻說。

「看起來沒那麼糟，我確信牠沒事，只是想檢查一下。你去吧，我不會耽擱太久。」她說。

喬達拉點點頭。他刷了牙齒，用薄荷茶漱漱口後喝了剩下的茶，微笑著。「薄荷茶總能提振我的精神。」他說。

「它的確能讓你口氣清新，而且清醒過來。」愛拉說。自從遇到他之後，沒多久她就開始每天早上替他泡茶，準備好他的冬青枝，也和他養成相同的習慣。「早晨反胃時我特別這麼覺得。」

「妳早上還會反胃嗎？」他問。

「不會了。可是我發現我的肚子愈來愈大。」她說。

他笑了。「我喜歡妳的大肚子，」他說著伸出一隻手臂環繞在她的肩頭，另一隻手放在她肚子上。「我尤其喜歡裡面的東西。」

她也對他微笑。「我也是。」她說。

他深情款款地吻了她。「在我們的旅行中我最想念的事情就是我們可以隨時停下來分享快感。可是現在好像總是有事情得做，很難放下手邊的事，想做什麼就做什麼。」他磨蹭她的脖子，撫摸她飽滿的乳房，再次親吻她。「或許我不必這麼早就去靶場。」他語調沙啞地加了句。

「你得去。」她大笑著說。「但如果你想留下來……」

「不，妳說得對，不過我會晚點再去找妳。」

喬達拉朝主營地走去，愛拉回到木屋裡。出來時她帶著她的背包，裡面裝了標槍托架、標槍投擲器和其他幾樣東西。她吹口哨呼喚沃夫，然後沿著小溪往上游走。兩匹馬都知道她來了，因此拚命將轡繩拉到最長，朝她跑去。愛拉發現繩子被某種植物絆住了。兩條轡繩周圍長著糾葛的長草，嘶嘶的繩子被一整叢乾枯的灌木纏住，快快則是把一株活的灌木從地上連根拔起。或許圍欄的效果比繩子好，她想。

愛拉把兩匹馬的轡繩和籠頭都卸下，一邊檢查快快。牠的眼睛有點紅，但除此之外一切都還好。快快和沃夫揉蹭著鼻子，快快很高興限制行動的繩子被解開，牠開始繞著大圈跑，沃夫追在牠身後。愛拉開始幫嘶嘶刷毛，她抬起頭時看到快快在追沃夫。第二次抬起頭時，換成沃夫在追快快。她停下手邊的梳毛工作看著牠們，當沃夫靠近快快時，這匹小公馬還慢了下來，直到這隻狼超過牠往前飛奔。跑了一整圈以後，沃夫又慢下來讓快快超過牠。

一開始愛拉以爲她在幻想牠們倆故意如此追逐，但等她繼續觀察下去，就顯然看得出牠們是在玩遊戲，而且玩得很開心。兩隻年輕的雄性動物都生氣勃勃精力充沛，牠們發現了消耗精力的好玩方法。愛拉笑著搖搖頭，希望喬達拉也在這裡和她一起欣賞牠們逗趣的模樣，然後她又繼續刷母馬的毛。嘶嘶也開始看得出懷孕的跡象，但牠看來身體很健康。

愛拉刷完馬毛之後，她看到快快在安靜地吃草，而沃夫已經跑得不見蹤影。牠去探險了，她想。她吹著喬達拉發明的特別口哨音調召喚快快。牠抬起頭，然後走向她。當牠快要來到她面前時，愛拉聽到另一陣重複同樣音調的口哨聲。愛拉和快快都在尋找吹口哨的人，愛拉想那一定是喬達拉爲了某個理由回來，但她抬起頭時看到一個小男孩向她走來。

她不認識他，她猜想他想做什麼，還有她爲什麼模仿她特殊的口哨聲。等他接近時，她想他或許是九或十歲。她立刻注意到他其中一隻手臂比另一隻短，很引人注目，有點不自然地下垂，好像他自己無法完全控制這隻手似的。這男孩使她想起克雷伯，他還是小男孩時，他的手臂在手肘以下被切除。這想法使得她立刻對他產生好感。

「吹口哨的就是你嗎？」

「對。」

「你爲什麼要和我吹一樣的聲音？」愛拉說。

「我從來沒聽過那種口哨聲，我想看看自己能不能吹得出來。」他說。

「你吹出來了。」她說：「你在找人嗎？」

「沒有。」他說。

「那你在這裡做什麼？」

「我只是來看看。有人告訴我這裡有馬，我不知道有人在這裡設了營地，他沒告訴我這點。其他人都在小溪中游。」他說。

「我們才剛到。你來這裡多久了？」

「我在這裡出生。」

「噢，那麼你是第十九洞穴的人。」

「對。妳說起話來怎麼那麼奇怪？」

「我來自很遙遠的地方，不在這裡出生。之前我是馬木特伊氏獅營的愛拉，現在我是齊蘭朵妮氏第九洞穴的愛拉。」她說完走向他，以正式問候的方式伸出雙手。

他有些慌張，因爲他麻痺的手臂伸不直。愛拉朝他癱瘓的那隻手臂把手伸長了些，然後握住他的雙手，彷彿他的手完全正常似的，但她注意到他的手小而畸形，小指和無名指黏在一起。她握了一會兒他的手，對他微笑。

然後這小男孩好像才想起似地說：「我是齊蘭朵妮氏第十九洞穴的拉尼達爾。」他正要放手，又加了句：「第十九洞穴歡迎妳來到夏季大會，齊蘭朵妮氏第九洞穴的愛拉。」

「你很會吹口哨，吹得和我一模一樣。你喜歡吹口哨嗎？」她放開手時問他。

「大概吧。」

「我可以請你不要再吹出那種聲音嗎？」她說。

「爲什麼？」他問她。

「我用這種口哨聲呼喚馬兒，我叫的是這匹，牠是匹公馬。如果你吹出那種聲音，我怕牠會以爲你在叫牠，那會讓牠很困惑。」愛拉解釋道。「如果你喜歡吹口哨，我可以教你別的口哨聲。」

「什麼樣的口哨聲？」

愛拉四處張望，發現一隻山雀棲息在附近一棵樹的大樹枝上，唱著奇—卡—迪—迪—迪，這種鳥的名稱就是這麼來的。她聽了一會兒，然後重複鳥叫聲，男孩聽到了驚訝得說不出話。小鳥停了一陣子又開始唱，愛拉再次重複鳥叫聲。這隻黑頭鳥又唱了起來，同時向四周張望。

「妳是怎麼吹的？」男孩說。

「想學的話我可以教你。你學得來，你口哨吹得很好。」

「妳也可以吹出其他鳥叫聲嗎？」他問。

「可以。」

「哪種鳥？」

「你說哪種我就吹哪種。」

「野雲雀怎麼樣？」

愛拉閉上眼睛，過了一會兒她吹出一串調子，聽起來正像是一隻直入雲霄又往地面俯衝的野雲雀發出了悅耳的旋律。

「妳眞的可以教我怎麼吹嗎？」男孩睜著驚奇的雙眼問她。

「如果你眞想學的話。」愛拉說。

「妳是怎麼學會的？」

「我不斷練習。如果你很有耐心，有時候你吹出牠的叫聲時，牠會來找你。」愛拉回答。她還記得獨居山谷時自己學會了吹口哨模仿鳥叫聲。有一次她餵起鳥兒，後來有幾隻鳥聽到她的呼喚總會飛到她身邊，在她手心裡吃東西。

「妳可以吹出其他聲音嗎？」拉尼達爾問。他對這位說話口音奇怪、很會吹口哨的陌生女人充滿了好奇。

愛拉想了想。或許因爲這男孩使她想起克雷伯，她開始吹出一陣聽起來像是笛聲的詭異旋律。他聽過許多次笛聲，但卻從來沒有聽過這種聲音。這駭人的樂聲對他來說是完全陌生的。這是愛拉還與穴熊族同住時，和布倫的部落一起參加穴熊族大會時莫格烏爾所吹奏的笛聲。拉尼達爾豎起耳朵聽，直到愛拉停下來爲止。

「我從來沒有聽過這種口哨聲。」他說。

「你喜歡嗎？」她問。

「喜歡，但也有點嚇人，好像它是從很遠的地方來的。」拉尼達爾說。

「它的確是。」愛拉說。然後她笑了笑，發出一聲嘹亮尖銳、響徹雲霄的命令式顫音。沒多久，沃夫就從長草地裡的草叢中跳出來。

「那是一隻狼！」男孩恐懼地尖聲喊著。

「不要緊的，」愛拉把沃夫貼近她身邊。「這隻狼是我的朋友，昨天我和牠一起經過主營地。我想你應該知道牠在這裡，跟馬兒在一起。」

這男孩冷靜了下來，但還是睜著又大又圓的雙眼提心吊膽地看著沃夫。

「昨天我和我母親去採木莓，根本沒有人告訴我妳在這裡。他們只說上草原有馬。」拉尼達爾說。「大家都在談論有個男人要示範一種擲標槍的東西。我不擅長擲標槍，所以才決定來看馬。」

愛拉疑心他們是不是故意不告訴他，或是有人想像瑪羅那捉弄自己那樣地戲弄他。接著她忽然明白，像這樣年紀的男孩還和母親去採莓子，他的日子可能十分寂寞。她有種感覺，這個一隻手臂殘廢而無法擲標槍的男孩朋友不多，其他男孩必定嘲笑他，設法捉弄他。他可以學擲標槍，尤其該學會用標槍投擲器。

「你為什麼不擅長擲標槍呢？」她問。

「難道妳看不出來嗎？」他說著伸出他畸形的那隻手臂，以怨恨的眼光看著它。

「可是你另一隻手臂完全沒問題。」她說。

「每個人都用另一隻手拿著備用的標槍。況且沒有人想教我。他們說反正我也不可能射中目標。」男孩說。

「你的火堆地盤男人呢？」愛拉問。

「我和我母親還有她的母親住在一起。我想火堆地盤以前有個男人，我母親曾經把他指給我看。但他很久以前就離開了，他不想跟我有任何牽連。我去拜訪他，他卻一點也不喜歡那樣，好像很尷尬似的。有時候會有男人來和我們住一陣子，但他們都不怎麼搭理我。」男孩說。

「你想看看標槍投擲器嗎？我身邊有一個。」愛拉說。

「妳的標槍投擲器是怎麼來的？」拉尼達爾問。

「我認識製作它的男人，我快要和他配對了。等我幫馬刷好毛以後，我就會去幫他示範標槍投擲器。」

「我想我可以看一下。」男孩說。

她的背包放在附近的地上。她拿了標槍投擲器和幾支標槍後走回來。

「它是這麼用的。」她說著，拿了一支標槍放在這個外表怪異的器具上面。她確認刻在標槍尾端的洞向上抵住一塊中間有溝槽的狹窄板子後方的小鉤，然後將她的手指穿過連接在前端的環。她瞄準田野間，將標槍射出。

「標槍飛得好遠！」拉尼達爾說：「我想我從來沒見過有哪個男人能把標槍擲得那麼遠。」

「或許你沒有。所以標槍投擲器是很優秀的打獵武器。我想你可以用它來擲標槍，過來，我告訴你怎麼握。」

愛拉知道她的標槍投擲器不適合拉尼達爾的身高，但它足以展現出槓桿原理。他畸形的手臂是右手，因此他被迫鍛鍊左手。假設他右臂健全，那麼他是否天生就是左撇子並不重要。現在他已經是左撇子了，他的左臂比較強壯。此刻她還不需考慮瞄準的問題，她先示範如何將標槍往回拉以後射出去。接著她把標槍架好，讓他來做一次。標槍飛得很高，遠遠偏離目標，但飛得很遠。拉尼達爾欣喜若狂。

「我擲出那支標槍了！妳看它飛得多遠！」他幾乎放聲大喊。「妳真的可以用它射中東西嗎？」

「如果勤於練習的話。」她笑著說。她四處張望，但什麼也沒看到。她轉向沃夫，牠正用肚皮貼地趴在地上，仰起頭看著這一切。「沃夫，去找個獵物來。」她說，不過她對牠比出的手勢包含更多說明。牠跳起來衝進完全長成、正由翠綠轉爲金黃的草地裡。愛拉緩慢地跟在牠後面，男孩跟在愛拉後面。沒多久她看見前方草地有動靜，接著看見一隻灰色的野兔從沃夫身旁拔足狂奔。她平舉標槍，一動也不動地仔細看，當她看到兔子接下來可能的跳躍方向時，就將小標槍射出。標槍正中目標，她正要伸手拿獵物時，沃夫卻站在上面，抬頭看著她。

「我要這隻兔子，沃夫，你自己去抓一隻。」她對這隻肉食動物說著，同時向牠比手勢。但男孩沒看清楚手勢，這隻巨大的狼對女人唯命是從的樣子令他無比訝異。她撿起野兔，走回馬兒身邊。

「你該去看看那個男人示範他製作的標槍投擲器。我認爲你可能會感興趣，拉尼達爾。還有，只因爲你不知道怎麼擲標槍，並不表示你跟別人不一樣。其他人也都不知道怎麼使用標槍投擲器，大家全都得從頭學起。如果你想等一會兒，我會陪你一起走過去。」愛拉說。

拉尼達爾看著她幫年輕的公馬刷毛。「我從來沒看過這種棕色的馬，大多數馬看起來都和那匹母馬一樣。」

「我知道，」愛拉說：「但在遙遠的東方，在起源於冰川另一邊的大媽河河口，那裡有些馬的顏色是像這樣的棕色。這兩匹馬都是從那裡來的。」

過了沒多久沃夫回來了。牠找了塊地方，繞著那裡走了幾圈，然後肚皮貼地趴下來，喘著氣看他們。

「爲什麼這些動物會待在妳身邊，讓妳摸牠們，還聽妳的話？」拉尼達爾說：「我從來沒看過動物會這麼做。」

「牠們是我的朋友。我在打獵的時候，這匹母馬的母親掉到我的陷坑裡了。我看到小馬時才知道牠還在哺乳。一群鬣狗也看見小馬，我不知道自己爲什麼要把牠們趕走。小馬不能獨自生活，既然我救了牠，就要撫養牠。我猜牠長大以後認爲我是牠母親。之後我們成了朋友，學習互相了解。牠會做出我要求的事，因爲牠想這麼做。我叫牠嘶嘶。」愛拉說。然而嘶嘶這個字她完全模仿馬的嘶鳴聲。草原上，黃褐色母馬抬起頭往他們的方向看過來。

「那是妳的聲音！妳是怎麼發出那樣的聲音？」拉尼達爾說。

「我密切注意馬兒，然後不斷地練習。這是牠眞正的名字。在大多數人面前我通常說『嘶嘶』，因爲其他人比較容易聽懂，不過我幫牠取名時不是那樣叫牠的。小公馬是牠兒子，我看著牠出生，喬達拉也在一起。他幫這匹馬取名爲快快，但那是之後的事了。」愛拉解釋。

「快快的意思是喜歡跑得很快或喜歡領先別人的人。」男孩說。

「喬達拉就是這麼說的。他幫牠取這個名字是因爲快快很喜歡跑，喜歡跑在我們前面。除非我拿韁繩拴住牠，牠才肯走在母馬後面。」愛拉說完，又回去梳理馬兒，她快要梳好了。

「那隻狼呢？」拉尼達爾說。

「情形幾乎一樣。從牠還是個小寶寶時我就開始養牠了。我殺了牠母親，因爲牠從我設的陷阱裡偷走雪貂，我不知道牠還在哺乳。當時是冬天，地上鋪滿了雪，牠生孩子的季節不對。我跟著牠的腳印回到牠的洞穴。牠是隻獨居的狼，沒有其他狼幫助牠，牠生的所有幼狼都死了，只剩下一隻。我把眼睛都還沒睜開的沃夫拖出了洞穴。牠和馬木特伊氏的孩子一起長大，把人類當成是牠的同類。」她說。

「妳叫牠什麼？」拉尼達爾說。

「沃夫。就是馬木特伊氏語的狼這個字。」愛拉說。「你想和牠打招呼嗎？」

「妳說『和牠打招呼』是什麼意思？妳要怎麼和一隻狼打招呼？」

「過來這裡，我做給你看。」她說。他小心翼翼靠近愛拉。「把你的手給我，我們讓沃夫聞一聞，熟悉你的氣味，接著你可以摸摸牠的毛。」

拉尼達爾猶豫著，不知是否該把他那隻完好的手拿到離狼嘴那麼近的地方，但他還是慢慢地伸出手。愛拉把他的手拿到沃夫的鼻子前，牠嗅了嗅，然後舔了他的手。

「好癢喔！」男孩緊張地吃吃笑著。

「你可以摸牠的頭，牠喜歡人家幫牠搔癢。」愛拉說著，示範給拉尼達爾看。摸到沃夫時，男孩緊張的表情頓時成了開心的大笑，然而這時小公馬發出一陣嘶鳴，男孩抬起頭來。「我想快快也希望得到一點關心。你想摸摸牠嗎？」愛拉說。

「我可以嗎？」拉尼達爾問。

「快快，來這裡。」她說完示意牠過來。只有鬃毛、尾巴和小腿是黑色的深棕色公馬又發出一陣嘶鳴，向女人和男孩前進了幾步，然後低下頭朝那男孩移動，令拉尼達爾不由得退後了些。快快或許不是有著一嘴利牙的肉食動物，但這不代表牠毫無防衛心。愛拉將手伸進腳邊的背包裡。

「慢慢來，讓牠聞一聞你，那是動物認識你的方式。然後你可以摸摸牠的鼻子。」愛拉說。

男孩照著做了。「牠的鼻子好軟喔！」拉尼達爾說。突然間嘶嘶不曉得從哪裡冒出來，把快快推到一邊，小男孩嚇壞了。愛拉已經看到嘶嘶從野地走過來，想知道這裡發生了什麼事。

「嘶嘶也想要你注意牠，」愛拉說：「馬兒很好奇，喜歡被人注意。你想不想餵牠們？」他點點頭。愛拉張開手，給他看兩片白色的根，那是新鮮的嫩野蘿蔔，愛拉知道馬兒喜歡吃。「你的右手有力氣握住東西嗎？」

「可以。」他說。

「那你可以同時餵牠們兩個。」她說著在他雙手裡各放一片蘿蔔。「一片蘿蔔給一匹馬吃，把它放在你張開的手心裡，牠們才吃得到。」她說：「如果你只餵一匹馬而不餵另一匹，牠們會彼此嫉妒，嘶嘶就會把快快推開。牠是快快的母親，可以告訴牠該怎麼做。」

「馬兒的母親也會這樣嗎？」他說。

「是的，馬兒的母親也會這樣。」她站起來，把轡繩套好。「拉尼達爾，我想我們該走了，喬達拉在等我，我要把牠們的繩子綁回去。我寧可不綁，但這是為了牠們的安全。直到夏季大會的每個人都知道這些馬兒不能獵殺之前，我不想讓牠們四處遊蕩。我正在想，圍欄或許比容易纏在草地和灌木叢上的繩子更適合牠們。」

快快的轡繩緊緊纏繞在灌木叢上，她放下轡繩去找她的背包。她認為自己應該有把喬達拉替她做的小斧頭放進去，雖然在旅行時，她通常會把斧柄插進連在腰帶上的環裡。如果先把茂密的灌木叢砍斷，就比較容易解開繩子。她在背包底下四處翻找，終於找到斧頭。愛拉確認繩子上黏著的碎屑都清乾淨了，才把繩子綁回馬身上，然後收拾背包，撿起野兔，打算送給在第九洞穴營地附近工作的人。然後她看著男孩。「拉尼達爾，如果我教你怎麼吹口哨發出鳥和其他動物的叫聲，你可以幫我做件事嗎？」

「什麼事？」

「有時候我必須出去幾乎一整天。你能不能在我出去的時候偶爾來這裡察看馬兒呢？願意的話在那時候你就可以吹口哨召喚牠們。別讓牠們的繩子纏住，多關心牠們，牠們喜歡有人陪。如果有任何問題就來找我。你覺得你做得到嗎？」

這男孩幾乎不能相信她提出的要求；他作夢都想不到她會請他做這樣的事。「我也可以餵牠們嗎？我喜歡牠們從我雙手裡吃東西。」

「當然，你可以摘些新鮮的綠草，牠們也非常喜歡野蘿蔔和其他根莖類植物，我指給你看有哪些。我得走了，你想跟我去看喬達拉示範標槍投擲器嗎？」

「好。」他說。

愛拉和這男孩走回營地，沿路吹了幾個模仿鳥叫的口哨聲。

當他們到達示範標槍投擲器的場地時，愛拉很驚訝喬達拉身邊多出幾個打獵的武器。有些人之前看過喬達拉和愛拉在他們洞穴鄰近地區的示範，因此他們自行製作類似的武器，也展現不同程度成功的結果，以證明他們的能力。喬達拉看見愛拉走來，一臉鬆了口氣的表情。他趕忙迎上前去。

「妳怎麼那麼久才來？」他立刻說道。「在我們示範標槍投擲器後，有幾個人嘗試自己製作，」他說：「但妳知道要練習多久才能達到準確度。目前爲止我是唯一一個能射中目標的人，我怕大家開始認爲我只不過是僥倖成功，別人不能用標槍投擲器射中任何東西。我不想提到妳，我認爲妳親自示範妳的技術比較能令他們大吃一驚。幸好妳終於趕到了。」

「我幫馬兒刷了毛，快快的眼睛沒事，我還讓牠們跑了一會兒。」她解釋道。「我們得想想除了會纏住灌木叢和其他東西的繩子之外，還能用什麼限制牠們的行動。或許我們可以做個圍欄，或某種東西將牠們圈住。我已經請拉尼達爾在我們離開營地時去察看牠們。他和馬兒見了面，牠們很喜歡他。」

「誰是拉尼達爾？」喬達拉很不耐煩地說。

她指著站在身邊的男孩，他慢慢移到她身後，抬起頭看著高個子男人。他看起來好像在生氣，小男孩有些驚恐。「喬達拉，這就是第十九洞穴的拉尼達爾。有人告訴他馬兒在我們紮營的地方，因此他來看牠們。」

喬達拉一開始不理會他，他整個心思都在進行不如預期順利的示範活動上。然而他注意到這男孩畸形的手臂，和愛拉因爲關心而緊皺的雙眉。她有事想告訴他，或許和這男孩有關。

「我想他可以幫我們很大的忙，」她說：「他甚至還學會我們召喚馬兒的口哨聲，但他答應我除非有很好的理由，否則他不會吹出來。」

「很高興聽妳這麼說，」喬達拉說著將注意力轉向這孩子。「我相信我們一定需要他的幫忙。」拉尼達爾放鬆了些，愛拉對喬達拉微笑。

「拉尼達爾也來看示範。你設的靶是什麼？」他們開始往回朝向看著他們的群眾走去，其中大多數是男人。有幾個人看起來好像已經要走了。

「包裹著草堆的生皮革，上面畫了鹿。」他說。

他們走近時愛拉拿出一支標槍和她的標槍投擲器，一看到靶，她就瞄準目標讓標槍飛出。標槍結結實實插進靶的聲音引來人們一陣訝異，他們沒料到這個女人可以這麼快就將標槍射出。她又示範了幾次，但固定的靶好像很稀鬆平常，即使從來沒有人看過女人能把標槍擲得那麼遠，但他們也已經看喬達拉擲了好幾次，同樣的示範已經不稀奇了。

男孩似乎了解這一點。他一直在她身邊走來走去，因為他不確定她要他留下來或離開。他拍拍她。

「妳何不叫這隻狼找隻兔子什麼的？」拉尼達爾說。

愛拉對他笑了笑，然後向沃夫比了個手勢。這地方已經被許多來來去去的人踩遍了，不太可能還有許多動物留下來，但如果有，沃夫會找得到。有些人注意到沃夫從愛拉身邊衝出去，因而有些慌張。他們已經習慣看到這隻肉食動物和這女人在一起，但牠自己飛奔而去又是另外一回事。

在愛拉到達之前，有個男人問喬達拉，用標槍投擲器可以將標槍擲得多遠，但喬達拉說他的標槍都射出去了，必須去撿回來才能再次投擲。他和一小群男人才剛一起離開，愛拉就察覺到沃夫以某種姿勢示意她，牠已經找到獵物。突然間一隻聒噪的柳雷鳥從靠近靶場那個半山坡上的樹叢中跑出來。愛拉早已拿著架好一支輕標槍的標槍投擲器等著；她和喬達拉已經開始用這個投擲器來射鳥類和小動物。

由於早已熟練，她幾乎是出自直覺地將這武器猛力一擲，標槍以高速飛出去。被射中的雷鳥大聲地嘎嘎叫，引來幾個人的目光，他們看著牠從空中墜落，突然間眾人對這個打獵武器又重新產生了興趣。

「她可以擲得多遠？」剛才詢問標槍投擲距離的那男人想知道。

「你問她。」喬達拉說。

「只是丟出去，或是擊中目標？」愛拉問。

「兩者都有。」這男人說。

「如果你想看看用投擲器可以將標槍擲得多遠，我有個更好的點子。」她說完轉向小男孩。「拉尼達爾，可以讓他們看看你能把標槍擲得多遠嗎？」

拉尼達爾很害羞地四下張望，但愛拉知道一開始他跟她說話時，他毫不遲疑說出自己的想法或回答問題，她認爲他不會介意成爲注目的焦點。他看著愛拉點點頭。

「你覺得你記得之前是怎麼擲標槍的嗎？」她問。

他再次點點頭。

她把自己的標槍投擲器和標槍給了他，這是另一支射鳥的標槍，她只剩下兩支輕標槍。他用較短的手臂稍嫌笨拙地把標槍裝上投擲器，但他獨自完成了。接著他走到練習場中央，用完好的左手臂往後拉，將投擲器末端抬起，增加使標槍射程更遠的槓桿力，用和之前一樣的方式將標槍射出。他的標槍落到練習場上的距離還不到愛拉和喬達拉標槍射出距離的一半，但比任何人預期一個小男孩能擲的還遠，尤其是這樣一個爲殘疾所苦的男孩。

更多人聚攏過來，現在似乎沒有人想離開了。要求示範的男人走上前看著男孩，他注意到男孩長上衣上的裝飾和他頸間的小項鍊時吃了一驚。「這男孩不是第九洞穴的人，他是第十九洞穴的。你才剛到，你什麼時候學會用那東西的？」

「今天早上。」愛拉說。

「他把標槍擲得那麼遠，卻是今天早上才學的？」這男人說。

愛拉點點頭。「沒錯。當然了，他還沒學會射中瞄準的目標，但時間久了、多練習，自然也就會了。」她瞥了一眼這男孩。

拉尼達爾滿心驕傲地笑開了，愛拉也禁不住微笑。他把標槍投擲器還給她，她選了支輕標槍，架在標槍投擲器上，用盡全力將標槍射出去。眾人看著它飛得老高，落在比喬達拉架設的靶還遠得多的地方。每個人都忙著看標槍，沒幾個人注意到她已經又選了第二支標槍，將它投擲出去。它以悅耳的聲音落在其中一個靶上，有幾個人驚訝地轉過頭，看到長長的標槍戳穿了畫在靶上的鹿脖子。

人群中發出一陣騷動聲，愛拉看著喬達拉，他的笑意和剛才的拉尼達爾一樣深。大家圍在他們倆身邊想看看這新工具，有幾個人想試用。不過當他們要求使用她的標槍投擲器時，愛拉以必須去找尋沃夫為理由，請他們去找喬達拉。她發現自己雖然不介意讓其他人用她的武器，但也不喜歡別人提出這樣的要求，她很訝異自己的反應。她從來沒有這麼強烈的念頭，認為這武器是屬於她的。

愛拉有點擔心沃夫的去向，因此跑去找牠。她看到牠在半山坡上，坐在弗拉那和瑪桑那身邊。年輕女人發現她看著她們，於是舉起了柳雷鳥。愛拉朝她們走去。

正當她離開靶場時，有個女人走向她，她看到拉尼達爾跟她在一起，但有些畏縮不前。「我是齊蘭朵妮氏第十九洞穴的瑪黛娜。」這女人說著，伸出雙手問候她。「今年由我們主辦。以大地母親之名，我歡迎妳來到這次的夏季大會。」她是個嬌小細瘦的女人，愛拉看得出她長得很像拉尼達爾。

「我是齊蘭朵妮氏第九洞穴的愛拉，之前屬於馬木特伊氏的獅營。以別稱馬特的大地母親朵妮之名，我問候妳。」愛拉回答。

「我是拉尼達爾的母親。」瑪黛娜說。

「我就覺得妳可能是他母親，你們長得很像。」愛拉說。

瑪黛娜注意到愛拉奇怪的口音，她有些介意。「我想請問妳是怎麼認識我兒子的。我問了他，但他有時候很沉默。」他母親有點惱怒地說。

「男孩子就是這樣。」愛拉笑著說：「有人告訴他我們營地裡有馬，他過來看看。那時候我剛巧在那裡。」

「我希望他沒打擾到妳。」瑪黛娜說。

「完全不會。事實上他可能可以幫忙我。爲了馬兒的安全，我想讓牠們遠離人群，直到每個人都認識牠們，知道不能獵捕牠們爲止。我打算替牠們蓋個圍欄，但我還沒有時間。因此我暫時必須用長繩子把牠們綁在樹上。草和灌木叢會纏住拖在地上的繩子，馬兒就不能隨意走動了。我問拉尼達爾願不願意在我不在營地時來察看馬兒，然後告訴我是否有問題。我只想確認牠們沒事。」愛拉說。

「他只是個小男孩，馬兒很大，不是嗎？」男孩的母親問。

「是沒錯，如果是一整群馬，或是在未知的狀況下，牠們有時會受到驚嚇，那麼就有可能退後或亂踢，但牠們很喜歡拉尼達爾。牠們對孩子和認識的人很溫柔，歡迎妳自己來看看。但如果這對妳造成困擾，我會找其他人。」愛拉說。

「別說不，母親！」拉尼達爾衝上前去苦苦哀求。「我想做，她讓我碰牠們，牠們還吃我手上的東西，兩隻手上的都吃！她還告訴我怎麼用標槍投擲器擲標槍，以前我從來沒擲過標槍。」

瑪黛娜知道她兒子渴望像其他男孩子一樣，但她覺得他必須知道自己永遠也做不到。拉尼達爾出生時她的火堆地盤男人離開她，對她傷害很大。她知道他一定是以這孩子爲恥，她認爲其他人也這麼覺得。除了肢體殘障，拉尼達爾還比同年齡的人個子小，她想要保護他。她對擲標槍一點興趣也沒有，她來看示範只因爲每個人都來，她想拉尼達爾可能喜歡看。然而她卻找不到他。當這外地女人叫他示範新武器時沒有人比他母親更驚訝了，她必須弄清楚愛拉是怎麼認識他的。

愛拉看得出她在猶豫。「如果妳不忙，何不明天早上和拉尼達爾一起到第九洞穴營地？妳可以看看這孩子和馬兒相處的情形，然後再做決定。」愛拉說。

「母親，我做得到，我知道我做得到。」拉尼達爾懇求她。

第二十六章

「我要考慮看看。」瑪黛娜說：「我兒子和其他男孩子不一樣，他不能和他們做同樣的事。」

愛拉看著這女人。「我不太懂妳的意思。」

「妳當然看得出來，他那隻手臂限制了他的活動。」女人說。

「多多少少吧，但有許多人學著克服這一類限制。」

「他能克服多少呢？妳一定曉得他永遠當不成獵人，他也不能用手製作任何東西。他沒什麼可以做的。」瑪黛娜說。

「他為什麼當不成獵人或不能學習製造東西呢？」愛拉說：「他很聰明，眼力很好，他有一隻完好無缺的手臂，另一隻也能發揮部分功能。他可以走路，甚至可以跑步。我見過有人克服更嚴重的困難。他只需要有個人來教。」

「誰會教他？」瑪黛娜說：「即使是他的火堆地盤男人都不想。」

愛拉認為她開始了解狀況了。「我很樂意教他，我想喬達拉也願意幫忙。拉尼達爾的左臂很強壯，他可能必須用左臂來彌補右臂平衡上的不足，才能達到準確度，但我確定他可以學擲標槍，用標槍投擲器尤其適合。」

「妳何必多此一舉？我們不住在妳的洞穴，妳甚至不認識他。」這女人說。

愛拉不認為瑪黛娜會相信，雖然她才剛認識他，但自己是因為喜歡這個男孩才這麼做。「我認為我們都有義務盡全力教導孩子。」她說：「我不久前才成為齊蘭朵妮氏人，我必須對我的新族人有所貢獻，以展現我的價值。此外，如果他幫我看顧馬兒，那麼我欠了他一份情，我想給他某樣等值的東西做爲回報。當我還是個小女孩時，我的族人是這麼教我的。」

「即使妳教了他，如果他還是學不會打獵呢？我不願意燃起他的希望。」男孩的母親說。

「他必須學些技能，瑪黛娜。如果他長大了，妳老得不能保護他，到時候該怎麼辦？妳不希望他成爲齊蘭朵妮氏人的負擔，我也不希望，不管他住在哪個洞穴。」

「他知道如何和女人一起去採集食物。」瑪黛娜說。

「沒錯，這也是很有價值的貢獻，但他應該學些其他技能，至少他應該試試。」愛拉說。

「我想妳說的對，但他能做什麼？我不確定他真的能打獵。」拉尼達爾的母親說。

「妳看到他擲標槍了對不對？即使他不能成爲優秀的獵人——不過我認爲他可以——如果他學打獵，他就有其他發展的可能。」

「例如什麼？」

愛拉試著在短時間裡想出答案。「他口哨吹得很好，瑪黛娜。我聽過。」她說：「會吹口哨的人往往能模仿動物的聲音。如果可以的話，他可以學習成爲召喚者，把動物吸引到獵人等待的地方。這件事不需要手臂也能做，但他必須在動物出沒的地方才聽得見牠們，學習牠們的聲音。」

「那倒是眞的，他口哨吹得很好。」瑪黛娜說。她考慮著以前從沒想過的事情。「妳眞的認爲他可以利用吹口哨的才能嗎？」

拉尼達爾一直興致勃勃聽著她們的討論。「她也會吹口哨，母親。她可以模仿鳥叫。」他插入她們的談話。「而且她還吹口哨呼喚她的馬，她可以模仿馬的叫聲，她的聲音和馬一模一樣。」

「眞的嗎？妳可以模仿馬的聲音？」這女人問。

「瑪黛娜，妳何不明天早上和拉尼達爾一起拜訪第九洞穴的營地？」愛拉說。她確信這女人會請她示範，她不想在周圍有這麼多人的地方發出宏亮的馬兒嘶鳴聲，所有人都會轉頭瞪著她。

「我可以帶我母親去嗎？」瑪黛娜說：「我敢說她一定想去。」

「當然了，妳們何不都過來和我們一起吃早餐？」

「好的，我們明天早上會過去。」瑪黛娜說。

愛拉目送男孩和他母親一起離去。在轉身去找兩個女人和沃夫之前，她看見拉尼達爾回頭看她，臉上掛著感激萬分的微笑。

「這是妳的雷鳥。」她走近她們時弗拉那說。她手裡拿著柳雷鳥，小標槍還戳在上面，穿過鳥身。

「妳要怎麼處理？」

「嗯，既然我請人明天早上來吃早餐，我想我得煮東西給他們吃。」愛拉說。

「妳邀請誰？」瑪桑那問。

「剛才和我說話的那個女人。」愛拉說。

「瑪黛娜？」弗拉那驚訝地說。

「還有她兒子和她母親。」

「沒人會邀請他們，當然了，除了族人的慶典之外。」弗拉那說。

「爲什麼不呢？」愛拉問。

「現在想起來，我也不太確定爲什麼。」弗拉那說：「瑪黛娜不和他人來往。我想她因爲那男孩的手臂而自責，或覺得別人怪罪她。」

「有些人會。」瑪桑那說：「這個男孩可能很難找到配偶。做母親的害怕他會在配對時帶來殘廢的靈。」

「而且她走到哪裡都拖著她兒子，」弗拉那說。「我想她害怕如果讓他單獨行動，其他男孩會找他麻煩。他們可能會這麼做。我不覺得他有朋友，她一點機會都不給他。」

「我也懷疑是如此。」愛拉說：「她似乎很保護他，我認爲她保護過頭了。她覺得他的殘疾限制了他的能力，但我認爲最大的限制不是他的手臂，而是他母親。她害怕讓他嘗試，但他總有一天會長大。」

「妳爲什麼選上他去擲標槍呢，愛拉？妳好像認識他。」瑪桑那說。

「有人告訴他我們紮營的地方有馬，他們稱那裡是上草原，因此他過來看馬。他來的時候我剛好在那裡。我認爲他是想要遠離人群，或遠離他母親，但告訴他有馬的那人並沒有說我們在那裡紮營。我知道喬達拉和約哈倫已經傳出訊息要大家別靠近馬兒，或許告訴拉尼達爾的那個『某人』認爲他如果來找馬，或許會惹上麻煩。我不介意有人來看，只是不希望任何人動了獵捕牠們的念頭，因爲牠們太習慣人類了，不知道要逃走。」愛拉解釋。

「想當然耳，妳讓傑拉達爾摸了馬兒，然後他就和每個人一樣，興奮得不得了。」弗拉那咧嘴笑著說。

愛拉也對她微笑。「這個嘛，或許不是每個人，但我想有機會了解牠們的人都會明白牠們很特別，也就不會想獵捕牠們。」

「或許妳說得對。」瑪桑那說。

「馬兒似乎很喜歡他，而且他立刻就學會了我呼喚馬兒的口哨聲，所以我問拉尼達爾能不能在我不在附近時去察看馬兒。我不認爲他母親會反對。」愛拉說。

「沒有多少母親會反對讓她快要十二歲的兒子進一步了解馬或其他動物。」瑪桑那說。

「他已經那麼大了嗎？我還以爲他只有九或十歲。他提到喬達拉的標槍投擲示範，但他說他不想去，因爲他不會擲標槍。他似乎認爲那超過了他的能力範圍，但他的左臂很健全，而當時我帶著標槍投擲器，所以我告訴他怎麼用。和瑪黛娜談過以後，我知道他這想法是哪裡來的，但他這年紀應該要學些除了和母親一起摘莓子之外的技能。」愛拉看著兩個女人說：「這裡人這麼多，妳們怎麼認識拉尼達爾和他母親的？」

「只要有像他那樣有問題的寶寶出生，就會傳進每個人的耳裡。」瑪桑那說。「大家會談論此事，不見得是往壞的方面講。他們只是納悶為什麼這嬰兒會畸形，也希望類似的情形不要發生在自己孩子身上。因此，大家當然知道他火堆地盤的男人離開了。大多數人認為那是因為將拉尼達爾稱為他火堆地盤的孩子會讓他感到尷尬，但我認為瑪黛娜至少必須負一部分責任。她不想讓任何人見到小寶寶，連她的火堆地盤男人也一樣。她試著把他藏起來，蓋住他的手臂，千方百計保護他。」

「那就是他的問題所在，瑪黛娜現在還是如此。當我告訴她，我請她兒子在我不在時去察看馬兒，瑪黛娜不想讓他去。我沒有要求他做他辦不到的事，我只想要有人確認牠們安然無恙，如果有問題的話就來告訴我。」愛拉說：「那就是她明天要過來的原因，如此我才能設法說服她馬兒不會傷害她兒子。我也答應教他打獵，或者至少要教他擲標槍。我不確定最後結果如何，但她愈反對讓他嘗試學習，我愈下定決心非教他不可。」

兩個女人都會意地點頭微笑。

「可以請妳告訴波樂娃我們早上會有訪客嗎？」愛拉說。「還有我會煮這隻雷鳥。」

「別忘了妳的野兔，」瑪桑那說：「莎蘿娃告訴我妳今早獵到的。妳煮菜時需要我們幫忙嗎？」

「除非妳認為可能還有人會加入我們。」愛拉說：「我想我會在地上挖個窯，放些熱石頭進去同時煮柳雷鳥和野兔，煮個一整晚。或許再加點香草植物和蔬菜。」

「一頓從窯裡煮出來的早晨大餐！這種方式煮出來的食物總是很嫩，」弗拉那說：「我等不及要吃了。」

「弗拉那，我想我們最好有幫忙的打算。」瑪桑那說：「如果愛拉要煮，我想每個人都會很好奇，想嘗嘗看。噢，我差點忘了，愛拉，他們叫我告訴妳，明天下午在齊蘭朵妮亞的木屋裡，將會有個爲所有即將配對的女人和她們的母親舉行的聚會。」

「我不能帶母親去。」愛拉皺著眉頭說。如果必須和母親一同去，她不想成爲唯一獨自前往的女人。

「通常那不是男方母親該去的地方，不過既然妳的生母不能出席，若妳願意，我可以代替她去。」喬達拉的母親說。

「眞的嗎？」愛拉簡直不敢相信她的好意。「那眞是太感謝妳了。」一個爲即將配對的女人所辦的聚會，愛拉心想。很快我就要成爲喬達拉的配偶了。我多希望伊札還在！應該和我一起出席的母親是她，而不是生我的那個母親。既然她們倆都去了下一個世界，我很感謝瑪桑那願意去參加，但伊札如果在世一定會很歡喜。她擔心我永遠找不到配偶，而我如果還和穴熊族在一起，可能眞的會找不到。她叫我離開那裡去找自己的族人、自己的配偶，她是對的，但是我好想念她，還有克雷伯和杜爾克。我不能再想他們了。

「如果妳們要回去營地，可否把這隻雷鳥帶著？」愛拉問。「現在我得爲這頓早餐去找些別的食材。」

靠近夏季大會主營地右後方，石灰岩丘陵大致形成一個大型凹陷的淺碗形狀，外緣成弧形，但前面是敞開的。弧形斜坡的底部合併成一片小而相當平坦的地面，這地點長年被當作會議場地，因此石頭和緊實的土壤已經使地面相當平整。局部碗形凹陷處裡覆蓋著綠草的山腰上，升起平緩而不規則的斜坡，坡上有凹陷也有隆起，較不陡峭的地方被人整平了，以容納各個家庭或甚至是整個洞穴的所有人坐在一起，下方開闊田野也能看得一清二楚。斜坡區域大到足以容納超過兩千人的夏季大會營區。

在崎嶇不平的斜坡頂端附近的茂密灌木叢裡，有個注滿泉水的小池子，往外溢的池水流到碗形斜坡中央，經過底部平坦的地區，最後流入營地裡較大的河水。這條溪流小到人可以輕鬆跨過。它清澈無比，頂端冷冽的池水成爲持續提供乾淨飲用水的來源。

小溪在布滿卵石的河床上鋪了一層閃閃發亮的溪水，愛拉沿著淺溪邊的小路往上坡走向樹叢。她停下來喝了口泉水，轉過身來。她的目光被往山坡下流淌的閃亮小溪吸引住了。她觀察它注入河流裡，這條河又流經大而擁擠的營地，匯入主河與更遠處的河谷。這是一幅由高起的丘陵、石灰岩峭壁與被河流切割的河谷所構成的深浮雕風景畫。

從營地裡透過弧形斜坡往上傳的聲音引起愛拉的注意。那不是她所聽過的任何聲音：一個擠滿了人的大營地裡的談話聲全都混合在一起，傳送上來變成一個聲音。合併後嘈雜話語聲就像是不時夾雜著呼喚、吼叫與吶喊的輕聲喧鬧。雖然兩者不同，但這聲音使她聯想到一個大蜂窩裡的蜜蜂或遠方一群嚎叫的原牛，她很高興能暫時獨處。

好吧，也不盡然算是獨處。看著沃夫把鼻子鑽進每個縫隙裡，愛拉笑了，她很慶幸有牠作伴。雖然她很不習慣這麼多人的場合，尤其是他們同一時間出現在同一地點，然而她並不眞的希望獨自一人。她已經受夠了離開穴熊族後在山谷裡的獨居歲月，要不是嘶嘶和之後出現的寶寶與她作伴，她懷疑自己是否能忍受那段日子。即使有了牠們，她還是孤獨，但她知道如何取得食物、製作需要的物品，也學會享受徹底自由的喜悅及其後果。有生以來她第一次可以隨心所欲，甚至還能收養小馬或小獅子。不倚賴任何人的獨居生活教會她一件事：如果一個人年輕、健康而強壯，她就能在某種程度上過一段舒適的日子。直到大病一場後，她才了解自己是多麼脆弱。

也就是這時候她才徹底明白，如果不是穴熊族准許在地震中成爲孤兒、受了傷的虛弱小女孩與他們同住，即便她是所謂異族生下的孩子，她也不會活到今天。之後她和喬達拉與馬木特伊氏人住在一起時，她漸漸發覺群體生活限制了個人自由，任何群體都是，即使是重視個體的願望與需求的群體也一樣，因爲族群的需求也同樣重要。生存取決於群體合作，不管是部落、是營或是洞穴都好，他們必須同心協力互相幫助。個人和群體之間會不斷產生衝突，找出可行的平衡點是一項持續的挑戰，但它同時也帶來益處。

群體合作不只提供個人生活所需，同時也提供了閒暇的時間，使個人從事較有樂趣的事，培養出異族人的美感。他們創造的藝術多半是日常生活中原有的部分，而不是純粹的藝術作品。幾乎齊蘭朵妮氏每個洞穴的成員都有引以爲傲的手工藝品，也在某種程度上欣賞彼此的手藝創作。他們讓每個孩子從小開始嘗試，找出自己的過人之處，這些人不會把實用的手藝看得比藝術天分更重要。

愛拉還記得死於野牛獵捕過程的夏佛納是製作標槍的工匠。他不是第九洞穴唯一會製作標槍的人。專注在某項手工藝，使工匠得以發展出更精良的技術，也替製作該項手藝的人帶來重要的地位，通常是經濟地位。齊蘭朵妮氏人和其他她見過或曾經一起生活的人都願意彼此分享食物，只是提供食物的獵人或採集者擁有給予食物的名聲。不論男女，就算不用獵捕、採集食物也能生存，但沒有人在缺乏專門賦予個人聲望的手藝或獨特才能的情況下，卻還能過得舒服。

愛拉已經開始學習齊蘭朵妮氏人如何交易物品與服務，雖然這對她來說仍是個不易明白的概念。幾乎每件製造出來的東西或被完成的事情都有價值，即便有時它們的實用價值並不顯而易見。物品或服務的價值通常是透過所有人的共識或個別的議價而達成協議。其結果是，做工精細的手工藝品其報酬勝過平凡的手工藝品；有一部分是因爲眾人的偏好造成需求，另一部分是因爲製作或完成高品質的物品或服務需要的時間比較長。才能和手藝兩者都很受到一般人重視，而大多數洞穴成員都以自己的標準發展出良好的審美觀。一支製作精良而且有著美麗紋飾圖案的標槍，其價值比一支品質相同但只有實用性的標槍要來得高，不過後者的價值絕對高於製作低劣的標槍。一個質地、花紋細緻或色彩繽紛的籮筐和一個編織醜陋的籮筐或許功能相同，但後者卻令人不感興趣。只有實用功能的籮筐或許能用來盛裝剛從地下挖出來的根莖植物，然而一旦根菜被洗淨曬乾，大家或許就會喜歡用比較漂亮的籮筐來儲存。只有立即價值、應付臨時需要的工具和物品常常在做出來後隨即被丟棄，然而外形美麗、做工精細的東西通常會被保存下來。

他們不只有重視手工藝，娛樂也被認爲是生活上所必須的。漫長寒冷的冬季裡，洞穴的人總有一段很長的時間被關在庇護所底下的住處中，他們需要在封閉場所裡紓解壓力的方法。唱歌跳舞是很受喜愛的活動，不管是個人表演或所有洞穴成員參與，此時能吹奏優美笛聲的人所受的重視，不亞於製作標槍或籮筐的人。愛拉發現說書人特別受到敬重，她還記得在穴熊族裡也一樣。他們尤其喜愛反覆聆聽已經知道內容的故事。

異族和他們一樣喜歡反覆聆聽故事，但也同樣愛聽新故事。無論老少都熱中於謎語和語言遊戲。他們歡迎訪客參與，因爲這些人通常會帶來新故事。不管有沒有生動的說故事本領，居民都會慫恿他們講述生活瑣事和冒險事蹟，因爲這些事情能引起眾人的興趣，讓圍在冬天火堆旁的人拿出來一再談論。雖然幾乎每個人都編得出趣事，但大家會好說歹說、連哄帶騙邀請在這方面展露特殊才能的人造訪鄰近洞穴，這也就是雲遊說書人的由來。其中有些人終其一生、或至少有好幾年的時間遊歷於各洞穴之間，帶口信、說故事和傳遞新消息，沒有人比他們更受歡迎。

大多數人的身分都能由服裝的設計、項鍊和所配戴的珠寶立刻被他人辨認出來，然而漸漸地說書人也採用了某種能顯示他們職業的特定服飾風格。他們到來時，即使年幼的孩子也會知道，如果有一個或一個以上的雲遊說書人出現，幾乎整個洞穴的所有活動都會暫停，即使是計畫好的狩獵也常被取消，說故事自然而然變成一場慶典。雖然這些人也可以打獵或採集食物，但從沒有那個說書人必須靠打獵與採集才能生存。其他人總會送他們禮物，希望因此能鼓勵他們再次造訪，等他們年事已高或厭倦旅行，他們就會選擇某個洞穴定居。

有時幾個說書人會一起旅行，他們通常帶著家人。特別有才華的團體或許還會在表演項目中加入唱歌、跳舞或演奏樂器，例如各式各樣的打擊樂器、波浪鼓、和笛子，偶爾也有在綁緊的細線上撥或彈的樂器。當地的音樂家、歌者、舞者和愛說故事又有故事可說的人，也常加入表演。故事不只可以口述也可以演出，然而不管表達方式如何，故事本身與說故事的人永遠是眾人注目的焦點。

故事有許多種形式：神話、傳說、歷史、冒險故事，或描述遙遠或是想像中的地方或者動物。說書人的故事向來是應觀眾要求而準備，因此每個人都有部分故事內容是鄰近洞穴發生的個人事件、小道消息，無論是有趣的、嚴肅的、眞實的或編造的都有。只要說得巧，大大小小的事情都可以拿來當故事。雲遊說書人也會替朋友或親戚之間、頭目之間或齊蘭朵妮之間傳遞私人口信，不過這種私人的溝通內容可能非常敏感。在受託傳遞頭目或齊蘭朵妮亞之間特別機密或不爲外人道的口信之前，說書人必須證明自己値得信任，但不是所有說書人都値得信任。

越過這塊區域的最高點，也就是山丘的頂峰，又走了一段距離之後，地面逐漸下降，最後變平坦。愛拉爬上頂端的山脊，然後開始往下坡走，沿著一條最近開闢的窄小道路穿越山坡上茂密的黑莓樹叢與鋸齒狀的松樹。山腳斜坡上的黑莓藤蔓被稀疏的草所取代，愛拉在這裡離開了小路。一條年代久遠河川的乾涸河床上鋪滿了石頭，幾乎沒有新植物生長的空間。她轉身沿著河床往上坡走。

沃夫似乎特別興奮。這裡對牠來說也是個新地方，每一堆土、每一小塊地都使牠分心，讓牠的鼻子可以嗅到新的味道。過去還有洶湧的河水流經河床時，這條河曾經切穿石灰岩。他們從岩石遍布的河床往上走，沃夫往前一跳，消失在碎石丘後方。愛拉等著牠隨時出現，過了一段彷彿久得很不尋常的時間之後，她開始擔心起來。她站在碎石堆附近到處察看，最後終於吹出她特別發明用來呼喚這隻狼的尖銳、獨特的口哨聲。然後她等著。過了一會兒，她看到碎石堆後方茂密的黑莓樹叢裡有動靜，接著聽到牠扒開多刺樹叢的聲音。

「你到哪裡去了，沃夫？」她彎下身來注視著牠。「黑莓藤蔓後面有什麼東西讓你流連忘返？」

她決定找出答案，因此放下背包、拿出喬達拉幫她做的小斧頭，她發現它在背包底下。想劈開長而多刺的木質莖，小斧頭不是最有效率的工具，但她還是吃力地砍出一個讓她看得見前方的開口。眼前不是她以爲會看到的土地，而是個黑暗空洞的地方。現在換她好奇了。

她再次揮動斧頭劈開更多藤蔓，使樹叢間的開口大到足以讓她整個人擠進去，身上只有幾條刮痕。往下的斜坡很明顯是通往一個入口寬敞的洞穴。靠著從她劈出來的洞所穿過的光線，她繼續往下走，一邊用數字數著她跨出多少步。數到三十一時，她注意到斜坡變成平地，通道也變寬了。微弱的日光依舊從入口透進來，她的眼睛已經適應洞穴內昏暗的光線。此時她進入一個更大的空間。她看看四周，然後決定回頭。

「不曉得有多少人知道這個洞穴，沃夫？」

她用斧頭把樹叢的洞再劈大了些，然後出了洞瀏覽四周。不遠處有棵針葉已經變黃的松樹被多刺的荊棘圍住，看起來已經死了。她用小斧頭劈開堅韌的木質藤蔓，走了幾步來到松樹前，然後試著拉一根低處的樹枝，看它是否容易折斷。雖然必須用全身的重量把樹枝往下拉，但她終於勉強折了一段樹枝，把手弄得很黏。她微笑地看著幾滴黑色的松脂從樹枝上流下來。一旦點燃後，富含松脂的樹枝不需要其他材料也能成爲很好的火把。

她從死掉的松樹上取下一些枯枝和樹皮，然後走到布滿碎石的乾河床中間。她拿出生火工具，用碎樹皮和枯枝當火絨，加上打火石和敲擊燧石，很快就生起一小團火，接著她再用火點燃松枝火把。當她回頭往洞穴走時，盯著她看的沃夫往前衝過石頭堆，像頭一次進來那樣地扭動著身子，往愛拉劈開纏繞的黑莓藤蔓所開出的洞底下鑽。許久以前，當乾涸河床上還有水流時，河水鑿出了這個洞穴。當時洞頂往外延伸得更長，但它已經崩塌，形成現在半山腰上洞口前的碎石堆。

她爬上碎石堆，毫不費力通過她劈出來的開口。她藉由火把發出的搖曳火光數著腳步往下方前進，腳下濕滑的斜坡表面是潮濕沙子和黏土混合的土壤。有了照路的火把，她的腳步可以比較大，這次她只數了二十八步就到達平地。寬敞的入口廊道通到一間有點圓的U字形大房間。她把火把舉高抬頭一看，眼前的景象令她止住呼吸。

牆上閃耀著水晶般光澤的方解石幾乎呈白色，表面純淨而光彩奪目。當她緩慢往洞穴前進的同時，天然壁面起伏的影子在火把搖曳的火光下跳躍，彼此追逐，好似有生命和氣息。她靠近了些，白色牆面的最高點比她的下巴還低一些，大約離地一點五公尺。有一片棕色的圓形岩架呈弧形向上突出，往內彎進洞頂。在造訪噴泉石的深洞前她不會這麼想，但現在她可以想像如喬諾可的藝術家會在這樣的洞穴裡做什麼。

愛拉小心翼翼走在岩壁旁的空間裡，地面泥濘濕滑又凹凸不平。在U字形底端的彎道有個狹窄的入口通往另一個廊道。她把火把舉高往裡看。牆壁上半部呈弧形，是白色的，但下半部是一條狹窄曲折的通道，她決定不進去，繼續沿著U字形走，來到通往後方廊道的入口右邊，那裡是另一個通道，但她只朝裡面看了一下。她已經決定要告訴喬達拉和其他人，把他們帶來這個洞穴。

愛拉看過許多洞穴，大部分洞穴裡都有許多美麗的石柱懸掛在洞頂，或有從上方垂下來的鐘乳石，和從地面上冒出來、與鐘乳石上下對應的沉澱石筍，但她從來沒看過這種洞穴。雖然這是石灰岩洞穴，有一層不透水的灰泥擋住飽含碳酸鈣的水滴，使它無法穿透岩壁面形成鐘乳石和石筍。反之岩壁上覆蓋著方解石結晶，體積很小，形成大片白色壁面，覆蓋住岩石表面天然的高低起伏。這是個罕見又美麗的地方，是她所見過最美的洞穴。

她注意到火把的火光逐漸減弱。火把末端堆積了許多炭，抑制火焰燃燒。在其他洞穴裡她只需要隨便往牆上一敲，把燒過的木頭敲掉就能重新燃起火焰，但岩壁上通常會留下黑色的痕跡。在這裡她必須小心才行，她不想就這麼把炭敲掉，把完美無瑕的白牆弄髒。她選了一塊石頭顏色較深的地方彎下身，拿火把在石頭上敲，一些炭掉在地上，她立刻有股衝動想把它清乾淨。這地方有種神聖的氣氛，給人充滿靈性、超脫凡俗的感受，無論如何她都不想褻瀆這裡。

她隨即搖搖頭。這不過是個洞穴，她想著，即使它很特別。一點炭灰掉在地上也無妨。此外她還發現沃夫毫不猶豫在這裡做記號。牠每隔一兩公尺就抬起腿，用牠的味道宣稱這是牠的地盤，只是牠有味道的記號碰不到白色的牆。

愛拉儘快走回第九洞穴營地，興奮地想告訴大家她發現的洞穴。抵達營地後，她注意到有幾個人正從剛挖好的窯裡把土運走，另外幾個人正準備把要煮的食物放進去，這時候她才想起她邀了些人第二天早上過來。她本來打算去張羅要煮的食物，去獵隻動物或找些可以吃的植物，結果那個洞穴讓她太興奮，她完全忘了食物的事。她看到瑪桑那、弗拉那和波樂娃已經從儲藏食物的冰冷地窖裡拿出一整塊野牛的後腿肉。

到達的第一天，第九洞穴大多數人就已經挖出一個大地窖，他們一路往下挖到永凍土層，用這地窖來保存出發前獵得但沒有曬乾的那些肉類。齊蘭朵妮氏人的土地離北方終年結冰的冰川不遠，但這並不表示地面一年到頭都是凍結的。冬天土地會變得像冰一樣硬，一直到地表都是結凍的土壤。但在夏天，上層的土壤依地表覆蓋物與受到的日照或遮蔽的程度不同，解凍的深度也不同，從幾公分到幾公尺不一。把肉儲藏在往下挖到永凍層的洞裡，可以延長肉類保鮮的時間，雖然大多數人並不介意肉擺久了點，有些人甚至還喜歡嚴重變質的肉味。

「抱歉，瑪桑那，」愛拉走到公用火堆時說。「我本來想多找些當作明天早餐的食物，但我在附近發現一個洞穴，就把這件事給忘光了。那是我見過最美的洞穴，我想帶妳還有大家去看。」

「我從來沒聽說附近有什麼洞穴，」弗拉那說。「更別提還是個美麗的洞穴。它離這裡多遠？」

「就在主營地後面那個斜坡的另一邊。」愛拉解釋道。

「我們通常在夏天結束前在那裡採黑莓，」波樂娃說。「那裡沒有洞穴。」有幾個聚在附近的人也聽到愛拉的話，包括喬達拉和約哈倫。

「她說得沒錯，」約哈倫說：「我從來沒聽說那裡有洞穴。」

「它被樹叢給遮住了，前面還有好大一堆碎石堆。」愛拉說：「其實是沃夫找到的。牠在黑莓樹叢底下到處聞，聞著聞著就不見蹤影了。我吹口哨叫牠，牠卻過了好一會兒才回來，所以我很好奇牠去了哪裡。我用斧頭劈開一條路，發現有個洞穴。」

「那個洞穴一定不大吧？」喬達拉說。

「它在那個斜坡裡面，是個很大的洞穴，喬達拉，而且非常特殊。」

「妳可以帶我們去看嗎？」他說。

「當然可以，我就是要回來帶你們去，可是我想現在我應該幫忙準備明天早餐的食物。」愛拉說。

「我們已經把窯裡的火點起來了。」波樂娃說：「還在裡面堆了許多木柴。要過一會兒才會燒起來，把裡面的石頭烤熱以後才把食物放在高的烤肉架上，所以現在沒理由不去看。」

「邀人來吃飯的是我，但其他人都把事情做好了。至少我應該幫忙挖窯。」愛拉很不好意思。她覺得自己好像躲掉了吃力的工作。

「別擔心，愛拉，反正我們本來就要挖個窯。」波樂娃說：「剛才還有許多人在這裡，現在他們都到主營地去了，不過大家一起做總是比較容易，妳只是給了我們一個理由罷了。」

「我們去看妳的洞穴吧。」喬達拉說。

「你知道，如果我們一起去，整個營地的人都會跟著我們。」威洛馬說。

「我們可以分開走，在泉水邊集合。」盧夏瑪說。他是幫忙挖烤肉窯的人之一，正等著莎蘿娃餵飽瑪索拉，再去主營區。在一旁的莎蘿娃對他微笑。她的配偶不多話，然而一旦開口，卻通常顯露出他的智慧，她這麼想著。她轉身看不遠處坐在地上的瑪索拉。如果他們要走上一段路，她必須回去拿斗篷背巾，不過聽起來挺教人興奮的。

「好主意，盧夏瑪，但我想我有個更好的點子。」喬達拉說：「我們可以沿著小溪繞過後面，到那個斜坡的背後。那個池子後面的碎石堆斜坡離這裡不遠，我曾經爬到上面看看岩石堆裡有沒有燧石，從坡頂望下去，附近的地形一覽無遺。」

「太棒了！我們走吧。」弗拉那說。

「我也想帶齊蘭朵妮和喬諾可去看那個洞穴。」愛拉說。

「我想我們應該請第十九洞穴的頭目托瑪登和我們一起去比較恰當，因爲這是他們的領地。」瑪桑那加了句。

「妳說得沒錯，當然如此，母親。他們絕對有權優先探索那個地方。」約哈倫說：「不過既然他們一直住在這裡都沒發現那個洞穴，我想我們可以來個聯合探險。我去請托瑪登和我們一起走。」這位頭目笑著說。「但我不會說出原因，只會告訴他愛拉找到某樣東西，想讓我們看。」

「我跟你去吧，約哈倫，然後我去齊蘭朵妮亞的木屋請齊蘭朵妮和喬諾可過來加入我們。」愛拉說。

「有多少人想去？」約哈倫問。在場的每個人都表示很有興趣，不過第九洞穴的大約兩百人中大部分都在主營地，這裡不會有那麼一大群人。用數字數了數，他估計大約有二十五個人，因此認爲這樣大小的一隊人應該還控制得了，尤其他們又會是往另一條路去。「好，我和愛拉去主營地。喬達拉，你帶大家往後面走，我們在泉水後面的斜坡下和你會合。」

「帶些能砍斷多刺藤蔓的東西，喬達拉，還有火把和你的生火工具。」愛拉說：「我只進去了第一個大房間，但我注意到那裡有兩個通往別處的通道。」

齊蘭朵妮和其他幾位齊蘭朵妮亞，以及一些新助手，正準備爲即將配對女子所舉行的聚會。首席大媽侍者在夏季大會總是忙個不停。然而當愛拉問她是否可以私下談談時，她從這女人的舉止感受到或許有重要的事。愛拉告訴她自己發現的洞穴，還提到有些第九洞穴的人一準備好，就會去泉水後面集合，到那裡去看查這洞穴。齊蘭朵妮還在猶豫，愛拉堅持就算其他人不去，但喬諾可一定得去，這更激起她的好奇心，她決定或許還是應該要去。

「第十四洞穴齊蘭朵妮，可否請妳主持這場會議？」她對這位一直想當首席大媽侍者的女人說。「第九洞穴有事情必須處理。」

「當然了，」年長女人說。她和所有人一樣都很好奇，到底有什麼事重要到必須讓首席大媽侍者在重要會議中途離席，但她也很高興對方請她代替自己主持會議。或許首席大媽侍者開始賞識她了。

「喬諾可，跟我來。」第九洞穴齊蘭朵妮對首席助手說。眾人更好奇了，但沒人敢開口問，連喬諾可也不敢，不過他很高興自己可能很快就可以搞清楚。

約哈倫花了點功夫才找到托瑪登，接著又費了番唇舌才說服他放下手邊的所有事情一起去，特別是第九洞穴頭目不肯告訴他是什麼事情。

「愛拉找到一樣東西，我們認爲應該讓你知道，因爲這是你的領土。」約哈倫告訴他。「有些第九洞穴的人已經曉得了，她說出那件事的時候他們在旁邊，但我認爲你應該比所有參加夏季大會的人更早知道。你知道閒話傳得有多快。」

「你眞的認爲這事很重要？」托瑪登說。

「若非如此我不會請你去。」約哈倫說。

去看愛拉發現的洞穴成了第九洞穴的一項探險活動，有些人想帶食物、採集籮筐和火把，把它變爲一場出遊。許多人都覺得自己很幸運，因爲愛拉來告訴他們這件事的時候，他們還在自己的營地裡，所以才有機會搶先看到喬達拉帶回家的這個有趣女人口中所說的美麗無比的新洞穴。他們猜測所謂的美麗就是有鐘乳石結構，可能會是類似第九洞穴附近被稱做秀麗穴的那種洞穴。

稍晚之後所有人才終於會合。約哈倫和托瑪登是最後到的，先到的第九洞穴那群人在離斜坡一段距離的山頂後方等著。一大群人站在山頂會被主營地的人注意到，他們不想引人注目。一點祕密的氣氛更增添刺激，不過不時會有人走到泉水那裡，躲在樹後察看愛拉和兩位齊蘭朵妮亞，或是約哈倫和第十九洞穴頭目是否抵達。

來到夏季大會營地時，愛拉就已經正式與托瑪登見過面了。因此在簡短的禮貌性問候之後，她便帶領其他人動身沿著小路穿過結滿成熟黑莓的山坡，沃夫跟在她腳邊，愛拉示意牠緊跟著她，而牠似乎也比較喜歡這樣。和這麼多人在一起，沃夫覺得必須保護她，而愛拉不希望這隻龐大的肉食動物對任何人提出警告，即使第九洞穴大多數人都已經很習慣牠的存在。他們很愛觀察夏季大會上其他人對沃夫的反應，也喜歡自己因爲這隻狼而難免受到的注目。

在山腳下，她轉個彎走向乾涸的河床。到了那裡，他們首先看到的是她火把的灰燼，但也隨後注意到愛拉劈開粗大茂密的藤蔓後留下的洞。盧夏瑪、索拉邦和托瑪登立刻動手將洞闢得更大，喬達拉也很快生起火。大家對這個洞穴的好奇心不斷升高，尤其是喬達拉。一等到他們點燃幾個火把，所有人都踩著重重的腳步朝劈開樹叢後出現的黑洞走去。

托瑪登非常吃驚。他看得出那是個洞穴，但之前他對這個洞穴毫不知情。他們只有在莓子成熟時才會來這個山坡。這一大片野莓樹叢覆蓋整個山坡，每個人有記憶以來這些野莓就在這裡了。光是在每年重新開闢的路上和山坡邊緣附近撿拾的莓子，就比夏季大會時所有人加起來能撿到的還多，沒人還會費事去闢出好一段路，或是劈開樹叢，然後找到洞穴。

「愛拉，妳怎麼會想要砍斷這裡的黑莓莖？」他們走進漆黑的洞穴時托瑪登問。

「是沃夫。」她低頭看著這隻狼：「是牠找到的。我正在找明天早餐的食材，例如找隻野兔或雷鳥。沃夫常幫我打獵，牠的鼻子很靈。牠在藤蔓下的碎石堆後面消失了好久才出來，我想知道那裡面有什麼。我劈開藤蔓發現那是個洞穴，接著又出來點了火把再回去。」

「我就知道一定有原因。」他說。他注意到愛拉的外表和她獨特的說話方式。她是個美麗的女人，笑起來尤其好看。

愛拉和沃夫帶頭，托瑪登在她身後，兩人都拿著火把，一前一後走進洞口。齊蘭朵妮和喬諾可走在他後面，接著是約哈倫、瑪桑那和喬達拉。愛拉發覺所有人都自動以例如喪禮等特殊或正式場合的順序排成隊伍，只不過這次變成她走在最前面，她因此有些不自在。她不認爲自己應該排在第一。

愛拉在原地等著所有人進入洞穴。最後一個是帶著蘿蕾拉的拉諾卡，她們倆都是勒拉瑪的配偶楚曼達的女兒，這家人向來排在隊伍的最後面。她對她們微笑，拉諾卡也害羞地對她笑了笑。愛拉很高興她決定跟來。蘿蕾拉逐漸長成她那年紀的小嬰兒該有的模樣，漸漸變成她那代理母親的小麻煩，但拉諾卡似乎很樂意照顧她。她喜歡和那些年輕媽媽在一起，聽她們誇讚自己的寶寶，自己也開始聊些蘿蕾拉的進步。

「地板很滑，請小心。」愛拉開始領著地底下的這一群人往前走時說道。在好幾支火把的照耀下比較容易看得出，愈往下坡走入口的通道就愈寬。她開始意識到洞穴裡的冰涼潮濕、濕泥土的土味和模糊的水滴聲，但沒有人說話。這洞穴似乎使人沉默，即使嬰兒發出聲音也會引來噓聲。

等她覺得腳底變成平地時，她放慢腳步，拿低火把。其他人也跟著照做，小心腳步，看著前方的路。等所有人都到達平坦的地面時，愛拉將火把舉高。所有人都跟著她這麼做，一開始眾人先是不由自主驚訝地發出「噢！」和「哇！」的聲音，接著在他們徹底被眼前的景象征服之後，就是震驚的沉默。方解石結晶依岩壁的形狀附著其上，形成壯觀的白色牆面，在火把照耀下生動地閃耀著。這個洞穴的美與鐘乳石無關；這裡幾乎沒有鐘乳石，但這洞穴的確很美麗，不只如此，它還充滿一股神奇、超自然與靈性的強烈氛圍。

「噢！偉大的大地母親！」首席齊蘭朵妮說：「這是她的聖堂，這是她的子宮。」然後她以獨一無二、極其渾厚響亮的聲音開始吟唱起來。

「在黑暗之中，一片渾沌之時，
莊嚴的大地母親誕生於一陣旋風之間。
甦醒過來的她，了解生命的寶貴，
一片空無的黑暗，哀悼大地母親。」
「大地母親獨自一人，寂寞難忍。」

她的聲音在岩壁間回響，製造出伴唱的效果。接著有人開始吹奏笛子，這次是眞的伴奏。愛拉看著吹笛人想知道他的身分。吹奏音樂的是個年輕的陌生男人，他看起來似曾相識，但她知道他不是第九洞穴的人。從他的衣著她認出這男人屬於第三洞穴，接著她曉得爲什麼他看起來很眼熟。他長得像第三洞穴的頭目曼佛拉爾。她試著回想自己是否見過他，然後腦海中浮現出默立桑這個名字。他站在羅蜜拉身邊，這個豐滿迷人的棕髮年輕女子是弗拉那的一個朋友。他一定是來第九洞穴營地拜訪，和弗拉那他們一起來的。

眾人齊聲唱起大地母親之歌，他們正唱到最深刻動人的部分：

「誕生之水帶來一片青翠，但她的臉上布滿淚水。」
形成晶瑩的露珠與炫目的彩虹。」
她喪子之痛的淚水滔滔奔流，
她使綠色的生命重新出現在寒冷貧瘠的大地之上。
「她的誕生之水已經準備好，

「一聲巨響，她的核心裂成碎片，
從地底深處裂開的大洞穴裡，
她的穴狀空間中再次誕生生命，
從她子宮裡生出大地之子。」
「這孤注一擲的母親生下了更多孩子。」

「每個孩子都不同，有的巨大，有的渺小，
有些能走，有些能飛，有些會游，有些會爬。

但每個形體都很完美，每個靈都是完整的，
每個都是能複製的原型。」
「大地母親心歡喜，綠色大地充滿生氣。」

突然間愛拉察覺到一種之前就已經歷過的感受，而且是不久之前才發生：一瞬間她有種預感。自從在穴熊族部落大會時克雷伯以某種奧祕難解的方式知道她的不同之後，她就不時出現這種異樣的恐懼感、奇異的迷失感，好像他改變了她似的。她感到耳鳴、刺痛、教人起雞皮疙瘩的噁心感和虛弱。記憶中比任何洞穴還深沉的黑暗此刻變得眞實。她在喉頭底部嘗到冰涼的黑色土壤和古代原始森林裡不斷長大的蘑菇。

一聲怒吼畫破寂靜，旁觀的群眾嚇得往後退。身軀龐大的穴熊砰地將獸籠的柵門推倒在地，暴怒的穴熊自由了！布勞德站在牠的肩膀上；另外兩人緊抓著牠的毛。突然間這頭可怕的大熊抓住了其中一人，牠使勁一抱，將這人的脊椎啪地折斷，他痛苦的嚎叫聲瞬間停止。幾位莫格烏爾以莊嚴肅穆的神情抱起屍體帶入洞穴，穿著熊皮斗篷的克雷伯跛著腳走在前面。

愛拉瞪著在裂開的碗裡晃動的白色液體，心焦如焚，她一定哪裡做錯了，碗裡不該剩下任何一滴飲料。她把碗舉到唇邊一飲而盡。眼前的景象改變了，她身體裡有一團白光，她好像愈長愈大，大到可以從高處看見星星在一條路上閃爍著。星星變成永無止盡的細長洞穴兩旁忽明忽滅的小火光。然後洞穴盡頭的紅色火焰愈變愈大，充滿了她整個視線，疲倦噁心的她，看到所有莫格烏爾圍成圓圈坐在地上，隱約被石筍擋住。

她落入黑暗的深淵裡，不斷下沉，嚇得動彈不得。突然間克雷伯隨著一道流動的火光出現在她心裡，幫助她，支持她，減輕她的恐懼。他引導她踏上一場奇妙的旅程回到他們共同的開始，經歷鹽水和痛苦的大口呼吸、肥沃的土壤和高大的樹木。接著他們到了地面上，用兩條腿直立行走，往西走向廣大的鹹海，走了好長一段路。他們來到一面陡峭的牆前，面對著河與平原，大片岩架下方是個很深的洞穴；這是他遠古祖先的洞穴。但當她們靠近洞穴時，克雷伯逐漸消逝，離她而去。

景象變得模糊，克雷伯消失得更快，幾乎看不見了。她掃視周遭風景，瘋狂尋找他。然後她看到他在峭壁頂端，在他祖先的洞穴上面，靠近一顆大石頭，是根略微扁平的石柱，朝邊緣傾斜，彷彿在將要倒塌之前被定在原地不動。她大聲喊叫，但他消失在岩石裡。愛拉覺得好孤單；克雷伯走了，剩下她自己一個人。然後喬達拉出現在他消失的地方。

她感覺自己快速移動，經過陌生的世界，再度感到黑暗虛空的恐懼，但這次不一樣。她和馬木特一起經歷這感覺，恐怖感席捲他們兩人。接著她聽到喬達拉的聲音從很遙遠的地方傳來，充滿著極度的痛苦與愛。他呼喚她，用他的愛與他的需要所產生的一股強大力量，將她和馬木特一起拉回來。她瞬間就回來了，但卻感覺冷到骨髓裡。

「愛拉，妳還好嗎？」齊蘭朵妮說：「妳在發抖。」

第二十七章

「我很好，」愛拉說。「只是這裡很冷，我應該帶暖和的衣服來。」剛才去探索新洞穴的沃夫也出現在她身邊，推著她的腿。她彎腰摸摸牠的頭，然後又跪下來抱牠。

「這裡很涼，妳又有孕在身，所以比較敏感。」齊蘭朵妮說。但她知道事情不只像愛拉說的那樣。

「妳知道明天的會議對嗎？」

「對，瑪桑那告訴我了。她會跟我一起去，因爲我不能帶親生母親去。」愛拉說。

「妳希望她去嗎？」齊蘭朵妮問。

「噢，是的。我很感謝她的這個提議。我不希望自己是唯一一個沒有母親在身邊的女人，至少要有個對我來說像是母親的人。」愛拉說。

首席大媽侍者點點頭。「那好。」

眾人對這洞穴已經不再有剛進來時的敬畏感，他們開始四處走動。看見喬達拉刻意從洞穴這頭走到那頭時，愛拉笑了，她知道他用他的身體測量洞穴，她以前看他這樣量過。他緊握的拳頭是一種尺寸，他手的長度是另一種。他用他張開的雙臂測量空間，也常用腳步量出距離，所以她才跟著這麼量。他在後面看著通道，高舉火把，但沒有進去。

一群人聚在一起看著他。第十九洞穴頭目托瑪登正和第三洞穴的那個年輕人默立桑交談，只有他們兩人不是來自第九洞穴。威洛馬、瑪桑那和弗拉那站在波樂娃、約哈倫和他兩個最親近的參謀與他們的配偶旁邊。黑髮的索拉邦和他淡金色頭髮的配偶羅瑪拉，正在和盧夏瑪與把瑪索拉抱在腰際的莎蘿娃說話。愛拉發現波樂娃的兒子傑拉達爾和羅瑪拉的兒子羅貝南都沒和她們倆在一起，她猜想兩個玩在一起的男孩一定爲了什麼事到主營地去了。愛拉和齊蘭朵妮一起走向他們時喬諾可對她微笑。喬達拉也走回來，加入他們。

「我猜這個房間從地面到洞頂的高度有三個高大的男人那麼高。」他說：「寬度差不多一樣或多一點點，大概是我腳步的六大步。長度可能比六大步的三倍少一點，大約是十六小步，不過我的步伐比較長。岩牆下半部的深色石頭大概到這裡，」他的手比到胸部一半高，「大約是我五個相連腳印的長度。」

喬達拉的距離量得很準。他身高約兩百公分，從他胸部中間向上延伸的白色岩牆是從大約一百五十公分高開始，一直往上到約五百八十公分高的洞頂。這房間大約是六點七公尺寬，十六點七公尺長，中央有個水池。這裡不能容納所有參加夏季大會的人，但容納一整個洞穴的人卻綽綽有餘，或許除了第九洞穴之外；當然也容納得下所有齊蘭朵妮亞。

喬諾可走到房間中央，瞪著岩牆和洞頂露出陶醉的笑容，他如魚得水，迷失在幻想之中。他知道這些美麗的白牆裡隱藏著了不起的東西，想從牆裡出來，但他從容不迫。不管如何處理這幾面牆，他都必須做到完全精確。他腦中開始有些想法，但他必須請教首席齊蘭朵妮，與齊蘭朵妮亞一起冥想，才能觸及這些內在空間，找到大地母親留在那裡的另一個世界的印記。她必須告訴他那裡面是什麼。

「托瑪登，我們該現在探索這兩條通道，或稍後再回來？」約哈倫說。他想再往裡走，但又覺得應該聽從洞穴所在地頭目的指示。

「第十九洞穴的一些人一定會想看看這洞穴，深入探索。我們的齊蘭朵妮可能無法過度辛勞，但我確定她的首席助手不會想錯過。他的親屬符號是狼，既然是隻狼發現這個洞穴，他一定會很感興趣。」托瑪登說。

「沒錯，那隻狼發現了洞穴，但要不是愛拉好奇心很強，想看看牠去了哪裡，我們還不知道有這地方。」約哈倫說。

「我相信無論如何，他都會很感興趣。」齊蘭朵妮說：「所有人都一樣，所有齊蘭朵妮氏人也都會很感興趣。這是個罕見的神聖洞穴，另一個世界和這裡很接近，我相信我們都感覺得到。第十九洞穴很幸運，他們離這裡非常近，但我並不認爲這代表你們洞穴將以主人的身分邀請其他齊蘭朵妮亞，當然還有其他想到這聖地朝聖的人。」首席齊蘭朵妮說。她清楚表明沒有任何一個洞穴能宣示這特殊地點的主權，即使所有人都知道它是在哪個洞穴的領地裡。這地方屬於所有大地之子。齊蘭朵妮氏第十九洞穴只不過是受其他洞穴所託，擁有這個聖地。

「我想我們有進一步查看的必要，但此事不急，」喬諾可說：「現在我們知道這裡有個洞穴，它跑不掉。沒有人知道這裡面有多少個洞穴或這洞穴有多深。所有探索行動都必須經過仔細規畫，或者我們也可以等到有人受到它的召喚。」

齊蘭朵妮輕輕點頭。她的首席助手只想做藝術家，不在乎是否能成爲齊蘭朵妮，她比他更清楚，他找到了獻身這洞穴的理由。他想要這洞穴，這洞穴也需要他。他想了解它、探索它、受它召喚，他最想要的是在這裡面作畫。他可以找個方法搬到第十九洞穴，以便接近它。倒不是他要馬上著手計畫，但他會朝這目標努力，因爲從此刻開始，他朝思暮想的就是這個洞穴。

接著她腦海中出現了另一個念頭。愛拉知道！從她看見這洞穴的第一眼，她就知道這洞穴屬於喬諾可，因此雖然我沒有叫喬諾可來，她還是堅持找他來看。她知道這對他來說比對任何人都重要。不管她自己知不知道，她就是齊蘭朵妮，不管她願不願意。那老馬木特知道。或許撫養她長大那部落裡的巫師，她稱做莫格烏爾的那人也知道。她天賦異稟，無法逃避。那麼她可以代替喬諾可成爲我的助手。但如他所說，此事並不急於一時。就讓她去配對，去生她的孩子，到時候再開始訓練她。

「當然，我們必須做些規畫才能徹底探索它，但我想仔細看看後面的那個通道。」喬達拉說。「好嗎，托瑪登？我們幾個可以回到那裡看看它通往何處。」

「有些人準備走了，」瑪桑那說。「這裡很涼，大家都沒帶暖和的衣服。我想我會拿支火把往外走，不過我一定會想再來。」

「我也要走了，」齊蘭朵妮說。「而且愛拉剛才在發抖。」

「我現在很好，」愛拉說。「我想看看後面有什麼。」

最後，喬達拉、約哈倫、托瑪登、喬諾可、默立桑和愛拉六個人，加上沃夫，一起留下來往這美妙的新洞穴更深處走去。

這洞穴主要房間後面的通道幾乎正對著入口通道，都在同一軸線上。在軸線通道上的入口相當對稱，上端寬而圓，往下逐漸變窄。對曾經生過孩子也幫許多女人檢查過身體的愛拉來說，這是女性的、是母親的入口，是令人聯想起女性性器官的不可思議構造。雖然和產道是一樣的部位，但這形狀在她看來與其說是陰道，倒不如說上半部的圓形看起來像產道，然後逐漸延伸到下半部的肛門。即使所有洞穴都被視為通往她子宮的入口，然而當齊蘭朵妮說這是大地母親的子宮時，她完全能體會她的意思。

他們一進到裡面，蜿蜒曲折的通道就逐漸變窄，不容易通過，不過上半部的白色牆面卻逐漸變寬，大致形成一個彎曲的拱門形狀。這通道並不長，長度大約和入口進來的通道一樣。他們走到底時，岩牆在一根石柱周圍展開來，給人一種石柱支撐牆面的錯覺，其實石柱離地面還有大約五十公分以上。通道繞過大石柱右邊，向左轉了個大彎，接著又曲折向前了幾尺才到盡頭。

在通道繞過石柱的地方，地面下降了約九十公分，但這裡是個往前延伸約三公尺的寬敞水平空間，因此是個少見的舒適場地，站或坐著休息都很適合。愛拉藉機坐下，想知道從這個位置看出去可以看見什麼。她注意到石柱下可供儲藏，不會擋路。她還發覺石柱對面的岩牆低處有個洞，可以放小東西。她想著下次進來時，她會帶些可以坐的東西，哪怕是一捆稻草也能隔絕冰冷的地板。

他們設法往回走，出了通道之後，他們朝右邊另一個通道的入口裡看。不過那是個狹小的甬道，必須手腳並用才能爬進去，地面上還有水窪。所有人決定留待下次再來探索這裡。

離開洞穴時，沃夫跟著喬達拉和約哈倫、托瑪登兩位頭目走在前面。喬諾可走到愛拉身旁，攔下她問道：「是妳叫齊蘭朵妮邀請我來這裡的嗎？」

「看了你在噴泉石裡的畫作之後，我想你該看看這洞穴，」她說：「或者該稱它為深穴？」

「兩者都行。等它被命名時，我們會稱它為深穴，但它還是個洞穴。謝謝妳帶我來這裡，愛拉。我沒有看過比這更美麗的洞穴，我太訝異了。」喬諾可說。

「沒錯，我也是。但我很好奇，這洞穴會如何得名？誰會為它命名？」愛拉問。

「它會自動為自己命名。所有人會開始用他們認為最能描述它的特色或感覺且最適合的名字來稱呼它。如果妳想跟某人說起這個地方，妳會怎麼稱呼它？」

「我不確定，或許是有白色岩牆的洞穴吧。」愛拉說。

「我想最後的名稱會類似這樣，至少其中一個名字會和白色岩牆有關。但現在我們還不清楚，而且齊蘭朵妮亞會有他們自己稱呼這洞穴的名稱。」喬諾可說。

愛拉和喬諾可是最後走出洞穴的兩個人。他們出了洞穴，在只有幾支火把照亮的黑暗洞穴裡待了一段時間之後，太陽似乎特別刺眼。愛拉的眼睛適應了外面的光線之後，她很訝異看到瑪桑那和喬達拉、沃夫在等她。

「托瑪登請我們吃飯，」瑪桑那說：「他趕忙回去讓第十九洞穴的人準備迎接我們。其實他邀請的是妳，但接著他也邀請我和剛才還在洞穴裡的你們這幾個人，包括你，喬諾可。其他人都還有事要做，大多數人在夏季大會時都很忙。」

「我知道約哈倫要在我們營地舉行一場會議，和來自所有洞穴的人計畫出獵的事。」喬達拉說：

「其實托瑪登把妳介紹給他營地的人之後也會過去。我也要去，不過一樣是在吃過飯以後，我會晚一點去。籌畫這一類事情的時候我通常不會被算在內，但自從我們回來以後，約哈倫總是叫我加入他們的工作。」

「何不叫大家都到我們的營地去？」愛拉說。「我們還得準備明天早上那頓特別的早餐，我還沒幫上忙。」

「因爲主辦夏季大會的洞穴頭目邀請妳去吃飯，禮貌上妳必須盡可能出席。」

「他爲什麼邀請我？」

「一般人可不是常常能找到那樣的洞穴，愛拉。我們都爲此感到興奮。」瑪桑那說：「而且它離第十九洞穴很近，在他們領地裡。他們洞穴的地位或許會更重要。」

「大家也會更注意妳。」喬達拉說。

「現在已經有太多人注意我了，」她說：「我不希望成爲眾人注意的焦點。我只想配對、生個寶寶，和大家一樣。」

喬達拉對她微笑，用手臂環繞住她。「再過一段時間吧，」他說：「妳才剛來。等大家習慣了妳之後，一切就能安頓下來。」

「這倒是眞的，事情總會塵埃落定。不過妳要知道，妳永遠不可能像其他人一樣。至少其他人沒有養馬和狼。」瑪桑那低頭看著那隻龐大的肉食動物，露出挖苦的笑容。

「瑪黛娜，妳確定他們知道我們要來嗎？」年長的女人說著，小心翼翼踩著石頭渡過匯入主河的小溪。

「母親，是她邀請我們去的。她說，請過來和我們一起用早餐。對不對，拉尼達爾？」

「沒錯，外祖母，她是這麼說的。」男孩說。

「他們爲什麼在這麼遠的地方紮營？」這年長女人問道。

「我不知道，母親。妳何不等我們到了之後，再自己問他們？」瑪黛娜說。

「這個嘛，他們是最大的洞穴，需要很大的地方。」女人說。「許多先到的人已經蓋好營地了。」

「我想是因爲馬兒的關係。」拉尼達爾說：「她把兩匹馬拴在特別的地方，所以沒有人會以爲牠們只是普通的馬，而去獵捕牠們。牠們不懂得逃走，因此很容易就會被獵殺。」

「每個人都在談論那兩匹馬，可是他們來的時候我們出去了。牠們眞的會讓人坐在背上嗎？」年長的女人問：「爲什麼會有人想坐在馬背上？」

「我沒看到，但我相信牠們讓人騎在背上。」拉尼達爾說：「馬兒肯讓我摸。我本來摸的是公馬，但母馬跑過來，也想讓我摸牠。牠們吃我手上的東西，兩匹馬都吃了。她說我應該同時餵牠們，這樣牠們才不會互相嫉妒。她還說母馬是公馬的母親，牠可以命令公馬。」

他們靠近營地時，看到第九洞穴圍著長火溝有說有笑的人群，瑪黛娜皺起眉頭，放慢了腳步。看起來好像很多人。或許她弄錯了，對方沒預期他們會來。

「你們來了！我們一直在等你們。」聽到有人說話，兩個女人和男孩子轉過頭來，看見一個高個子的美麗女人。

「妳可能不記得我了，我是弗拉那，瑪桑那的女兒。」

「沒錯，妳長得像她。」年長女人說。

「既然我是第一個看見你們的人，我想我應該正式問候你們。」她把雙手伸向年長的女人。瑪黛娜看著她母親向前一步，握起年輕女人的手。「我是受朵妮賜福的齊蘭朵妮氏第九洞穴的弗拉那，齊蘭朵妮氏前第九洞穴頭目瑪桑那的女兒，齊蘭朵妮氏交易大師威洛馬的火堆地盤女兒，齊蘭朵妮氏第九洞穴頭目約哈倫的妹妹，齊蘭朵妮氏第九洞穴燧石敲擊專家與返鄉旅人喬達拉的妹妹；喬達拉即將和齊蘭朵妮氏第九洞穴的愛拉配對。她有好多自己特殊的稱謂，但我最喜歡的一個是『馬和狼的朋友。』以大地母親之名，我歡迎妳來到第九洞穴營地。」

「以大地母親朵妮之名，我問候妳，齊蘭朵妮氏第九洞穴的弗拉那。我是齊蘭朵妮氏第十九洞穴的德諾達，第十九洞穴瑪黛娜的母親和第十九洞穴拉尼達爾的外祖母，曾經配對……」

當她母親開始一一列舉她的稱謂時，瑪黛娜想著，弗拉那有許多重要的名稱與關係。她還沒配對，不知道她的親屬符號是什麼？她母親彷彿知道她在想什麼似的，說完名稱與關係後她接著對弗拉那說：「妳的火堆地盤男人威洛馬以前曾經是第十九洞穴的人對不對？我想我們的親屬符號是同一種。我的是野牛。」

「沒錯，威洛馬的是野牛。母親的是馬，我的當然也是馬。」

已經有幾個人聚在一起，正在進行正式介紹。愛拉踏出一步問候瑪黛娜和拉尼達爾，接著威洛馬以整個第九洞穴之名問候德諾達。如果不把稱謂縮短，正式介紹會沒完沒了。最後威洛馬說：「我記得妳，德諾達。妳是我姊姊的朋友對不對？」

「對。」她笑著說：「妳還有見到她嗎？自從她搬到遠方之後，我有好多年沒見過她了。」

「如果我到西方大水沿岸去交易鹽，有時會去看她。她已經做外祖母了。她的女兒有三個小孩，同時也是個祖母。她兒子的配偶生了個男孩。」

愛拉腳邊有個東西在動，引起瑪黛娜的注意。「那是隻狼！」她嚇得差點尖叫出來。

「牠不會傷害妳，母親。」拉尼達爾試著安撫她。他不希望她突然跑走。

愛拉彎下腰用一隻手臂環繞著牠。「牠不會傷害妳，我保證。」她看得出這女人眼中的恐懼。

瑪桑那向前問候德諾達，她的問候隨性多了。接著她說：「這隻狼和我們一起住在木屋裡，牠也喜歡有人問候牠。妳想不想認識牠，德諾達？」她注意到這年長女人表現出的興趣多於恐懼。她牽起她的手，帶她走向愛拉和沃夫。「愛拉，妳何不將牠介紹給我們的客人？」

「沃夫的眼力很好，不過狼是靠鼻子辨認不同的人。如果妳給牠機會，讓牠聞妳的手，之後牠就會記住妳。這是牠的正式介紹。」愛拉解釋。年長女人伸出手讓這隻狼聞。「如果妳想問候牠，那麼牠喜歡有人摸摸牠的頭。」

德諾達輕輕撫摸牠的頭，沃夫抬頭看著她，嘴巴張開、舌頭垂在一旁。她對牠微笑。「牠是隻溫暖、有生命的動物。」她說。她轉頭對她女兒說：「來吧，瑪黛娜。妳也該見見牠。沒多少人有機會能認識狼，之後還能全身而退，告訴別人自己認識了一隻狼。」

「我非這麼做不可嗎？」瑪黛娜說。

瑪黛娜顯然比一般人更害怕，愛拉知道沃夫聞得出來。她牢牢抱住牠；當對方這麼明顯表現出懼怕時，牠的反應有時會不太好。

「既然他們邀請妳認識牠，基於禮貌妳就該這麼做，瑪黛娜。如果不這麼做，妳永遠不能再來拜訪。妳不需要怕這隻狼，其他人都不怕，連我也不怕。既然如此妳爲什麼要怕呢？」德諾達說。

瑪黛娜看看四周，有一大群人在看她。她想這或許是整個第九洞穴的人，沒有人看起來是害怕的。她覺得自己彷彿在接受某種考驗，她相信如果她不靠近那隻狼，她一定沒臉再見到他們任何一個人。她看著她兒子，她對這男孩的感覺很複雜。他是她這世上最愛的人，然而他卻丟她的臉，因爲她生下了他。

「去吧，母親，」他說：「我已經跟牠打過招呼了。」

終於，瑪黛娜朝愛拉和狼跨出了一隻腳，然後又跨出另一隻。她到他們面前後，愛拉牽起她的手握在自己手裡，拉到這隻狼鼻子前面。愛拉幾乎察覺到她的恐懼，但這女人最後的確克服了害怕，面對這隻動物。愛拉認爲沃夫聞的與其說是瑪黛娜的手，還不如說是愛拉的。接著她又拿起瑪黛娜的手，讓她摸牠頭上的毛。

「沃夫身上的毛有點粗糙，但妳會發現牠頭上的毛非常柔軟。」愛拉說著，放開她的手。瑪黛娜的手在原處多留了一會兒才移開。

「妳看，沒那麼糟是不是？」德諾達說：「有時候妳的擔心太多餘了，瑪黛娜。」

「來喝點熱茶吧。」瑪桑那說：「我們決定盛大歡迎你們來訪，因此把所有東西都放到窯裡去烤。我們差不多準備把食物拿出來了。」

愛拉和瑪黛娜與拉尼達爾走在一起。「準備一頓早餐得花好多功夫，」瑪黛娜說。她不習慣受到如此盛情款待。

「每個人都有參與，」愛拉說：「我告訴他們我邀了你們來，我想在地下挖個窯，於是他們認爲可以趁機挖個大的烤窯。他們說本來就打算要挖，你們來只是讓他們有個理由罷了。我煮了些菜，是用我還是個小女孩時學來的方法煮的。嘗嘗柳雷鳥，那是我昨天用標槍投擲器獵到的，不過如果妳不喜歡牠的味道也不要不好意思，吃點別的就是了。我在旅途中學到許多種烹煮食物的方法，也發現不是每個人都喜歡所有的煮法。」

「歡迎來到第九洞穴，瑪黛娜。」

是首席大媽侍者！瑪黛娜不認爲自己曾經跟她交談過，除了在儀式中和所有人齊聲對她說話。

「妳好，首席齊蘭朵妮。」瑪黛娜說。和這位壯碩的女人說話讓她有些緊張。齊蘭朵妮坐在高凳子上，這凳子和她在齊蘭朵妮亞木屋裡使用的類似，但這把留在營地的凳子是方便她跟自己洞穴的人在一起時使用的。

「也歡迎你，拉尼達爾，」首席齊蘭朵妮說。朵妮侍者和這男孩說話時語調溫暖，瑪黛娜從沒聽過這位有威嚴的女人用這種口氣說話。「不過我知道昨天你也在這裡。」

「對，」他說。「愛拉讓我看馬。」

「她跟我說你很會吹口哨。」齊蘭朵妮說。

「她教我學鳥叫聲。」

「你想吹給我聽嗎？」

「如果妳想聽。我正在練習野雲雀的叫聲。」他說。然後他開始模仿野雲雀悅耳的鳴叫聲。每個人都轉頭看他，連他母親和外祖母也看著他。

「你吹得很好，年輕人。」喬達拉滿臉笑容對男孩說：「你幾乎吹得跟愛拉一樣好。」

「我們準備好了。」波樂娃喊道。「來吃飯吧！」

愛拉先領著三位客人來到一疊疊骨頭和木頭製成的大盤子前，催促他們每樣菜餚都嘗一嘗。接著每個人都來排隊。通常住在同一個木屋裡的人會一起吃早餐，但今早的這一頓，成了洞穴所有人一起享用的許多次餐點之一。除了同一洞穴的人之外，他們也會和親戚朋友一起吃飯。甚至在某些場合，整個夏季大會的所有人會一起共享盛宴，但這必須經過許多安排規畫。其中一個這樣的場合就是配對禮。

所有人都吃完之後，大家開始離開做各自的事，但大多數人都停下來和他們的客人說幾句話。眾人的關注令瑪黛娜有點不知所措，但她也感受到一股溫暖。她不記得曾經有誰對她這麼體貼。波樂娃來跟他們聊天，她跟瑪黛娜和德諾達說了幾句話，然後轉向愛拉。

「這裡我們會收拾，愛拉。我想妳有些話想和瑪黛娜談。」她說。

「是的。可以請妳和拉尼達爾跟我一起散個步嗎？德諾達也可以一起來。」

「我們要去哪裡？」瑪黛娜說。她語氣裡有一絲煩躁不安。

「去看馬兒。」愛拉說。

「我也可以一起去嗎，愛拉？」弗拉那說：「如果妳不想讓我去就直說，可是我好一陣子沒看到馬兒了。」

愛拉微笑著。「妳當然可以來。」她說。事實上如果在場有個親切又不怕馬兒的人，或許更容易使瑪黛娜同意讓拉尼達爾看顧馬兒。她轉頭看這個男孩時見他坐在抱著蘿蕾拉的拉諾卡身邊，兩個人似乎聊得很自在。楚曼達兩歲大的兒子坐在一旁的地上。

他們往拴著馬兒的草地走去時，瑪黛娜問：「那女孩是誰，或者她已經是女人了？她那個年紀就生寶寶，太年輕了。」

「當然太年輕。她甚至還沒行初夜禮。」愛拉說：「那是她妹妹，還有另外一個，那個兩歲的，是他弟弟，但對那兩個寶寶來說，她的確是他們的母親。」

「我不懂。」瑪黛娜說。

「我想妳一定聽過勒拉瑪吧？就是釀巴瑪酒的那個人？」弗拉那說。

「聽過。」

「每個人都知道他。」

「那妳可能也聽說過他的配偶楚曼達。她除了喝他釀的巴瑪酒、生一堆她不肯照顧的孩子以外，什麼事也不做。」弗拉那話中滿是嘲笑的語氣。

「或者她根本沒辦法照顧，」愛拉說：「看來她也戒不了巴瑪酒。」

「而且勒拉瑪跟她一樣不負責任，常常喝得爛醉。他根本不關心他火堆地盤的孩子。」弗拉那厭惡地說。「愛拉發現楚曼達奶水沒了，拉諾卡想餵飽蘿蕾拉，可是她只餵她吃根茶糊，因爲那是她唯一會做的嬰兒食物。愛拉找了幾個剛生孩子的母親，她們願意餵她喝奶，不過還是拉諾卡在照顧她跟楚曼達的其他孩子。愛拉教她怎麼做其他嬰兒食物，就是她帶著蘿蕾拉到那幾位母親那裡去喝奶。她眞是個了不起的小女孩，將來有一天也會成爲很棒的配偶和母親，但誰知道她是否能找到配偶呢？勒拉瑪和楚曼達在我們洞穴的地位是最低的。誰願意和他們火堆地盤的女兒配對？」

瑪黛娜和德諾達盯著那個滔滔不絕的年輕女人。大多數人都喜歡閒聊，但他們通常不會如此大方談論使自己洞穴蒙羞的人。自從女兒生了拉尼達爾，她的配偶又與她斷絕配對關係後，德諾達的地位就下滑了，雖然不是最低，但也差不了多少。然而她們的洞穴小多了。如果在那麼大的洞穴裡排在最末位，那他們的地位眞的很低。但即使我們的地位很高，身體殘缺的拉尼達爾也很難找到配偶，德諾達想。

「你想不想去看馬，拉尼達爾？」他們接近時愛拉問。「妳也可以來，拉諾卡。」

「我不能去，今天輪到絲帖洛娜餵蘿蕾拉，她餓了。我不想在她喝奶前給她吃太多東西。」

「或者改天吧。」愛拉露出親切的笑容。「你準備好了嗎，拉尼達爾？」

「準備好了。」他說。接著他轉向那女孩說：「我得走了，拉諾卡。」她對著他害羞的笑，他也對她微笑。

他們經過她的木屋時，愛拉說：「拉尼達爾，你可以把那裡的碗拿過來嗎？裡面有馬兒的食物，是幾塊野蘿蔔和一些穀子。」於是他跑去拿碗。

愛拉發現他把碗拿在右邊，用他殘廢的右臂把碗靠在身上，她突然間想起克雷伯手裡端著紅赭石膏的模樣。他用手腕以下被截肢的那隻手臂將碗抵住身體；那是在他即將爲她兒子命名、接受他成爲穴熊族人的時候。回憶此事，她臉上露出了既喜悅又痛苦的微笑。瑪黛娜不解地看著她。德諾達也注意到她的表情，她沒有那麼膽怯，因此向愛拉提出心裡的疑問。

「妳看拉尼達爾的時候笑得好奇怪。」她說。

「他讓我想起我以前認識的一個人，」愛拉說：「一個沒有下半截手臂的男人。他小時候被穴熊攻擊。他外祖母是醫治者，她必須把他的手臂截斷，要不然他的身體會中毒，如果不這麼做，他就會死去。」

「眞可怕！」德諾達說。

「沒錯。而且他一隻眼睛因此失明，腳也受傷了。從那時開始他就必須拄著枴杖走路。」

「可憐的孩子，我想他一定一輩子都需要人照顧。」瑪黛娜說。

「不。」愛拉說：「他對他的族人有很大的貢獻。」

「他怎麼辦到的？他做了什麼？」

「他成爲一位偉大的人，一位莫格烏爾，他的地位類似齊蘭朵妮，而且族人推崇他爲地位最高的巫師。我的家人死後，就是他和他妹妹照顧我。他是我的火堆地盤男人，我非常愛他。」愛拉說。

瑪黛娜目瞪口呆看著她。她幾乎無法相信她所說的，但怎麼會有人說這種謊呢？

愛拉說話時，德諾達尤其注意到她特殊的口音，但這故事使她明白爲什麼她似乎特別喜愛拉尼達爾。等愛拉配對之後，那些有權勢的人會成爲她的親屬，如果她喜歡拉尼達爾，那麼她對他會很有幫助。這女人或許是這男孩的貴人，她心想。

拉尼達爾也在聽。或許我可以學打獵，他想著，即使我只有一隻完好的手臂。或許我可以學些採莓子以外的事。

他們朝一個類似圍欄的東西走去，只不過它好像並不特別堅固。它是以水平排列、長而細直的赤楊和柳樹竿子紮成X形，然後將其他竿子橫綁在上端，再綁上比較堅固、插在土裡的竿子。曬乾的灌木枝和樹枝鬆鬆地綁在中間的空隙裡。舉例來說，如果一群野牛，或甚至一頭背脊頂端有二公尺、長著黑色長角的大公牛想闖進來，這個圍欄就撐不住了。即使是馬，如果眞要用力撞，也有可能撞壞它。

「拉尼達爾，你還記得怎麼吹口哨叫快快來嗎？」她說。

男孩吹了聲響亮尖銳的口哨。沒多久兩匹馬就出現在小河兩旁成行的幾棵樹後方，小公馬跟在母馬身後，小跑步接近他們。牠們停在圍欄前面看著逐漸走近的幾個人。嘶嘶鼻子噴著氣，快快對他們發出一陣嘶鳴。愛拉用她原本稱呼嘶嘶所發出的獨特嘶鳴聲叫喚牠們，兩匹馬也都以嘶聲回應她。

「她眞的知道怎麼發出馬的叫聲。」瑪黛娜說。

「我告訴過妳了，母親。」拉尼達爾說。

沃夫衝到前面，毫不費力就鑽進圍欄裡。沃夫坐在母馬面前，母馬把頭低下，做出看來像是問候的動作。接著沃夫又朝小公馬走去，用前腳和上半身趴在地上，後腳高舉做出玩耍的姿勢，對快快嚎叫。公馬對牠發出嘶聲做爲回應，然後牠們用鼻子碰對方。愛拉一邊對牠們微笑，一邊彎下身子走近圍欄。她雙臂環抱著母馬的脖子，然後轉身撫摸擠在一旁也想引起愛拉注意的公馬。

「我希望你們喜歡這個圍欄，而不是從早到晚帶著籠頭和韁繩。但願我能讓你們自由自在奔跑，但有這麼多人在打獵，我覺得外頭很不安全。今天我帶了幾位訪客，你們必須很合作、很溫和，這件事很重要。我希望吹口哨的男孩幫我來察看你們的狀況，但那位過度保護他的母親看到你們會很緊張。」愛拉用她獨居在山谷時發明的語言對馬兒說。

她發明的語言來自穴熊族語言裡的某些聲音和手勢，還有她與還是小嬰兒的兒子獨處時彼此發出的無意義聲音，再加上她模仿周遭動物的擬聲，包括馬兒的鼻息聲和嘶聲。只有她自己知道這些語言的意義，但她和馬兒交談時總是用她發明的語言。雖然某幾個聲音和手勢在馬兒看來是有意義的，因爲那是她用來對牠們發出的信號和指示，然而她懷疑牠們是否眞能完全了解她所說的每一句話，但牠們知道那是她和牠們交談的方式，所以牠們會注意聆聽。

「她在做什麼？」瑪黛娜問弗拉那。

「她在和馬兒說話，」弗拉那回答。「她常常那樣跟牠們交談。」

「她跟牠們說些什麼？」瑪黛娜問。

「妳得問她才知道。」弗拉那說。

「牠們知道她在說什麼嗎？那些話在我聽來毫無意義。」德諾達說。

「我不知道，但牠們好像在聽。」弗拉那說。

拉尼達爾挨近圍欄仔細看著她。她眞的就像朋友那樣對待牠們，其實還更像家人，他想著，而且牠們對她也是一樣。但他不知道圍欄是從哪兒來的，昨天圍欄還不在這裡。

愛拉和馬兒說完話之後轉過身來面對其他人。這時拉尼達爾問她：「這個圍欄是哪來的？昨天還沒有。」

愛拉笑了。「昨天下午許多人一起蓋起來的。」她說。

愛拉在第十九洞穴用完餐後，她和開完會的約哈倫提到她想幫馬兒蓋個圍欄，並且向他解釋原因。約哈倫站在齊蘭朵妮的凳子上向眾人說明愛拉希望替馬兒闢出一個安全的地方。大多數參加會議的人和第九洞穴的人都還在那裡，他們問了許多問題，包括圍欄必須多堅固等，同時也提出一些建議。沒多久，許多人就已經來到草原上，同心協力建造圍欄。其他洞穴的人對馬兒本來就很好奇，第九洞穴不願意看到馬兒不小心受傷或被殺。新奇的馬兒讓他們的洞穴更與眾不同。

愛拉感激得無言以對。她向這些人道謝，但卻認爲這不足以表達她感謝之情的萬分之一。她覺得欠了齊蘭朵妮氏人一份情，但不知如何回報。一起工作使大家更親近，她覺得更了解一些人了。約哈倫提到，他想讓馬兒加入預計在次晨舉行的出獵，而愛拉和喬達拉騎在馬上示範如何駕馭馬兒，使眾人更願意接受約哈倫的提議。如果打獵的結果很成功，配對禮通常會在第二天舉行，但既然達拉納和蘭薩朵妮氏的人還沒到達，他們準備再等個幾天，不過有些人已經等不及了。

愛拉把韁繩套在馬兒身上，牽著牠們走過第十九洞穴頭目托瑪登設計的圍欄門。托瑪登在其中一根支撐的竿子旁邊挖了個洞，插進一根連接著柵欄門的竿子，然後用一圈繩索穿過上端，這繩圈也有鉸鍊的功用。她逐漸覺得和第十九洞穴的關係更親近了。當她把馬兒拉過來時，瑪黛娜迅速往後退，因爲她覺得馬兒近看時變得好巨大。一旁的弗拉那立刻上前去。

「我很想常常來看馬兒，但幾乎都沒辦法。」她摸著嘶嘶的臉說：「大家一直在忙，從夏佛納死去的狩獵、葬禮，一直到準備來這裡。有次妳說妳會讓我騎馬。」

「妳想現在騎嗎？」愛拉說。

「可以嗎？」她說，眼睛裡閃著快樂的光芒。

「我來幫嘶嘶拿張馬墊，」愛拉說：「我去拿的時候可以請妳和拉尼達爾餵牠吃東西嗎？那個碗裡有牠喜歡的食物。」

「我不確定拉尼達爾是否該離馬那麼近。」瑪黛娜說。

「他已經離得很近了，瑪黛娜。」德諾達說。

「剛才有她在旁邊……」

「母親，我已經餵過牠們一次了，牠們認識我，妳看得出來牠們也認識弗拉那。」拉尼達爾說。

「馬兒不會傷害他，」愛拉說。「我只是去那裡而已。」

她指著柵欄門附近一堆排列整齊的圓錐形石堆，那是卡拉雅幫她做的旅人石標。愛拉只是要去移開幾顆石頭，伸手到底下的空隙裡拿她放的幾樣東西，像是皮革馬墊。石頭堆疊的方式讓雨水可以流經頂端，而不會滲到裡面。第十一洞穴頭目告訴她該怎麼把石頭放回去才能保持裡面的乾燥。幾條常用道路的沿路，也放著類似的旅人石標，裡面是急用生火材料，通常還有一件暖和的斗篷，有的石標裡還有乾糧。偶爾這些東西會被放在同一個石標裡，但是放食物的石標比較常被闖入。最常破壞石標的動物有熊、狼獾和獾，牠們往往大肆破壞，將食物散落一地後離去。

愛拉讓馬兒和拉尼達爾他們在一起。到達石標後，她趁他們不注意時往後一瞥。弗拉那和拉尼達爾把食物放在手上餵馬，瑪黛娜站在後面，一副緊張兮兮的樣子，擔心地盯著他們，德諾達在一旁看著。愛拉走回他們身旁，若無其事地把馬墊放在嘶嘶背上。接著她帶母馬走到一顆石頭旁邊。

「站在石頭上，弗拉那，然後把妳的腳放在馬背上，試著找到舒服的坐姿。妳可以抓住牠的鬃毛，我抱著嘶嘶讓牠不要亂動。」

弗拉那想起愛拉輕巧跨上馬背的樣子，覺得自己的動作有些笨拙，但她還是想辦法爬上馬背，坐在上面開懷笑著。「我騎在馬背上了！」她說，爲自己感到十分驕傲。

愛拉發現拉尼達爾露出渴望的表情看著她。之後再說吧，愛拉想。我們先別給你母親造成太大壓力。「妳準備好了嗎？」她說。

「大概吧。」弗拉那說。

「放輕鬆，願意的話妳可以抓住牠的鬃毛穩住自己，但不是非抓著不可。」愛拉說完，開始用韁繩帶領母馬向前走，不過她知道嘶嘶不需要韁繩也會跟著她。

一開始弗拉那緊抓著馬鬃，身體僵直，馬兒每跨出一步，她的身體就彈起來一次，但沒多久她就習慣了，開始能預測馬的步伐，跟著輕鬆擺動。接著她放開鬃毛。

「妳想自己騎騎看嗎？我把韁繩給妳。」

「妳覺得我行嗎？」

「妳可以試試看，如果妳想下來就告訴我。如果妳想讓嘶嘶跑快些，身體往前傾就行了。」愛拉解釋：「妳可以抱住牠的脖子。等妳想讓牠慢下來的時候就坐直身體。」

「好的，我想我會試試看。」弗拉那說。

愛拉把韁繩交到弗拉那手中時，瑪黛娜看呆了。「去吧，嘶嘶。」她說完，示意牠慢慢往前走。嘶嘶開始走過草原。牠載過幾個人，知道有人第一次騎馬時尤其必須放慢腳步。當弗拉那身體微微前傾時，嘶嘶加快腳步，但不至於太快。她的身體又彎低了些，嘶嘶改爲小跑步。這匹馬騎起來出奇的平穩，但牠跑步時的顛簸有點出乎她意料。她立刻坐直身體，嘶嘶就慢了下來。等他們走了一段距離之後，愛拉吹口哨呼喚牠回來。弗拉那膽子更大了，她又彎下身體，這次她讓嘶嘶小跑步，一直跑到他們回到愛拉面前時停下來。愛拉把母馬帶到石頭前，牽著牠讓弗拉那下馬。

「眞是太棒了！」弗拉那說，她興奮地紅了臉。她看起來很高興，拉尼達爾也禁不住對她微笑。

「愛拉，妳何不示範騎馬給瑪黛娜和德諾達看呢？」弗拉那說。

愛拉點點頭，快而敏捷地跳上馬背，領著嘶嘶朝草原中央快跑過去，快快和沃夫跟在她腳邊。她示意牠快跑，於是嘶嘶全速向前急馳橫越草原。牠繞了一大圈才回頭，接近時馬兒放慢腳步，最後拉著韁繩停下來，抬腿跨過馬背跳下來。兩個女人和男孩全都張大了眼睛。

「好吧，現在我知道爲什麼會有人想騎在馬背上了。」德諾達說：「如果我年輕幾歲，我也想試試看。」

「妳爲什麼能隨意控制這匹馬呢？」瑪黛娜說：「這是某種法術嗎？」

「不，完全不是，瑪黛娜，只要練習，任何人都做得到。」

「妳爲什麼會想要騎在馬背上呢？妳是怎麼開始騎的？」德諾達問。

「我殺了嘶嘶的母親當食物，之後才發現牠還有隻哺乳中的小母馬。」愛拉開始敘述：「當時鬣狗想攻擊這匹小馬，我不能忍受牠被鬣狗捉住，我痛恨那些骯髒的動物。所以我把鬣狗趕走，然後才發現我必須照顧小馬。」她告訴他們自己如何從鬣狗口中救下哺乳中的小馬，又如何撫養牠，還有正因爲這樣，他們才更了解彼此。「有一天我爬到牠背上，牠忽然開始奔跑，我只能緊緊抓住牠。最後牠終於放慢速度，我才跳下來，那時我簡直不敢相信自己做了什麼。那種感覺好像迎著風飛翔。我忍不住又騎了幾次，雖然一開始我不會控制，但沒多久我就學會如何對牠下令。我想去哪，牠就帶我去哪，是因爲牠自己願意這麼做。牠是我朋友，我認爲牠喜歡讓我騎在背上。」

「但騎馬還是很不尋常。沒有任何人反對嗎？」瑪黛娜說。

「根本沒有人可以反對，那時候只有我一個人。」愛拉說。

「要是身邊沒有別人，我自己住一定會很害怕。」瑪黛娜說。她充滿好奇，想問更多問題，但還沒機會開口就聽到有人喊叫，他們轉頭看見喬達拉走來。

「他們來了！」他說：「達拉納和蘭薩朵妮氏人到了！」

「太棒了！」弗拉那說。「我等不及想見他們。」

愛拉也很愉快，她笑著說：「我也好想見他們。」她回頭對幾位訪客說：「我們得回營地去了。喬達拉的火堆地盤男人剛到，及時趕上我們的配對禮。」

「好的，」瑪黛娜說：「我們會馬上回去。」

「瑪黛娜，我想在離開前跟達拉納打個招呼，」德諾達說。「我以前認識他。」

「那麼妳應該問候他。」喬達拉說：「我相信他一定很高興見到妳。」

「瑪黛娜，在妳走之前，我得問妳願不願意讓拉尼達爾在我沒空時來這裡替我看看馬兒。」愛拉說：「他什麼事都不用做，只要確定馬兒沒事，如果發現有哪裡不對勁就立刻來叫我。我會很感激他的幫忙，如果不用擔心馬兒，我心裡就輕鬆多了。」

他們轉過頭來看到那男孩正在撫摸小公馬，餵牠吃野胡蘿蔔塊。

「我想妳看得出來馬兒不會傷害他。」愛拉說。

「嗯，我想他應該可以幫妳吧。」瑪黛娜說。

「噢，母親，謝謝妳！」拉尼達爾咧開嘴笑著說。他臉上露出了瑪黛娜從沒見過的開心表情。

第二十八章

「妳那男孩在哪兒，瑪桑那？就是所有人都說他長得跟我一模一樣的那個……嗯，我想他比我年輕點啦。」一頭金色長髮在腦後綁成棒狀的高大男人說。他伸出雙手，露出熱情的微笑問候瑪桑那。他們熟到不需要太正式地打招呼。

「他看你來了，就跑去找愛拉。」瑪桑那說著，握住他的手，湊過去輕觸他的兩頰。他或許年紀愈來愈大，她心想，但他依舊英俊迷人，一如往昔。「你放心，達拉納，他們倆很快就會來了。從我們到這裡以後他就一直在等你。」

「還有威洛馬呢？我很遺憾聽到索諾倫的事。我喜歡那年輕人，我想對你們兩位表達我的哀悼。」他說。

「謝謝你，達拉納。」瑪桑那說：「威洛馬在主營地和一些人討論交易旅行的事。索諾倫的消息令他特別不好受，他一直相信他火堆地盤的兒子會回來。老實說，我曾經懷疑他們兩個之中有任何一個人可以回得來。第一眼看到喬達拉時，那一瞬間我還以為是你。我幾乎不敢相信我兒子會回來，更別提他還給我們帶了許多驚喜，其中最教人吃驚的就是愛拉和她的動物。」

「沒錯，他們的確讓人嚇一大跳。妳知道他們回家途中曾到我們那裡去嗎？」達拉納身邊的女人說。

瑪桑那轉頭去看這女人。達拉納的配偶是瑪桑那或任何一個齊蘭朵妮氏人所見過最特殊的人。她個子很小，尤其是和她配偶比起來；如果他伸出手臂，她用不著低頭就能從下面走過去。她那有如烏鴉羽翼般烏黑發亮的長直髮在腦後梳成一個髮髻，有幾絲灰髮夾雜在兩側的黑髮中。然而最引人注目的卻是她的相貌。她的圓臉上有個小小的獅子鼻，顴骨高而寬，生著蒙古摺的眼皮使她的黑眼睛看起來略微傾斜。她的膚色一般，可能比她配偶略黑一些，不過等夏日一天天過去，他們的臉都會被太陽曬黑。

「沒錯，就是他們告訴我們，蘭薩朵妮氏人打算來參加夏季大會。」問候這女人之後，瑪桑那說。「我聽說約普拉雅也要配對，你們來得正是時候，潔莉卡。所有即將配對的女人和她們的母親今天下午都應該要和齊蘭朵妮亞會面。既然愛拉的生母不能去，我會跟她一起去。如果你們不太累，妳和約普拉雅應該來參加。」

「我想我們會過去，瑪桑那。」潔莉卡說：「我們是否有時間先把木屋搭起來？」

「沒有問題，大家都會幫忙。」約哈倫說：「如果妳不介意在這裡紮營，就搭在我們旁邊。」

「這樣你們就不用煮飯了，今天早上我們有客人來吃早餐，還剩下很多東西。」波樂娃說。

「我們很樂意在第九洞穴旁邊紮營，」達拉納說：「但你選這塊地方有什麼理由？你通常喜歡在主要活動地點紮營，約哈倫。」

「我們到的時候所有主營地最好的地方都有人占了，尤其我們洞穴的人又那麼多，我們不想住得太擠。我到處找才發現這裡，我比較喜歡這個地方。」約哈倫說。「你看到那些樹了嗎？那只是一大片樹叢的前面幾株，這些樹木可以提供大量的木柴。這條小溪也源自這裡一池乾淨的泉水。在其他人的水都變得泥濘混濁之後，我們還有好長一段時間有潔淨的水可用，而且還有一潭很棒的池水。喬達拉和愛拉也很喜歡這裡，因爲馬兒有足夠的空間。我們替牠們在上游找了個地方，愛拉就是和訪客去那裡，是她邀請他們來的。」

「他們是誰？」達拉納問。他忍不住好奇，想知道愛拉邀請了誰。

「你還記得第十九洞穴那位生下一個手臂殘障的男孩的女人瑪黛娜嗎？她母親是德諾達。」瑪桑那說。

「我記得。」達拉納說。

「那男孩叫拉尼達爾，他現在已經將近十二歲了。」她說：「我還不太確定是怎麼發生的，但我想他爲了遠離人群跑來這裡，可能也爲了躲開其他男孩的戲弄。我猜有人告訴他這裡有馬。當然了，每個人都對馬兒很感興趣，那男孩也不例外。愛拉偶然遇到那男孩，決定請他替她注意馬兒的狀況。她擔心營地裡有那麼多人，如果有哪個人沒發現牠們很特別，或許會想要獵殺牠們。那輕而易舉，因爲這兩匹馬不會逃跑。」

「那倒是眞的。」達拉納說：「要是我們能讓所有動物都那麼溫馴就好了。」

「愛拉不覺得那男孩的母親會反對，但她似乎對他太過保護。」瑪桑那說：「她甚至不讓他學打獵，或認爲他能打獵。因此愛拉邀請那男孩和他母親以及外祖母到這裡看看馬兒，並設法說服她馬兒不會傷害他。雖然這男孩只有一隻健全的手臂，愛拉還是打算教他使用喬達拉新發明的標槍投擲器。」她說。

「她的想法的確與眾不同，」潔莉卡說：「我注意到了，不過倒不是說她人不好。」

「不，她不會，而且她勇於爲自己的想法挺身而出，或站出來替他人說話。」波樂娃說。

「他們來了。」約哈倫說。

他們看見幾個人和一隻狼走過來，喬達拉帶頭，他妹妹緊跟在後。他們的速度都配合走得最慢的人，不過一看到達拉納和其他人，喬達拉就往前衝去，他的火堆地盤男人也迎向他。他們互握對方的手，放開後又擁抱對方。較年長的男人把手搭在年輕男人肩上，肩並肩往回走。

兩個男人的相同點一目了然；他們可以說是在人生的不同階段的同一個人。年長男人腰圍比較粗，頭頂上的頭髮較爲稀薄，但兩人的臉看起來一樣，只是年輕男人的皺紋沒那麼深，年長男人下顎的線條也逐漸柔和。他們一樣高，步伐相彷，舉手投足間也非常相似，連眼睛也同樣都是鮮豔湛藍的冰川顏色。

「大地母親創造他時選的是誰的靈，一看就明白。」訪客接近營地時，瑪黛娜對喬達拉點了點頭，悄聲對她母親說道。拉尼達爾看到拉諾卡，就過去和她說話。

「達拉納年輕時和喬達拉看起來一模一樣，他變得不多。」德諾達說：「他還是最英俊的男人。」剛抵達的訪客問候愛拉和沃夫，瑪黛娜很感興趣地看著他們。顯然他們彼此認識，但她忍不住盯著其中幾個人看。相貌奇特的小個子黑髮女人好像和那位貌似喬達拉、金髮高大的年長男人在一起，她可能是他的配偶。

「妳是怎麼認識他的，母親？」瑪黛娜說。

「他是替我行初夜禮的男人，」德諾達說：「之後，我懇求大地母親以他的靈祝福我。」

「母親！妳該知道女人那時候生孩子太早了。」瑪黛娜說。

「我不在乎，」德諾達說：「我知道有時候年輕女人在初夜禮之後馬上懷孕，那時她終於是個完整的女人，可以接受男人的靈。我希望如果他認爲我懷的孩子有他的靈，他會更注意我。」

「妳明知道男人在初夜禮至少一年以內不能接近他開啓的女人，母親。」瑪黛娜對於她母親的表白簡直震驚不已。她從來沒用這種語氣對她說話。

「我知道，他也沒有想要那麼做，雖然他並不迴避我，我們看到彼此時他也總是很親切，但我想要的不只是那樣。有好長一段時間，我腦子裡除了他沒有別人。」德諾達說：「後來我遇到妳的火堆地盤男人。我最大的遺憾就是他去世得太早了。我希望有多些孩子，但大地母親卻不打算給我更多孩子，或許這樣最好。獨自照顧妳就已經夠辛苦的了。我甚至沒有母親可以幫忙，不過妳還小的時候洞穴裡的一些女人幫了我。」

「妳爲什麼不再找別的男人配對？」瑪黛娜問。

「那妳又爲什麼不要？」她母親反問她。

「妳知道爲什麼。我有拉尼達爾，誰還會對我感興趣？」

「別把錯怪罪到拉尼達爾身上。妳總是那麼說，但妳從來不去嘗試，瑪黛娜。妳不想再次受傷。現在還不算太晚。」年長女人說。

她們沒注意到有個男人走近。「瑪桑那告訴我第九洞穴今天早上有訪客時，我心想這名字很耳熟。妳好嗎，德諾達？」達拉納說著，握住她的雙手，傾身向前碰觸她的臉頰，就好像他們是親密的朋友。

瑪黛娜看到她母親對這高大英俊的男人微笑時，臉上升起一抹紅霞，她發現她的舉手投足似乎都不一樣了。她身上有種充滿女人味的性感氣氛。突然間她看到她母親的另一面。只因爲她做了外祖母，不代表她眞的那麼老。或許還會有男人覺得她很有魅力。

「這是我女兒，齊蘭朵妮氏第十九洞穴的瑪黛娜。」德諾達說：「我外孫也在這附近。」

他對年輕女人伸出雙手。她握住他的手，抬頭看著他。「妳好，齊蘭朵妮氏第十九洞穴的瑪黛娜，第十九洞穴德諾達之女。很榮幸見到妳。我是蘭薩朵妮氏第一洞穴的達拉納。以大地母親朵妮之名，我們任何時候都歡迎妳到我們營地以及我們的洞穴拜訪。」

他熱情的問候令瑪黛娜緊張萬分。雖然他年紀大得足以當她的火堆地盤男人，她卻發現自己深深受他吸引。她甚至覺得聽到「榮幸」這個字特別被強調，因而使她想起大地母親的交歡恩典。她這輩子從來沒有如此被一個男人打動過。

達拉納四下張望，看到一個高個子年輕女人。「約普拉雅，」他叫道，然後轉頭對德諾達說：「請妳見見我的火堆地盤女兒。」他說。

看到走過來的年輕女人，瑪黛娜十分訝異。她不完全像那嬌小的女人有著異地的容貌，不過她們兩有幾分神似，她因此看起來更不一樣。她的髮色幾乎和她母親一樣黑，但有幾絲鮮明的淺色頭髮。她的顴骨很高，但她的臉不像她母親那麼圓，也沒有那麼扁平。她的鼻子像她的火堆地盤男人，但更小巧，而她的黑眉毛很柔順，而且彎曲的弧度很美。被濃密的黑睫毛框住的眼睛和她母親的很不一樣，不過形狀類似，只是顏色不同。約普拉雅眼珠的顏色和她身邊男人的湛藍眼珠顏色一樣特殊，只不過她的是亮眼的綠色。

達拉納的洞穴上一次來參加夏季大會時瑪黛娜沒有來。那時她的火堆地盤男人才剛離開，她不想面對旁人。她聽說過約普拉雅，但沒見過她。現在她看到她了，她忍不住冒出一股想盯著她看的衝動，但她努力克制下來。約普拉雅是個有著異地風情的美麗女人。

達拉納介紹過約普拉雅，在她們問候彼此，交換些輕鬆有趣的話題之後，這一家人就離開去和別人談話。瑪黛娜還沉浸在達拉納熱情洋溢的風采中，她開始了解她母親爲何曾經如此迷戀他。假使他是替她行初夜禮的男人，她或許也會同樣對他無法自拔。倒是他那美麗如往常的女兒，卻散發著一抹憂鬱的氣質，她的沮喪似乎掩蓋了即將配對的喜悅。瑪黛娜不了解爲何原本應該高興的一個人看起來卻如此悲傷。

「我們得走了，瑪黛娜。」德諾達說：「如果下次還想受到邀請，我們不該逗留得太久，免得不受歡迎。蘭薩朵妮氏人和第九洞穴的關係很親近，達拉納和他們洞穴的人已經很多年沒來參加夏季大會，他們需要更新一些親戚關係。我們去找拉尼達爾，然後謝謝愛拉邀請我們。」

齊蘭朵妮氏第九洞穴的營地和蘭薩朵妮氏第一洞穴的營地，表面上看起來好像是住著兩種不同的人，但事實上卻是一個由近親好友組成的大規模營地。

經過主營地走向齊蘭朵妮亞木屋的四個女人，構成一幅令人目不轉睛的畫面，旁人甚至不避諱地盯著她們瞧。不管走到哪裡，瑪桑那都很引人注目。她是一個大洞穴的前任頭目，現在依然很有影響力，更何況她也是個外貌出眾的年長女性。雖然有些人曾經見過潔莉卡或者和她正式打過招呼，但她的長相如此特殊，完全不像他們所看過的任何人，因此眾人還是無法移開他們的目光。她和達拉納配對，與他共同建立一個新的洞穴，而且還是一個新的部族，這使她更加與眾不同。

潔莉卡的女兒約普拉雅是個黑髮的憂鬱美女，據說她即將和一個混靈男人配對，她是個引人多方揣測的謎樣女人。喬達拉帶回來的金髮美女與兩匹溫馴的馬兒和一隻狼同行，謠傳她是個優秀的醫治者，或許類似外地人的齊蘭朵妮。她的齊蘭朵妮語雖然不是十全十美，但也清楚流利，而且她才剛發現了一個美麗的新洞穴，就在第十九洞穴的領地裡。這四人走在一起引起前所未有的注目，但愛拉已經學會忽略旁人眼光，她很慶幸身旁有人作伴。

當她們來到齊蘭朵妮亞木屋時，有許多人已經抵達，幾位男性齊蘭朵妮亞在入口仔細檢查她們，愛拉很好奇。瑪桑那彷彿知道她在想什麼，所以跟她解釋。

「男人不准參加這次聚會，除非是齊蘭朵妮亞，但每一年總有幾個年輕男人想靠近偷聽，通常是那些住在法洛吉裡的男人。」她說：「有些人甚至試圖穿女裝溜進來。男性齊蘭朵妮亞因此扮演守衛的角色，不讓他們進入。」她注意到還有好幾位男性齊蘭朵妮亞站在這棟大建築的周圍，馬卓曼也在其中。

「什麼是法洛吉？」愛拉問。

「遠方的木屋，也就是男人的木屋，大家總是以連音念這個字。男人將這些木屋建在夏季大會營地邊緣，通常都是些過了需要朵妮女但還沒配對的男人住在裡面。」瑪桑那說：「年輕男人不喜歡跟他們洞穴的人同住，寧可和同年齡的朋友在一起——除了吃飯時間以外。」她笑著說：「朋友不像母親和母親的配偶那樣，會約束他們的行爲。還沒有配對的男人，尤其是在他們這樣的年紀，被嚴格禁止接近準備行初夜禮的年輕女人，但他們總會去試，因此他們在營地時齊蘭朵妮亞會密切注意他們。」

「如果營地蓋得夠遠，他們可以在自己的木屋裡喧嘩吵鬧，只要不吵到其他人就行。他們可以聚在一起，邀請其他朋友，當然還有年輕女人。他們逐漸懂得怎麼糾纏他們的母親和朋友，以便得到更多食物，而且他們總會想辦法弄到巴瑪酒或水果酒等等之類。他們會注意哪個木屋能吸引最漂亮的年輕女人來訪，我想這已經變成一種競爭。」

「年長男人也有法洛吉，這些人通常是出於某種原因沒有配偶、喜歡其他男人，或等待下一次配對，或希望能配對，想遠離洞穴其他人和家人的男人。勒拉瑪在夏季大會時待在法洛吉裡的時間比在他自己的木屋還多。他就是在那裡交易他的巴瑪酒，不過我不知道他把換來的東西拿去做什麼。他當然沒有替他的家人帶回任何東西。即將配對的男人在配對禮之前會和齊蘭朵妮亞在一個法洛吉裡住上一兩天。我想喬達拉很快就會去了。」

這四個女人剛進齊蘭朵妮亞木屋時，覺得室內很黑暗，光源只來自中央火堆所發出的火光以及幾盞燈，不過等眼睛適應之後，瑪桑那環顧四周，然後帶領其他人走向坐在地墊上的兩個女人，她們在寬敞的中間區域右方的牆邊。看到她們走來，兩個女人笑著挪出空間來。

「我想快開始了。」她們坐在地墊上時，瑪桑那說。「我們可以之後再正式介紹。她向一起來的女人說。「這是波樂娃的母親斐莉瑪，還有她妹妹樂薇拉。她們來自第二十九洞穴西方領地，也就是夏季營地。」接著她轉向她們：「這是達拉納的配偶潔莉卡，還有她的女兒約普拉雅。蘭薩朵妮氏人今天早上才到。這是第九洞穴的愛拉，前馬木特伊氏的愛拉，是喬達拉打算配對的女人。」

這些女人對彼此微笑，但在進一步交談之前，她們就聽見一陣噓聲要在場的人安靜下來。首席大地母親侍者還有其他幾位齊蘭朵妮亞已經站在人群前方。女人發覺他們出現就停止交談，等到完全沒有聲音之後，朵妮侍者開口說道：

「我即將要對妳們說的事情非常嚴肅，請妳們仔細聽好。各位，妳們受朵妮賜福，她創造妳們，賦予妳們帶來新生命的能力與特權。有些很重要的事是即將配對的妳們必須知道的。」她停止演說，刻意注視在場每一個人。她看到和瑪桑那在一起的女人時瞬間停住目光，有兩個人是她沒預期見到的。瑪桑那和齊蘭朵妮對彼此點頭，然後首席侍者繼續往下說。

「在這次聚會，我們會談到一些女人的事，包括妳們該怎麼對待即將成爲妳們配偶的男人，以及妳們對他們該有何期望，還有孩子的事。我們也會談到如何避免有小孩，和如果在妳還沒準備好時新生命就開始了該怎麼辦。」身軀龐大的朵妮侍者說。

「有人或許已經受到祝福，體內有了第一個活躍的生命。妳體內的生命是一個特殊的榮耀，但這榮耀也伴隨龐大的責任。我將要告訴妳們的事，其中有些妳們之前已經聽過，尤其是在妳的初夜禮時。即使妳認爲自己已經知道我要說些什麼，還是請妳仔細聽。」

「首先，在開始流血、行過初夜禮，成爲女人之前，女孩不能配對。留意妳第一次開始流血時的月相。對大部分女人來說，下一次同樣月相時妳會再次流血，但可能不會持續如此。如果幾個女人在同一個住處裡住了一陣子，通常她們的月亮時間會改變，最後她們會同時流血。」

有幾個年輕女人四處望著她們的朋友和親戚，尤其是那些不知道這個現象的人。愛拉已經聽說過了，她試著回憶自己是否曾經注意到此事。

「妳受到大地母親祝福，也就是她選擇一個靈和妳的靈結合、開啓一個新生命的頭一個跡象，就是當妳的月相來時沒有流血。如果在下一個月亮周期妳還是沒有流血，那麼妳可能會開始以爲自己已經受到祝福，但妳的月亮周期應該至少錯過三次，而且在妳有理由肯定新生命已開始之前，可能還會出現其他跡象。對這一點有人有任何問題嗎？」

沒有人提出問題。除了她告訴她們住在一起的女人容易在同時間流血之外，其他都是重複過的事情。

「我知道妳們大多數人都已經和婚約對象分享過交歡恩典，且應該很喜歡這件事。如果不是，請和妳的齊蘭朵妮談談。我知道這種事很難承認，但我們有辦法幫助妳，齊蘭朵妮亞會一直替妳守密，包括妳所有的祕密。除了那些剛成年的年輕男人之外，妳們最好記住，沒幾個男人能在一天之內和女人結合一或兩次以上，年紀更大時次數就更少。」

「妳們應該留意一件事。和妳們的配偶分享交歡恩典不是必要的，如果妳選擇不與配偶交歡，而妳的配偶又沒有異議。然而大部分男人會反對。大多數男人不會和不願意與他分享大地母親賜禮的女人在一起。雖然你們準備結繩，現在或許難以想像，但這個結繩也有可能爲了許多理由而被切斷。我相信妳們都認識一些和配偶切斷結繩的人。」

有人坐立不安，改變姿勢，四處張望。大多數人確實知道有人曾經配對，但現在已經沒有和對方在一起。

「有人說女人可以利用大地母親的賜禮使她們的配偶心滿意足，藉此留住他們。有人聲稱這是大地母親賜給她孩子交歡恩典的理由。那或許是原因之一，不過我很確定那並不是唯一的理由。不過如果妳滿足他的欲望，妳的配偶確實不會想嘗試和其他女人分享交歡恩典。如此一來，雖然在榮耀大地母親的典禮上與其他女人分享交歡恩典是可以被接受的，也能使大地母親歡喜，但男人還是樂於保留對其他女人一時的興趣。」

「不過請記得，雖然分享交歡恩典是一項很受歡迎的娛樂，但任何時候都能接受或拒絕對方提出分享大地母親賜禮的要求。和某人分享交歡恩典也不是強制性的。如果妳和妳的配偶歡天喜地只和彼此分享她的賜禮，那麼大地母親會很滿意。妳也不必等待大媽慶典。和分享交歡恩典有關的任何事都不是必要的，它是大地母親的賜禮，她所有的孩子都能在任何時候與任何人分享它。妳和妳的配偶都不應該在意對方一時的歡愉。嫉妒更糟糕，它會帶來可怕的後果。嫉妒能導致暴力，而暴力會造成死亡。如果有人被殺，他會遭到死者的愛人報復，因而引來更多的報復，直到最後只剩下打鬥。大地母親選擇我們這些孩子去認識她，我們不能接受任何危及大地母親孩子福祉的事。」

「齊蘭朵妮氏人是個強大的民族，因爲他們合作無間，互相幫助。大地母親提供我們生活所需的每樣東西。我們所獵得或採集的食物都是朵妮給我們的，我們應該要分享給每個人作爲回報。然而接受她的贈與可能會很辛苦，或甚至帶來危險，給予最多的人會得到最崇高的敬意。這也就是最優秀的供應者和願意替她子女工作的人擁有最高地位的原因，也因此頭目備受敬重，因爲他們願意協助他的人民。如果不是這樣，大家就不再願意跟隨他們，這時會有其他人被公認爲頭目。」她沒有補充說明，這也就是齊蘭朵妮亞地位崇高的原因。

齊蘭朵妮是個鏗鏘有力的演說者，愛拉全神貫注聆聽著。她想盡可能了解她即將配對的男人的族人有什麼習俗。現在這些人也是她的族人了，但她繼續想著，穴熊族和齊蘭朵妮氏人之間的差異其實也沒有那麼大。穴熊族人也分享所有東西，沒有人會挨餓，甚至她聽說過死在地震的那個女人也沒有。她來自另一個部落，一直沒有孩子，在她配偶死後有人必須收留她做第二個女人，她總是被當作負擔。她雖然是布倫部落裡地位最低的人，卻從沒挨餓，也總是有暖和的衣服穿。

這些事穴熊族也都知道，他們不需要以話語表達。穴熊族人不像異族全用言語溝通。配偶也可以共享，他們明白男人發洩的需要。沒有任何一個穴熊族女人能拒絕對她比手勢的男人。她不知道有哪個女人動過拒絕的念頭……除了她自己以外。不過現在她知道布勞德想要的不是交歡，即使在當時她就知道，只是她不會表達。他對她比手勢不是因爲他想和她分享交歡恩典或想發洩需要，他這麼做只因爲她痛恨此事。

「請記住，」朵妮侍者正說到：「妳的配偶必須幫助妳，撫養妳和妳的孩子，尤其在妳大腹便便，或者是剛生完孩子正在哺乳的時候。如果妳關心他，如果妳有常和他分享交歡恩典，讓他心滿意足，大多數男人都會非常樂意撫養他們的配偶和孩子。或許妳們之中有些人不能想像爲什麼我刻意強調這一點。問問妳們的母親。當妳照顧許多孩子，又忙又累的時候，或許有時分享交歡恩典並不那麼輕鬆，也有些時候妳們不該分享交歡恩典，但這點我稍後再說。」

「朵妮對於那些容貌與妳的配偶神似的孩子，總是比較滿意，也特別眷顧。配偶也通常和這些孩子比較親近。如果妳希望妳的孩子長得像妳的配偶，你們倆必須花些時間在一起，因此他的靈才最容易被選上。靈的意向難以捉摸，妳無法知道誰會被選上，或者大地母親何時決定該讓靈結合。但如果你們樂於互相陪伴，也很滿意彼此，妳的配偶會想和妳在一起，而他的靈也就會高興和妳的靈結合。目前爲止是不是所有人都了解？如果有問題，現在可以發問。」首席齊蘭朵妮說。她望向四周，等待有人發問。

「可是如果我生病了或有其他事，在交歡恩典中感覺不到歡愉怎麼辦？」有個女人問。其他人轉頭看發問的人是誰。

「妳的配偶應該體諒妳，而且不管在什麼情況下，這件事永遠是妳的選擇。有些配對的男女很少彼此分享交歡恩典。如果妳對配偶溫柔體貼，他也會同樣對待妳。男人也是大地母親的孩子，他們也會生病，通常照顧他們的是配偶。大多數配偶也會在妳生病時設法照顧妳。」

這年輕女人遲疑地點點頭，露出微笑。

「我要說的是，男女雙方應該體貼對方，互相寬容尊重。交歡恩典可以爲你們帶來快樂，有助於讓妳的配偶心滿意足，因此你們的結合才會長久持續。還有其他問題嗎？」首席齊蘭朵妮等著看是否還有人想發問，然後才繼續說。

「但配對不只是兩個人選擇住在一起。它還牽涉到妳的親戚、妳的洞穴，以及靈的世界。這也就是爲什麼母親和她們的配偶在准許孩子配對前必須再三思量。妳會跟誰住？妳或妳的配偶對於你們所住的洞穴是否賦予價值？你們對彼此的感覺也很重要。如果你們一開始就不關愛彼此，你們的結合或許不會持久。如果這場結合不持久，照顧孩子的責任通常就會轉移到母親的親戚和該洞穴，如果你們兩人都身故，情形也是一樣。」

齊蘭朵妮的言論令愛拉聽得著迷。她幾乎要問一個靈魂混和後開啓生命的問題。她相當確信交歡恩典這件事是開啓生命的必要條件，但她決定不要在這裡提出來。

「現在，」齊蘭朵妮繼續說：「大多數人都很期待妳們的第一個寶寶，然而有的時候，生命或許在不當的時機開啓。在從妳們的齊蘭朵妮手中收到嬰兒的精氣符之前，嬰兒沒有自己的靈，只有開啓他的那個混和的靈。這時候大地母親會接受這嬰兒，將靈分開，還回他們。然而要在生命誕生之前阻止他繼續延續，最好是在懷孕的頭三個月內。」

「爲什麼會有人想阻止已經開啓的新生命？」有個年輕女人問。「不是所有小寶寶都是受人喜愛的嗎？」

「大多數寶寶是受人喜愛的，」齊蘭朵妮說：「但也有些原因使得女人不該有寶寶。雖然這情況不常發生，但女人可能會在還在哺乳時懷孕，生下另一個小寶寶，這時她已經有個很年幼的寶寶了。大多數母親無法這麼快就提供另一個寶寶足夠的照顧。必須優先考量已經生下來而且已命名的寶寶，尤其如果他很健康的話。有太多年幼的寶寶就這麼死去，尤其是在頭一年最常發生。逼迫健康長大的寶寶斷奶，拿他的性命冒險，不是明智之舉。在活過頭一年之後，斷奶對寶寶而言是接下來最困難的時期。如果寶寶必須在不到三年的時間之內快速斷奶，會因此變成體弱多病的孩子，長大後身體也不會好。有個能長成強壯成人的健康孩子，比兩或三個身體虛弱、無法久活的孩子要來得好。」

「噢……我沒想到這點。」年輕女人說。

「或者，以另一個例子來說，或許有個女人生下了幾個嚴重畸形的孩子，他們都死了。她是否應該繼續將孩子懷到足月，然後每次經歷這種悲痛，更別提弄壞自己身體？」

「但如果她眞的想和其他人一樣有寶寶呢？」一個年輕女人含著淚說。

「不是所有女人都有孩子。」齊蘭朵妮說：「有些人選擇不要有孩子，有些人一直沒有懷孕，還有些人懷孕無法足月，或者死產，或孩子畸形得太嚴重，無法活下來或不該活下來。」

「可是爲什麼呢？」這淚眼汪汪的女人說。

「沒有人知道爲什麼。或許有個和她作對的人詛咒她，或許邪惡的靈想辦法傷害未出世的孩子。這種事甚至也發生在動物身上。我們都看過畸形的馬或鹿。有人說白色的動物是邪惡的靈被打敗的結果，也因此牠們很幸運。有些人也是生下來就有白色皮膚和粉紅色眼珠。動物當然也有死產和年幼時就死去的情形，只不過我猜食腐動物立刻就把牠們收拾掉了，我們才沒看過牠們。事情就是如此。」齊蘭朵妮說。

年輕女人還流著淚，愛拉不明白朵妮侍者爲何對她的反應似乎無動於衷。

「她姊姊懷不了孩子，她已經懷孕了兩三次。」斐莉瑪悄悄地說：「我想她害怕同樣的事情會發生在自己身上。」

「齊蘭朵妮沒有築起虛假的希望，她這麼做很明智。有時同樣的狀況會在家族中流傳。」瑪桑那低聲回答。「如果她有孩子，她會更喜出望外。」

看著這年輕女人的愛拉心情激動，不禁脫口而出：「在我們來的路上……」她開始說。每個人都吃驚地轉頭看這個發言的新居民，許多人注意到她說話的方式不一樣。「喬達拉和我在蘿莎杜那氏的洞穴停留，那裡有個女人一直沒有孩子。有個附近洞穴的女人死了，留下她的配偶和三個年幼的孩子。這個不能懷孕的女人去和他們住在一起，看看他們能否找到一個適合大家的安排。如果可以，她就要領養那些孩子，和那男人結爲配偶。」

一陣靜默之後，眾人開始竊竊私語。「這是個很好的例子，愛拉。」齊蘭朵妮說：「確實如此，女人可以領養孩子。這個沒有孩子的女人有自己的配偶嗎？」

「不，我想沒有。」愛拉回答。

「即使有，她也可以帶他去，如果這兩個男人願意接納彼此成爲共同配偶。多一個男人幫忙撫養這些孩子會大有幫助。愛拉說得很有道理，無法自己生孩子的女人不是一定要永遠沒有孩子。」齊蘭朵妮說，然後她繼續接下去。

「女人選擇終止懷孕可能還有其他理由。一個母親可能有太多孩子，她很難照顧到所有的孩子，而她的配偶還有她所屬的洞穴也不容易撫養他們。有這種情況的女人並不眞的想要那麼多孩子，她們希望大地母親不要對她們那麼慷慨。」

「我知道有個女人一直生孩子。」另一個年輕女人說。在愛拉發言之後，其他人就不那麼遲疑了。

「她把兩個小孩給她姊妹，另一個由她的一個表親領養。」

「我知道妳說的那個女人。她好像特別健壯，喜歡懷孕，生孩子也沒什麼困難。她非常幸運。她幫了她那無法生育的姊妹很大的忙，我想她是出了場意外；還有她表親，她想再要一個孩子，但自己不想懷孕。」身軀龐大的女人說完，又回過頭來繼續之前的話題。

「但不是所有女人都有這種能力，或者都那麼幸運。有些女人在生一個或多個孩子時遭遇難產，繼續生孩子可能會危及她們的生命，讓那些活著的孩子失去母親。每個人狀況都不同。幸運的是，大多數女人都能生孩子，甚至即使她們或許不想要孩子，或不應該把每一個懷著的孩子都生下來。」

「有幾個方法能終止懷孕，有些是有危險性的。用整株連著根和所有部位的艾菊泡成的濃茶能導致流血，但也可能致命。將一片削薄的光滑榆樹枝深深插入生出孩子的開口也非常有效，不過妳最好還是和妳的朵妮侍者談談，他知道茶該泡得多濃，或怎麼把樹枝插入。如果妳想了解詳情，或等妳有需要的時候，妳母親或妳的齊蘭朵妮亞會進一步和妳討論。」

「生孩子也是一樣。許多藥能加速分娩、停止出血，以及減緩疼痛。生孩子幾乎總免不了疼痛。」首席侍者說：「大地母親自己也曾疼痛難耐，不過大部分女人生產時不會有太大問題，也很快就忘了疼痛。每個人的生命中都必須承受某種程度的痛苦，它是生存的一部分，妳逃避不了，最好還是接受。」

雖然齊蘭朵妮提到的藥方簡單而普遍，但愛拉還是很感興趣。幾乎每個和她談過這件事的女人，都知道一些終止懷孕的方法，不過在她看來，有些比較有危險性。男人通常不喜歡墮胎，因此伊札和其他穴熊族女巫醫必須對男人保密，否則他們不會允許。

朵妮侍者沒有說到該如何從一開始就防止生命開始，愛拉很想和她談談，或許比較兩人的藥方。愛拉曾經擔任助產婦幫助好幾個女人分娩。突然間她想起自己也快要再次生產了。齊蘭朵妮說得沒錯，疼痛是生存的一部分，她在生杜爾克時就忍受莫大的痛苦，幾乎死去，不過就如同大地母親那光輝奪目的兒子般，她兒子值得她承受痛苦。

「生命中不只有身體上的痛，」齊蘭朵妮說道。愛拉把注意力轉回她身上。「有些痛苦比身體上的痛還糟糕，但妳也同樣必須接受。身為女人，妳擔負重任，妳的責任有時或許艱難，但可能有一天妳必須仔細思量。有時妳腹中的生命非常頑強，即便妳已經認定這生命不該開始，然而妳卻無論如何都沒辦法中止懷孕。在孩子生下來之後將它還給大地母親更加困難，但有時妳必須這麼做。」

「請記住，妳必須優先考慮已經出生的孩子。如果這孩子離第一個出生的孩子時間間隔太短，或是嚴重畸形，或有其他充分的理由，妳就該把嬰兒還給朵妮。這永遠是做母親的選擇，但妳必須記住妳的責任，而且妳必須迅速處理。一等身體狀況許可，妳就要把嬰兒帶到戶外，放在大地母親的胸前，儘量遠離妳的家，絕對不要接近神聖的墓地，否則遊蕩的靈就有可能試圖寄居在寶寶的體內，然後這靈會產生疑惑，無法找到通往下一個世界的路。這種靈會變得邪惡。在場有誰沒有完全了解我剛剛說的話？」

在配對前的聚會上，這一刻向來很難熬，齊蘭朵妮讓年輕女人們花點時間理解這個殘酷的眞相，但她們終究必須了解並接受。

沒有人發言。年輕女人早已聽過傳聞，也已在私底下互相討論有一天她們或許必須執行的痛苦任務，然而這是第一次有人直接對她們談起此事。在場的每一位年輕女人都衷心希望永遠不必將寶寶丟棄在大地母親寒冷的胸前，任其死去。這念頭教人難受。

有幾位年長女性咬緊嘴唇，眼裡浮現痛苦的神情，因爲她們曾經執行過那可怕的任務，爲了保存已有的孩子而放棄之後生下的孩子。雖然這決定依舊不容易，但大多數女人寧可及早中止懷孕，也不願意失去已經生下的孩子，或更糟的是，必須自己動手處置他。

齊蘭朵妮的一番話擊垮了愛拉。她絕對辦不到，她想。杜爾克的回憶又湧現心頭。他本來會被丟棄，而她無權過問。她想起爲了拯救他的生命而躲藏在小洞穴裡的那段艱苦的時光。她們說他畸形，但他不是，他只是個混和了她和布勞德生命的孩子，然而布勞德卻是第一個責難他的人。如果布勞德知道每次他強迫我時都有可能生出杜爾克，他絕對不會這麼做！愛拉很想問，爲什麼不能在最初就防止生命開啓，但她不敢任意開口。

瑪桑那對愛拉顯而易見的悲苦表情大惑不解。誠然這不是個輕鬆的念頭，但愛拉即將出世的孩子不太可能必須還給大地母親。或許只是因爲她懷孕的關係，瑪桑那想。她一定很多愁善感。

除此之外該傳授的知識所剩無幾。分享交歡恩典有時是被禁止的，例如當女人即將分娩，和分娩後的一段時間內，以及某些儀式舉行之時與舉行前後。還有就是配對女人的另外一些責任、必須斷食的時間，以及何時不能吃某些食物。

此外還有禁止某些人配對的禁令，例如血緣相近的表親。喬達拉解釋過什麼是血緣相近的表親，當齊蘭朵妮說到這件事的時候，愛拉以穴熊族女人不經意的眼神瞥了約普拉雅一眼。她知道這美麗女人身上爲何籠罩著一股哀傷的氣氛。不過從他們來到夏季大會之後，她已經聽好幾個人提過親屬符號，她不知道他們在說些什麼。親屬符號不相容是什麼意思？其他女人都清楚知道所有禁令，她不想在她們面前說任何話。她決定等大部分人離開後再問她的問題。

「還有一件事，」最後首席侍者說道：「妳們或許已經聽說有人要求將配對禮延後幾天。」有幾個女人發出懊惱的咕噥聲。「達拉納和他蘭薩朵妮氏洞穴的人打算來參加齊蘭朵妮氏人的夏季大會，好讓他配偶的女兒能在我們的第一次配對禮上配對。」人群中傳來竊竊私語。「聽到這消息妳們一定很開心，典禮不必延後了。約普拉雅和她母親潔莉卡就在這裡。約普拉雅和艾丘札會和妳們同時配對。」

「請記住我在此說過的每一件事，這很重要。這次夏季大會的首次狩獵會在明晨舉行，如果一切順利，配對禮將緊接著狩獵舉行。我們到時見了。」首席齊蘭朵妮說。

聚會解散時，愛拉聽到好幾次「扁頭」這個字，還有至少一次的「孽種」。她很不高興，但顯然有許多人急著離開，告訴其他人約普拉雅已經和有一半扁頭血統的男人艾丘札訂婚約。

許多女人都記得他。之前他來參加過一次夏季大會，就是上一次蘭薩朵妮氏人來的時候。瑪桑那還記得那次大會時艾丘札的混靈身分引起了一些不愉快，她希望這次不要再發生類似的事。這使她想起另一場令她不愉快的夏季大會，就是那一次喬達拉和他弟弟踏上旅途，因此沒有參加，留下瑪羅那苦苦等候著配偶沒有出現的配對禮。她在他們回家前的第二場配對禮上還是配對了，但這配對關係並不持久。現在瑪羅那恢復單身，但喬達拉卻帶了個女人回家，雖然這女人有著異地的作風行事，但卻遠比瑪羅那適合她兒子，因爲她眞心眞意關心他，而他也愛她。

齊蘭朵妮的腦海中閃過一個念頭，她想禁止女人們談論聚會中提到的任何事，但她知道這類命令其實難以強制執行。這消息太誘人了，她們不可能三緘其口。首席齊蘭朵妮發現愛拉還有和她一起來的人似乎不急著離開，可能是想等著跟她說話。她畢竟還是第九洞穴的齊蘭朵妮。等除了齊蘭朵妮亞以外的每個人差不多都走光了，愛拉走向她。

「有件事我想請問妳，齊蘭朵妮。」她說。

「說吧。」這女人說。

「妳提到有某些特定的禁令，規定可以或不能和某些人配對。我知道有些人不能和『血緣相近的表親』配對，喬達拉告訴我約普拉雅是他血緣相近的表妹。有時候他會說是火堆地盤的表妹，因爲他們都生在同一個男人的火堆地盤。」愛拉說。她不看約普拉雅，但瑪桑那和潔莉卡彼此互望了一眼。

「沒錯，」第九洞穴齊蘭朵妮說。

「自從我們來到夏季大會之後，我一直聽人說起另一件事，妳也說過。妳說一個人不能和親屬符號不相容的人配對。什麼是親屬符號？」愛拉問。

其他齊蘭朵妮亞聽了一會兒她們的對話，但當發現愛拉好像只是在問問題，他們就開始小聲交談，或是回到各自在木屋裡的私人空間。

「這有點難解釋，」齊蘭朵妮說：「每個人生下來都有個親屬符號。就某種意義上來說，它是精氣的一部分，也就是屬於一個人的生命力。所有人都是一出生就知道他們的親屬符號，就像他們也知道自己的精氣符。記住，所有動物都是大地母親的孩子。她也生下了牠們，就如同大地母親之歌裡說的：

『一聲巨響，她的核心裂成碎片，
從地底深處裂開的大洞穴裡，
她的穴狀空間中再次誕生生命，
從她子宮裡生出大地之子。』
『這孤注一擲的母親生下了更多孩子。』

『每個孩子都不同，有的巨大，有的渺小，
有些能走，有些能飛，有些會游，有些會爬。
但每個形體都很完美，每個靈都是完整的，
每個都是能複製的原型。』
『大地母親心歡喜，綠色大地充滿生氣。』」

「親屬符號是以動物的形象代表，也就是以動物的靈象徵。」齊蘭朵妮說。

「妳的意思是就像是圖騰嗎？」愛拉打斷她。「我的圖騰是穴獅，穴熊族裡每個人都有圖騰。」

「或許吧，」首席齊蘭朵妮說，她深思了一會兒。「但我想圖騰是另一件事。首先不是每個人都有圖騰，圖騰很重要，但比方說，它就不像精氣那麼重要，不過一個人必須經過某種試煉或一番奮鬥才能得到圖騰，這一點倒是沒錯。通常是圖騰選中你，但每個人都有一個親屬符號，而且許多人的親屬符號相同。圖騰可以是任何動物的靈，如穴獅、金鷹、蚱蜢，但某些動物具有某種力量。牠們的靈有某種影響力，類似生命力，但是不一樣。齊蘭朵妮亞稱牠們爲力量動物，但牠們在來世比在此生更有力量。有時候當我們去到靈的世界，或讓某些事發生時，我們可以召喚這力量來保護我們。」首席侍者說。

愛拉皺起了眉，全神貫注聆聽，嘗試想起某件事。「馬木特做過！」她說。「我記得他在一場儀式上讓奇妙的事情發生。我想他拿了靈的世界裡的一小塊，帶到這個世界來了，但他必須拚了命才能控制它。」

從齊蘭朵妮的表情看得出她的訝異與景仰。「我想我會很希望能認識妳那位馬木特。」她說，然後她又接下去說道：「除非考慮配對，否則大多數人不太會去想他們的親屬符號。一個人不該和親屬符號對立的另外一人配對，或許這也就是爲什麼親屬符號在計畫配對與舉行配對儀式——配對禮——的夏季大會上常被提起。也正因爲如此，力量動物一般被稱爲親屬符號。這是個誤導人的名稱，但大多數人對它的看法就是這樣，因爲他們不會和靈的世界打交道，而這東西在他們生活中唯一有意義的時候就是在計畫配對時。」

「沒有人問我的親屬符號是什麼。」愛拉說。

「它只有對生來就是齊蘭朵妮氏人的人才有意義。生在其他地方的人或許也有親屬符號或力量動物，但通常它們和齊蘭朵妮氏的力量動物沒有關連。一旦某人成爲齊蘭朵妮氏人，親屬符號就會自行顯現，但如果她已經有配偶，這符號絕對不會和她配偶對立。她配偶的力量動物不會允許此事發生。」

瑪桑那、潔莉卡和約普拉雅也很專注的聽著。潔莉卡出生時不是齊蘭朵妮氏人，她對她配偶的習俗和信仰很好奇。「我們是蘭薩朵妮氏人，不是齊蘭朵妮氏人，這是否表示如果蘭薩朵妮氏人想和齊蘭朵妮氏人配對，親屬符號是什麼並不要緊？」

「或許將來會逐漸變得不重要，但你們許多人生下來是齊蘭朵妮氏人，包括達拉納在內，這兩個族人的關係仍舊十分密切，因此親屬符號還是必須考慮在內。」首席侍者說。

「我以前和現在都不是齊蘭朵妮氏人，但現在我是蘭薩朵妮氏人，約普拉雅也是。艾丘札兩者都不是，所以那無所謂，但女兒的親屬符號不是從母親那裡得來的嗎？約普拉雅的親屬符號是什麼？」潔莉卡問。

「通常女兒的親屬符號和母親一樣，但也有例外。我聽說你們要求要有一位齊蘭朵妮搬到你們洞穴，成爲你們第一位蘭薩朵妮。我想這對那位齊蘭朵妮會是個絕佳的機會。不管是誰，他都會受到完善的訓練，這點我絕對保證。到時他會替你們所有族人找到你們的親屬符號。」朵妮侍者說。

「喬達拉的親屬符號是什麼？如果我有女兒，我又怎麼幫我女兒取得親屬符號？」愛拉問。

「如果妳想知道，我們可以幫妳深入研究。喬達拉的力量動物是馬，跟瑪桑那一樣，然而約哈倫和喬達拉雖然是同一個母親，力量動物卻不同。他的是野牛。野牛和馬是對立的。」齊蘭朵妮說。

「但喬達拉和約哈倫沒有和彼此對立，他們處得很好。」愛拉皺著眉頭說。

胖女人笑了。「愛拉，就配對而言，他們的親屬符號是對立的。」

「噢，我想他們不可能配對，」她說完也笑了。「妳說牠們是力量動物，既然我的圖騰是穴獅，妳認爲那會是我的力量動物嗎？牠很強大，之前牠的靈一直保護著我。」

「靈的世界是不一樣的，」首席侍者說：「靈的世界裡力量代表的意義不同。肉食動物很有力量，但牠們比較不喜歡群居，通常是獨來獨往或幾隻聚在一起，其他動物遠離牠們。妳進入靈的世界通常是需要知道某件事，發現某件事。能到達更遠的地方，有辦法接近許多其他動物，或者我該說能與牠們溝通，這種動物才有更強大的力量，或是更有用的力量。這必須根據妳到靈的世界的理由而定。有時候的確需要肉食動物的特質幫助妳。」

「爲什麼野牛和馬是對立的親屬符號？」愛拉問。

「或許因爲在這個世界牠們常在不同時候活動於同一塊土地上，因此牠們的活動區域重疊，有時會爭奪食物。然而原牛喜歡吃新長出來的嫩葉，或是青草嫩綠的上端，留下莖和粗糙的部位，這些是馬比較喜歡的，所以這兩種動物能和平共處。對立最嚴重的力量動物是野牛和原牛，但如果仔細想想，就會覺得很合理。大多數草食動物都能互相容忍，但野牛和原牛無法忍受與對方在同一片草原上。牠們迴避彼此，據說還會打鬥，尤其是在母牛發情期。牠們太相像了。公原牛聞到母野牛發情的氣味時會受影響，而公野牛偶爾會追逐母原牛。親屬符號是原牛的人絕對不能和親屬符號是野牛的人配對。」齊蘭朵妮說。

「妳的力量動物是什麼，齊蘭朵妮？」愛拉問。

「妳應該很容易猜得出來，」這女人笑著說。「到靈的世界去時我是猛獁象。愛拉，當妳去那裡時，妳看起來會和在這裡時不一樣。妳會以力量動物的外形出現。那時候妳就會知道妳的親屬符號是什麼。」

愛拉不確定她是否想聽齊蘭朵妮說起自己到靈的世界去的事，而瑪桑那好奇齊蘭朵妮爲何這麼有問必答，通常她不會回答得這麼仔細深入。喬達拉的母親清楚感覺到齊蘭朵妮試圖打動愛拉，想要用少許只有齊蘭朵妮亞才能知道的誘人知識吸引她。

接著她明白了。愛拉在大多數人眼裡已經等同於齊蘭朵妮，而首席侍者想要她在他們的圈子裡，好對她有某種程度的控制，而不是讓愛拉在自己管不到的地方製造問題。但愛拉已經聲明她只想像其他人一樣配對生子，不想加入齊蘭朵妮亞的圈子。了解兒子的瑪桑那知道喬達拉也不特別希望她成爲齊蘭朵妮，不過他確實容易受到這一類女人吸引。這會是場精彩好戲。

她們準備要走，但離開時愛拉回過頭來。「我還有一個問題，」她說：「當妳提到小寶寶，還有以流產的方式中止不希望發生的懷孕時，妳爲什麼沒有提到從一開始就防止生命開啓的方式？」

「不可能，只有朵妮有權利開啓生命，也只有她能防止生命開始。」第十四洞穴齊蘭朵妮說。她一直在不遠處聽她們的對話。

「可是眞的有這種方法！」愛拉說。

第二十九章

首席齊蘭朵妮嚴厲地望了愛拉一眼。或許她之前應該和愛拉進一步談談，她是否有可能知道該如何違背朵妮的意向呢？她不該用這種方式提出來，但現在已經來不及了。站在附近的齊蘭朵妮亞本來正在比手畫腳、大聲交談，有些人和第十四洞穴齊蘭朵妮一樣對愛拉所說的話感到很不滿。有幾個人說愛拉這麼說是錯的。其他人回到木屋中央，想知道發生了什麼事。愛拉不知道她這番話會引起那麼大的騷動。

和她在一起的三個女人站在她身後看著她。瑪桑那帶著看熱鬧的嘲諷心情望著她們，但臉上依然毫無表情。約普拉雅對於這些備受尊敬的齊蘭朵妮亞竟然會這麼激烈地爭執而感到訝異，不過她也和他們一樣震驚。潔莉卡興致勃勃在一旁聽著，但她已經打定主意要私下和愛拉談談。愛拉對齊蘭朵妮亞宣布的這件事，或許能解決困擾這女人好一段時間的嚴重問題。

第一次遇見達拉納，潔莉卡就愛上了他，而這英俊高大的男人也被外表秀麗但卻獨立強悍的女人給迷倒了。雖然長得人高馬大，他卻溫柔無比，是個完美的情人，使她陶醉在分享快感中。當他請求她做自己的配偶時，她毫不猶豫就答應了，發現自己懷孕時她欣喜若狂。然而相對於她細小的骨架來說，這嬰兒長得太大，分娩過程幾乎要了她和她女兒的命，生產傷了她的身體，她再也沒能懷孕。不過遺憾之餘，她也鬆了口氣。

現在她女兒選擇的這男人雖然沒那麼高大，但卻更結實，肌肉強健，骨骼粗大。雖然約普拉雅也很高，但她的體型纖細，而且潔莉卡還很細心地發現到她女兒的臀部很窄。自從知道她女兒最終或許會選擇這男人，因此大地母親最有可能選上他的靈開啓這孩子的生命時——如果她有孩子——她就擔心約普拉雅很有可能必須承受與她相同的命運，甚至更糟。她疑心約普拉雅已經懷孕，因爲在旅途中她開始有嚴重的晨吐現象，但她回絕母親要她中止懷孕的建議。

潔莉卡知道她無能爲力，那是大地母親的決定。不管約普拉雅是否受到她的祝福而懷孕，那都是在她的旨意之下，而生與死的大權也掌握在她手裡。但潔莉卡猜測，選擇這種體型男人的約普拉雅，很有可能在分娩時劇烈疼痛，年紀輕輕就因難產而死；就算不是第一胎，接下來幾胎也很有可能如此。她只希望女兒能撐過頭一胎，然後就像她自己一樣，經歷一番劇痛後元氣大傷，永遠不能再次懷胎——直到她聽見愛拉說她知道如何防止生命開始孕育。她立刻下定決心，如果她女兒像她一樣會遭遇難產，卻又能活過頭一胎，爲了挽救她的性命，她必須讓約普拉雅絕對不會再次懷孕。

「請肅靜。」首席齊蘭朵妮說。吵鬧聲終於平息了下來。「愛拉，我想確認我是否明白妳的意思。妳是說，妳知道怎樣防止懷孕的發生？也就是說妳知道如何不讓生命孕育？」她問。

「是的，我以爲妳也知道。和喬達拉從東邊回來時，我在旅途上服用某種植物，我不想在旅行中懷孕，萬一生產時沒人能幫忙。」她說。

「妳告訴我妳已經受朵妮祝福。妳說從上次流血到現在已經過了三個月亮周期，所以當時妳還在旅行。」朵妮侍者說。

「我差不多能肯定這寶寶是我們在越過冰川之後懷的。」愛拉說：「我們身上帶的蘿莎杜那氏燃燒石將冰融化成水的量，只夠給我們倆、馬兒和沃夫喝。我甚至沒有煮水泡茶，也沒準備我們習慣每天早晨喝的茶。那一段橫越冰川的路程十分艱難，我們幾乎熬不過來。下了冰川到達另一邊時，我們休息了一陣子，我沒費事去準備這種防止懷孕的植物，那時候懷孕已經沒關係，我們快到目的地了。發現懷孕時我很開心。」

「這種藥妳是哪裡學來的？」齊蘭朵妮問。

「伊札教我的，就是扶養我長大的那位女巫醫。」

「她怎麼解釋這種藥的效力？」第十四洞穴齊蘭朵妮說。

首席齊蘭朵妮看了她一眼，努力壓抑自己的惱怒。她以合理的順序提出每個問題，不需要別人幫忙，也不希望被打斷，不過愛拉還是回答了。

「穴熊族女人相信，男人的圖騰靈會和女人的打架，所以女人才會流血。男人的圖騰靈如果比女人的強，他的圖騰靈就會打敗她的，新生命就此開始。伊札告訴我，有些植物能使女人的圖騰靈強壯，幫她打敗男人的圖騰靈。」她解釋道。

「聽起來很原始，但我還是很訝異他們竟然會有這種觀念。」第十四洞穴齊蘭朵妮說完，首席齊蘭朵妮很嚴厲地瞪了她一眼。

愛拉聽得出她詆毀的語調。此刻她很慶幸自己之前沒有說出男人在女人身體裡創造生命的想法。她不認爲嬰兒是朵妮將男人和女人的靈混和的結果，也同樣不相信那是被打敗的靈，但她覺得不管是第十四洞穴齊蘭朵妮或者是其他人，對她的想法都會加以批評，而不是再三思量。

「妳說妳在旅途中服用了某種植物，爲什麼妳認爲這種藥有效？」首席齊蘭朵妮再次取得發問的主導權。

「穴熊族男人很重視他們配偶的孩子，尤其是男孩子。配偶懷孕時，他們的聲譽就提高了。他們相信那表示自己的圖騰靈很活躍，而圖騰所代表的就是他們內在的力量。伊札告訴我，她已經好幾年都服用那種植物，讓自己不要懷孕，因爲她想使她的配偶蒙羞。他是個殘酷的男人，常毆打她，以顯示他有權掌控像她那樣地位崇高的女巫醫，因此她決定讓大家知道，他的圖騰靈不夠強壯，無法打敗她的。」愛拉說。

「她為何能容忍她配偶這種行為？」第十四洞穴齊蘭朵妮又插話了。「她為什麼不切斷結繩，另找一個男人？」

「因為穴熊族女人不能選擇自己的配偶。決定權在頭目和其他男人身上。」愛拉解釋。

「他們沒有選擇權！」第十四洞穴齊蘭朵妮氣急敗壞地說。

「在這種情形下，我認為這女人展現了相當巧妙的智慧。她叫什麼名字，伊札嗎？」在第十四洞穴齊蘭朵妮插嘴問另一個問題前，首席齊蘭朵妮趕忙說。

「所有穴熊族女人都知道這些植物嗎？」

「不，只有女巫醫知道，而且我認為只有伊札這個世系的女人才知道，但如果她認為別的女人有需要，她就會把這藥給其他女人。不過我不知道她是否告訴她們那是什麼，如果這事被男人發現，他們會相當生氣。不過沒有人會問伊札。女巫醫的知識不能洩漏給男人，而是必須傳給她們的女兒，如果她們有這方面的天賦，這些女人同樣會成為女巫醫。伊札把我當成她的女兒。」愛拉說。

「他們用藥的熟練程度讓我感到很訝異。」齊蘭朵妮說。她知道她的發言代表其他許多人。

「獅營的馬木特知道穴熊族的藥方效果有多好。他年輕時出外旅行，摔斷了手臂，傷勢很嚴重。他跌跌撞撞闖進穴熊族的洞穴，那裡的女巫醫把他的手臂接好，照顧他直到恢復健康為止。我們倆都認為他們就是和我一起生活的穴熊族部落，而治療他的女人，就是伊札的祖母。」

愛拉說完，木屋裡鴉雀無聲。她說的話令人難以置信。鄰近幾個洞穴的齊蘭朵妮亞曾聽約哈倫和喬達拉談過愛拉所謂自稱穴熊族的扁頭，而約哈倫等人說他們是人類而不是動物。在之後的幾天裡，人們熱烈討論這個話題，但大多數人都不接受扁頭是人類的想法。扁頭或許比大多數人以為的還要聰明，但他們根本算不上人類。但現在這女人卻說他們治好了一個馬木特伊氏男人，而且還懂得思考生命如何開始。她甚至暗示扁頭的醫治技術或許比齊蘭朵妮氏人的還要高明。

齊蘭朵妮亞又開始討論起這些議題，從屋外也聽得到裡面的騷動。守衛女人聚會的男性齊蘭朵妮亞難掩好奇心，想知道屋內爲何吵嚷不休，但他們還是在屋外等待受邀進屋。他們知道屋內還有幾個女人，但在女人的聚會裡有如此熱烈的討論卻十分罕見。

首席齊蘭朵妮已經聽愛拉深入談過穴熊族，她比其他人更快領悟出這層暗示，並加以詮釋。現在她已經願意接受他們是人類的事實，也相信齊蘭朵妮氏人必須了解這項事實可能帶來的後果，但即便如此，到現在她才發覺他們是多麼進步的人種。齊蘭朵妮原本推測這些人過著原始而簡單的生活，她認爲他們的醫療技術也差不多是這個程度。她覺得愛拉獲得不少優秀的基本指導，她可以根據這些基本知識再加以擴充，然而這樣的想法必須再重新評估。

在齊蘭朵妮氏人的歷史敘述中曾提到他們有一段時間也過著比較簡單的生活，然而他們對蔬菜和醫藥方面的認知，比其他種類的知識更進一步。她猜測他們對植物的認識可以追溯到更早之前。如果穴熊族的歷史如愛拉所認爲的那樣古老，他們或許已經發展出高層次的知識，這一點不無可能。那麼果眞如此，就像愛拉所指出的，他們可以自腦中擷取某些特殊的記憶。齊蘭朵妮但願能在愛拉把這件事向所有齊蘭朵妮亞提出之前就和她先談過，但或許目前的情況比較好。或許就是這麼一記當頭棒喝，才能使齊蘭朵妮亞了解到，愛拉口中的穴熊族人對齊蘭朵妮氏人將會有多深的衝擊。

「請肅靜。」齊蘭朵妮再度設法平息她們的騷動。等現場秩序終於恢復之後，她向眾人宣布：「看來愛拉給我們帶來了一些很有用的訊息。馬木特伊氏人敏銳感受到愛拉的特殊能力因而領養了她，使她成爲猛獁象火堆地盤的一員，事實上這和被齊蘭朵妮亞火堆地盤領養有相同的意義。之後我們會與她深入談談，探索她知識豐富的程度。如果她眞的知道防止生命開始的方法，這會是一項極大的利益。有幸得知此事，我們應該心懷感激。」

「我應該告訴妳，這方法不是每次都有效。」愛拉打斷她。「伊札的配偶死於一場地震後的洞穴崩場，但她發現我時已經懷孕，不久後她女兒烏芭就出生了。但伊札那時已經二十歲，穴熊族女人通常在八或九歲就已經成爲女人，因此她在這年紀懷第一胎已經是高齡產婦。那藥她吃了許多年都有效，而在我旅途中也幾乎都發揮了作用。」

「很少有什麼醫藥或治療知識是百分之百的有效。」齊蘭朵妮說：「到頭來，還是大地母親做決定。」

喬達拉很高興看到這幾個女人回來，他一直在等愛拉。達拉納和約哈倫到主營地去時，他和沃夫留在第九洞穴營地，他答應等愛拉一回來，他就會去和他們會合。瑪桑那叫弗拉那替他們準備熱茶和一些吃的，並且邀請潔莉卡和約普拉雅到他們木屋裡。瑪桑那和潔莉卡聊起彼此的親友，而弗拉那告訴約普拉雅年輕人計畫的幾項活動。

愛拉也和他們聊了一會兒，但在齊蘭朵妮亞木屋裡以爭執收場的聚會結束之後，她覺得必須獨自散散心。她對他們說要去看馬兒，隨後拿起背包，和沃夫一同離開。她沿著小溪往上游去探視馬兒，待了一會兒之後又繼續走，來到小池子邊。她本想游泳，但隨即決定再往前走。她沿著一條新闢的路前進，等到發覺自己到了新洞穴旁時，才明白她走的路和之前喬達拉與其他人走的是同一條。

來到洞穴外的小山坡時，她可以清楚看到洞口，她發現原本擋在前面的樹叢已經被清除了。洞口的土石也被移開，入口變大了。到現在爲止，幾乎每個夏季大會裡的人很可能都至少來過這個新洞穴一次，但是洞穴裡沒有太多來訪者留下的痕跡。它幾近白色的牆面如此美麗獨特，因此被人視爲神聖不可侵犯之地。齊蘭朵妮亞和洞穴頭目還在適應階段，他們嘗試思考使用這裡的恰當時間與方式。這洞穴太新，相關的使用慣例還沒有建立起來。

她上次生火點燃火把、留下炭灰的地方已經變成一個火堆，外面圍了圈石頭，一旁有幾根燒了一半的火把。她拿出背包裡的點火工具，迅速生火點燃火把，然後走向洞穴入口。

她高舉火把，踏進暗處。從入口射進來的陽光照亮了通道口斜坡的軟泥地，照出地面上大大小小重疊的腳印，有的穿著鞋，有的光著腳。她看見一個又長又窄的光腳印，可能是個高個子男人的。還有一個中等大小的腳印，比剛才那個寬些，或許是個成年女人或成長中男孩的腳。有個用草或蘆葦編織成的涼鞋印，旁邊是個鹿皮軟鞋，接著她又看到一排間隔很寬、腳步不穩的小腳印，或許是剛學走路的幼兒。小腳印上面是隻狼的足印。愛拉納悶著，到底是哪個追捕者留下了這腳印，竟沒發覺走在她前面先進了洞穴的沃夫。

愈往地底下走，愛拉愈覺得冰冷潮濕，四周也愈來愈暗。這洞穴很容易進來，至少一般人能順利走到寬敞的主要房間。這裡可供全家人使用，但不是當作居住場所。又濕又暗的洞穴不適合居住，更何況這一區有那麼多庇護所，全都有陽光照射，地面平坦，頭頂上還有遮蔽雨雪的岩架。這洞穴太美麗，讓人覺得是個特別的聖壇，是通往大地母親子宮獨一無二的入口。

愛拉和沃夫沿著白色牆面的大房間左邊往前走，進到最後面的狹窄通道。牆面在此處升高變寬，和成弧形的白色洞頂相連。她往下走進變寬的狹窄空間，中間有根圓柱從洞頂往下延伸，但沒有碰到地面。她開始覺得冷，於是伸手從背包裡拿出柔軟的巨角鹿皮搭在肩上。這是在野牛踩死夏佛納之前，她用標槍投擲器射下的那頭巨角鹿做成的皮；從那時候開始發生了太多事，感覺上彷彿是好久以前，但其實沒有那麼久，她想著。

狹小的通道繞過懸在洞頂的柱子之後就到了底。愛拉走到盡頭後又回頭坐了下來，她喜歡這塊寬敞舒適的地方。沃夫走過來用頭磨蹭著她空出來的那隻手。「我想你要我注意你。」她說著，把火把換到左手，撓抓牠的耳後。等沃夫又跑去探索，她的心思飄回到稍早那場即將配對女人與齊蘭朵妮亞一起出席的會議，以及在大多數女人離開後她們討論的事情。

她思考親屬符號的意義，想起瑪桑那的符號是馬。她不禁好奇自己的符號是什麼動物。在靈界裡，馬和野牛是比狼、穴獅或穴熊更重要的力量動物。在靈界裡事情是顛倒、相反的；或許是裡外顛倒，也可能是上下相反。正當她坐在那裡，有種感覺開始傳遍她全身，之前她也曾有過這種感覺。她不喜歡並試圖抗拒，但卻無法控制自己。彷彿想起了什麼似的，她憶起她的夢境，但那不止是夢，也不止是回憶。就好像是她重新體驗夢與回憶似的，她模糊感覺自己想起了其實不曾發生過的事。

她焦慮不安。她做錯了某件事，然後她把碗裡剩下的液體一飲而盡。她跟隨忽明忽滅的火光，通過一個長得彷彿沒有盡頭的洞穴；然後她看到幾位莫格烏爾沐浴在火光中。她感到一陣噁心，嚇得一動也不動，然後她掉進漆黑的洞裡。突然間克雷伯幫助她、支持她，平息她的恐懼，克雷伯睿智又仁慈，他了解靈界。

場景改變。在昏黃的光線中，一隻大貓跳向原牛，和這隻紅褐色的巨大野牛搏鬥。穴獅發出怒吼，把巨大的爪子伸進洞口，將她的左腿抓出四條平行的傷痕。

「妳的圖騰是穴獅。」老莫格烏爾說。

場景又變了。光束照進長而曲折的洞穴通道，火光照耀在下垂飄蕩的美麗物體上。她看到一個東西，類似飄揚的長長馬尾。她變成一匹黃褐色的母馬，奔竄入馬群裡。牠高聲嘶鳴，擺動黑色的尾巴，彷彿在召喚愛拉。她抬起頭看著去路，看到克雷伯從陰影中走出來時嚇了一大跳。他做出手勢催她快走。她聽到一聲馬兒的嘶鳴，馬群正朝著懸崖邊奔去。她慌慌張張跑向牠們。她的胃緊張地糾結成一團，她聽到一匹馬的尖叫聲，牠頭下腳上從懸崖邊向下墜落。

她有兩個兒子，但誰也想不到他們倆是兄弟。一個和喬達拉一樣是個金髮的高個子，另一個年紀比較大，他的臉藏在陰影中，但她知道那是杜爾克。這兩兄弟在空曠寂寥、狂風吹襲的草原中央，由不同方向朝彼此前進。她明白她其中一個兒子會殺了另一個。正當他們逐漸靠近對方時，愛拉試圖接近他們，但一片黏呼呼的厚牆將她絆倒。兩人幾乎要面對面了，他們舉起手臂彷彿要擊出重重的一拳，她發出尖叫。

「孩子，醒醒！」馬木特說：「那是個象徵，是個訊息。」

「但是其中一個人會死！」她喊著。

「不是妳想的那樣，愛拉。」馬木特說：「妳必須找出眞正的意義。妳有天賦。記住，靈的世界是不一樣的，它上下顚倒，左右相反。」

火把掉到地上時，愛拉跳了起來。她在火焰熄滅前趕忙揀起了火把，接著望向懸在洞頂那根看起來像是有支撐作用、但根本沒有著地的柱子。它是相反的，是上下顚倒的。她一陣哆嗦，那根柱子瞬間變成一堵透明、黏糊的牆。牆的另一邊一匹馬頭上腳下從懸崖邊緣墜落。

沃夫回來了。牠嗅著她，發出嗚咽聲，然後跑出去又折回來，再次嗚咽著。愛拉站起來看著沃夫，仍舊試圖釐清思緒。「怎麼了，沃夫？你要告訴我什麼事？你要我跟你走嗎？」

她走出通道來到入口時，看見有人拿著另一個火把，從斜坡走進洞穴，雖然她的火把劈啪作響，就快熄滅，但這個人顯然也看見她了。她加快腳步，但才又向前走了幾步火就熄了。她停下來，發現朝她接近的火光移動得更快。她鬆了口氣。那人還沒走到她面前時，她的眼睛就已經逐漸習慣黑暗。在從外面照進大房間後方的朦朧光線下，她隱約看得見路。她心想必要的話她或許能走得出去，不過她還是很高興有人進來。然而當她看清楚來者是誰的時候，她非常驚訝。

「是你！」他們倆同時說。

「我不知道有人在裡面，我不想打擾妳。」

「看到你眞是太高興了。」愛拉幾乎同時說道。說完她笑了。「我眞的很高興見到你，布魯克佛。我的火把熄了。」

「我看到了。」他說：「我送妳出去吧！如果妳已經準備離開的話。」

「我在這裡待太久了。」她說：「我很冷，眞高興能曬曬太陽。我該更小心的。」

「在這洞裡很容易讓人失神。它太美了。而且讓人感到……我不會說，特別吧。」他說著將火把舉在兩人中間，開始往外走。

「可不是嗎？」

「妳是第一個看見這洞穴的人，一定很興奮吧？我們到過這座山坡好多次，甚至沒辦法用數字數出來，不過妳來之前沒人發現這裡。」布魯克佛說。

「光看到這地方就夠教人興奮，不管是不是第一個進來的人。無論是誰，頭一次看到這裡，一定都很興奮。你之前進來過嗎？」愛拉問。

「有的。每個人都在談這個洞穴，因此天黑之前我就點起火把進來看了。太陽快下山，我時間不多，因此打算今天再回來。」布魯克佛說。

「嗯，很高興你來了。」他們走上通往入口的斜坡時，愛拉說。「我或許還是可以出得來，因爲還有些陽光照到這裡，沃夫也可以幫我。但看到你拿著火把，我說不出心裡有多輕鬆。」

布魯克佛低頭看到沃夫。「我相信牠一定能帶妳出去。之前我沒看到牠。牠也很特別，對不對？」

「對我而言，牠的確很特別。你見過牠了嗎？我和牠有一種正式介紹的方式，介紹後牠就知道你是牠的朋友。」愛拉說。

「我想成爲妳的朋友。」布魯克佛說。

他說話的樣子使愛拉不由得用穴熊族女人不經意的方式快速瞥了他一眼。他的話語裡透露出他不止希望成爲她朋友。她感受到他對她的渴望，她不打算相信。布魯克佛爲何渴望得到她？他們幾乎不認識彼此。他們走出洞穴時，她對他微笑，一部分原因是想掩飾她的不安。

「那麼我來把你介紹給沃夫。」她說。

她牽起布魯克佛的手，讓沃夫聞他的味道，完成整個正式介紹的程序。

「我想我還沒告訴過妳，那天妳站出來面對瑪羅那的惡作劇，我有多麼佩服妳。」介紹完之後，他對她說。「這女人有時刻薄又惡毒。我了解她，因爲小時候我跟她住在一起，我們是很遠的表親，但我母親死後只剩下瑪羅那的母親跟她關係最近，而且她可以哺乳，所以她甩不掉我。她接受了我，但卻一點都不喜歡這個責任。」

「我承認我不太喜歡瑪羅那。」愛拉說：「但有些人認爲她或許不能有孩子。若眞的是如此，我替她感到難過。」

「我不確定她是不能還是不想。有些人認爲她只要一受到祝福，一定想辦法把孩子流掉。反正她也當不成像樣的母親。除了自己，她不替任何人著想。」布魯克佛說。「不像拉諾卡，這女孩將來會是個好母親。」

「她已經是了。」愛拉說。

「那得感謝妳，蘿蕾拉才有活命的機會。」他說。他凝視著愛拉，那眼神又讓她不自在。她低下頭摸摸沃夫，讓自己分心。

「該謝的是餵奶給她喝的那幾位母親，不是我。」她說。

「但沒人還費事去發現那寶寶沒有喝奶，或關心她到替她求援的程度。我看過妳和拉諾卡在一起，妳把她當成個好女孩對待。」

「她當然是個好女孩，」愛拉說：「她是個很令人敬佩的女孩，將來也會成爲一個好女人。」

「沒錯，但她還是屬於第九洞穴地位最低的家庭。」布魯克佛說：「我願意和她配對，將我的地位與她共享，反正對我沒什麼損失。可是我不認爲她想要我。我對她來說年紀太大，而且太……嗯……反正沒有女人想和我在一起。我很希望她能找到配得上她的人。」

「我也是，布魯克佛。但爲什麼你會認爲沒有女人想跟你在一起？」愛拉反駁他。「我聽說你在第九洞穴的地位接近首位，而且喬達拉說你是個優秀的獵人，對洞穴貢獻很大，喬達拉非常感謝你，布魯克佛。如果我是正要找對象的齊蘭朵妮氏女人，又或者我不是要和喬達拉配對，我就會考慮你。你有太多優點了。」

他仔細端詳她，想確定她不是和過去的瑪羅那一樣，將話鋒一轉，旋即變爲傲慢的挖苦。但愛拉似乎眞的很誠懇，她是發自內心說出這些話。

「這個嘛，很遺憾妳沒在找配偶。」布魯克佛說。「不過如果妳打算開始找，請告訴我一聲。」他面帶微笑，想讓她覺得這是句玩笑話。

從看到她的那一刻起，布魯克佛就知道她是他朝思暮想的女人，問題是她將要和喬達拉配對了。好個幸運的男人，他想。不過他一直是那麼幸運。但願他珍惜他所擁有的，因爲他不珍惜，我會取代他。如果她願意，我會立刻接納她。

聽到說話聲，他們抬頭看見幾個人從第九洞穴營地的方向走來。愛拉幾乎立刻就認出容貌酷似的兩個男人，她笑著對他們揮手，他們倆認出了她，也對她揮手。和他們在一起的兩個身材修長的年輕女孩容貌毫無相似之處，然而她倆都是喬達拉的近親。他已經向愛拉解釋過齊蘭朵妮氏人複雜的親屬關係，一邊看著這四個人走來的愛拉，一邊思考他們之間的關係。

齊蘭朵妮氏人只將同一個女人生的孩子稱做是兄弟姊妹，而同一個男人火堆地盤裡的孩子是彼此的表兄弟姊妹，不是手足。喬達拉和弗拉那的火堆地盤男人不一樣，但他們倆是兄妹，因爲他們的母親是同一個人。約普拉雅是喬達拉血緣相近的表妹，因爲達拉納雖然是他們的火堆地盤男人，但兩人的母親不同。兄弟或表兄弟姊妹不是被公開承認的關係；這種親屬關係是不言自明的。血緣相近的表兄弟姊妹，尤其是也稱作火堆地盤表親的這些人關係太近，不能相互配對。

還有一個和達拉納與喬達拉在一起的人，是約普拉雅婚約對象艾丘札。他的體型和身高都屬中等，但他和那兩個高大的男人一樣外形獨特，在愛拉眼裡看來尤其如此。約普拉雅和艾丘札將與她和喬達拉在同一場配對禮上配對，通常這些男女會發展出深厚的友誼。愛拉希望眞是這樣，但他們住得這麼遠，不太可能培養感情。當他們走近時，愛拉注意到約普拉雅不時望向喬達拉，她很訝異自己並不介意。約普拉雅的悲傷愛拉感同身受，她了解約普拉雅的哀愁。她也曾經與自己不愛的男人訂婚約，但約普拉雅卻無法在最後一刻扭轉情勢。

血親相近的表兄弟姊妹通常一起被撫養長大，或者住在附近，他們知道對方是近親，不能作爲配對的對象。但當喬達拉將那個現在改名爲馬卓曼的男人的兩顆門牙打斷、搬去和他的火堆地盤男人同住時，他已經是青少年了。達拉納的火堆地盤女兒約普拉雅只比他年紀小一點，但兩人小時候並不認識。

達拉納看到他的兩個火堆地盤兒女團聚，心裡很高興，他想讓他們倆熟識對方。方法之一就是同時訓練他們敲擊燧石的技藝，使他們有共同的話題。事實上這是個很好的主意。但他不知道這個與自己容貌相仿的年輕人，對她女兒約普拉雅產生了什麼影響力。她一直很崇拜她的火堆地盤男人，因此喬達拉一出現，她很容易就將這份強烈的感情轉移到她血緣相近的表哥身上。潔莉卡看出女兒的心意，但達拉納和喬達拉卻渾然不覺。約普拉雅總是用玩笑掩飾她的感情，而知道表親不能配對的兩個男人，也不把她的話當眞，以爲她只是開玩笑。

達拉納的蘭薩朵妮氏洞穴人口相當少，沒人能與這才貌雙全的年輕女人匹配。在喬達拉離家遠行後，潔莉卡催促達拉納不時帶蘭薩朵妮氏人去參加齊蘭朵妮氏的夏季大會，他們都希望約普拉雅能找到對象，而許多年輕男人也對她有意思。但因為別人老是盯著她看，讓她覺得自己異於常人，而且她和別人在一起時，都沒能像和她表哥喬達拉相處時那樣自在。

她知道表兄弟姊妹有時也會配對，不過當然這些人的關係非常遠。然而她選擇忘卻這個事實，幻想喬達拉在旅途中認定他也愛她，正如同她愛他一般。她知道這夢想不可能實現，但還是衷心期待有一天他回到家鄉向眾人宣布她是他唯一的眞愛。然而他非但沒有如此，反而和愛拉一起回來。她痛苦絕望，但眼見他傾心於這個外地女人，她知道自己的夢想搖搖欲墜。

和她發展出某種程度情誼的這男人，是達拉納洞穴的新成員。這混靈男人艾丘札也和她一樣，無論走到哪都擺脫不開旁人的目光。約普拉雅幫助他融入他們的洞穴，使他明白達拉納和蘭薩朵妮氏人接受他。她甚至還協助他加強語言能力，好言相勸哄他說出自己身世的也是她。

他母親被異族男人強暴，對方也殺了她的配偶。生下艾丘札後她受族人詛咒，因為她配偶被殺，還生了個畸形的兒子，因此被視為帶有厄運的女人。她離開族人準備尋死，這時候有個逃離沙木乃邪惡頭目的年長男人安多文救了她。安多文在齊蘭朵妮氏人的洞穴裡住了一陣子，但是他們的風俗和自己的族人差異太大，他在那裡並不自在。他搬離齊蘭朵妮氏洞穴獨自生活，直到發現這個穴熊族女人和她兒子，於是他們倆一起撫養他。艾丘札和她母親學習穴熊族的手語，和安多文學習口說語言，只不過這是安多文自己族人的語言和他學到的齊蘭朵妮氏人語言的混和體。然而當艾丘札成年時，安多文卻死了，他母親無法忍受孤獨的生活，於是向當初強加在她身上的死咒屈服。安多文死後沒多久，她也死了，留下艾丘札一人。

這年輕人也不想一個人生活，他嘗試回到穴熊族去，但他們當他是畸形，不願意接受他。雖然他會說話，但他也被齊蘭朵妮氏人看做混靈的孽種而被拒絕。絕望之際他試圖自殺，然而醒來時卻看到達拉納的笑臉。達拉納發現他受了傷但沒死，於是帶他回他的洞穴。蘭薩朵妮氏人接納了他。他崇拜這高大的男人，而約普拉雅卻是他鍾愛的對象。

她對他很和善，和他聊天，聽他訴說，甚至還替他做了一件在蘭薩朵妮氏收養儀式上穿的華麗束腰上衣。他深愛著她，想到這份愛就心痛不已，但他不認爲自己有機會。長久以來他一直掙扎著想鼓起勇氣請求她當自己的配偶。在她的火堆地盤表哥喬達拉帶著愛拉返鄉後，她終於接受了他，他簡直難以置信。他立刻就對喬達拉和愛拉產生好感，因爲他們倆不把他當成異類。

不管艾丘札到哪裡，周圍的人都瞪著他看。他分別從穴熊族和異族身上遺傳到一些外形特徵，這樣的外貌實在不怎麼出色。他的高度和異族的平均身高一樣，但他確有一副穴熊族健壯、橢圓形胸部的體型，相當短而彎曲的腿，以及穴熊族毛髮濃密的身體。他的脖子很長，他也會說話，甚至還有和異族一樣的下巴，不過卻是向後傾斜，因此看起來軟弱無力。他突出的鼻子和粗大的眉脊，與呈一字形、橫跨前額的雜亂眉毛，完全是來自穴熊族，不過他的前額和所有異族男人一樣高而平坦。

這種相貌組合在許多人眼裡看來異常古怪，似乎不十分相稱，但在愛拉看來卻不會。她在穴熊族部落長大，也因此承襲了他們的審美標準。她一直覺得自己又大又醜，她太高，臉又扁平，輪廓太淺。她或許認爲混種的外貌很好看，但其他人都覺得艾丘札格外地醜陋，只有眼睛例外。他那雙深褐色的大眼睛在夜晚是透明的黑色，在陽光下卻閃爍著淡褐色光亮，這對眼珠洋溢著熱情，銳氣逼人，充滿智慧。當他凝望約普拉雅，這雙眼睛流露出他對她的愛。

雖然約普拉雅並不愛他，但她覺得艾丘札和自己在某方面跟一家人一樣，也打從心底尊敬他。雖然旁人瞪著她是因爲她帶有異地風情的美貌，然而她還是因此覺得自己和其他人不同。她和艾丘札一樣痛恨這一點。她和他在一起時也很自在，和他有話聊。她決定如果自己得不到所愛的男人，那麼就和愛她的男人配對，而她知道自己再也找不到比艾丘札更愛她的男人。

當營地來的一行人愈走愈近時，愛拉發現布魯克佛愈來愈緊張。他瞪著艾丘札時臉上的表情一點也不友善。這使她意識到這兩個人的相同和相異之處。就艾丘札的例子來說，生下混靈孩子的是他母親，而布魯克佛這邊卻是他祖母。艾丘札的穴熊族特徵當然比較明顯，然而對愛拉和在場所有人來說，兩人無疑都是混種，不過布魯克佛的確比艾丘札更貌似異族。

雖然愛拉學著欣賞異族喜歡的外貌，她還是覺得穴熊族突出的五官很漂亮。她告訴布魯克佛，她不了解爲什麼沒有女人想和他在一起時，她是眞的這麼認爲。如果她是齊蘭朵妮氏女人，而又不會與喬達拉配對，她或許會考慮他，但她知道她不盡然是齊蘭朵妮氏女人，至少目前還不是。而她私底下完全不會考慮接受布魯克佛。雖然她覺得他相貌英俊，也的確有許多長才可貢獻，然而他有股令她不安的特質。他勾起她對穴熊族的回憶，然而大部分都和布勞德有關。此刻他看著艾丘札的表情就是最好的證明。

「你好，布魯克佛。」喬達拉面帶微笑迎上前去對他說。「我想你認識我的火堆地盤男人達拉納，但你是否見過我的表妹約普拉雅，和她的婚約對象艾丘札？」喬達拉正準備要替他們正式介紹，艾丘札已經舉起雙手，但就在他開始前，布魯克佛打斷他。

「我沒興趣碰扁頭！」他說完把手放在身體兩側，邁開大步轉身離開。

所有人都愣住了，弗拉那終於開口。

「他怎麼這麼沒禮貌！」她說：「我知道他把她母親的死歸罪於扁頭——我想現在我該稱他們爲穴熊族——但他的行爲還是不可原諒。我知道就算沒別人教過他，母親教導他的禮貌可不是這樣。母親一定很寒心。」

「我母親或許是扁頭或穴熊族，隨你們怎麼稱呼都行，但我不是。」艾丘札說：「我是蘭薩朵妮氏人。」

「沒錯，你是的。」約普拉雅牽起他的手說：「而且我們就快配對了。」

「我們知道布魯克佛身上也留著穴熊族的血液，」達拉納說：「大家都看得出來，如果他不能忍受碰觸和他背景相同的人，那麼他怎能忍受自己？」

「那就是他的問題所在。」喬達拉說。「布魯克佛恨他自己。小時候他不斷受人挑釁，其他孩子叫他扁頭，他一直否認。」

「但不管怎麼否認，他無法改變他的出身。」愛拉說。

沒人壓低音量，而且布魯克佛的耳朵很靈，他們說的每句話他都聽見了。他有另一項異族的特徵是穴熊族所沒有的，他會流淚。離開時他淚水盈眶。連她也這麼說！聽到愛拉的意見時他自言自語道。我以為她和別人不同，當她說如果沒有喬達拉她會考慮我的時候，我以為她是認眞的，但她也認為我是扁頭。她絕對不會考慮和我配對，她並非眞有此意。他愈想愈氣；如果她不是認眞的，就不該那樣鼓勵別人。不管她說什麼，不管他們任何一個人說什麼，我不是扁頭！

當來自齊蘭朵妮氏第九洞穴和蘭薩朵妮氏第一洞穴所組成的這群人從他們營地啓程時，天色仍暗，但天空已從黑色轉為深藍色，一抹陽光為東方地平線上的山丘鑲上了金框。他們用火把照路，來到喬達拉示範標槍投擲器的地方，這裡原本是一大片草地，現在已經被人踏平，成為空曠的土地，他們很高興見到中央的熊熊營火。有些獵人已經到了。天空逐漸變亮，從主河升起的冰涼晨霧開始瀰漫在周遭的樹林與灌木叢間，將站在營火旁的人包圍住。

早晨的鳥兒放開喉嚨齊聲歌唱，啁啾啼囀，蓋過低語的談話聲，更凸顯人們期盼的心情。愛拉牽著嘶嘶的籠頭，跪下來用一隻手臂環抱沃夫，對著撫摸快快使牠平靜下來的喬達拉微笑。她詫異地看著周遭，這是她見過規模最大的狩獵隊伍，人數多得她數不出來。她想起齊蘭朵妮曾說願意教她怎麼數龐大的數目，因此決定詢問她。愛拉希望能數出有多少人在這附近活動。

即將配對的女人通常不參加配對禮前的狩獵，她們受到某些特定的限制，也必須參加各種爲她們籌畫的活動。首席齊蘭朵妮和她約略演練過一遍活動流程，她因此可以不用出席。這次狩獵他們要試驗用馬兒協助打獵，還有嘗試使用標槍投擲器，因此需要愛拉參與。雖然配對禮即將到來，她還是被准許加入狩獵行列，愛拉很高興。要不是在獨居山谷時學會打獵，或許她活不下來，而且打獵多少培養出她獨立自主的精神。

雖然有些即將配對的女人也會打獵，但其中只有一個人願意加入這次狩獵。既然愛拉已經開了先例，他們也准許她參加。大多數女孩小時候都像男孩子一樣愛打獵，到了青春期後，許多女孩還是會去打獵，她們多半是因爲有男孩子在場。有些女孩子單純喜歡打獵，然而一旦年輕女人配對生子之後，多半就忙得沒時間，因此樂於讓男人代勞。這時候她們開始培養能提升自己地位的其他手藝和技能，藉此交易她們想要的東西，她們也因此無須遠離子女。不過男人喜歡找年輕時有打獵經驗的女人當配偶，她們了解打獵的困難，因此對配偶的成功能心懷感謝，對他們的失敗也寄予同情。

愛拉參加了前一晚齊蘭朵妮亞安排的搜探儀式，在場還有大多數的頭目和幾位獵人，但她只是從旁觀察，並未實際參與。在搜探中他們發現有一大群原牛聚集在附近的山谷裡，尤其適合作爲狩獵對象，因此眾人打算先去那裡試試，不過不能保證有任何斬獲。即使有位齊蘭朵妮在搜探中以心靈之眼「看到」動物，牠們也可能不會出現在第二天獵人看到的地方。不過那座山谷裡有片吸引野牛群的茂盛草原，如果原牛離開，很可能有其他動物在那裡。然而獵人還是希望能找到原牛，因爲在每年的這個季節，牛群會大量聚集，一次狩獵就能提供他們大量美味牛肉。

如果原牛賴以維生的食物非常豐足，一隻成年公牛肩膀的高度可以高達約兩百公分，體重將近一千四百公斤，是人類往後豢養的最大牛隻體重的兩倍，身高還高出約八十五公分。牠看起來就像是普通的公牛，只是身軀龐大得多，幾乎接近猛獁象的大小。原牛偏好的食物是青草，而且是新鮮嫩綠的草，不是成熟的草莖，也不是樹葉。牠們最喜歡待在空地、森林邊緣、草原和沼澤地，而不是平原。牠們在秋天也吃橡實和乾果，累積脂肪存量，在冬天時就無須紆尊降貴四處尋找樹葉和嫩芽。

公原牛的毛通常又黑又長，背上有淺色條紋，前額有糾結的捲曲毛髮和兩根細長的角，顏色從根部偏白的灰色逐漸轉爲尖端的黑色，角尖朝向前方。母牛體型小而矮，毛色較淺，通常偏紅。一般來說只有年老或幼小的牛會落入四腳掠食動物的手裡。成年的公原牛不怕任何獵捕者，包括人類在內，牠們也懶得躲避。牠隨時準備迎戰，特別是在秋天交配季節，但也不限於此時。牠會在狂怒之下往前衝，用牛角頂起一個人或一隻狼後往空中丟，甚至能戳穿一頭穴獅，將對方的腹部切開。原牛又快又敏捷，身強體壯，是十分危險的動物。

一等光線夠亮，這群獵人就立刻啓程。他們向前疾行，在太陽尚未高升之前就看見那群原牛；這片山谷竟然如此接近。山谷的一端通往一個相當大的峽谷，它先是呈漏斗狀逐漸收窄成一個隘口，然後再次敞開形成天然的柵欄。它不是完全封閉，而是有幾個窄小的出口。這地方之前有人使用，一般而言一季不超過一次。一場大型狩獵留下的血腥味使動物不願靠近，一直要等到冬天的雪洗淨殺戮痕跡，才能回復山谷的原貌。不過有些獵人早已預期之後會使用這塊地方，因此建造了圍欄將出口擋住，有幾個獵人繞著出口一圈，檢查圍欄，挑選投擲標槍的有利地點。愛拉聽見一聲狼嚎。這效果不錯，她心想，這是一切就緒的信號。已經有人提醒她，因此她一直環抱著沃夫，限制牠的行動，以免牠想回應。

其他獵人已經從邊緣逐漸包圍牛群，儘量不驚擾牠們，不過有這麼大一群人，執行起來確實是個艱難的任務。愛拉和喬達拉遠離人群，他們不想讓狼的氣味引起騷動。聽到信號，他們跳上馬，讓馬兒小跑步前進，沃夫跟在一旁。原牛是群居的動物，雖然公牛又快又有力，但牛群中也有年幼的原牛。怒吼叫囂聲和在眼前飄動的不明物體足以驚嚇牛群，如果其中一隻開始奔跑，其他牛隻也會跟上去。兩個騎在馬背上的人逼近牛群，喊叫並揮舞著東西，再加上沃夫的味道，牛群立刻盲目四散潰逃，進入峽谷。

狹窄的圍欄使牛群放慢速度，在出口前擠成一團。煙塵滾滾中牛群大聲咆哮，有的想朝另一個方向往外衝，不管往哪裡都行。沃夫與騎在馬上的兩個人四處追趕，把牛群趕回頭。終於有一頭老公牛再也無法忍受，決心突破重圍，擺好架式準備反擊，用蹄子刨土，放低牛角。就在那一瞬間，有兩支從標槍投擲器飛出來的標槍射中牠。牠雙膝跪地，從側面翻倒。此時大部分牛隻都出來了，柵門已經關上，獵人開始大肆宰殺。

各式各樣的標槍朝這些受困的野獸射去，有長有短，有的標槍頭以燧石製成，有的是磨尖的獸骨或象牙。獵人必須在狹窄的柵門後面輪番上陣，才能避開野牛的大角和尖銳的蹄。

除了愛拉和喬達拉以外，也有其他人使用標槍射中原牛。幾個喜歡新奇、愛好冒險的人一直在練習標槍投擲器，今天才在這裡試用。幾支標槍沒有命中也無妨，因爲原牛除了回到大地母親的胸前之外哪兒也去不了。

一個早上獵得的肉，就保證足夠讓整個夏季大會的人吃好一陣子，此外還能供應規模龐大的配對慶典之需。原牛被趕到圍欄時，獵人就已經派人將口信帶回營地，於是第二批大隊人馬聞訊前來協助。在最後一隻原牛倒下的同時，他們就衝進圍欄，開始進行支解、醃製和保存的工作。

肉類的保存有好幾種方法。此處接近冰川，地底有深淺不一的永凍層可以當作冰櫃，只要往下挖掘，就可以在地底的永凍土裡儲存新鮮的肉類。生肉還可以存放在很深的池塘或湖裡，或者是平靜的小溪或河流迴水處。用這些方法儲存的肉類可以保持一年的新鮮度，絕少有腐壞的情形。只要用岩石固定，沉在水底，綁上長竿子做記號以方便日後尋找即可。肉類也可以做成肉乾，保存好幾年，但這種方式的問題在於初夏是綠頭蒼蠅出沒的季節，牠們會立刻毀掉晾在外面風乾或曬乾的肉類。冒著濃煙的火焰能趕走蒼蠅，然而必須有人持續在嗆鼻的煙霧中看守。不過把肉類製成肉乾，可以當作旅行中的乾糧，因此是不可避免的手續。

除了肉以外，原牛皮革也相當重要。它可以製成工具、容器、衣服和庇護所等各式各樣的東西。油脂可以提煉出來當作燃料；毛可以製成纖維物質和塡充物，也能縫製溫暖的衣服；筋腱能製成細線和綑綁用的繩子，用在不同的建築工程上。牛角可以當成容器和各種器具，例如壁板的鉸鏈，甚至能做成首飾。牙齒常被做成工具，也常拿來當首飾。內臟可以製成防水的外袋和衣服，以及盛裝香腸和油脂的腸衣。

骨頭有許多用途，人們可以將牛骨製成器皿和大盤子、雕刻品和武器；把骨頭敲開裡面有營養豐富的骨髓，而骨髓也可以加在火堆裡當燃料。原牛身上沒有一樣東西被丟棄，即使是蹄和皮革碎片也能煮來當多功用的接著劑。例如和筋腱煮在一起，就能用來黏標槍頭和刀子的把手，連接不同材質的標槍桿。也能把堅韌的鞋底和柔軟的腳套接和在一起。

然而首先要做的就是剝下動物的皮，將各部位分開，把肉儲存起來，而且動作必須要快。獵人會派出守衛站哨，將小偷趕走——其他肉食動物會不擇手段想來分一杯羹。這種大規模集體獵殺原牛的行動會引來鄰近地區所有肉食動物。愛拉最先看到的就是躡手躡腳接近的鬣狗。她拿出拋石索，幾乎是下意識指示嘶嘶跟蹤鬣狗。

她必須下馬多撿些石頭，不過她投出石頭的速度之快，一個人就足以發揮她和喬達拉兩人守衛的效果。幾乎任何人都能宰殺動物，連小孩也幫得上忙，但驅趕肉食動物卻不容易，需要使用武器的技巧。狼群引起沃夫的注意，牠迫不及待想把這群多管閒事的狼趕離牠同伴宰殺的原牛，但愛拉叫牠後退。最糟的就是惡毒、有攻擊性的狼獾。或許因爲此時正是配對季節，有兩隻可能是一公一母的狼獾一起出現。牠們對著一頭母原牛噴出麝香腺體，那氣味太難聞，因此將標槍收回來之後，幾個獵人合力將母牛拖出來，讓這兩隻狼獾和其他躍躍欲試的肉食動物去搶奪這隻獵物。不過其他動物要搶下這頭母牛並不容易，因爲大家都清楚狼獾爲了保住獵物，甚至不惜對抗穴獅。

愛拉看到鼬，身上是夏季才有的棕色毛皮，然而到了冬天牠們會變成除了尾巴尖端的黑色之外渾身雪白的雪貂。她還看到狐狸、黃鼠狼和一隻有斑紋的雪豹，以及若無其事地在外圍把一切看在眼裡的一群穴獅，這些是她來到這裡後頭一次看見的穴獅，她停下來觀察牠們。穴獅的毛色都很淡，通常是淺象牙色，但這幾隻穴獅幾乎是白色的。起初她以為牠們全都是母獅，但其中有一隻穴獅的行為引起她注意，讓她多看了兩眼。那是隻沒有鬃毛的公獅！她問喬達拉，他說這一帶的穴獅都沒有鬃毛，當初他還很訝異東方的穴獅有一頭蓬鬆散亂的鬃毛。

天空中也有掠食者，牠們伺機而動，等著降落或被驅離再次飛入天空。禿鷹和老鷹不費吹灰之力乘著上升的暖氣流翱翔，熱空氣支撐著牠們向外伸展的大翅膀。鳶、隼和鶚鷲在空中滑翔、俯衝，時而與身形雄偉的渡鴉和叫聲粗啞刺耳的烏鴉打鬥。體型小的齧齒動物和爬蟲類能輕易快速奔跑或爬行，躲過人類的眼睛，但這些小型掠食者經常自相殘殺。最後所有東西都會被體型最小的動物清除，那就是昆蟲。然而不管守衛的獵人多麼盡心盡力謹慎守護，在原牛被完全宰殺並儲存之前，所有肉食動物都會分到一份。在處理完之前他們也會同時儘量保住一些特殊的毛皮，雖然那不是他們主要的目的。

夏季大會首次狩獵成功是個吉兆。它不但保證齊蘭朵妮氏人未來有個好年頭，尤其能為即將配對的伴侶們帶來好運。等肉類和其他部位被帶回營地儲藏，免於腐壞或被四腳肉食動物偷竊，配對禮就會立刻舉行。

一旦狩獵的亢奮情緒過去，相關工作結束，夏季大會營地裡所有人的注意力就會轉移到即將來臨的婚禮上。愛拉迫不及待，但她也很緊張。喬達拉也一樣。他們不時對望，露出幾近羞怯的表情，兩人都盼望一切順利進行。

第三十章

齊蘭朵妮想私下找時間和愛拉談談預防懷孕的藥方，但好像老是被別的事情打斷。愛拉的時間都被占滿了，她也是。這次狩獵由全體族人共同參與，代表所有齊蘭朵妮氏人，因此首席齊蘭朵妮必須舉行特別的儀式，以確保原牛的靈能安息，她同時也要舉行一場大型典禮感謝大地母親賜與的所有動物，這些動物獻祭生命，齊蘭朵妮氏人才能活下來。

這場狩獵可以說是太成功了，他們花了特別長的時間才把每件事情處理妥當。眾人將肉切塊後把油脂提煉出來，再把肉按比例分配。生皮革要不就是將毛刮除後晾乾，或者捲起來儲藏在地底下的冰窖裡，和肉、骨頭還有其他部位放在一起。大部分人都幫了忙，包括即將配對的女人。配對可以等。

首席齊蘭朵妮不在意典禮延誤，不過她但願在離開第九洞穴之前曾找時間和愛拉深入交談，那時要進一步認識這外地人比較容易。誰料得到這個年僅十九歲的年輕女人滿腹知識？雖然愛拉覺得自己已經年紀很大了。她一副天眞爛漫的樣子，在旁人眼中看來多少顯得缺乏經驗，然而齊蘭朵妮漸漸明白愛拉的高深莫測。她知道低估未知的事物永遠是不明智的，但之前她並沒有聽從自己內心的忠告。

現在首席齊蘭朵妮有別的事情要忙。基於某個特殊理由，齊蘭朵妮亞決定將通常在配對禮之後舉行的初夜禮提前。所有女性在初夜禮之前都還算是女孩，照理說不應該分享大地母親的交歡禮。初夜禮的那一天，女孩將在嚴密仔細的監控之下，身體被男人開啓，才能接受開啓新生命的靈。直到這一刻之前，她們都還不完全是女人。由於初夜禮向來在夏季大會時舉行，因而介於第一次月亮周期和初夜禮之間的那段時間，女孩子處於某種中間狀態。或許是因爲這些女孩是被禁止交往的對象，在這期間男人覺得她們特別有吸引力。

夏天才開始流血的女孩們，可以參加夏季大會結束前舉行的第二次初夜禮，但是在大會期間的這一段漫長間隔令人非常難熬。年輕或年紀大一點的男人都不時地跟在青春期女孩身後，而榮耀大地母親的慶典讓年輕女人更加意識到自己的渴望，尤其是那些在秋天初經來潮的女孩。沒有一個母親希望自己女兒在這時候開始初經，因爲等著她們的，是整個漫長冬季的黑暗和外出活動次數減少。

縱使等不到初夜禮就初嘗禁果的女人會蒙受污名，有些女孩依舊難免屈服於男人持續不斷地勸誘。然而不管男人如何努力不懈施以壓力，女孩們一旦屈從，最後就成爲不那麼理想的配對對象，因爲這表示她們缺乏自制力。在某些人看來，讓女孩背負污名並不公平，因爲這些女孩當時所做的，只不過是天眞地僭越了一般人所接受的習俗。但有些人把它當成女孩基本性格的一項重要測試，試驗她們是否生性正直、堅忍不拔，這些都是女人的重要特質。

在這種情況下，母親難免會求助於齊蘭朵妮亞，試圖掩飾女兒的不當行爲，她們也會如期參加初夜禮，因爲不參加就無法配對。齊蘭朵妮亞會儘量讓那些被選上「開啓」已經有初次經驗年輕女人的男人守口如瓶，不要洩漏祕密。但不只齊蘭朵妮亞知道破戒的是哪些女孩，其他許多人至少也都起了疑心。

然而今年夏天出了個罕見的狀況。有個年輕女人還沒參加初夜禮就懷孕了，她是第二十九洞穴南方領地的潔妮達，這女孩想和提前開啓她的年輕男人派瑞達爾配對。派瑞達爾也是第二十九洞穴南方領地的人，雖然他整個冬天不間斷地追求她，還誇口承諾，此時他對配對卻不怎麼熱心。廣大的鏡像岩庇護所有許多層空間，要找個隱密的地方幽會並不難。

支持派瑞達爾的人認爲他還太年輕。他不確定自己是否想配對，他的母親也不急著讓他兒子許下承諾。但齊蘭朵妮亞費盡唇舌催促他們同意。女人生孩子時不一定必須有配偶，但一般人希望孩子能誕生在某個男人的火堆地盤裡，第一個孩子尤其必須如此。

針對這個議題，另一種說法是，一般來說女人在配對前懷孕能提高她的身價，因爲她已經證明自己能替男人的火堆地盤帶來孩子，但等不及初夜禮、毅力不足的惡名，影響力也很大。潔妮達和她母親了解這一點，但她們也知道如果潔妮達配對時已經受到祝福是項好運，她應該較受男人歡迎。她們希望後者的優勢能彌補前者的劣勢。

許多人都在談論這女孩，有人贊成前一項說法，有人贊成後一項，但大多數人都一致認爲這是個有趣的狀況，尤其是從潔妮達和她母親所採取的態度看來。站在派瑞達爾和他母親這邊的人覺得他太年輕，無法擔負配對的責任；其他人認爲，如果大地母親確實選擇他的靈來祝福那女孩，那麼她必定覺得這男孩的能力足以成爲火堆地盤男人。雖然潔妮達缺乏自制力，然而她很幸運，因此派瑞達爾應該很高興能和她配對。如果他不想，有幾個男人甚至考慮代替他和潔妮達配對，不管她名聲如何。如果她這麼快就懷孕，一定表示她特別受到朵妮的祝福。

準備行初夜禮的女孩，都住在齊蘭朵妮亞住處附近有人看守的木屋裡。齊蘭朵妮亞決定這個懷孕的年輕女孩應該和其他女孩在一起，參加完整的儀式，因爲在配對前她無論如何都必須行初夜禮。他們認爲必須教導這女孩年輕女人該知道的事，但當她和其他人一起搬進木屋時，有人發出反對的聲音。

「初夜交歡禮是開啓女孩的身體使她成爲女人的儀式。如果潔妮達已經被開啓了，她還在這裡幹什麼？這個儀式應該是屬於耐心等待的女孩子，而不是不誠實的女孩子。」其中一個人用所有人都聽得見的大音量說。

有些人贊同她，但不是所有人。其中有個女孩反駁道：「她在這裡是因爲她想在第一場配對禮上配對，而女孩要行過初夜禮之後才能配對，更何況大地母親又祝福了她。」

有些女孩採取接受她的態度，她們大都是在前一年夏季大會之後沒多久月亮周期就已開始，而且據說已經私底下進行開啓的儀式，但大多數女孩都覺得必須小心謹慎。她們知道自己的名聲很可能取決於開啓她們的男人是否謹言愼行，而他很有可能是其中一個沒有破戒女孩的親戚。她們不想得罪任何人。她們很清楚自己也很可能蒙受同樣的羞恥，明白這會導致什麼樣的問題。

潔妮達對替她說話的女孩微笑，但不發一語。她覺得自己比木屋裡的大多數女孩還要來得年長而有智慧些。至少她知道眼前會發生什麼事，不像那些靜靜等著的女孩，既期待又憂心。而且她必須面對所有詆毀她的人，爲此她還增長了些勇氣。此外不管其他人怎麼說，她懷孕了，受到朵妮祝福，在這個孕期裡樂觀的情緒正充滿她的身心。她不知道懷孕已經啓動身體內的某些賀爾蒙，只知道她心滿意足，很高興懷了個小寶寶。

這些女孩理當被隔離，嚴密看守，然而潔妮達加入時有幾句評語卻不知怎地傳遍了營地，特別是「這個儀式應該是屬於耐心等待的女孩子，而不是不誠實的女孩子」這句話。聽說此事的首席齊蘭朵妮非常不高興。將這種話傳開來的一定是齊蘭朵妮亞，除了他們沒有人能那麼接近那些女孩，她希望知道多嘴的人是誰。

愛拉和喬達拉幾乎一整天都在處理原牛的皮，先是用燧石刮刀把裡面的油脂、薄膜和外面的毛刮除，然後再將皮浸泡在用手捏擠成糊狀後加水調成的牛腦溶液裡，讓生皮革極其柔軟有彈性。接著將皮革捲起來，儘量把裡面的液體擠乾，這個程序通常需要兩個人合作，一個人握住一邊。接著在牛皮邊緣每隔約七、八公分戳一個小洞，再用繩子穿過這些洞，把濕的皮綁在用四根竿子做成的長方形框架上拉緊，框架必須比整張皮還大。接下來才是苦差事。

將皮革牢牢固定在框架上之後，就把框架靠在樹幹上或橫梁上，讓皮革繃緊。這時就要用一根末端圓而平的棍子將生皮革一次又一次用力往上下左右儘量撐開，要這麼經過半天的功夫才能晾乾。在這個階段生皮革接近白色，表面是柔韌的絨面。這時就可以將皮製成衣物，但如果成品又被弄濕，就必須重新再繃緊一次，否則乾燥後就會變成硬梆梆的生皮革。爲了使皮在下水清洗之後能維持如絲絨般柔軟的觸感，皮革必須再經過一道處理程序。根據希望製作出的成品不同，有幾種不同的處理方法可供選擇。最簡單的就是煙燻。一種方法是用圓錐形的旅行小帳篷，將排煙口堵住，在裡面生起煙霧瀰漫的火堆。靠近帳篷頂的地方可以吊幾塊皮，然後將入口綁緊。瀰漫在帳篷裡的煙包裹著皮，覆蓋裡面的每個膠質纖維，讓皮保持柔軟。不同種類木頭燒出來的煙也能使皮的顏色改變，可以是從黃褐色、褐灰色到深褐色的不同黃色調。

另一種方式是將紅赭石粉末和獸脂——在水裡用小火熬煮的肥油——混和在一起，抹在皮上。這麼一來不只能將皮變成從亮橘紅色到褐紫紅色等不同色調的紅色，也有防水的作用。用平滑的樹枝或骨頭就能將這混合物抹上去，壓進皮革表面，打磨成較硬而發亮、幾乎完全防水的成品。紅赭石能防止細菌將皮腐蝕，也是驅蟲劑，能趕走住在人類等血液溫暖的動物裡的寄生蟲。

還有一種不那麼廣為人知也比較費工的處理方式，可以將接近白色的天然皮革變成純白色。不過這種方法比較容易失敗，因為很難維持皮革的柔軟度，不過一旦成功效果非常驚人。愛拉從年長的馬木特伊氏女人克蘿茲那裡學到這個方法。她先儲存她的尿液，再放置一段時間，讓它經由天然的化學變化成為可以當作漂白劑的氨水。將除毛後的皮革泡在氨水裡，然後用能起肥皂泡沫的皂根清洗，接著再放入腦溶液中軟化，用無雜質的白色陶土和很純的獸脂混和而成的高嶺土磨光打亮。

愛拉只做過一件白色衣服，而且是在克蘿茲的幫忙下完成，不過她發現離第三洞穴不遠處有個高嶺土礦，她想或許可以嘗試再做一次。她納悶著她從蘿莎杜那氏那女人那裡學來用脂肪和木炭灰燼做成的肥皂，是否比皂根好用。

正當工作時，愛拉聽到有人討論起潔妮達，她覺得這情況很有趣，因為她能藉此徹底了解齊蘭朵妮氏人的傳統和習俗。她毫無疑問認為是派瑞達爾讓潔妮達的肚子裡有寶寶，既然兩人都表明沒有其他男人和潔妮達交歡，而愛拉確信是男人器官裡的精華讓女人懷孕。在一整天處理皮革的辛勞後，他們走回第九洞穴營地，這時愛拉問喬達拉，爲何齊蘭朵妮氏人在女人能自由選擇伴侶之前堅持必須先舉行初夜禮。

「我不懂，既然不是被強迫的，那麼由哪個年輕男人在去年冬天開啓她，或者有另一個男人在這裡開啓她，兩者有什麼差別。」愛拉說：「不像蘿莎杜那氏的美黛妮雅，那一群年輕人在她初夜禮之前強迫她。潔妮達現在懷孕是太年輕了些，但我也是，而且直到你教我之前，我甚至不曉得什麼是初夜禮。」

喬達拉相當同情那年輕女人，也很能體會她的心情。他在邁入成年期時和他的朵妮女墜入愛河，還想和她配對，因而打破他族人既定的傳統。當他發現已改名爲馬卓曼的拉卓曼一直在竊聽他們，還躲起來偷看，然後告訴所有人他們打算配對時，喬達拉盛怒之下不停打他，打斷了他的牙齒。馬卓曼也想要索蘭那當他的朵妮女，其實每個男人都想，但她選擇了喬達拉而非自己。

喬達拉覺得自己了解愛拉爲什麼有這種感受。她不是生在這裡，因此不能完全體會齊蘭朵妮氏人對他們終身信奉的習俗有何感受，或者反抗已知的傳統是多麼困難。他並不十分了解她曾打破穴熊族傳統，因而付出慘痛的代價；她差點死去，但自此她再也不怕質疑任何人的傳統。

「一般人對外地來的人比較容忍，」喬達拉說：「但潔妮達知道會發生什麼事。我希望派瑞達爾會跟她結合，兩人過著快樂的日子，但即使他不願意，我聽說有些男人會樂意和她配對。」

「我也這麼想。她是個年輕貌美的女人，懷著個寶寶，可以帶到男人的火堆地盤，如果他配得上她。」愛拉說。

他們並肩默默走了一會兒，接著喬達拉說：「我想這次夏季大會將令人難忘。首先潔妮達和派瑞達爾如果決定配對，就算她沒那麼早懷孕，他們也可能是有史以來最年輕的一對伴侶。而我又剛結束一段長途旅行，妳來自那麼遠的地方，大家都會熱烈談論，但我不認爲有人知道那到底有多遠。再來就是約普拉雅和艾丘札。他們兩人的身世和親緣關係與眾不同。我只希望少數反對者不會製造麻煩。我簡直不敢相信布魯克佛說了那些話。不管他的感受如何，都不該那麼無禮。」

「艾丘札說他不是穴熊族，這點是沒錯。」愛拉說：「他母親是，但他不是他們養大的。即使他們願意接納他回去，我想他也會發現自己難以和他們一起生活。他多少知道他們的手勢，但他甚至不知道他用的是女人的手勢。」

「女人的手勢？妳從來沒提過這件事。」喬達拉說。

「手勢的差異不容易察覺，但還是有差別。所有嬰兒最先是從母親那裡學到手勢，但等他們大一些以後，女孩們留在母親身邊繼續學習，男孩子較多時間開始跟著男人，學習他們的言行。」愛拉說。

「那妳教我和獅營的是什麼？」喬達拉說。

愛拉微笑。「是小嬰兒說的話。」她說。

「妳的意思是，我跟古邦講的是小嬰兒的牙牙語？」喬達拉嚇呆了。

「老實說，還不到那個程度，不過他懂。光是你知道一些，還想辦法說得正確，就已經讓他很驚訝了。」愛拉說。

「說得正確？古邦認為他的方式才正確？」喬達拉說。

「當然了，你不也是？」

「大概吧，」他說完笑了出來。「那妳認為什麼是正確的說法？」

「你習慣的說法永遠是正確的說法。現在，穴熊族、馬木特伊氏和齊蘭朵妮氏的說法都是正確的，但過一陣子之後，等我說了許久的齊蘭朵妮氏語，而且只說齊蘭朵妮氏語，我必定認為那才是正確的，即使我說的不對，或許我永遠沒辦法完全說對。我唯一說得最好的是穴熊族的語言，但也只是撫養我的那個部落的語言，那和這附近的穴熊族說話方式又不太一樣。」愛拉說。

正當他們來到小溪邊時，愛拉發現太陽已經西沉，她被天空中燦爛耀眼的光芒吸引。他們停下來望了一會兒。

「齊蘭朵妮問我要不要被選爲行明天初夜禮的男人，或許對象是潔妮達。」喬達拉說。

「她這麼跟你說的嗎？」愛拉說：「瑪桑那說男人不會被告知將會替誰行初夜禮，他們也不該對別人說。」

「她沒有明講。她說她想找的人不只要謹愼，還必須體貼。她說她知道妳懷孕了，她認爲我應該知道怎麼對待需要同樣關照的人。除了潔妮達之外還會有誰？」他說。

「你要去嗎？」愛拉說。

「我考慮過了。過去我曾經意願很高，而且興致勃勃，但我說我不會去。」他說。

「爲什麼？」她問。

「因爲妳的緣故。」他說。

「我？你覺得我會反對？」

「妳會嗎？」

「我明白這是你族人的傳統，其他已經配對的男人也會這麼做。」愛拉說。

「所以不管妳喜不喜歡，妳同意我去做，對不對？」

「大概吧。」她說。

「妳如果在某一季決定當朵妮女，我可能也會不高興，然而我之所以拒絕不是認爲妳會反對，而是因爲我不認爲我能給予她應得的關注。我會一直想著妳，拿她跟妳比，這對她很不公平。在這方面我向來比許多人更有能耐，我可以壓抑自己的需求，盡我所能溫柔體貼，不去傷害她，然而我從頭到尾都會希望眼前的人是妳，」他說：「我不介意表現得溫柔體貼，但我們是天生的一對，我不必擔心會傷害妳，至少現在不會。等到妳眞的當上朵妮女時，我就不敢說了。但到那時我們可以再想辦法。」

她到現在才發覺自己有多高興喬達拉回絕了齊蘭朵妮。她聽說許多男人都覺得那些年輕女人很有魅力，她不知道自己是不是在吃醋。她已經聽到齊蘭朵妮在女人的聚會上怎麼說，如果他接受這項提議她不會反對，但她很高興他沒答應。愛拉忍不住露出如落日餘暉般燦爛的微笑，讓喬達拉心裡暖烘烘的。

初夜交歡禮第二天，即將配對的伴侶和齊蘭朵妮亞會面。他們大多很年輕，不過有些是中年人，也有幾位年紀相當大，甚至超過五十歲。無論年齡大小，所有人都很興奮，期待這場典禮，他們大多很友善，在同一場配對禮配對的特殊情緣從此開始，許多終生友誼就是在此時建立起來。

瑪桑那說她願意陪沃夫，因此愛拉把牠留在她身邊，不過愛拉必須幫沃夫綁上一條限制活動的繩子，以免牠一直跟著瑪桑那。離開前她發現瑪桑那確實有一股鎭定的力量，和她在一起時，沃夫似乎比較放鬆。

他們到達齊蘭朵妮亞木屋時，愛拉看到樂薇拉和一個她沒見過的男人。樂薇拉招手要他們過去，把每個人介紹給一個中等身材的紅鬍子男人，他叫喬德坎，他臉上掛著親切的微笑，還有雙淘氣的眼睛。

「原來你是長者火堆地盤的人，」喬達拉說：「我和齊莫倫是老朋友了。我們一起拿到成年男人的皮帶。我在獵野牛那次看到他，但不知道他已經當上第二洞穴頭目。」

「他是我舅舅，我母親的弟弟。」喬德坎說。

「舅舅？你們倆看起來比較像年齡相仿的兄弟。」愛拉說。

「他只比我大幾歲，比較像是我年紀大些的哥哥。我母親在齊莫倫出生的時候，正值行初夜禮的年紀。」喬德坎說：「她一直像他第二個母親。在他母親也就是我外祖母過世後，就由我母親照顧他。我母親配對時相當年輕，但她配偶早死。我是她的頭一胎，我還有個小妹，但我對我的火堆地盤男人幾乎沒什麼印象。她受召成為齊蘭朵妮亞，之後再也沒有配對。」

「我還記得自己做的蠢事。」喬達拉說：「我看到齊莫倫的母親和一些母親站在一起，我照例對這位年輕貌美的女人品頭論足了一番，而且納悶著完成他成年禮的女人怎麼年紀那麼小。」他露出微笑。「你能想像當齊莫倫說這是他的女人時，我有什麼感受。而且當時他才跟我一樣大。然後他又告訴我，她其實是他姊姊。」

他們到了一會兒後，齊蘭朵妮亞好像準備開始了，這時又有兩個人抵達，他們是年輕的潔妮達和派瑞達爾。這對男女站在門口，看起來既緊張又有點害怕，一副隨時想奪門而出的樣子。樂薇拉突然離開人群，快步走向他們。

「你們好，我是第二十九洞穴西方領地的樂薇拉。你們是潔妮達和派瑞達爾是嗎？我想我見過妳，潔妮達，一兩年前妳曾經來夏季營地採收松子。我跟愛拉和喬達拉一起，愛拉就是帶著動物的那個女人，喬達拉的哥哥是我姊姊的配偶。過來見見他們。」她說完領著他們走回來。他們似乎不知如何是好，一句話也說不出來。

「她是波樂娃的妹妹，對不對？」約普拉雅悄聲說。

「沒錯，看得出來波樂娃也會像那樣歡迎別人。」愛拉說。

「約普拉雅和艾丘札也在這裡，他們是來這裡和我們一起配對的蘭薩朵妮氏人。」他們走來時樂薇拉正說道。「這是我的婚約對象，齊蘭朵妮氏第二洞穴的喬德坎，來見見潔妮達和派瑞達爾，他們倆都來自第二十九洞穴南方領地。」她看著這對年輕男女說：「沒錯吧？」

「沒錯。」潔妮達笑得很緊張，同時又擔心地皺著眉頭。

喬德坎向派瑞達爾伸出雙手，露出開懷的微笑。「你好。」

「你好。」派瑞達爾握住他的手回答，然而他的握手軟弱無力，也不知道該說些什麼其他的話。

「你好，派瑞達爾。」接著換喬達拉問候，他也握住他的手。「我是不是在狩獵時看過你？」

「我有去，」年輕男人說。「我看到你……在馬背上。」

「對，我想你也看到愛拉了。」

派瑞達爾看起來很不自在，一句話也說不出來。

「你獵到原牛了嗎？」喬德坎問。

「是的。」派瑞達爾說。

「他殺了兩頭母牛，」潔妮達說：「有一隻肚子裡還有隻小牛。」

「妳知道小牛皮很適合拿來做嬰兒服嗎？」樂薇拉說：「又細緻又柔軟。」

「我母親也這麼說。」潔妮達回答。

「我們還沒見過面。」愛拉說著，伸出雙手。「我是愛拉，之前是馬木特伊氏獅營成員，但現在我是齊蘭朵妮氏第九洞穴成員。以同時也稱作朵妮的大地母親馬特之名，我問候妳。」

潔妮達有點嚇到了，她從來沒聽過哪個人的說話方式這麼不一樣。一陣極其尷尬的沉默之後，她彷彿想起了她的禮貌似地說：「我是齊蘭朵妮氏第二十九洞穴南方領地的潔妮達。以朵妮之名，我問候妳，齊蘭朵妮氏第九洞穴的愛拉。」

約普拉雅上前一步，向這年輕女人伸出雙手。「我是蘭薩朵妮氏第一洞穴的約普拉雅，蘭薩朵妮氏創立者與頭目達拉納的火堆地盤女兒。以大地母親之名，我問候妳，潔妮達。這位是我的婚約對象，蘭薩朵妮氏第一洞穴的艾丘札。」

潔妮達直視這對男女，她簡直是副目瞪口呆的模樣，毫不誇張。她不是第一個滿臉訝異的人，但她好像比大多數人更不能控制表情。接著她彷彿突然間發現自己在做什麼似地閉起嘴巴，羞紅了臉。

「我……我很抱歉。我母親如果知道我這麼沒禮貌，她會很生氣，但我忍不住。你們兩人看起來都那麼不一樣，不過妳很漂亮而他……不是，」她說完又滿臉通紅。「我很抱歉。我想說的是……我的意思不是……我只是……」

「妳的意思是她那麼美，而他那麼醜。」喬德坎眨眨眼睛說。他看著他們兩人，咧嘴大笑。「我說的是事實，對不對？」在一陣令人尷尬的沉默之後，艾丘札說話了。

「你說得沒錯，喬德坎，我是很醜。我無法想像爲什麼這位美麗的女子會要我，但我不懷疑自己的運氣。」艾丘札說完露出微笑，笑容使他的眼睛閃閃發亮。

看到有著穴熊族外貌的人臉上掛著笑，總是讓愛拉訝異不已。穴熊族人不會笑。對他們來說，露出牙齒的表情被當成威脅或卑躬屈膝的緊張表現。不過這表情多少改變了艾丘札的臉部線條，緩和穴熊族過深的輪廓，使他變得比較和藹可親。

「其實我很高興有你在這裡，艾丘札，」喬德坎說：「站在這該死的傢伙旁邊，」他指著喬達拉：「每個人看起來都很醜，可是你讓我跟這個年輕人變帥了！不過這裡的女人每一位都很美麗。」

喬德坎的直率把每個人都逗笑了，心情跟著放鬆。樂薇拉滿眼愛意看著他。「噢，眞是謝謝你了，喬德坎。」她說：「不過你不能否認艾丘札的眼睛和喬達拉的一樣特別，一樣惹人注目。我從來沒見過這麼漂亮的黑眼珠！他那樣看著約普拉雅，讓我明白他們爲什麼會配對。如果他也那麼望著我，我很難拒絕他。」

「我喜歡艾丘札的長相，」愛拉說。「不過他的眼睛的確是他五官裡最突出的部分。」

「如果我們要打開天窗說亮話，」喬德坎說：「愛拉，妳說話的方式很不尋常。得習慣一陣子，但我喜歡。旁人會因此特別留心聽妳說話。不過妳一定是從很遠的地方來的。」

「你想像不到的遠。」喬達拉說。

「我還有件事想問。」喬德坎加了句：「那隻狼在哪裡？其他人說他們和牠正式見過面，我也希望認識牠。」

愛拉對這男人微笑。他的直截了當和誠實讓她自然而然喜歡他，而他輕鬆自在的態度也感染了所有人。「沃夫和瑪桑那在一起。我覺得如果牠別靠近這裡，對牠和對其他人都比較好。但如果你來第九洞穴營地，我很樂意把牠介紹給你，我想牠也會喜歡你。」她說。「歡迎你們所有人都來。」她看著每個人說，包括那對露出放鬆微笑的年輕男女在內。

「沒錯，我們絕對歡迎。」喬達拉加了句。他喜歡他們見到的這幾對配偶，尤其是外向又體貼的樂薇拉，和讓他想起弟弟索諾倫的喬德坎。

他們發現首席齊蘭朵妮站在木屋中央不發一語，等待每個人將注意力移到她身上。之後她對所有人發表談話，告訴在場的人他們即將許下的承諾有多麼嚴肅，同時重複她之前對女人們說的幾件事，以及指示他們在配對禮上該做些什麼。接著其他齊蘭朵妮亞向他們解釋在典禮上該站在哪裡、該往哪裡走和該說什麼話。他們將典禮的步驟和動作預演了一遍。

離開前，首席齊蘭朵妮再次對他們說話。「這件事你們多半知道，但我想現在說清楚。在配對禮後的半個月亮周期裡，用數字表示大約是十四天，這段時間裡剛完成配對的男女不准和對方以外的人說話。只有在非常緊急的事故發生時才能跟其他人交談，而且對象只能是朵妮侍者，他會決定此事是否重要到必須打破禁令。我希望你們了解這麼做的原因。這是強迫一對配偶朝夕相處，看他們是否真能和對方一起生活。在這段時間結束之後，如果這兩人決定他們不能與對方和諧共處，那麼其中任何一方都能做出切斷關係的決定，不必承擔後果，就好像他們根本沒有配對一樣。」

首席齊蘭朵妮知道大多數男女都很期待執行禁令，一想到能朝夕單獨相處就欣喜若狂。但她知道最後很可能會有一兩對默默決定分道揚鑣。她仔細觀察每個人，想判斷哪些配偶能繼續在一起。她也試著評判有哪幾對甚至連十四天都撐不下去。隨後她祝福這些人，告訴他們配對禮會在第二天傍晚舉行。

愛拉和喬達拉並不擔心他們獨處的時間可能證明兩人的配對不合適。他們倆在一年中的大部分時間裡，除了沿路在幾個洞穴短暫停留之外，其餘時間都在只有彼此的陪伴下度過。兩人都很期待這段強制規定下的親密時光，尤其那時不會有必須不斷旅行的壓力。

離開木屋後，四對配偶一起走向他們的營地。潔妮達和派瑞達爾最先轉向另一條路。離開前，潔妮達向樂薇拉伸出雙手。「我想向妳道謝，」她說：「感謝妳歡迎我們，邀我們倆加入你們。走進木屋時，感覺上好像每個人都瞪著我們看，我不知道該怎麼辦。但我發現當我們離開時，別人正看著約普拉雅和艾丘札、愛拉和喬達拉，甚至還有妳和喬德坎。或許每個人都盯著其他人看，但妳卻讓我有歸屬感，而不是被排除、隔離在外。」她傾身向前，以自己的臉頰輕觸樂薇拉的臉頰。

「潔妮達是個聰明的年輕女人，」他們繼續往前走時，喬達拉說。「派瑞達爾很幸運，能贏得她的芳心，我希望他能珍惜她。」

「他們看起來眞的很相愛，」樂薇拉說。「我不明白他之前爲什麼不願意配對？」

「我猜是他母親比較不願意。」喬德坎說。

「我想你說得沒錯。」愛拉說：「派瑞達爾還年輕，母親對他的影響力還很大，不過潔妮達也是。他們兩個分別是多大年紀？」

「我想他們倆都是十三歲。潔妮達才剛滿十三，派瑞達爾大她幾個月，將近十四。」樂薇拉說。

「在他身邊我就成了個老男人。」喬達拉說：「我二十三歲，比他大了好幾歲。派瑞達爾甚至還沒機會去住法洛吉。」

「我是老女人。」愛拉說：「我十九歲。」

「十九歲不老，愛拉。我二十歲。」約普拉雅說。

「你呢，艾丘札？」喬德坎說：「你幾歲？」

說。

「我不清楚，」他說：「據我所知，沒人告訴我或幫我記錄。」

「你是否曾經試著回想每一年發生的事？」樂薇拉問。

「我記憶力很好，但童年生活對我來說是一片模糊的回憶，只是一季接著一季過下去。」艾丘札

「我十七歲。」樂薇拉說。

「我二十歲。」喬德坎自動說。「我們的營地到了，明天見！」他們揮手告別，做出「歡迎再來拜訪我們」的手勢。另外四個人於是繼續走向齊蘭朵妮氏人和蘭薩朵妮氏人的聯合營地。

即將和喬達拉配對的那天早晨，愛拉起了個大早。太陽升起之前的微弱光線射進木屋幾乎不透明壁板的縫隙，照亮了裂縫，爲縫隙開口鑲上金邊。她靜靜躺著，試圖分辨投射在牆上物體朦朧形狀的細部。

愛拉聽見喬達拉規律的呼吸聲。她悄悄坐起來，看著睡在她身旁的男人在微光中的臉龐，他那精緻挺直的鼻梁、方正的下巴和高起的前額。她還記得第一次在她的山谷中細看他熟睡面容時的情景。他是她記憶所及第一個看到和她同類的人，而他身受重傷。她不知道他能否活下來，但當時她覺得他很美。現在的她依然這麼認爲，即使她已經知道一般人通常不會形容男人美麗。她對這男人的愛充滿了全身上下每一個細胞，她簡直無法承受這幾近痛苦、極度滿溢卻又舒適溫暖的愛，因而無法自制。她靜靜起身，快速穿好衣服，溜到戶外。

她越過營地向外張望。從他們微微高起的營地可以看見主河谷在她眼前展開。在接近一片黑暗中，木屋看起來像是一個個從陰暗地表隆起的黑色的小土堆，每一個圓形建築的中央都有根柱子支撐許多個居住單位。此刻的營地寂靜無聲，將會和不久之後的擾攘紛亂大異其趣。

愛拉轉向小溪，沿著溪流向上游走。天色明顯亮了起來，曙光逐漸拭去天空中點點繁星。在圍籬中的馬兒注意到她接近，發出輕聲嘶鳴表示歡迎。她轉身走向牠們，從綁在限制牠們活動範圍的柱子間的木棍下方鑽進去。她雙手環繞黃褐色母馬的頸子。

「今天是我和喬達拉配對的日子，嘶嘶。妳把幾乎流血至死的他帶到洞穴裡來，彷彿是好久以前的事了。從那時開始我們走了好遠的路，我們永遠也不會見到那座山谷。」愛拉對母馬說。快快輕推她，也想得到她的關注。愛拉拍拍牠，然後擁抱棕色公馬粗壯的頸子。剛結束夜襲的沃夫從樹林裡出現。牠慢慢跑向被馬兒圍繞著的女人。

「你來啦，沃夫，」她說：「你到哪兒去了？你今天早上跑出去了。」她從眼角瞥見樹叢裡有個移動的影子，抬起頭來剛好看到另一隻深色的狼躲在濃密的灌木叢後面。她彎下腰用手捧住沃夫的頭，撫摸牠毛茸茸的下巴。「你替自己找了個配偶，或是朋友嗎？」她說：「你想和寶寶一樣回到荒野裡嗎？我會很想念你，但我不會阻止你找到自己的伴。」愛拉摸著牠，牠滿意地低聲嚎叫。此刻牠無意回到樹林裡那個模糊不清的身影旁。

太陽上緣出現在地平線上。愛拉聞到早晨營火的煙味，她往下游望去。幾個早起的人這時已經開始活動，營地漸漸充滿生氣。

她看見因爲擔心而皺起眉頭的喬達拉朝她大踏步走來。這表情很熟悉，他很愛操心，她想。她已經對他臉上的每個線條和表情瞭如指掌。她常常暗中注視著他，不管他在哪裡、在做什麼，她的眼神總能找出他。全神貫注打磨一塊新燧石時，他也一樣眉心打結，彷彿想從同樣質地的石頭中看出裡面的微粒，好事先知道他該從那邊下刀。他所有表情她都愛，但最喜歡的還是看他露出溫柔又逗趣的微笑，或者瞳孔放大、深情款款凝望著她的時候。

「我一大早醒來後就睡不著了。」愛拉說：「所以我到外面去。我想沃夫有個配偶藏在樹林裡，所以牠今天早上才跑出去。」

「那是個外出的好理由。如果我有個配偶，我不介意跟她一起跑到樹林子裡。」他說著，笑意抹平了擔憂的皺眉。他擁著她，將她拉近自己，低頭看著她。她的頭髮沒有整理，一頭睡醒後蓬鬆的頭髮還隨意披散在肩上，濃密的深金色波浪蓋在臉的兩側。她已經開始像他洞穴的女人一樣，把頭髮整齊盤在頭上，但他依舊最喜歡她披散著長髮，就好像他第一次看到她在下方的河水裡洗完澡後，裸體站在她洞穴前方的岩架上，沐浴在陽光裡的模樣。

「在今天結束之前，你就會有配偶了。」她說。「你要和她逃到哪裡去？」

「到我生命的盡頭，愛拉。」他親吻她時說道。

「原來你們倆在這裡！記住，今天是你們舉行配對儀式的日子，在儀式結束之前不准分享快感。」約哈倫來了。「愛拉，瑪桑那準備了一杯茶等著她。「妳必須把這杯茶當早餐，愛拉。妳今天應該禁食。」

「喝茶就行了。反正我不覺得今天可以吃得下東西。謝謝妳，瑪桑那。」她看著喬達拉和約哈倫拿著些包裹離開。

正當喬達拉要走進他和其他幾個當晚即將配對的男人同住的木屋時，他看見約哈倫隔著一片草地向他比手勢。這些一起住在木屋裡的男人大多有親戚關係，所有人都有一兩個最親近的親戚或朋友陪在身邊。他才剛把所有在十四天試驗期中的必需品拿到一個小營帳裡，他把營帳設在遠離夏季大會營地的地方，靠近新洞穴那個山坡的背後。雖然他覺得應該幫愛拉也帶些必需品，但依照慣例之後有人會幫他們帶東西過去。

他在木屋入口外面等他哥哥。這地方和他之前在夏季大會上與其他想逃開母親、母親的配偶和其他長輩監視的年輕男人同住的單身漢木屋沒什麼不同。喬達拉回憶起在木屋裡和喧鬧的朋友，還有偶爾前來短暫停留的不同年輕女子共度的每個夏天。這些木屋之間通常有一種氣氛和諧的競爭，住在裡面的年輕男人會比賽誰能說服最多位年輕女人來和他們過夜。最終目標似乎是讓每個男人在每晚都能有不同的女人作陪，除了專爲男人保留的夜晚之外。

在這幾個晚上，所有人都到凌晨才入睡。弄得到酒的時候，他們會喝巴瑪酒和水果酒。有人帶來某植物的不同部位，這些植物通常是留待舉行儀式時使用。年輕男人徹夜唱歌跳舞、說故事與賭博，其中夾雜著歡笑聲。在邀請女人前來的夜晚，聚會經常較早結束，一對或數對男女提早離開聚會，進行更私密的娛樂。

單身法洛吉裡的男人總是動不動就和即將配對的男人開玩笑，並且對他們議論紛紛，喬達拉對此往往一笑置之——他自己也曾這麼做過——但他現在住的木屋安靜多了，同住的男人也比較正經。他們都將面臨同樣一件事，這件事不是還沒對象的年輕男人可以隨便拿來開玩笑的。

即將配對的男人禁止進入女人住的齊蘭朵妮亞木屋，配偶們在配對禮之前不准接近對方。男人雖然住在木屋裡，同樣遠離自己的營地，但他們比女人自由。除了不能接近婚約對象的女人以外，他們的行動不受限制。男人分別待在幾個較小的住處裡，但所有女人和她們的親戚好友全都一起住在一間木屋裡。齊蘭朵妮亞木屋比其他木屋來得大，但比男人的木屋擁擠，從裡面發出不由自主的笑聲往往勾起男人的好奇心。

「喬達拉！」約哈倫走近時喊他。「瑪桑那要找你。她在齊蘭朵妮亞木屋，配對女人住的那裡。」

喬達拉很訝異瑪桑那找他，他一邊納悶著他母親想做什麼，一邊匆忙趕去。他輕敲木屋入口外面的門柱，當門板往旁邊移動時，他忍不住伸長脖子往裡看。他跳起來瞥見愛拉，但瑪桑那小心翼翼關上身後的門。她手裡拿著個包裹，他覺得這包裹非常眼熟。在他們漫長的旅途中，愛拉從頭到尾頑固地堅持帶著這包裹。他認得包在外面綁著繩子的薄皮革。他一直對它很好奇，但她總是迴避他的詢問。

「愛拉一定要我把這給你。」瑪桑那把包裹塞給他時說：「你知道你們不應該在典禮前有任何接觸，就算間接的也不行，但愛拉說，早知道她應該早點拿給你。她沮喪得快哭了，如果我沒有把這東西給你，她就準備打破禁令。她叫我告訴你，這是在配對禮上用的。」

「謝謝妳，母親。」喬達拉說。

在他想開口之前瑪桑那就已經關上了門。他離開那裡，邊走回木屋邊看著包裹。他掂一掂包裹的重量，納悶到底裡面裝了什麼。它很軟，但體積好像很大。這就是他不懂爲什麼每次他們必須減輕行李重量、騰出更多空間時，她還堅持留著這件東西的原因之一。愛拉整路帶著它，就只是爲了要給他在他們的配對禮上用嗎？他想著。看起來這包裹太重要了，不能隨便在公眾場所打開。他想找個比較隱蔽的地方。

喬達拉帶著愛拉的神祕包裹走進木屋時，他很高興裡面空無一人。他笨手笨腳地想解開繩子，但費了好大的勁，繩結依然打不開，最後他用刀子切開繩子。他拆開外層用來保護的皮革，看著裡面的東西，它是白色的。他把它拿出來，高高舉起。那是一件純白色的美麗皮製束腰上衣，雪貂黑色尖端的白尾巴是唯一的裝飾。她說這是配對用的東西，難道她做了一件婚配服給他？

已經有人給了他幾套衣服，他也選了一件裝飾華麗的齊蘭朵妮樣式服裝，但這一件完全不同。這件白色束腰上衣的剪裁比較像是馬木特伊的樣式，不過他們的服飾通常會用象牙珠子、貝殼和各式各樣其他材料裝飾得十分繁複。這件衣服完全沒有這類裝飾，只有幾根雪貂的尾巴，但由於顏色的緣故使它看起來極爲顯眼。這件束腰上衣是閃亮的純白色，也就是最難染成的皮革顏色。沒有任何裝飾擾亂這純粹的顏色，簡單的設計使它看起來非常出色。

她是什麼時候製作這件衣服的？他想。她不可能是在旅行的時候做的。她沒有時間，再說她一開始就帶著這個包裹。她一定是在他們和馬木特伊氏獅營住在一起的那個冬天縫製的。但那個冬天她已經和雷奈克訂婚約了。喬達拉把束腰上衣在自己身上比了一下。這絕對是他的尺寸，雷奈克穿這件衣服太大了，他是個比較短小精幹的男人。

如果她正準備留在馬木特伊氏營地裡和雷奈克一起生活，爲什麼要替他做束腰上衣，而且還是這麼美麗的一件衣服？喬達拉手裡揪著束腰上衣，腦筋不停轉著。它非常柔軟有韌性，她製作的皮革都有這種特性，但她花了多久的時間在這皮革上，才讓它變得這麼柔軟？還有這顏色。她是跟誰學製作白色皮革？或許跟妮姬學的？然後他想起他看過鶴火堆那個年長女人克蘿茲，在一次所有人必須盛裝打扮的某場儀式上，穿著一件白色的服裝。愛拉會不會是跟她學的？他想不起曾經看過她縫製白皮革，但或許那時他沒留意。

他用手指耙梳柔軟光亮的雪貂尾。這些雪貂尾她是哪弄來的？他隨即想起在她把一丁點大、活生生的幼狼帶回長屋的同一天，也帶了些雪貂回來。回憶起她引發的那場騷動，他不由得笑了。但後來他們吵了一架——好吧，是他跟她吵，錯在他——那時他已經搬到煮食火堆地盤，當晚她去了雷奈克的火堆地盤。他們幾乎要訂婚約了。然而她可能花了許多日子替他縫製這件柔軟、美麗的白色束腰上衣。甚至在那時候她還是如此愛他嗎？

喬達拉雙眼迷濛，幾乎落淚。他知道當時他對她冷淡。那是他的嫉妒心在作祟，而且不止如此，他還害怕族人知道扶養她的人是誰之後會說些什麼。是他把她趕到另一個男人的臂彎裡，然而她還是花了那麼多時間做這件衣服給他，然後她又一路帶著它，只爲了要讓他在配對禮上穿。難怪她那麼沮喪，爲確認他一定能拿到衣服，還準備違抗不准見他的禁令。

他再次看著它。這件衣服甚至連一點皺紋都沒有。在他們到家後，她一定找了個地方把它拉直、用蒸氣熨平。他把束腰上衣抱在懷裡，感覺它的柔軟，他幾乎覺得自己懷裡抱著的是她，她花了那麼多心力製作這件衣服！就算它不是那麼漂亮，他也很願意穿上。

但這件衣服眞的很漂亮。所有他挑選的那幾件裝飾華麗的婚配服都被比下去了。喬達拉穿衣服很講究，他知道。他私底下對自己挑選衣服的品味很引以爲傲。那是他自小從母親那裡學來的小小虛榮心，而沒有人比瑪桑那更講究更優雅。他不知道她是否看過這件束腰上衣，不過他存疑。要是看過，她一定很欣賞雪貂尾恰如其分地點綴讓這件衣服看起來細緻無比，她會有某些表情，某些暗示。

喬達拉抬起頭看見約哈倫走近木屋。「你在這裡，喬達拉。我好像整天都在找你。他們對你有特別的指示，要你過去。」他看到那件白色服裝。「你手裡拿著什麼？」他問。

「愛拉替我做了件配對禮上穿的束腰上衣，母親爲了把衣服給我才叫我去。」他把衣服舉在約哈倫面前。

「喬達拉！這件衣服眞是太特別了！」他哥哥說：「我不知道是否曾看過做工這麼精細的白皮革。你總愛精心打扮，穿上這個你眞的會很出色。許多女人都會希望她能代替愛拉。不過也有許多男人不介意取代你，包括你哥哥在內——當然要不是我已經有波樂娃的話。」

「我很幸運。你甚至不知道我有多幸運，約哈倫。」

「嗯，我想說，祝你們倆幸福美滿。我之前沒什麼機會告訴你。從前有時候我會很擔心你，尤其是在你……闖了禍被送走之後。你回來後總是不缺女人，但我懷疑你是否能找到你所愛的女人。我敢說你終有一天會配對，但我不知道你是否能找到和波樂娃一樣的好配偶。我從來不認爲瑪羅那適合你。」約哈倫說。喬達拉深受感動。

「我知道我該開玩笑地說，現在的你已經把自己給綁死在火堆地盤的責任裡了。」約哈倫繼續說：「但我很誠懇地告訴你，波樂娃讓我的日子過得非常快樂，她的兒子也帶給我無可比擬的特殊情感。你知道她懷了第二個孩子嗎？」

「不，我不知道。愛拉也懷孕了。我們的配偶將會有年齡相近的孩子，他們會像是火堆地盤的表兄弟姊妹。」喬達拉開心地笑著。

「我很肯定波樂娃的兒子是我的靈帶來的，我希望她懷的這個也是，但即使他們不是，火堆地盤子女能帶給男人很大的快樂，這種特殊的感覺很難形容。看看傑拉達爾，他讓我充滿驕傲和喜悅。」

兩個男人緊緊搭住對方肩膀，擁抱對方。「我老哥跟我掏心掏肺了。」喬達拉笑著對這個稍微矮他一些的男人說。「老實告訴你，約哈倫。我常嫉妒你得到的快樂，即使在我離開前，那時你還沒有孩子。當時我就知道波樂娃是個適合你的好女人，她使你的火堆地盤成爲一個溫馨的地方。我回來以後，在這段短短的時間裡，我已經喜歡上她那個小傢伙。而且傑拉達爾長得很像你。」

「你該去了，喬達拉。他們叫我告訴你快去。」

喬達拉把白色束腰上衣摺好，鬆鬆地包在外層的軟皮裡，小心平放在他的鋪蓋捲上，然後和他哥哥一起離開，但他回頭望向那個包裹，迫不及待想試穿那件他和愛拉配對時要穿的白色束腰上衣。

第三十一章

「我不知道今天會被限制行動，不然我會及早安排。」愛拉說：「我必須確定馬兒一切都好，沃夫必須要能自由進出這裡。如果不能來看我，牠會很難過。」

「這種問題之前從來沒發生過，」第十四洞穴齊蘭朵妮說：「在配對當天、典禮舉行之前，妳應該要在隱蔽的地方。根據歷史傳說，曾經有段時間女人必須被隔離一整個月！」

「那是很久以前的事了，在所有人都在同一場配對禮舉行配對之前，配對常常在冬天舉行。」首席齊蘭朵妮說：「那時候齊蘭朵妮氏人比較少，不像我們現在這樣舉行聚會儀式。一個洞穴裡有一兩個女人在冬天被限制行動一整個月是一回事，但有許多女人在夏天的狩獵和採收季節裡有那麼長一段時間都無法幫忙，完全是另一回事。要不是沒有即將配對的女人幫忙，我們到現在還在大費周章儲存原牛。」

「或許是這樣吧，」年長的齊蘭朵妮說：「但一天的禁足不算長。」

「通常是不算長，但因為有了那些動物，情況特殊。」首席齊蘭朵妮說：「我想我們一定能想出解決的方法。」

「妳是否反對沃夫隨意進出木屋？」瑪桑那說：「女人們似乎不怕牠。我們只要不把入口門簾下半部的繩子綁上。」

「我想這不是問題。」第十四洞穴齊蘭朵妮說。

她和這四腳獵人見面時，非常驚喜。牠舔了她的手，似乎對她很熱情，她也很喜歡撫摸這隻活生生動物的毛皮。她問了愛拉幾個問題後，愛拉說了她如何將這隻幼狼從鬣狗身邊救下來，帶牠回家的故事。她堅持如果在動物很小的時候就發現牠們，許多動物很可能都會對人友善。第十四洞穴齊蘭朵妮注意到，由於沃夫的緣故，讓這女人受到眾人的注目，也因此聲名遠播，她納悶和動物做朋友會有多難，但或許和幼小的動物相處並不難吧。不過體型大小不重要，任何自願接近人類的動物都會引來注意。

「那麼，剩下馬的問題了。喬達拉可以照顧牠們嗎？」瑪桑那說。

「當然可以，但我必須告訴他，馬兒需要他的照顧。自從我們來到夏季大會之後，一直是我在照顧馬兒，因為他總是忙著別的事。」愛拉說。

「她不准和喬達拉交談，」第十四洞穴齊蘭朵妮堅持：「她什麼也不能跟他說！」

「但別人可以。」瑪桑那說。

「恐怕和儀式有關的人都不行，親屬也不行，」第十九洞穴齊蘭朵妮說：「當然第十四洞穴齊蘭朵妮說得沒錯，而且正因為女人被隔離的時間不再像以往那麼久，嚴格執行隔離日就更重要了。」這位白髮女人由於關節炎侵襲幾乎全跛，但這並不妨礙她強悍的性格。愛拉之前就見識過了。

瑪桑那很慶幸自己沒提起她把愛拉的包裹交給喬達拉，這肯定會惹惱齊蘭朵妮亞；他們有時非常堅持在重要儀式中，必須嚴格服從合乎傳統的習俗與行為。這位前任頭目通常順從他們的意思，然而私底下她認為事情總有例外。身為頭目必須學習何時該堅持立場，何時又該稍做妥協。

「可以告訴和儀式無關的人嗎？」愛拉問。

「妳有沒有認識誰是和妳或妳婚約對象絕對沒有親戚關係？」第十四洞穴齊蘭朵妮問。

愛拉想了一會兒。「拉尼達爾怎麼樣？瑪桑那，他和喬達拉有任何親戚關係嗎？」她問。

「沒……沒有。我知道我和他沒有親戚關係，而達拉納在他到的那天早上才跟我提到，他被選上替那男孩的外祖母行初夜禮。」瑪桑那說：「所以他也沒有。」

「沒錯，」第十九洞穴齊蘭朵妮說：「我還記得德諾達非常……對達拉納難以忘情，她花了好長一段時間才忘掉他。他處理得很好，圓滑又周到，但與她保持距離，我對他的表現很訝異。」

「他向來如此。」瑪桑那用幾乎自己才聽得見的聲音說道。她繼續想著，他總是百分之百正確，絕對不會做錯事。

第十九洞穴齊蘭朵妮不肯放過她。「他向來如此？圓滑？周到？令人印象深刻？」她問。

瑪桑那微笑。「對，一向如此。」她說。

「喬達拉是他的火堆地盤兒子。」首席齊蘭朵妮說。

「是的，」瑪桑那說：「但他們倆不一樣。這男孩沒有達拉納那麼圓滑，但可能更多了份心。」

「不管是那個男人的靈創造了他，這孩子也有一部分像他母親。」首席齊蘭朵妮說。

愛拉豎起耳朵聽這段拐彎抹角的對話，尤其是在提到喬達拉之後。她聽出她們刻意的語調，也看穿她們比話語傳達更多訊息的肢體語言。她明白第十九洞穴齊蘭朵妮對德諾達的評語絕不算是恭維，她意識到這位年長的齊蘭朵妮曾經很迷戀達拉納。她們也同時暗指瑪桑那的兒子缺少她前任配偶的優雅教養——她們當然都清楚他年輕時的冒失行爲。瑪桑那明白這年長女人對這一老一少的感覺，且讓她知道自己更了解達拉納，他的行爲沒那麼讓她刻骨銘心。

首席齊蘭朵妮告訴她們，她也了解這兩個男人，她暗示喬達拉和達拉納一樣具有迷人特質，並不輸給他。她也委婉稱讚瑪桑那，因爲達拉納的靈和大地母親選擇瑪桑那創造出他的火堆地盤孩子。愛拉發覺，被配偶的靈選上因而懷孩子的女人比較受人推崇。瑪桑那對齊蘭朵妮亞表明——尤其針對第十九洞穴齊蘭朵妮——她兒子雖然沒有達拉納的所有優點，他有些特質卻更勝於他的火堆地盤男人。首席齊蘭朵妮不只表示同意，還說他最好的特質來自他母親。顯然第九洞穴前任頭目和齊蘭朵妮私交甚篤，十分尊敬對方。

穴熊族的肢體語言中有其精微奧妙之處，對臉部表情、身體姿態和手勢，甚至是某些詞彙的理解都包括在內，然而如果能掌握口說語言中每一個聲音、語調和抑揚頓挫之間的細微差別，以及臉部表情、下意識姿態和輔助的手勢，它傳達的意義比穴熊族的語言還要多。愛拉熟知下意識的肢體語言，她正在學習異族的表達方式，但她對口說語言以及說話習慣的有意識理解也與日俱增。

「有人可以去找拉尼達爾嗎？」愛拉說：「我可以請他去找喬達拉。」

「妳不能叫他去，愛拉，」瑪桑那說：「但我可以。」她看著聚集在屋裡的齊蘭朵妮亞，現在這裡已經成爲配對女人的木屋。「如果有人能替我去找他。」

「當然，」首席齊蘭朵妮說。她四下張望看看誰有空，然後對瑪葉拉示意。她現在是第三洞穴齊蘭朵妮的助手。他們在噴泉石的深穴裡搜尋索諾倫的精氣時她也在場。當時她在第十四洞穴，但她在那裡並不開心。愛拉認出她，對她微笑。

「我有件差事要讓妳做。」首席齊蘭朵妮說：「瑪桑那會解釋給妳聽。」

「妳知道第十九洞穴的那個男孩拉尼達爾嗎？」瑪桑那開口。瑪葉拉沒有點頭。「他是瑪黛娜的兒子，她母親是德諾達。」瑪葉拉搖頭表示不知道。

「他大約十二歲，但看起來比實際年齡小，」愛拉加了句：「他的右臂殘障。」

一抹肯定的笑容浮上瑪葉拉的臉龐。「我當然記得，他在示範現場擲了根標槍。」

「就是他。」瑪桑那說：「妳得去找他，找到他以後叫他去找喬達拉，幫我帶個口信給他。叫拉尼達爾告訴喬達拉，說愛拉擔心馬兒，他必須在今晚的配對禮之前去看看牠們。妳明白了嗎？」

「我去找喬達拉不是比較簡單嗎？」瑪葉拉問。

「那當然簡單多了，但妳在今晚的配對禮上擔任一項職務，因此在那之前妳不能傳訊息給喬達拉，當然也不能幫愛拉傳話，即使是透過我也不行。不過，如果妳找不到拉尼達爾，妳可以請任何和喬達拉沒有親戚關係的人把口信帶給他，這是可以被接受的。妳懂了嗎？」

「懂，我會去辦。別擔心馬兒，愛拉，我一定會把口信傳給喬達拉。」瑪葉拉說完匆匆離去。

「我猜齊蘭朵妮亞會找理由反對瑪葉拉跟妳的談話，所以我認爲我們不必對他們解釋細節，」瑪桑那說：「也不必提起妳要我給他的包裹。」

「我想我們可以避免提起任何事。」愛拉說。

「現在妳該開始準備了。」瑪桑那說。

「但才剛過中午，離夜晚降臨還有一段很長的時間。」愛拉說：「穿上妮姬幫我做的衣服要不了那麼久。」

「還有許多事要做。我們全都要去主河邊，好讓即將配對的女人沐浴。那裡甚至還有煮沸的水，用來爲舉行儀式而淨身。不用說，熱水洗起來一定很舒服。這是配對前儀式中最棒的部分。喬達拉和其他男人也會做同樣的事，當然是在另一個地方。」瑪桑那解釋。

「我喜歡洗熱水。」愛拉說：「蘿莎杜那氏的庇護所附近就有溫泉。妳無法想像泡在溫泉裡有多舒服。」

「我知道。我到北邊旅行了一兩次，我去的地方離主河源頭不遠，那裡的地底有溫泉。」瑪桑那說。

「我想我知道那地方，也或者是類似那樣的地方。我們在回來的路上曾在那裡停留。」愛拉說：「我想問一件事。我之前就打算問，不知道現在會不會太遲，我想穿耳洞。我有一對獅營女頭目圖麗給我的琥珀，我想戴起來，如果能想辦法把它們吊在我耳朵上就好了。圖麗說我應該這樣戴。」

「我想這件事做得到。」瑪桑那說。「我確定某位齊蘭朵妮亞會很樂意替妳穿耳洞。」

「妳覺得怎樣，弗拉那？那樣好，還是這樣好？」瑪葉拉說著，一邊把愛拉的一束頭髮握在手裡，一邊把兩種髮型做給這年輕女人看。從完成淨身儀式回到齊蘭朵妮亞木屋裡後，弗拉那就來加入她們。雖然點了很多盞燈，但屋裡的光線還是不如豔陽高照的戶外明亮。愛拉但願自己在戶外，而不是坐在這裡做髮型。

「我比較喜歡第一種髮型。」弗拉那說。

「瑪葉拉，妳何不繼續告訴我們，最後妳是在哪裡找到他們。」瑪桑那說。愛拉顯然很不自在，她不習慣有人幫她梳頭髮，而年輕助手似乎很習慣邊做事邊說話。瑪桑那心想，這樣一來或許可以分散愛拉的注意力。

「噢，就像我剛說的，我每個人都問了。好像沒人知道他們在哪裡。最後你們營地裡的一個人，我想是約哈倫其中一位好友，索拉邦或盧夏瑪的配偶，帶著小寶寶的那個，她正在編織籮筐……」

「那是盧夏瑪的配偶莎蘿娃。」瑪桑那說。

「她說喬達拉或拉尼達爾和馬兒在一起，因此我沿著小溪往上游走，就找到他們兩個。拉尼達爾說，他母親告訴他，妳一整天都會跟其他即將配對的女人在一起，因此她認爲他應該照妳所說的去察看馬兒。喬達拉也說了差不多的話。他知道妳整天都會和其他女人一起被隔離，他打算去看看馬兒在做什麼。他發現拉尼達爾在那裡，就教他怎麼使用那個擲標槍的東西。」瑪葉拉解釋。

「結果我發現我不是唯一在找喬達拉的人。沒多久約哈倫就來了，他看起來有點生氣，或許只是有點煩躁。他到處找喬達拉要告訴他，他應該和其他男人一起去主河完成淨身儀式。喬達拉要我告訴妳馬兒很好，還有妳說得對，沃夫找了個配偶或朋友。他看到兩隻狼在一起。」

「謝謝妳，瑪葉拉。知道嘶嘶和快快都好，我心裡眞是輕鬆多了。妳花了那麼多時間精力去找拉尼達爾和喬達拉，我說不出有多感激。」愛拉說。

知道馬兒平安無事後愛拉很欣慰，她也很高興拉尼達爾自己去看牠們。通常她期待喬達拉會去，但再怎麼說他也快舉行配對儀式了，她只希望確認他沒有因爲太忙而分心，或被禁止去察看牠們。不過她有點擔心沃夫。她一方面希望牠找個伴，過得快樂，另一方面又害怕失去牠，她替牠擔心。

沃夫從來沒有跟其他的狼生活在一起，愛拉學習打獵時在狼群附近的時間恐怕還比牠來得久。她知道狼很忠於自己的狼群，牠們會爲了捍衛自己的領地而猛烈抵擋其他的狼。如果沃夫找到的是一隻孤單的、或是附近狼群裡一隻地位低的母狼，而決定過狼的生活，牠就必須藉由打鬥取得自己的領土。沃夫雖然是隻強壯健康的狼，比其他狼的體型還大，牠卻不是在狼群裡被養大，沒有從小就和兄弟姊妹玩打鬥的遊戲。牠不習慣和狼打架。

「謝謝妳，瑪葉拉。愛拉看起來很漂亮，我不知道妳這麼會梳頭髮。」瑪桑那說。

愛拉戰戰兢兢伸出雙手摸著她的頭髮，輕輕碰觸精心梳理、用髮夾固定住的捲髮和其他形狀。她看過一些年輕女人梳類似的髮型，多少知道看起來會是什麼樣子。

「我幫妳拿個鏡子，讓妳看看妳的髮型。」瑪葉拉說。

鏡子裡映照出一個年輕女人的朦朧影像，她的髮型編得和木屋裡大多數年輕女人類似，只不過她認不出自己。她甚至不確定喬達拉是否認得出來。

「把這對琥珀戴在耳朵上吧。」弗拉那說：「妳該開始穿衣服了。」

瑪葉拉已經替愛拉穿好耳洞，留了兩片小骨頭在耳洞裡。她也把筋腱線繞在琥珀的前後和兩側，留下線圈，方便掛在穿進耳垂裡的骨片上。瑪葉拉幫忙弗拉那把琥珀掛在愛拉的耳垂上。

接著愛拉穿上她特別的配對禮服，瑪葉拉驚羨不已，吸了口氣說：「我從來沒看過這樣的衣服。」弗拉那也很滿意。「愛拉，這件衣服好美、好特別。妳這衣服是從哪兒來的？」

「這是妮姬替我做的，我一直帶在身邊。她是獅營頭目的配偶。在婚配儀式上應該要這樣穿。」愛拉將衣服前面掀開，露出懷孕中期更加豐滿的胸部，然後才又把繩子綁上。「妮姬說配對時女人應該驕傲地展現她的胸部。現在我想戴上妳給我的項鍊，瑪桑那。」

「有個問題，愛拉。」瑪桑那說：「妳胸前的項鍊配上那兩大塊琥珀會很美，但和妳脖子上的小皮袋不搭，項鍊看起來不會出色。我知道那小皮袋對妳意義非凡，但我想妳應該取下它。」

「她說得沒錯，愛拉。」弗拉那說。

「我拿鏡子給妳看。」瑪葉拉說。她舉起那片磨光塗黑後上油的木板給愛拉看。

鏡子裡是她之前看到的陌生女人，只是這次愛拉看到琥珀在她耳垂上搖晃，她破舊的護身囊掛在磨損的繩子上，被內容物塞得鼓起來。

「那個袋子是什麼？」瑪葉拉問：「它看起來裝滿了東西。」

「那是我的護身囊，裡面的東西都是圖騰給我的禮物，我的圖騰是穴獅靈。這些大多是批准我生命中重要決定的物品，在某種意義上它掌握我生命的靈。」

「那麼它和精氣體類似。」瑪桑那說。

「莫格烏爾告訴我，如果弄丟了護身囊，我會死去。」愛拉說。她抓著護身囊，那鼓漲的感覺很熟悉，她和穴熊族生活在一起的情景歷歷在目。

「那麼我們必須把它放在非常特殊的地方。」瑪桑那說：「或許放在朵妮像旁，大地母親才能替妳看管。可是妳沒有朵妮像是嗎？通常女人在初夜禮時會拿到一個。我想妳沒有舉行過這一類儀式吧？」

「嗯，其實有。喬達拉教我大地母親的交歡恩典，第一次他舉行了一個儀式，給我一個他自己刻的朵妮像。我放在背包裡。」愛拉說。

「噢，我想沒有誰比他更適合替妳舉行一場合宜的初夜禮了。他的經驗豐富。」瑪桑那說：「妳何不讓我暫時看管妳的護身囊，等妳和喬達拉開始你們的試驗期時，我會還給妳，讓妳帶著它。」她看愛拉面有難色，不過終究還是點頭同意，但當她把皮袋從頸間脫下時，皮繩纏上在她的新髮型上了。

「沒關係，愛拉，我可以幫妳梳好。」瑪葉拉說。

愛拉把熟悉的皮袋握在手裡，不願放開。她們說得沒錯，它和華美的婚配服飾一點也不搭，但自從穴熊族發現她後不久，伊札就把這護身囊給了她，從那時開始她還沒有離開過它。這護身囊一直是她身體的一部分，她很難取下它。不只是難，她還害怕脫下它。就好像護身囊也緊緊依附著她，她想把它脫下來時它卻纏住她的頭髮。或許她的圖騰想告訴她什麼事，也或許穿著馬木特伊氏的衣服、戴著齊蘭朵妮氏的項鍊的她，不該在配對這一天僅僅想成為異族的一份子。遇見喬達拉時，她和穴熊族女人沒什麼不同，或許她應該留下那段時光中的某些東西。

「謝謝妳，瑪葉拉，但我想我改變主意了。我要把頭髮放下來，喬達拉喜歡這樣的髮型。」愛拉說。她又握著護身囊一會兒，然後才交給瑪桑那。她讓瑪桑那把達拉納母親特地留給她的項鍊掛在脖子上，然後拿下將頭髮固定成優雅的齊蘭朵妮樣式的髮夾和髮束。

瑪葉拉很不願意把她所有的心血給拆掉，但這是愛拉的選擇，不是她的。「我來幫妳梳開。」她很有風度地同意了，瑪桑那很感動。我想這年輕助理將會成為一位很優秀的齊蘭朵妮，她想。

喬達拉和其他即將配對的男人，開始走向齊蘭朵妮亞的木屋，配對禮將要在木屋旁的山腳下舉行。喬達拉突然一陣緊張，但緊張的不只有他。女人們已經離開，留下空蕩蕩的木屋。幾位齊蘭朵妮亞協助男人依序排成他們之前演練過的隊伍，先是按照他們居住洞穴數字的順序、然後是在洞穴裡的地位排列。既然所有數字都有力量，唯有齊蘭朵妮亞知道數字與數字彼此間隱密難解的差別，因此數字大小並不代表位階，只是一個順序、一種依循的排列方式。洞穴裡的地位排列又是另一回事，它不是以數字表示，人們通常對它心照不宣，不過這順序並不是完全不容更改。

地位可以改變，許多人的地位會因為即將來臨的配對而更改。這是典禮舉行前必須先行溝通的許多事項之一。有些人地位會變高，有些人的地位比之前低，因爲火堆地盤的地位是雙方帶入配對關係地位的總和，它也決定了孩子的地位。大家都同意在這樣情況下產生的火堆地盤是屬於男人的，但卻是由女人來照顧，女人生的孩子也屬於那男人的火堆地盤。爲了孩子，也爲了那些和他們有親屬關係的人的名稱與關係，男女和雙方家人都希望新火堆地盤的地位愈高愈好，但這必須經過一定人數的其他洞穴頭目和齊蘭朵尼亞的同意。此種協調常引發爭議。

愛拉沒有深入參與她和喬達拉新火堆地盤的協調討論，反正她本來就不了解其中的巧妙，但瑪桑那卻很清楚。愛拉逐漸明白，瑪桑那之前和包括第十九洞穴在內的幾位齊蘭朵尼亞之間拐彎抹角的談話，就是協調的一部分。第十九洞穴齊蘭朵妮嘗試用喬達拉年輕時的莽撞行爲降低他的地位，其中原因之一是愛拉在第十九洞穴的領地上發現了獨特的新洞穴。即便她生於外地，這項發現還是大大提升了她的地位，但這多少讓第十九洞穴齊蘭朵妮顏面受損。如果第十九洞穴的人找到這個洞穴，他們可以祕而不宣，限制使用對象，使進入洞穴的人因而擁有崇高的聲望。然而這洞穴卻是由一個外地女人在夏季大會上發現，它隨即就開放給所有人，首席齊蘭朵妮已經說明了這一點。

喬達拉在第九洞穴的地位最高，他的母親是齊蘭朵妮氏最大洞穴的前任頭目，而他哥哥是現任頭目，更不用說他自己也貢獻良多，其中有些來自旅行所得到的收穫。他日益精進的燧石敲擊技術——這是一項綜合的才能，這項能力必須得到其他洞穴知識豐富、備受敬重的燧石匠的證實才行——以及經過公開示範的新武器都是他對洞穴的貢獻。然而愛拉的地位卻大有疑問。外地人的地位一向最低，在一般情況下會將新火堆地盤的位階拉低，但瑪桑那和其他幾個人一直在積極爭取，他們宣稱愛拉在自己部落的地位非常高，她本身有許多特質。她的動物是個引發爭論的因素，有些人說牠們降低她的地位，有些人說牠們提高她的地位。新火堆地盤最終的位階依然懸而未決，不過那並不影響配對。第九洞穴已經接受了她，那是這對男女即將展開生活的地方。

女人已經遷移到附近的另一棟木屋。沒多久以前這裡才住著準備行初夜禮的年輕女人，但現在已經空出來，可以做爲其他用途。有人建議男人可以在那裡等待，這樣一來女人就不必移動，然而把女孩轉換爲女人過程所住過的地方給即將配對的男人住，這主意讓齊蘭朵尼亞和其他人不安。尤其是在爲數眾多的群體中，任何牽涉到超自然力的活動，總會有靈的力量徘徊不去，而且男人和女人的旺盛生命力有時候是對立的。因此他們最後決定讓即將配對的女人搬過去，因爲對之前居住在這屋子裡的女人來說，下一個順理成章的步驟就是配對。

女人的緊張程度不下於男人。愛拉不知道喬達拉是否決定穿上她幫他縫製的束腰上衣，她但願能提前知道今天不准跟他說話，那麼她就會前一天親自把衣服給他，她也可以知道他覺得那件衣服合不合適或他喜不喜歡。現在她必須等到他們在配對禮上碰面後才知道。

女人也依照和男人一樣的順序排列，因此才能在典禮上配對無誤。愛拉對排在前面的樂薇拉微笑。她很想在等待時站在波樂娃妹妹旁邊，但愛拉屬於第九洞穴，因此有幾個女人站在愛拉和即將與喬德坎住在第二洞穴的年輕女人中間。樂薇拉和喬德坎都來自頭目和洞穴建立者的家庭，因此地位相似，他們結合後的火堆地盤地位也沒有太大改變。喬德坎的地位比樂薇拉略高，但只有在他自己洞穴時，才能得到這小小的優勢。

每一對配對男女將由他們即將居住洞穴的齊蘭朵妮舉行典禮，其他人從旁協助。年輕男女的母親和她們的配偶、通常還有親近的家人，也都是典禮成員，他們在觀眾席的前面等待受邀扮演他們的角色。至於不是第一次配對但也想正式宣布雙方結合的年長男女無須家長出席。他們只需要即將定居的洞穴替他們做出相關安排，不過他們通常會邀請親朋好友參加典禮。

愛拉注意到潔妮達站在後面，因爲她來自第二十九洞穴南方領地。愛拉在隊伍最後面看到約普拉雅。她也是個外地女人，來自蘭薩朵妮氏，不過她的火堆地盤男人在齊蘭朵妮氏曾經位階最高。雖然在這裡她的位置在最後面，但她在蘭薩朵妮氏位階居首，那才是重要的。愛拉望向所有今晚即將配對的女人，還有很多人她不認識，有些洞穴她一個人都沒見過，除了在全體介紹時以外。

對愛拉而言，等待似乎了無止境。爲什麼要等這麼久？她百思不解。現在這些人只是隨意站著，她們應該要趕快排好才對。或許他們還在等待男人，或許其中一個男人改變主意。萬一喬達拉改變主意怎麼辦？不，他不會！他爲什麼會？但萬一他眞的改變了怎麼辦？

在齊蘭朵尼亞木屋裡，首席齊蘭朵妮將遮蔽寬大住處後方、正對一般入口的隱密私人入口的門簾推向一邊，把屏風移到一旁。她向外窺看，掃視從山坡後方往下傾斜、到達主營地後向外開展的聚會場地。一整個下午下來人群已經聚攏，聚會場地幾乎擠滿了人。時候到了。

男人先一字排開。喬達拉抬頭往山坡上看，他確信每個可能參加的人都出席了。群眾含糊的嗡嗡低語聲逐漸增大，他覺得好像不只一次聽到「白色」這個詞。他一直盯著前面男人的背，不過他知道他的白色皮革束腰上衣出盡鋒頭。其實令人目不轉睛的不僅是那件白色束腰上衣。這高大、出奇英俊、雙眼迷人的淺色頭髮男人不管怎樣都十分出色，然而當他在沐浴後將鬍子刮乾淨、洗淨後的金髮幾乎是白色，再穿上純白耀眼的白束腰上衣時，他的俊美令人震驚。

「如果要我想像朵妮的愛人魯米來到世上化身爲人形，那麼他就站在那裡。」第二洞穴高個子金髮齊蘭朵妮，也就是喬德坎的母親，對她擔任第二洞穴頭目的弟弟齊莫倫說。

「不知道他那件白色束腰上衣是哪裡來的，我也想要一件。」齊莫倫說。

「我猜這裡的每個男人一定也都這樣想，不過我認爲你會是少數可能也能穿上它的人之一，齊莫倫。」她說。在她看來，她弟弟不僅和喬達拉一樣是個金髮的高個子，也和他一樣——或幾乎一樣英俊。「喬德坎看起來也很體面。我很高興他今年夏天把鬍子留起來了。他留鬍子看起來很帥。」

男人排好隊伍，圍著巨大營火的一邊形成半圓之後，接下來就該女人進場。入口門簾終於打開時，愛拉睜大眼睛往外看。接近黃昏了，尚未完全落下的太陽以其萬丈光芒讓巨大的典禮營火相形失色，插在典禮場地周圍的火把也顯得光線微弱。它們的效用要稍後才能發揮。愛拉看到有幾個人接近營火。背對她的壯碩女人一定是齊蘭朵妮。有人做出手勢，之後這些女人走出木屋。

愛拉一踏出木屋，就看見那個穿著白皮革的高大身影。她們在男人對面排成半圓形時，她告訴自己：他穿上它了！他穿了我做的束腰上衣。每個男人都穿上最好的衣服，但沒有別人穿白色，他把所有人都給比下去了。在她心裡，他絕對是在場最漂亮……不，是最英俊的男人。大多數人都贊同。她看見他隔著被營火照亮的一段距離望向自己，他望著她的樣子彷彿他無法望向別處。

她太美了，他想。她從未看起來這麼美。妮姬替她做的這件用淺色象牙珠子裝飾點綴的深褐色與深金黃色束腰上衣，幾乎和她的髮色一模一樣，她的頭髮披散下來，那是他最喜歡的髮型。

她僅有的兩件首飾就是瑪桑那給她的琥珀貝殼項鍊，還有剛穿好耳洞的耳朵上的琥珀耳環，他記得那對琥珀是圖麗給她的。耀眼的黃橘色石頭吸收了落日餘暉，在她裸露的胸前閃閃發亮。前胸敞開、在腰部打結的束腰上衣和其他女人的衣服完全不同，但它很適合愛拉。

當自己的兒子穿著白色束腰上衣出現時，從觀眾席前面注視配對男女的瑪桑那又驚又喜。她知道他原本選的衣服是哪一件，而她不難猜出白色束腰上衣就在她幫愛拉交給喬達拉的包裹裡。沒有裝飾的設計反而強調出顏色的純度，白色本身就足以成為裝飾，無須其他裝飾品，不過雪貂尾倒是讓白上衣增色不少。她看過幾個愛拉用的碗和工具，瑪桑那注意到她喜愛簡單但做工良好的物品，白色束腰上衣就是個最好的例子。讓質感成為衣服本身裝飾的作法將會引來話題。

他樣式簡單的禮服也和她的衣服形成強烈對比。瑪桑那相信有些女人在看過愛拉的婚配服後一定會嘗試模仿，不過可能沒人能做出完全一樣的。愛拉頭一次給她看這件衣服時她曾經仔細檢視它，因此她知道它的做工有多精緻。從這套衣服可以看出，對齊蘭朵妮氏人來說展現財富唯一有意義的方式，就是製作所花費的時間。從皮革的品質到琥珀、貝殼和牙齒，以及好幾千顆分別用手工雕刻而成的象牙珠子來看，這件婚配服將能證實她爲愛拉爭取高位是對的。她兒子的火堆地盤地位將會排在最前面。

喬達拉的眼裡只有愛拉。她的雙眼明亮，雙唇微啓，吐納興奮的氣息。當她讚嘆某樣美麗的物品或因打獵而亢奮時，臉上都會露出這樣的表情，看著她，喬達拉覺得血液衝向兩股之間。她是個閃閃發亮的女人，喬達拉想，她像陽光般閃耀著金黃色。他想要她，他簡直不能相信眼前這位性感美女將要成爲他的配偶。他的配偶……他喜歡這個字。她會和他分享家園，他打算用這個家給她一個驚喜。配對禮到底開始了沒有？到底要多久才會結束？他一點也不想等，他想奔向她、抱起她，把她帶走。

齊蘭朵妮亞已經集合完畢，首席齊蘭朵妮帶頭吟唱起一首淒楚動人的曲子。接著另一位齊蘭朵妮以規律的音調加入，然後又是第三位跟著唱和。每一位齊蘭朵妮都選擇一個音，在重複的旋律中這音調和音色有時會有所變化，但是每個繚繞耳際的樂音都十分動聽。和第一對男女站在一起的齊蘭朵妮開始發言，此時整個合唱的聲音持續低聲吟唱，成爲背景音樂，每個人都唱出一個獨特的聲調。這些音調的組合不一定和諧，但這並不重要。在第一個人中氣不足時，就有另一個聲音加入，然後又是一個接著一個的音以不規則的間隔時間加入，最後交織成一曲單調的賦格。如果人數夠多，讓必須換氣的人停下來休息喘口氣，那麼這曲子絕對可以一直不間斷地唱下去。

喬達拉如癡如狂地注視著他深愛的女人，悅耳的單調吟唱聲雖然只是背景音樂，但卻在他心中繚繞不去。齊蘭朵妮對前幾對男女說的話他幾乎一個字也沒聽見。接著他覺得後面的男人輕輕戳了他一下，他一躍而起，他們正叫到他的名字。他走向身軀龐大的齊蘭朵妮，看著愛拉迎向他。他們在朵妮侍者的面前，面對面站著。

齊蘭朵妮面帶許可的神色注視著兩人。喬達拉是配對男人裡身高最高的，她一向認爲他是她見過最有魅力的男人。這也是他到達必須學習朵妮的交歡禮年紀時，她選擇教導他的原因之一，雖然多年前他不過是個男孩。他確實學得很好，可以說是好過頭了。他幾乎說服她不要追尋她的志向。

現在她很慶幸當時的情勢受到阻撓，不過看著穿上耀眼白色束腰上衣的他，她再次明白爲何他幾乎說服了她。她不知道他從哪裡得來這件白色束腰上衣，不過肯定是在旅途中得到的。它的顏色無疑令人眼睛一亮，不過獨特的設計同樣是搶眼的原因之一，極度簡單的裝飾讓這件衣服看上去充滿異地情趣，讓他足以匹配他所選擇的女人。齊蘭朵妮轉頭注視愛拉。

而她也配得上他。不，她超越了他，這並不容易，齊蘭朵妮想。如果喬達拉選了一個齊蘭朵妮認爲配不上他的人，這位朵妮侍者會大失所望，但齊蘭朵妮必須承認，他不只找到足以和他匹配的女人，這女人甚至勝過他。她知道他們之所以成爲眾人注目焦點有許多理由。每個人都認識他們或知道他們是誰，這兩人一直是夏季大會的話題人物，目前爲止他們是此地容貌最俊美的男女。

由她——首席大媽侍者來主持這場配對禮，替最出色的這一對男女繫上皮繩，是再適合不過的。齊蘭朵妮的儀容風采也是這典禮可看性的一部分。她以更鮮豔的顏色凸顯出前額的刺青，她的髮型有些古怪，但卻經過精心造型，使這高大的女人看起來更高了。她裝飾繁複的束腰長上衣稱得上是件藝術品，必須穿在像她這樣身材的人身上才能充分呈現出它的美。所有人的目光都被這三人吸引，齊蘭朵妮停了一會兒，以製造典禮高潮。

瑪桑那向前一步，站在她兒子身邊，她現任配偶威洛馬站在她右後方一步。她左邊是達拉納，達拉納後方是潔莉卡。他們必須等到最後，才輪到女兒約普拉雅和艾丘札的配對禮。排在威洛馬身邊的是喬達拉的哥哥和妹妹，弗拉那和約哈倫。在約哈倫身旁是波樂娃和她兒子傑拉達爾。許多其他親友都待在附近一個保留給這對配偶在典禮時使用的地方，和其他觀眾在一起。齊蘭朵妮看著在場所有人，接著抬起頭看著山坡上的大批群眾，然後開口。

「齊蘭朵妮氏人的所有洞穴居民，」朵妮侍者以莊嚴宏亮的聲音說道：「你們接受召請，共同見證一個女人與一個男人的結合。大地母親朵妮，最初的創造者，萬物之母，她生下照亮天空的巴利，她和今夜照亮我們的魯米為伴、為友，和她一同見證。她子女神聖的結合榮耀了她。」

愛拉望向月亮。它呈鼓起狀，比半圓略微凸出一些，愛拉這才發覺天色已暗。太陽好一陣子之前就已西沉，然而巨大的營火和許多支火把使戶外看起來宛若白晝。

「站在此處、選擇結合的兩人令大地母親十分歡喜。齊蘭朵妮氏第九洞穴的喬達拉是前第九洞穴頭目、目前與齊蘭朵妮氏交易大師威洛馬配對的瑪桑那之子，生於蘭薩朵妮氏創建者與頭目達拉納的火堆地盤，齊蘭朵妮氏第九洞穴頭目約哈倫之弟……」

齊蘭朵妮繼續朗誦喬達拉冗長完整的名稱與親族關係，其中大多數人愛拉都不認識，此時她的思緒不禁游移到別處。這是他所有親族關係都會被一一敘述的少數幾個場合。在漫長的誦念之後，朵妮侍者的語氣一轉，愛拉再次回過神來。

「……你是否選擇齊蘭朵妮氏第九洞穴的愛拉，受朵妮祝福，因而備受榮耀……」人群中傳來竊竊私語。這配對關係很幸運，她已經懷孕了。「……她曾經是馬木特伊氏獅營猛獁象火堆地盤之女的愛拉，被穴獅靈所選中，受穴熊保護，她是名為嘶嘶和快快這兩匹馬和四腳獵人沃夫的朋友。」

愛拉不禁納悶沃夫在哪裡。牠整個下午和傍晚都不在，讓她很失望。她知道這雖然對牠意義不大，但她希望她的配對禮有牠在場。

「被喬達拉之兄、齊蘭朵妮氏第九洞穴頭目約哈倫和喬達拉之母、第九洞穴前頭目瑪桑那所接受，受蘭薩朵妮氏創建者與頭目、喬達拉出生時的火堆地盤男人達拉納批准……」

齊蘭朵妮接著說出喬達拉大部分的親屬。愛拉不曉得在這場配對中她得到那麼多新的親戚關係，但齊蘭朵妮希望喬達拉的親戚不只這些。她必須苦苦思索才想得出夠多正統的親屬關係，好讓這場儀式看起來更得體。愛拉的親屬太少了。

「我選擇她。」喬達拉面對愛拉回答。

「你是否會尊重她，在她生病時照顧她，當她懷孕時撫養她，並且當你和在你火堆地盤出生的孩子仍然共同生活時，協助撫養他們？」齊蘭朵妮吟誦道。

「我會尊重她、照顧她，撫養她和她的孩子。」

「齊蘭朵妮氏第九洞穴的愛拉，曾經是馬木特伊氏獅營猛獁象火堆地盤之女的愛拉，被穴獅靈所選中，受穴熊保護，被齊蘭朵妮氏第九洞穴接受。妳是否選擇前第九洞穴頭目、目前與齊蘭朵妮氏交易大師威洛馬配對的瑪桑那之子、生於蘭薩朵妮氏創建者與頭目達拉納火堆地盤的齊蘭朵妮氏第九洞穴喬達拉？」齊蘭朵妮決定只舉出必要的親屬，而不是從頭再覆誦一遍。愛拉和在場大部分的人都鬆了口氣。

「我選擇他。」愛拉注視著喬達拉說。這句話在她腦海中迴盪。我選擇他。我選擇他。我很久以前就選了他，現在我終於能和他配對。

「妳是否會尊重他，在他生病時照顧他，教導妳的孩子，包括朵妮已經賜給妳的這孩子，以對待妳配偶與孩子撫養者的合宜態度尊重他？」齊蘭朵妮繼續說道。

「我會尊重他、照顧他，教導我的孩子尊重他。」愛拉說。

齊蘭朵妮做出手勢。「誰有權批准這男人與這女人的結合？」

瑪桑那向前幾步。「我，瑪桑那，前齊蘭朵妮氏第九洞穴頭目，有權批准他們的結合。我同意我兒子喬達拉和齊蘭朵妮氏第九洞穴愛拉的配對。」她說。

接著威洛馬向前一步。「我，威洛馬，齊蘭朵妮氏交易大師，與第九洞穴前頭目瑪桑那配偶，我也同意這配對關係。」威洛馬的同意並非必要，但將他納入成爲儀式的一份子，更能使他配偶的兒子與一個外地女子的配對關係得到認可，也更容易將瑪桑那的前任配偶加入儀式。達拉納向前一步。

「我，達拉納，蘭薩朵妮氏創建者與頭目，喬達拉出生時的火堆地盤男人，也同意我前配偶的兒子喬達拉與齊蘭朵妮氏第九洞穴、前馬木特伊氏的愛拉配對。」

達拉納投給愛拉讚許的目光，他的眼神和喬達拉如此相似，她覺得她的身體也好像看到喬達拉似地回應他，她幾乎笑了出來。這不是第一次如此。除了年齡差異之外，達拉納和喬達拉不只長得像，他們給愛拉的感受也很類似。接著她不由得對這年長男人露出她那彷彿從體內散發出光芒的燦爛微笑，在那一瞬間他幾乎希望能和他前配偶的兒子交換位置。然後他望向喬達拉，看見他得意洋洋地露齒而笑。這男孩完全知道他在想什麼，而且等不及拿這件事取笑他！達拉納差點放聲大笑。

「我完全同意！」達拉納加了句。

「誰有權批准這女人與這男人結合？」齊蘭朵妮問。

「我，齊蘭朵妮氏第九洞穴的愛拉，曾經是馬木特伊氏獅營猛獁象火堆地盤之女的愛拉，有權代表我自己發言。所有馬木特中最年長、最受尊敬的猛獁象火堆地盤的馬木特，以及獅營頭目塔魯特和他妹妹獅營女頭目圖麗，賦予我這個權力。以他們之名，我同意與齊蘭朵妮氏喬達拉的配對。」愛拉說。這是典禮中她最緊張的一部分，她必須記住並重複她該說的句子。

「猛獁象火堆地盤的馬木特，馬木特伊氏人的大媽侍者，」齊蘭朵妮說：「請賜與他火堆地盤女兒爲自己做決定的自由。身爲齊蘭朵妮氏人的大媽侍者，我也能代替馬木特發言。愛拉選擇與喬達拉配對，因此她的決定也和馬木特所同意的一樣。」接著齊蘭朵妮拉高音量讓所有人都能聽見：「誰能替這對男女發言？」

「我，齊蘭朵妮氏第九洞穴頭目約哈倫，替這對男女發言，我歡迎愛拉和喬達拉住在齊蘭朵妮氏第九洞穴。」喬達拉的哥哥說。接著他轉身面對聚集在他身後的群眾。

「齊蘭朵妮氏第九洞穴居民歡迎他們。」眾人齊聲說。

接著齊蘭朵妮伸出雙臂，彷彿要擁抱在場所有人。「齊蘭朵妮氏的所有洞穴，」她說。她的聲音贏得所有人的注意力。「喬達拉和愛拉選擇彼此。他們的配對已經被允許，第九洞穴也接受了他們。各位對這結合關係有甚麼話要說？」

群眾中傳來一陣贊同的呼喊聲。就算有人不同意，反對的聲音也會被蓋過。等吵鬧聲平息之後，朵妮侍者說：「大地母親朵妮同意她子女的結合，她已經祝福了愛拉，這就表示她眷顧這對新人。」她做出手勢，愛拉與喬達拉便牽著手走向首席齊蘭朵妮。她拿了一條簡單的皮繩綁在他們握著的手上，打了個結。等結束試驗期回來後，他們應該把沒有切斷的皮繩還回去，齊蘭朵妮會給他們兩條一樣的項鍊做爲禮物。這表示他們的結合已經被批准，因此可以接受其他禮物。

「這條繩子打了結，你們已經配對。希望朵妮永遠眷顧你們。」這對年輕配偶轉一圈面向人群，齊蘭朵妮宣布：「現在他們是齊蘭朵妮氏第九洞穴的喬達拉和愛拉。」

包括首席大地母親侍者在內的每個人都站向一邊，讓位子給下一對男女。其他人退後到觀眾席裡把位子讓給下一對男女的家人，愛拉和喬達拉走向其他已經在手腕上綁繩子、在一旁等待的男女。典禮還沒完全結束。

大多數旁觀者樂於見到如此受人喜愛的這對配偶許下承諾、手腕綁上繩子的這一幕，然而對某些人來說，這場配對禮卻引發出完全不同的感受。其中之一是一個美麗的女人，她的頭髮幾乎是白色的，她有著白皙的皮膚和幾乎呈現黑色的灰眼珠。大多數男人都以讚許的眼神看著瑪羅那，直到他們看到她不以爲然地皺著眉，但她看也不看他們。

瑪羅那沒有對這一對俊男美女露出贊同的微笑。她以全然憎恨的眼神注視這外地女人和曾經與她訂婚約的男人。她本來會是那一年眾所矚目的焦點，但他卻踏上旅途，留下不知所措、沒有配對對象的她。更糟的是他的表妹來了，每個人都說這相貌奇特的黑髮女人是如此美麗，而她將要與瑪羅那所見過最醜的男人配對，這女人受到所有人注意。沒錯，她在夏天結束前的確找了個還過得去的男人配對，但他不是喬達拉，不是每個人夢寐以求、而她本來應該得到的男人。幾年後他們切斷繩結時，雙方都很高興。那是瑪羅那所遇到最糟糕的夏季大會，直到此刻喬達拉和愛拉舉行配對禮。

今年喬達拉終於回來了，然而他卻帶了個外地女人回來，這女人堅持把動物帶在身邊，而且她甚至不在乎穿的是男孩的內衣。這下子他們配對了，而且她已受到祝福。這不公平。還有她穿的那件胸前敞開、炫耀她胸部的婚配服是從哪得到的？如果是自己先想到這種穿法，瑪羅那會毫不遲疑穿上這種衣服，不過即使所有女人都競相模仿，而且她知道她們必定如此，現在她也絕對不會這樣穿著。終有一天，瑪羅那自言自語道，終有一天我會給他們好看。終有一天他會後悔，他們全都會後悔。終有一天。

對於這兩人的結合不怎麼開心的，還有其他人。勒拉瑪就是不喜歡他們兩個。即使喝著他的巴瑪酒，喬達拉也總是以鄙夷的眼神看著他，還有那帶著狼的女人愛拉，大肆張揚楚曼達小女兒的事情，讓拉諾卡以爲她有多了不起，她有大半時間甚至沒幫我做飯，反而去坐在其他女人身邊，好像那寶寶是她的一樣，她連女人都還不是！不過快要了。或許有一天她會變成個美女，比那個邋遢懶散的老女人好看多了。我只希望愛拉離我的木屋遠一點，勒拉瑪想。接著他不懷好意地笑著；除非她想接受我的款待。不曉得在大媽慶典上滿肚子巴瑪酒的她會變成什麼樣子？誰知道呢？到時候等著瞧吧。

還有另一個看著這對男女的人無意祝他們快樂。現在我的名字叫馬卓曼，這助手想，我希望他們記住，尤其是喬達拉。看看他，那麼沾沾自喜，他穿上那件白色束腰上衣，盛裝出席，所有才剛配對的女人都對著他笑。發現我已經成爲齊蘭朵妮亞一員時他大吃一驚，他絕對料不到，他不認爲我辦得到，不過我比他以爲的還要聰明。有一天我會成爲齊蘭朵妮，儘管那胖女人百般討好喬達拉的外地女人，彷彿她已經是齊蘭朵妮似的。

不過她長得倒很漂亮。要不是喬達拉把我牙齒打斷，我也可以找到像那樣的美女。他沒道理打我，我只不過是說出事實罷了。他想和索蘭那配對，要不是我讓大家都知道這件事，她就會同意。我應該讓他們配對的，那麼一臉微笑的他就會和一個又老又胖的女人，而不是他帶回來的那個外地女人配對。她把自己搞得好像是齊蘭朵妮，但她不是，她甚至連助手都不是，而且她連話都說不好。如果有人把喬達拉牙齒打掉，我懷疑還有多少女人會覺得他那麼棒。那就有得瞧了。終有一天我想看看那情景。

還有第四雙不懷善意的眼睛注視著這對金童玉女。布魯克佛目不轉睛盯著長髮披肩、露出美麗又豐滿胸部的罕見美女。她懷孕了，那是個母親的胸部，他多麼渴望伸手碰觸，加以愛撫、吸吮。那對胸部如此完美無瑕，令他覺得她是在炫耀它們，故意以其豐滿的乳房與硬挺的、渴求被吸吮的粉紅色乳頭來嘲弄他。

喬達拉將要撫摸那對胸部，把那對乳頭含在嘴裡吸吮。永遠是喬達拉，他永遠是最受寵、最幸運的那個人。他甚至有個最好的母親。瑪羅那的母親從來不關心我，但瑪桑那總是在我最無助的時候陪在我身邊。她總是跟我聊天，把事情解釋給我聽，讓我待在他們家一陣子。她永遠是那麼親切。喬達拉對我不壞，但那是因爲他可憐我，因爲我得不到他的母親。現在他要和一位母親配對了，那是個有如巴利般的女人，像大地母親金光燦爛的兒子一樣閃耀、有著美麗胸部而且即將成爲母親的女人。

看到自己帶著火把來到她面前、領她走出洞穴時，她曾經那麼歡喜，她說過要不是有喬達拉，她會考慮接受他，然而她只是說說罷了。當喬達拉和那扁頭走過來時，她告訴所有人，她認爲自己就像那個從蘭薩朵妮氏來的傢伙一樣是個扁頭。我不明白達拉納怎能讓那扁頭注視他配偶的女兒，更別提要跟她配對。他是個半人半獸的孽種。約普拉雅看起來是個端莊的年輕女人，她很文靜，而且總是對我很和氣，但是她怎麼會想要和那個扁頭配對？這是錯的，有人該出面制止，布魯克佛想。

或許我該阻止他們。如果愛拉好好想一想，她就會知道我做的事是對的，或許她會因此欣賞我。我在想如果意外發生，如果喬達拉不在了，她是否眞的會考慮接受我？不曉得如果有一天喬達拉出了什麼事，她是否會考慮我？

第三十二章

愛拉和喬達拉到達等待區時，樂薇拉和喬德坎高舉他們被綁住的雙手以示歡迎。「她說妳已經受到祝福了是嗎，愛拉？」樂薇拉趕忙奔到她身旁。

愛拉點點頭，她仍然情緒激動，說不出話。

「噢！愛拉，太棒了！妳怎麼沒告訴我？喬達拉知道嗎？妳太幸運了！」她不停說著，不讓愛拉有時間回答。她想擁抱她，但一時忘記她有一隻手和喬德坎的手繫在一起。包括在附近的人，大家全都笑了出來，最後樂薇拉只好用一隻手臂擁抱愛拉。

「而且妳的衣服好漂亮，愛拉。我從來沒見過這種樣式的衣服，上面有好多象牙珠子和琥珀，讓這件衣服看起來就像是用這兩種東西做成的。皮革的黃色調也和裝飾珠子搭配得天衣無縫。我也喜歡妳敞開前胸的穿著方式，特別是妳很快就要成爲母親了。不過這衣服一定很重，妳是從哪裡得來的？」樂薇拉說。她太興奮，愛拉不由得笑了。

「沒錯，眞的很重，但我習慣了。我帶著它走了好長一段路。妮姬以爲我要跟一個馬木特伊氏男人配對時給了我這件衣服，她還告訴我該怎麼穿。她是獅營頭目的配偶。當我決定和喬達拉離開時，她叫我把衣服帶著，等我和他配對時穿上。她喜歡他，所有人都喜歡他。她們想要他留下來變成馬木特伊氏人，但他說他必須回家，我想我知道原因。」愛拉說。有幾個人也圍在一旁聽著。他們希望能告訴其他人這外地女人怎麼介紹她這件華麗的服飾。

「喬達拉看起來也棒透了，」樂薇拉說：「妳的婚配服之所以精緻是因爲那些珠子和裝飾等等。喬達拉的婚配服完全相反，光是它的顏色就夠出色的了。」

「沒錯，」喬德坎說：「我們都穿上最漂亮的衣服，」他指著自己的衣服說：「所謂漂亮通常指的是裝飾得很美，但沒有人的衣服像妳的那麼搶眼，愛拉。不過當喬達拉穿著那件婚配服出來的時候，每個人都在注意他。他的束腰上衣樣式簡單又雅致，穿在他身上特別如此。我知道之後會發生什麼事；所有女人會想要一件像妳一樣的衣服，而所有男人會想要一件像他一樣的衣服。這件衣服是誰給你的，喬達拉？」

「愛拉給我的。」喬達拉說。

「愛拉！那衣服是妳做的嗎？」樂薇拉訝異地說。

「一位馬木特伊氏女人教我怎麼製作白皮革。」愛拉說。這時大家都轉過身來，面對下一位齊蘭朵妮。

「我們最好別再說話，他們要開始了。」樂薇拉說。

等他們都安靜下來，好讓下一對的儀式開始舉行時，愛拉思考為什麼把很難解開的繩結綁在男女的手腕上會成為配對儀式的一部分。樂薇拉一時興奮衝過來擁抱她，沒注意到自己的手被綁住，這讓愛拉了解到，當和別人綁在一起時，將會被迫在不假思索往前衝之前考慮到對方的感受。這倒是替學習配對關係的人上了很好的一課。

「但願他們動作快點，」其中一個剛配對完的男人悄聲說：「我餓死了，今天斷食了一整天，我敢說他們在最後面也一定聽得到我的肚子咕嚕咕嚕叫。」

愛拉很慶幸舉行儀式的齊蘭朵妮複誦冗長的稱謂與親屬關係，這使她有時間思考，沉浸在自己的思緒裡不受打擾。她配對了，喬達拉是她的配偶，或許現在她會開始覺得自己真的是齊蘭朵妮氏第九洞穴的愛拉，不過她也很高興馬木特伊氏的愛拉還是她稱謂的一部分。只因為他們即將住在第九洞穴，並不表示她變成一個不一樣的人。她只是在她的親屬關係之上多了新的稱謂與關係。她也沒有失去她穴熊族的圖騰。

她的思緒飄回到她還是個小女孩、和穴熊族住在一起的時候。他們配對時沒有這種結繩的習俗，但他們不需要。從小時候開始，穴熊族女人就被大人教導要隨時注意穴熊族男人的一舉一動，對於她的配對對象特別該如此。有教養的穴熊族女人應該能預期她配偶的需要和願望，因爲穴熊族男人在很小的時候就學會絕對不要去察覺、或至少不要顯露出自己的需要、不適或痛苦。他絕不能開口要求她幫助，她必須知道什麼時候對方需要她。

布勞德叫她，並不是需要她的幫助，但他還是從早到晚做出要求。只因爲他能命令她做事，他就故意想出些事情叫她去做——拿水給他喝，幫他繫腿套等等。他可以把她只是個女孩、必須學習當作藉口，但他不在乎她學會沒有，她設法討他歡心時也徒勞無功。只爲了她曾抗拒他，而穴熊族女人不能蓄意不遵從男人的命令，所以他只想對她展現他的權力。她曾經讓他覺得男人尊嚴盡失，他爲此憎恨她，也或許出於直覺，他知道她那種人與穴熊族不同。這對她來說是艱難的一課，但她學會了，教會她的是布勞德那永無止境的苛求，喬達拉卻是受惠者。她總是留意他的一舉一動，這使她想到爲什麼每次不知道他在哪裡時，她總是覺得很不自在，她對她的動物也有同樣感覺。

突然間她看到沃夫，好像她想到牠時牠就會出現似的。和喬達拉的左手綁在一起的是她的右手，因此她彎下腰用左手擁抱牠。她抬頭看著喬達拉。

「我一直很擔心牠，不曉得牠在哪裡。」愛拉說：「但牠好像很開心。」

「或許牠有開心的理由。」喬達拉咧嘴笑著說。

「寶寶找到配偶時就離開了。牠偶爾會回來看我，但牠是和同類住在一起。如果沃夫找到配偶，你覺得牠是否會決定離開我們，而去和牠配偶同住？」

「我不知道。之前妳說過牠認爲人類是牠的同類，可是如果牠將要交配，牠就必須和狼群住在一起。」他說。

「我希望牠過得快樂，但如果牠再也不回來，我會非常想念牠。」愛拉說。大多數在她身旁的人都在看著她和狼，尤其是那些和她不熟的人。她示意牠跟在她身邊。

「這隻狼好大啊！」其中一個女人說，她慢慢往後退了些。

「沒錯，牠是很大，」樂薇拉說：「不過認識牠的人都說牠從來沒有對人造成威脅。」

這時候有隻跳蚤打算來煩這隻狼。牠坐下來縮成一團，開始撓抓。這女人吃吃地笑了起來，緊張地說：「這動作看起來的確沒什麼威脅性。」

「除了對那隻惹惱牠的小蟲子來說。」樂薇拉說。

突然間牠停了下來，歪著頭，好像聽到、聞到或感覺到什麼似的，接著牠站起來看著愛拉。

「去吧，沃夫。」愛拉說著，以手勢示意牠離去。「你想去就去吧。」

牠跑開了，在人群間穿梭，有幾個看到牠的人一臉訝異。

接著配對的不是兩個人，而是三個人。有個男人配對的對象是一對長得一模一樣的雙胞胎姊妹。她們倆不想分開，對雙胞胎或感情好的姊妹來說，成爲共同配偶是很常見的狀況，不過對年輕男人來說，設法養活兩個女人和她們的孩子並不是件容易的事。這次和雙胞胎姊妹配對的男人年紀稍長，生活穩定，不但名聲好，地位也高。即便如此，將來他們也有可能將第二個男人帶入火堆地盤，不過誰也說不準。

等到最後一對男女就定位時，大家已經開始對典禮中不可避免的重複感到不耐煩，尤其是在他們不認識的人舉行典禮時。不過最後一對新人再次引起群眾的興趣。當約普拉雅和艾丘札走上前時，看到他們的人齊聲驚嘆，接著是一陣交頭接耳。這兩人都長得不像一般的齊蘭朵妮氏人，因此觀眾雖然知道他們其實不是齊蘭朵妮氏人，而是蘭薩朵妮氏人，對於在場的一些人來說這仍舊是教人吃驚的一幅景象。

他們看見一位高挑苗條、有著異域容貌的黑髮女子，她超凡的美貌無法用言語形容。站在她身旁的男人是另一個極端。他稍微矮些，五官輪廓很深而且特別，大多數人會認爲這樣的相貌很醜陋。他粗大的眉脊如同板子一般向外突出於眼窩深陷的黑眼珠上，配上濃密雜亂的眉毛更加顯眼。他的鼻子很高，部分原因是他相當長而寬的臉向前突出，同時也是因爲他的鼻子輪廓分明，形狀就像是老鷹的喙那樣大，只不過沒那麼窄，不過它的大小和他臉部是成比例的。他和許多男人一樣，在冬天都留著鬍鬚，使臉部保暖，不過在夏天他就剃掉了。他是最近才剃的，因此他那巨大下顎的輪廓就特別清楚，不過就像穴熊族人一樣，他幾乎是缺少下巴的。他的下巴很短，但由於鼻子太突出，使下巴看起來很不明顯，是向後縮的。

除了前額之外，艾丘札的臉有著穴熊族的臉部特徵。他沒有那顯然屬於穴熊族的標記，也就是那向後推的、扁平的傾斜前額；他不是個扁頭。在艾丘札突出的眉脊之上，他的額頭就像在場的每個男人一樣高而圓。穴熊族人都非常矮，然而他卻和這裡許多男人一樣高，不過他那健壯結實的骨架和寬大渾圓的胸膛無疑屬於穴熊族。他的腿就比例上來說很短且略微彎曲，這一點和穴熊族一樣，他的手臂和腿的肌肉也都很結實。他絕對是個強壯的男人。

而且他也毫無疑問是個混靈的男人，對某些人來說他是半人半獸的孽種。那些人認爲他不應該和站在她身邊的女人配對。不管她長得多麼像外地人，沒有人能否認她還是人類，是他們的一份子，不是前額扁平的動物。齊蘭朵妮氏人應該阻止他們配對、不承認他們或協助他們在一起。

由於蘭薩朵妮氏人還沒有自己的朵妮侍者，因此首席大媽侍者再次站出來。她不僅是首席大媽侍者，也是第九洞穴的齊蘭朵妮，而達拉納曾經住在第九洞穴，她和他們的關係比任何洞穴都親，而約普拉雅是他火堆地盤的女兒。

首席大媽侍者就定位的同時，她暗自微笑，心裡想著，艾丘札那麼強壯，沒有幾個人敢和他一對一挑戰。由於他們是最後配對的一對新人，首席大媽侍者已經開始思考配對禮之後的競賽事宜。接著她想，在他們的配對儀式結束之後，或許應該宣布齊蘭朵妮氏第二洞穴的首席助手已經接受召喚，在通過審核之後，已經正式成爲齊蘭朵妮。她決定和達拉納以及他的洞穴居民一起回去，成爲侍奉大地母親的首席蘭薩朵妮。這項任務很適合她，而且那裡是個讓她起步的好地方。

朵妮侍者看著逐漸聚攏的人群。達拉納站在那裡，臉上滿是驕傲的神情。喬達拉和他像得驚人，不過首席大媽侍者察覺得出他們倆細微的差異，或許因爲她曾經和年輕的那位過從甚密。仍舊和愛拉綁在一起的喬達拉已經離開剛完成配對的人群，走進親友群裡。約普拉雅究竟還是他表妹。達拉納身旁是約普拉雅的母親潔莉卡，她身後站著的是她的火堆地盤男人荷查曼，他幾乎把全身的重量都放在一個首席大媽侍者不認識的年輕男人身上。她猜想他原本是齊蘭朵妮氏人，要不就是來自遙遠的洞穴，或者是來自更遙遠的地方，可能是蘿莎杜那氏，然而他的衣著和珠寶設計顯示他是蘭薩朵妮氏人。

荷查曼是個上了年紀的、乾癟枯瘦的小個子男人，容貌與潔莉卡相似，但他幾乎站不起來，更別提走路，是達拉納和艾丘札整路背著他來參加夏季大會。他告訴大家自己在旅行時走了太多路，把腳給走壞了，不過沒有人像他走得那麼遠。他從東方的無盡海一路跋涉到西方的大水，終其一生幾乎都在這段路途上。他知道如何說一段精彩的故事，而且他不但有許多故事可說，也不介意一再重複。或許在婚配儀式結束後遊戲、競賽、說書開始時，大家又會要求他說上一段。剛完成配對的男女今年必須放棄這些活動，因爲他們要度過兩個禮拜寂靜的試驗期。齊蘭朵妮亞選擇這個時機是有用意的。如果配對的男女對於他們結合的態度不夠嚴肅，以至於連幾項遊戲和幾個故事都不願意放棄，那麼他們或許不該配對。

吟唱的人繼續誦唸著賦格曲，不過當首席大媽侍者開始舉行典禮時，卻又變成完全不同的一組音調。「所有齊蘭朵妮氏的洞穴居民，」朵妮侍者的聲音依舊宏亮。「你們接受召請，共同見證一個女人與一個男人的結合。大地母親朵妮，最初的創造者，萬物之母，她生下照亮天空的巴利，她和今夜照亮我們的魯米爲伴、爲友，他和她一同見證。她子女神聖的結合榮耀了她。」

「站在此處、選擇結合的兩人令大地母親十分歡喜。」群眾的聲音隨著周遭的紛紛議論而升高。這場典禮比其他人的進行得快一些，他們倆的稱謂和親屬關係沒有那麼多，艾丘札幾乎完全沒有。他是蘭薩朵妮氏第一洞穴的艾丘札，受朵妮賜福的女人之子，被蘭薩朵妮氏第一洞穴的達拉納與潔莉卡接納。約普拉雅有一長串稱謂和親屬關係，其中大多是達拉納從齊蘭朵妮氏帶過來的，喬達拉和愛拉也被提及。在她母親那邊，她的親戚只有已經步入靈界的潔莉卡的母親安蕾和她的火堆地盤男人荷查曼。

「我，蘭薩朵妮氏第一洞穴的達拉納代表這對配偶發言，我很高興約普拉雅和艾丘札將繼續住在蘭薩朵妮氏第一洞穴。」這位頭目最後說道：「我歡迎他們。」接著他轉身面對觀眾席中聚集在他背後的人群，他們是爲了對這男女的配對表示贊同，因此大老遠前來參加齊蘭朵妮氏夏季大會的蘭薩朵妮氏人。

「我們蘭薩朵妮氏第一洞穴歡迎他們。」這些人齊聲說。

接著首席大媽侍者伸出手臂，彷彿要擁抱在場的每個人。「所有齊蘭朵妮氏和蘭薩朵妮氏洞穴的居民，」她說：「約普拉雅和艾丘札選擇彼此。他們的配對已經被允許，蘭薩朵妮氏第一洞穴也接受了他們。各位對這結合關係有什麼話要說？」

爲數不少的群眾回答「接受」，但也有一小撮人說「不接受」。

齊蘭朵妮大爲震驚，一時之間茫然不知所措。在她舉行過的配對禮中，從來沒有一場典禮有人不表贊同。如果有人反對，他們總會在事前設法排解。這是第一次她聽到「不接受」這句話。達拉納和潔莉卡都皺起眉頭，許多蘭薩朵妮氏人四下張望。大多數人顯得很不自在，還有些人一臉憤怒。首席大媽侍者決定不理會這句「不接受」，繼續進行典禮，當作什麼也沒聽見。

「大地母親朵妮同意了她子女的結合，她眷顧這對新人，也已經祝福約普拉雅。」她說。她示意他們伸出雙手。他們遲疑片刻，接著約普拉雅和艾丘札牽起手舉向首席齊蘭朵妮。她拿一條皮繩在他們牽著的手上打了結。

「這條繩子打了結，你們已經配對。希望朵妮永遠眷顧你們。」他們轉身面向群眾，接著齊蘭朵妮說：「現在他們是蘭薩朵妮氏第一洞穴的約普拉雅和艾丘札。」

「我不同意！」觀眾中傳來一聲喊叫。「他們不應該配對，這是錯的，他是孽種！」

有些人認出這聲音。是布魯克佛！首席齊蘭朵妮想忽略他，但有另一個聲音加了進來。

「他說的沒錯，他們不應該配對，他是半個野獸！」瑪羅那說。

我了解布魯克佛的心理，第九洞穴齊蘭朵妮想，但瑪羅那根本不在乎這件事，她只想製造麻煩。她是不是藉著羞辱喬達拉的表妹來報復喬達拉？

接著又有另一個聲音從第五洞穴的座位席上傳來。「沒錯，齊蘭朵妮氏人不應該准許這場配對。」這男人曾經想加入齊蘭朵妮亞，但卻被拒絕。這些不贊成的人似乎只是爲了惹麻煩而加入反對的這一方。

有幾個人也表達了類似的意見，包括勒拉瑪。她也認得他的聲音。他爲何要搗亂？首席大媽侍者非常疑惑。有些反對的人對此事情緒強烈，但他好像什麼都不在乎。

「或許妳應該重新考慮他們的配對，齊蘭朵妮。」另一個聲音大聲喊出來。那是第二十九洞穴三個領地的頭目德娜娜。

我必須制止反對聲浪，首席大媽侍者心想。「妳爲什麼這麼建議，德娜娜？這兩個年輕人已經做出決定，也被他們的族人接受，我不了解妳反對的理由何在。」

「但妳不只要求他們的族人接受，也要求我們接受。」德娜娜說。

「大多數齊蘭朵妮氏人都接受了。我知道反對這場配對的是哪幾個人。」她抬起頭看著斜坡上滿滿的人，雖然她在黑暗中看不清楚，然而反對者卻明顯感覺她看得見，覺得她目不轉睛盯著自己。「這些人大多有私人理由，和這對配偶沒有關係。只有少數人是眞的對這問題有強烈的情緒。我看不出爲什麼那幾個人可以打擾典禮的進行，激怒蘭薩朵妮氏人，使齊蘭朵妮氏人顏面盡失。約普拉雅和艾丘札已經配對，等他們結束試驗期後，他們的配對關係就會被批准。這件事就此告一段落。現在應該是排好隊伍，享用盛宴的時刻。」

她示意齊蘭朵妮亞，他們讓完成配對的配偶排好隊伍，帶領他們走向逐漸熄滅的營火。等他們逐漸排成五個圓圈時，就被帶領著走向供應食物的地方，開始享用宴席和參加慶祝活動，然而配對禮歡樂的氣氛卻大打折扣。

事先指派好的人開始切大塊的原牛後腿肉，這些串在烤肉叉上的肉已經在熱煤炭上邊轉動邊烤了一整天。其他通常是比較韌的部位和某些根莖類蔬菜一起埋在窯裡，排上熱石子。一鍋湯裡放了萱草增加濃稠度，裡面還加上植物的花苞和新長出的小根，以及磨碎的堅果、綠葉、羊齒植物的捲形嫩葉，還有洋蔥，並用香草植物調味，這鍋湯叫做「蔬菜湯」。這是這一季第一場配對禮的傳統菜餚。將萱草和香蒲成熟的根搗爛，除去纖維質，和野生燕麥以及黑色的莧草混和在一起，烘乾後磨成麵粉，再烤成堅硬扁平的麵包，和湯一起享用。

愛拉很熟悉這種長在靠近地面、表面上布滿微小種子的紅色心型小莓子；她很高興在這裡看到新鮮的草莓成堆疊放在碗裡。有些較早採收而開始變軟的草莓已經和其他幾種水果與一種長著紅色粗莖的植物一起煮成醬汁，這種植物的大葉子通常會被切下來丟掉。辛辣的莖替莓子和水果增添了強烈的風味，但它的葉子卻會使人生病。此外還有蒸過的柳葉菜嫩莖，以來自西邊大水的鹽和勒拉瑪盛在防水籮筐裡的巴瑪酒調味。

隨著宴席的進行，許多釀製的飲料下肚後，緊張的氣氛也緩和下來了。喬達拉眼裡泛著淚光，他熱情感謝達拉納從那麼遠的地方前來參加他的配對禮。

「光是衝著你我就會來，不過我們也是爲了約普拉雅和艾丘札的配對禮而來。很遺憾典禮最後鬧得不太愉快，恐怕他們的配對儀式因此給搞砸了，或許也糟蹋了所有配對男女的心情。」達拉納說。

「總是有少數人想壞別人的事，不過我們不用煩惱下次必須再來參加齊蘭朵妮氏的夏季大會，好讓我們的年輕人配對。現在我們有自己的蘭薩朵妮了。」潔莉卡說。

「這眞是太好了，但我希望你們還是能常常回來。」喬達拉說。「他是誰？」

「蘭薩朵妮。你知道的。」說完達拉納笑了。「他們理應放棄個人的特徵，和族人融爲一體，但我注意到他們以數字代替名字稱呼自己，數字比一般的名字更有力量。她是第二洞穴齊蘭朵妮的首席助手，現在她將被稱爲蘭薩朵妮氏第一洞穴的蘭薩朵妮。」

「我知道她是誰。」愛拉說：「當我們協助齊蘭朵妮尋找你弟弟的靈時，就是她帶領我們進入噴泉石深穴裡。你記得嗎，喬達拉？」

「我記得。我想她會成爲一位優秀的蘭薩朵妮。她獻身於齊蘭朵妮亞的工作，而且我聽說她也是位傑出的醫治者。」喬達拉說。

夜漸漸深了，完成配對的新人對親友們說出在接下來的十四天裡最後想說的話。有人覺得很怪，好像沒有離開但卻要說再見。等到十四天的隔離試驗期結束，這些男女回來之後，各洞穴將分別爲他們舉行小型的盛宴。接著親友會贈送他們共同展開新生活的禮物。直到試驗期結束後配對關係才會完全被承認，因爲那時候他們可以依照個人意願自由決定是否分開。雖然新人通常會提早離去，但對其他人而言，慶祝活動通常會一直延續到第一道曙光出現爲止。

愛拉和喬達拉離開時，有幾個惹是生非的人跟在他們後面走了一段路，這些以粗俗的言語和戲謔的玩笑話騷擾他們的人，大多是喝勒拉瑪的巴瑪酒喝得醉醺醺的年輕人。不過他們大部分不認識喬達拉，只聽過他的事。他們長大成人期間喬達拉已經去旅行了。大多數和他同年齡的朋友已經過了騷擾剛許下終生的配對男女的階段。他們都已配對，在自己火堆地盤裡有了一兩個孩子。

喬達拉拿了一根用來照亮典禮會場的火把，讓他們看清去路，並在他們到達時用它點起火。他們走上小溪邊的山坡，停在泉水邊喝水。愛拉原本不知道他們要去哪裡，但在到達時她就知道了。在她眼前的帳篷就是他們漫長旅途中一直使用的那一個，看到它再次被搭起來，勾起她的懷念之情。她很高興漫長的旅程終於結束，但她也永遠忘不掉那一段時光。聽到歡迎的嘶鳴聲，她對喬達拉微笑。

「你把馬兒帶來了！」她愉快地笑著說。

「我想我們早上或許可以去騎馬。」他說著舉起火把讓她看得見牠們。

火堆已經準備好了，他用火把燃起火堆，然後和她一起走向母馬和公馬，並歡迎牠們。他們習慣了一起工作，分攤不同的事務，不過兩人的手被綁在一起，連照料馬兒都變得更不容易，他們發現自己擋了對方的路。

「我們把這些皮繩解開吧。」喬達拉說：「我很高興被綁上皮繩，不過此刻我更高興能拿下來。」

「沒錯，不過這些繩子能時時提醒我們關心對方。」她說。

「我不需要什麼東西來提醒我關心妳，尤其今晚更是不必。」

愛拉爬進熟悉的帳篷裡，把她的手往後高舉，讓喬達拉可以跟在她身後進來。他用火把點燃一盞石燈，接著把火把丟進外頭的火堆裡。他回頭往帳篷內看，愛拉正坐在攤開在地面的毛皮被上，毛皮被下面是喬達拉仔細用乾草塡塞的皮床墊。他暫停片刻，凝望這剛成爲他配偶的女人。

柔和的火光使她的影子在她身後舞動，她的髮絲在微弱火焰的照耀之下閃閃發光。他看著那件金黃色的束腰上衣，胸前敞開，露出她漲滿奶水的乳房，美麗的琥珀項鍊墜子躺在雙乳之間。不過似乎缺了一樣東西，然後他想起不見的是什麼東西。

「妳的護身囊呢？」他靠近她，問道。

「我拿下來了。」她說：「我想穿上妮姬給我的這件衣服，戴上你母親的項鍊，但護身囊和這兩樣東西不搭調。瑪桑那給了我一個沒有裝飾的生皮革小袋子做護身囊，還滿適合的。她把它帶回木屋去了。她提議我們明天把今晚穿的衣服拿回去，不要把衣服帶在身邊。她問我介不介意把我的婚配服拿給其他人看，我告訴她我不介意，或許妮姬會很開心她這麼做。所以明天我再去拿護身囊。自從被穴熊族收養後，我從來沒離開過它，沒把它戴在身上的確很不自在。」

「可是妳現在已經不屬於穴熊族了。」喬達拉說。

「我知道，而且我再也不會是他們的一份子。我被下了死咒，永遠不能回去，但穴熊族人將一直是我生命中的一部分，我絕對不會忘了他們。」她說：「伊札幫我做了第一個護身囊，然後叫我選一塊紅赭石放在裡面……要是她在這裡就好了，她一定會很替我高興。護身囊裡的每樣東西對我而言都很重要，記錄了我生命中的重要時刻。這些東西是我的圖騰——穴獅靈給我的，它一直保護著我。如果弄丟了護身囊，我會活不下去。」她斬釘截鐵地說。

喬達拉這才明白護身囊對她的重要性，然而配對禮的意義重大，竟然讓她願意脫下護身囊。不過她相信弄掉了護身囊她就會死，這念頭他一點也不喜歡。「這難道不是穴熊族的迷信嗎？」

「不，它和你們族人的精氣符沒兩樣，喬達拉。瑪桑那也認同這個想法。我的靈在護身囊裡，因此我的圖騰才能找到我。當我被獅營收養時，我曾經和穴熊族共同生活的事實並沒有改變，只是又加入了另外一段生活，因此馬木特才把我的圖騰加在我正式稱謂上。現在我成爲第九洞穴的一員，我還是馬木特伊氏的愛拉，這一點並沒有改變，只是我的稱謂更長了。」然後她笑著說：「齊蘭朵妮氏第九洞穴的愛拉，曾經是馬木特伊氏獅營猛獁象火堆地盤之女，被穴獅靈選中，受穴熊保護，是馬和狼的朋友……

還有，和齊蘭朵妮氏第九洞穴的喬達拉配對。如果稱謂變得更長，我就沒辦法全部記住。」

「只要妳還記得最後一部分——和齊蘭朵妮氏第九洞穴的喬達拉配對。」他說著，伸手過去溫柔撫弄著她一邊的乳頭，看著它在他觸摸下緊縮變硬。一陣快感令她顫動。

「我們把繩子解開吧，」喬達拉說：「它礙了我的事。」

愛拉彎曲手腕，試著把結打開，但她只有左手能自由活動，而她又是右撇子，因爲用的是左手，她覺得自己解開繩結的手很不靈光。

「你得幫我，喬達拉。」她說：「只用左手我不太會解開繩結，把它剪斷容易多了。」

「千萬別這麼說！」喬達拉說：「我永遠不要跟妳切斷繩結。我想一輩子和妳綁在一起。」

「不管有沒有綁上繩子，我已經跟你在一起了，而且我們永遠會在一起。」愛拉說。「不過你說得對，這本來就該是一項試驗。我再看看這個結。」她研究了一會兒，然後說：「你看，如果你抓住這頭，我拉那裡，我想就解得開。它就是這種繩結。」

他照她說的去做，她一拉，繩結眞的解開了。

「妳怎麼知道這樣解得開？繩結我也懂一些，這結看起來不容易解。」喬達拉說。

「你看過我的醫藥袋吧。」她說。他點點頭。「你知道裡面所有的小口袋都打了結。從繩結的種類和數目我就知道小口袋裡有什麼。有時候我必須儘快打開袋子，如果有人立即需要照顧時，我總不能手忙腳亂想著該怎麼解開繩結。我很熟悉繩結，伊札很久以前教過我。」

「嗯，我很高興妳懂繩結。」他說著，拿起細長的皮繩。「我要把這條繩子放在我的行李內免得弄掉。回去時我們必須讓齊蘭朵妮看到它沒有被切斷，才能換到齊蘭朵妮亞的項鍊。」他把它捲好塞起來，然後把注意力完全轉移到愛拉身上。「吻妳的時候我喜歡這樣抱著妳。」他說，伸出手臂把她抱在懷裡。

「我也喜歡這樣。」她說。

他吻她的唇，用舌頭把她的嘴打開，手伸向她一邊乳房。然後他將她輕推到毛皮被上，彎下身來含住她一邊乳頭。她的身體立刻有了反應，當他吸吮並輕咬著一邊乳頭、同時用手指逗弄另一邊乳頭時，愛拉強烈的快感不斷攀升。

她推開他，開始把她替他做的白色束腰上衣往上拉。「小寶寶出生後你要怎麼辦，喬達拉？到時候我的胸部會漲滿了奶水。」

「我保證絕對不會偷喝太多，不過我肯定要嘗嘗看。」他笑著說。然後他把束腰上衣從頭上脫下來。「妳曾經有過孩子。小寶寶吸吮時感覺一樣嗎？」

她想了一會兒。「不，不太一樣。」她說。「過了頭幾天之後，餵奶的感覺很愉快。小寶寶吸得很用力，在習慣之前，一開始乳頭會痛。但是幫寶寶餵奶不會有你吸吮我乳頭時身體深處出現的感受。有時你只不過碰一下，那種感覺就一直傳到身體裡面。寶寶喝奶的時候我從來沒有這種感覺。」

「有時候我只不過是看著妳，那感覺就會傳到身體裡面。」他說。他把繫在她腰間的皮帶解開，掀開束腰上衣，輕輕按摩她渾圓的腹部，撫弄她的大腿內側。他喜歡只是撫摸著她。她把皮帶從她腰上解開，褪下其餘衣物，然後幫他解開緊緊綁在腳上的腳套。

「我好高興看到你穿上我幫你做的束腰上衣，喬達拉。」愛拉說。

他撿起丟在床上的束腰上衣，將它從裡往外翻開後疊好，小心翼翼平放在他的背筐上面，再解開他的腿套。愛拉脫下琥珀與貝殼做成的項鍊，取下耳環，剛穿的耳洞還是有點疼痛。她把這些首飾都放進行李裡，她可不想把它們弄掉了。她轉過身來，發現在帳篷裡站不直身的喬達拉正單腳站立、彎著腰脫下一隻腿套，然而他腫脹的男人器官已經蓄勢待發。她忍不住伸手去摸，他因此失去平衡跌倒在毛皮被上，兩人放聲大笑。

「妳這麼迫不及待，叫我怎麼把腿套脫掉？」他說著把另一隻腳的腿套脫下來踢掉。然後他躺在睡鋪上，在她身邊伸直四肢。「妳是什麼時候幫我做好那件束腰上衣？」他問。他用一隻手肘撐起上半身，好讓自己看著她。他那深邃的藍眼睛此時是黑色的，在一團火焰映照下才微微透出些許藍光。他瞳孔放大，閃耀著光芒，以充滿愛與渴望的眼神凝望著她。

「我們住在獅營的時候。」她說。

「可是那年冬天妳已經和雷奈克訂婚約了，為什麼妳還要幫我做束腰上衣？」

「我也不知道，」她說：「我想我還抱著一線希望，後來我腦海裡出現了一個奇妙的想法。我記得當你在山谷裡刻了一個我的小雕像時，你說你想捕捉我的靈，因此我希望如果我幫你做一件東西，就能捕捉你的靈。有一次大家在談論黑色和白色的動物，你說白色對你而言是很特別的顏色。因此當克蘿茲同意教我怎麼做白皮革時，我決定幫你做件衣服。每次在做的時候，我都想到你。我想製作那件衣服的冬天是我最快樂的時光。我甚至想像看到你在配對禮上穿著它的模樣，那使我一直燃起希望。因此我才在回來的旅程中一路帶著它。」

他的眼眶幾乎濕了。

「很抱歉我沒有裝飾這件衣服，我向來不擅長把珠子和飾品縫在衣服上。我試了幾次，但好像總是被別的事情打斷，不過我還是縫了些雪貂尾在上面。我想縫更多上去，但那年冬天我一直沒機會繼續做。或許明年冬天我可以出去再找些雪貂尾。」她說。

「這件衣服很完美，愛拉。光是衣服本身的白色就足以做裝飾。所有人都以為妳故意不加以裝飾，他們對妳的衣服印象深刻。瑪桑那告訴我，她喜歡妳衣服的樣式，因為妳很大膽的讓皮革的品質和精緻的手工裝飾衣服。我想妳不久後就會看到一些人穿上白色的束腰上衣。」他說。

「當瑪桑那說在典禮結束之前我不能見你或跟你說話的時候，我已經準備要打破所有齊蘭朵妮的習俗，好把衣服給你。那時她才說會幫我把東西給你，不過我想，她認爲即便如此她還是不該和你有所接觸。只是我不知道你喜不喜歡這件衣服，也不知道你是否了解我想要你穿上它。」

「那年冬天我怎麼會那麼蠢，那麼盲目？我深愛著妳，我好想得到妳。每次妳去雷奈克的床上，我都無法忍受。我睡不著，你們發出的所有聲音我都聽得一清二楚。所以那天我們出去訓練快快時我才把妳帶到草原上。我們一起騎嘶嘶時我可以感覺到妳身體的每個動作。妳能原諒我強迫妳嗎？」

「我一直試著告訴你，但你從來不聽我說。你沒有強迫我，喬達拉。難道你沒發現我很快就有反應了嗎？你怎麼會認爲你強迫了我？那是我整個冬天最快樂的一天。之後的好幾天我一直夢見那情景。每次閉上眼睛我都覺得你在身旁，我想再次和你在一起，但你卻不肯回來。」

他吻了她，突然間迫切渴望得到她。然後他等不及了。他在她身上，將她雙腿推開，找到她溫暖潮濕的泉源，深深戳進去，感受她熱情地愛撫他的男人工具。她已準備好迎接他。她感覺他已深入她體內，因此使出全力迎合他。她呻吟著，感受到他飽漲的器官在自己漲大的深穴中。他抽出身來，然後一次又一次進入。當節奏變快，她弓起身體依自己想要的力量施壓。就是這樣，這就對了，她早已準備好，他也一樣。喬達拉覺得他飽漲的器官將要一觸即發，這時他們全神灌注緊繃著每一條神經，不可思議的快感浪潮將他們雙雙吞沒，之後在瞬間美妙地釋放。他再度戳刺了幾下，然後倒在她身上。

「我愛妳，愛拉。我不知道如果失去了妳該怎麼辦。我永遠愛妳，只愛妳一個人。」他說著把她緊緊抱在懷裡，他嘶啞的聲音中帶有強烈的情感。

「噢，喬達拉，我也愛你，我永遠愛你。」她眼角泛著淚光，一方面是因爲她心中對他滿盈的愛意，另一方面是因爲迅速攀升、在剎那間獲得紓解的緊繃感。

他們在搖曳的燈火中安靜地躺了會兒，然後他緩慢起身，抽出他洩盡的器官，翻向他睡的那一側。他又把手放在她腹部。

「我想我的體重對妳而言太重了。我覺得從現在起我不應該重重壓在妳身上。」他說。

「你還沒太重，」她說：「之後等寶寶再長大些，我們再來煩惱該用什麼姿勢比較輕鬆。」

「妳眞的能感覺到生命在妳身體裡動嗎？」

「現在還沒有，但不久後就會了。你也可以摸得到，只要像這樣把手放在我肚子上就行了。」

「我想我很慶幸妳已經有過一個孩子，這樣妳就有心理準備。」

「但這次不太一樣。我懷杜爾克時噁心得很厲害，幾乎整個孕期都是。」

「現在妳覺得怎樣？」他問。他皺著眉頭，顯然十分擔心。

「我感覺好極了。即使是一開始，我也幾乎沒有晨吐的現象，現在我完全不會反胃了。」

他們沉默了好一陣子，喬達拉心想她是否已經睡著。只要時間久一些，他覺得又可以重新開始，不過如果她睡著了的話……

「不曉得他現在怎麼樣了，」突然間她說。「我是說我兒子。」

「妳想念他嗎？」

「有時候我想他想得不知道怎麼辦才好。在齊蘭朵妮亞的會議上，齊蘭朵妮吟唱大地母親之歌，我很愛那個故事。每次聽到大地母親的兒子不能陪在她身邊，他們將永遠分離的那一段，我都好想哭。我想我了解她的感受。即使再也看不到他，我也希望能知道他過得好不好，知道布勞德和其他人怎麼對待他。」愛拉說完，又沉默不語。

她的一番話讓喬達拉陷入思考。「歌裡說大地母親飽受分娩之痛。眞的那麼痛嗎？」

「他很難生。我不想去回想，不過就像大地母親之歌所說的，疼痛是值得的。」

「妳怕嗎，愛拉？害怕要再生孩子嗎？」他問。

「有一點。不過這次我懷孕的感覺非常好，或許分娩時也不會那麼辛苦。」

「我真不知道女人怎麼受得了。」

「那是因爲這値得，喬達拉。我好想要杜爾克，可是他們告訴我他是畸形，我不能留下他。」她開始哭泣，喬達拉抱住她。「太難受了，我實在做不到。至少齊蘭朵妮氏的母親還有選擇權。不會再有人強迫我了。」

他們聽到遠方狼群的嚎叫，不遠處有一隻狼回應，然而那叫聲非常熟悉。沃夫就在附近，只不過沒和他們在帳篷裡。「不曉得牠會不會也離開我。」她說。

她把頭埋進他肩膀。喬達拉抱著她，安慰她。受朵妮特別禮遇不是件容易的事，他想。不過有孩子畢竟是椿好事……他試著想像有個生命在他身體裡會是什麼樣的感覺，不過那超出了他的想像。男人不會有寶寶。那麼朵妮到底爲什麼製造男人？如果沒有男人，女人也可以照顧自己。女人不會全都同時懷孕，有些人可以打獵，其他女人大肚子或寶寶還小時，別的女人可以幫忙。女人生小孩時總會互相幫助。如果不打獵，她們或許也活得下去，帶著年幼孩子的女人從事採集本來就比較輕鬆。之前他也問過自己這個問題，他納悶別的男人是否也自問過同樣的問題。就算有，他們也不會公開提出來。朵妮製造兩種人類一定有她的道理，她做的事向來都是合情合理的。這個世界有一定的秩序。太陽每天升起，月亮的盈虧也有規律，每一年四季都以同樣的順序更迭。

愛拉說的有可能是對的嗎？必須有男人，生命才能開始？是否因爲如此，男人和女人兩種人都有存在的必要？喬達拉抱著懷裡的女人，拚命思考著。他希望自己有實際的理由存在於世上，而不僅只是享受快感，不只是撫養、幫助家人、維持生計。他希望他的生命、他的性別的存在是必要的。他想要相信沒有男人就不會有新生命，沒有男人就沒有孩子，所有大地之子都不會存在。

他陷入沉思，沒注意到愛拉的啜泣已經停止。他看著她，笑了出來。她的呼吸沉穩，已經進入夢鄉。今天很忙碌，她起得又早。他將手臂從她身體下輕輕抽出，動一動讓血液循環，然後打了個大呵欠。他也累了。他起來把油燈裡點著苔蘚的火焰熄滅，摸黑回到睡著的愛拉身旁，爬進她身邊的被子裡。

早晨喬達拉睜開眼睛，過了一會兒才發現自己身在何處。他已經習慣睡在營地的木屋裡，帳篷的內部顯得擁擠多了，但卻更令他感到熟悉。他們在這裡面睡了一年之久。接著他想起他們昨晚配對了。愛拉已經是他的配偶。他把手伸向她，但她已經離開了。他隨即聞到烹煮食物的味道從外面的火堆傳來。他坐起來，很自然地伸手去拿杯子，拿到一整杯熱薄荷茶時卻嚇了一跳。他啜了一口，這茶正是他喜歡的溫度，而且杯子旁邊就是剛摘好的冬青樹枝。她又再次預料到他早晨喜歡做的事，而且都替他準備好了。他還是不曉得她是怎麼辦到的。

他又喝了口茶，然後把毛皮被推到一旁從床上起來。愛拉和馬兒在一起，沃夫也在。他漱了漱口，嚼著樹枝末端清潔牙齒，然後再漱漱口，接著吞下最後一口茶。他伸手拿衣服，但最後決定穿不穿都無所謂，反正沒有人在旁邊，因此他一絲不掛地走到她身邊。她笑著瞥了一眼他的器官，光是這樣，它就開始漲大。她的微笑變成淘氣的咧嘴大笑。他只是報以微笑。

「今天天氣眞好。」他走向她時說。他那得意洋洋的男人工具突出在他身體前面。

「我在想我今天早上要跟你去游泳。」看著他走過來，她說。「如果我們走後面那條路，營地上游的池子離這裡不遠。」

「妳想什麼時候去?」他說：「我聞到煮食物的味道。」

她害羞地笑著。「我們現在就可以去，我可以把食物從火上移開。」她說。

「那就去吧，女人。」他說著將她攬在懷裡，給了她一個吻。「我去穿上衣服，我們可以騎馬去。」然後他笑了。「那樣就可以快點到。」

愛拉拿起她的行李，不過他們沒有用馬墊。沒多久他們就來到池邊，放開馬兒，讓牠們隨意吃草。他們在地上鋪了張皮革，然後笑著跑到水邊。沃夫和他們一起跑，不過當他們嘩啦嘩啦跑進池子裡時，牠就去追蹤其他有趣的東西了。

「感覺眞舒服，眞讓人神清氣爽。」愛拉說著，一頭鑽進水裡，然後又站起來。

喬達拉也沉到水裡去。他們游過池子，再游回來。出了水面，他游向她。「妳摸起來也很舒服，」他說：「而且我想妳嘗起來可能也很可口。」他抱起她，把她帶離池子，放在皮革上。「昨天太忙，今天我們有的是時間。」他說著用他那奇妙的藍眼睛凝望著她。接著彎下身來吻她，慢慢地、充滿濃情蜜意地貼近她，感覺他們被水浸泡的冰涼肌膚，以及從身體內部傳來的熱氣。他輕咬她的耳垂，吻她的喉頭，然後用手伸向她的胸部找到乳頭。這就是他想要的，同時也是她想要的。

他慢條斯理地將一邊乳頭用手指輕觸、揉捏，同時吸吮著另一邊乳頭，他覺得自己的器官飽滿，蓄勢待發。而他的輕觸愛撫帶給她像閃電般通過全身的感受，直通到她的快感部位。他按摩她圓滾滾的腹部，他喜愛那摸起來鼓脹的感覺，也樂於知道裡面有個正在長大的寶寶。接著他的手往下游移，來到她隆起的小丘，和上方的縫隙。

她把身體迎向他，他找到了那個小核。她體內劇烈的情緒波動愈來愈強。接著他坐起來，對準她兩腿間調整姿勢。他打開她粉紅色的皺摺，看了一會兒，然後閉上眼睛讓舌頭尋找她的味道。這就是他渴望的女人，這就是她嘗起來的味道。這是他的愛拉。

她躺著不動，讓他恣意探索，找出所有溫熱的地方，然後他又找到小核，開使用舌頭逗弄、移動、摩擦和吸吮。她開始呻吟，心思飛到了另一個地方，在那裡喬達拉知道該怎麼對她。當他的動作愈來愈快時，她身體朝他貼近，她禁不住發出高昂激烈的呻吟聲。

他可以感覺到自己已經漲得很滿，他弓著身感覺她將他包覆，不過他必須先讓她到達顛峰。那種感覺愈來愈接近，快要壓垮她，突然間它來了，在一波波快感攀升中她突然越過了歡愉的頂峰，接下來她想要感覺他在她裡面。

她拉他起來，幫他進入，等待第一次完全的進攻。他抽出來後又再次挺進，重新漲滿她體內。當他深深地完全插入時，他可以感覺到她溫暖的皺摺擁抱他。他們是天生的一對，這就是他想要的女人。她可以接受他的全部，他無須擔心他的大小。他幾乎完全抽出，然後再次戳入，一次又一次，每當她感覺他在她體內，快感就一次比一次強烈，她吐氣時發出聲聲拔高的音調，和體內高漲的感受一致。

抽送的節奏愈來愈快，直到他被快感淹沒。她達到顛峰時他射出了，接著他又抽送了幾次才停下來，躺在她身上休息。她不要他動。她喜歡他躺在她身上時的感覺，她也想細細品嘗快感，以及之後的放鬆。

他們又去游泳，不過這一次從水裡上來後，愛拉從行李裡拿出他們用來擦乾身體的軟皮。他們吹口哨呼喚馬兒，然後騎馬回到他們的營地。沃夫在那裡繞著帳篷踱步，不知在對著什麼嚎叫，馬兒顯得很緊張。

「有東西在那裡，」愛拉說：「沃夫不喜歡，馬兒也很緊張。會不會是昨晚我們聽到的狼群？」

「我不知道，不過吃完東西後，我們何不收起帳篷，騎馬到遠一點的地方？」喬達拉說：「或許今晚可以在別的地方過夜。」

「這是個好主意，」愛拉說：「我們可以在木屋前停下來，把婚配服放好，把其餘的旅行用品拿來，然後到這附近探索一番。回來後我們可以把帳篷搭在水池附近，幾乎沒有人到那裡去。我們把沃夫也帶去。有些狼群可能認爲牠闖到牠們的地盤了，狼群爲了捍衛領土，會和其他的狼打鬥。」

第三十三章

他們騎馬回到第九洞穴的營地，在他們的木屋附近下馬，其他人對他們視而不見，彷彿他們不在那裡似的經過他們身邊，避開他們的視線或越過他們往前看。一種熟悉的不安感使愛拉寒心，這感覺就像被穴熊族下了死咒一樣。她所愛的人迴避她，即使她站在他們面前揮舞手臂大聲喊叫，他們也拒絕看她，愛拉知道那代表著什麼。

這時她看見弗拉那望著他們，努力隱藏笑意，愛拉因此鬆了口氣。這不是死咒，而是他們的試驗期，他們不該和彼此以外的人說話，不過她注意到還有另外幾個人朝他們看，試著不對他們微笑。顯然所有人都察覺他們出現了。他們走進木屋時瑪桑那剛好出來。雙方擦身而過時不發一語，都往旁邊讓了一步，只是這位年長女人面露微笑，直視他們的雙眼。她不認為有必要做出完整的迴避措施，只要不和他們交談或從旁慫恿他們說話即可。

他們把婚配服放在除了塞滿草的襯墊外空無一物的睡榻上，打包了另外一些旅行用品，然後走向瑪桑那和威洛馬的房間。瑪桑那已經將裝著愛拉護身囊的生皮革小袋子放在她床上，旁邊放了些包好的食物。愛拉差點出聲道謝，但她及時住了口。她隨即笑了笑，用穴熊族的手語比出「感謝妳的好意，我配偶的母親。」

瑪桑那看不懂她的手語，但她猜得出那是某種表達感激的手勢，因此她對這年輕女人微笑。現在這女人是她兒子的配偶了。學些這種手語可能會很有用，她想。不用說話就能溝通，而且沒有人知道你們在說些什麼，這很有意思。他們離開後，瑪桑那到他們的房間去，看著他們昨晚穿的衣服。

喬達拉的白色束腰上衣讓他看起來非常醒目，不過他向來顯眼。儘管這是件出色的衣服，鞣製皮革的先進技術表露無遺，但愛拉的整套服飾才眞的讓人印象深刻，這和瑪桑那原本的期望一樣。這已經使得有些人重新考慮他們對愛拉地位的認可。瑪桑那邀請一些人來嘗嘗她最近才開始拿出來款待客人的山桑酒，這酒存放在洗淨後用栓子塞緊的麋鹿胃袋裡，放在她住處黑暗乾燥的角落長達兩年。她打算放幾盞燈在木屋裡，才能在昏暗的室內看得更清楚。她彎下腰把束腰上衣和腿套拉平，稍微整理一下，好把之前被摺痕蓋住、有著做工精細珠子裝飾的一個特殊地方展示出來。

愛拉和喬達拉非常喜愛他們和齊蘭朵妮氏人表面上隔離的時光，這就像是回到旅途，卻沒有一直旅行的壓力。他們在漫長的夏日白晝裡打獵、釣魚、採集兩人份的食物，還有游泳和騎馬遠行，不過沃夫只有偶爾和他們作伴，牠不在時愛拉很想念牠。牠彷彿下不了決心，不曉得到底該待在所愛的人類身邊，還是回去尋找野地裡牠所迷戀的某種東西。不管他們在哪裡紮營，牠總能找到他們，每當牠出現在帳篷裡，愛拉都喜出望外。她會把全副精神放在牠身上，撫摸牠，和牠說話，和牠一起打獵。她對牠的關愛通常能使牠待上一陣子，然而牠最後依然會再次離開，而且往往會在外面過一夜或好幾夜。

他們探索了鄰近地區的山丘和河谷。喬達拉以爲他已經對自己出生地的這片野外景致瞭若指掌，然而騎在馬上能走訪更多地區，因而使他從不同的角度以更寬闊的視野觀看這一片土地。他對此地浮現出前所未有的深刻理解，也因此更感謝這塊地區的豐饒。他們看到居住在齊蘭朵妮氏人土地上數量龐大而且種類繁多的動物，這些動物有時成群出沒，有時只在他們眼前一閃即逝。

大多數草食動物相安無事地共用同一片田野、草原和開闊的樹林，牠們通常不理會兩匹馬和騎在馬背上的人類。正因爲如此，他們才能靠得很近。愛拉喜歡在嘶嘶邊吃著草邊觀察其他動物時，靜靜坐在這匹母馬的背上，喬達拉通常和她在一起，不過也有其他事情可做。他正在替拉尼達爾做一根配合他身高的標槍和標槍投擲器，喬達拉希望調整過後能夠讓拉尼達爾更容易單手使用這個武器。某天下午喬達拉和愛拉在一起時，他們遇到了一群野牛。

雖然有許多野牛和原牛被人類獵捕，但幾乎看不出牠們數量上的改變，因爲被獵捕的牛隻數量遠不及在開闊土地上漫遊的牛群數量。不過這兩種牛科動物很少同時出現，牠們會避開對方。愛拉和喬達拉不久前才獵殺野牛，幫忙支解牛肉，然而觀察牠們在生存環境中移動還是讓兩人增長不少見識。這些草食動物在春天的脫毛期已經褪下深色厚重的毛茸茸毛皮，穿上牠們夏季的淺色大衣。愛拉特別喜愛觀看活力充沛、喜歡嬉鬧的小牛。母牛在晚春和初夏才生小牛，因此牠們還非常幼小。年幼的牛成長得相當慢，需要無微不至的照顧，然而牠們還是會落入熊、狼、猞猁、鬣狗、豹和人類的手裡，偶爾也會成爲穴獅的攻擊對象。

不同種類的鹿不但數量龐大，而且有各種大小，從身軀龐大的巨角鹿到極小的獐鹿都有。喬達拉和愛拉看到一小群沒有配偶、長著小巧而靈敏鼻子的巨角鹿，巨大的鹿角令兩人嘖嘖稱奇。巨角鹿的鹿角形狀就像是伸開手指的手掌，雖然全長可達約三點六公尺，重約七十公斤以上，不過眼前這些還是年輕的鹿，身軀較爲瘦小，鹿角也比較小。牠們還沒長出成年鹿粗大而強健的頸子，不過牠們的肩胛骨間已經生出隆起的背脊，背脊上連接的肌腱可以在日後支撐牠們巨大的鹿角。

即便是年輕的巨角鹿都要避開樹林，以免鹿角卡在樹枝上。長著斑點的黃鹿是住在樹林裡的鹿種之一。他們在布滿沼澤的地區看到一隻單獨行動的鹿，牠屬於另外一種鹿，長得高而瘦，掌狀鹿角比較小，但依舊很結實。這隻鹿站在水中央，低下頭拉出滿嘴滴著水的綠色水生植物，不過和巨角鹿不同的是牠的鼻子大而突出。在某些地區牠被稱做駝鹿，而在喬達拉住的地區一般人稱牠爲麋鹿。

在這塊土地上，這種鹿更普遍的名稱是赤鹿。牠們也長著大鹿角，是這類鹿種的其中一個分支。赤鹿主要以吃草維生，可以居住的範圍很廣，從開闊野外的高山到草原都有牠們的蹤跡。牠們敏捷大膽，不管是陡峭的山丘或崎嶇的野地都嚇不倒牠們，如果在樹線之上的狹窄岩架有誘人的青草，牠們也會勇往直前。樹木之間有足夠空間可提供低矮的草地與羊齒植物生長的森林，或者其間散布著陽光充足的小峽谷的林地，還有布滿石南花的山丘與開闊的草原，都是可供赤鹿生存的棲息地。

赤鹿不喜歡奔跑，但牠們用長腳走起路來或輕快地小跑步時動作卻十分敏捷，如果被追趕，牠們可以跑好幾公里遠，跳躍約十二公尺遠，往上跳約二點五公尺高。牠們也很擅長游泳。雖然赤鹿比較喜歡吃草，牠們也可以吃樹葉、花苞、莓子、洋菇、香草植物、石南花、樹皮、橡實、堅果和山毛櫸堅果塡飽肚子。每年此刻牠們會聚集成一小群，愛拉和喬達拉在小河邊的草地上看到幾隻，因此停下來觀察。青草才剛轉成金黃色，幾株長出茂密新葉的山毛櫸樹在岸邊排成一列，不過在河水另外一側卻是狹長的茂盛森林。

這是一群年紀不一的公鹿，牠們的鹿角上長滿了絨毛。公鹿大約在一歲大時開始長出鹿角。鹿角在早春時脫落，但牠們幾乎立刻又長出新角。鹿角上每一年會長出新的分岔，到了初夏時分，連體型最大的鹿頭上被絨毛覆蓋的鹿角都已長成。絨毛是一層布滿血管的柔軟皮膚，可以輸送養分，使鹿角迅速長大。到了仲夏或晚夏時絨毛會開始變乾發癢，因此鹿會靠著樹幹和石頭抓癢，把絨毛磨下來，不過殘破的血色皮膚通常還是會掛在鹿角上，之後才會掉下來。

最大隻的鹿重約三百六十公斤，他們在牠的鹿角上數到十二個叉。雖然被稱做赤鹿，但有十二個叉的那隻公鹿毛色卻是帶著黑灰色的棕色，鹿群中的其他幾隻鹿是淺紅棕色，還有些鹿的色調接近褐灰色，而有一隻是金黃色。有隻才冒出角的年輕公鹿身上仍然稍微看得見小鹿才有的白色斑點。喬達拉雖然很想獵下那隻長著大角的公鹿，他也有十足把握能用標槍投擲器射中牠，但最後還是決定不要行動。

「最大的那隻正值壯年，」他說：「我想之後再回來看牠，牠們常會回到同一個地方。牠將會在交配季節盡可能和許多雄鹿打鬥，不過亮出那對角往往就足以令對手喪膽。牠們的打鬥很激烈，而且會持續一整天。牠們用鹿角互相打鬥所發出的聲響在很遠的地方都聽得見，牠們甚至會用後腳站立，用前腳打架。像牠這麼大的一隻鹿，一定驍勇善戰。」

「我聽過牠們打鬥，但從來沒親眼看過。」愛拉說。

「我還和達拉納住在一起的時候，有一次我們看見兩隻公鹿的鹿角纏在一起，怎麼樣都分不開。我們必須把鹿角切斷才能分開這兩隻鹿，供我們使用。我們輕而易舉就獵捕到牠們，但達拉納說我們是幫了這兩隻鹿，反正牠們也會餓死或渴死。」

「我想那隻大雄鹿曾經和人類有過衝突。」愛拉說著，示意嘶嘶回頭。「風向變了，風一定是把我們的氣味吹到牠那裡，牠開始煩躁不安。你看牠準備要走。如果牠走了，其他鹿也會跟著走。」

「牠看起來的確很緊張。」喬達拉說著也往後退。

這時有隻最年輕的公鹿經過一棵山毛櫸樹下，突然間有隻早已藏身在樹上等待的猞猁跳到牠背上。這隻斑點隱約可見的公鹿往前跳躍，想擺脫野貓，但耳朵上長著一小撮毛的這隻短尾貓科動物牢牢抓住公鹿的肩膀一口咬下去，咬破了牠的血管。其他公鹿四散奔逃，但肩上背著猞猁的小公鹿卻以大弧形繞著圈子跑。看到這隻驚恐的動物往回跑時，喬達拉和愛拉都把標槍投擲器準備好，以防萬一，不過猞猁早就喝著公鹿的血，公鹿已露出疲態。牠踉蹌倒地，猞猁換了個地方咬緊，更多血噴了出來。公鹿往前走了幾步，腳步不穩，又絆倒在地。猞猁咬開牠的頭，開始大啖牠的腦子。

殺戮很快結束，但馬兒很緊張，兩人準備離去。「原來那就是牠看起來很緊張的緣故，」愛拉說：「根本不是因爲我們的味道。」

「那隻公鹿年紀很小，」喬達拉說：「牠身上還看得到斑點。我懷疑牠的母親是否早死，留下還太幼小的牠。牠找到公鹿群，但也徒勞無功，幼獸總是很脆弱。」

「我還是個小女孩的時候，曾經用拋石索殺死一隻猞猁。」愛拉說著，催促嘶嘶向前走。

「用拋石索?那時候妳多大?」喬達拉問。

她想了會兒,試著回憶。「我想我大約是八或九歲。」她說。

「妳可能會像那隻鹿一樣輕易被殺死。」喬達拉說。

「我知道。牠動了一下,石頭彈到旁邊,惹惱了牠,牠向我一躍而起。我勉強滾到一旁,找了塊木片打牠,牠就跑走了。」她說。

「大地母親啊!眞是千鈞一髮,愛拉。」他說著,身體在馬背上往後傾,讓快快慢下來。

「在那之後,有段時間我害怕獨自出去,不過就在那時候我有了拋出兩顆石頭的念頭。我想,如果我準備了另一顆石頭,就可以在牠撲向我之前打中牠。我不知道是否行得通,但我不斷練習,成功拋出兩顆石頭。不過,一直到我殺死了一隻鬣狗之後,我才有信心再次打獵。」她說。

喬達拉只能搖搖頭。想到這件事,他就覺得她能活下來眞是太不可思議。在回到他們目前營地的路上,兩人看到引起嘶嘶和快快注意的一群動物。牠們長得像馬,叫做野驢,顯然是馬和驢的雜交種,不過倒是能存活的物種。嘶嘶停下來聞牠們的糞便,快快對牠們嘶鳴。整群野驢停止吃草,看著這兩匹馬。牠們回應快快的聲音類似驢叫聲,總之這兩種動物都意識到彼此的相似之處。

他們還看到一隻母賽加羚羊和兩隻小羊。賽加羚羊是一種鼻子突出、長得像山羊的動物,比起斜坡或山丘,牠們更喜歡平原或草原,多貧瘠都無所謂。愛拉想起賽加羚羊是伊札的圖騰。第二天他們看到另一群動物——馬,雖然愛拉不願承認,但牠們令她深感不安。嘶嘶和快快都被馬群吸引過去。

愛拉和喬達拉仔細研究牠們,兩人注意到野生馬群和他們從東邊帶來的兩匹馬有些不同。嘶嘶的黃褐色毛皮是到處可見的馬兒毛色,而快快的毛皮是罕見的深棕色,然而這群馬的毛色卻大多是藍灰色,腹部是白色。包括他們的兩匹馬在內,所有的馬都有像刷子般直立的黑色鬃毛和黑色尾巴,與沿著背脊的黑色條紋以及黑色小腿,下臀上面有些許條紋。牠們大多是體型小的馬,背脊寬闊,腹部渾圓,但馬群裡的馬身高稍高，口鼻也略短。

嘶嘶和快快注視馬群，馬群裡的馬也全神貫注盯著牠們，但這一次快快的嘶鳴引起一聲挑釁的高聲馬嘶。聽到這聲音，看見一匹大公馬從馬群後方朝他們走來，愛拉和喬達拉對看了一眼，心照不宣地儘快騎馬往另一個方向走。喬達拉不希望快快被捲入公馬群的打鬥中，愛拉也很怕馬兒和大部分時間都在外面的沃夫一樣，想要離開她去和自己的同類生活。

接下來的幾天，沃夫常和他們在一起，愛拉覺得好像她的家人重新回到她身邊似的。他們刻意遠離一頭挖掘松露的野豬，看著一對在水池裡玩耍的水獺。一隻離群索居的河狸建的水壩形成那池水，牠看見他們時就一溜煙潛到水裡去。他們看到一隻熊之前打滾的泥地，還有牠黏在樹幹上的毛，不過沒看到熊，他們還聞到狼獾特有的麝香味。他們看到一隻全身斑點的豹優雅地從高聳的岩架上一躍而下，還看到幾隻原羊，也就是野山羊，身手矯健地跳過一面幾乎垂直的岩壁。

幾隻母原羊和牠們的小羊從高地上下來，想在低地豐美的草地上大吃一頓。牠們身上緊實的羊毛使身軀看起來圓嘟嘟的，沒有形狀，只看得到細長的腿。長角向背上彎曲，雙眼分得很開，頭的後方是隆起的肩脊，牠們的蹄邊緣又硬又有力，如海綿般柔軟而有彈性的蹄底能牢牢抓住堅硬的石頭。

喬達拉看見愛拉閉上眼睛，好像集中全副精神，她來回轉頭，想聽見某種聲音。「我想猛獁象朝我們這裡來了。」她說。

「妳怎麼知道？我什麼也沒看見。」

「我聽得見牠們的聲音，」愛拉說：「尤其是大公象的聲音特別清楚。」

「我什麼也聽不到。」喬達拉說。

「那是非常、非常低沉的隆隆聲。」她說著拚命側耳傾聽。「你看，喬達拉！在那裡！」看到一群遠方的猛獁象朝他們走來時，她難掩興奮地喊道。愛拉聽見的是遠處一頭公猛獁象發情的吼叫聲，這聲音超出一般人類聽力所及的範圍，但發情的母猛獁象在遠至八公里以外都能聽見，因爲如此低沉的聲音不那麼容易因爲距離遠而減弱。雖然愛拉聽得不那麼清楚，但她可以感受得到那陣低沉的召喚。

這群猛獁象基本上是由母象和牠們的幼象組成，但其中一頭年輕的母象在發情，因此有幾頭公象擠在母象群邊。有頭公象在這區域占支配地位，牠已經和母象結伴同行，但其他公象還是不放棄希望。在這頭公象到來之前，母象早已拒絕地位較低的公象鍥而不捨的獻殷勤。此時牠不讓其他公象接近，沒有哪頭象敢挑戰牠，因此母象得以在下一次配對季節之前安穩進食與哺餵牠第一頭幼象。

猛獁象厚重多毛的外皮將牠們龐大的身軀從長鼻子末端到腳趾完全覆蓋住，甚至還蓋住小小的耳朵。牠們走近時，身上不同色澤的毛皮顯得更清楚。小猛獁象的毛色最淺，母猛獁象的毛色，則是從年紀輕的母象身上的淺栗黃色到有權威的年長母象身上的深棕色不一。公猛獁象隨著年齡增長，毛色幾乎變得全黑。牠們的外皮上有一層非常濃密的細絨毛，長而直的毛髮能在冬天最寒冷的日子裡使牠們保持溫暖，特別是偶爾飲用了冰水，或是吃了雪或冰以後，因爲這時牠們的身體容易變得冰冷。

「現在離猛獁象出沒的季節還早，」喬達拉說：「我在秋天之前從沒看過牠們，而且是晚秋之前。猛獁象、犀牛、麝香牛和馴鹿都是冬天的動物。」

在隔離期的最後一天愛拉和喬達拉起了個大早。他們前幾天一直在探索主河西邊靠近第二條和它幾乎平行的河流鄰近區域。他們把所有隨身物品打包好，但仍舊想在回到人來人往、社交活動頻繁的夏季大會之前，再一次騎馬遠行。不過夏季大會雖然占據了他們的時間和精力，卻也替他們帶來報償，和愉快的感受。他們享受兩人暫時獨處的時光，但也已經準備返回營地，期待見到他們關愛的人。他們已經花了將近一年的時間和對方以及動物作伴，對與世隔絕的悲喜並不陌生。

兩人帶了食物和水，但他們並不匆忙，也沒特別想到要去哪裡。沃夫之前已經離開了兩天，讓愛拉傷心不已。之前在旅途中，牠很渴望和他們倆在一起，但那時牠不過是隻幼狼。其實牠仍然很年輕。雖然感覺上似乎過了很久，但從他們和馬木特伊氏同住的那年冬天，愛拉帶回來這隻出生不超過一個月的毛茸茸小狼到現在，只過了一年又大約兩季。即使沃夫體型很大，牠仍是隻很年輕的狼。

愛拉不知道狼能活多久，但她猜測牠們的壽命遠比大多數人類短，因此她把這隻狼想成青少年，這時期對大多數母親和她們的配偶來說都是最令人頭痛的幾年。在精力充沛而經驗不足的這幾年間，充滿生命力、以爲自己將會永遠年輕的青少年常會冒險，危及自己的生命。如果他們活下來，通常就能獲得某些有助於他們繼續生存的經驗和知識。她想對狼來說，情形或許也沒有太大差別，她忍不住替沃夫擔心。

今年夏天很涼爽，在喬達拉記憶中比往年夏天還乾。在開闊平原上颳起一陣迷你沙塵旋風，它打轉了一陣子之後就平息下來，此時他們很高興看到前方有個小湖。他們停在湖邊一棵長滿了矛尖形的小樹葉、粗枝彎曲下垂到水面上的垂柳旁，在樹蔭下分享快感，然後休息聊天，又到水中游泳。

愛拉撲通一聲跳進水裡，嚷著：「我們來比賽看誰先游到對岸。」說完她立刻伸長手臂，信心十足滑了出去。喬達拉很快跟上去，用他的長手臂和有力的肌肉慢慢趕上她，但他也趕得很吃力。她轉頭看到他愈游愈近，因此重新調整速度衝了出去。他們倆不分勝負同時抵達對岸。

「妳先開始，所以我贏了。」他們到達小湖對岸後嘩啦啦地爬上岸邊大口喘著氣時，喬達拉說。

「你應該先來挑戰我的。」愛拉笑著回答。「我們都贏了。」

他們以比較悠閒的速度游回對岸，這時太陽已經過了最高點，開始下降，代表已經到了下半天。他們重新打包東西時覺得有些難過，因爲他們很清楚這段暫時的鄉野生活即將告一段落。他們上了馬，朝夏季大會營地騎去，但愛拉很想念沃夫，她希望牠能和他們在一起。

大概在離營地幾公里遠的地方，兩人聽見從乾燥的平地上揚起的灰塵中傳來咆哮聲。等騎得更近時，他們看見幾個可能是同住在單身男子法洛吉裡的年輕人，喬達拉瞥了一眼他們的服飾，認爲他們大多是來自第五洞穴。每個人手上都拿著標槍，他們分散站成一個約略的圓形，中間是一頭長著濃密粗毛的野獸，兩根巨大的角從牠口裡伸出。

那是隻身形龐大的毛犀牛，身長約三點五公尺，高約一點五公尺。粗短的腿支撐牠笨重的身體。牠吃大量的草、香草植物和草原上的矮樹叢，以及排列在河岸邊的長綠樹和柳樹嫩枝和粗枝。牠的鼻孔有許多小室，眼睛在頭的兩側，因此視力不好，在眼前的東西尤其看不清楚，但牠有極爲敏銳的嗅覺和聽覺，足以彌補視力的不足。

牠的兩根角長度超過一公尺，當角呈弓形掃過地面時看起來狂暴又凶猛。冬天牠可以用角把雪掃開，露出雪地下被壓平的乾枯野草。毛犀牛身上蓋滿淡灰棕色毛茸茸的厚重毛皮，外面的毛長長地垂在地上，幾乎掃過地面。在牠身體中間有一大圈顏色較深的獨特皮毛，愛拉心想，看起來就像是有人給牠蓋上一張馬墊，但其實根本沒人敢騎在這種力量其大無比、難以預測，時而兇惡，危險性極高的動物身上。

全身覆滿長毛的毛犀牛用蹄刨抓地面，將頭左右擺動，想看清楚牠那敏銳的鼻子聞到的男人在哪裡。突然間牠衝了出去，牠面前的男人仍然站著不動，直到最後一刻才向一旁閃開，犀牛長而尖端往前的牛角幾乎戳到他。

「看起來眞危險。」他們讓馬在安全的距離之外停下來時，愛拉說道。

「就是因爲危險他們才那麼做。」喬達拉說：「毛犀牛不管在任何狀況下都很難獵捕。牠們脾氣暴躁，性情捉摸不定。」

「就像布勞德一樣，」愛拉說：「毛犀牛是他的圖騰。穴熊族男人獵毛犀牛，但我從來沒看過牠們。這些男人在做什麼？」

「他們在激怒牠，妳看到沒，每個男人都想引起牠的注意，讓牠朝自己衝過來，等牠靠近時他們才躲開。他們要讓牠筋疲力竭，看誰能在跳到一邊之前讓犀牛最接近，他們把這當成一種娛樂。誰能在犀牛衝過來時感覺到牠的毛掃過身上，他就是最勇敢的人。通常年輕人喜歡用這種方式獵犀牛。」喬達拉解釋道。

「如果把犀牛殺死，他們就會將肉拿給洞穴的人，因而得到眾人的讚美。然後他們會瓜分其他部位，但是讓犀牛致命的人可以先選要那個部位，一般人都會選擇牛角。他們說牛角的價值很高，可以拿來製作工具、刀柄等等，但它價值不斐可能有其他理由。或許因爲它的形狀類似男人性衝動時的器官，因此謠傳將牛角磨成粉末後偷偷送給女人，會使她對這男人更加熱情洋溢。」喬達拉笑著說。

「牠的肉還滿好吃的，而且厚重的毛皮底下有許多油脂。」愛拉說：「不過毛犀牛很罕見。」

「尤其是在這個季節。」喬達拉說：「毛犀牛在大多數時候是獨居的動物，通常夏天在這附近很難見得到。即使春天時外層長毛底下的軟毛已經褪下，牠們還是喜歡比較寒冷的天氣。在長新毛之前，牠們的毛會纏在樹叢間，一般人喜歡將這些毛收集起來，特別是織布和編織籮筐的人。以前我曾經和我母親一起去撿拾犀牛毛，我們每年都會去幾次。她知道所有動物掉毛的時間，包括原羊、歐洲盤羊和麝香牛，甚至是馬和獅子，當然，還有猛瑪象和毛犀牛。」

「你也曾經挑釁過犀牛嗎，喬達拉？」

這男人笑了。「對，大部分男人都玩過這遊戲，特別是年輕的時候。我們挑釁過許多動物，如原牛和野牛，但男人最喜歡的還是犀牛。有些女人也會這麼做。我告訴他們怎麼獵犀牛的時候，潔塔蜜歐就玩過。她是後來成爲索諾倫配偶的夏拉木多伊氏女人，她這方面很厲害。他們不獵犀牛，而是乘著他們給妳看的那種船，去捕大媽河裡巨大的鱘魚，還有高山上很難獵捕的原羊和岩羚羊，不過他們不知道怎麼獵毛犀牛。」他停頓了一會兒，一臉悲傷。「就是因爲犀牛，我們才遇到夏拉木多伊氏人。索諾倫被犀牛角刺中，他們救了他一命。」

他們看著年輕人玩這項危險的遊戲。有個人跑出來站在空曠處吼叫，一邊揮動手臂，想讓犀牛衝向他。犀牛的嗅覺一向敏銳，但太多人在牠身邊攪亂陣仗，把牠搞糊塗了。等牠終於用近視的小眼睛看清移動的人影時，牠開始往那個方向移動，愈靠近對手時速度愈快。雖然腿很短，但這種動物跑起來卻不可思議地快。接近男人時牠稍微低下頭，準備用巨大的角猛然戳進一團有阻力的物體中，然而那男人敏捷地往旁邊跳開，牠碰到的只是空氣罷了。這野獸過一陣子才發覺牠的衝撞徒勞無功，最後慢了下來，逐漸停止。

受挫的犀牛既疲累又憤怒。牠用蹄刨抓地面，所有男人立刻在牠身旁排成一個新的圓圈。另一個男人站出來邊吼叫邊揮手，吸引這隻野獸的注意。犀牛轉身再度衝撞，男人閃開了。接下來那次他們花了比較長的時間才誘使牠向前衝。看來他們很成功地把犀牛弄得筋疲力竭。牠在疲憊和暴怒之下爆發出的精力，正準備使這些男人付出代價。

這隻龐大的野獸呼吸沉重，垂著頭在原地不動。男人縮小圓圈範圍，準備屠殺。下一個輪到將犀牛引出的男人小心翼翼地移動，以準備姿勢手握標槍。犀牛似乎沒有注意到。當這男人慢慢接近時，這隻性情捉摸不定的野獸用牠不靈光的眼睛捕捉到他的動作，原本逐漸減弱的力氣在短暫休息後又重新恢復，並且受到牠原始頭腦中充滿的暴怒所刺激。

這隻犀牛毫無預警地再度向前衝。牠衝得太快，那男人毫無防備。碩大的毛犀牛終於成功將牠巨大的角戳進比空氣更結實的東西裡。他們聽到一聲劇痛之下的尖叫，男人應聲倒地。愛拉一聽見他的叫聲，就毫不考慮催促馬兒向前。

「愛拉！等等！太危險了！」喬達拉在她身後喊著，他準備好標槍投擲器，也催促他的馬兒前進。

正當喬達拉出聲時，其他男人也猛力擲出手裡的標槍。馬兒還沒停下來，愛拉就跳下馬背跑向受傷的人，此時這隻龐然大獸已經倒地不起，包括從標槍投擲器射出的好幾隻標槍從四面八方插進牠身體裡，看起來像是隻巨大醜怪刺蝟身上的刺。然而這場屠殺來得太遲，狂暴的野獸已經稱心如意。

幾個年輕人一臉懼怕與茫然的表情，在這頹然倒下後躺在原地失去意識的男人身邊走來走去。愛拉靠近他們，喬達拉在她身後不遠處。這些年輕人看到她時都很吃驚，彷彿有那麼一瞬間有個人想攔下她或想問她是誰，但她沒理會他。她把受傷的人翻轉過來檢查他的呼吸，然後拔出小刀將浸滿血的腿套割開，從他腿上脫下來，她的手因此染上了血色。她下意識將一縷髮絲撥到一旁時，也在臉上留下了一抹紅色。她臉上沒有齊蘭朵妮的刺青，然而她好像很熟練。這個年輕人向後退開。

她看到裸露的腿，傷勢顯而易見。他右小腿在不是膝蓋的地方往後彎曲。巨大尖銳的牛角戳進這男人的小腿，把兩根腿骨都折斷了。肌肉被撕開，露出破碎骨頭鋸齒狀的末端，血從傷口湧出，在地上流成一攤。

她抬頭看喬達拉。「趁他昏迷的時候幫我把他身體攤平，如果在他醒時移動他，他會很痛。再幫我拿些軟皮革，我們用來擦身體的皮就行了。我必須在傷口上施壓止血，然後我要用夾板把腳固定。」他匆忙離開後，她轉向站在一旁驚訝得目瞪口呆的年輕人。

「我們必須把他抬回去。你知道怎麼做擔架嗎？」他一臉茫然，好像沒聽見或聽不懂她的話。「我們需要一個能讓他躺著被抬回去的東西。」

他點點頭。「擔架。」他說。

她發覺他其實只不過是個男孩。「喬達拉會幫你。」喬達拉拿著軟皮回來時她說。

他們讓他面朝上躺著。移動時他呻吟了幾聲，但沒有醒來。她又察看了他；他墜地時可能頭部受傷，但她沒有看到明顯的傷痕。接著她用力壓住他膝蓋上方，試著減慢流血的速度。她考慮使用止血帶，但如果她能將骨頭拉直，把腿包紮起來，或許就用不著了。壓住傷口應該就夠了。他還在流血，但她看過比這更嚴重的傷勢。

她轉向喬達拉。「我們需要大約和他的腿一樣長的直木頭當夾板，必要的話折斷幾支標槍。」

喬達拉拿給她兩根折斷標槍做成的夾板。她迅速將其中一塊皮切割成條，剩下的部分纏在標槍上當襯墊，這樣夾板就完成了。然後她用一隻手抓住腳趾，另一隻手抓住腳跟，就這樣她抓緊斷腿的腳部輕輕將腳拉直，調整感覺到有阻力的地方。他抽搐了幾次，嘴裡發出了些聲音，他快醒了。愛拉把手伸進傷口，試著感覺骨頭是否對齊。

「喬達拉，幫我固定住他的大腿。」她說：「我必須在他醒來之前，而且趁他還在流血時，把這隻腿接好。血能讓傷口保持乾淨。」然後她抬起頭看著站在一旁面露恐懼與訝異的年輕人，或者說是小男孩。「你，還有你，」她直視他們，一邊說道：「我要把他的腳抬起來把骨頭接合，這樣骨頭癒合時才會是直的。如果不這麼做，他那條腿就永遠不能走路。我要你們把夾板拿來放在他腿底下，在我把腿放下時，腿就會剛好在夾板中間。你們辦得到嗎？」

他們點點頭，立刻把纏上軟皮的標槍拿來。等每個人都準備好後，愛拉再次用雙手抓住腳趾和腳跟，輕柔但穩固地抬起他的腳。喬達拉固定住大腿的同時她小心翼翼拉住腿用力施壓。這不是他第一次看她整骨，但這次她要同時接好兩根骨頭。他看得出她在拉的時候全神貫注的面部表情，她正設法用手感覺他腿部的骨頭是否對齊。連他都感覺得到骨頭在她稍微猛力一拉之後好像恢復原位。她把那條腿輕輕放下，然後徹底檢查它。在喬達拉看來腿是直的，不過他懂什麼呢。但至少現在它不是在不該向後彎的地方彎曲。

她示意他可以離開，然後把注意力移回流血的傷口。喬達拉幫忙把腿舉高，她使盡全力把骨頭按在一起，綁上夾板，再用她割下來的皮帶子把傷腿和夾板捆緊。然後她跪坐在地上。

這時喬達拉才發現到處都是血，包裹的皮帶上、夾板上、愛拉、他自己和幫忙的年輕人身上都有。

躺在地上的年輕男人流了許多血。「我想我們必須儘快帶他回去。」喬達拉說。

有個念頭在他腦中閃過。避免交談的禁令還沒完全結束，解除新人禁令的儀式也還沒舉行，但愛拉根本沒考慮到，而喬達拉一想起這件事，也把它拋在腦後。這是緊急事故，附近也沒有齊蘭朵妮可以詢問。

「你們得做個擔架。」她對站在周圍的年輕男人說，他們好像比躺在地上的人還震驚。

這些人看著彼此，不安地挪動雙腳。他們都很年輕，缺乏經驗。有幾個人才剛成年，有些人在那場開啓夏季狩獵季節的大型野牛狩獵中第一次獵殺動物，而且那次狩獵很輕鬆，幾乎比打靶練習難不了多少。有個年輕人幾年前看他哥哥做過類似挑釁犀牛的娛樂，因此才煽動其他人，還有幾個人聽說了這件事才過來，不過主要原因還是他們剛好看到這隻野獸，才臨時起意玩起這個遊戲。他們都知道，在自行嘗試獵殺這隻龐大動物之前，應該先找幾位經驗老到的年長獵人，但他們一心只想著獨力完成獵殺會有多光榮，其他單身法洛吉裡的男人會有多羨慕，還有整個夏季大會的人聽說了之後會有多佩服他們。現在卻有人受重傷。

喬達拉迅速評估現況。「他是那個洞穴的？」他問。

「第五洞穴。」他們回答。

「你先回去告訴他們發生了什麼事。」喬達拉說。和他說話的年輕人全速衝了出去。他原本認爲自己應該騎快快去告訴他們，那要比跑步去快多了，但有人必須監督擔架的製作。男孩子們仍舊又驚又懼，此刻他們正需要有個成年人在身邊指導。「你們其中三四個人必須幫忙抬他，其他人留在這裡把毛犀牛的內臟取出來，牠可能很快就會漲大。我會找些人來幫你們。沒必要把肉丟掉，我們付出了很高的代價。」

「他是我的表哥，我想幫忙抬他回去。」其中一個年輕男人說。

「好。再挑三個人出來，這些人抬他回去就夠了。其他人可以留下來。」他隨即注意到那個年輕男人幾乎已經控制住情緒，他努力忍住淚水。「你表哥叫什麼名字？」他問。

「瑪塔根。他是齊蘭朵妮氏第五洞穴的瑪塔根。」

「我知道你一定很關心瑪塔根，你很難受。」喬達拉說：「他傷得很重，但我告訴你實話，他很幸運，愛拉剛好在這裡。我不能保證，但我認爲他會沒事，甚至能再走路。我曉得愛拉是很優秀的醫治者。我之前被穴獅抓傷，差點死在遙遠東方的大草原上，但愛拉發現了我，治療我的傷，救了我一命。如果誰能救瑪塔根，那非愛拉莫屬。」

年輕男人心情放鬆之下發出一聲啜泣，接著又試著再度控制情緒。

「現在，去拿幾支標槍給我，我們才能把你表哥送回家。」喬達拉說：「我們至少需要四支，一邊兩支。」在他的指導下，他們很快就把標槍用皮帶綁在一起，做成兩根堅固的支撐桿，將多出來的衣服殘片綁緊在桿子上。愛拉檢查了受傷的年輕人，然後幾個人把他抬上臨時做成的擔架。

他們離營地不遠。愛拉和喬達拉示意嘶嘶和快快跟上來，牠們走在受傷男人的身邊。愛拉很擔心，專注地看著他，當他們停下來交換抬擔架的人時，她檢查了他的呼吸，摸一摸他手腕的脈搏。他的脈搏很弱，但很平穩。

他們離主營地上游那頭最近，離第九洞穴的營地不遠。出事的消息傳得很快，有幾個人已經跟著那個年輕人回來跟他們碰面，約哈倫也是其中之一，他遠遠就看見他們。他們會合後，抬擔架的其中兩個人被換下來，因此返回大集會場地的速度便加快了。

「瑪桑那叫人去找齊蘭朵妮，還有第五洞穴的齊蘭朵妮。」約哈倫說：「他們正在營地的另一邊開齊蘭朵妮亞會議。我們應該把他帶到我們營地還是他自己的營地？」他問愛拉。

「我想換掉這些包紮的袋子，並且在傷口上敷藥，我不希望傷口潰爛。」愛拉說。她想了一下。

「我沒時間補齊我所有的藥草，但我確信齊蘭朵妮的一定夠，我想讓她檢查他。我們把他帶到齊蘭朵妮亞的木屋去吧。」

「這是個好主意。她還要好一會兒才能到這裡，我們到那邊可能還快些。齊蘭朵妮走得沒以前那麼快。」約哈倫說。他多少委婉地指出她的體型。「第五洞穴齊蘭朵妮可能也想檢查他，但聽說醫治向來不是他最擅長的才能。」

到達齊蘭朵妮亞木屋時，首席齊蘭朵妮在入口迎接他們。安置傷患的地方已經準備好，愛拉猜想不知是否有人先來告訴齊蘭朵妮，說自己決定不要讓這男人待在第九洞穴營地，或者只是齊蘭朵妮推測受傷的男人可能會被帶來這裡。看到他們走來的幾個人，已經在談論他們身上的血。有幾位齊蘭朵妮亞在戶外，然而屋裡卻沒有人。

「把他在這裡放下來。」首席齊蘭朵妮說，指著入口對面其中一頭高起的床。那幾個男人把他抬到那裡，搬到床上。之後大多數男人都離開了，只有約哈倫和喬達拉留下來。

愛拉檢查傷者的右腿是否是直的，接著把包紮拆開。「必須在傷口敷藥，才不會潰爛。」她說。

「他還可以撐一下。告訴我發生了什麼事。」首席齊蘭朵妮說。

愛拉和喬達拉迅速解釋事情的經過，最後愛拉說：「他那隻腳的兩根下腿骨都折斷了，小腿在折斷的地方向後彎曲。他還年輕，我知道如果沒有把腿骨拉直，他就再也不能用那隻腳走路。我決定趁他意識不清、而且在腳開始浮腫，變得更難調整骨頭位置之前，當場就將它拉直。我必須摸一摸傷口四周然後用力拉，才能把骨頭重新對齊，但我想現在已經接好了。來這裡的路上他發出了一些聲音，可能很快就會醒來。我想到時他會感到劇烈疼痛。」

「顯然妳有一些這方面的知識，但我必須問妳一些問題。首先，我猜想妳之前接過骨。」首席齊蘭朵妮說。

喬達拉替她回答。「有個夏拉木多伊氏女人是個頭目的配偶，她是我非常喜歡的一個好朋友，她從岩壁上掉下來摔斷了手臂。那時他們的醫治者死了，而且他們也沒辦法傳話給另一位醫治者。她的骨頭接合的位置不對，令她疼痛難耐。我看到愛拉把它折斷後重新接好。我也看她接合一個穴熊族男人的斷腳，因爲幾個曾經對穴熊族女人下手的蘿莎杜那氏男人攻擊他的配偶，爲了保護她，他從很高的岩石上跳下來。如果有什麼醫治技術稱得上是愛拉精通的，那就是骨折和開放性傷口。」

「妳是從哪裡學來的，愛拉？」她問。

「穴熊族人的骨骼非常堅韌，但穴熊族男人在打獵時時常折斷骨頭。他們通常不擲標槍，而是追逐動物，再跳到動物身上用標槍或其他東西戳刺。或者他們也像那些男孩子一樣，幾個人追一隻動物，讓牠筋疲力盡之後，再接近到可以使用標槍的範圍刺牠。那很費力氣。女人也會骨折，但大多數時候是男人。我最先是跟伊札學習骨折的知識，不過我眞的學到許多是在我們去穴熊族大會時，我跟另一位穴熊族女巫醫學習怎麼接骨和治療傷口。」愛拉說。

「我想這年輕男人很幸運有妳剛好在場，愛拉。」首席齊蘭朵妮說：「不是每個齊蘭朵妮都知道怎麼處理嚴重骨折的腿。我相信第五洞穴齊蘭朵妮會想和妳談談，當然還有這男孩的母親，他們會問妳更多問題，不過妳做得很好。妳本來想要在他腿上敷什麼藥？」

「在來這裡的路上我挖了些根。我想你們叫它做銀蓮花，」愛拉說：「我處理時傷口還在流血，傷者自己的血有時候是洗淨傷口最適合的東西，但現在血快乾了，我要把那些根搗爛後用水煮，做成清洗傷口的藥水，然後再加點新鮮的根在根糊裡，和其他種類的根一起做成敷藥。我醫藥袋裡有些能讓血凝固的天竺葵根粉末，還有用來吸收組織液的石松，我正想問妳有沒有某些藥草，或者知道這些藥草生長在哪裡。」

「好，妳問吧。」

「有一種根，我形容給喬達拉聽時，他認爲妳可能叫它做聚合草。它對傷口內外的治療效果都很好。用它和油脂做成藥膏很適合治療挫傷，不過它也很適合治療剛發生的創傷和割傷。新鮮的敷藥能使骨折部位消腫，也能讓折斷的骨頭長好。」愛拉說。

「我有聚合草的粉末，我也知道附近哪裡有長，我會用和妳一樣的方式描述這種植物的特性。」首席齊蘭朵妮說。

「我也想用那種顏色鮮豔的漂亮花朵，我想那叫做金盞花。它治療開放性創傷特別有效，也很適合用在不能癒合的傷口和潰瘍。我喜歡從新鮮的花裡擠出汁，或把乾燥花瓣放在水裡煮後敷在傷口上，然後保持濕潤。它能預防傷口嚴重潰爛、發出惡臭，我想這男孩恐怕會需要它。抱歉，我不知道他的名字。」愛拉說。

「瑪塔根，」喬達拉說。「他表弟告訴我他是第五洞穴的瑪塔根。」

「妳還想用什麼藥草？」齊蘭朵妮問。

那一瞬間愛拉腦中閃過伊札考她藥草知識的畫面。「碾碎的杜松果可以治療出血的傷口，圓形的馬勃菇能止住傷口的血。白毛茛的乾燥粉末也很好，還有……」

「這樣就夠了，我相信妳知道該怎麼做。妳建議的治療方式很恰當。」首席齊蘭朵妮說。「但是喬達拉，現在我要你帶愛拉去可以清洗乾淨的地方，其實你們兩個都要去。你們全身上下都是那男孩的血，她母親看了會很難過。把銀蓮花放在我這裡，我會派人去採新鮮的聚合草。現在我們會照顧他，你們可以在洗乾淨休息好之後回來。你們可以從後面的路回去你們的營地，這樣就不必再經過整個夏季大會的營地。我想一定有一大群人在外面等。走另一個入口比較快，這樣就能避開想耽誤你們的人。不過離開前我認爲你們必須解除禁止交談的禁令。看來你們的隔離期早了一天結束。」

「噢！我忘了，」愛拉說：「我根本沒想到！」

「我想到了，」喬達拉插進一句，「但我們沒時間擔心這件事。」

「你說得沒錯，這個意外事件絕對夠緊急。」齊蘭朵妮說：「不過我必須正式問你們。愛拉和喬達拉，你們已經結束試驗期，你們是否依舊決定配對，還是想要現在結束配對，尋找其他更合適的人？」

兩人看著她，再看著彼此，喬達拉臉上浮現開懷的笑容，他的笑轉移給愛拉。

「如果我不適合愛拉，那麼我到底還適合誰呢？」喬達拉說：「或許我們現在才完成配對禮，但在我的心中，我們已經配對好久了。」

「這倒是真的。甚至在離開古邦和優兒嘉之後，在橫越冰川之前，我們就已經說過類似的話。我們知道那時我們已經是彼此的配偶，但喬達拉想要妳幫我們結繩，齊蘭朵妮。」

「你們想回復單身嗎，愛拉？喬達拉？」她問。

「不，我不想。」愛拉笑著對喬達拉說：「你呢？」

「哪怕是一瞬間都不想，女人。」他說：「我等得夠久了，現在我可不想結束。」

「那麼你們禁止與他人交談的禁令已經解除，你們可以向大家宣布，齊蘭朵妮氏第九洞穴的愛拉和喬達拉已經配對。愛拉，妳的所有孩子都會在喬達拉的火堆地盤出生。你們雙方都負有照顧他們長大成人的責任。你們的皮繩在嗎？」當他們拿出長條皮繩時，齊蘭朵妮從附近的桌子上拿來兩條項鍊。她把皮繩收回，把樣式簡單的項鍊分別繫在他們的脖子上。「希望你們永遠過著快樂的生活。」最後首席大媽侍者做了總結。

他們從後面的入口溜出去，匆忙繞到背後那條路。有些人看到他們離開時跟在後面喊他們，但他們繼續往前走。到達湧泉池後，愛拉穿著衣服走進水裡，喬達拉也跟著她走進去。一經齊蘭朵妮提醒，他們才感覺到並且聞到身上的血腥味。要把衣服上的血跡去掉，愛拉心想，唯有泡在冷水裡才辦得到。如果洗不乾淨，她可能會乾脆把衣服丟掉，再做幾件新的。在幾次大型狩獵之後，現在她有了幾張皮革和各式各樣可供使用的動物其他部位。

在前往齊蘭朵妮亞木屋之前，他們把馬兒留在第九洞穴營地附近的草地上，牠們自己找路回到圍欄裡。犀牛和那年輕男人都流了大量的血，而血腥味總是多少令這兩匹馬感到不安，這個用圍籬圍住的地方給牠們帶來安全感。喬達拉已經把濕衣服綁在身後，跑向營地，希望能找到馬兒和儲物籮筐裡多餘的衣服。

看到拉尼達爾在安撫馬兒，喬達拉很吃驚，但這男孩好像很沮喪，他說他有事要跟愛拉談。喬達拉告訴他，一等他把衣服拿給她，她就會來了。他還是花了些時間把籮筐、馬墊和籠頭從馬兒身上拿下來。他把拉尼達爾的事告訴愛拉。即使從大老遠看見他，愛拉由他的姿勢就看得出來他很不快樂。她納悶是不是他母親基於某些原因禁止他繼續照顧馬兒。

「怎麼了，拉尼達爾？」一到他身邊她就問。

「是拉諾卡，」他說。「她哭了一整天。」

「爲什麼呢？」愛拉問。

「因爲小寶寶，他們要把小寶寶從拉諾卡身邊帶走。」

第三十四章

「誰要把寶寶從她身邊帶走？」愛拉問。

「波樂娃，還有其他幾個女人。」他說：「她們說幫蘿蕾拉找到了母親，她可以隨時餵她喝奶。」

「我們去看看這是怎麼回事。」愛拉說：「之後再回來照顧馬兒。」

他們到營地時，愛拉很慶幸見到波樂娃。看到他們走來，波樂娃笑了。「你們的關係被確認了嗎？你們已經配對了嗎？我們能不能舉辦宴席，拿出禮物？不用回答，我看到項鍊了。」

愛拉不由得報以微笑。「是的，我們已經配對了。」她說。

「齊蘭朵妮才剛確認。」喬達拉說。

「有件事我必須跟妳談，波樂娃。」愛拉皺起眉頭，神情嚴肅地說。

「什麼事？」這女人從愛拉的表情知道她在擔心。

「拉尼達爾說妳要把寶寶從拉諾卡身邊帶走。」愛拉說。

「我可不會這麼形容。我們替蘿蕾拉找到一個家，我想妳會很高興。第二十四洞穴的一個女人失去她的寶寶。他生下來就嚴重畸形，已經死了。她奶水充足，她說雖然蘿蕾拉年紀比較大，但她願意接受她。她真的很想要孩子，我有印象她之前曾經流產。我想她們很適合彼此。」波樂娃說。

「看起來似乎如此。目前正在替蘿蕾拉哺乳的女人們想停止哺乳嗎？」愛拉問。

「其實不是，我很吃驚。當我跟其中幾個女人提起這件事，她們似乎有些難過。連絲帖洛娜都說第二十四洞穴太遠了，如果不能繼續看著蘿蕾拉成長茁壯，她會很遺憾。」波樂娃說。

「我知道妳在考慮怎麼做對蘿蕾拉最好，但妳問過拉諾卡嗎？」愛拉問。

「其實沒有。我問過楚曼達，我想拉諾卡或許希望卸下這責任。她那麼年輕，不該時時刻刻擔心著照顧小寶寶的事。等到有了自己的小寶寶，她會有許多時間去照顧孩子。」波樂娃說。

「拉尼達爾說拉諾卡整天都在哭。」

「我知道她很難過，但我想她會恢復過來。畢竟她沒有餵蘿蕾拉喝奶，她甚至還不是女人，她只有十一歲。」

愛拉記得當她生下杜爾克時還不到十二歲，那時她也沒辦法放棄他。她寧死也不肯放棄他。她沒有奶水以後，穴熊族女人餵奶給杜爾克喝，但那並不表示她母親的身分有所減損。她被驅離穴熊族、被迫將他留下，到現在她還是很難過。如果可以，她很想帶他走。只因爲她擔心萬一自己出了事他該怎麼辦，她才說服自己將她三歲大的兒子留下來。即使知道烏芭會照顧他，視他如己出，她還是很傷心，一想到他就令她心痛不已。她從未忘記過，也不希望拉諾卡承受這種痛苦。

「使女人成爲母親的原因不是餵奶，波樂娃。當然也無關年紀。」愛拉說：「妳看潔妮達，她也大不了拉諾卡多少，但沒有人會想把寶寶從她身邊帶走。」

「潔妮達有配偶，他很優秀又有某種程度的地位，她的小寶寶會在他火堆地盤出生。他會負起責任，而且即使他們的配對關係結束，也還是會有幾個男人公開表示他們願意和她配對。她的地位很高，人長得漂亮，而且還懷孕了。我只希望派瑞達爾明白她是個多炙手可熱的女人；他母親已經惹了些麻煩。她在試驗期找到他們，設法要他放棄配對。」波樂娃停了下來。之後再告訴愛拉這些也不遲。「但拉諾卡不是潔妮達。」

「不，拉諾卡現在不是個炙手可熱的年輕女人，但她將來會是。在照顧了一個小寶寶將近一年之後，妳不可能不愛她。蘿蕾拉現在是拉諾卡的寶寶，不是楚曼達的。她或許年輕，但她已經是個好母親了。」愛拉說。

「是的，她當然是個好母親。一點都沒錯。她是個非比尋常的女孩子，將來也會是個了不起的母親，」波樂娃說：「如果她有機會成為母親的話。但等她到了能配對的年紀，有哪個男人願意接受她和她的小妹妹？這小女孩不能做他第二個女人，她甚至不是生在他的火堆地盤，他卻要負責養育她。拉諾卡已經有許多不利的條件，想想她和蘿蕾拉是哪個火堆地盤出生的。我擔心不管誰推薦她，唯一願意接受她的，就是像勒拉瑪這種人。我希望看到她有機會過比較好的生活。」

愛拉知道波樂娃說的絕對沒錯，顯然她真的關心這女孩，會盡一切力量幫助她，但她知道拉諾卡失去蘿蕾拉會有什麼感受。

「拉諾卡不必擔心找不到配偶。」拉尼達爾說。

愛拉和波樂娃幾乎忘了他在這裡。喬達拉也嚇了一跳。他一直在聽這兩個女人的討論，雙方的立場他都了解。

「我會學打獵，我也會學習怎麼成為召喚者，等我長大，我要和拉諾卡配對，幫她照顧蘿蕾拉，還有她其他兄弟姊妹，如果她希望我這麼做的話。我已經問過她，她答應了。她是我遇到唯一不介意我手臂的女孩子，我想她母親也不介意。」

愛拉和波樂娃驚訝得說不出話，盯著拉尼達爾，然後她們又望向彼此，彷彿要確認她們聽到的是同一件事，接著她們又想著同一件事。事實上，這樣的配對還不錯，尤其如果這想法眞能鼓勵拉尼達爾學些對他有益的技能。他們都是好孩子，而且以他們的年紀來說都出乎意料的成熟。當然他們還年輕，很容易改變主意，但另一方面來說，他們除了彼此之外還有誰呢？

「所以不要把拉諾卡的寶寶送給其他女人，我不想看到她哭。」拉尼達爾說。

「她眞的很愛那孩子，」愛拉說：「而且第九洞穴一直很願意幫助她。為何不保持現狀呢？」

「我該怎麼告訴想領養她的女人？」波樂娃說。

「就告訴她，蘿蕾拉的母親不想把她送走。眞的是這樣。楚曼達其實不是她母親，拉諾卡才是。如果那女人眞的想要寶寶，她會有寶寶，不管是自己的或是另一個需要母親的孩子，或許甚至是個年紀小些的寶寶。齊蘭朵妮氏有很多洞穴，住了許多人，各種事情不停發生。」愛拉說：「我從來沒見過事情變化得這麼快。」

幾乎所有齊蘭朵妮氏第九洞穴和蘭薩朵妮氏第一洞穴的每個人，都前來參加爲慶祝前者頭目的弟弟和後者頭目火堆地盤女兒的配對禮而聯合舉辦的盛大慶典，更何況這兩位頭目也有親戚關係。結果他們發現，有另外兩個第九洞穴的人也和其他洞穴的對象配對。波樂娃得知此事，並確認他們也出席盛宴。一個名叫蒂秀那的年輕女人與第十四洞穴的馬爾夏佛配對，她會搬去和他同住。另一個年紀大一些的女人黛諾達之前搬離第九洞穴，生了個兒子，但她和前任配偶切斷結繩，與第七洞穴的傑克索曼形成一段新的婚配關係。他們要搬回第九洞穴，因爲黛諾達的母親生病，她希望能住得離她近些。

從早到晚都有其他洞穴的人前來祝賀。樂薇拉、喬德坎以及樂薇拉與波樂娃的母親斐莉瑪，幾乎整天都和他們在一起，愛拉、喬達拉與約普拉雅和艾丘札都因此很開心，他們喜歡有彼此的陪伴。喬德坎的母親和舅舅也待了一陣子。

愛拉和喬達拉很高興看到齊莫倫，透過他姪子的配偶——也就是喬達拉哥哥配偶的妹妹，他也和他們成了遠親。愛拉被一些迂迴複雜的關係給搞混了，不過她特別高興見到喬德坎的母親，也就是第二洞穴的齊蘭朵妮。她見過這女人，只是當時還不知道她是誰。出於某種原因，愛拉尤其開心能見到有孩子的齊蘭朵妮，尤其是像喬德坎這麼友善又有自信的年輕人。

潔妮達和派瑞達爾這大半天的時間也都在第九洞穴，派瑞達爾的母親居然不在他們身邊。他們想搬離第二十九洞穴，因此正和齊莫倫和約哈倫討論，看看第二洞穴或第九洞穴是否能接受他們。喬達拉確信其中一個洞穴會接受他們。首席齊蘭朵妮已經和第二洞穴的齊蘭朵妮與頭目談過，她覺得將這對年輕人和派瑞達爾的母親分開會是明智之舉，至少是分開一段時間。這女人在他們獨處的試驗期強迫他們分開，令首席齊蘭朵妮十分氣憤。

向晚時分，熱鬧的氣氛逐漸平息，瑪桑那幫幾個還沒離開的親朋好友泡了茶。波樂娃、愛拉、約普拉雅和弗拉那幫忙傳遞杯子。有個最近才被齊蘭朵妮亞同意成為第五洞穴齊蘭朵妮助手的年輕人也在場，他在這裡只是因為這是第一次躋身於如此地位崇高的一群人，因此捨不得離開。他特別敬畏首席齊蘭朵妮。

「我敢說，要不是有個知道該怎麼處理的人在現場，他之後一定不能走路。」這助手說。他這番話基本上是對這群人說的，但其實是想要加深偉大的朵妮侍者對他的印象。

「我認為你說的完全正確，第五洞穴齊蘭朵妮第四助手。你的感覺很敏銳。」首席朵妮侍者說：「這時候剩下的就只能交給大媽，還有這年輕人的恢復力了。」

她回應他的話，令這年輕人志得意滿，難掩齊蘭朵妮對他的稱讚所帶來的愉悅心情。能加入與首席朵妮侍者的非正式對話，他喜不自勝。

「既然現在你已經是助手了，可否請你輪班看顧瑪塔根？他是你洞穴的人對不對？」首席朵妮侍者說：「當然熬夜是很不容易的，但此時他確實需要有人隨時陪著。我猜想你的齊蘭朵妮已經請你幫忙了。如果沒有，你可以自願。第五洞穴齊蘭朵妮絕對會很感謝你。」

「是，我當然願意輪班。」他說著站起來。「謝謝妳的茶，我得走了。我有責任在身。」他語氣裡充滿了尊嚴。他挺直肩膀，板著臉皺起眉頭，朝主營地走去。

等這年輕助手離開後，有幾個人終於憋不住笑了出來。「妳讓那年輕人非常開心，齊蘭朵妮，」喬達拉說：「他快樂得不得了。所有齊蘭朵妮亞都對妳這麼敬畏嗎？」

「只有那些年紀輕的。」齊蘭朵妮回答。「我有時納悶，其他齊蘭朵妮那樣跟我爭吵，爲什麼他們還一直稱我爲首席齊蘭朵妮。或許因爲我比他們更雄壯威武。」她笑著說。她以她碩大的身軀開了個雙關語的玩笑。

聽懂笑話的喬達拉對她報以微笑。瑪桑那只是挑起眉毛，意味深長地瞥了她一眼。愛拉注意到她們交換眼神與表情，她覺得她了解，但又不確定。她們傳達的微妙感受來自長久相處下對彼此的深厚了解，這還是超出愛拉的理解範圍。

「不過我想我還寧願面對爭吵。」首席齊蘭朵妮繼續說道：「要讓自己說出來的每個字都彷彿被人看做是直接出自朵妮口中，這要費一番功夫。我因此覺得自己必須謹愼言詞。」

「誰能決定哪一位齊蘭朵妮亞能成爲首席大媽侍者？」喬達拉問：「是不是像挑選洞穴頭目一樣？或每位齊蘭朵妮直接說出他們心目中的人選？是不是每個人都必須同意這項決定，或大多數人，或者只是特定的幾個人同意即可？」

「個別齊蘭朵妮亞的選擇是決定因素之一，但不只是那麼簡單而已。許多事情都必須考慮在內。擁有醫治的才能是其中因素之一，沒有人比齊蘭朵妮亞醫治者更能嚴格判斷這項才能。你也許能對一般人掩飾自己的拙劣，但你騙不了內行人。不過醫治不是絕對必要的條件，曾經有些首席大媽侍者只有基本的醫治知識，但他們在其他領域的能力可以彌補這項不足。有些人有與生俱來的天賦或其他特質。」

「我們只聽過有首席大媽侍者，如果當他發生事故，有沒有位居第二或第三的大媽侍者可以插手他的工作？」喬達拉問，他很熱中於這個話題。每個人都聽得津津有味。齊蘭朵妮不常這麼熱心解釋齊蘭朵妮亞內部作業方式，但她注意到愛拉很感興趣，因此她找到特別直言不諱的理由。

「大媽侍者的順序並不是逐一往下降的，他們有位階的分別。洞穴居民很難接受一位末席大媽侍者，對不對？助手的位階最低，但在助手之中也有位階的高低，有時是依據他們的技能高低而定。你們或許猜得出，那個第五洞穴齊蘭朵妮第四位助手才剛被齊蘭朵妮亞接受。他是位階最低的新手，但他有潛力，否則他們不會接受他。有些助手不想繼續往上升，他們不願意肩負所有責任，只想運用只有在齊蘭朵妮亞職位上才得以做最佳發揮的技能。」

「助手之上，位階最低的是新上任的朵妮侍者。每位齊蘭朵妮必須感到自己受到召喚，而且不只如此，他們必須說服其他齊蘭朵妮亞那是眞正的召喚。有些人即使有意願，他們也從沒有升到比助手更高的位階。有的助手太想成爲齊蘭朵妮，他們會謊稱受到召喚，或甚至捏造虛假的召喚，但這些人毫無例外都被拒絕。曾經歷這項嚴峻考驗的人都知道其中的差別。有些助手——還有前任助手——因而懷恨在心。」

「想成爲齊蘭朵妮還有什麼其他條件？」喬達拉追問。「成爲首席大媽侍者尤其需要的是什麼能力？」其他人都樂於讓他繼續問下去。雖然有些人知道大部分的必要條件，例如瑪桑那就當過助手，但沒有多少人曾經聽齊蘭朵妮那麼直截了當回答他們的問題。

「要成爲齊蘭朵妮亞，你必須記住所有歷史與古老傳說，而且要能對其中的意義加以比較。還有必須知道所有數字和它的用法、四季的更替、月亮的盈虧，還有一些只有齊蘭朵妮亞才能知道的事。但最重要的或許是你必須能造訪靈的世界。」齊蘭朵妮說：「這也就是爲什麼你必須眞正受到召喚。大多數齊蘭朵妮亞一開始就知道誰會成爲首席大媽侍者，以及誰最有可能成爲下一位繼任者。一個人頭一次感覺到探索靈的世界的召喚時，或許就已明白顯示他能成爲齊蘭朵妮。成爲首席大媽侍者也是一種召喚，但不是每位齊蘭朵妮都想接受這召喚。」

「靈界是什麼樣子？很嚇人嗎？去那裡時妳害怕嗎？」接下來他問道。

「喬達拉，沒有人能對從來沒去過靈界的人描述那個地方。是的，那裡很嚇人，尤其對第一次去的人來說。我們永遠無法完全停止懼怕，但透過冥想與準備，以及齊蘭朵妮亞具備的知識，特別是洞穴居民的幫助，就能控制恐懼的心情。沒有來自所屬洞穴居民的幫助，可能很難回到這個世界。」她解釋道。

「如果那麼可怕，妳爲什麼要去做？」喬達拉問。

「你不可能拒絕。」

愛拉突然間感到一陣冰冷，打了個哆嗦。

「許多人試圖抗拒，有些暫時成功，」朵妮侍者往下說：「但大媽終究有辦法，因此你最好有所準備。對於考慮前往靈的世界探險的人，危險永遠存在，因此一開始的那段時間令人筋疲力竭。在另一個世界的試驗更糟。你會覺得身體被撕裂後四散在暴風和無以名狀的黑暗中。有些人去了之後再也沒有回到自己的身體內。有些回來的人將靈魂的一部分留了下來，之後一直沒有恢復正常。總之沒有人能去過之後還保持原來的自己。」

「而且一旦受到召喚，你就必須接受它，以及隨之而來的責任與義務。我想這就是齊蘭朵妮亞很少配對的緣故。沒有規定禁止他們配對或生子，但這情形和頭目類似。你很難找到願意和肩負眾人諸多要求的人在一起的配偶。對不對，瑪桑那？」齊蘭朵妮問。

「沒錯，齊蘭朵妮。」她回答。她先對達拉納微笑，然後又轉向他兒子。「你認爲我爲什麼和達拉納切斷結繩，喬達拉？在你配對的第二天，我們談到這個問題。問題不只在於他對旅行的渴望，威洛馬也有那樣的渴望。我和達拉納在許多方面都很相像。現在他很高興成爲自己洞穴、而且是他自己族人的頭目，但他花了一段時間才明白自己眞正想要的是什麼。但我想那就是一開始我吸引他的原因。我們配對時約科南已死，而我已經是頭目。一開始我們在一起非常快樂，但後來他無法感到滿足，我們分開對彼此都好。潔莉卡很適合他，她意志堅強，他也需要個堅強的女人，然而達拉納又是個頭目。」她提到的兩人望著彼此微笑，然後達拉納伸手握住潔莉卡的手。

「蘿莎杜那是大媽侍者，他替住在冰川另一邊的人服務。他有位配偶，配偶有四個孩子。她看起來非常快樂。」愛拉插入談話。她一直以幾近恐懼的著迷心情聆聽齊蘭朵妮的話。

「蘿莎杜那很幸運能找到像她那樣的女人，就好像我很幸運能遇見威洛馬一樣。」瑪桑那說：「我很不願意再配對，但我很慶幸他的堅持。」她轉頭對他微笑。「我想那就是我終於將領導權交棒的原因之一。有威洛馬在我身旁，我做了許多年頭目，一直相安無事，但我逐漸厭倦了被人要求。我希望有自己的時間，也想有些和威洛馬共度的時光。在弗拉那出生之後，我想再次成爲一位母親。看來約哈倫有潛力，因此我開始訓練他，到了他年紀夠大時，我很高興能將責任傳給他。他和約科南很像，我想他一定是帶有約科南的靈的兒子。」她對她的長子微笑。「我還是會插手管事，約哈倫常常徵詢我的意見，不過我認爲他這麼做是爲了我，不是爲了他自己。」

「不是這樣的，母親。我很重視妳的意見。」約哈倫說。

「母親，妳很愛達拉納嗎？」喬達拉問。「妳知道有些詩歌和故事提到妳的戀愛事蹟。」他聽過這些故事，但他總不明白，如果他們的愛那麼深，兩人怎麼會分開呢？

「沒錯，我愛他，喬達拉。有一小部分的我仍舊愛他。忘記你曾經深愛的人並不容易，我很慶幸我們依然是朋友。我想現在我們做朋友比之前做彼此的配偶要來得好。」她注意到她的長子。「我也還愛著約科南，我還留有他的回憶，那使我想起當我還是個年輕女人時第一次墜入情網的情景，雖然他過了一陣子才決定他想要的是什麼。」她語意不清地加了一句。

喬達拉想起他在旅途中聽過他母親的故事。「妳的意思是他不知道該選擇妳或波朵，或兩者都要？」

「波朵！我好久沒聽過這名字了。」齊蘭朵妮說：「她是不是那個接受齊蘭朵妮亞訓練的女人？她是從東邊來的，那裡的人叫做什麼？札……薩……什麼的。」

「沙木乃氏。」喬達拉說。

「沒錯。她離開時我還很年輕，但聽說她的技術高超。」齊蘭朵妮說。

「現在她是沙木乃了。愛拉和我在旅途中遇見她。沙木乃的狼女把我抓走，愛拉追蹤她們的足跡跟在我後面。我們很幸運能活著逃離她們。要不是沃夫，我想我們兩個都活不了。當我發現那些人之中不僅有人會講齊蘭朵妮氏語，而且還認識我母親時，妳可以想像我有多吃驚！」

「發生了什麼事？」幾個人問道。

喬達拉簡短敘述了殘酷的女人阿塔蘿和在她邪惡勢力影響下的沙木乃氏營地的故事。「雖然沙木乃一開始幫助了阿塔蘿，但後來她很後悔，終於決定協助她的族人，想辦法解決阿塔蘿製造的問題。」每個人都大惑不解地搖著頭。

「這是我聽過最古怪的事情。」齊蘭朵妮說：「但這也說明當一位朵妮侍者良知被蒙蔽時會發生什麼事。我想要不是濫用權力，波朵會更有成就。她的判斷力最後終於恢復，她很幸運。據說如果大媽侍者在這個世界濫用權力，他們會在下一個世界付出代價。這也就是爲什麼齊蘭朵妮亞仔細挑選他們接受的對象。我們沒有回頭路可走，這是齊蘭朵妮亞有別於頭目的地方。齊蘭朵妮終其一生都是齊蘭朵妮。即使有時候想放下重擔，我們也做不到。」

每個人都安靜了一會兒，沉浸在喬達拉敘述的事情中。他們抬起頭時看見羅瑪拉走來。「約哈倫，我應該讓你知道他們把犀牛帶回來了。犀牛的死歸功於喬達拉，他的標槍殺了牠。」

「眞高興聽到這消息，謝謝妳，羅瑪拉。」

羅瑪拉很想留下來和大家聊天，但她還有其他事要做，雖然沒有人要她離開，但也沒有人特別邀請她。

「你有優先選擇權，喬達拉。」羅瑪拉離開後約哈倫說。「你要拿犀牛角嗎？」

「不要，我寧可拿毛皮。」

「告訴我那些年輕人和犀牛在那裡發生了什麼事。」約哈倫問。

喬達拉告訴約哈倫他們是如何剛好看到那幾個年輕男人在激怒毛犀牛，因此停下來看。「在發生意外之後我才發現他們非常年輕。我認為他們想得到毛犀牛的程度遠不及他們想得到的崇拜和讚賞，還有想要成為朋友羨慕的對象。」

「他們之中沒有人看過毛犀牛，打獵的經驗也不多。他們不該嘗試自己獵犀牛。這是個慘痛的教訓，讓他們學會獵犀牛或其他任何動物並不是一種遊戲。」約哈倫說。

「但如果他們真的自己把毛犀牛帶回來，他們會備受稱讚，朋友也會羨慕他們。」瑪桑那說。「就某種意義來說，這次意外事件雖然可怕，但也有助於預防將來其他人嘗試類似的事，或甚至更大的悲劇發生。想想如果他們成功了，有多少年輕人會做出同樣的事。如此一來，至少在接下來的一段時間裡，其他人在嘗試這種遊戲前會三思而後行。這年輕人的母親可能擔心痛苦，但這件事可以免除其他母親更多的悲痛。我只希望倖免於難的瑪塔根不會嚴重跛足。」

「一看到犀牛用角戳他，愛拉就趕忙跑過去幫忙，」喬達拉說：「這不是她第一次看到有人身陷險境就衝過去，然而她有時候讓我很擔心。」

「當時她在那裡，算他運氣好。要不是有個知道該怎麼處理的人在現場，我敢說他一輩子都會跛腳，或者更糟。」齊蘭朵妮說完，對愛拉說道：「到底妳一開始先做了什麼？」

愛拉大致解釋了一下。齊蘭朵妮請她多描述些細節以及她的理由。裝作完全投入她們對話的齊蘭朵妮其實是在檢驗愛拉的醫治技術。雖然首席大媽侍者尙未提起，但她已經設法安排一場齊蘭朵妮亞的正式會議，讓他們了解愛拉受訓的程度，然而她很高興有這個機會能先單獨詢問她。這對可憐的瑪塔根來說很不幸，但齊蘭朵妮很慶幸能藉此將愛拉的技能展現在所有夏季大會的人面前，這使她有機會開始與齊蘭朵妮亞討論讓愛拉加入他們的想法。

齊蘭朵妮已經好幾次重新評估對愛拉的第一印象，然而現在她卻對愛拉有著完全不同的看法。愛拉不是新手，她和他們能力相仿，她有成爲他們的共事者的資格，而且齊蘭朵妮非常有可能從她身上學到一些事，例如石松種子的使用。齊蘭朵妮從來沒有這樣用過，但仔細想想，這或許是個很好的處理方式。她急著想和愛拉單獨談話，和她比較彼此的觀念和知識。能有個第九洞穴的人和自己對談眞是太好了。

齊蘭朵妮確實曾與這地區其他齊蘭朵妮亞共事，並且在夏季大會上和他們討論專門知識。當然她有幾個助手，不過沒有一個對醫治有興趣。如果在她自己的洞穴有個眞正的醫治者，尤其還能帶來新的知識，她必定很值得爭取。

「愛拉，」齊蘭朵妮說：「妳或許該和瑪塔根的家人談一談。」

「我不確定自己知道該對他們說些什麼。」愛拉說。

「他們一定很擔心，我想他們或許想知道事情的經過。我相信如果妳能使他們放心，就能幫助他們。」

「我要怎麼才能讓他們放心？」愛拉說。

「妳可以說，現在一切都要看大地母親的安排，但他有可能復原。這不是妳的看法嗎？我是這麼想的。」齊蘭朵妮說：「我認爲朵妮會眷顧那年輕人，因爲當時妳剛好在那裡。」

喬達拉忍住一個大呵欠，一邊脫掉他的束腰上衣。這件用亞麻纖維織成的新衣，是他母親事先準備好、在配對宴會時拿給他的。她請其他人用刺繡和珠子做裝飾，但花樣並不太複雜。這衣服穿起來又輕又舒服，她也給了愛拉一件類似但很寬鬆的上衣，好讓她在孕期中穿著。喬達拉立刻把他的穿上身，但愛拉想留待之後再穿。

「我從來沒聽齊蘭朵妮那樣在大家面前談論齊蘭朵妮亞。」他一邊說著，一邊鑽進他們的鋪蓋捲。「這些事很有趣，我一直不知道那有多困難，但我記得她說過，每當她必須承受某項測驗，就會獲得相對的補償。不曉得是什麼補償？這方面她談得不多。」

他們默默躺了一陣子。她發覺自己累了，累到幾乎不能思考。從昨天獵犀牛的意外事件開始，他們在齊蘭朵妮亞木屋裡待到很晚，一直到今天的配對盛宴，這中間她睡得很少，而且一直處在神經緊繃的狀態。她太陽穴附近很痛，想要起來煮些柳樹皮茶止痛，但她累得爬不起來。

「還有母親，」喬達拉往下說，他的話幾乎延續了他的思緒。「我一直以爲她和達拉納只是決定分開，卻從來不知道爲什麼。我想一般人向來不會把母親看成母親以外的身分，她就是愛你、照顧你的人。」

「我想他們的分離一定讓她很不好過。」愛拉說：「我可以了解爲什麼。你非常像他。」

「不是各方面都像。我從來沒想過要當頭目，現在我還是不想，因爲我會想念石頭握在我手中的觸感。再也沒有什麼比看見完美的石片依照你原先所想的方式剝落更來得教人滿足。」喬達拉說。

「達拉納也是燧石匠，喬達拉。」愛拉說。

「沒錯，他是最優秀的。但他後來就沒什麼機會磨製燧石了。唯一能與他匹敵的就是偉麥茲，可是他還在獅營裡替猛獁象獵人製作美麗的標槍刀刃。他們倆一輩子都見不到面眞是太可惜了。他們應該很樂於跟對方學習。」

「但是他們兩個人你都見過，你也比任何人都了解石頭。難道你不能讓達拉納看看你從偉麥茲那裡學到些什麼？」愛拉說。

「是啊，我已經開始這麼做了。」喬達拉說：「達拉納跟我一樣感興趣。我很慶幸他們將配對禮延後，等蘭薩朵妮氏人到達之後才舉行。我也很開心約普拉雅和艾丘札和我們一起配對。這是一份特殊的關係。我對我的表妹一向有很深的感情，這麼一來我們會更親近。我想約普拉雅也很高興。」

「我確信約普拉雅一定很高興跟你同時舉行配對禮，喬達拉。我認爲這是她夢寐以求的。」這麼做最接近她眞正的夢想，愛拉自己在心裡加了一句。愛拉眞心爲約普拉雅感到遺憾，但她必須承認，她很慶幸能有這麼一條不准血緣相近的表親配對的禁令。

「我想他還是有些難以置信。有少數幾個人也這麼覺得，不過他們的理由不一樣。」喬達拉說著抱住她，磨蹭她的頸子。

「艾丘札對她的愛幾乎是非理性的。這種愛能彌補許多不足。」愛拉說，她正努力保持清醒。

「一旦習慣他的長相，他其實沒那麼醜，只是看起來不太一樣，但還是可以在他身上看得出穴熊族的特徵。」喬達拉說。

「我一點也不覺得他醜。他讓我想起萊岱格和杜爾克。」愛拉說：「我認爲他們，穴熊族，是長相很好看的人。」

「我知道妳這麼想，妳說得沒錯，他們的長相有他們好看的地方。妳也長得很漂亮，女人。」他磨蹭她的鼻子，然後親吻她，他可以感覺到自己對她的需求開始出現，但他也看得出來她快睡著了。他知道如果自己堅持下去，她不會拒絕他，她向來不會，但現在不是時候。反正等她休息夠了會比較好。

「我希望瑪塔根會好起來，」愛拉翻身過去，喬達拉一邊說一邊挨著她的背。他自己沒那麼累，但他不介意抱著她睡。

「這使我想起一件事，喬達拉。」她又翻身回來面對他。「我、齊蘭朵妮還有第五洞穴的朵妮侍者和他的母親談過。我們必須告訴她，瑪塔根可能會有的問題。他或許能走路，但沒有人說得準。」

「如果不能的話眞的太可憐了，他那麼年輕。」

「當然我們不曉得能不能，但即使他之後眞的能走，可能也是跛的。」愛拉說：「齊蘭朵妮問他母親他有沒有對任何技能或手藝感興趣。除了打獵以外她唯一想得到的，就是他替自己的標槍做標槍頭。這讓我想起被阿塔蘿弄成跛子的沙木乃男孩。你教其中一個男孩敲擊燧石，讓他能以此獨立爲生。我告訴她母親，如果這是他想做的事，我會問問你是否願意教他。」

「他住在第五洞穴對不對？」喬達拉說，他正在考慮這個想法。

「對，但或許他可以來第九洞穴住一陣子。達弩格不是爲了進一步學習燧石而到另一個馬木特伊氏營地住了大約一年嗎？」愛拉說：「或許我們也可以替瑪塔根做同樣的安排。」

「那倒是眞的。達弩格那時才剛從一個開採燧石礦的營地回來，他在那裡生活了一年，就爲了在開採地認識燧石，就如同我在達拉納的礦場學習一樣。就敲擊燧石而言，他再也找不到比偉麥茲更好的老師，但優秀的燧石匠也必須認識石頭。」喬達拉一邊思考此事牽涉到的其他可能性，一邊皺起眉頭。「我不知道。我很樂意教他，但我必須和約哈倫討論他搬來第九洞穴的事。這男孩得有個地方住。約哈倫必須和第五洞穴商量解決方式，前提是如果瑪塔根願意學的話。或許他自己做標槍頭只是因爲想打獵，但他找不到人可以幫他做。再看看吧，愛拉。這是個可能性。如果他傷得那麼嚴重，他會需要學些手藝。」

他們倆都在獸皮被裡躺平，愛拉雖然疲憊，卻沒有馬上睡著。她發現自己正想著她的未來，想著她肚子裡的孩子。如果這是個男孩，而他想去挑釁犀牛呢？如果出了意外呢？沃夫又在哪裡？牠幾乎就像她的兒子一樣，但她已經好幾天沒看到牠。當她終於睡著時，她夢見小寶寶，夢見狼，還有地震。她痛恨地震。地震不只令她害怕，也是她個人的壞消息預報。

「我眞不敢相信到現在還有人反對約普拉雅和艾丘札在這裡配對。」齊蘭朵妮說：「整件事都結束了，他們已經配對。他們通過隔離的試驗期，配對關係已經被確認，他們甚至已經舉行了配對盛宴，沒有什麼好說的了。」在第九洞穴營地過了一晚，要回到齊蘭朵妮亞木屋之前，首席齊蘭朵妮正喝著她最後一杯茶。其他幾個人坐在火溝旁吃早餐，準備開始一天忙碌的活動。

「他們正說著是否要提早回去。」瑪桑那說。

「他們遠道而來，這樣太可惜了。」喬達拉說。

「他們此行的目的已經完成，約普拉雅和艾丘札正式配對了。他們也有了自己的齊蘭朵妮，或者說是蘭薩朵妮。」威洛馬說。

「我希望能有多些時間和他們在一起，我想我們會有好長一段時間不能再看到他們。」約哈倫說：「我正和達拉納談到他爲何決定建立蘭薩朵妮氏洞穴，將他們分開爲另一群人。理由不只是因爲他們住得遠。他有些很有意思的想法。」

「他向來如此。」瑪桑那說。

「艾丘札和約普拉雅連主營區都不愛去，他們說別人會瞪著他們看，那些人的眼光並不友善。」弗拉那說。

「在配對禮上那些人的反對意見，使他們有些敏感。」波樂娃說。

「我仔細考慮了每個意見，沒一個有道理。所有其他人的反對意見都是從布魯克佛開始的，但每個人都知道他的問題所在。」首席齊蘭朵妮說：「蘭薩朵妮氏人和喬達拉有親戚關係，所以瑪羅那只想惹麻煩，她還是想要報復他和他身邊的人。」

「那女人彷彿在訓練自己善妒的技能，」波樂娃說：「她得找點事做。或許如果她有個孩子，那會給她點別的事去想。」

「我可不希望哪個孩子有像她那樣的母親。」莎蘿娃說。

「朵妮可能同意妳的看法。」羅瑪拉說：「據大家所知，她從來沒有受到祝福。」

「她是不是跟妳有親戚關係，羅瑪拉？妳們倆都有一樣的淺金色頭髮。」弗拉那說。

「她是我表妹，但關係不是很近。」羅瑪拉說。

「我想波樂娃說得對，」瑪桑那說：「瑪羅那的確需要找點事做，但這不表示她一定要有寶寶。她應該學習某種手藝，某件值得投入精神的事情，讓她不再只因爲生活不盡如意，就滿腦子想著製造別人的麻煩。我認爲每個人都應該有某項令自己天生喜愛、樂在其中而且又能得心應手的手藝或技能。如果欠缺手藝或技能，她只會不斷製造麻煩，引人注意。」

「即便是那樣或許還不夠，」索拉邦說。「勒拉瑪也有被認可甚至是受敬重的技能。他能釀出好喝的巴瑪酒，但他卻不斷惹出各式各樣的麻煩。在約普拉雅和艾丘札這件事情上他和布魯克佛站在同一邊，這件事情也使他受人注目。我聽到他對第五洞穴的一些人說喬達拉的火堆地盤不應該繼續位居第一，因爲他和一個外地女人配對，而她的地位是最低的。我想他仍舊怨恨愛拉在夏佛納的葬禮上沒有走在他後面。他假裝不以爲意，但我想他不喜歡排在最後一位。」

「那他就應該有所行動，」波樂娃氣憤的說：「例如照顧他火堆地盤的孩子！」

「喬達拉的火堆地盤就該在它現在的地位。」瑪桑那帶著一抹滿意的微笑說。「這是最好的情況，而且一切也依照正常程序由頭目和齊蘭朵妮亞做出決定。像勒拉瑪這種人無權置喙。」

「或許我們就該這麼做，」首席齊蘭朵妮說：「我想我會跟達拉納談談是否請齊蘭朵妮亞和頭目們討論約普拉雅和艾丘札的這個問題。公開討論或許能讓這些採取反對態度的人有機會發洩他們的感受。」

「這或許是喬達拉和愛拉談談他們和扁頭……愛拉口中的穴熊族相處經驗的好時機。」約哈倫說：「反正我也早就想跟其他頭目談談他們。」

「或許我們可以現在過去跟他談。」齊蘭朵妮說：「我必須回木屋去，出了點問題。齊蘭朵妮亞之中的某個人把本來不應該公開的消息到處散布，有些是關於某些人非常私密的個人資訊，還有些是不應該和齊蘭朵妮亞以外的人談論的知識。我必須找出這人是誰，或至少加以制止。」

愛拉一直仔細聆聽所有人的談話，正當她陷入沉思時，每個人都站起來往同一個方向離去。齊蘭朵妮氏人使她想起河流。雖然表面看起來平靜無波，但在深淺不一的河底卻是暗潮洶湧。她想或許瑪桑那和齊蘭朵妮比大多數人更清楚底下發生的事，但她猜想即使她們也都無法窺得全貌，甚至無法完全了解彼此。她留意某些表情、姿勢和語調，這些都是使她了解更深層意義的線索，但就像齊蘭朵妮遇到有人出言不慎的問題，即使事後問題獲得解決，還是會有其他事發生。暗流會改變流向，只會在邊緣留下小小的漣漪和漩渦。只要是有人的地方，暗流就不會止息。

「我要去看馬兒。」她對喬達拉說：「你要跟我去，或者有別的事要做？」

「我跟妳去，但妳等我一下。」喬達拉說：「我想去拿我幫拉尼達爾做的標槍和標槍投擲器。我完成了，想試驗一下，但我身高太高，我希望妳能幫我試用。我知道妳用起來也太小，但或許妳能感覺一下他能不能用。」

「我確信它們沒問題，但我會先試試看。」她說：「好不好用拉尼達爾最清楚，然而在他擁有眞正的技巧之前，恐怕連他自己也不知道。他可以有些東西練習，我相信他會很高興。我覺得你會讓這男孩非常快樂。」

他們開始收拾東西時，太陽已經接近最高點。他們幫馬刷了毛，愛拉從頭到腳仔細檢查牠們。天氣漸漸變熱後，小飛蟲常喜歡在各種反芻動物潮濕溫暖的眼角下蛋，尤其是馬和鹿。伊札曾經教她使用一種像是已經枯死的藍白色植物裡的汁液。這種植物長在有樹蔭的林子裡，由於不像其他植物有活躍的葉綠素，它必須從逐漸腐爛的木頭中吸取養分。它的臘質表面在碰觸後會變成黑色，不過沒有什麼比從它折斷的莖裡滲出來的冰涼液體更能有效治療疼痛發炎的眼睛。

試用過小的標槍投擲器之後，愛拉認爲它很適合拉尼達爾。喬達拉已經完成標槍，但看到一小株樹幹修長、直徑剛好能做成小標槍的赤楊樹後，又決定多做幾根。他砍下幾株樹。愛拉不確定爲什麼，但她想走進馬兒圍欄後方那條小溪旁的樹林裡。

「愛拉，妳要去哪裡？」喬達拉問：「我們該往回走了。今天下午我必須去主營地。」

「我不會去太久。」她說。

喬達拉看到她朝那片林子移動，他猜想她是不是看到有東西在那裡面。可能是對馬兒有危害的動物，或許他該跟她一起去。正當這麼想時，他聽見她高聲尖叫。

「不！噢，不！」

他以他那雙長腿所及的速度快步衝向聲音來源，在樹林間跌跌撞撞往前跑，撞到樹木，弄得身上都是瘀青。當他來到她身邊時，他也雙膝跪下發出不願相信的叫喊聲。

第三十五章

在小溪邊的泥地中，喬達拉在愛拉身旁彎下腰。她幾乎是平躺在她身旁的這隻大狼身邊，她捧著牠的頭，一隻被撕裂的耳朵血淋淋的，把她的手染紅。牠試著要舔她的臉。

「是沃夫！牠受傷了！」愛拉說。淚水流下她的臉龐，在她臉頰的一抹泥巴上留下白色的痕跡。

「妳覺得牠怎麼了？」喬達拉問。

「我不知道，但我們一定要幫牠。」她坐起來時說。「我們必須做個擔架把牠抬回營地去。」她站起來時沃夫想跟著站起來，但又跌了回去。

「陪著牠，愛拉。我來用剛才砍下來的那些標槍桿做個擔架。」

她和喬達拉把沃夫帶進營地時，有幾個人趕忙跑來看看是否幫得上忙。愛拉這才發覺有多少關心這隻狼的人過來了。

「我會替牠在木屋裡準備個地方。」瑪桑那說著，走在他們前面離去。

「我能做什麼呢？」約哈倫說。他才剛從主營地回來。

「你可以去看看齊蘭朵妮有沒有治療瑪塔根時剩下的聚合草和金盞花瓣。我想沃夫和其他狼打了一架，被咬傷的地方可能非常嚴重，需要強效的藥，而且必須洗得很乾淨。」愛拉說。

「妳需不需要燒些水？」威洛馬問。她點點頭。「我來生火。幸好我們才剛帶了一大堆木頭回來。」

約哈倫從齊蘭朵妮亞木屋回來時，弗拉那和波樂娃跟他一起出現，而齊蘭朵妮也說她很快就會來。沒多久整個夏季大會都知道愛拉的狼受傷了，大多數人都很關心。

愛拉檢查沃夫時喬達拉陪著她，從她的表情看來他知道牠的傷勢很重。她確信沃夫被整群狼攻擊，她很訝異牠還活著。她跟波樂娃要了一塊原牛肉，像準備嬰兒食物般地把肉刮下來，和磨碎的曼陀羅混和在一起餵進牠喉嚨裡，幫助牠放鬆，讓牠睡著。

「喬達拉，可以幫我把我殺的那頭還沒出世的小牛身上的牛皮拿來嗎？我需要一塊柔軟有吸收力的皮把牠的傷口擦乾淨。」愛拉說。

瑪桑那看著她把根和粉末放進分別裝著熱水的幾個碗裡，然後遞給她一塊布。「這是齊蘭朵妮喜歡用的。」她說。

愛拉看著這塊布，這柔軟的材質不是生皮革做成的，而比較像瑪桑那給她的那件編織巧妙的長上衣的材質。她把它浸在其中一碗水裡，這塊布料立刻吸了水。「這塊布就行了，事實上它很好用，謝謝妳。」愛拉說。

喬達拉和約哈倫幫她把沃夫翻身，好讓她處理牠身體另一側。這時候齊蘭朵妮來了，她和愛拉一起清洗一個特別嚴重的傷口。愛拉將一條很細的筋腱線穿過她拉線器上的一個小洞，這舉動讓好幾個人大吃一驚。接著她用這條線把最大的傷口縫合，在必要的地方打幾個結。她已經把這個巧妙的發明給一些人看過，但沒有人看過它被用來縫合活生生的皮膚。她甚至還縫合了牠撕裂的耳朵，不過耳朵上依然會留下不整齊的邊緣。

「原來妳就是這麼治療我的。」喬達拉咧開嘴笑著說。

「縫合的確有助於拉緊傷口的皮膚，使傷口完全癒合。」齊蘭朵妮說：「縫合皮膚也是妳從穴熊族的女巫醫那裡學來的嗎？」

「不，伊札從來沒這麼做過。他們不太會縫東西，不過他們用結把東西綁在一起。他們喜歡用鹿前腿下半部上那根小而尖的骨頭當穿洞的錐子在皮上穿洞，等它末端有一部分變得乾而硬之後把洞戳穿，然後在線上打結。他們也用這種方法製作柳樹皮容器。喬達拉受傷時，雖然我試著把傷口包紮住，固定住皮膚，但他的皮膚還是一直滑開，那時候我才想著能不能打幾個結把他的皮膚和肌肉的位置固定，因此我試著去做。我不希望傷口裂開，但我也不想要那些結在癒合時留在他身上。我應該多等一段時間再把結剪斷，因此我把線拉出來時可能會比較痛。」愛拉說。

「妳是說那是妳第一次幫人縫傷口？」喬達拉說：「妳不知道有沒有效，但卻在我身上試驗？」他大笑。「我很高興妳試了。除了腿上的疤以外，你們幾乎不會知道我曾經被穴獅抓傷。」

「所以妳就發明了把傷口縫合的方法，」齊蘭朵妮說：「只有技術高明，對治療和醫藥有天生領悟力的人才能想出這種辦法。愛拉，妳是齊蘭朵妮亞的一份子。」

愛拉一臉不樂意。「可是我不想當齊蘭朵妮亞，」她說：「我……我很感謝……我是說……不要誤解我的意思，我受寵若驚，但我只想跟喬達拉配對，生個他的孩子，成爲一個得體的齊蘭朵妮氏女人。」她避開朵妮侍者的眼光。

「也請妳不要誤解我。」這女人說。「這不是隨口說說的提議，好像臨時起意，隨性邀妳來吃飯似的。當我說妳是齊蘭朵妮亞的一份子時，我已經思考了好一段時間。像妳這樣醫術高超的人，需要與其他有同樣程度知識水準的人交往。妳喜歡當醫治者，是不是？」

「我是女巫醫，這是我不能改變的事實。」愛拉說。

「妳當然是，這不成問題。」首席齊蘭朵妮說：「但在齊蘭朵妮氏人裡，只有齊蘭朵妮亞是醫治者。不是齊蘭朵妮亞的醫治者會令一般人感到不自在，那麼妳就不能當妳口中的女巫醫了。妳爲什麼抗拒成爲齊蘭朵妮亞？」

「妳談過成爲齊蘭朵妮亞必須學習的種種事情還有花費的時間，如果我要花那麼多時間學習如何成爲齊蘭朵妮，那麼我怎麼能成爲喬達拉的好配偶，還有照顧好我的孩子？」愛拉說。

「配對並且有孩子的大媽侍者大有人在。妳也告訴過我越過冰川那一邊有位大媽侍者有配偶和幾個小孩，妳也見過第二洞穴的齊蘭朵妮，」這女人說：「還有其他人也是。」

「但這種人不多。」愛拉說。

首席大媽侍者仔細端詳這年輕女人，她深信事情不只是愛拉所說的那樣。她提出的理由和她的個性不符合。她是個非常優秀的醫治者，她有好奇心、學得快，而且顯然樂在其中。她不會忽略配偶和孩子，而且如果有時她必須離開，總會有人幫忙她。眞有什麼問題，那就是她幾乎可以說是太細心了。看她在那些動物身上投入多少時間；儘管如此她還是經常有空，而且只要有任何事需要做，她總願意幫忙，她擔下的事情比實際上需要的還多。

她讓每個人參與幫助拉諾卡照顧她的小妹妹和其他孩子，此事令首席齊蘭朵妮印象深刻。還有她幫助了那手臂殘廢的男孩。這些都是優秀的齊蘭朵妮才會做的事。她生來就該擔任這角色。朵妮侍者已經決定，她必須發覺愛拉眞正的問題所在，因爲不管怎樣，她下定決心使愛拉成爲大媽侍者。她必須被納入他們的圈子。讓像她這樣擁有豐富知識和與生俱來才能的人留在他們影響力範圍之外，對齊蘭朵妮亞的穩定地位將構成太大的威脅。

看到沃夫身上綁著用瑪桑那的纖維布料和柔軟皮革製成的繃帶，跟在愛拉身旁經過主營地時，大家都笑了。沃夫看起來幾乎像是穿著人類的衣服，這隻凶猛的野生肉食動物變得很滑稽。許多人停下來問牠的狀況，或者提供意見，說牠看起來很健康。但牠緊跟著愛拉。頭一次她把沃夫拋在身後時牠很不開心，大聲嚎叫，然後邁開大步衝向她。有些說書人已經開始編造深愛著女人的狼的故事。

愛拉必須從頭再訓練沃夫留在她指示的地方。最後牠和喬達拉或瑪桑那、弗拉那在一起時終於比較自在，但在第九洞穴營地的範圍裡牠的防禦心也很重，她必須重新訓練牠不要威脅訪客。愛拉對這動物彷彿無止境的耐心讓眾人深感訝異，尤其是和愛拉關係親近的人，但他們也看到成果。許多人心想，養一隻服從命令的狼可能會很有趣，但他們不確定這件事是否值得花費這麼多時間精力。不過這次的事件的確使他們了解到，她對動物的控制不是出於法術。

愛拉才剛開始鬆了口氣，心想沃夫終於又能和一般訪客自在相處，直到有一天，有個年輕男人來拜訪威洛馬的交易學徒提佛南，她聽到他介紹自己是第十一洞穴的派利達爾。沃夫一接近他就開始嚎叫，露出牙齒，十足的威脅模樣。她必須抱住牠讓牠坐下，即便如此牠還是低聲吼叫。年輕人害怕得後退，愛拉不停地道歉。威洛馬、提佛南和其他幾個站在周圍的人看到時都很吃驚。

「我不知道牠怎麼了。我以為牠已經不再那麼防衛牠的領地。沃夫通常不會表現出這種態度，但牠之前出了點事，還在恢復當中。」愛拉說。

「我聽說牠受傷了。」這年輕男人說。

然後她注意到他戴著一條狼齒項鍊，背了個飾有狼皮的行囊。「可否請問你是從哪裡得到狼皮的？」她問。

「嗯……大多數人以為我出去獵狼，但我老實告訴妳，這是我找到的。其實我發現兩隻狼，牠們一定是陷入一場激戰，因為牠們皮開肉綻。其中有一隻是黑色的母狼，另一隻是一般大小的灰色公狼。我先拔走牙齒，然後又決定趁機拿走一些毛皮。」

「而你把灰色公狼的毛皮裝飾在行囊上，」愛拉說：「這下子我懂了。沃夫一定也捲入同一場打鬥，因此才受了傷。我知道牠交了個朋友，可能是那隻黑色的母狼。牠還年輕，我認為牠其實還沒交配。牠還不到兩歲，牠們才剛熟起來。這隻母狼要不是當地狼群裡位階最低的母狼，就是別的狼群裡來的孤狼。」

「妳怎麼知道？」提佛南問。又有些人圍在他們身旁聽著。

「牠們喜歡長得像狼的狼。我想如果其他狼身上有一般狼的毛色，牠們就更能看懂彼此的表情。像全黑、全白或有斑點的狼身上的毛色很特殊，牠們不被狼群接受，除非是在終年有雪、很常見到白狼的地方。這是幾個馬木特伊氏朋友告訴我的。像那樣毛色特殊的黑狼通常在狼群裡的位階最低，因此牠很可能離開牠們，成爲一隻孤狼。孤狼通常遊走在其他狼群的領土邊緣，尋找牠們自己的地方。如果找到了另一隻孤狼，牠們可能會設法建立自己的狼群。據我猜測，這地區的狼在保衛牠們的領土，不受那兩隻新來的狼入侵。」愛拉說。「沃夫雖然體型龐大，但牠有個劣勢。牠不是在狼群裡長大的，牠只認識人類。牠會知道一些狼群的事只因爲牠是隻狼，然而沒有兄弟姊妹教導牠狼群從彼此身上學到的事。」

「妳怎麼知道得這麼多？」派利達爾說。

「我觀察狼群好多年。當我學打獵時，我只獵肉食動物，不獵食用動物。可以請你幫個忙嗎，派利達爾？」愛拉說。「我可以跟你交易那張狼皮嗎？我想沃夫嚎叫和威脅你的原因，是因爲牠聞到和牠打架的那隻狼的氣味，至少是其中一隻，而且很有可能是牠殺了那隻狼。不過牠們也殺了牠朋友，而且幾乎殺了牠。你在沃夫身邊披著那張狼皮可能會有危險。你絕對不要帶著它來這裡，因爲我不知道沃夫會做出什麼事。」

「我乾脆把皮給妳，」這年輕人說：「它只是張隨便縫在我行囊上的皮，我可不想被編進詩歌和故事裡，變成被深愛著女人的狼攻擊的那個人。我可以留著牙齒嗎？牙齒還有點價值。」

「好，把牙齒留著吧。但我建議你把牙齒浸泡在淺色的濃茶裡幾天。還有，可否請你帶我去看你找到那兩隻狼的地方？」

年輕男人把那張惹事的狼皮拿給愛拉之後，愛拉把它給了沃夫。牠撲向它、攻擊它，用牙齒抓住它甩動，想把狼皮撕裂。要不是知道牠傷得多重，以及牠朋友或本來會成爲牠配偶的那隻狼被殺死，旁觀的人可能會覺得很有趣。反之他們同情沃夫，能體會自己身處在類似情境下會作何感受。

「我很高興我跟那張皮分開了。」派利達爾說。

派利達爾和愛拉一起去他發現狼的地方，他們倆此刻都有其他計畫。她不確定自己期待發現什麼，食腐動物現在應該已經清光所有東西，然而沃夫傷得那麼重，她想知道牠到底走了多遠去找她。派利達爾離開後，她想著他提到深愛女人的狼的詩歌與故事。

她之前曾經造訪過說書人和音樂家的營地，那是個多采多姿的地方，即便是他們的衣服色澤似乎都比較鮮豔。他們並不是來自同一個地方，沒有自己的岩石庇護所，有的只是旅行帳篷和木屋。他們周遊各地，在一個洞穴待上一陣子，然後又到另一個洞穴，但都認識彼此，關係親近。他們的住處好像總會有孩子。夏天他們和其他季節一樣造訪不同的洞穴，只不過地點是各洞穴夏季大會的營地而不是庇護所。他們也在配對禮舉行的那塊平地上進行例行演出，觀眾從山坡上往下看。

她知道說書人已經開始訴說第九洞穴動物的故事。有時內容是這些動物多麼有用，例如馬兒能負載重物，或在示範標槍投擲器時狼能驚動鳥兒等動物。有個新故事是敘述狼如何幫她找到新洞穴，但說書人的故事往往摻雜些超自然或神祕的成分。在他們訴說的故事裡，狼不是在她的訓練下打獵，而是因爲他們倆之間有種特別的共通感受。這一點是眞的，他們的確有，但這不是他們之所以一起打獵的原因。愛女人的狼的故事已經演變成有個男人到了靈的世界時變成狼，然而他回到這個世界時卻忘了變回男人。

這個故事被重複敘述過許多次，已經逐漸與族人的傳說故事合併。有些說書人編出其他受人豢養動物的故事，或者有時也將它顛倒過來，變成人被動物豢養。有時牠們變成幫助人的動物靈。所有這些類似的故事都會一代代傳下去，使得動物可以被訓練或馴服而不只被獵殺的概念一直延續下去。

「沃夫跟弗拉那在一起沒問題。」喬達拉說：「牠可以和訪客和平相處，而訪客也更小心了，他們一定會讓第九洞穴的人知道他們要來拜訪。牠不會突然攻擊別人，我們知道牠爲什麼對派利達爾敵意那麼深。那段時間牠很不好受，這件事一定會讓牠有所改變，但基本上牠還是那隻我們從小小的幼獸開始就深愛而且加以訓練的沃夫。然而我不認爲我們應該帶牠去開會。妳曉得大家會變得多麼激動，甚至會產生怨恨的情緒。沃夫不喜歡看人咆哮發怒，特別是如果牠認爲妳會受到威脅。」

「誰會在場？」愛拉問。

「大多數頭目和齊蘭朵妮亞都在，還有公開表示反對艾丘札的那些人。」約哈倫說。

「也就是布魯克佛、勒拉瑪和瑪羅那。」愛拉說：「他們沒一個是我們的朋友。」

「事情變得更糟，」喬達拉說：「第五洞穴的齊蘭朵妮還有他的助手馬卓曼也會去，他當然不是我的好朋友。第二十九洞穴的德娜娜也會去，不過我不確定她爲什麼會有怨言。」

「我不認爲她會喜歡動物和人一起生活的這個想法。你還記得來這裡的路上，我們在第二十九洞穴停留時，她說她不喜歡動物到她的庇護所。」愛拉說。「雖然我也同樣樂意在野外紮營。」

他們到達齊蘭朵妮亞木屋，在還沒告知對方他們到達時，門簾就已經是開著的，他們被帶進室內。愛拉腦海裡閃過一個念頭，她納悶爲什麼他們似乎總是知道她來了，不管他們有沒有在等她。

「妳是否見過第九洞穴的新成員？」齊蘭朵妮說。她正和一個帶著和善微笑、面貌姣好的女人說話，但愛拉感受得到這女人潛藏的力量。

「當然了，我在正式介紹時見過，還有在配對禮上，但我沒有私底下和她見面。」這女人說。

「這是齊蘭朵妮氏第九洞穴的愛拉，與第九洞穴前任頭目瑪桑那之子喬達拉配對，曾經是馬木特伊氏獅營一員、猛獁象火堆地盤之女的愛拉，被穴獅靈選中，受穴熊保護。」齊蘭朵妮爲她們進行正式介紹。

「愛拉，這位是第二十九洞穴的齊蘭朵妮。」

她向愛拉問候，但聽到如此簡短的正式介紹很令她訝異。然而該說的都說了。身為齊蘭朵妮的她已經放棄個人的身分，成為齊蘭朵妮氏第二十九洞穴的化身，雖然如果她願意，也可以介紹之前的她，包括她的本名和所有先前的親屬關係。只不過既然她已經不是原來的那個人，大多數時候這麼做似乎沒有必要。

愛拉想著她才剛得到的稱謂和親屬關係。她喜歡齊蘭朵妮介紹她的方式。她已經成為齊蘭朵妮氏的愛拉和喬達拉的配偶，這兩樣放在最前面，但她曾經是馬木特伊氏的愛拉，她還沒有喪失與他們之間的關係，這段關係對她而言意義重大。而且她依舊「被穴獅靈選中，受穴熊保護」。她很高興連她的圖騰以及她和穴熊族之間的關係都包括在介紹詞中。

剛來時聽到齊蘭朵妮氏人正式介紹中冗長的稱謂和關係時，愛拉只有在私底下納悶著為什麼他們要說出這樣無限延伸、幾乎是沒完沒了，全都是沒聽過的稱謂和親屬關係的介紹詞。為什麼不把它簡化一番，只說出這個人通常使用的名字——喬達拉、瑪桑那、波樂娃等等。然而聽到她熟悉的關係被人提到時她很開心，現在的她也很滿意齊蘭朵妮氏人把過去的關係包括在內的介紹方式。她曾經認為自己是沒有族人的愛拉，只和一匹馬和一隻獅子作伴。現在她擁有和許多人的關係，她配對了，也懷了孩子。

把注意力移回與會的人時，另外一個念頭浮現在她腦海裡。她希望把「穴熊族杜爾克之母」這句話加在她的稱謂和親屬關係中，但一想到這場會議召開的理由，並且回想起他們配對的那天晚上，還有艾丘札外表引發的爭議，她不確定自己能否向齊蘭朵妮氏人提起她的兒子，杜爾克。

首席齊蘭朵妮走到木屋中央，群眾立刻安靜了下來。「一開始我要說的是，這次會議不會改變任何事。約普拉雅和艾丘札已經配對了，只有他們兩人能改變這事實。但有些針對他們而起的卑劣謠言和惡意似乎在暗中進行，在我認為是很可恥的。此事讓我失去作為齊蘭朵妮的驕傲，因為我的族人冷酷對待這兩個才剛展開共同生活的年輕人。因此約普拉雅的火堆地盤男人達拉納和我決定該公開討論此事。如果有人眞要抱怨，這是讓怨言公開的時刻。」

有些人坐立不安，避免直視其他人。顯然有些人感到尷尬，尤其是一直興致勃勃聆聽齊蘭朵妮說的話，而可能曾經散播惡意流言的那些人。即便是俗世頭目與心靈領導人也難免擁有此種人性的瑕疵。沒有人想討論這件事，彷彿它愚蠢得不值一提，而首席齊蘭朵妮已經準備繼續討論召開會議的下一個理由。

勒拉瑪看得出他製造騷動的時機正一分一秒的溜走，而他正是不滿情緒的主要教唆者之一。「這是眞的，不是嗎？艾丘札的母親是扁頭。」他說。

首席齊蘭朵妮以輕蔑和惱怒的眼神注視他。「他從來沒否認過。」她說。

「這表示他是混靈的孩子，混靈的孩子就是孽種。所以他是孽種。」勒拉瑪說。

「誰告訴你混靈的孩子是孽種？」首席齊蘭朵妮問。

勒拉瑪皺眉環顧四周。「每個人都知道。」

「他們怎麼知道的？」首席齊蘭朵妮問。

「因爲大家都這麼說。」他說。

「誰這麼說？」她追問。

「每個人。」他說。

「如果每個人都說太陽明天不會升起，那就果眞如此嗎？」朵妮侍者問。

「嗯，不會，但是大家總是這麼說。」勒拉瑪說。

「我想我記得是從齊蘭朵妮亞那裡聽來的。」其中一個旁觀者說道。

首席齊蘭朵妮望向四周，看到發言的人，她認得她的聲音。「妳是說，混靈的孩子是孽種，這是齊蘭朵妮亞的教誨之一嗎，瑪羅那？」

「嗯，是的。」她斬釘截鐵地說。「我確信是從齊蘭朵妮亞那裡聽來的。」

「瑪羅那，妳知道美麗的女人說謊時也會變得醜陋嗎？」首席齊蘭朵妮說。

瑪羅那羞紅了臉，憎恨地瞪視著首席齊蘭朵妮。有些人轉頭盯著她想看看首席齊蘭朵妮說的是否是眞的，其中有幾個人承認這年輕女人臉上怨恨的表情的確減損她公認的美貌。她別過臉去，但喃喃自語道：「妳這又肥又老的女人，妳懂什麼！」

附近幾個人聽到她的話，她對首席大媽侍者的侮辱令他們倒抽了一口氣。在大房間另一頭的愛拉也嚇得屏住呼吸，不過她的聽力超乎尋常的準確。還有別人也聽到瑪羅那說的話，包括聽力也同樣很敏銳的首席大媽侍者。

「睜大眼睛看看這肥胖的老女人，瑪羅那。還有請妳記住，我跟妳一樣，也曾經被認爲是夏季大會上最美麗的女人。美麗只不過是稍縱即逝的贈禮，年輕女人，當妳擁有時請務必善用，因爲當美麗消失，而妳除此之外又一無所有時，妳會非常的不快樂。我從來不後悔失去美貌，因爲我更滿意自己所獲得的知識與經驗。」

接著她繼續對在場的其他人說：「瑪羅那說齊蘭朵妮亞教導大家，混和了我們和我們稱爲扁頭那種生物的靈的孩子就是孽種，勒拉瑪也這麼暗示。在過去幾天裡，我一直處在很深的冥想狀態，試著回憶所有歷史和古老的傳說，以及所有只有齊蘭朵妮亞知道的學問，試著明白這觀念來自何處，因爲在某方面勒拉瑪說對了。『每個人』都認爲自己知道這件事。」她停下來環顧群眾。「這個觀念從來就不是齊蘭朵妮亞的教誨。」

這幾天齊蘭朵妮亞看到她獨自冥想，她胸前的飾牌是翻過來的，雕刻和裝飾被蓋住，只露出空白的那一面，這表示她不想被打擾。現在他們知道原因了。

眾人發出一陣竊竊私語。「可是他們是動物。」「他們根本不是人類。」「他們和熊有血緣關係。」

第十四洞穴的齊蘭朵妮發言。「這種混靈的生物令大地母親震驚。」

「他們是孽種。」第二十九洞穴頭目德娜娜說：「我們一直以來都曉得。」

馬卓曼對第五洞穴齊蘭朵妮私語：「德娜娜說得沒錯，他們是半人半獸。」

首席齊蘭朵妮等騷動平息下來。「想想看你們是從哪裡聽說這些事。試著回想有哪個齊蘭朵妮亞傳達的知識或齊蘭朵妮氏人的歷史和古老傳說裡特別提到過混靈的孩子是孽種，或扁頭是動物的說法，哪怕只想出一個也好。我說的不是影射或暗示，而是特定的出處。」她說。

她讓他們思考一陣子，然後繼續說道：「事實上，如果你仔細想一想，你會知道大地母親絕對不會感到震驚，或希望我們認爲他們是孽種。他們和我們一樣是大地母親的孩子。畢竟選擇男人的靈與女人的靈混和的是誰？這種事不常發生，我們和扁頭不常接觸，但如果大地母親有時候決定將扁頭的精氣和齊蘭朵妮氏人的精氣混和在一起創造新生命，那是她的選擇。她這麼做不是爲了讓她的子女詆毀這些混靈的結果。或許基於特殊理由大地母親決定創造他們。艾丘札並不是孽種。他母親是穴熊族女人的事實並沒有使他不像大地母親的子女。如果他和約普拉雅選擇彼此，那麼朵妮就很高興，我們也該高興。」

群眾中又傳來一陣騷動，但首席齊蘭朵妮沒有聽到明顯的反對聲音，因此決定繼續說下去。「召開這次會議的另外一個理由是，約哈倫想談談我們稱做扁頭的這些人，但首先我認爲你們應該從一些人的經驗之談中多知道些事。愛拉是由我們所知的扁頭撫養長大的，不過她眼中的他們是穴熊族人。愛拉，可否請妳來這裡談一談他們？」

愛拉站起來走向首席齊蘭朵妮。她的胃部翻攪，口乾舌燥。她不習慣對著一群人發表正式的談話，她也不知道該從何開始，因此她就從她記憶所及開始說。

「我失去生我的家人時，我想我才五歲，這是我儘量準確地猜測。大多有關他們的事我都記不清楚，但我想一場地震奪走了他們。有時我會夢見那場地震。我猜我流浪了一陣子，我確信那時自己不知道該去哪裡、該做什麼。我不知道自己獨處了多久，後來我被一隻穴獅追趕。我想我躲在一個小洞裡，那個洞非常小，因爲有隻穴獅把爪子伸進來想抓我，結果抓傷了我的腿。現在我身上還有疤痕，牠的爪子在我腿上留下四條線。我最早確實的記憶是我睜開眼睛看到伊札，一看到她我就尖叫了起來。她的反應是把我抱在懷裡，直到我安靜下來。」

眾人立刻就被一個僅有五歲的失親女孩故事吸引住了。她解釋找到她的那些穴熊族人的家被同一場地震所毀，遇到她時他們正在找尋新家。她告訴大家，他們知道她不是穴熊族人而是異族，他們用這個字來稱呼像她這樣的人種。她說她被布倫部落的女巫醫收養，她的手足克雷伯是偉大的莫格烏爾，他就和齊蘭朵妮一樣。繼續往下說時，愛拉忘卻緊張，只是很自然地將她和自稱爲穴熊族人的生活中一切情緒和眞誠的情感表現出來。

她毫無保留，包括和頭目布倫的配偶之子布勞德相處的困難，或是她向伊札學習醫術時的喜悅。她談到她對克雷伯與伊札以及她的穴熊族妹妹烏芭的愛，和她第一次拾起拋石索時的好奇心。她談起她是如何自己學著使用拋石索，還有幾年後遭遇的後果。唯一令她遲疑的是談到自己的兒子。儘管首席齊蘭朵妮提出那麼多有關穴熊族人也是大地母親孩子的合理而且高尙的論點，愛拉也還是能從幾個人的臉部表情和肢體語言中看出他們的情緒並沒有改變，尤其是那些反對艾丘札與約普拉雅配對的人更是如此。他們只是決定最好暫時隱瞞這種心情。愛拉心想，她或許也最好對兒子的事避而不提。

她告訴他們當布勞德成爲頭目時，她被迫離開穴熊族，雖然她試著解釋什麼是死咒，但她不認爲他們能完全理解它眞正的強制力量。如果無處可去，甚至連身邊最親近的人都不承認被下咒的人的確存在，那麼那個被下死咒的穴熊族成員就眞的會死去。她只簡短說起她在山谷裡的日子，不過她倒是詳細敘述了獅營頭目配偶妮姬所收養的混靈孩子萊岱格的情形。

「他不像艾丘札那樣有穴熊族人的強壯身體，而且他的器官很弱，但他也跟穴熊族人一樣只能發出幾個特定的音。我先是教他和妮姬用手語溝通，後來又教了喬達拉和獅營其他人。他第一次叫妮姬『媽媽』時妮姬非常開心。」最後愛拉說道。

接著喬達拉上前來說起他和弟弟索諾倫是怎樣在橫越前往東方高地上的冰原之後立刻遇到了幾個穴熊族男人。然後他又告訴大家他只捕到半條魚、因爲他把另外一半分給一個穴熊族年輕人的有趣故事。他也解釋了在什麼狀況下使他和穴熊族男女古邦與優兒嘉度過幾個晚上，以及他如何用愛拉教他的手語和他們「交談」。

「如果要說我在旅途上學會了哪件事，那就是一直被我們稱做扁頭的生物也是人，是有智慧的人。他們和你我一樣都不是動物。他們的生活行事或許不同，他們智慧甚至更不一樣，但並不是少於我們，只不過是不同罷了。有些事是我們能做而他們不能的，然而也有些事是他們能做而我們不能的。」

約哈倫站起來，談論他擔心的事，以及設法找出處理穴熊族的新方式。最後威洛馬談到與他們交易的可能性。之後在場的人問了許多問題，大家持續討論了許久。這對齊蘭朵妮亞和齊蘭朵妮氏頭目是出乎意料之事，有些人覺得難以置信，但大多數人以開闊的心胸聆聽。愛拉的故事顯然是眞的，連口才最好的說書人都不能編造出如此令人信服的故事。它揭發穴熊族是人類的事實，即使有些人不願意相信。這次會議沒有解決任何事，但它卻提出一些讓每個人深思的觀念。

首席齊蘭朵妮起身，準備結束這場會議。「我想我們都學會一些重要的事，」她說：「我很感謝愛拉願意站在這裡與我們暢談她不凡的經驗。她使我們對穴熊族的生活有了珍貴的領悟，他們或許奇怪，但卻願意接納明知和他們不同的孩子，視她如己出。在打獵或採集時偶然看見穴熊族，我們或許會害怕，然而他們如果願意收容一個走失的孤獨女孩，這樣的懼怕就該被擱在一旁。」

「妳認爲他們會不會是收留了好久以前第九洞穴那個走失的女人？」第十九洞穴的白髮齊蘭朵妮說。「如果我記得沒錯，回來時她懷孕了。大地母親決定在她和扁頭一起時祝福她，用其中一個扁頭的靈……」

「不！那不是眞的！我母親不是孽種！」布魯克佛大聲叫道。

「沒錯，你母親不是孽種。」愛拉說：「我們一直試著這麼說明。沒有哪一個混靈的人是孽種。」

「我母親不是混靈的人，」他說：「所以她才不是孽種。」他看著愛拉的憎惡眼神令她別過頭去，避開他憤怒的目光。然後他邁開大步離去。

討論就此結束，眾人起身離去。離開時首席齊蘭朵妮注意到瑪羅那傲慢無禮地看著她，接著她又無意間聽到勒拉瑪和第五洞穴齊蘭朵妮與他的助手馬卓曼的對話。

「喬達拉的火堆地盤地位怎麼會最高？」他問：「他們的藉口是她在馬木特伊氏裡的地位很高，據說她是來自那地方，因此她在這裡的地位也不該被降低，可是她連眞正生下她的人是哪一族人都不知道。如果她是扁頭養大的，那麼她更應該是扁頭而不是馬木特伊氏人。你告訴我扁頭的地位是什麼？她的位階應該最低，但現在她卻是位階最高的人之一。我不認爲這是妥當的。」

結束了一場冗長而疲勞、以情緒失控告終的會議後，愛拉筋疲力盡。她猜想有些人突然間知道那些被他們當成動物的生物其實是有思想、有愛心的人，一定感到十分不自在。這是很激烈的轉變，而轉變向來就不容易，但布魯克佛的反應很不理智，他憤怒的目光充滿憎惡，他嚇壞了她。

喬達拉建議愛拉一起騎馬兜風遠離所有人，在結束會議時發生那場教人不舒服的事件之後，應該放鬆一下。愛拉很開心見到沃夫再次跟在他們身邊邁開大步奔跑。雖然傷還沒完全好，但牠已經不用綁著繃帶。

「我試著不表現出來，但我很氣那些因爲艾丘札母親是穴熊族而反對艾丘札和約普拉雅配對的人。」愛拉說：「雖然齊蘭朵妮和達拉納要求召開特別的會議，但我不認爲事情獲得解決。我想有些人在配對禮上同意他們配對的唯一理由，是因爲他們不是齊蘭朵妮氏人。他們自稱爲『蘭薩朵妮氏人』，可是我看不出有任何差別。差別在哪裡，喬達拉？」

「就某種意義上來說，齊蘭朵妮氏人指的只有我們，大地母親之子，但蘭薩朵妮氏人也是大地母親之子。齊蘭朵妮氏人眞正的意義是西南方的大地母親之子，而蘭薩朵妮氏人則是東北方的大地母親之子。」喬達拉解釋道。

「達拉納爲什麼不繼續稱自己爲齊蘭朵妮氏人，和他的人民用下一個數字另建一個洞穴？」愛拉問。

「我不知道，我從沒問過他。或許因爲他們住得太遠。妳沒辦法在一個下午或甚至是一兩天之內抵達他那裡。我想他知道或許彼此之間總會有親屬關係，但有一天他們會成爲不同的人。現在他有了他們自己的齊蘭朵妮。我想他們應該稱做蘭薩朵妮，或是應該稱做蘭薩朵妮，他長途跋涉來參加我們的夏季大會的理由就更少了。或許他們的朵妮侍者暫時還是會由齊蘭朵妮亞來訓練，但等蘭薩朵妮氏的人數持續增加，他們就會開始自行訓練。」

「那時候他們就會像蘿莎杜那氏一樣。」愛拉說：「他們的語言和做事情的方式都和齊蘭朵妮氏人十分接近，他們一定曾經是同一族人。」

「我想你說的沒錯，或許那就是爲什麼我們依然和他們是好朋友的緣故。現在我們不把他們放在稱謂和親屬關係裡，但或許某一段時間裡是如此。」喬達拉說。

「不知道那是多久以前的事。現在兩個族人之間有許多差異，即使在他們的大地母親之歌裡也看得出來。」愛拉說。他們又往前騎了一小段路。「如果齊蘭朵妮氏人和蘭薩朵妮氏人是同一種人，爲什麼反對約普拉雅和艾丘札配對的人最後會同意？只因爲他們的名稱表示他們住在東北邊？這沒道理。不過他們的反對一開始就沒道理。」

「看誰在背後搞鬼，」喬達拉說：「勒拉瑪！他爲什麼想惹麻煩？妳除了想幫助他的家人之外什麼也沒做。拉諾卡崇拜妳，而且要不是妳插手，我懷疑蘿蕾拉是否能活到今天。我想知道他是眞的在乎這些事或者只想引人注意。我認爲他從來沒有受邀參加這種特殊的會議，和這些地位高的人在一起，而且包括首席齊蘭朵妮在內的幾位人士，還向他與其他幾個借題發揮的人正式提出這個問題。現在勒拉瑪嘗到甜頭，我怕他會爲了想要引人注意而繼續製造問題。可是所有人裡面我最不明白的就是布魯克佛。他認識達拉納和約普拉雅，他甚至是我們的親戚。」

「你知不知道瑪塔根的母親告訴我，布魯克佛曾經在配對禮之前到第五洞穴去，嘗試說服一些人反對約普拉雅的配對？」愛拉說。「他對穴熊族的反感很強烈，但看到他和艾丘札在一起，你可以看得出他們外貌相像。他的臉部特徵絕對屬於穴熊族，雖然不像艾丘札那麼明顯，但看得出來。我想現在他恨我，因爲我說他母親是混靈，但我只是想說混靈的人不是不好，他們不是孽種。」

「他一定仍舊以爲他們是孽種。所以他才拚命否認。憎恨自己的出身感覺一定很差，」喬達拉說：「好笑的是妳改變不了。艾丘札也恨穴熊族。他們爲什麼憎恨自己的族人？」

「或許是因爲其他人以他們的出身傷害他們，他們又無法隱瞞出身，因爲他們看起來眞的與眾不同。」愛拉說：「但布魯克佛離開前怒氣沖沖瞪著我的樣子充滿了恨意，他把我嚇壞了。他有點使我想起阿塔蘿，彷彿他有哪裡不對勁似的。就好像他出了問題或畸形，像拉尼達爾的手臂一樣，只是他的問題在心裡面。」

「或許有邪惡的靈進入他體內，或者他的精氣被扭曲，」喬達拉說：「我不知道，但或許妳應該要多留意布魯克佛，愛拉。他可能會給妳帶來更多麻煩。」

第三十六章

時序進入仲夏，天氣逐漸炎熱。田野上的草長高了，轉爲金黃色，在帶來新生命的種子重壓下低著頭。愛拉的身體也愈來愈重，體內是她未出世孩子的新生命。她和喬達拉並肩工作，他們正把野燕麥的種子給拉出來，這時候她第一次感覺到肚子裡的震動。她停下來，把手壓在鼓起的腹部。

「怎麼了，愛拉？」他擔心的皺起眉頭。

「我剛剛摸到寶寶在動，這是我第一次感覺到體內的生命！」她說。她那樣子彷彿打從心裡微笑。

「這裡，」她說著把簸穀石從喬達拉的大手裡拿走，再把他的大手放在她肚子上。「或許寶寶還會再動。」

他期待地等著，但什麼也感覺不到。「我沒感覺到任何動靜！」他終於說。就在這時候他手心裡傳來僅僅像是一陣漣漪似的微微震動。「我摸到了！我摸到寶寶了！」他說。

「之後胎動會愈來愈強，」愛拉說：「很棒對不對，喬達拉？你希望寶寶的性別是什麼？男生還是女生？」

「都無所謂，我只希望寶寶健康，還有我希望妳生產順利。妳希望寶寶是男是女？」他問。

「我想我喜歡女孩，但生個男孩我也一樣高興。其實沒有什麼差別，我只是想要個寶寶，你的寶寶。他也是你的寶寶。」

「嘿，你們兩個，如果你們一直偷懶，第五洞穴一定會贏。」他們轉頭看到一個年輕男人走來。他身高中等，體型瘦而結實。他一隻手拄著枴杖，另一隻手拿著一只裝著水的皮囊。「你們要不要喝點水？」他說。

「嗨！瑪塔根！天氣好熱，來點水倒不錯。」喬達拉說著把水袋接過來高舉過頭，讓水從袋口流到嘴裡。「你的腳怎麼樣？」他說著把水袋遞給愛拉。

「一天比一天有力氣，沒多久就可以把這根枴杖給扔了。」他笑著回說。「我應該只能幫第五洞穴的人送水，但看見我最喜歡的這位醫治者，我就稍微作弊了一下。妳覺得怎樣，愛拉？」

「我很好。剛才我第一次感覺到肚子裡的生命。寶寶漸漸長大了。」她說：「目前誰領先呢？」

「很難講，第十四洞穴已經採了好幾籃，但是第三洞穴剛才又發現了一大片麥田。」

「第九洞穴呢？」喬達拉問。

「我想他們有機會，但我賭第五洞穴會贏。」年輕男人回答。

「你偏心，你只想拿獎品。」喬達拉大笑。「第五洞穴今年捐出什麼？」

「第一次打獵時殺的兩頭原牛肉乾，一打標槍，還有我們最傑出的雕刻師雕的一個大木碗。第九洞穴呢？」

「一大袋瑪桑那的酒，五把有雕刻花紋的樺樹標槍投擲器，五顆打火石，還有兩個莎蘿娃的籮筐，其中一個裝滿榛果，另一個裝滿酸蘋果。」喬達拉回答。

「如果第五洞穴贏了，我想嘗嘗瑪桑那的酒。希望我運氣好，骨頭可以很快恢復。等我擺脫這根棍子，」他舉起枴杖，「我要搬回男人的營帳。我想不管有沒有這根棍子，現在我都可以搬回去，但我母親還不想讓我走。她一直是很棒的母親，沒有人可以把我照顧得更好，但她把我照顧得有點過頭了。發生意外之後你會以為我只有五歲。」他說。

「你不能怪她。」愛拉說。

「我沒怪她，我了解，我是想回到男人的營帳裡。如果你沒配對，喬達拉，我甚至還會邀請你來我們喝酒作樂的聚會。」

「還是謝謝你，不過男人的營帳我已經住膩了。有一天等你年紀大點，你會發現配對沒你想像的那麼糟。」喬達拉說。

「但是你已經把我想要的女人搶走了。」年輕男人以頑皮的眼神望向愛拉。「如果能得到她，我也會願意搬出男人營帳。在你們的配對禮上看到她時，我覺得她是我見過最美麗的女人，我幾乎不敢相信我的眼睛。我想每個男人都這麼想，都希望取代你，喬達拉。」

雖然一開始有愛拉在場時，瑪塔根總是很害羞，不過在她到齊蘭朵妮亞木屋去協助照顧他幾天之後，他的扭捏就不見了。之後他外向又友好的天性和大方迷人的風采逐漸顯露出來。

「聽聽他說些什麼，」愛拉說，她笑著拍拍突出的小腹。「有幾分『姿色』；我不過就是一個挺著大肚子的老女人。」

「大肚子的妳比以前更美，而且我喜歡年長的女人。將來我會跟年長女人配對，如果我找得到像妳一樣的。」瑪塔根說。

喬達拉對這年輕人微笑，他使他想起索諾倫。他顯然很迷戀愛拉，不過有一天他會成為一個迷人的小伙子，如果到頭來他一輩子跛腳，他會需要這種迷人的風采。喬達拉不介意他在愛拉身上稍微練習一下。他自己也曾經和一個年長女人墜入愛河。

「而且妳還是我最喜歡的醫治者。」他的眼神變得嚴肅。「我在擔架上被抬著時有好幾次醒來，看到妳時我以為我在作夢。我以為妳是來帶我到大地母親那裡去的美麗朵妮。我相信妳救了我一命，愛拉，要不是妳，我想我根本不能走路。」

「我只是剛好在那裡，做我能做的事。」愛拉說。

「或許如此，但妳知道，如果妳有任何需要……」他低著頭，尷尬地紅了臉。他說不出他想說的話。他又再次注視她。「如果有任何我能為妳做的事，妳只管開口就行了。」

「我還記得我把愛拉當成朵妮的那次，」喬達拉開口替他解圍。「你知道她把我的皮縫在一起嗎？我記得在我們的旅途中，有一次整個沙木乃氏的人都以為她就是大地母親，是活生生的朵妮，來幫助她的孩子。就我所知，看男人鍾情於她的樣子，或許她眞的是朵妮。」

「喬達拉！別對他滿口胡言，」愛拉說：「我們最好繼續採野燕麥，要不然第九洞穴會輸。此外我還想把穀子留一點給那兩匹馬，或許還會有一匹新生的小馬。幸好我們在黑麥成熟時採了許多，但馬兒比較喜歡燕麥。」

她的籮筐掛在脖子上，這樣才能空出雙手。她往籮筐裡望，想看裡面有多少種子，然後調整手裡石頭的位置開始工作。她一手握住幾根成熟的野生穀子，另一隻手把穀子的莖抓牢，將圓石子壓在麥穗稍微下方一點，接著她動作熟練地把莖在手中一拉，讓堅硬的石頭在手中割下種子。她把種子倒入籮筐裡，伸手又握住另一把莖。

這項工作緩慢而繁瑣，然而一旦掌握住節奏，其實不困難。使用石頭能較有效率地把莖割下來。愛拉問起時，沒有人記得這想法是哪裡來的，就所有人記憶所及，他們一直都這麼做。

瑪塔根跛著腳離開，愛拉和喬達拉兩人繼續把種子割下來放到籮筐裡。「愛拉，妳有個死忠的仰慕者在第五洞穴。」喬達拉說：「還有許多人也有同感。妳在這次大會上交了好些朋友，大多數人都把妳當成齊蘭朵妮。他們不習慣不是朵妮侍者的醫治者。」

「瑪塔根是個善良的年輕人，」愛拉說：「他母親堅持要送我那件獸毛襯裡的連帽毛皮外套，那件衣服很漂亮，而且夠大，我可以在今年冬天穿。她邀請我在秋天回去時去拜訪他們。我們來的時候是不是有經過第五洞穴的家園？」

「對，在主河的一條小支流上游。或許我們回去的路上會在那裡停留。還有，幾天後我要跟約哈倫還有其他幾個人去打獵，我們會離開一陣子。」喬達拉說。他試著想把此事說成普通的活動。

「我想我不能去吧？」愛拉滿心期待地說。

「恐怕妳必須放棄打獵一段時間，妳知道的。而且從瑪塔根事件可以明顯看出打獵有時非常危險，尤其是妳又跑得不比往常快。等寶寶出世後，妳會忙著照顧寶寶。」喬達拉說。

「杜爾克出生後我有去打獵。如果我沒有及時回來餵他，其他女人會幫我。」

「但妳沒有出門好幾天。」

「沒有，我只用我的拋石索獵小動物。」她承認。

「好吧，或許妳可以用拋石索，但妳不應該和打獵隊伍出去，一去好幾天。總之，現在我是妳的配偶，照顧妳和妳的孩子是我的工作，我們配對時我承諾過。如果男人不能養他的配偶和她的孩子，那他還有什麼用處？如果女人生了孩子還自己養，那男人存在的目的在哪裡？」喬達拉說。

愛拉從來沒有聽喬達拉這麼說過。所有男人都這麼想嗎？她不禁懷疑。因爲男人不能生孩子，他們就必須找個存在的理由？她試著設身處地，想像如果她不能有寶寶，而且相信自己唯一的貢獻是幫忙養他們，她會有什麼感覺。她轉身面對喬達拉。

「喬達拉，要不是有你，這寶寶不會在我肚子裡。」她說著，把雙手放在她胸部下方的隆起上。「這寶寶是我的也是你的，他在我身體裡已經成長了一段時間。沒有你的元精，就不會有他。」

「妳不能百分之百肯定，」他說：「妳或許這麼認爲，但沒有其他人這樣想，甚至連齊蘭朵妮也沒有。」

這兩人面對面站在空曠的野地裡，他們對彼此沒有敵意，只不過是理念相左。喬達拉發現愛拉在陽光照耀下的幾縷金髮從綁起的皮髮帶中掙脫出來，隨風披散在她臉龐。她光著腳，簡單的皮衣包住她隆起的腹部，寬鬆地垂到膝蓋，保護她的身體不被他們採集的乾草給刮傷，皮衣上方是陽光曬成古銅色的裸露手臂與胸部。她那幾近挑釁的憤怒眼神無比堅定，然而她看上去又那麼脆弱。他的目光軟化了。

「反正這無所謂。我愛妳，愛拉。我只是想照顧妳和妳的孩子。」他說。他伸出雙臂擁她入懷。

「我們的寶寶，喬達拉，這是我們的寶寶。」她說著伸出手環抱住他。他感覺得到她赤裸的胸部和隆起的腹部。兩者他都喜歡。

「好吧，愛拉。我們的寶寶。」他說。他想要相信。

他們踏出木屋時，空氣中透著一股冷冽。小樹林裡樹上的葉子已經變成各種不同的黃色，有時夾雜著紅色，營地裡沒有被踩爛的青草和藥草也變成棕色，在風中顫抖。這地區每一塊落下的木頭或乾灌木叢早就被燒掉，樹林的面積大幅縮減。

喬達拉拿起之前放在木屋入口旁邊地上的行囊。「裝上拖橇的馬兒對搬運過冬的食物有很大的幫助。今年夏天是個豐收季。」

沃夫跑到他們身邊，舌頭掛在嘴的一側。牠的一隻耳朵略微下垂，邊緣成鋸齒狀，顯得一副兇惡的樣子。「我想牠知道我們要離開，」愛拉說：「雖然牠受傷了，我還是很高興牠回來和我們在一起。我很期待回到第九洞穴，但我會永遠記得這次夏季大會，這是我們配對的那場大會。」

「這次夏季大會我也過得很開心。我已經有太久沒有參加夏季大會了，但現在到了離開的時候，我迫不及待想回去。」喬達拉說完面露微笑。他心裡想的是等著愛拉的驚喜。她注意到他的表情不太一樣。他的笑容比較像是愉快地咧嘴大笑，而且他透露出期待的態度。她覺得他有事沒告訴她，但她毫無頭緒會是什麼事。

「我很高興蘭薩朵妮氏人來參加。他們走了很遠的路才到這裡，但達拉納也得到他想要的朵妮侍者，」他繼續說：「約普拉雅和艾丘札也以適當的儀式配對了。蘭薩朵妮氏人的人數還不多，但不久之後他們就會有第二個洞穴。他們有許多小孩子，而且運氣很好，大多數小孩都活了下來。」

「約普拉雅懷孕了，我很開心。」愛拉說：「他們結合之前她就受到祝福，但我想在典禮上沒幾個人聽到這件事。」

「有的人心裡在想別的事，不過我很替她高興。約普拉雅看上去有點不太一樣，比較悲傷。或許她需要的是個寶寶。」喬達拉說。

「我們最好快點，約哈倫說他希望早點離開。」愛拉說。

她不想談約普拉雅的悲傷，因爲她曉得其中原因，而她也不想提起和潔莉卡的長談。約普拉雅的母親想從她這裡獲得特殊的訊息。她告訴愛拉她自己是如何難產，她希望愛拉把她知道能減輕難產症狀的全部知識都告訴她。她也想知道防止受孕的藥方，以及如果無法防止時的流產方法。她擔憂自己唯一的孩子生命不保，寧願不要孫子，也不願失去女兒。但既然約普拉雅已經懷孕，而且決心懷這個寶寶，如果她捱過分娩，潔莉卡也下定決心絕對不再讓她懷孕。

第十一洞穴把他們所有的木筏拿到上游來，約哈倫安排將一些東西以水陸運回去，但河岸地就只有這麼多木筏，所有洞穴都想使用。第九洞穴盡可能把包裹著肉乾的生皮革和裝滿採集食物的籮筐放在拖橇上，裝在嘶嘶和快快的背上。他們臨時拿來當作夏季家園的木屋已經被拆掉，可以再次利用的部分都已經裝在馬身上。每個人身上也背著裝滿的背包，還有些人看到馬兒的拖橇後，也發明了類似的工具拖在自己身後。愛拉想幫沃夫做一個，但她還沒訓練牠拉東西。或許明年牠也可以拖一份行李。

約哈倫在營地各處穿梭，催促大家加快動作，提出建議，確認一切都已準備妥當。當他確定第九洞穴已經打包好行囊準備出發時，他啓程走在最前面，把標槍輕鬆地握在手裡。標槍的象徵意義大於實質功效。他們在大白天裡行走，人數眾多，只要沒有人落單，四腳獵人就不會靠近他們。然而只要一有危險的跡象，約哈倫就能把標槍裝在標槍投擲器上，準備好在瞬間投擲。整個夏天他都在練習這項武器，已經有某種程度的熟練技巧。有六個人被指派守衛兩側，索拉邦和盧夏瑪殿後。其他幾個人可以輪替守衛的工作，此時這些人正幫忙把夏季豐盛的收成搬回第九洞穴。

離開前愛拉掃視夏季大會營地最後一眼。成堆的骨頭和垃圾被棄置在小河谷裡。有幾個洞穴的人已經出發了，在還沒離開的營地之間留下大片無人空間，柱子和圓木骨架還矗立在地上，從圓形和長方形的黑框看得出之前火堆的所在地。損壞太嚴重、已無法供日後使用的營帳被留在原地，沒有附著在柱子上的皮革破裂的一角在風中翻飛，一個舊籮筐也隨風飛舞。正當她看著這幅景象時，另一個洞穴的木屋也被拆掉。夏季大會的營地看起來荒涼廢棄。

然而這些棄置物屬於大地，很快就會被分解。到了來年春天，他們在此度過夏天的痕跡大多已不復見。大地會治療這些人入侵後的傷痕。

回程的旅途十分艱辛。肩負沉重行李的眾人步履蹣跚，到了夜晚就筋疲力竭倒在床上。約哈倫一開始以輕快迅速的步調走著，但走了一段之後就慢了下來，以便讓最虛弱的人趕上隊伍。不過所有人都很期待回家，因此精神抖擻。肩上負載的行李代表他們能在未來幾個月的嚴冬裡生存下去。

一接近第九洞穴的岩洞，熟悉的風景使得大家加快腳步。他們想儘速到達突出岩架下方的庇護所，因此逼迫自己前進，才用不著在戶外多過一夜。連著墜石的熟悉岩壁映入眼簾時，第一顆向晚的星辰正在天空中眨著眼睛。他們背著笨重的行李，在昏暗的光線中吃力地踩著踏腳石渡過木河，然後沿小徑向上到達他們岩洞的前廊。眾人終於到達突出岩架下的入口前方的石廊時，天色幾乎全黑。

生起第一堆火，點燃火把帶進岩洞是約哈倫的工作，他很慶幸有了打火石。火馬上就生起來，火把也點燃了，然後眾人焦急等待齊蘭朵妮將放在庇護所前方有保護作用的女人小雕像移開。感謝大地母親在他們離開時看顧他們的家園之後，又有幾個火把被燃起。這位身軀龐大的女人將朵妮放回原位，也就是後方保護空間的大火堆後面以後，洞穴居民在她身後排成一列進入岩洞，然後每個人都各自散開回到自己的住處，高興地將行李卸下。

第一件必須要做的例行事務，就是察看他們離開時是否有任何動物潛入造成破壞。岩洞裡有些許動物糞便，有些火堆石被弄亂，一兩個籮筐被打翻，不過損失微不足道。眾人把住處火堆的火點燃，把糧食和儲存品拿進來，將獸皮被攤開鋪在熟悉的床榻上。齊蘭朵妮氏第九洞穴的居民終於回到家了。

愛拉朝瑪桑那的家走去，但喬達拉卻把她帶往另一個方向。沃夫也跟上來。他一手拿火把，一手牽著愛拉的手，領她朝岩洞深處的另一個建築物走去，她不記得之前這裡有住處。喬達拉在建築物前面停下來，把遮住入口的門簾往一旁拉，示意她進去。「今晚妳睡在妳的住處，愛拉。」

「我的住處？」她說，她訝異得幾乎說不出話來。她走進漆黑的室內，沃夫跟在她身後溜進來。喬達拉跟在後面，舉著火把替她照路。

「妳喜歡嗎？」他問。

她看著四周。室內基本上空無一物，但和入口相鄰的那一面牆上有架子，牆的一頭還做了可放獸皮被的床榻。地板上鋪設了從附近岩壁上採來的平滑的石灰岩片，岩片之間以硬化的河中黏土填充。火堆已經架好，正對入口的壁龕中立著一小尊肥胖女人的雕像。

「我的家，」她繞著偌大的空間打轉，雙眼閃閃發光。「只屬於我們兩人的住處？」沃夫坐著望向她。這是個新地方，不過只要愛拉在哪裡，哪裡就是牠的家。

喬達拉露出滑稽的大笑。「或是說只屬於我們三個人的。」他輕拍著她的肚子說。「這地方還是空蕩蕩的。」

「我好喜歡這裡，我真的好喜歡。它好漂亮，喬達拉。」

她這麼快樂，令他開心極了，他必須做些什麼來掩飾他盈眶的淚水。他把手上一直拿著的火把遞給她。「那妳必須把燈點燃，愛拉。這表示妳接受這住處。我這裡有熬好的脂肪，這是我從我們最後一個營地裡帶回來的。」

他把手伸進束腰上衣，拿出一個在他的體溫下變得溫熱的小袋子。這袋子是用一頭鹿的膀胱燻製而成，裝在用同一頭鹿的生皮革製成稍大的袋子裡，有毛的那面朝內。膀胱幾乎完全防水，不過日子久了會稍微滲透一點出來，尤其是受熱之後。第二個袋子的作用就是吸收微量的滲透，多加一層毛皮可以吸收任何滲漏出來的油脂。膀胱上端以鹿腳筋上的筋腱線，綁住從脊椎上取下的脊椎骨，骨頭多餘部分被修飾掉，變成圓形。這個曾經支撐脊椎神經的天然孔洞被用來當作壺嘴。一條皮繩打幾個結，變成一個大小剛好塞住洞口的大結充當塞子。

喬達拉把皮繩末端一拉，打開塞子，將一些液化的油倒在石燈裡。他把從夏季大會營地裡的樹枝上取來當作燈芯的地衣一端浸入油脂，然後把吸收力強的地衣放上去，接著拿起火把靠近油燈。火把立刻燃燒起來。待油脂完全融化變熱後，他拿出葉子裹住的一包燈芯，這燈芯是用多孔的眞菌切成條後曬乾製成。他喜歡用眞菌當燈芯，因爲它燃燒時間久，熱力又強。他把燈芯放在淺盤裡，從中央延伸到淺盤邊，末端略微超出邊緣。接著他又加了第二根、第三根燈芯，使一盞石燈可以供給三團火。

然後他把油脂裝入第二盞燈，把火把拿給愛拉。她把火焰移近燈芯，燈芯著了火，劈啪作響，接著變爲穩定的光芒。他把石燈拿到放置朵妮的壁龕上，放在雕像前面。愛拉跟在他身後。他轉過身來，她注視這高大的男人。

「現在這個住處是妳的了，愛拉。如果妳容許我點燃住處裡的火堆。」喬達拉說：「所有在這裡出生的孩子都是在我的火堆地盤出生。妳是否容許我點燃火堆？」

「我當然容許。」她說。

他從她手裡接過火把，大步走向用一圈石頭圍起的火堆區。裡面已經架好木柴，可以燃燒了。他把火把移向引火柴仔細觀看，直到小塊木柴點燃較大塊的木柴。他不想冒著火還沒生好就熄滅的危險。當他抬起頭，愛拉正充滿愛意注視著他。他站起來擁她入懷。

「喬達拉，我好開心。」她說。她聲音哽咽，熱淚盈眶。

「那妳為什麼哭？」

「因為我太開心了。」她說著，緊緊抱住他。「我做夢也想不到我會這麼開心。我將要住在這美麗的家裡，齊蘭朵妮氏人是我的族人，我快要有寶寶，還有我跟你配對了。最讓我開心的就是跟你配對。我愛你，喬達拉，我好愛你。」

「我也愛妳，愛拉，所以我才替妳蓋了這個住處。」他說著低下頭吻她的唇，她的唇也努力迎向他。他嘗到她淚水的鹹味。

「不過你是什麼時候蓋的？」她們終於分開後她問道。「你怎麼做到的？我們整個夏天都在夏季大會營地。」

「妳還記得我和約哈倫還有其他人去打獵嗎？其實那並不只是一場狩獵之旅，我們回來蓋了這個住處。」喬達拉說。

「你大老遠回來蓋了這個住處？為什麼不告訴我？」她說。

「我想給妳一個驚喜。妳不是唯一能計畫驚喜的人。」喬達拉說。他依舊高興地沉浸在她又驚又喜的反應裡。

「這是最棒的驚喜。」她說。淚水又再度奪眶而出。

「妳知道嗎，愛拉，」他說，他的表情突然間嚴肅起來。「如果妳把我火堆地盤的石頭丟出去，我就必須回到我母親的住處，或者到其他地方去。這表示妳想切斷將我們相連的繩結。」

「你怎麼能這麼說，喬達拉？我絕對不會那麼做！」她一臉驚恐地說。

「如果妳生來就是齊蘭朵妮氏人，我就不必告訴妳這些。我只希望妳確實了解。這住處是妳和妳孩子的，愛拉。只有火堆地盤是我的。」喬達拉解釋。

「但這裡是你蓋的，它怎麼會是我的？」

「如果我想要讓妳的孩子在我的火堆地盤出生，提供一個地方讓妳和妳孩子住就是我的責任。不管發生什麼事，這地方都會是你們的。」他說。

「你的意思是你必須幫我建造住處？」她問。

「不完全是。我必須確保妳有地方住，但我想要給妳一個妳自己的家。我們本來也可以跟我母親住。年輕男人剛配對時，往往和母親同住。或者如果妳是齊蘭朵妮氏人，我們可以安排和妳母親或妳其他家人同住，直到我可以準備一個屬於妳的地方。當然了，如果和妳家人同住，我就對他們有義務。」

「我不知道我們結合後你必須替我負擔那麼多責任。」愛拉說。

「不只是替妳，也是替孩子們。他們不能照顧自己，必須有人撫養他們。有些人一輩子都和對方家人住在一起，通常是和女人的母親一起。母親死後，她的家就歸她孩子所有，但如果某個孩子一直和她同住，這個孩子就有擁有住處的優先權。如果母親的家成爲她女兒的，她的配偶就不必準備另一個家，但他可能要對他配偶的手足盡義務。如果是歸她兒子所有，他可能就欠他的手足一份情。」

「我想關於齊蘭朵妮氏人的習俗，我還有許多要學習的。」愛拉說，她皺著眉頭思考。

「而我也還有許多事要跟妳學，愛拉。」他說著又抱住她，她心甘情願在他懷裡。他們擁吻時他感覺到自己對她的渴望，以及她對他的回應。

「在這裡等著。」他說。

他出去把獸皮被拿進來。他解開捆住的鋪蓋捲，鋪在床榻上。沃夫從空蕩蕩的主間中央看著他們，然後揚起頭嚎叫。

「我想牠很不安，想知道牠該睡在哪裡。」愛拉說。

「我想我最好到我母親的住處去拿牠的床。別走開。」喬達拉笑著說。他沒多久就回來了，把充當沃夫睡鋪的愛拉舊衣服和牠的碗放在入口旁。沃夫聞了聞這兩樣東西，繞了一圈後蜷縮在衣服上。

喬達拉走向還在火堆旁等待的女人，將她抱起來帶到床榻上，放在獸皮被上面。他開始緩緩替她寬衣解帶，她幫忙解開衣服上的繩子。

「不，讓我來，愛拉，我很樂意。」他說。

她放開手。他繼續緩慢地、溫柔地解開她的衣服，然後脫掉自己的衣服爬到她身旁。他小心翼翼以無比的柔情與她做愛，持續了半個夜晚。

整個洞穴立刻安頓下來，恢復日常作息。秋光瀲豔，田野間的草在涼風吹拂之下形成金黃色的草浪，主河邊的樹顯現出紅與黃的奪目色澤。灌木叢因爲垂掛成熟的莓子而沉重地低下頭；蘋果顏色紅潤但味道仍酸，正等待第一場霜降下後味道才轉甜；堅果從樹上垂下來。趁著好天氣，洞穴居民每天忙著採集當季取之不盡的水果、根莖植物和香草植物。在夜晚溫度降到冰點以下後，狩獵隊伍就常出動，囤積新鮮肉類，以補足夏天獵得的肉乾庫存。

在回來後不久的暖和日子裡，他們檢查了存糧地窖，也在夏季變鬆軟的泥土裡挖掘新的地窖，在裡面排放石頭，這樣地窖才能在永凍層之下。他們將剛宰殺的動物的肉切塊，在高台上放置一夜，遠離四處覓食的動物，讓肉結冰。到了早晨肉就被放進深入地底的地窖，以免在白天氣溫升高後解凍。第九洞穴附近有幾個這樣的冰窖。此外，人們也挖了較淺的根莖植物地窖用來冷藏蔬菜水果，以免入冬時被凍壞。之後等嚴寒的冰川區冬季逐漸推移、地表結冰變硬時，蔬果就會被移回岩洞裡。

他們捕撈往上游產卵的鮭魚，將鮭魚和其他魚類一起燻乾或冷凍。有一種捕魚方式對愛拉來說很新奇：第十四洞穴的魚網捕魚。在河水結凍前她曾去拜訪小河谷，對她一直友善親切的布拉瑪佛解釋，當編織的魚網用重物垂至河底時，魚會輕易游進去，但卻游不出來。她也很高興看到蒂秀那和馬爾夏佛。雖然在配對禮時她沒機會更進一步認識他們，但同時婚配的兩對新人還是覺得與對方關係特殊。

有些人還是用釣竿捕魚。布拉瑪佛給了她一塊兩端削尖的骨頭，中間綁著一條細而堅韌的繩子，他叫她捉條魚當午餐。蒂秀那和馬爾夏佛也和她在一起，看她是否需要幫忙，也順便陪伴她。喬達拉之前曾爲她示範如何用魚鉤捕魚。她有當作魚餌的小蟲和小塊的魚肉，她把蟲子綁在骨頭上。他們站在主河岸邊，她把釣魚線抛進河裡。她感覺到拉力，表示魚已經把魚鉤上的餌給吞進去時，她猛力一拉，希望那根削尖的骨頭能水平卡在魚的喉嚨裡，兩端戳進嘴巴兩側。她笑著從水裡拉出一條魚。

回程時她在十一洞穴稍做停留，卡拉雅剛好不在，但她看見第十一洞穴的朵妮侍者和他高大英俊的朋友，因此停下來和他們說話。她在夏季大會上有好幾次看到他們在一起，她知道他們不只是朋友，雖然沒有舉行配對禮，但兩人更像是彼此的配偶。不過正式的配對禮主要是爲了將來出生的孩子著想。除了喜歡同性別的那些人之外，也有其他人選擇不舉行配對禮就和對方生活在一起，尤其是過了生育年齡的年長男女，還有些已經有小孩但沒有配偶，之後又決定和一兩個朋友住在一起的女人。

喬達拉與狩獵隊伍一起出門時，愛拉常會陪他去，但當獵人到較遠的野外去進行大規模狩獵時，她就留在洞穴附近使用抛石索打獵，或練習抛擲桿。雷鳥和松雞的棲息地在主河對岸的平原上，她知道她可以用抛石索打下牠們，但她想學習使用抛擲桿，讓這種技巧和抛石索同樣熟練。她也想學習抛擲桿的製作方式。要將大圓木削成較薄的木片很不容易，通常必須使用楔子，然後要花上許多時間打磨成型。更難的是學會以特殊的扭轉動作擲出桿子，讓它垂直飛出去。她看過一個馬木特伊氏女人使用一根類似的武器，她往往可以擲向一群低飛的鳥兒，射下三四隻。愛拉向來很喜歡使用需要技巧的武器打獵。有新武器可練習之後，她覺得不那麼被排除在外，而且她的抛擲桿愈用愈熟練了。她每次回家都會帶回一兩隻鳥兒。她也總會把拋石索帶在身邊，她的鍋裡常會加上一兩隻野兔或倉鼠，也因此她得到某種程度上的經濟獨立。她已經很滿意她的家逐漸成形的樣子，她和喬達拉配對時收到的許多禮物都很有用處。然而她也學著與人交易。她常常以鳥的羽毛或鳥肉交換她想用來裝飾新家的東西。即使是中空的鳥骨也可以切成珠子或小型樂器，如吹出高音的笛子。鳥骨也可以當作各種工具或器具的零件。

不過她把用拋石索獵的許多兔皮和野兔皮，以及鳥類又軟又薄的皮毛留了下來。她打算等天氣變冷，必須待在庇護所裡時，用這些輕軟的毛皮來做寶寶的衣服。

秋末的某一天，天氣涼爽，愛拉正重新整理她的東西，替寶寶和寶寶的東西挪出一個空間。她把瑪羅那給她的那件男孩冬季內衣拿起來，在身上比了比。她早就穿不下了，不過她還是打算留著以後穿。這件衣服穿起來很舒服。或許我應該替自己另外做一件上身寬一點的，她想。她有些多出來的鹿皮。她把衣服摺好放在一邊。

她答應在那天下午去拜訪拉諾卡，她決定帶些食物去給她。她和這女孩與小寶寶產生了深厚的情感。即使因此必須常看到勒拉瑪和楚曼達，或是和他們說話，她還是常去看這兩個小女孩。她也多少逐漸認識其他孩子，尤其是博洛根，不過和他們的關係比較是表面上的。

到楚曼達的住處時她看到博洛根。他已經開始跟他的火堆地盤男人學習製作巴瑪酒。愛拉對此一則以喜一則以憂。男人本來就該教導他的火堆地盤子女，但她認爲博洛根不應該和老是在附近喝著巴瑪酒的男人扯上關係。只不過這事沒有她發表意見的餘地。

「你好，博洛根。」她說：「拉諾卡在嗎？」

雖然回到第九洞穴後她曾經問候過他幾次，然而每次她問候他時，他看起來還是很驚訝，而且彷彿總是不知道該說些什麼。

「妳好，愛拉。她在裡面。」他說完轉身要走。或許因爲剛才正在收衣服，愛拉突然間想起她答應他的一件事。「你今年夏天的運氣如何？」她問。

「運氣？妳說的『運氣』指的是什麼？」他一臉困惑地問道。

「幾個和你同年紀的男人已經在夏季大會上第一次正式獵殺動物了。我在想你有沒有成功獵到什麼。」她說。

「有幾隻。我在第一次狩獵時殺了兩隻原牛。」他說。

「你的牛皮還在嗎？」

「我拿去換巴瑪酒的原料了。爲什麼這麼問？」

「我答應要幫你做幾件冬天的內衣，如果你願意幫忙我的話。」愛拉說：「不知道你想不想用你的原牛皮來做，不過我想鹿皮比較合適。或許你可以把原牛皮拿去交易。」

「我本來要拿去換更多巴瑪酒的原料。我以爲妳忘了要做衣服的事。」博洛根說：「妳好久以前說的，那是妳剛來這裡的時候。」

「那的確是很久以前，不過我正想要做些別的東西，而我想同時做你的衣服。」她說。「我有些多餘的鹿皮，但是你得到我家讓我幫你量身。」

他用奇怪的、幾乎是揣測的表情注視了她好一會兒。「妳幫了蘿蕾拉很大的忙，還有拉諾卡。爲什麼？」

她想了一會兒。「起初只因爲蘿蕾拉是個需要幫助的小嬰兒。大家都想幫忙小寶寶，因此女人們發現她母親沒有奶水之後，才開始餵她喝奶，但是我漸漸喜歡上她還有拉諾卡。」

博洛根沉默了一會兒，然後他看著愛拉。「好吧，」他說：「如果妳眞的想做些衣服，我也有張鹿皮。」

喬達拉和約哈倫、索拉邦和盧夏瑪外出進行好幾天的狩獵之旅，同行的還有剛和新配偶黛諾達從第七洞穴搬來的傑克索曼。他們的任務是尋找馴鹿，此時獵殺牠們倒還不是首要目的，只是要找出牠們的位置，還有知道牠們何時會朝第九洞穴靠近，好安排一場大規模的獵捕行動。愛拉閒不下來，稍早她和獵人一起出門，然後又往回走。沃夫驚動了兩隻毛色即將轉爲全白的雷鳥，她立刻解決了牠們。

威洛馬也出了門，這可能是他本季最後一次交易之旅。他往東邊走，主要的目的是和住在西方大水邊的人進行鹽的交易。愛拉邀請瑪桑那、弗拉那和齊蘭朵妮到家裡用餐，幫她吃雷鳥。她告訴她們，她會用和穴熊族住在一起時替克雷伯烹煮雷鳥的方式處理這道佳餚。她在木河河谷通往岩架的坡道底端挖了個小洞，鋪上石頭，在裡面生起一堆旺盛的火。火快熄滅時，她把雷鳥身上的毛拔光，把牠們像穿了雙雪鞋的腳上的毛也拔了，然後撿來一大把乾草包住雷鳥。

如果找到蛋，她就可以把蛋塞在鳥肚子裡，但這不是雷鳥下蛋的季節。鳥類在即將過冬時不會想撫養雛鳥。所以她摘了幾把香氣四溢的香草植物，瑪桑那也貢獻出她僅存的一些鹽，愛拉很慶幸有了調味品。此時雷鳥和磨碎的堅果一起在窯裡悶煮。之前她已經花了點時間幫馬刷過毛，現在等待雷鳥煮熟的這段時間裡，她想找點事做。

她決定在齊蘭朵妮那裡稍做停留，看看能否替她做點什麼事。朵妮侍者說她需要一些紅赭石粉末，愛拉說她很樂意替她拿一些去。她往回走到木河谷地，吹口哨喚回之前放任牠探索有趣新土堆和洞穴的沃夫，然後才朝主河走去。她挖出紅色的鐵礦，找了塊河裡的圓石用來當作磨碎紅赭石的杵。然後她朝斜坡走去時再次吹口哨呼喚沃夫，沒注意到有人在小路上。

差點撞上布魯克佛時她嚇了一大跳。自從在齊蘭朵妮亞木屋裡召開討論艾丘札和穴熊族的會議之後，他就刻意避開她，不過他還是不時從遠方注視她。他發現她孕期已到後期因而歡喜不已，知道她很快就會成為母親，他主動把她肚子裡的寶寶想像成是帶著他靈的孩子。任何男人都可以幻想任何懷孕女人懷的是有他的靈的孩子，而他們之中大多數偶爾也都猜想某個特定女人懷的寶寶是否可能真有自己的靈，但是布魯克佛的夢想卻是不正常的迷戀。有時夜晚他會睜大眼睛躺在床上，在腦海中描繪出他與愛拉在一起的生活，其中大部分是模仿自他鬼鬼祟祟偷看愛拉和喬達拉一起做的事，不過當他在小路上遇到她時，他不知道該說些什麼。現在他躲不開她了。

「布魯克佛，」她說，試著擠出微笑。「我一直想跟你聊聊。」

「好啦，現在我們碰面了。」他說。

她匆忙開口。「我只想讓你知道，我不是故意在會議上污辱你。喬達拉告訴我，以前有人拿扁頭開你玩笑，直到後來你才讓他們住口。我很尊敬你能為自己挺身而出，不讓別人這麼叫你。你不屬於扁頭……不屬於穴熊族。沒有人該那麼叫你。你沒有一開始就和他們住在一起。你和所有齊蘭朵妮氏人一樣，屬於異族人。他們應該把你當成異族人看待。」

他的表情變得柔和。「我很高興妳承認這點。」

「但是你必須了解，對我而言他們是人類，」她趕忙往下說。「他們不可能是動物。我從來沒把他們想成人類以外的生物。他們發現我受了傷，孤苦無依，因此把我帶回去照顧，扶養我長大。要不是他們，我活不到今天。我認為他們是值得欽佩的人種。有人暗示你祖母在走失了很長一段時間時，可能是和他們住在一起，我不懂為什麼你會認為那是種污辱，因為他們或許也曾照顧她。」

「嗯，我想這很難說。」他笑著說。

她也對他報以微笑，心裡鬆了口氣，她嘗試解釋得更清楚些。「只不過你讓我想起我關心的一些人。所以一開始我才會對你有好感。我認識一個小男孩，我很愛他，你讓我想起他……」

「等等！妳還是認為我是他們的一份子？我以為妳說我不是扁頭。」布魯克佛說。

「你不是，甚至艾丘札也不是。只因爲他母親是穴熊族，不代表他也是。他不是被他們養大的，你也不是……」

「但妳還是認爲我母親是孽種。我告訴妳，她不是！我母親和我祖母都跟他們沒有半點關係，那些骯髒的動物跟我也沒有半點關係，妳聽清楚了嗎？」他吼叫著，他的臉在盛怒之下漲得通紅。「我不是扁頭！就因爲妳被那些動物養大，別以爲妳可以拖我下水。」

沃夫對著這情緒激動的男人咆哮，準備跳起來護衛愛拉。這男人看起來好像可能傷害她。「沃夫！不可以！」她命令道。她又犯了一次錯。爲什麼她不在他露出微笑時就住口呢？但他也不必把養育她的穴熊族人叫成「骯髒的動物」，因爲他們並不是。

「我想妳認爲那隻狼也是人類，」布魯克佛冷笑道。「妳甚至不知道人和動物之間的差別，狼和人在一起時不會表現得那麼不尋常。」他沒發覺自己在吼叫時和沃夫的利牙有多接近，但或許他不在乎。布魯克佛陷入極度的亢奮。「讓我告訴妳，要不是那些動物攻擊我祖母，她不會嚇得生出一個虛弱的女人，而我母親也就能活下來照顧我、愛我。這些骯髒的扁頭殺了我祖母，也殺了我母親。就我所知，他們對誰都沒有好處。他們應該全都死掉，像我母親一樣。妳敢再告訴我，他們跟我有任何關係，妳就試試看。如果由我決定，我會親手殺了他們。」

他一邊高聲喊叫，一邊朝愛拉逼近，愛拉退回小路上。她抓著沃夫頸部的毛，不讓牠攻擊這個憤怒的男人。最後他跟她擦身而過，把她撞向一旁，怒氣沖沖沿著小路往下走。他從來沒有這麼生氣過。不只爲了愛拉冤枉他有扁頭的血統，也因爲他在盛怒之下將自己最深處的感受脫口而出。這世界上他最渴望的一件事莫過於當他被其他人捉弄時，有個可以投入她懷抱的母親。然而收養布魯克佛和接收她母親財產的這個女人，對於她不情不願哺乳的寶寶沒有半點愛。他是她的負擔，她厭惡他。包括瑪羅那在內，她還有其他幾個孩子，因此要忽略他更簡單。不過她連對她自己的孩子來說也不太像個母親，瑪羅那冷酷無情的態度就是從她那裡來的。

愛拉在發抖。這下子她眞的激怒他了。她振作精神，蹣跚步上小路，朝齊蘭朵妮的住處走。這女人抬起頭看見愛拉從入口進來，立刻察覺到有嚴重的事發生。

「愛拉，怎麼了？妳好像剛見到邪惡的靈似的。」

「噢，齊蘭朵妮，我想我是見到了。我剛才看到布魯克佛。」她喊道。「我試著告訴他開會時我無意侮辱他，但我好像總是對他說錯話。」

「坐下來，把事情的經過告訴我。」齊蘭朵妮說。

她解釋在小路上遇到布魯克佛時發生了什麼事。愛拉說完後齊蘭朵妮沉默了一會兒，然後幫她泡了一杯茶。愛拉鎭靜下來了；把話說出來有助於平靜心情。

「我觀察布魯克佛很長一段時間，」過了一會兒之後，齊蘭朵妮說。「他的心裡有一把熊熊怒火，他想報復這個帶給他這麼多傷害的世界。他決定把錯怪罪到扁頭，也就是穴熊族頭上。他把他們看成他痛苦的根源。他痛恨和他們有關的每件事，以及和他們有關的每個人。最糟糕的一件事莫過於暗示他自己也可能和他們有某種關連。遺憾的是，愛拉，我怕妳樹立了一個敵人。目前此事無法挽回。」

「我知道，我看得出來。但爲什麼大家這麼恨他們？他們有那麼糟糕嗎？」愛拉問。

這女人注視她，一邊思索著，最後她終於決定開口。「在會議上我說我爲了回憶起所有歷史和古老傳說而進入很深的冥想，那是千眞萬確的。我用盡所有知道的提示和記憶輔助，將每一件我曾經記憶的事情回想起來。它很有啓發性，我或許該更常進行這種冥想。愛拉，我想問題在於我們搬進了他們的土地。一開始還不太糟，空間很大，有許多空的庇護所，和他們共用一塊土地並不難。他們不喜歡和別人來往，我們也迴避他們。那時我們還不把他們叫做動物，只稱他們是扁頭。這只是個描述性的名詞，並無貶義。」她說。

「但隨著時間過去，有更多孩子出生，我們需要更多空間。有些人開始搶奪他們的庇護所，有時候和他們打鬥，有時候殺了他們，有時候被他們所殺。那時候我們已經住在這裡很長一段時間，這也是我們的家。扁頭或許先來這裡，但我們也需要這塊地方，因此我們搶走他們的住處。」

「當人開始欺負別人時，他們必須把自己的行爲合理化，才能心安理得繼續過日子。我們替自己找了藉口。我們用的藉口是，大地母親將這片土地賜給我們當作家園，『水、土地與她所有的創造物』，這表示她所有的動植物我們都可以使用。然後我們說服自己扁頭也是動物，因爲如果他們是動物，我們就可以把他們的庇護所據爲己有。」齊蘭朵妮說。

「但他們不是動物，他們是人。」愛拉說。

「是，妳說的沒錯，但我們爲圖方便而忘記此事。她說大地『是我們的家園，供我們使用，但不能濫用』。扁頭也是大地母親的子女，這是我從冥想當中學到的另一件事。如果她把他們的靈和我們的靈混和，那麼他們一定也是人。但我不知道我們是否把他們當成人，差別有多大。我認爲我們還是會做出一樣的事。朵妮讓其他生物在獵殺時不覺得難受，因此牠們才能活下去。我不認爲妳的狼會擔心牠殺死的兔子，或一群被狼追捕的鹿。沒有牠們牠就活不下去，而朵妮給予每個生物繼續活下去的欲望。」朵妮侍者說。

「但她給了人類思考的能力，這是我們得以學習成長的原因，思考能力讓我們擁有知識，知道互助合作與寬容體諒是生存所必須，隨之而來的就是同理心與同情心，但這些情感還有另外一個層面。我們對自己同類產生的同理心與同情心，有時會延伸到大地上的其他生物。如果我們准許這些情感讓我們不去殺一頭鹿或其他動物，我們可能無法久活。求生的欲望是較強的情感，因此我們學會表現出有選擇性的同情心。我們找出關閉心靈的方式。我們爲自己的同情心畫出界線。」愛拉出了神的仔細聆聽。

「問題在於我們是否知道如何在不歪曲這些情感的情況下適度終止它們。依我的看法，妳爲我們帶來的知識在約哈倫考量範圍的最底層，愛拉。既然大多數人相信撫養妳的穴熊族人是動物，我們就能不假思索殺了他們。殺人比較困難。同情心的作用力很強，因此必須發明新的理由。然而，如果我們多少能把殺人的理由和我們自己的存亡扯上關係，我們的心靈做出必要的迂迴扭曲，將事情合理化。我們很精於此道，但它也改變了人心，使人學會憎恨。妳的狼不需要恨牠獵殺的動物。如果我們屠殺時無須受良心譴責，像妳的小狼一樣，那麼獵殺會容易得多，但這麼一來我們也不會生而爲人了。」

愛拉思考了一陣子齊蘭朵妮說的話。「現在我知道妳爲什麼是首席大媽侍者了。殺生很難，我知道有多難。我還記得我第一次用抛石索殺的動物，那是一頭刺蝟。我好難過，好長一段時間都不能再打獵，後來我找了個理由。我決定只獵食肉動物，因爲牠們有時候會偷獵人的肉，也因爲牠們會把穴熊族需要獵來當食物的動物殺掉。」

「當我們了解爲求生存必須採取的行動時，的確是純眞之心的喪失，愛拉。這也就是爲什麼年輕獵人的殺戮那麼重要的原因。它改變的不只是他的身體狀態，使他變爲成人。第一次狩獵最困難，不只是要克服恐懼。無論男女都必須展現他們生存的能力，他們能夠爲生存做出必要之事。這也是爲什麼我們會有某些儀式，用來崇拜被我們所殺的動物靈。這是我們對朵妮表示敬意的一種方式。我們必須記得牠們奉獻出的生命，並且心存感激，因爲唯有如此我們才得以生存。如果不這麼做，人類會變得麻木不仁，這將會不利於我們。」

「對於取得的東西我們必須永遠心懷感激，我們也得崇敬樹、草和其他食物的靈。我們必須尊敬她所有的賜禮。如果我們忽視她，她會十分憤怒，她可以把賜予我們的生命再要回去。如果有一天我們忘記大地母親，她就不會繼續養育我們。如果大地母親決定對她的孩子置之不理，我們就不再有家可歸。」

「齊蘭朵妮，妳在許多方面都使我想起克雷伯。他很仁慈，我很愛他，但不只如此，他了解他人。

我無論何時都可以去找他。我希望這不是對妳的污辱，我並無此意。」愛拉說。

齊蘭朵妮露出微笑。「不，妳當然沒有污辱我。我希望能認識他。還有愛拉，我想讓妳知道，妳也隨時能來找我。」

愛拉一邊準備磨紅赭石粉末，一邊思考和齊蘭朵妮的談話。不過當她開始用圓形石頭把一塊塊隆起的鐵礦石在淺盤形狀的平坦石頭上壓碎的時候，她設法讓自己埋頭工作，好忘卻遇見布魯克佛的意外。她的努力的確使緊張情緒逐漸煙消雲散，不過重複的肢體活動卻讓她的腦子可以隨意思考，而齊蘭朵妮又說了那麼多讓她思索的話。她說得沒錯，愛拉想，我想我把布魯克佛變成我的敵人。但現在我能做什麼呢？覆水難收，我不認為有什麼方法可以挽回。不管我說什麼或做什麼，他只會認為他所希望認為的事情。

愛拉從來沒想到要說謊，告訴他自己並不認為他長得像穴熊族。那不是真的，她的確認為他是混種。她開始猜測他祖母的遭遇。這女人走失了，當她被人找到時，她說起她曾被動物攻擊，但她所指的動物一定是那些她稱做扁頭的生物。他們必然發現了她，否則她還能怎麼活下去？但如果他們接受她、拿食物給她，他們一定期望她像他們自己的女人一樣工作。因此所有穴熊族男人都覺得他們可以用她解決需要。如果她拒絕，可能會有人強迫她，就像布勞德強迫自己一樣。穴熊族女人拒絕男人要求是無法想像的。愛拉可以體會她的處境。

愛拉試著想像一個生來就是齊蘭朵妮氏的女人，在這種情況下會有什麼反應。對齊蘭朵妮氏人來說，這是大地母親的交歡禮，絕對不應該用強迫的方式進行。它是彼此共享的事，只有男女雙方都想分享時才能做。毫無疑問，布魯克佛的祖母會認為她遭受攻擊。被你認為是動物的人攻擊，並且被迫和這種生物分享交歡禮，會是什麼感覺？此事會不會嚴重到讓人喪失心智？或許吧。齊蘭朵妮氏女人不習慣被指使，她們很獨立，和男人一樣。

愛拉停下磨紅赭石的動作。穴熊族男人一定是強迫布魯克佛的祖母和他們交歡，因爲她懷孕了，那就是讓生命在她身體裡生長的原因，結果就是她生下布魯克佛的母親。喬達拉說她身體很弱。萊岱格也很虛弱。或許出於某種原因而使混種行爲產生虛弱的後代。

不過她的杜爾克身體並不虛弱，艾丘札也不虛弱。沙木乃氏人也不會。他們全都很健康，而且他們之中許多人也都有穴熊族的長相。或許虛弱的人會早夭，像萊岱格一樣，只有強壯的人活下來。沙木乃氏人會不會是很早以前開始的混靈的結果？他們沒有那麼討厭混靈的人，或許因爲他們更習慣混靈的人。他們看起來像是正常的人，但他們的確有些穴熊族的外貌特徵。

這是否就是阿塔蘿在殺她配偶之前，她配偶試圖掌控那些女人的原因？穴熊族對女人的看法是否像他們的面貌一樣，代代相傳？或者那只是他和他們生活時學到的？但沙木乃氏裡也有好人。他們的沙木乃——波朵，發現如何將河裡的黏土燒成石頭，而且她的助手是很優秀的雕刻家。還有艾丘札，他眞的是個很特別的人。蘭薩朵妮氏人和齊蘭朵妮氏人一樣認爲混合的靈讓他有兩種人的面貌，但他母親也曾被異族攻擊。

愛拉又開始磨起石頭。眞矛盾，她心想。布魯克佛痛恨開啓他生命的人。是男人開啓在女人體內生長的生命，這一點我很肯定。難怪在阿塔蘿當沙木乃氏頭目時，他們差點絕滅。她不能迫使女人的靈彼此混和，創造生命。只有那些晚上溜出去找她們男人的女人們才會有寶寶。

愛拉想著在她體內成長的生命。這是她的寶寶，也同樣是喬達拉的寶寶。她確信這生命是他們離開冰川時開始的。那時她沒有煮她那特別的茶，而她很肯定在他們漫長的旅途中，就是那茶阻止生命在她體內萌芽。她最後一次流血是在她和喬達拉開始橫渡冰川之前沒多久。她很慶幸這次自己沒有反胃得厲害，不像懷杜爾克那次。懷混靈的孩子好像特別不容易，混靈的寶寶也特別難生存。這一次她大多數時候都覺得好極了，但她會生男孩還是女孩？嘶嘶呢？會生母馬還是公馬？

第三十七章

第九洞穴替馬兒在岩洞下一塊較少人使用的地區蓋起馬廄，就在靠南邊通往下游地的橋附近。愛拉問過約哈倫有沒有人反對她和喬達拉蓋個遮蔽馬兒的地方。她本來只希望能蓋間簡單的棚子，不讓雨雪直接往牠們身上吹，然而當約哈倫在發言石上召開會議，徵詢所有人的意見時，他們決定一起動手幫馬兒蓋個眞正的住處，有擋風的低矮石牆和壁板，只不過入口沒有門簾，也沒有圈住牠們的籬笆。

馬兒一直是自由來去。嘶嘶曾和愛拉一起住在山谷的洞穴裡，不過兩匹馬都已經習慣住在獅營的人替牠們在長屋邊蓋的馬棚。在愛拉帶嘶嘶和快快看過馬廄，餵牠們吃乾草和燕麥，給牠們喝水之後，牠們似乎就曉得這裡是牠們的地方。至少常常回來，走的是附近主河邊的近路。牠們很少走木河河谷那條小路穿越居住區前方人來人往的岩架，除非有愛拉帶著牠們。

馬廄蓋好後，愛拉和喬達拉決定用木頭做一個飲水槽。那是一個一體成型的方箱子，以夏拉木多伊容器的樣式做成，他們一開始動手，就引起每個人的興趣。雖然有許多幫忙的人手，其實旁觀的人更多，他們還是花了好幾天的時間。首先必須找到合適的樹，他們決定用一株濃密樹林裡的高大松樹。因爲樹林很密，使得每一棵樹都高高往上長，以便獲得陽光，矮樹枝非常少，也因而沒有節瘤。

樹必須用燧石斧砍下，這可不是輕鬆的差事，因爲燧石斧沒有辦法砍得很深。他們從高處以平緩的傾斜角度開始砍，邊砍邊清除許多碎屑和薄木片。留下來的樹幹看起來好像被水獺啃過似的。接下來必須從最低的樹枝下方把樹幹砍成兩半。上半部不用丟掉，雕刻匠和製作工具的工匠早已覬覦這些木材，而剩下的木屑可以用來生火。馬兒的飲水槽也是用同一株樹做成的。帶著種子的毬果依照夏拉木多伊氏的傳統，被種在砍倒的樹木旁，以感謝大地母親。齊蘭朵妮氏人對這簡單的儀式印象深刻。

接下來他們示範如何用楔子和大木槌將圓木劈成木板。最後完成的木板形狀是從外緣往中心逐漸變薄，這種木板有許多用途，也可以做成置物架。這一體成型的箱子是個非常巧妙的點子。他們用燧石雕刻刀或類似鑿子的工具將整塊木板鑿掉一長段，末端是直的，然後再將切口沿著邊緣逐漸削尖。他們在木板上四段等距離的長度之間砍出三個切口，留下楔形溝槽，沒有完全將木板砍斷。然後他們再利用蒸氣使木板沿著溝槽彎曲，沒有切口的那一邊朝外，讓溝槽削尖的末端朝內側接合，形成一個長方形的盒子。他們用燧石錐子在削尖的末端鑽幾個洞，然後用沙子和石頭把木板磨光。

他們把另一片木板用刀子切成和箱子相等大小，再用打磨石磨平以便能吻合內部，然後小心放入一道沿著盒子內部下緣切出的一圈溝槽裡，作爲盒底。等所有接合處都巧妙地成形接合後，就用釘子打進盒子第四邊收尖的邊緣上鑽好的洞裡固定住。雖然它一開始會漏水，但泡過水之後木頭會漲大，盒子就能防水，最適合用來當作盛裝液體或油脂的容器。放進滾燙的石頭，就成了很有用的烹煮器皿。這種容器也很適合裝水給馬兒喝。將來必定有人會做出更多這樣的盒子。

瑪桑那看到兩頰通紅的愛拉爬上小路，她每吸一口冰冷的空氣，口裡就呼出霧氣。她穿著厚底的鹿皮軟鞋，鞋面包住小腿上的皮腿套，身上是瑪塔根母親送她的毛襯裡皮外套。衣服包不住她明顯懷孕的身材，尤其她又將皮帶繫得很高，上面垂掛著她的小刀和幾個小口袋。她將大衣帽子往後翻，頭髮挽成輕便的圓髮髻，但有幾根髮絲在風中飛舞。

她還在用她那個馬木特伊氏的背帶，沒有用齊蘭朵妮氏樣式的袋子，不過裡面裝滿了東西。她習慣用這個背在一邊肩膀的背袋，如果走得不遠，她常會用這個袋子，這樣就能空出另一邊肩膀，把獵物背回來。此刻她肩上有三隻白雷鳥，她把牠們長滿羽毛的腳綁在一起，垂掛在背上，前端用來保持平衡的是兩隻體型不小的白色野兔。

沃夫跟在她身後，她出門時常常帶著牠。牠不只善於驚動鳥類和小動物，當白色的鳥或白色野兔倒在潔白的雪地上時，牠也能帶她去找出來。

「我不曉得妳是怎麼辦到的，愛拉，」等她到了岩石前廊時，瑪桑那和她並肩同行，一邊說著。「在我像妳肚子這麼大的時候，我覺得自己好笨重，我根本沒想到要再去打獵，可是妳還是會出去，而且幾乎每次都帶東西回來。」

愛拉微笑。「我也覺得身體很笨重，但丟棒子或拋石頭不費力，而且妳想像不到沃夫能幫我多大的忙。我不久後就必須待在家裡了。」

瑪桑那低頭對著走在她們中間的這隻動物微笑。雖然牠被其他狼隻攻擊時她很擔心，但她滿喜歡牠那隻微微下垂的耳朵，至少這讓人更容易認出牠。她們等著愛拉把獵物放在她住處前面的一塊石灰岩上，這塊石頭有時拿來放東西，有時被當成座位。

「我一直不擅長獵體型較小的動物，」瑪桑那說：「除非是用圈套或陷阱。不過我曾經很喜歡和一群人一起出門進行大型的狩獵。我已經好久沒打獵，我想我都忘了怎麼打獵了，但我以前追蹤動物的眼力很好。現在眼睛不行了。」

「妳看我還找到什麼，」愛拉說著，拿下她鼓起的背包給瑪桑那看。「蘋果！」她找到一棵蘋果樹，葉子幾乎掉光，但還裝飾著色澤鮮豔的小顆紅蘋果，冰凍過後已經不那麼酸而硬，因此她把背袋裝滿了蘋果。

兩個女人走向馬廄。她不期待在大白天看到馬兒在裡面，但她檢查了盛水的容器。在冬天，如果持續很長一段時間氣溫在冰點以下，她就會幫牠們把水融化，不過野地裡的馬會自己想辦法。她放了幾個蘋果在餵食槽裡。

她走到岩架邊緣往下望著兩岸盡是樹木和灌木叢的主河。她沒看到馬兒，但她吹出訓練馬兒聽到後會回應她的特殊口哨聲，希望牠們離得不遠，在聽得見的範圍內。沒多久她看見嘶嘶爬上陡峭的小路，後面跟著快快。嘶嘶到達岩架後沃夫和牠摩擦鼻子，這幾乎已經成了牠們的正式問候。快快對著牠嘶鳴，沃夫也對牠發出頑皮的嚎叫聲，以摩擦鼻子作爲回應。

看到愛拉控制動物的事實擺在眼前，瑪桑那依舊難以置信。她已經習慣了總是在人群中的沃夫，沃夫也對她有反應。但膽子小的馬兒除了在愛拉和喬達拉面前，似乎就不像沃夫那麼友善，也沒那麼溫馴，牠們比較像是她曾經獵過的野生動物。

年輕女人一邊撫摸撓抓著馬兒，一邊發出一種聲音，之前瑪桑那聽過她對馬兒發出這樣的聲音。然後她帶牠們到馬廄裡去。她把這聲音看成愛拉對馬兒說話的語言。愛拉幫兩匹馬各挑了一個蘋果，牠們一邊吃著她手上的蘋果，愛拉一邊以她特殊的方式繼續跟牠們說話。瑪桑那嘗試辨認出愛拉發出的聲音。它不太像是一種語言，她想。不過某些字給人的感覺和愛拉示範扁頭語言時的用字很類似。

「妳肚子愈來愈大了，嘶嘶。」愛拉輕拍牠圓滾滾的肚子說：「像我一樣。妳可能會在春天生產，或許晚春天氣暖和點之後。到時候我大概已經生小寶寶了。我很想騎馬，但我肚子太大了，齊蘭朵妮說這樣可能對小寶寶不太好。我覺得還好，但我不想冒險。喬達拉會騎你，快快，等他回來以後。」

這就是她想要跟馬兒說的話，也就是她在心裡說出來的話，不過在穴熊族手語和話語以及她自己私底下使用的語言翻譯出來的內容卻不盡相同——如果有人能翻譯的話。她用什麼語言都無所謂，馬兒了解她歡迎的語調、溫暖的撫摸和某些聲音手勢。

冬天突如其來地降臨。向晚時分小小白色雪花開始落下。雪花變得又大又厚，到了傍晚颳起了暴風雪。當早晨出門的獵人在天黑前踩著沉重腳步踏上岩架時，整個第九洞穴的人都鬆了口氣。獵人兩手空空，但平安歸來。

「我們看到猛獁象朝北方儘快移動時，約哈倫決定回頭。」喬達拉問候愛拉之後說道。「妳聽過『當猛獁象往北走時絕對不要前進』這句俗諺吧？一般來說這表示就快要下雪了，因此牠們往較冷但較乾的北方走，那裡積雪不會那麼深，要不然牠們會陷進又深又濕的積雪裡。約哈倫不想冒險，但暴風雪來得太快，連猛獁象都有可能被雪困住。風向轉北，在我們還沒注意到時就颳起大風雪，我們幾乎看不見路。那裡的雪已經積到小腿一半深了，我們必須穿上雪鞋才走得回來。」

暴風雪整夜呼呼吹著，一直到第二天都沒有停。眼前只見移動的白色簾幕，甚至連主河對岸也看不見。有時被捲入逆風中的雪撞擊在高聳岩壁上，找不到出口後又彈了回去，與盛行風的方向相反，形成打轉的雪花漩渦。也有時呼呼吹襲的風靜止下來，大雪不間斷地垂直落下，好似能把人催眠。

愛拉很慶幸有保護作用的突出岩壁一路延伸到馬兒的住處，不過下雪的第一晚她很擔心，不知道牠們有沒有在雪積得太深之前回到馬廄裡。如果她的馬兒找到其他庇護所，她也害怕她和牠們失去聯繫，牠們就會被覆蓋大地的厚厚白雪給隔絕、包圍住。

第二天一大早她接近馬廄時聽到嘶鳴聲，她因而放下心來。看到兩匹馬兒都在，她吐出一口長長的氣，但當她問候牠們時，她看得出牠們很緊張。牠們也很少見到這麼深的雪。她決定陪伴馬兒一會兒，幫牠們用起絨草刷毛，這麼做通常能安撫牠們，讓牠們放鬆。

不過當她發現牠們安穩待在馬廄裡時，她納悶野馬會在哪裡避風雪。牠們是否遷徙到北邊與東邊更冷更乾的地區？那裡積雪沒有這麼深，不會蓋住牠們冬天所吃的筆直乾燥的草。

這時她很慶幸他們之前不只幫馬兒採集了穀物，而且還有成堆的草。這是喬達拉的點子。他知道雪會有多深，但她不知道。現在她卻納悶他們採集的草到底夠不夠。馬兒能適應寒冷的天氣，這點她倒不擔心。柔軟的裡層絨毛和外層粗糙的毛皮能保護牠們健壯結實的身軀，但牠們吃的草夠嗎？

在喬達拉族人居住的土地上，冬天很冷，但不乾。這裡冬天的特色是雪，大量的雪在空中紛飛、教人窒息。自從離開穴熊族之後她還沒看過這麼多雪。她已經習慣將濕氣從空氣中過濾的乾燥結凍的黃土大草原，包括在她居住的山谷附近、更深入內陸的地區，以及猛獁象獵人的領土。此地氣候受到西方大水的濱海影響，這塊土地被稱爲大陸性草原。冬天較爲濕而多雪，氣候比較類似她生長的地方，也就是在遙遠東方突出於內陸海的山巒疊起的半島尖端。

大雪堆在岩架前面，懸頂下方的開口下半部被柔軟的雪形成的結實屏障擋住，夜晚時在岩洞內部火堆金黃色光芒的反射之下閃閃發亮。現在愛拉才知道他們爲什麼要用粗大的圓木支撐住許多根覆蓋皮革的橫木，用來遮蔽通往戶外封閉區域的走道。這些封閉區域就是冬天代替如廁溝渠的地方。

開始下雪的第二天早上，愛拉一醒來就看見一臉笑意的喬達拉站在睡榻旁，輕輕搖醒她。冷空氣使他的臉頰泛紅，他厚重的外衣還殘留了些未融化的雪。他手裡拿著杯熱茶。

「快點，瞌睡蟲，起床。我記得妳以前都比我早起得多。還有些剩下的食物。雪停了，穿暖和點到外面來。」他說：「或許妳該穿上瑪羅那和她朋友送妳的內衣。」

「你已經到外面去過了嗎？」她坐起來喝了口熱茶，問道。「最近我好像更愛睡。」喬達拉等她清醒過來，快速用過早餐後更衣，他試著不要催促她。

「喬達拉，我沒辦法把褲子穿到腹部上綁起來，而且上衣也穿不進去。你眞的想讓我穿這件衣服嗎？我不想把它撐壞。」

「褲子最重要，妳不能穿到最上面也沒關係，反正妳會在外面穿上其他衣服。這是妳的靴子。妳的皮大衣在哪裡？」喬達拉說。

他們朝岩洞外走去，愛拉看見耀眼的藍天，燦爛的陽光照射在岩架上。顯然有幾個人起得很早。通往木河小徑上的積雪已經被清乾淨，他們也把岩洞下方的石灰岩碎石子鋪在下坡路上，使它不那麼濕滑。路兩側的雪牆高度及胸，然而當她眺望野外景色時，眼前的景象令她屏住了氣息。

亮晶晶的白色地毯使大地的輪廓變得柔和，在耀目得刺眼的白色對照下，天空似乎顯得更藍。氣溫很低，愛拉呼出白色的氣，腳下的雪嘎吱作響。她看見有幾個人在主河對岸的平坦沖積平原上。

「從小路往下走的時候小心點，很危險。我來牽妳的手。」喬達拉說。他們到了底下，越過結冰的小河。有些人看到他們後揮揮手走過來。

「我以為妳根本起不來，愛拉。」弗拉那說：「有個地方我們通常每年都去，但要花半個早上才能到那裡。我問喬達拉能不能帶妳去，但他說現在妳不能走那麼遠。等雪再被壓緊一些之後，我們就可以在雪橇上做個位子輪流拉妳。雪橇大多數時候是用來拉木頭或肉類，或其他東西，但在沒有需要拉這些東西時，我們就可以拿來用。」她興奮地說。

「慢點，弗拉那。」喬達拉說。

雪積得太深，當愛拉試著在雪中前進時，她腳步踉蹌，失去平衡，因此伸手去抓喬達拉，一拉之下他倒在她身上。他們全身是雪坐在雪地裡，笑得爬不起來。弗拉那也笑了。

「別光站在那裡，」喬達拉大喊：「過來幫我把愛拉扶起來。」他們倆一左一右讓愛拉重新站起來。

一個白色的圓形物體從空中飛過，落在喬達拉手臂上，雪花四散紛飛。抬頭看見瑪塔根對他大笑，喬達拉也用兩手抓了一大把雪，捏成一個圓球。他把雪球朝他考慮收作學徒的年輕男人丟過去。瑪塔根跛著腿跑開，但跑得挺快，雪球沒有擊中目標。

「我想今天就到此為止吧。」喬達拉說。

愛拉身後藏了個雪球，等喬達拉走近，她把雪球朝他丟去，雪球落在他胸口，雪砸到他臉上。

「妳想跟我玩是嗎？」他說著拿起一把雪，想把它放進她的皮大衣裡。她掙扎著逃走，但兩人沒多久就滾倒在雪地裡，一邊大笑一邊把雪塞到對方脖子裡。最後他們終於站起來，從頭到腳都蓋滿濕答答的白雪。

他們走到冰凍的河邊，過了河往上爬，走回岩架。回自己家的路上他們經過瑪桑那的住處，她聽到他們走來。

「你眞以爲你能在愛拉有身孕的情況下把她帶到那裡去，讓她全身被雪弄濕嗎，喬達拉？」他母親說。「如果她跌倒，寶寶提早出世怎麼辦？」

喬達拉大受打擊，他沒想到這點。

「沒關係的，瑪桑那，」愛拉說：「雪很軟，我沒讓自己受傷，也沒玩過頭。而且我從來不知道雪這麼好玩！」她的雙眼依然閃著興奮的光芒。「上坡和下坡時都是喬達拉牽著我，我還好。」

「可是她說的沒錯，愛拉。」喬達拉滿心懊悔地說：「妳可能受傷，我沒多想。我應該更小心，妳快要當母親了。」

在那之後喬達拉過分擔心，愛拉幾乎覺得自己被困在家裡。他不希望她離開岩洞區或往小路走下去。偶爾她會站在岩架上一臉渴望地往下看，但當她的肚子已經大到看不見自己的腳，而且她發現在走路的時候，她必須爲了平衡前面的重量而往後仰時，她想離開第九洞穴安全的石造庇護所，跑到外面寒冷冰雪中的欲望，就所剩無幾了。

她很樂意待在火堆旁。她通常是和朋友一起在她或他們的住處，或是在巨大懸頂遮風避雨的屋頂下方忙碌的中央工作區域，忙著替即將出世的寶寶做東西。她能敏銳地感覺到在她肚子裡成長的生命。她的注意力轉移到自己身上，倒不完全表示她變得自我中心，只是她感興趣的事物範圍縮得比較小了。

她每天都去探視馬兒，替牠們梳毛，把牠們餵得飽飽的，確保牠們有足夠的糧食和飲用水。牠們的活動力也變小了，不過牠們還是會到凍硬的主河去，然後再越過後方的草原。馬可以挖開地下的雪找到草，只不過不像馴鹿那麼迅速，而且牠們的消化系統習慣了粗糙的食物：冰凍的黃色草莖、樺樹皮和其他薄的樹皮，還有灌木的枝條。不過在密不透風的雪底下看起來彷彿已死的莖附近，牠們總能找出植物新長出來的莖和等著成長茁壯、剛冒出頭的葉芽。馬兒能想辦法找到塡飽肚子的食物，不過愛拉準備的穀物和牧草讓牠們一直很健康。

沃夫比馬兒常出去。在嚴酷的季節裡草食動物生存不易，但對肉食動物卻很慷慨。牠遊蕩到遠方，有時整天不見蹤影，不過到了夜晚牠總是會回來睡在愛拉的舊衣服堆裡。她把牠的床移到睡榻邊的地板上，每天傍晚都要擔心到牠回來爲止，而有時牠回來得相當晚。有幾天牠完全沒出去，待在愛拉身邊休息，或和孩子們一起玩得很開心。

在冬天這些閒散的月分裡，洞穴居民的消遣就是從事個人的手工藝。有時候他們也去打獵，他們最想獵的是馴鹿，因爲這很能適應寒冷天候的動物身上富含油脂，就連骨頭裡也有。不過其實他們已經儲存了足以過冬的充足食物，以及取之不盡的木材用來取暖、提供光源和烹煮食物。一整年他們都在收集各種工作所需的原料，留待這時候使用。他們利用這時間燻製生皮革、使皮革變軟、染色，然後磨光打亮，製成表面光亮或防水的成品。這也是縫製衣服、以珠子和刺繡裝飾的時候。他們製作皮帶和靴子以及上面的扣環，扣環上往往有雕刻做裝飾。冬天同時是學習新的手工藝或使某種技能臻於成熟的時候。

愛拉對編織的程序一直很著迷。瑪桑那談起編織時她仔細聆聽，細心觀察。他們從多刺的灌木叢和光禿禿的地面上將動物春天掉下的毛收集起來，留到有空製作東西的冬天。有許多種動物的毛可供撿拾，例如歐洲盤羊、大角羊和在山壁攀爬的野山羊——原羊等等的羊毛，都可以編成毛氈。包括猛獁象、犀牛和麝香牛在內的幾種動物，在牠們外層糾結粗糙的毛底下、靠近皮膚的底層，每年冬天會長出鬆軟暖和的底毛。由於它十分柔軟，因此深受編織者的喜愛。動物身上粗糙的長毛一年到頭都有，人類只有在剛殺死牠們時才會取來使用，例如全身長滿毛的動物外層的毛，和馬尾的長毛。他們也會利用各式各樣的植物纖維。他們將纖維製成粗線、細線和繩索，有的保持原樣，有的加以染色，然後再織成衣服或墊子、地毯和牆壁掛飾，用來擋風和遮住冰冷的石牆。

他們將木頭挖空，做成想要的形狀後磨光，再繪製或雕刻圖案。他們還編織各種形狀和大小的籮筐。他們用做成不同形狀的象牙珠子、動物的牙齒、貝殼和特殊的石頭做成首飾，還將象牙、骨頭、鹿角和牛角雕刻成型，做成碟子和大淺盤、刀子把手、標槍頭、縫衣針和許多工具、器具和裝飾品。他們專注於細節的刻畫，刻出獨立的動物雕像，或將雕像裝飾在所有能雕刻的材質製成的其他物品上，如木頭或骨頭、象牙或石頭等。他們還雕刻女性小雕像——朵妮像。就連岩洞的牆壁上也有雕刻和繪畫。

冬天也是磨練與表現才藝的時刻。居民製作並演奏樂器，其中大多是聲音耐人尋味的打擊樂器和音色優美的笛子。他們也練習舞蹈，並且唱歌和說故事。有些人喜歡從事較爲靜態的運動，如摔角和各種打靶練習，還有許多人沉迷在形形色色的打賭和賭博遊戲中。

年長的人教導年輕人某些必要的基本技藝，也總有人樂意將技能示範給對某些特殊活動顯現出愛好或天分的年輕人。在第九洞穴和下游地之間有條使用頻繁的小路，有許多從家裡長途跋涉來到下游地待上一段時間的工匠，常會在第九洞穴住幾晚。

齊蘭朵妮會教導那些想了解數字、歷史和傳說的人，但她很少有空閒時間。居民不是感冒就是頭痛、耳朵痛、肚子痛和牙痛，而寒冷的季節總是使關節炎和風濕病情加劇；此外還有其他重大疾病。有些人死去；由於積雪與地面結冰的緣故，無法在戶外的墓地將他們安葬，因此這些遺體被放置在某些洞穴冰冷的前方通道上，直到冬天才被移開，有時他們就一直被留在那裡，不過這種情況很罕見。

還有些人誕生了。冬至已經過去，齊蘭朵妮對愛拉解釋，太陽在地平線上方的位置在左邊最遠處，在這位置停留幾天後它會明顯移回右邊。冬至一直已來都是舉行盛宴、儀式和節慶的時刻，以表示氣候的轉折點，並且爲寧靜的日子增添一些興奮的情緒。

從那時開始太陽的位置會持續逐日往右移動，直到夏至那一天到達右邊最遠處，然後會在那裡停留幾天。在這兩個地方的中點就是春分和秋分，從冬至到夏至中間是春天的開始，往回走從夏至到冬至的中間是秋天的開始。齊蘭朵妮指著地平線上山丘中標示中間的一個凹點。她以數字解釋，還在一塊平坦鹿角上標明一個凹槽，這些知識令愛拉深感興趣。她喜歡學習這一類事物。

深冬是一年之中最寒冷刺骨、最嚴酷難耐的時刻，白雪已經不再吸引人到附近玩耍。即使是到戶外拿冰凍的肉或把木柴帶進來都是苦差事。儲藏地點的石標和冰窖往往凍在一起，將東西取出時不得不先把它們敲開。在存放根莖類植物地窖裡的蔬菜水果，早就被移到岩洞後方鋪有石頭的地窖裡，但必須要有人看守，加上許多圈套和陷阱，才能不讓小動物瓜分太多食物。小型齧齒類動物尤其能從人類辛勤工作的成果中存活下來，牠們總想盡辦法和居民共用洞穴。

孩子們玩的其中一項遊戲，是對移動快速的動物丟擲石頭。一顆猛力擲出的石頭可以殺死一隻小動物。這不只是為對抗貪婪動物的持久戰役提供了另一個驅趕方式，也使孩子們獲得一些經驗，以便發展出成為成熟獵人所需的準確度。有些年輕人投擲得愈來愈準。愛拉開始用拋石索驅趕這些有害的動物，不久她就教起孩子們怎麼使用這種她最喜愛的武器。沃夫也是獵殺齧齒類動物的一大功臣。

在戶外的根莖類植物地窖似乎不受到這類動物的危害，因此食物可以儘量在裡面儲藏得久一些。然而當冬季的酷寒即將破壞蔬果的新鮮度時，居民就會把這些食物拿進洞穴。一旦結冰，大多數蔬菜只能用來煮食，多數乾燥食品也是。

過去幾天裡愛拉突然覺得精力充沛。隨著肚子愈來愈大，她也愈來愈不舒服，有時會突然哭起來或出現其他突如其來的情緒，使喬達拉很沮喪。動個不停的寶寶有時會在半夜吵醒她，而且她原本一直能輕鬆自如地從地上站起來，但現在習慣盤腿坐姿的她卻很難優雅地起身。隨著生產時間接近，她對分娩的恐懼也逐漸擴大，但最近她很渴望看到寶寶，她甚至願意面對分娩的懼怕。

齊蘭朵妮確信她即將生產。她曾經告訴愛拉：「大地母親刻意讓懷孕的最後一段時期很難捱，這是她的智慧，因此女人才能夠面對分娩的恐懼，並加以克服。」

愛拉已經替小寶寶把每樣東西重新整理、安排好，也把家裡所有東西整頓過一遍，喬達拉回來時，她決定替他煮一頓特別的晚餐。她把所有需要的蔬菜種類都告訴了他，還有她需要些什麼肉類。當他從岩洞後方儲藏室回來時，她在原地沒動，臉上有種混和著喜悅與恐懼的奇妙表情。

「怎麼了，愛拉？」他丟下裝著蔬菜的籮筐說。

「我想寶寶要出生了。」她說。

「現在嗎？愛拉，妳最好躺下，我去叫齊蘭朵妮。或許我最好也把母親找來。在我找齊蘭朵妮來之前什麼事都不要做。」喬達拉說著，突然開始緊張起來。

「先別去。放輕鬆，喬達拉，還要過一會兒。我們先等一等，確定之後再去找齊蘭朵妮。」她說，拿起裝蔬菜的籮筐。她走到煮食區，把蔬菜從籮筐裡拿出來。

「讓我來吧，妳不是應該休息嗎？妳確定不要我去找齊蘭朵妮？」

「喬達拉，你看過生孩子對不對？你不必這麼擔心。」

「誰說我擔心？」他強做鎮靜地說。她的手放在肚子上，站著沒動。「愛拉，妳不覺得我最好去找齊蘭朵妮嗎？」他擔心得眉頭緊皺。

「好吧，喬達拉，你可以去跟她說，但要答應我，要告訴她才剛開始而已，不必趕。」她說。

喬達拉衝了出去。他幾乎是把齊蘭朵妮拖在身後回來的。

「我叫你告訴她不用趕來的，喬達拉。」愛拉說完看著齊蘭朵妮。「我很抱歉他這麼快就把妳拖來，收縮才剛開始。」

「我想喬達拉最好去約哈倫那裡待一會兒，還有告訴波樂娃之後我可能會需要她幫忙。現在我不忙，愛拉，我會留在這裡陪妳。妳有茶嗎？」

「我馬上就可以泡好。」愛拉說：「我想齊蘭朵妮說得沒錯，喬達拉，你何不去看約哈倫？」

「去的路上你可以去告訴瑪桑那，但不要把她拖來這裡。」齊蘭朵妮說。喬達拉急急忙忙出門。

「弗拉那出生時他從頭到尾都站在那裡，說有多鎮靜就有多鎮靜。不過男人在自己配偶生產時總是表現得不一樣。」

愛拉靜下來，等這一陣收縮過去，然後她開始泡茶。齊蘭朵妮看著她，注意觀察她等待收縮的時間有多久。然後她坐在一張愛拉特別為她來訪時而做的大凳子上。她知道如果有椅子可坐，齊蘭朵妮不喜歡坐在地上或軟墊上。愛拉自己最近也常坐這張凳子。

她們喝了茶，聊了些無關緊要話題的同時，愛拉又收縮了幾次。然後齊蘭朵妮建議她躺下來讓自己檢查。愛拉照做了。齊蘭朵妮等到下一次收縮來時摸著愛拉的肚子。

「應該要不了多久了。」這位醫治者說。

愛拉站起來，她原想坐在地板的軟墊上，但又改變主意，走到烹煮區去啜了口茶，這時她又感覺到一陣收縮。她不知道是否該再去躺下，生產過程好像來得比她預期的還快。

齊蘭朵妮又替她做了更詳細的檢查，然後她以銳利的目光注視這年輕女人。「這不是妳的頭一胎，對不對？」

等一陣痙攣過後，愛拉才能回答。「不是。我曾經有個兒子。」她悄聲說。

齊蘭朵妮想知道他為什麼沒和她在一起。他死了嗎？如果他是死產，或是如果他在出生後沒多久就死了，她必須知道，這事很重要。「他怎麼了？」她問。

「我必須留下他。我把他給了我妹妹烏芭。他還跟穴熊族人住在一起，至少我希望如此。」

「那時妳難產，對不對？」

「對，我生他時幾乎死掉。」愛拉以克制而平板的語調說。她努力不顯現出任何情緒，但朵妮侍者在她眼裡察覺到恐懼。

「他多大，愛拉？或者說生下他的時候妳多大？」齊蘭朵妮想知道。

「我還不滿十二歲。」愛拉說完，又開始了另一次陣痛。陣痛的頻率愈來愈快。

「妳現在幾歲？」等她陣痛結束後，齊蘭朵妮問。

「現在我十九歲，等冬天過完就二十歲了。我現在生孩子已經太老了。」

「不，妳不會。不過妳生第一胎時還很年輕，太年輕了。難怪妳生產時很辛苦。妳說妳把他留下來跟穴熊族在一起，」她停了一會兒，思考該如何問接下來的問題。「妳兒子是不是『混靈』？」最後這女人問道。

一開始愛拉沒有回答。她看著齊蘭朵妮，回望的是她筆直的目光。然後突然間，她的回答幾乎與收縮同時出現。「是的。」收縮結束時她一臉驚恐地說。

「我想那也是妳難產的因素之一。根據我所了解，混靈的孩子可能會造成女人嚴重的難產。聽說是因為他們頭部的問題，他們的頭型不一樣，而且太大。無法像一般生產那樣容易。」齊蘭朵妮說。「這個寶寶不會那麼難生，愛拉。妳知道嗎？妳狀況很好。」

朵妮侍者看得出上次的疼痛造成她的緊張。那麼緊張只會讓事情更糟，她想，但恐怕她一心只記得第一次可怕的分娩過程。要是她之前告訴我就好了，我可以早點幫她。希望瑪桑那在這裡。我想此刻她需要有人密切照顧，但我想做點什麼事讓她放鬆。或許聊天可以讓她的心思遠離恐懼。「可以跟我聊聊妳兒子嗎？」

「一開始他們認為他是畸形，會成為穴熊族的負擔，」愛拉開始說道：「本來他連頭都抬不起來，但他長得愈來愈壯。每個人都漸漸喜歡上他。格洛德甚至還做了一根剛好符合他身材的標槍。即使年紀那麼小，他還是跑得很快。」

回憶往事，愛拉笑中帶淚，這使得朵妮侍者洞悉驚人的事實。她突然間了解愛拉有多愛這孩子，不管他是不是混靈，她有多麼以他爲榮。當她說到她必須把孩子留給她「妹妹」的時候，齊蘭朵妮想著，能找到人收容他或許讓她放下心來。

有些齊蘭朵妮亞還在談論布魯克佛的外祖母。雖然此事從未公開提起，但大多數人都很確定她生下的女兒是個混靈的孩子。她母親死後沒有人眞心願意收容她，而布魯克佛也遭遇相同的命運。他長得像他母親，或許特徵沒那麼明顯，但齊蘭朵妮很肯定他也是混靈，只不過她從來沒有公開承認此事，尤其不會在他面前說。

有沒有可能是因爲愛拉被他們撫養，因此比較容易吸引他們的靈？這個孩子會不會也是混靈？如果是的話，該怎麼辦？最明智的作法就是在他的生命開始之前先默默結束他。這非常容易，沒有人會知道他不是死產。這樣一來或許就能免去所有人的煩惱，甚至包括小寶寶在內。如果這個洞穴裡又有個受眾人遺棄、不被喜愛的孩子，像布魯克佛和他母親一樣，那就太遺憾了。

然而，朵妮侍者想，如果愛拉愛她的第一個孩子，那麼她不也會愛這個孩子嗎？看她和艾丘札相處的樣子教人吃驚，我想她是發自內心喜歡他，而他和她在一起時也覺得自在。或許不會有問題，這就要看喬達拉了。

「喬達拉說妳已經開始陣痛了，愛拉。」瑪桑那走進住處時說。「他很努力地表示，陣痛才剛開始，叫我不必忙著趕來，但他簡直就是把我往外推。他迫不及待要我過來。」

「妳也來了，瑪桑那。我想幫她準備些藥。」齊蘭朵妮說。

「加速分娩的藥嗎？」瑪桑那問。「第一胎可能會很久。」她笑著對愛拉說。

「不，」齊蘭朵妮說。她若有所思停了一會兒，才繼續說：「我只是要弄點東西幫她放鬆。分娩過程進行得很順利，她的狀況比我預料中的還快。但她很緊張，我認爲她是太擔心這次生產。」

愛拉發現這位醫治者沒有更正瑪桑那以爲這是她頭一胎的假設。從一開始她就感覺出齊蘭朵妮知道許多事，許多她保密的事。或許她兒子這件事她還是別告訴其他人比較好，除了齊蘭朵妮之外。她可以跟齊蘭朵妮談她兒子。

入口有人敲門，波樂娃不等人應門就走進來。「喬達拉說愛拉開始陣痛了。我幫得上忙嗎？」她背上用背巾托著個年紀很小的嬰兒。

「可以。」齊蘭朵妮說。她將決定該讓誰進來住處的權利攬在自己身上，愛拉很感謝她這麼做。她又感到另一次陣痛，這時她最不希望的就是去想誰該進來這裡。醫治者注意到愛拉愈來愈緊繃，已經準備開始與疼痛奮鬥。顯然她也不想叫出聲來。「瑪桑那去煮水的時候妳可以坐在愛拉旁邊。我得去拿些特別的藥。」

齊蘭朵妮立刻離開。即使她身軀龐大，必要的話動作還是可以很快。她將身後的門簾放下時，弗拉那剛好朝這裡走來。

「我可以進去嗎，齊蘭朵妮？可以的話我想幫忙。」她說。

朵妮侍者停了一會兒，立刻說：「去吧，妳可以幫波樂娃，設法讓愛拉保持鎮靜。」她說完匆忙離去。

回來時愛拉正在另一次陣痛中劇烈扭動，但她還是沒有大喊。瑪桑那和波樂娃在她兩側握住她的手，一臉擔心。弗拉那在加熱的水中又放了一塊滾燙的石頭，她的表情和她母親一樣。愛拉眼裡透露著恐懼，看到醫治者時她放鬆了下來。

齊蘭朵妮趕忙到這年輕女人身邊。「沒事的，愛拉，妳狀況很好，只需要放輕鬆些就行了。我會幫妳準備些藥，讓妳舒服些。」齊蘭朵妮說。

「藥方是什麼？」陣痛消退時愛拉問。

齊蘭朵妮仔細盯著她看。這問題不是出於恐懼，而是出於興趣。這似乎能讓她的心思從擔憂上轉移開來。

「主要是柳樹皮和木莓葉。」她說著，趕忙去看水滾了沒。「加上一些椴樹花，還有少許刺蘋果。」

愛拉點頭。「柳樹皮是很溫和的止痛劑，木莓葉特別有助於分娩時的放鬆，而椴樹花可以增加甜味，還有刺蘋果——我想那是我稱做曼陀羅的植物——可以止痛，讓病人入睡，但也可能終止收縮，不過加一點點會很有用。」她說。

「我也是這麼想。」朵妮侍者說。

齊蘭朵妮趕忙把藥草和樹皮加入弗拉那看顧的熱水裡，這時她看得出來，讓愛拉參與自己的治療過程，或許和藥物一樣能夠幫助她放鬆。不過想到她的醫藥知識這麼豐富，想瞞住她任何事都是不智之舉。藥草茶必須浸泡一段時間，這時愛拉又經歷了幾次陣痛。等到齊蘭朵妮終於把茶端給愛拉時，她等不及要喝，不過她坐起來，先嘗嘗看茶的味道，她閉上眼睛，集中精神。然後她點點頭，把茶喝下去。

「木莓葉放得比柳樹皮多，椴樹花剛剛好蓋過曼陀羅……刺蘋果的苦味。」愛拉說完又躺下去，等著下一次陣痛發作。

有那麼一瞬間，齊蘭朵妮心裡浮現一股反駁的衝動，想要刻薄地說句：「那麼妳同意我用的藥方囉？」但她忍下不說，她很訝異自己竟然有這種念頭。這經驗豐富的女人不習慣有人測試她，對她的用藥方式加以評論，然而她自己不也會做同樣的事？這年輕女人不是在批評她，齊蘭朵妮發覺到她是在考她自己。朵妮侍者看著愛拉，在心裡發出微笑，她確信她完完全全知道愛拉在做什麼，因爲她自己也會這麼做。愛拉用自己測試藥效，她靜待自己的反應，等著看這藥多久會生效，還有它的效用多大。正如朵妮侍者所預料的，這件事可以讓她心思從恐懼中轉移，幫助她放鬆。

她們都在等，一邊小聲說話。年輕女人這次生產進行得比較順利些。她不再劇烈扭動，齊蘭朵妮不曉得是因爲藥效發作還是因爲她恐懼減輕的緣故，或許兩者都有。愛拉將全副精神集中在她的感受上，她在心裡將這次生產和她前一次生產比較，發覺這一次的確比較順利。她正依循其他正常生產女人們的分娩程序，她曾經觀察過她們的生產過程。波樂娃生產時她也在場，現在她對這餵她小女嬰喝奶的女人微笑。

「瑪桑那，妳知道她的接生毯在哪裡嗎？我想她快生了。」齊蘭朵妮說。

「這麼快？我沒想到會這麼快就要生了，尤其是她剛開始好像很困難，」波樂娃說著，把她的嬰兒放在毯子上睡覺。

「不過看來她的情況的確已經穩定下來了，」瑪桑那說：「我去拿接生毯。它是不是在妳之前告訴我的那個地方，愛拉？」

「對。」她馬上回答。她再次感到肌肉緊縮，一陣強烈的痙攣襲遍全身。經陣痛過後，齊蘭朵妮指導波樂娃和弗拉那把皮製接生毯鋪在地上，然後示意瑪桑那過來。

「該扶她起來了。」她說，然後她轉向愛拉：「妳必須站起來，讓大地母親拉妳一把，幫助妳把寶寶生下來。妳站得起來嗎？」

「好的，」她喘著氣說。她一直強忍著每一次陣痛，這時又出現想用力推擠的強烈欲望，但她試著暫時憋住。「我想可以。」

所有人都幫忙愛拉站起來，帶她到接生毯上。波樂娃示範蹲姿給她看，然後她一邊靠著波樂娃，弗拉那撐住她的另一邊。瑪桑那站在前面對她微笑，給予她精神上的支持。齊蘭朵妮在她身後，雙手在她飽滿的胸部前勾住，雙臂在她鼓漲的腹部上環抱著她。

愛拉感覺她被包覆在這壯碩女人的柔軟和溫暖中，背靠在她身上非常舒服。她就像大地母親，彷彿所有的母親都合而爲一，像大地母親身上柔軟的乳房。不過她不只如此。在她隆起的雙峰之下，隱藏著巨大無邊的力量。愛拉確信這女人必定展現了大地母親的所有性情，從有如溫暖夏日般的溫柔和善，到有如強勁暴風雪般的狂怒，無所不包。如果深受打動，她可以颳起一陣具有毀滅力量的狂風暴雨，或是像一陣輕柔的霧般撫慰與滋潤人心。

「現在，在下一次陣痛來時，我要妳用力。」齊蘭朵妮說。在愛拉兩邊的兩個女人分別握住她的手，讓她有東西可抓。

「我覺得要出來了！」愛拉說。

「那就用力！」齊蘭朵妮說。

愛拉深呼吸一口氣，然後拚命用力往下擠。她覺得朵妮侍者在幫她，跟她一起把寶寶用力往下推。一攤溫暖的液體濺到接生毯上。

「很好。我就在等羊水出來。」齊蘭朵妮說。

「我還在想她到底什麼時候會破水，」波樂娃說：「我很早就破水，寶寶出來時我的羊水都快乾了。她這樣比較好。她又要開始陣痛了。」

「現在再用力一次，愛拉。」齊蘭朵妮說。

愛拉又往下推了一次，她感覺到寶寶在動。

「我看到頭了，」瑪桑那說：「我已經準備好接住寶寶。」她靠近愛拉跪下來，這時又有一陣強烈的收縮開始。愛拉深呼吸，然後用力。

「出來了！」瑪桑那說。

愛拉感覺寶寶的頭通過產道。剩下的就容易了。寶寶滑出來時，瑪桑那伸手接住。

愛拉低下頭看到瑪桑那臂彎中潮濕的嬰兒，她笑了。齊蘭朵妮也笑了。

「最後一次用力，愛拉，把胎盤推出來。」齊蘭朵妮說著，再次幫她。她用力推，然後看到一團血淋淋的組織落在接生毯上。

齊蘭朵妮放開她，繞到她面前。波樂娃和弗拉那扶著愛拉，齊蘭朵妮抱起寶寶並翻過身來，拍寶寶小小的背部。寶寶發出輕微的打嗝聲，然後再拍打寶寶雙腳，看著寶寶嚇得吐出一口氣，然後吸入第一口使生命得以繼續的空氣。一開始寶寶發出不過像是小貓叫的微弱哭聲，不過等肺部開始習慣這供養生命的角色之後，哭聲就逐漸變大。

瑪桑那抱起嬰兒，朵妮侍者幫愛拉清潔身體，擦拭血和其他液體，接著波樂娃和弗拉那扶她回到床上。愛拉請齊蘭朵妮把筋腱線用紅赭石染紅，齊蘭朵妮在寶寶的臍帶綁上筋腱線，把臍帶掐住，以免仍舊充血的臍帶流血，然後再用一把銳利的燧石刀把筋腱線和胎盤中間的臍帶切斷，將嬰兒和出生前提供營養和安身之處的胎盤分離。現在愛拉的嬰兒是個分離的實體，是一個特別且獨特的人類。

瑪桑那和齊蘭朵妮用一條柔軟光滑的軟兔皮幫寶寶清洗身體，這是愛拉特地做的。瑪桑那準備了條小毯子，一樣非常光滑柔軟，就像寶寶的皮膚。這毯子是用一隻即將足月的鹿的胚胎做成。齊蘭朵妮告訴喬達拉，如果誕生在他火堆地盤的孩子能包覆在這樣一張皮裡，那麼這孩子就會特別幸運，因此喬達拉和他哥哥就在冬天的末尾出去尋找懷孕的母鹿。

愛拉協助他把鹿胚胎的皮做成柔軟的皮毯。他一直很訝異她做的皮可以如此的軟，他知道這項技術是她和穴熊族人學來的。在和她一起製作出一張毯子之後，他才了解有多費功夫，即使他們一開始用的是已經非常柔軟的胚胎皮。齊蘭朵妮把寶寶放在毯子上，然後瑪桑那把新生兒包在毯子裡，帶到愛拉身邊。

第三十八章

「妳應該很高興，她是個健康的小女孩。」瑪桑那說著，把那小小的襁褓拿給她母親。

愛拉看著這個長得像她的小東西。「她長得好漂亮！」她解開軟皮做的嬰兒毯，仔細檢視她剛誕生的女兒，雖然有瑪桑那的保證，她還是半疑半懼，害怕發現她有哪裡畸形。「她很健康。妳看過這麼漂亮的寶寶嗎，瑪桑那？」

這女人只是微笑著。她當然看過，就是她自己的寶寶，但這個寶寶，她兒子的火堆地盤女兒，和她自己的孩子剛生下來時一樣可愛。

「生產過程一點也不辛苦，齊蘭朵妮。」朵妮侍者過來看著她們母女時，愛拉說。「妳幫了很大的忙，但其實不難生。我好高興她是個女孩。妳看，她在找乳頭。」愛拉幫忙她，她一副很有經驗的樣子，齊蘭朵妮想。「喬達拉可以進來看她了嗎？我覺得她看起來很像他，妳不覺得嗎，瑪桑那？」

「他很快就能進來了。」齊蘭朵妮一邊說，一邊檢查愛拉，把吸收力強的乾淨皮革包裹在她腿間。「沒有撕裂傷，愛拉，也沒有造成其他損傷，只要把血清乾淨就行了。這次生產很順利。妳幫她取好名字了嗎？」

「取好了。自從妳說我要幫寶寶選名字時，我就一直在想。」愛拉說。

「很好，把名字告訴我。我會在這塊石頭上刻個符號，用來換這個，」她說著，拿起把胎盤捆成一個包裹的接生毯。「胎盤裡曾經有個生命，還留在裡面的生靈想在這生命附近找個家，在它找到之前，我會把它拿出去埋起來。我必須立刻處理，然後我就會叫喬達拉進來。」

「我決定叫她……」愛拉正要說。

「不！別大聲說出來，只要悄悄告訴我就好。」齊蘭朵妮說。

朵妮侍者彎下腰，愛拉在她耳邊低語。然後她快步離開。瑪桑那、弗拉那和波樂娃坐在新生兒的母親身旁，欣賞小寶寶，小聲交談。愛拉很疲倦，但她也很快樂而放鬆，和她生下杜爾克之後的感覺完全不同。那時後她筋疲力盡，疼痛不已。她打了一會兒瞌睡，醒來後齊蘭朵妮回來了，她給她一顆小石頭。現在這顆石頭上畫有紅色與黑色的神祕圖案。

「把它放在安全的地方，或許可以放在妳壁龕裡的朵妮像後面。」齊蘭朵妮說。

愛拉點點頭，然後她看到有另一個人出現。「喬達拉！」她說。他跪在睡榻旁，靠近愛拉。

「妳還好嗎，愛拉？」

「我很好。生產過程很順利，喬達拉。比我想像中的容易多了。你看到寶寶了嗎？」她把毯子打開讓他看。「她好健康！」

「妳生下妳想要的女兒了。」看著嬌小的新生兒，他帶著些許敬畏的感受說。「她好小。妳看，她連小小的指甲都有。」女人生下一個全新的人類，這想法突然間令他震撼。「妳幫妳女兒取了什麼名字，愛拉？」

她看著齊蘭朵妮。「我可以告訴他嗎？」

「可以，現在安全了。」她說。

「我替我們女兒取名叫喬愛拉，用你和我的名字取的，喬達拉，因爲她來自我們兩人。她也是你的女兒。」

「喬愛拉。我喜歡這名字，喬愛拉。」他說。

瑪桑那也喜歡這名字。她和波樂娃帶著寵愛的微笑看著愛拉。新母親想向配偶保證孩子來自他們的靈，這是常有的現象。雖然愛拉沒有說出「靈」這個字，她們確信自己了解她的意思。齊蘭朵妮就不那麼篤定。愛拉想說的就是她字面上的意思。毫無疑問地，喬達拉清楚知道她話中的意思。

如果這是眞的就太好了，他看著這小小的女孩，心裡想。沒有蓋毯子，暴露在冷空氣中的小寶寶開始清醒。

「她好美，她將來會長得像妳，愛拉。我已經看得出來了。」他說。

「她也長得像你，喬達拉。你要抱她嗎？」

「我不知道，」他說，退後了點。「她好小。」

「不會小到不能讓你抱，喬達拉。」齊蘭朵妮說。「來，我幫你。舒服地坐下來。」她迅速把寶寶包回毯子裡，抱起她放在喬達拉的臂彎裡，告訴他該怎麼抱。

嬰兒張開眼睛，好像在看著他。妳是我的女兒嗎？他納悶著。妳這麼小，需要有人看著妳，幫忙照顧妳，直到妳長大成人。他把她抱緊了些，想保護她。接著，他很訝異心裡突然間湧起一股暖流，一股對小嬰兒的保護之愛不預期地油然而生。喬愛拉，他想，我的女兒，喬愛拉。

第二天齊蘭朵妮過來看愛拉。她一直在等待和她獨處的時間。愛拉坐在地板的軟墊上餵小寶寶喝奶，齊蘭朵妮也放低身子坐在愛拉身邊地板的軟墊上。

「妳怎麼不坐凳子，齊蘭朵妮？」愛拉說。

「沒關係，愛拉，我不是不能坐在地板上，只是有時候我不想坐。喬愛拉好嗎？」

「她很好，她是個乖寶寶。昨晚她把我吵醒，但她大部分時間都在睡覺。」愛拉說。

「我想告訴妳，在她出生後的第二天，她會被認定爲喬達拉火堆地盤的齊蘭朵妮氏人，她的名字會被交給洞穴。」這女人說。

「很好，」愛拉說：「很高興她能成爲齊蘭朵妮氏人，並且被認定屬於喬達拉的火堆地盤。這樣每件事都辦好了。」

「妳聽說了雷蘿娜的事了嗎？她是夏佛納的配偶，就是妳來以後沒多久被野牛踩傷的那男人？」齊蘭朵妮問。她的語氣聽起來像是在和她親切交談。

「沒有，她怎麼了？」

「她和雷諾可，夏佛納的弟弟，明年夏天要配對。一開始他幫她彌補了她配偶死去的失落感，然後他們漸漸開始喜歡上對方。我想他們會是一對好伴侶。」這年長女人說。

「聽到這件事眞教人高興。夏佛納死的時候她很沮喪，他幾乎把錯怪到自己頭上。我想他認爲死的應該是他。」愛拉說。接下來是一陣沉默，但她心中也升起一股期待。她想知道齊蘭朵妮是否有目的而來，只是她還沒說出。

「我件事我想跟妳談談，」齊蘭朵妮說：「我想多知道些妳兒子的事。我了解妳爲什麼從沒提起他，尤其是在艾丘札的騷動事件之後，但如果妳不介意談他，有些事我想知道。」

「我不介意談他。有時候我非常渴望談他。」愛拉說。

她鉅細靡遺對朵妮侍者談起她和穴熊族在一起時生下的混靈兒子，談起她幾乎整個孕期都持續一整天的晨吐，還有她那有如五馬分屍般的分娩過程。她幾乎已經忘了生喬愛拉時的不適，但卻還記得生杜爾克的疼痛。愛拉對她談起杜爾克在穴熊族人眼中是如何畸形，以及她爲了救他一命如何逃到她的小洞穴裡，還有雖然她認爲終究會失去他，卻還是回到部落裡。她說到他被接受時她的喜悅，還有克雷伯替他選擇名字，杜爾克，以及他名字的由來是杜爾克的傳奇故事。她談起他們的共同生活、他的笑聲，還有她聽到他可以和她發出一樣的聲音時她有多開心，以及他們一起發明的語言。她還說到她被逼出走時將他留給穴熊族。在故事接近尾聲的時候，她已經泣不成聲。

「齊蘭朵妮，」愛拉注視這個身軀龐大、充滿母性的女人。「我和他躲在小洞穴裡時，我冒出了一個想法，從那時開始，我愈想就愈覺得這是對的。就是有關生命起源的事，我不認為是靈的結合開啓新生命。我認為是男人和女人交歡時生命才開始。我認為是男人讓生命在女人身體裡成長。」

從這年輕女人口中說出的想法令人震驚，尤其是從來沒有人和齊蘭朵妮說過類似的話，但這並不是完全陌生的概念，不過她知道唯一曾經想過這種事的人，就是她自己。

「從那時開始，我已經思考這件事很長一段時間，現在我更加確信當男人把他的男性器官放在女人身體裡，放進寶寶出來的那個地方，留下他的元精，才使生命開始。我想這才是開啓新生命的方式，而不是將靈混和。」愛拉說。

「妳的意思是，當他們分享大地母親賜給他們的交歡恩典時嗎？」齊蘭朵妮說。

「是的。」愛拉說。

「讓我問妳一些問題。男人和女人分享朵妮的贈禮許多次，但是生出來的小孩沒有那麼多。如果每次他們交歡時就開啓了生命，那麼就會有更多更多小孩。」齊蘭朵妮說。

「我也想過。顯然並不是每次他們交歡時都有生命開始，因此除了交歡之外還有別的因素。或許他們必須交歡許多次，也或許大地母親決定何時生命開始，何時不會。但結合在一起的不是他們的靈，而是男人的元精，或許還有女人身體裡一種特別的元精。我很確定喬愛拉是在喬達拉和我從冰川下來後不久才在我體內開始成長，下冰川的第一天早上我們起床後分享了快感。」

「妳說這件事妳思考了很久，一開始是什麼使妳思考這件事？」齊蘭朵妮說。

「當我和杜爾克一起在小洞穴裡時，我第一次想這件事。」愛拉說。

「他們告訴我，我必須把他帶到戶外扔下他，因為他畸形。」愛拉的淚水幾乎奪眶而出。「但我仔細看了他，他並沒有畸形。他長得不像他們也不像我，可是他看起來又像穴熊族又像我。他的頭很長，後腦勺很大，他的眉脊和他們一樣寬，但他的前額像我的一樣高。他有點像艾丘札，只不過我想他長大後的體型比較像我們。他不像穴熊族男孩那樣粗壯結實，他的腿又長又直，不像艾丘札那樣是彎曲的。他是混種的孩子，但強壯健康。」

「艾丘札告訴我他母親被下了死咒，因爲她的配偶想保護她不被異族傷害時被殺。他們發現她時她已經懷孕，他們讓她待下，直到艾丘札出生。」愛拉說。喬愛拉已經放開乳頭，開始吵鬧。愛拉把她放在肩頭，拍她的背。

「妳是說和我們一樣的男人強迫她母親？我猜會有這種事發生，但我不了解他們。」齊蘭朵妮說。

「我在穴熊族大會上也遇到一個發生過這種事的女人。她的女兒是混種。她說有幾個異族男人強迫她，是幾個長得像我一樣的男人。其中一個男人抓住她的時候，她女兒從她懷裡摔下來死了。她發現她又懷孕時，她希望再生個女兒，這使她配偶很生氣。穴熊族女人應當只希望生男孩，但許多女人私底下還是想要女孩。當這生下來的女孩是畸形的時候，他逼她留下這女孩，好給她個教訓。」

「眞是個悲傷的故事，在被人攻擊，又遭受喪女之痛後，還被配偶惡意對待。」朵妮侍者說。

「她希望我和我部落的頭目布倫商量，安排她女兒烏拉和我兒子杜爾克配對。否則她怕她女兒將永遠找不到配偶。我想這是個好主意。杜爾克在穴熊族眼裡也是個畸形，他也同樣很難找到配偶。布倫同意了。烏拉已經許配給杜爾克。在下次穴熊族大會之後，她就應該要搬到布倫的部落……不，現在是布勞德的部落了。這時候她應該已經在那裡了。我想布勞德不會對她太好。」愛拉停頓了一會兒，想著烏拉必須搬到一個陌生的部落去。「要她離開她的部落和愛她的母親，搬到一個可能不太歡迎她的部落去，一定很難受。我希望杜爾克會是能幫助她的男人。」愛拉搖搖頭，小寶寶輕輕打了個嗝，她笑了。她把小寶寶撐在肩頭好一會兒，繼續拍她的背。

「喬達拉和我在我們的旅途中，聽過好幾個年輕異族男人逼迫穴熊族女人的故事。我想這是他們喜歡挑釁彼此時去做的一件事，但穴熊族人討厭這種事。」

「我想妳說的對，愛拉。這件事想起來就讓我難過。有些年輕人就愛做他們不應該做的事。但強迫女人，即便是穴熊族女人，更令我氣憤。」首席大媽侍者說。

「我敢說所有混種的孩子都是異族男人強迫穴熊族女人、或穴熊族男人強迫異族女人的結果。萊岱格也是混種。」愛拉說。

「就是馬木特伊氏頭目配偶收養的那孩子嗎？」齊蘭朵妮問。

「對。他母親是穴熊族人，他和他們一樣不會說完整的話，只能發出幾個沒人聽得清楚的音。他是個體弱多病的孩子，所以後來他死了。妮姬說萊岱格的母親獨自一人跟著他們，這不像是穴熊族女人的行爲。她一定因爲某種理由而被詛咒，要不然她不會單獨行動，尤其不會在懷孕後期的時候。而且她一定認識異族的某個人，某個對她很好的人，否則她會躲著馬木特伊氏人，而不是跟著他們。或許就是這男人開啓萊岱格的生命。」

「或許吧。」齊蘭朵妮只說了這句話。但想著這些混種的人，她懷疑愛拉是否知道更多有關艾丘札的事。自從她被達拉納的族人接受，並准許和潔莉卡的女兒配對之後，她對他更感興趣。「艾丘札的母親呢？妳說她被詛咒了嗎？我不太懂那是什麼意思。」

「所有人都迴避她，她被放逐了。她被人認爲是個帶有『厄運』的女人，因爲她被攻擊時她的配偶被殺了，尤其在之後她生下了『畸形』的孩子。穴熊族人也不喜歡混種的孩子。她被穴熊族趕出去之後，一個名叫安多文的男人發現她準備和她的寶寶一起尋死。艾丘札說他是個年紀比較大的男人，出於某種因素獨自生活，但他收容了她和她的寶寶。我想他是沙木乃氏人，但他住在齊蘭朵妮氏人的領土邊界，而且他會說齊蘭朵妮語。我想他或許是從阿塔蘿那裡逃出來的。他撫養艾丘札，教他說齊蘭朵妮氏語還有一些沙木乃氏語。他母親教他穴熊族的手語。安多文也學了些手語，因爲她不會說他的語言。但艾丘札會，他跟杜爾克一樣。」

她又停了下來，她的雙眼籠罩著一層霧氣。「如果有人教他，杜爾克就能學說話。我離開前他會說一點話，也會笑。如果杜爾克是我的寶寶，是我生的，他們怎麼會覺得他應該長得像穴熊族？不過他長得也不像我，沒有喬愛拉那麼像。如果是布勞德開啓他的生命，他長得就不會像我。」

「布勞德是誰？」

「他是布倫配偶娥布拉的兒子。布倫是穴熊族的頭目。他是個優秀的頭目。布勞德就是那個在當上頭目後命令我離開穴熊族的人。在我成長過程中，他一直恨我。」愛拉說。

「但妳說他是開啓妳之前那孩子生命的人不是嗎？而且妳認爲孩子的生命來自交歡。如果他這麼恨妳，爲什麼他要跟妳交歡？」齊蘭朵妮問。

「跟他在一起不算是交歡，我沒有歡愉感。布勞德強迫我。我不知道爲什麼他第一次要這麼做，但感覺好可怕。他傷害我。我痛恨那件事，我也痛恨對我做那件事的他。他知道我痛恨，所以才做。或許他一開始就知道我會痛恨這事，但我知道那是他一直對我這麼做的原因。」

「而妳的部落容許此事！」齊蘭朵妮說。

「任何時候只要男人有意願，他對她比出手勢，穴熊族女人就必須與男人結合。他們是這麼教育下一代的。」

「我不了解。」朵妮侍者說：「如果女人不要跟這男人在一起，男人爲什麼還想要和她結合？」

「我不認爲穴熊族女人會太在意這點。她們甚至有一些鼓勵男人對她們比手勢的小動作。伊札教過我，但我從沒想要用，當然我也不想用在布勞德身上。我太厭惡那件事，我吃不下飯，早上也不想起床，不想離開克雷伯的火堆地盤。但當我發現我懷了小寶寶時，我太開心了，甚至再也不在意布勞德。我忍受他、忽略他，之後他就不再做了。如果我不抵抗，如果他沒有違反我的意志強迫我，這件事就沒意思了。」

「妳說妳的孩子出生時妳只有十一歲？那時妳年紀還很小，愛拉。大多數女孩在那年紀甚至還沒成爲女人。有些女孩或許那麼小就成爲女人，但大多數女人不是這樣。」

「不過就穴熊族女人來說我已經年紀不小了。有些穴熊族女孩在七歲就成爲女人，等到她們十歲的時候，大部分女孩都已經變成女人。有些布倫部落的人認爲我永遠不會變成女人。他們覺得我永遠不會有孩子，因爲我的圖騰對女人來說太強了。」愛拉說。

「但顯然妳有了孩子。」

愛拉停下來思考。「只有女人可以生孩子。但如果女人是靠靈的結合才懷孕，那麼朵妮爲什麼要創造男人？只是爲了給女人作伴，爲了交歡？我想一定有其他理由。女人可以彼此扶持，互相照顧，她們甚至與對方交歡。」

「沙木乃氏的阿塔蘿痛恨男人，她把男人都關起來，不允許他們和女人分享交歡恩典。阿塔蘿認爲，如果女人和男人分開，女人的靈就會被迫和女人結合，她們只會生女孩，但結果並不成功。有些女人分享交歡恩典，但她們沒有結合，無法將她們的元精混和。出生的孩子數目很少。」

「但還是有女人生下孩子？」齊蘭朵妮問。

「有幾個，但不全是女孩——阿塔蘿弄跛了其中兩個男孩的腿。大多數女人對阿塔蘿的看法不以爲然。有些人溜去和她們的男人見面，有幾個阿塔蘿派去監視男人的女人幫助這些男女。有孩子的女人，就是那幾個在男人被釋放後的頭一夜，和男人共享火堆地盤的女人。她們已經配對，或想要配對。我想她們有孩子的唯一原因是她們去和男人碰面，而不是因爲這些男女共享火堆地盤，兩人相處的時間夠長，因此這男人可以顯示出他的價值，他的靈會被選中。女人很少見到她們的男人，而且見面的時間很短，只夠分享交歡恩典。他們這麼做很危險，因爲一旦被阿塔蘿發現，她會殺了他們。我認爲是交配使這些女人懷孕。」

齊蘭朵妮點頭。「妳的推理很有意思，愛拉。我們被教導懷孕是因爲靈的結合，那好像能回答大部分生命起源的問題。但大多數人並不加以質疑，他們只是接受這說法。妳的童年異於常人，妳很喜歡提出問題，但要是我的話，我會小心選擇討論這想法的對象。有些人可能會很不能接受。有時候我也不明白朵妮爲什麼要造男人。如果有必要，女人也可以照顧自己和彼此。我甚至不明白她爲什麼要造雄性動物。雌性動物常常獨自撫養小動物，而雌雄兩性在一起的時間不長，只有在每年牠們分享交歡恩典的時候才在一起。」

受到鼓勵的愛拉，更進一步強調她的論點。「我和馬木特伊氏住在一起時，獅營裡有個叫雷奈克的男人，他和燧石匠偉麥茲住在一起。」

「就是喬達拉提到的那位嗎？」

「對，偉麥茲年輕時曾經去很遠的地方旅行，他過了十年以後才回來。偉麥茲到了大海的南邊，繞過東端，然後再往西走。他和在那裡遇到的女人配對，他想把她和她兒子帶回馬木特伊氏的營地，但她在半途中死去。回來時他只帶著他配偶的兒子。他告訴我，他配偶的膚色幾乎像夜晚一樣黑，她的族人膚色都是黑的。他們配對之後她生了雷奈克，偉麥茲說他看起來和他們其他孩子都不一樣，因爲他膚色非常淺，不過在我看來他很黑。他的皮膚是棕色的，幾乎和快快的毛色一樣深，他的頭髮是貼緊的捲髮。」愛拉說。

「妳認爲這男人有棕色皮膚是因爲他母親膚色幾乎是黑的，而她的配偶膚色是白的？那也可能是因爲靈的結合的緣故。」齊蘭朵妮說。

「有可能，」愛拉承認。「馬木特伊氏人也這麼認爲，但如果那個地方除了偉麥茲以外所有人都是黑皮膚，那麼不是有更多黑皮膚的靈和他母親的靈混和嗎？他們配對了，一定也分享了交歡恩典。」她看了看她的寶寶，然後又看著齊蘭朵妮。「如果我和雷奈克結合，看看我們的孩子會長成什麼樣子一定很有趣。」

「妳本來要跟他配對嗎？」

愛拉笑了。「他有雙含笑的眼睛，還有愛笑的白牙齒。他又聰明又風趣，還會逗我笑，而且他是我見過最棒的雕刻匠。他做了一尊特別的朵妮像給我，還有一個嘶嘶的雕像。他愛我。他說這世上他最想做的一件事，就是和我結合。不管在那之前或之後，我沒有見過像他那樣的人。他非常與眾不同，連他的五官也很特殊。他令我著迷。要不是我已經愛上喬達拉，我有可能會愛雷奈克。」

「如果他眞的如妳所說的那樣，我倒不怪妳。」齊蘭朵妮笑著說：「有趣的是，傳聞說有些黑皮膚的人住在南邊的一個洞穴裡，在大海岸邊的群山後面。據說是個年輕人和他母親。我一直不是很相信，你永遠不知道這些故事背後有多少眞實性，而且它聽起來很不可思議。現在我倒說不準這故事一定是假的了。」

「雷奈克的確長得很像偉麥茲，雖然他們的膚色和五官不太一樣。他們身高相同，體型勻稱，走路的樣子一模一樣。」

「你不必跑到大老遠去就能找到相似的父子。」齊蘭朵妮說：「許多孩子長得很像母親的配偶，但有些長得像洞穴裡的其他男人，從那些孩子身上根本看不出他們母親是誰。」

「他們的生命可能是在慶典或榮耀大地母親的儀式上開啓的。那時候不是有很多女人和她們配偶以外的男人分享交歡恩典嗎？」愛拉問。

齊蘭朵妮沉默不語，靜靜思考。「愛拉，我需要針對妳的想法進一步深思熟慮。如果眞是如此，它將帶來妳我都無法想像的改變。這項事實只能由齊蘭朵妮亞揭示，愛拉。除非人們相信這種概念是來自替大地母親發言的人，否則沒有人能接受。妳還跟誰說過？」

「只有喬達拉，還有妳。」愛拉說。

「我建議妳暫時還不要跟其他人說。我會跟喬達拉談，要他牢記別對任何人說起的重要性。」她們兩人靜靜坐著，各自陷入沉思。

「齊蘭朵妮，」愛拉說：「妳有沒有想過身爲男人會是什麼樣子？」

「會去想這件事很奇怪。」

「我在想喬達拉說的話。那時我想去打獵，他說他不想讓我去。我知道一部分原因是他計畫回來這裡建造我們的家，但不只是這樣。他提起男人存在的目的。『如果女人會生孩子，也會養他們，那麼男人存在的目的何在？』他是這麼說的。之前我從來沒想過存在的目的。如果認爲自己的生命沒有意義，那會是什麼感受？」

「妳可以把這想法再往前推一步，愛拉。妳知道妳存在的目的有一部分是孕育下一代，但有下一代的目的是什麼?生命的目的是什麼？」

「我不知道。生命的目的是什麼？」愛拉問。

齊蘭朵妮哈哈大笑。「如果能回答這個問題，我就是大地母親本人了，愛拉。這問題只有她能回答。有許多人宣稱我們存在的目的是榮耀她。或許我們的目的只是活著，照顧下一代，讓他們也能存活。這也許是榮耀她的最好方式。大地母親之歌裡說，她因爲寂寞而創造我們，她想要被人記得和感謝。但也有人說生命沒有目的。我懷疑這問題在此生是否有答案，愛拉。我也不確定在下一個世界就有解答。」

「但至少女人知道有了她們才能有下一代。連那麼點存在的目的都沒有，到底會有什麼感受？」愛拉說：「如果覺得有你或沒有你，無論你的人種、性別是否存在，生命還是會一樣延續，那是什麼感覺？」

「愛拉，我沒有孩子，我是不是應該覺得生命沒有目的？」齊蘭朵妮問。

「那不一樣。或許妳可以有孩子，就算不能，妳也還是女人。妳還是屬於帶來生命的性別。」愛拉說。

「但我們都是人類，包括男人在內。我們都只是凡人。男性和女性都會繼續繁衍下去。女人生男孩的次數和生女孩的次數一樣多。」朵妮侍者說。

「正是如此。女人生男孩的次數和生女孩的次數一樣多。男人跟這件事有什麼關係？如果你覺得你和與你同性的人與創造下一代完全無關，你還會一樣覺得自己是人類嗎？或者會覺得沒那麼重要嗎？是什麼因素在最後一刻加了進來，是什麼非必要的東西？」愛拉身體前傾，態度堅決、情緒熱切地提出她的論點。

齊蘭朵妮深思著她提出的問題，然後注視這一臉認眞的年輕女人，熟睡的寶寶在她懷裡。「妳屬於齊蘭朵妮亞，愛拉。妳據理力爭的樣子和任何一位齊蘭朵妮亞如出一轍。」她說。

愛拉往後退。「我不想當齊蘭朵妮。」她說。

這碩大的女人以臆測的眼光盯著她。「爲什麼不要？」

「我只想當個母親，當喬達拉的配偶。」愛拉說。

「妳不想再當醫治者嗎？妳和任何一位齊蘭朵妮的技術一樣好，包括我在內。」朵妮侍者說。

愛拉皺眉。「好吧，沒錯，我也想繼續當醫治者。」

「妳說有好幾次馬木特在工作時，妳從旁協助，妳不覺得有趣嗎？」首席大媽侍者說。

「是很有趣，」愛拉承認：「尤其是學習我不知道的事情，但也很嚇人。」

「如果妳是在獨自一人、毫無準備的情況下，不是更可怕得多？愛拉，妳是猛獁象火堆地盤的女兒。馬木特收養妳是有理由的。我看得出來，我想妳也是。看著妳的內心，當妳獨處時，是否也曾經被奇怪而不熟悉的事物驚嚇？」

愛拉別過頭去不願意看齊蘭朵妮，然後她又低下頭，但是她輕輕點頭。

「妳知道自己與眾不同，妳的特質很少人擁有，不是嗎？妳試圖忽略，將它拋諸腦後，但有時很難做到，對不對？」

愛拉抬起眼。齊蘭朵妮直視著她，逼她注視自己，她的眼神和第一次看到愛拉時注視她的方式一樣。愛拉拚命想移開目光，但卻辦不到。「是的。」她輕聲說。「有時很難做到。」齊蘭朵妮的眼光柔和下來，愛拉又低下頭。

「除非感覺受到召喚，否則沒有人能成爲齊蘭朵妮，愛拉。」這女人柔聲說道。「但如果妳感受到召喚時卻毫無準備該怎麼辦？難道妳不認爲最好接受一些訓練以防萬一？可能性是存在的，不管妳多麼想對自己否認。」

「但準備這件事不是會增加它的可能性嗎？」愛拉問。

「是的，的確如此。但它也很有趣。我坦白告訴妳，我需要一位助手。我沒有幾年好活了。我希望有個人能追隨我的腳步，由我訓練。這是我的洞穴，我希望它得到最好的照顧。我是首席大媽侍者。我不常這麼說，但我位居首席不是沒有理由。如果一個人有天賦，沒有人比我更適合訓練他。妳有天賦，愛拉。或許妳比我更有天賦。妳可以成爲首席大媽侍者。」齊蘭朵妮說。

「喬諾可呢？」愛拉問。

「妳該知道答案。喬諾可是個優秀的藝術家。他維持助手身分就已心滿意足。在妳帶他去看那個洞穴之前，他從來沒想過要成爲齊蘭朵妮。妳也知道他明年夏天就會離開。一等他說服第十九洞穴齊蘭朵妮接受他，他就會找個理由離開我，搬去第十九洞穴。他想要那個洞穴，愛拉，而我想他應該擁有它。他不僅會讓那洞穴更美，在那裡他還能讓靈的世界甦醒過來。」齊蘭朵妮說。

「愛拉，妳看！」喬達拉手裡握著一個燧石尖頭，語氣興奮地說：「我照偉麥茲的作法把燧石用高溫加熱。它冷卻的時候我知道我的方法對了，因爲它表面光亮，摸起來很光滑，幾乎像是抹了油似的。然後我用他發明的按壓技術修正燧石片的兩面。這還是不及他做出來的成品好，但我想經過不斷練習，我或許能接近他的技術。我看得出這塊石頭的所有可能性。現在我可以把這些細長的薄片削去，也就是說我可以依照我想要的程度把尖頭做得盡可能的薄，做成適合刀子或標槍長而直的刀刃，就不會像把岩心外層剝除後的石片那樣，總是有個弧度。如果小心修正弧形石片兩端內側，我甚至還可以把這些石片拉直。我可以任意做出我想要的切口。我可以做出插進刀柄的柄腳。妳絕對不會相信我因此能自由掌握燧石的形狀，想做什麼就做什麼，簡直就像是能隨意彎曲石頭。那個偉麥茲眞是個天才！」

愛拉一臉笑意看著滔滔不絕的喬達拉。「偉麥茲或許是天才，但你跟他一樣棒，喬達拉。」她說。「但願如此。別忘了，發明這個做法的人是他，我只不過試著模仿。眞可惜他住得那麼遠，不過我很慶幸能跟他共處一段時間。要是達拉納在這裡就好了，他說今年冬天他也要實驗這項技術，我眞的很想跟他切磋一番。」

喬達拉再次檢視燧石片，以嚴苛的眼光仔細觀察。然後他抬起頭對她微笑。「我差點忘了告訴妳，在今年冬天之後，我打定主意會繼續收瑪塔根當助手。他過來拜訪，因此我能鑑定他的能力，我認爲他對石頭的確有天分。我與他母親和她配偶經過一番長談，而且約哈倫也同意。」

「我喜歡瑪塔根，」愛拉說：「我很高興你會教他你的手藝。你不但很有耐心，而且還是第九洞穴最好的燧石匠，或許你是齊蘭朵妮氏人裡最優秀的。」

她的一番話讓喬達拉露出微笑。所有配偶在做比較時總會有所偏袒，他對自己說，但他認爲，以更進一步的標準來說，這或許是事實。「他能不能一直跟我們住在一起？」

「我想我會很樂意。主間裡空間那麼大，我們可以挪出一部分做成他的睡房。」愛拉說：「我希望寶寶不會吵到他，喬愛拉晚上還是會醒來。」

「年輕人通常睡得很沉，我想他根本不會聽到她的聲音。」

「我一直打算和你談談齊蘭朵妮跟我說過的一件事。」愛拉說。

喬達拉覺得她看起來有點心煩。那或許是他胡思亂想。

「齊蘭朵妮叫我當她的助手。她想訓練我。」愛拉脫口而出。

喬達拉猛然抬起頭。「我不知道妳有興趣成爲齊蘭朵妮，愛拉。」

「我之前不想，現在我還是不知道自己想不想。之前她說過，她認爲我屬於齊蘭朵妮亞的一份子，不過她第一次請我當她的助手是在喬愛拉剛出生的時候。她說她眞的需要有人幫忙，而我又已經有醫治知識。只因爲我是助手，並不表示我一定要成爲齊蘭朵妮。喬諾可就當了很長一段時間的助手。」愛拉說。她低頭看手裡正在切的蔬菜。

喬達拉走到她身邊，抬起她的下巴，好直視她的雙眼。她看起來的確很煩惱。「愛拉，每個人都知道喬諾可當齊蘭朵妮助手的唯一理由，是因爲他是非常傑出的藝術家，他以精湛的技巧捕捉動物的靈，而齊蘭朵妮需要他在儀式上幫忙。他永遠不會成爲朵妮侍者。」

「他或許會，齊蘭朵妮說他想搬到第十九洞穴。」愛拉說。

「是爲了妳發現的那個新洞穴對不對？」喬達拉說：「嗯，他是最適當的人選。不過如果妳變成助手，妳就會成爲齊蘭朵妮，不是嗎？」

愛拉還是無法說謊，或拒絕回答問直接的問題。「是的，喬達拉。」她說：「如果我加入齊蘭朵妮亞，我想有一天我會成爲齊蘭朵妮，但不是現在。」

「這是妳想做的事嗎？或者是因爲妳是醫治者，齊蘭朵妮才說服妳這麼做？」喬達拉想知道。

「她說就某方面來說我已經是齊蘭朵妮。或許她說得沒錯，我不知道。她說爲了保護自己，我應該接受訓練。如果我感受到召喚而沒有預先準備，我可能會有很大的危險。」愛拉說。她從來沒告訴他發生在她身上的怪事，她覺得自己沒告訴他像是在說謊。即使是穴熊族也可以對某事避而不談。她爲此深感困擾，但還是沒對他說。

這下子換喬達拉一臉憂心。「不管妳決定如何，我都無權過問，那是妳的選擇。有所準備或許是最好的。妳不知道當妳和馬木特踏上那場怪異的旅途時我有多害怕。我以爲妳死了，我懇求大地母親讓妳復甦。我不認爲我這輩子曾經那麼迫切懇求過什麼事，愛拉。我希望妳再也不要做類似那樣的事。」

「我想那人是你，我不是一開始就知道，而是後來。馬木特說有人呼喚我們回去，這麼強烈的呼喚讓人無法抗拒。我想我回過神時看見你了，但後來我又沒看到你在那裡。」愛拉說。

「妳已經和雷奈克訂婚約，我不想介入你們。」喬達拉說。那個可怕夜晚發生的事歷歷在目。

「但你愛我。要不是你那麼愛我，我的靈可能還迷失在那片虛空裡。馬木特說他絕對不會再去那裡，他告訴我，如果我還要踏上那樣的旅程，我必須有很強的保護，要不然我可能回不來。」突然間她伸出雙臂迎向他。「爲什麼是我，喬達拉？」她喊著。「爲什麼我必須成爲齊蘭朵妮？」

喬達拉把她擁在懷裡。是啊，他想，爲什麼是她？他想起朵妮侍者談到的責任和危險。現在他了解爲什麼她一直無話不說。她想保護他們。她一定早就知道，從他們到的第一天就知道，就好像馬木特似乎也知道，所以他才收養她到他的火堆地盤。我能成爲齊蘭朵妮的配偶嗎？他想起他母親和達拉納。她說他無法留在她身邊，因爲她是頭目。眾人對齊蘭朵妮的要求更甚於頭目。

每個人都說他和達拉納一模一樣，難怪他是帶著達拉納靈的兒子。但愛拉說那不只是靈的緣故。她說喬愛拉是我的女兒，如果她說得沒錯，那我一定是達拉納的兒子！這想法帶給他極大的震撼。有沒有可能他是達拉納的兒子，就好像他是瑪桑那的兒子一樣？如果他是，那麼他會不會就像達拉納一樣，不能和肩負重任的女人住在一起？這念頭讓他深感不安。

他感覺到愛拉在他懷裡發抖，他看著她。「怎麼了，愛拉？」

「我好怕，喬達拉，所以我才不想當助手，我害怕成爲齊蘭朵妮。」她啜泣著。等平靜下來以後，她退開了些。「喬達拉，我那麼害怕是因爲曾經發生了一些事，我從來沒對你說過。」

「什麼樣的事？」他問。他眉頭深鎖。

「我從來沒告訴你是因爲我不知道該怎麼解釋。我還不確定我能說清楚，但我會儘量試試看。當我和布倫的部落住在一起時，你知道我跟他們一起去參加部落大會。伊札病得很重不能去，我們回來沒多久她就死了。」回憶使愛拉淚濕了雙眼。「伊札是女巫醫，應該要由她來替莫格烏爾們準備特殊的飲料，其他人不知道怎麼調配。烏芭年紀太小，還沒成爲女人，而這飲料必須由女人調製。我們離開前伊札跟我解釋如何製作。我以爲莫格烏爾們不會准許我來做，他們說我不是穴熊族人。但那時克雷伯來叫我做好準備。那就是我們前往那趟詭異旅程時我替馬木特調製的同一種飲料。」

「然而我不知道該怎麼做才正確，最後我自己也喝了一些。當我跟著莫格烏爾回到洞穴時，我根本不知道自己身在何處。飲料的效力太強，我可能涉足靈的世界。當我看到莫格烏爾們時我躲起來偷看，但克雷伯知道我在那裡。我告訴過你克雷伯是個法力強大的巫師。他就像齊蘭朵妮一樣，是地位最高的莫格烏爾。一切由他主導，而不知怎麼地，我的心靈和他們合而爲一。我和他們回去，回到開天闢地之時。我沒辦法解釋，但我在那裡。當我們回到現在，克雷伯攔下其他人，他們不知道我跟他們在一起，但那時他留下他們，跟著我。我知道那就是這裡，我認得墜石。穴熊族在這裡住了好幾代，我無法告訴你有多久。」

喬達拉聽得入迷。

「很久以前我們曾是同一種人類，」愛拉繼續說道：「但之後我們發生了改變。我們往前演進時，穴熊族落後了。就連法力強大的克雷伯也跟不上我，但他看見或者說是感覺到了。然後他叫我走，叫我離開洞穴。就好像我聽見他在我身體裡說話，在我腦子裡，彷彿他在跟我說話。其他莫格烏爾一直不知道我在場，他也沒有告訴他們，不然他們會殺了我。女人不准參加他們的儀式。」

「從那之後克雷伯就不一樣了，他徹底改變。他開始失去他的法力，我想他不喜歡再控制心靈了。我不知道原因，但我想我出於某種原因傷害了他。但願我從來沒做過那件事，不過他也對我做了某些事，從那時候開始我就變了，我的夢境變得不一樣，有時候我感覺很怪異，好像我去了另一個地方，還有——我不知道該怎麼說，不過就好像有時候我知道別人在想什麼。不，也不盡然。比較像是我知道他們的感受，不過也不完全是那樣。我沒有適當的話語形容那是什麼，喬達拉。總之大部分時間我把它隔絕起來，但有時候還是會有東西穿透過來，尤其是周圍有強烈情緒時，像是布魯克佛的情緒。」

喬達拉不可思議地看著她。「妳知道我現在在想什麼，我腦子裡有什麼想法嗎？」

「不，我不完全知道別人的想法，但我知道你愛我。」她看著他的表情變了。「這讓你很不舒服，對不對？或許我什麼都不該說。」她喃喃說道。她覺得喬達拉的情緒對她有如千金重擔。她對喬達拉的反應總是特別敏感。她垂頭喪氣。

看到她喪氣的樣子，他的不安突然間煙消雲散。他扶著她的肩頭讓她往上看，然後他注視她的雙眼。她的眸子裡有他之前偶然會看見的古老眼神，還有悲傷，以及難以言喻的深沉憂愁。

「我對妳毫無隱瞞，愛拉。我不在意妳是不是知道我在想什麼，或我的感覺是什麼。我愛妳，我永遠不會停止愛妳。」

愛拉的淚水奪眶而出，不僅因爲鬆了口氣，也出於愛意。他低下頭靠近她時，她抬起頭吻他。他緊緊擁抱著她，想保護她，不讓任何可能使她痛苦的東西傷害她。她也抱住他。只要有喬達拉，其他事都不重要，不是嗎？這時候喬愛拉哭了起來。

「我只想當個母親，只想做你的配偶，喬達拉，我不是眞想當齊蘭朵妮。」愛拉抱起寶寶時說。

她眞的嚇壞了，他想，但誰不會呢？我甚至連接近墓地都不喜歡，更別提想到要造訪靈的世界。他看她懷裡抱著寶寶走回他身邊，眼裡還有淚水，突然間保護這女人和小寶寶的心情油然而生。她成爲齊蘭朵妮又如何？對他而言她還是愛拉，她還是需要他。

「沒關係的，愛拉。」他從她懷裡把寶寶抱過來，在他臂彎裡搖。他這輩子從來沒有像他們配對之後那麼快樂過，特別是在喬愛拉出生之後。他看著嬰兒，笑了起來。我相信她也是我的女兒，他想。

「由妳決定，愛拉。」他說：「妳說的沒錯，即使妳加入齊蘭朵妮亞，並不表示妳必須成爲齊蘭朵妮，但如果妳成爲齊蘭朵妮，那也沒關係。我一直知道我配對的對象是個很特別的人。她不只美麗，而且有罕見的天賦。妳被大地母親選中，那是一種榮譽，她在我們配對時讓妳懷孕，就已經表示出她對妳的榮耀。現在妳有個漂亮的女兒；不，是我們倆有個漂亮的女兒。妳說她也是我的女兒，對不對？」他說，試著安撫流淚的她。

她的淚水又湧出來，但淚水中有笑意。「是的，喬愛拉是你的女兒，也是我的女兒。」她說，接著又是一陣啜泣。他向她伸出另一隻手臂，抱住她們倆。「喬達拉，如果你不再愛我，我會不知道如何是好。請你絕對不要停止愛我。」

「我當然不會停止愛妳。我會永遠愛妳。沒有什麼事能阻止得了我。」喬達拉說。這是他內心深處的感受，而且他希望這永遠會是眞的。

冬天終於接近尾聲。被風中飛舞的灰塵弄髒的積雪融化了，第一批番紅花從殘雪中冒出頭來。滴著水的冰柱到最後消失不見，綠色的嫩芽也首次露臉。愛拉花許多時間陪伴嘶嘶，她把小寶寶裹在斗篷背巾裡貼緊自己，和這匹母馬一同散步，或騎著牠慢慢走。快快也變得比較調皮，連喬達拉也不太容易駕馭牠，但他很喜歡接受挑戰。

嘶嘶一看到她就發出嘶鳴聲，她憐愛地拍拍牠，擁抱牠。她正要和喬達拉還有其他幾個人在下游的一個小岩洞會合。他們想在幾棵樺樹上打洞收集樺樹汁，一部分用來煮成濃稠的糖漿，另一部分可以發酵後製成淡酒。那地方不遠，但她決定騎著嘶嘶跑一跑，主要是因爲她想陪在牠身邊。他們快到時下起雨來，她催促嘶嘶快走，卻發現牠好像呼吸沉重。正當愛拉摸著這母馬的肚子時，牠又出現一次收縮。

「嘶嘶！」她大喊。「妳時候到了，對不對？不曉得妳還有多久會生，我們離岩洞不遠了，我應該要在那裡和大家碰面。希望其他人在場不會讓妳太煩躁。」

到達營地時，她問約哈倫能否把嘶嘶帶到岩洞下，牠快生了。約哈倫立刻同意，興奮的情緒立刻感染了每個人。這會是個有趣的體驗，沒有人曾經靠近生產的馬。她帶著嘶嘶到突出的上層岩架下面。

喬達拉匆忙跑過來，問她是否需要幫忙。「我想嘶嘶不需要我幫忙，但我想待在牠身邊。」愛拉說：「你看著喬愛拉就是幫我的忙了。我剛餵過她，她應該可以安靜一陣子。」他伸手去抱喬愛拉。小寶寶看見喬達拉的臉，快樂地對他露出一個大大的微笑。她最近開始微笑，而且會以微笑跟她的火堆地盤男人打招呼，表示她認得他。

「妳和妳母親笑起來好像，喬愛拉。」他抱起她時說。他直視她的雙眼，也對她微笑。小寶寶盯著他瞧，她輕輕發出咿啊聲，又露出笑臉。她的笑融化了他的心。他把喬愛拉抱在懷裡，走回小庇護所另一頭的人群裡。

嘶嘶似乎很高興能躲開濕答答的天氣。愛拉幫母馬按摩，然後帶牠儘量遠離人群，到一塊乾燥的泥土地上。眾人似乎感覺到愛拉想和他們保持一段距離，但那裡空間很小，他們還是能看得一清二楚。喬達拉轉身看她們。這不是他第一次看嘶嘶生產，但想到這事他還是跟其他人一樣興奮。大家對生產過程都很熟悉，但是對即將出現的新生命產生的敬畏之情卻沒有因此減低。不管是人或是動物，都是朵妮偉大的贈禮。所有人都靜靜等待著。

不久之後，嘶嘶好像還沒完全準備好，但已經很舒適了，愛拉走到眾人等待的火堆旁拿水。有人給她一杯茶，她先把水拿給馬兒，再回去拿茶。

「愛拉，我想我沒聽妳說過妳是怎麼找到妳的馬兒。」黛諾達說。「是什麼原因讓牠們不怕人類？」

愛拉笑了。她愈來愈習慣說故事，她也不介意說說她的馬兒。她隨即談起自己是如何設陷阱殺了嘶嘶的母親，然後又注意到小馬和鬣狗。她向他們解釋，她帶小馬回到洞穴，拿食物餵牠，把牠養大。她傾心於這個故事，因此不知不覺間，她把和穴熊族人生活時逐漸學會以手勢和臉部表情表達意義的技巧融入了她的敘述中。

她一半的心思還在母馬身上，在下意識間她把發生的事件變得更精采了。這些人都聽得入迷，還有幾個人是從附近洞穴過來的。她的異地口音以及模仿動物的奇異能力爲她這不尋常的故事增添了趣味性。連知道來龍去脈的喬達拉都陶醉其中。他還沒有聽她用這種方式完整地描述這整個事件。有更多人提出問題，然後她開始形容她在山谷裡的生活，不過當她說到她找到並撫養一隻穴獅時，大家臉上出現了難以置信的表情。喬達拉馬上出來幫她作證。不管他們是否完全相信，一頭穴獅、一匹馬和一個女人一起住在隱密山谷的洞穴裡，這是個相當精采的故事。母馬發出的聲音打斷了她。

愛拉一躍而起，察看躺在她身旁的嘶嘶。小馬包覆在膜裡的頭開始出現，這是愛拉第二次幫母馬接生。濕答答的新生小馬後腿還沒完全生出來，就想要站。嘶嘶往後看牠的成果，牠對剛生的小馬輕聲嘶鳴。還躺在地上的小馬已經開始扭動著朝嘶嘶的頭移過去，中途牠停下來想喝奶，這時兩匹馬都還站不起來。當牠挪到母馬身邊時，母馬立刻開始用舌頭把牠舔乾淨。沒多久這匹小小的馬就已經試著站起來。牠鼻子朝地倒下來，但在第二次嘗試後就站起來了，這只不過是出生後沒多久。眞是匹身強體壯的小馬，愛拉心想。

一等小寶寶會站了，嘶嘶就站起來。牠雙腳一著地，小馬就再次磨蹭牠，試著想喝奶，一開始牠先蹲在嘶嘶身體下面，找不到正確位置。當小馬第二次又錯過牠後腿時，嘶嘶輕咬了牠一下，指引牠正確的方向。一切就這麼簡單。不需要任何協助，嘶嘶就毫無困難地生下這匹四肢細長的小馬。

所有人在一旁靜靜觀察，他們頭一次看到大地母親給予她的野生動物如何照顧新生命的知識。嘶嘶這種動物的幼獸唯一能生存下來的方式，就是幼獸必須在出生後能靠自己的力量站起來，然後幾乎可以跑得和成年動物一樣快，大多數在廣大草原上吃草的其他動物也是如此。如果做不到，牠們就會輕易成為掠食動物的獵物，無法活下去。替小寶寶哺乳的嘶嘶似乎心滿意足。

小馬的誕生對旁觀者來說是很稀有的娛樂，親眼目睹的每個人都能對人一再敘述這故事。一等兩匹馬都安穩舒適，愛拉回到人群中，好幾個人馬上對愛拉提出問題和意見。

「我不知道馬的小寶寶一出生就能走路。人類的小寶寶至少要一年才能走。牠們是不是也成長得很快？」

「對，」愛拉回答：「快快是在我發現喬達拉的第二天生出來的，現在牠已經是匹成年的公馬，牠只有三歲。」

「妳得替那小傢伙取個名字，愛拉。」喬達拉說。

「對，不過我得想想。」愛拉說。

喬達拉立刻了解她話中的含意。黃褐色的母馬確實生下了一匹毛色不同的小馬，而在靠近馬木特伊氏活動區域的東方大草原上，那裡的馬兒有些也確實像快快一樣是深棕色的。他不確定那匹小馬會是什麼顏色，不過牠看來好像和牠母親的毛色不同。

沃夫沒多久就找到他們。牠先去找嘶嘶，彷彿憑直覺知道接近這個家庭新成員時該小心翼翼似的。

雖然與天性不符，但嘶嘶已經曉得不用害怕這隻肉食動物。愛拉也加入牠們。等牠弄明白這隻狼是例外，更何況這個女人還在身邊時，牠才讓狼去聞牠剛出生的小寶寶，也讓小寶寶認識狼的氣味。

年幼的馬是匹灰色的小雌馬。「我想就叫牠小灰。」她對喬達拉說：「牠該是喬愛拉的馬。但我們得教他們兩個才行。」未來的景象令他們開心地露齒而笑。

第二天當他們回到岩架上的馬廄時，快快在嘶嘶的嚴格監督下，充滿好奇歡迎牠的小妹妹。愛拉不經意往居住區方向望去，這時齊蘭朵妮剛好走過來。她很訝異朵妮侍者會來看新生的小馬，因爲她很少特地來看牠們。其他人曾經藉機偷偷觀看小馬，愛拉請他們一開始不要靠得太近，不過朵妮侍者倒是單獨被介紹給小灰認識。

「喬諾可告訴我，等我們去參加夏季大會時，他就會離開第九洞穴。」朵妮侍者仔細觀察小馬之後，對愛拉宣布。

「嗯，妳已經事先知道了。」愛拉緊張的說。

「妳是否決定要當我的新助手？」她毫不遲疑，單刀直入地問她。

愛拉低下頭，然後又看著這女人。

齊蘭朵妮等她開口，然後她直視愛拉的雙眼。「我想妳沒有選擇。妳知道有一天妳會感覺受到召喚，或許會比妳想像的還要快。即便妳在沒有支持與訓練的情況下也能維持妳的才能，但我不願意看妳把它糟蹋了。」

愛拉努力試著從她充滿權威的瞪視下移開目光。接著，從她的內心最深處，或者從她腦中的一條通道中，她找到了希望。她感覺到一股力量從體內升起，她知道她不再被朵妮侍者束縛，她反而覺得自己可以凌駕於這位首席大媽侍者之上，然後她凝視著對方。這使她產生一種難以言喻的感受，她覺得有股之前從未清楚意識到的力量、優勢和權威。

當她凝視的目光緩和下來時，有那麼一會兒的時間齊蘭朵妮望向他處。等她再往回看時，她眼裡令人畏懼的力量已經消失，但愛拉露出會意的微笑望著她。她懷裡的嬰兒開始動，好像有什麼事令她不安，愛拉的注意力移回她孩子身上。

齊蘭朵妮大為震驚，但她立刻控制住情緒。她轉身離開，但又回頭再次端詳愛拉，她注視她的眼神沒有流露出意志的對抗，她只是以直截了當的銳利眼神看著她。「現在就告訴我，妳不是齊蘭朵妮，愛拉。」她平靜地說。

愛拉紅了臉，目光四處游移，彷彿想找個地方躲藏。等她又看著這身軀龐大的女人時，齊蘭朵妮還是一副她一直以來所認識的威風凜凜之姿。

「我會告訴喬達拉。」她說完，馬上低頭看著小寶寶。